コリーヌ　あるいはイタリア

コリーヌ　あるいはイタリア

スタール夫人
佐藤夏生 訳

水声社

目次

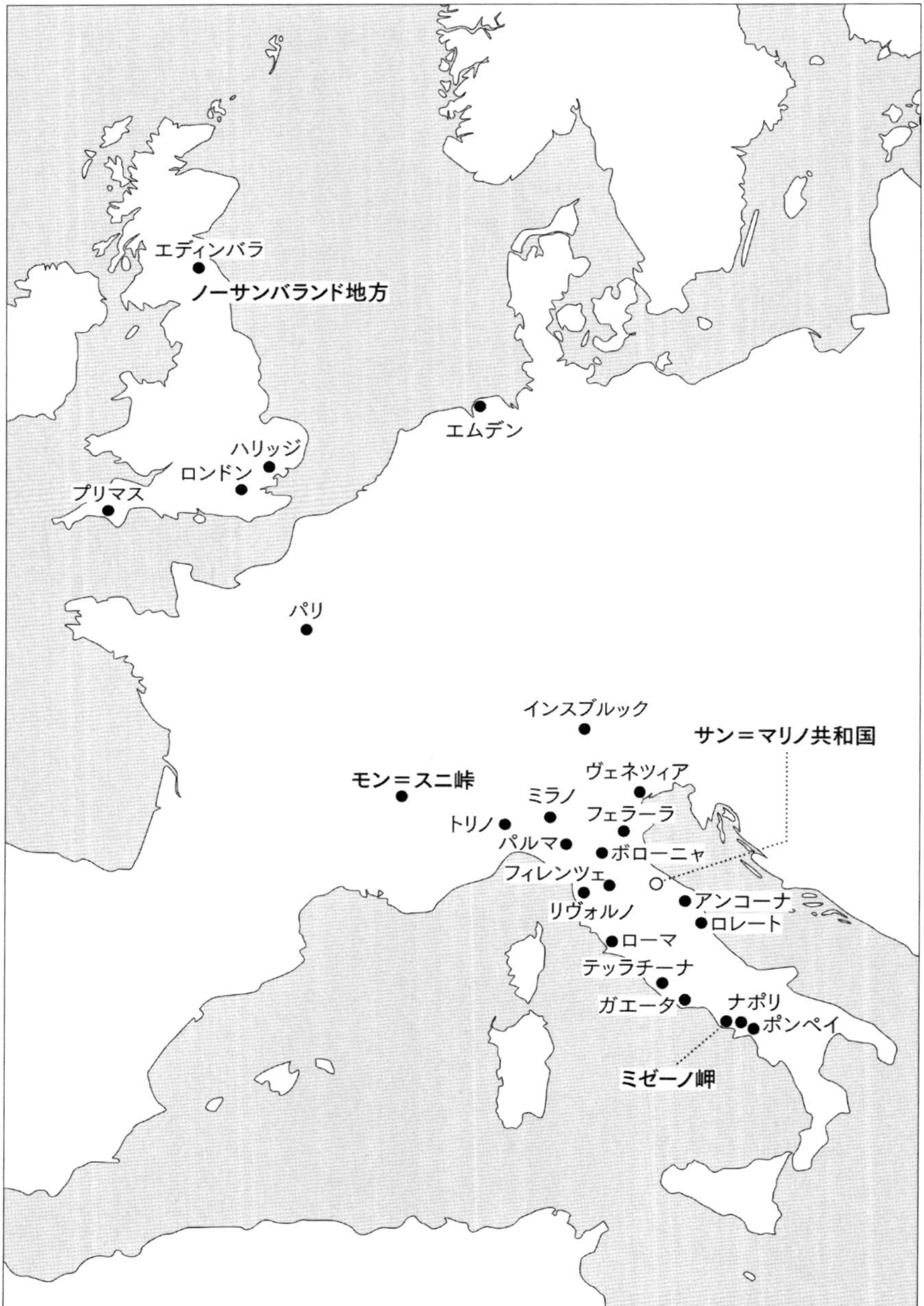
エディンバラ
ノーサンバランド地方
エムデン
ハリッジ
ロンドン
プリマス
パリ
インスブルック
サン＝マリノ共和国
ヴェネツィア
モン＝スニ峠
ミラノ
フェラーラ
トリノ
パルマ
ボローニャ
フィレンツェ
アンコーナ
リヴォルノ
ロレート
ローマ
テッラチーナ
ナポリ
ガエータ
ポンペイ
ミゼーノ岬

『コリーヌ』関連地図

凡例

一、スタール夫人による註釈は二種類あり、脚註は本文中に（　）で割註として入れ、巻末註はアラビア数字を付して巻末に原註としてまとめた。

一、訳註は、短いものは本文中に〔　〕で割註として入れ、長いものは漢数字を付して巻末にまとめた。

『コリーヌ　あるいはイタリア』の登場人物

ネルヴィル卿オズワルド　スコットランド貴族の軍人。一七九四年に療養のためにイタリアへ向けてエディンバラを発った。革命時にフランスに足止めされて、最愛の父を心配させたまま死なせてしまった悔恨につきまとわれている。

デルフイユ伯爵　オズワルドのイタリア旅行の道連れとなったフランス人。自国文化に対して過剰な自信を抱いている。

コリーヌ　ローマのカピトリーノの丘で桂冠を授けられる天才即興詩人。オズワルドと恋に落ちる。彼を引き止めるために、千一夜物語もどきにローマの名所旧跡を案内する。

カステル＝フォルテ公　カピトリーノの丘でコリーヌを讃える演説をした年輩の貴族。コリーヌの誠実な友人。

エッジャモンド氏　ルシールの親戚の年輩の紳士。ウェールズ公国の領地に在住。イタリアを旅行中にオズワルドと再会。

レモン伯爵　オズワルドがパリ滞在中に親友となったフランス貴族。

ダルビニィ夫人　レモン伯爵の美しい妹。

ド・マルティーグ氏　レモン伯爵とダルビニィ夫人の親戚。

エッジャモンド夫人　オズワルドの父の親友であったエッジャモンド卿の未亡人。スコットランドの南のノーサンバランド在住。

ルシール　その美しい一人娘。

ディクソン氏　オズワルドの亡父の友人で、エッジャモンド家とも親しくしている。

君の名を聞かせよう
アペニン山脈が二分し
海とアルプスがとりかこむ
美しい国に（一）

ペトラルカ

第一部　オズワルド

1

スコットランド貴族、ネルヴィル卿オズワルドは、一七九四年から九五年にかけての冬に、イタリアをめざしてエディンバラを発った。彼は気品ある美貌、才気、家柄、思いどおりにできる財産に恵まれていた。だが深く悲嘆にくれることがあったため健康を損なったので、医者たちが、胸が病に侵されはしないかと、転地療養のために南に行くことを命じたのだった。彼はその勧めに従った。長生きをしたいと思ったわけでもなかったが。ただこれから色々なことを見て、気晴らしでもできたらと思っていた。苦しみの中に奥深くあるのは、父を亡くしたことであり、それが病の原因であった。過酷な状況におかれ、繊細な良心の呵責《かしやく》によって悔やむ気持ちはつのり、妄想によって幻を見ることさえあった。人は苦しんでいる時、自分を罪深い者と思い、深い心の痛みで意識の奥底まで乱れるのである。

二十五歳というのに、オズワルドは人生に失望していた。彼の才知は全てを見通したし、感受性は傷ついていて、もう心に幻想を抱くこともなかった。彼ほど友人たちに対して優しい者、世話ができる時にはつくすという者はいなかった。だが、彼は何をしても楽しいとは思わなかった。良いことをした時でさえも。彼はいつも他人の好みを考えて、自分の好みなどあっさりと犠牲にしていた。この完全な自己犠牲は、あながち寛容さのせいとは言えなかった。それは、彼が悲しみのあまり、もう自分の運命のことなど興味を持たなくなったからだ、と思われることがよくあった。彼に無関心な人々は、こういう性格を面白がって、優雅で魅力的であると思っていた。だが彼に好意を寄せる人々は、彼が我が身には望まないことを他人の幸せのためにしている、と感じていた。だから、彼が自分は報われることもないのに、人を幸せにしているのを見ると、たいてい悲しくなるのだった。

けれども彼は生き生きとして感じやすい情熱的な人柄で、他の人も自分自身をも、惹きつけるもの全てを持ち合わせていたのだ。だが不幸せで後悔にとらわれていたので、宿命に対して臆病になっていた。何も要求しなければ、宿命の方だって悪いことはすまいというわけだ。義務を忠実に果たし、大きな喜びを断念することで、魂を引き裂くような心痛を免れようとしていた。これまで体験したことで怖じ気づいていて、この世でこういう心痛を味わうほど辛いことはないと思っていた。こういう苦しみが感じとられる時、一体どんな生活をしたら、そこから逃れることができるのか？

ネルヴィル卿は、スコットランドには何も楽しいことがなかったのだから未練なく立ち去ることができると思っていたが、感じやすい魂《こころ》の人は不吉なことを想像するもので、そううまいことにはならない。彼はよもや自分がこの上ない苦しみを与えられた場所、父の住まいに、自分を結びつけておく絆があろうとは思ってもみなかった。この家には、身震いせずには近づくことができなかった部屋や場所があった。だがそこから立ち去ろうと決意した時、前よりもいっそう孤独を感じてしまうのであった。心はなにか乾ききってしまった。苦しむ時に涙も出なくなった。心を深くなごませてくれる土地のちょっとした事情など、もう思い起こすことができなかった。思い出には生気が失われて、身辺のものと関係がなくなってしまった。故人のことを考えなくなったというのではなく、まざまざと思い起こせなくなったのである。

いく度か彼は父が暮らした土地を捨ててしまう自分を責めた。「死んでしまった人たちの霊が、愛する者の行くところについて行くのかもしれないではないか」と彼は思った。「おそらく亡くなった人たちは、その遺骸が眠っているあたりしか、さまようことができないのだ！　今こうしている時にも、父もまた私のことを懐かしんでいるだろう。でも遠くから私を呼ぶ力がないのだ。ああ！　父は生前、私が次から次へととんでもないことを引き起こしたせいで、息子が自分の愛情に背いて、祖国や父の意向や、この世のあらゆる崇高なるものに逆らっている、と思っていたのではないだろうか！」

ネルヴィル卿はこうしたことを思い出すと、耐えがたい苦しみを覚えたので、誰にも打ち明けることができなかったし、思いつめることも恐かった。自分であれこれ考えあぐねていると、不治の病にかかりやすいものである！

祖国を離れることは、海を越えて行く場合には辛さもひとしおである。大西洋にその第一歩を踏み出す旅というのは、厳《おごそ》かである。背後に深淵がぽっかりと口を開け、二度と再び帰国することができなくなるように思える。それに海の眺めは、何時《いつ》だって深く印象的なものだ。海を眺めると、思考は絶え間なくひきつけられ、その中に絶え間なく沈み込んで行く、あの無限のようである。オズワルドは舵《かじ》に寄りかかり、波涛をじっと見すえて、見たところ落ち着いていた。彼は誇り高くて内気であったので、自分の感じていることを、友人たちにさえもめったに語ったりはしなかった。しかし、心の中は辛い気持ちで動揺していた。彼は思い出していた。海を見るといつも波を掻きわけて泳ぎ、若い自分の力で海と闘ってみたくなったあの時代を。「どうして」と、彼は苦い後悔をもって考えていた。「どうして私は休みなく、もの思いに耽《ふけ》っているのだろう。活動的な生活や、生きるエネルギーを実感させてくれる激しい運動をするのはとても楽しいのに！　あの時、死そのものはとにかく急なことで、衰えていく過程はなかったのだし、恐らく輝かしいともいえる出来事にしか思えない。しかし、覚悟して迎えるのではないあのような死、夜にあなたが一番大事にしているものを奪い去り、あなたの悔いなどものともせず、引き止めようとする腕を押し戻し、情け容赦もなく、あなたを時と自然の永遠の掟に対決させる、闇からやって来たあのような死。あのような死は、人間の宿命や、苦しみの無力さや、必然の前には無意味で無駄な努力には目もくれぬようだ」

　このような感情が、オズワルドを苛《さいな》んでいたのであった。彼の精神状態の不幸なところは、青年としての生気と老人風の思考を合わせ持っていたことであった。晩年の父が抱いていたにちがいない同じ考えを彼もまた持っていた。老年の鬱屈した思索のうちに、二十五歳の血気を宿していた。何もかも厭になっていたが、それでも幻想が残されてでもいるかのように、幸せだった時を懐かしんでいた。このように相反する精神状態を合わせ持っているのは、全く自然の意志に反するのだ。自然というものは、物事が推移していくのに、調和と段階を与えるのだから、このような状態は、オズワルドの魂《こころ》の奥底に混乱をおこしていた。だが外から見た彼の態度は、いつも温和で、バランスがとれていて、悲しいからといって不機嫌な様子になるどころか、他の人々にますます寛大で親切になるのであった。

　ハリッジからエムデンへ向かう途上、二、三回嵐になりそうになった。ネルヴィル卿は水夫たちに助言を与え、船客たちを安心させた。みずから舵《かじ》を取り、一時水先案内人の位置についた時には、ただ単に身体が柔軟で敏捷であるというだけではない、巧みで力強い行動を見せた。全身全霊を傾けていたからである。

　別れの時が来ると、乗組員全員がオズワルドの周りに挨拶をしに押しかけて来た。航海の間に、いろいろと手助けをしたことに対して皆が礼を言ったが、彼自身はもう忘れてしまっていた。ずっと子供の世話をしてやったこともあったし、風で船体が揺れた時には、度々お年寄が歩くのを支えてやった。彼らは、これほど我が身を投げ捨てた献身に出会ったことはなかったのではないか。その日は、自分のために時を費やすことなく過ぎ去った。憂欝であったし、もともと親切でもあったので、彼はその日を人々に捧げた。

立ち去る時に、水夫たちはいっせいに言った。「旦那さま、お幸せに！」オズワルドはただの一度も自分の心痛を語ってはいなかったのに。ともに旅した身分の低い者たちは、彼に何を言ったのでもなかった。しかし庶民というものは、身分の高い人から滅多に胸中を打ち明けられることがないので、言葉によらないで気持ちを察することに慣れている。苦しんでいる時、彼らは心の痛みの理由を知らなくても、同情してくれる。彼らの自然な哀れみは非難がましくもないし、忠告めいてもいない。

2

旅すること、それは何といっても人生における最も寂しい楽しみの一つである。あなたがどこか異国の町でなんとかやっていけたら、あなたはそこを自分の故国と思い始めているのだ。だが、見知らぬ国々を旅して行き、ほとんど理解できない外国語を耳にし、あなたの過去にも未来にも無縁の人々の顔を見るということは、孤独と孤立の中に身を置くことであり、安らぎを感じることも、自尊心を覚えることもできない。なぜならばあなたは待つ人のないところへたどり着くためにいそいそと急ぎ、ただ好奇心にかられて興奮しているので、我ながら自分に敬意など持てないからだ。もっともそれも、新しい事物がみな少々目新しくなって、周りに情が移ったり習慣ができたりして、いくつかの優しい絆が結ばれるまでのことだが。

そういうわけで、オズワルドはイタリアに行くために、ドイツ横断の旅をしながら、悲しみが一層つのってくるのを感じた。当時は戦争中であって(二)、フランスとその周辺は避けて通らなければならなかったし、軍隊がいると通行不能になるので、それも避けなければならなかった。このように道中の現実的なことに気を配り、毎日、いや四六時中新たな決定をしなくてはならないことは、ネルヴィル卿にとって耐えがたいことであった。健康は回復するどころではなかった。急いで目的地に着こうとして、あるいは出発しようとしても、足を止めざるをえないことが度重なった。彼は吐血しても、なるべく養生しないようにした。自分のことを罪深いと思っていたし、あまりにも厳しく自分を責めていたからだ。生き長らえているのは、ただ祖国を守るためであった。

オズワルドは思った。「祖国というものは、我々に対して父権を持っているのでないだろうか！　我々は祖国のお役に立たなくてはならない。自分のように、苦しみとたたかうために太陽のふりそそぐ地に生きる力を求めて引きずっているような、弱々しい生命を捧げてはならない。このような状態にある時、自然や運命から見離されていればいるほど、愛してくれるのはただ父ひとりしかいないのに」

ネルヴィル卿は、次々に色々なものを見たり聞いたりしていけば、常日頃つきまとう妄想から少しは抜け出せるかもしれないと思っていたが、とにかくそんなうまいことにはならなかった。大きな不幸の後には、身辺のものに改めてなじまなくてはならない。再び見る人々の顔、住んでいる家、再開しなくてはならない日々の習慣にも、改めて慣れなくてはならない。そのための努力の一つ一つが辛い衝撃であって、旅をしている時こそ、このような努力が何倍も必要とされるのである。

ネルヴィル卿のただ一つの楽しみは、連れて来たスコットランドの馬に跨がり、チロルの山々を駆けめぐることであった。スコットランド産の馬は、山々をよじ登りながら、速足で駆ける。オズワルドは街道を離れて、険しい小道を進んで行った。百姓たちは、絶壁にいるオズワルドを見て驚き、ぞっとして叫び、それから彼の機敏で勇敢な馬術に感服して拍手した。オズワルドはこの危険を冒《おか》す時のスリルが気にいっていた。スリルを味わうと、心に重くのしかかる苦しみが軽くなるし、取り戻した生命、失うこともたやすい生命と一時、仲直りできる。

3

オズワルドは、イタリアに入る前にインスブルックの町で、ある商人の家にしばらく逗留していたが、そこでデルフイユ伯爵というフランス人亡命者の話を聞いた。彼はその話に好意を感じ、関心を持った。その男は莫大な全財産を失ったのだが、落ち着きはらって、じっとそれに耐えたのだった。音楽の才能を活かして生活し、年老いた伯父を養って死ぬまで面倒を見た。金銭の援助を熱心に申し出る者がいても、いつも断って来た。戦争の間は、すばらしい勇気、フランス人の勇気をよく示して、逆境にあっても変わることのない陽気さを見せていた。彼は自分が相続人になっている親戚に会うために、ローマに行きたいと願っていた。そして旅をもっと楽しくするために、道連れというよりは友人を望んでいた。

ネルヴィル卿の一番辛い思い出はフランスに結びついていたのだが、だからといってイギリス人とフランス人の仲を裂くような偏見は持ち合わせていなかった。というのも、彼にはフランス人の親友がいて、その人柄にあらゆる魂の美質が見事に組み合わされている、と思ったことがあった。彼はデルフイユ伯爵の話をしてくれた商人に、高潔にして不運なその青年をイタリアに連れて行こうと言った。一時間もすると、商人は伯爵が喜んで申し出を受けた、と伝えに来た。オズワルドはこうした世話をしてやるのがうれしかった。だが孤独になれないのは辛いことで、内気なせいで、知らない人と顔をつき合わせるのも気詰まりなことであった。

デルフィユ伯爵が礼を言いに、ネルヴィル卿を訪ねてきた。彼は物腰が優雅で、礼儀作法も気さくで垢ぬけていた。初対面からくつろいだ風であった。彼に会って、苦しんで来たこと全てを聞いて驚かされた。一切を忘れ去ってしまうほどの剛毅さで、自分の運命に耐えていたからだ。自分が経験した逆境について、まことに見事な軽妙さで話した。しかしその軽妙さも、他の話題になるとあまり見事とは言えないのである。

「このドイツで死ぬほど退屈していたのですが、ここから出ていくことができるのは、大いにあなたのおかげなのですよ」と、伯爵は言った。

「そうは言っても、あなたはここで皆に愛され、重んじられていますね」、とネルヴィル卿が答えた。

伯爵は言った。「ここには、私が心から別れを惜しむ友もいます。この国で会うのは、世界で一番の良い人たちなのですから。でも私は、ドイツ語は一語も知りません。あなたもそうお思いでしょうが、それを学ぶのは時間もかかるし、骨が折れますしね。不幸にも伯父を亡くして以来、私はどうやって時間を過ごしたらいいのか、分かりません。伯父の面倒を見ていた時はそれで一日が過ぎたのですが、今は二十四時間が、ずっしりとのしかかってきます」

「伯爵、伯父上にたいしてとられたお心遣いには、心から尊敬しますよ」と、ネルヴィル卿が言った。

「なに、義務をはたしただけですよ。かわいそうな伯父は、私が子供の時にたっぷり可愛がってくれましたからね。仮に百年生きたとしても、伯父のもとを離れはしなかったでしょうよ。しかし伯父は死んでよかったですよ」

そして伯爵は笑いながら付け加えた。「私も死ねたら幸せでしょう。なにしろこの世に大して希望なんかないですからね。戦争の時にはなるべく殺されようと努めましたよ。でも、運命が私を生かしてくれたので、できる限り良く生きなくては」

ネルヴィル卿が答えた。「私はここに来て良かったと思っています。もしあなたがローマに満足できるなら。そして、もし……」

「ああ！」と、伯爵はネルヴィル卿の言葉をさえぎった。「私はどこででも満足するでしょう。若くて陽気な間は万事うまく行くものです。こんな哲学を得たのは、書物からでも瞑想からでもなく、世間や不幸に慣れたせいです。お分かりでしょう。私が偶然を当てにするのが正しいことが。なにしろあなたと旅する機会を得たのも、偶然によるのですからね」

こう言いおわると、伯爵はこの上なく優雅にネルヴィル卿に会釈をして、翌日の出発時刻を決めて、立ち去った。

明くる日、デルフイユ伯爵とネルヴィル卿は旅立った。オズワルドは最初の挨拶を述べたきり、何時間も口をつぐんでいた。オズだが、道連れが、自分が沈黙しているせいで気疲れしていると見てとると、イタリア行きが楽しみかと尋ねた。

「ああ」と、伯爵は言った。「あの国についてどう考えたらいいか分かっています。楽しむことなど期待してはいません。イタリアで半年過ごした友人が言っていました。『フランスのどの田舎にだって、ローマのよりはましな劇場や社交界がある』ってね。でも名だたるあの古い都で、きっとおしゃべり相手にフランス人を見つけられるでしょうよ。それだけが願いです」

「イタリア語を学ぼうと思ったことはないですか」と、オズワルドが口をはさんだ。

「いや、全然」と、伯爵は言った。「それは私の勉学プランに入っていませんでしたね」

そう言った時、伯爵はいかにも真剣だったので、何か重大な理由でもあって決心したかのようだった。

「言わせていただくなら」と、デルフイユ伯爵は言葉を続けた。「私は国民としてはイギリス人とフランス人しか好きではないのです。イギリス人のように誇り高いか、我々のように優れていなくては。他の国民は皆まがいものです」

オズワルドは黙ってしまった。しばらくして、伯爵はまた愛想よく、陽気で機知に富んだ会話を始めた。巧みに言葉をあやつって話してはいたが、外的な事物も、内面的な感情も彼の話の対象にはならなかった。彼の話というのは、外界についてでもなく、内省によるのでもなかった。思いをめぐらしたり空想したりして、社交界についての報告をするのであった。

彼はネルヴィル卿にフランス人やイギリス人の名前をたくさん挙げて、知っているかと尋ねた。そしてこれをきっかけに、いろいろ辛辣《しんらつ》な話を実に優雅な語り口で話して聞かせるのであった。それを聞いていれば、まるでセンスがある人にふさわしい会話は、上流階級についての噂話をすることででもあるかのようだった。

ネルヴィル卿は、しばらくデルフイユ伯爵の性格について考えた。勇気と浮薄さとが奇妙に混じりあい、逆境にあっても、そんなことには無頓着なこの男。この無頓着が努力の結果なら立派だし、深い愛情を抱けなくなっている理由とは別であるならば、英雄的だし。

オズワルドは思うのであった。「イギリス人だったら、同じ状況にあれば、悲しみにうちひしがれてしまうだろう。このフランス人の強さはどこから来ているのだろう？　また彼の心の変わりやすさは？　デルフイユ伯爵は本当に生きる力を心得ているのだろうか？　私が自分の方が優れていると思うのは、ただおかしいことなのか？　彼の洒脱な生き方の方が、激動の人生に合っているのか？　思索に対しては、自分の魂《こころ》すべてをゆだねるよりも、仇敵のごとくかわすべきなのか？」

　オズワルドが、こうした疑問を解こうとしてもできなかったろう。誰だって自分に与えられた知性の範囲から出ることはできないのだし、長所というものは短所よりもずっと手に負えないものなのだから。

　デルフイユ伯爵はイタリアのことなんか気に止めてもいなかった。そんなわけでネルヴィル卿もイタリアのことなど考えられなくなった。ネルヴィル卿のその美しい国に感嘆する気持ちや、絵のような魅力を感じる気持ちを、伯爵は絶えず逸《そ》らしてしまうのだから。オズワルドは、できるだけ風の音や波のささやきに耳を傾けていた。彼の魂《こころ》には、アルプスの麓で、廃墟を横切りながら、あるいは海辺を行きながら聞かされる社交界の話題よりも、自然のありとあらゆる声を聞く方が心地よかった。

　オズワルドは悲しみに憔悴しきっていた。でも、この方が、デルフイユ伯爵の陽気さにつき合うよりも、イタリアを味わう楽しみの妨げにはならなかっただろう。感じやすい魂《こころ》が哀悼の気持ちに浸っている時には、自然を観察するようになり、美術を楽しむようになる。しかし、いかなる形の浮薄さも、その人の注意力から強さを奪い、その人の思考から独創性を、その人の感情から深さを奪い去る。ネルヴィル卿は、伯爵の浮薄さによって、二人の関係に妙に臆病になってしまった。とかく生真面目な人は困惑するものだ。軽薄な人が、考え深い人をそうさせる。自分は幸せだと言っている人の方が、悩んでいる人よりも賢そうに見えるものだ。

　デルフイユ伯爵は、温和で親切で何事にも気さくであった。ただ自尊心にかかわる事ではいいかげんではなく、彼が愛するように愛されるにふさわしかった。つまり楽しみや危急の際の仲間として愛されるにふさわしかった。しかし、彼はひとの心痛をともにするということが、まったく不得手であった。彼はオズワルドの憂欝にはうんざりしていて、親切心から、またそういうのが好きでもあって、できたら相手の憂欝を晴らしてあげたいと思っていた。

　彼はオズワルドによくこう言ったものだ。「あなたに何が欠けているというのですか？　若くて金持ちで、その気になればお元気なのではないですか？　悲しんでいるせいで病気なのですからね。私ときたら、財産も以前の生活も失ったし、この先どうなるかも分かりません。それでもまるでこの世のすべての繁栄を我がものとしているように、人生を楽しんでいます」

「あなたは、尊敬すべき、稀なる勇気をお持ちでいらっしゃる」と、ネルヴィル卿は答えた。「あなたが経験された逆境も、心の悲しみに比べれば、それほど苦しいものではないのです」

「心の悲しみ」と、伯爵は声をあげた。「ああ！　そのとおり、それは何よりも残酷なものです……だが……しかし……それでも立ち直ることです。分別のある者は、他人にも自分にも役に立たないものはいっさい魂《こころ》から追い払うべきです。私たちがこの世にいるのは、まずは何かの役に立つためで、その次には、幸福になるためにではないですか？　ネルヴィルさん、ここまでにしておきましょうや」

デルフイユ伯爵の言うことは、理にかなっていると言えばそのとおりであった。多くの点で、いわゆる頭の良い人であったのだから。馬鹿げた言動をするのは、軽い性格よりもむしろ情熱的な性格の方である。だが彼のものの感じ方は、ネルヴィル卿の信頼を得ることにならなかった。それどころか、ネルヴィル卿は伯爵に断言してやりたかった。「あなたはこの世で一番の幸せ者ですよ」と。そうすれば、伯爵が述べる慰めの言葉で自分が傷つけられなくてすむのだから。

ところがデルフイユ伯爵の方は、ネルヴィル卿にとても親愛感を抱いてしまった。ネルヴィル卿の諦めの態度、素朴さ、謙虚さ、誇りの高さに対して、尊敬を覚えずにはいられなかった。彼は落ちついて見えるオズワルドの周りを動き回り、幼少の折に年老いた両親から聞いたことのある深刻なことを思い出して、それをネルヴィル卿にぶつけてみた。驚いたことには、彼の外見の冷ややかさは崩れなかった。伯爵は思った。「私は親切で率直で勇気があるのではないのか？　付き合いのいい男ではないのか？　この男に影響を与えるために、何が私に欠けているか？　我々の間で、彼のフランス語がそれほど達者でないためにおこる、何か誤解はないのか？」

4

デルフイユ伯爵は、予期しなかった事態が起きたために、旅の道連れであるオズワルドに対して、自分でも気づかぬうちに抱いていた尊敬の念をさらにつのらせることとなった。ネルヴィル卿は体調がすぐれないために、アンコーナで数日足踏みをしなくてはならなくなった。山と海に恵まれた、この町の環境は美しく、店の前でオリエント風に坐って働いているたくさんのギリシャ人たちや、往来で出会う中近東の人々の色々な衣裳のせいで、独特な、面白い景観の町となっていた。

文明の技術は、あらゆる人々を見かけも実際も均一化する。だが人間の才知や想像力は、それぞれの民族を特徴づける多様性というものを好む。人間たちは気取ったり、計算したりして互いに似せているだけだ。本来のものに多彩なのである。だから衣裳が多様であるのは、とにかく目にはちょっとした保養なのである。衣裳が様々あるということは、感じたり判断したりするのに新規なやり方もあることを感じさせてくれる。

ギリシャ正教、カトリック、ユダヤ教の信仰が、アンコーナの町に平和共存している。それぞれの宗教儀式は極めて異なっているが、同じ一つの感情がこれらの典礼において天に向けて立ちのぼっている。同じ一つの苦悩の叫びが。同じ一つの救いを求める願いが。

カトリック教会は山頂にあり、断崖から海を見下ろしている。潮騒が、司祭たちの歌声に入り混じることも多い。教会内部は、趣味の良くない装飾で飾りたてられている。しかし、人は聖堂の柱廊に立ち止まる時、決して人間の跡をとどめることのない、この素晴らしい海の眺めを、魂《こころ》のうちでもとりわけ純粋な感情である宗教に結びつけたくなる。地は人によって耕され、山は人のつけた道によって切り開かれ、河川は人の商品を運ぶために運河となる。しかし、たとえ船舶が一時、航跡をつけて行こうとも、すぐに波がこの浅い隷属の印を消しに来る。そして海原《うなばら》は、再び天地創造の初日のような姿を現すのだ。

ネルヴィル卿が、ローマへ出発と決めていたちょうどその前日のことであった。夜中に、町に恐ろしい叫び声が聞こえた。何ごとかと急いで宿から出てみると、港から出た火事が家から家へと燃え移り、町の上方まで達しているのが見えた。炎は遠く海に反映し、火勢を煽《あお》っている風のため波間に映る火も揺れて、立つ波が、暗い火の血のような色をした閃《ひらめ》きを、数限りない様相で映し出していた。

アンコーナの住民は、使用できる消火ポンプが全く無いために、急いで手作業で消火にあたっていた。叫び声を通して、街を救うために使われている拘留中の漕役囚《そうえきしゅう》(1)たちの鎖の音が聞こえていた。アンコーナでの商売に引き寄せられて来ている中近東諸国の人々が、恐怖の眼差しで茫然と見入っていた。商人たちは、自分の店舗の炎上を目のあたりにして、完全に気が動転していた。財産について心配するあまり、誰もみな動揺し、死ぬのでないかと恐れる。なんとか方策をみつけようとする、あの魂の飛躍、あの高揚感《アントウジアスム》を持つことができない。

水夫たちの叫び声はもともと沈痛に尾をひく感じだが、これが恐怖のせいで、さらにぞっとする調子を帯びていた。アドリア海沿岸の船乗りたちは奇抜な赤と茶のコートを身にまとっているが、この服の真ん中から、様々な恐怖の表情がはりついたイタリア人の血色のいい顔が、突き出ていた。土地の人々は往来に寝そべって、まるで自分たちの災厄を見ないようにするより仕方がないように、マントで顔を覆っていた。他の人々はそこから抜け出せるとも思わずに、燃えさかる火中にとびこんで行った。激昂したり、ただ諦めるばかりだったりで、対策と力を結集させる冷静さはどこにも見られなかった。

オズワルドは、港に二隻のイギリス船が停泊中で、その船の甲板に性能の良い消火ポンプがあるのを思い出した。彼は船長のところへ駆けつけ、ポンプを取りに一緒に船に上がった。

地元の人々はオズワルドがボートに乗り込むのを見て、叫んだ。

「ああ、出て行った方がいいですよ、外国の人はこんな災厄の町なんか」

「我々はまた戻って来ます」と、オズワルドは言った。

人々は本気にしなかった。ところがオズワルドは戻って来て、港に面した手前の延焼中の家や、また向かい側の往来の真ん中の家に向けてポンプを据えた。デルフイユ伯爵は無造作に、勇敢に、そして陽気に、自分の命を危険にさらした。イギリス船員たちも、ネルヴィル卿の召使たちもみな手助けに来た。というのも、アンコーナの町の人々は、この外国人たちが何をしようとしているのかよく理解できず、またうまく行くとも思わずに、立ち竦《すく》んでいたからだ。

四方八方で鐘が鳴り、司祭たちは行列を作り、女たちは街角で聖人の像の前にぬかずいて、泣いていた。だが、誰一人として神に与えられた、生まれついてそなわっている我が身を守る手立てに思い至らなかった。だがオズワルドの活動が功を奏し、火勢がおさまり、自分らの家が延焼をまぬがれると分かると、町の人々の驚きは高揚感《アントゥジアスム》となった。人々がネルヴィル卿の周りにつめかけて、熱烈に手に口づけをするのだった。そのために、オズワルドは、町を救うに欠かせない、迅速な指令と行動が手遅れにならないように、怒り出さざるをえなかった。皆が彼の指揮下に整列した。状況が容易であれ、困難であれ、一度《ひとたび》危険が生じると勇気が湧いてくる。一度人間が恐怖に駆られると執着心がなくなる。

オズワルドは町中のざわめきを通して、町の向こうはずれで聞こえるのが、他の悲鳴より激しいことをよく聞き分けた。彼は、その悲鳴がどこから起きているのかと尋ねた。ユダヤ人街(二)からだという返事であった。公安の役人が夜この街の門を閉ざす習慣になっていて、火勢がそこまで迫ったために、ユダヤ人たちが脱出を阻《はば》まれていたのだ。

オズワルドは、それに気づいてぞっとした。ユダヤ人街を開門するようにと頼んだ。だが群衆の中の何人かの女がそれを聞きつけ、オズワルドの足もとに身を投げ出し、何もしないようにと懇願した。彼女らは言うのだった。「お分かりでしょう、お優しい旦那さま。この町にこんな火事が起きたのはユダヤ人のせいにきまっています。私たちに災いをもたらすのは、彼らなのですよ。もしあなたが彼らを自由にしたら、海の水を全部持って来ても、火を消し止めることはできないでしょう」

彼女らは、まるで情けを乞うてでもいるかのように、ユダヤ人たちを火に焼かれるままにしておくように、と雄弁にまた優しく懇願するのであった。彼女らは性悪《しょうわる》女などではなく、ただ大きな災害に見舞われた時の迷信深い想像力がそうさせているのだ。オズワルドはこの奇妙な願いを聞いて、憤激を隠しきれなかった。

　彼は、その哀れな人々を閉じこめている門を打ち砕くために、四人のイギリス水夫に斧を持たせて送り出した。たちまちユダヤ人たちは町中に雪崩《なだ》れこみ、火の中を自分たちの商品のところまで駆けつけた。生命の危険を冒してまでも発揮される、どす黒い、財産に対するあの貪欲さを発揮して。今あるような社会にあっては、人間は単に命を救うだけではどうしようもないようだ。

　町の高台にはもう一軒しか家が残っていなくて、消火することもできず、ましてやそこに入り込むこともできなかった。アンコーナの人々はこの家にさほどの関心を示さず、水夫たちは無人の家と思って、ポンプを港の方へと引いて行ってしまった。オズワルド自身も、彼を取り囲んで助けを求める人々の叫び声にぼうっとなっていて、その家に注意をはらわなかった。火は後になってこちら側に移ってきたのだが、ここで火勢を増した。

　ネルヴィル卿が、その家は何か、と激しい口調で尋ねたので、とうとう一人が、精神病院だと答えた。彼はこれに衝撃をうけた。彼は振り向いた。辺《あた》りにはもう水夫たちの姿はなかった。デルフイユ伯爵もいなかった。そして、アンコーナの人々に話しかけても無駄であった。彼らはみな自分らの商品を持ち出すか、持ち出してもらうのに忙しかった。そして治る見込みのある者がいないのに、危険を冒すのは馬鹿げていると思っていた。

　彼らは言った。「このように人為的な過失からでなく、あの人たちが死ぬのは、彼らにとっても親族にとっても、天のお恵みですよ」

　オズワルドは、周りで皆が同様のことを言っている間に、大股で病院の方へ歩いて行った。彼を非難していた人々も、思わず訳も分からず高揚感《アントウジアスム》に駆られて、その後に従った。建物のそばに来ると、ただ一つ炎に包まれていない窓があって、そこに火事の進み具合いを眺めている気の狂《ふ》れた人たちが見えた。彼らは笑っていて、その痛ましい笑みは、人生のあらゆる不幸や魂《こころ》の奥底のあまたの苦しみも知らぬげであって、もうどんな死に様《ざま》もそれを脅かすことができない。この光景を目のあたりにしたオズワルドは、言いようのない身震いに襲われた。彼は以前、絶望のどん底に陥った時に、正気でなくなりそうになったことがあった。それ以来、狂気の様を見ると、胸苦しいような哀れみを覚えるのであった。彼は近くにあった梯子をつかんで壁に立てかける。火の中を登る。病院にとどまっていた、気の毒な人々が集まっている部屋に窓から入る。

　彼らの狂気の状態は、病院内でも拘束されないですむ程度であったが、一人だけがその同じ部屋に鎖でつながれていた。火の手がドア越しに迫っているのが見えたが、まだ床は焼け落ちていなかった。オズワルドはこの哀れな者たちの真ん中に姿を現し、病と苦痛のためにみな衰弱していたが、驚かせてひきつけることができたので、まずは抵抗を受けずに、言うことを聞かせることができた。彼は、今にも火に呑まれそうな梯子で、一人ずつ前を下りるようにと命令した。

最初の男は、一言も発せずに命令に従った。ネルヴィル卿の口調と顔つきが有無を言わせなかった。三番目の男が抵抗しようとした。一時《いっとき》の遅れでそれだけ自分も危険を冒し、それだけオズワルドをも危険にさらすことになるとも思わずに。町の人々はこの状況に恐れをなして、ネルヴィル卿に戻るように、気の狂れた者たちには自力で脱出させるようにと呼びかけた。だがこの解放者は、心広い救出の企てをやりおおせるまで、耳をかさなかった。

病院にいた六人のうち五人は既に救出された。鎖につながれている六人目の男しか、もう残ってはいなかった。オズワルドは彼の鉄鎖をはずし、仲間たちと同じやり方で逃そうとする。だがそれは完全に正気を失っている若い男であり、二年間も鎖につながれていて、いま自由の身になったので、狂喜して部屋にとびこんだ。オズワルドが窓から出そうとした時に、喜んだ男ががかっと激昂した。建物にはますます火が燃え広がっており、ネルヴィル卿はこの気の狂れた男が自力で逃れることができないと見てとり、生命の恩人に向かって暴れるのもかまわずに腕に抱えこんだ。どこに足をつけているか分からぬままに、男を運んだ。それほど煙が視界をさえぎっていたのだ。彼は梯子の下方まで下りると、見当をつけ飛び下りて、気の毒な男を置いた。そいつは相変わらず人々に助けを求めて、オズワルドのことをののしり続けていた。

オズワルドは危険をくぐりぬけた直後の興奮で、髪は乱れ、眼差しは誇らかになごみ、見守っていた群衆の熱狂的な感嘆の歓声を浴びた。ことに女たちは、イタリアにあまねく行き渡っていて、庶民の語る言葉まで高貴にさせる、例の想像力によって自分らの思いを表わした。

女たちは彼の前にひざまずいて、声を上げた。「あなたさまはきっとこの町の守護聖人聖ミカエルです。翼をひろげて下さい。でも私たちから離れて行かないで。大聖堂の鐘楼のあの上においで下さい。そうすれば町中が、お姿を見ながら祈ることができます」

「私の子供が」と一人の女が言った。「病気なのです。お治し下さい」

別の女が言った。「私の夫はどこにいるのでしょう。もう何年も帰って来ません」

オズワルドはなんとか逃げだそうとした。デルフイユ伯爵がやって来て、彼の手を握りながら言った。「ネルヴィルさん、やっぱり何かあったら、友達と分け合わなくては。一人で危険を引き受けるのは水臭いですよ」

オズワルドは小声で言った。「私をこの場から助け出して下さい」

二人は折からの暗闇にまぎれて逃げて、急いで宿場の馬のところまで行った。

ネルヴィル卿は今、善行をやりとげたという思いで、なにか気持ちがなごんだ。しかし誰と共にそれを喜ぶことができるだろう？　親友であった父がいなくなってしまった今となっては？　孤児《みなしご》に災いあれ！　親を亡くした者にとっては、幸運なできごとも、苦悩と同じように孤独感を感じさせるものなのである。実際、生まれた時からのあのような愛情、理解、血の共感、天が用意した父子の間のあのような友情に代わるものなどあるだろうか？　また人を愛することはできる。だが自分の心をみな任せきることのできるあの幸せは、もう二度と出合うことのない幸せなのである。

5

オズワルドはローマまで、アンコーナ辺境領にも教皇領にも何にも目を止めず、何にも興味を持たずに通り抜けた。彼の魂《こころ》の沈みがちな性向と、ある生まれついての無気力のせいでもあった。その生れつきの無気力から、彼を抜け出させることができるのは、強い情熱だけであった。彼の美術に対する審美眼は全然、磨かれてはいなかった。社交がすべてのフランスと、政治的関心の高いロンドンにしか住んだことがなかった。彼の想像力はもっぱら自分の心痛に向けられていて、自然の素晴らしさや美術の傑作に対して、いまだに喜びを感じたことがなかった。

デルフイユ伯爵は、町々を旅行者向けの案内書を手に通り抜けた。彼には同時に二つの楽しみがあった。隈《くま》なく見て時間をつぶす楽しみと、フランスをよく知る者としては、感心するほどのものは何も見なかった、と断言する楽しみとである。伯爵が退屈しているので、オズワルドはがっかりした。オズワルドはイタリアとイタリア人に対して先入観を抱いていた。彼はまだこの国の人々とこの国の神秘を見抜いていなかった。神秘は、イギリスの教育で進んでいる判断力よりは、むしろ想像力によって理解するべきものである。

イタリア人というのは、現実のイタリア人よりも、過去のイタリア人、偉大な過去からすれば今こうなっていてもいいのに、とされるイタリア人の方がずっと傑出している。ローマの都を取り囲んでいる砂漠、生産を侮《あなど》っているかのような、栄光に倦《う》んだこの地は、実利面だけからこれをとらえる人にとっては、ただの未開の、顧みられることのない一地方である。幼い頃から秩序と国家の繁栄を愛することに慣れているため、オズワルドはかつて世界の女王であった都に近づいていることを告げる、見捨てられたような野を通りすぎながら、初めのうちは好感を持てなかった。彼はその地に住む人々とその長《おさ》の怠惰を非難した。ネルヴィル卿は見識ある行政官として、伯爵は社交界の人としてイタリアを批判した。このように一人は理性から、もう一人は軽率さから、ローマの野が想像力に生じさせる効果を少しも察知しなかった。追想と哀惜を、自然の美しさと華々しい災厄を深く理解した時、それらによって、この国は何ともいえない魅力を帯び始めるのである。

デルフィユ伯爵はローマ近郊について、滑稽な嘆きを述べ立てていた。

「なんとまあ」と彼は言うのであった。「別荘《ヴィッラ》もなし、馬車もなし、大都市近郊だということを示すものは何もない！　何と悲しいことよ！」

ローマに近づくと、御者は夢中になって叫んだ。「ほら、ほら、聖ピエトロの丸屋根《クポール》ですよ！」ナポリの人々はこのようにヴェスヴィオ火山を指差すのである。海も同様に海辺の住民の誇りとなる。

「アンヴァリッド(三)の丸屋根《ドーム》でも見ている気か」と、伯爵が叫んだ。

この公平さを欠いた愛国心による比較のせいで、オズワルドは、この人類が創造した見事な傑作を見て、本来ならば感銘を受けたかもしれないのに、それはぶち壊しになった。彼らはローマに入った。晴れた日中でもなく月夜でもなく、万物の輝きを無くして混ぜ合わせてしまう、どんよりとした天気の黄昏時《たそがれどき》であった。彼らはそれと気づかずにテベレ河を渡った。ポポロ門からローマ入りしたのだが、この門はまずコルソ(四)、現代のこの都一番の大通りだが、ヨーロッパの他の都市に似ているだけに、最も個性の無い界隈へと続いていた。

大勢の人々が通りを散歩していた。人形芝居《マリオネット》や香具師《やし》が、アントニウスの円柱のそびえる広場に群れをなしていた。オズワルドは目の前のものに魅了され、全神経を集中させた。ローマという名はまだ魂《こころ》に少しも響いて来ていなかった。オズワルドは、あなたが異国の町に入っていく時の、あなたの存在なんて知らない、何の共通した興味も持っていない、大勢の人々を見る時の、胸をしめつけられるような、あの深い孤立感しか抱いていなかった。こういうもの思いは、誰にでも悲しいものだが、とりわけイギリス人にとってはなおさらである。彼らは同国人どうしでやっているのに慣れているし、他民族の慣習にはなじみにくいのである。ローマという広大な宿駅にあっては、何でも見慣れぬものであり、そこに住んでいるように見えるローマの人々でさえも、土地所有者としてではなく、「廃墟のそばで憩う巡礼者としているのだ(2)」

オズワルドは、辛い感情に胸ふさがれて部屋に籠《こも》り、町の見物にも出かけなかった。こんなに悲しみの思いに打ちひしがれて入ってきたこの国が、やがて自分にとって、多くの新たな考えと喜びとの源になろうとは、思ってもいなかった。

第二部　カピトリーノの丘のコリーヌ

1

　オズワルドはローマで目を覚ました。イタリアの輝く太陽が、眼差しを射るようにまぶしかった。魂《こころ》は、この素晴らしい光によって現れた空を愛し、感謝の気持ちでみたされた。街中の鐘が鳴り響くのが聞こえた。砲声が数発、間をおいて鳴り、何かの大きな儀式を知らせていた。オズワルドは、あれは何のためなのか、と尋ねた。ちょうどその朝、カピトリーノの丘で、イタリアで一番有名なコリーヌという詩人にして作家で、即興詩人でもあるローマ随一の美女であるひとが冠を授けられるのだ、という答えが返ってきた。彼は、そのペトラルカ(一)とタッソ(二)の名のもとに捧げられるその儀式について、いくつか質問をした。答えはどれも、彼の好奇心をかきたてるものであった。

　一人の女性の宿命に対して与えられるこの大がかりなお披露目ほど、イギリス人の習慣や意見になじまないものはないことは、確かであった。だが、イタリア人はあらゆる想像力による、高揚感《アントゥジアスム》を抱いており、それが一時であるにせよ、外国人にも乗り移るのである。そして、感じることを生き生きと表現するこの国の人々の中にあって、この国に対する偏見さえも忘れてしまう。ローマでは、庶民が芸術を識り、彫像を論じる審美眼も持ち合わせている。絵画、歴史的建造物、古美術、それにある程度以上の文学的才能は、彼らにとっては国をあげての関心事なのだ。

　オズワルドは広場に行こうと外に出た。広場ではコリーヌのこと、彼女の才能、天才のことが話されているのが聞こえた。彼女が通ることになっている通りが、飾りつけられていた。人々は、いつもは富豪とか偉い人が通る時しか集まって来ないのに、ただその才能によって際立っているひとを見るために、がやがやとざわめいていた。今日のイタリア人にとっては、芸術の栄光のみが彼らに許された唯一の栄光である。それで彼らはこの分野の天才をある鋭敏さをもって臭《か》ぎ分ける。その鋭敏さが、偉人を輩出させるのかもしれない。もし喝采だけで偉人を産み出すのに充分であり、思想を育《はぐく》むための強い生命、高尚な関心、自立した生活が必要でないのならば。

オズワルドはコリーヌが来るのを待って、ローマの町を散歩した。ひっきりなしにその名が耳に入り、彼女について次々と新しい事柄が話されていた。人の想像を虜《とりこ》にする、あらゆる才能をそなえたひとのようであった。コリーヌの声はイタリアで一番心に触れる声だと言う人もいれば、彼女のように悲劇を演じる者はいない、と言う人もいた。またある人は、彼女は妖精のように踊るし、格調高く独創的な絵を描く、と言った。これほど美しい詩句を書いたり、即興でうたう者はおらず、そして会話でも彼女はある時は優雅に、ある時は雄弁になって人々を魅了するということであった。彼女がイタリアのどの町で生まれたかについて議論されていたが、彼女がイタリアのどの町で生まれたかについて議論されていたが、ローマっ子たちは、あのように訛《なま》りなくイタリア語を話すからには、ローマ生まれにきまっていると言っていた。彼女の姓は知られていなかった。五年前に出た処女作には、ただコリーヌという名があるだけであった。誰も、彼女が以前どこでどういう暮らしをしていたかを知らなかった。年は二十六歳ぐらいであった。そのように謎めいているのに、広く知られており、皆が話題にしているのに、本当の名が知られていない、この女性は、オズワルドにしてみれば、見物にやって来たこのおかしな国の不思議の一つに思えた。彼がもしイギリスにいたら、この手の女性は厳しく批判しただろうが、イタリアには、祖国の社会における礼儀作法をあてはめはしなかった。それに、コリーヌの戴冠には、アリオスト（三）の冒険がそそるような関心を覚えた。

凱旋行進の露払いに堂々たる音楽が響きわたった。どんな行事にせよ、音楽の前触れがあると胸おどるものである。大勢のローマ貴族たちや外国人たちが、コリーヌを乗せた二輪馬車に先だってやって来た。

「彼女の崇拝者の行列です」とローマっ子が言った。

「そうですね」ともう一人が答えた。「彼女はあらゆる人々から賛辞を受けても、誰をひいきにするということもない。裕福で、自立しています。高貴の生まれで、それを知られたくないひとだ、と思われてさえいるし、確かにそのようにも見えますね」

「いずれにせよ」と、またもう一人が言った。「雲に隠れた美神ですな」

　オズワルドはこのように話している男たちを見つめた。頭の中では、聞くことすべてはコリーヌが社会で最も曖昧《あいまい》な階層に属していることを示していた。だが、南ではあまりに自然に、この上ない詩的な表現をするので、言葉は、空気から汲みとられ、太陽から霊感を得るかのようだ。

　とうとうコリーヌの車をひく四頭の白馬が群衆の中に現れた。コリーヌは古代風の車の上に坐っていた。白衣の少女たちが、その脇を歩いていた。彼女が通るいたる所、空中にふんだんに香水がふりまかれていた。誰もが彼女を見ようと窓にかじりついていた。窓の外側は、花鉢と緋色の毛氈《もうせん》で飾られていた。

　皆が叫んでいた。「コリーヌ万歳！」「天才万歳！」「美女万歳！」皆が感激していたが、ネルヴィル卿はまだその気になれなかった。こうしたこと全てを判断するためには、イギリス流の慎重さとフランス風の冷やかしは脇においておかなくては、と内心思った。オズワルドは全くこの祭りにとけこんでいなかったのだ。その時、彼はついにコリーヌの姿を認めた。

　コリーヌはドメニキーノ（四）の女預言者シビラ（五）のように装っていた。インドのショールが頭に巻かれていて、美しい黒髪がそのショールに入り混じっていた。ドレスは白で、青いドレープ襞が胸についていた。衣裳は一風変わっているとはいえ、普通の装い方から外れたようではなく、洒落た感じであった。車上の態度には気品があり、控えめであった。人々の感嘆をうけて嬉しそうなのがよく見てとれたが、気後《きおく》れした感じが混じっていて、凱旋が申し訳なさそうであった。

　彼女の容貌、瞳、微笑の表情が好感をさそうものであった。何とはない印象のままに、オズワルドは一目で彼女の友人になってしまった。彼女の腕は目も覚めるほどに美しかった。長身で、ギリシャ彫刻のように肉づきがよく、若さと幸せのしるしがはっきりと表われていた。その眼差しにはなにか霊感を受けた感じがあった。人々の喝采に応えて会釈で礼を言うさまには、彼女が今置かれている特別な立場の華々しさをますます際立たせる、気取りのなさといったものがあった。太陽の神殿に向かって進んでいくアポロンの巫女《みこ》のようでもあり、同時に、日常生活で関わる全く素朴な女性のようでもあった。とにかく、彼女のしぐさすべてが興味と好奇心、驚きと親愛感をかきたてる魅力があった。

　人々の感嘆の念は、カピトリーノの丘、この追憶ゆたかなる場所に彼女が近づくにつれて、ますます高まっていった。この晴れた空、このように高揚するローマの人々、それよりも何よりも、コリーヌがオズワルドの想像力に衝撃を与えた。彼は、自国において、たびたび政治家が人々に肩車に乗せられて祝福されるのを見たことがあったが、女性に、ただ天賦《てんぷ》の才能によって名を上げた女性に敬意が表される場に居合わせるのは、初めてであった。
　オズワルドは、もの思いに沈み、新たな考えで頭がいっぱいになったあまり、コリーヌの車が通っているのが古代の有名な地であることに気づきもしなかった。車が止まったのはカピトリーノの丘へと登っていく階段の下で、コリーヌの友人たちがみな、手をかそうと駆け寄って来た。彼女は、カステル＝フォルテ公、その知性と人柄によって尊敬をうけているローマの大貴族の手を取った。誰もがコリーヌが公の手を取ったことをよしとした。彼女はカピトリーノの丘の階段を登った。堂々とした階段は荘厳そのもので、一人の女性の軽やかな足取りを歓迎しているように見えた。彼女が到着すると同時に、音楽が急に鳴り響いた。砲声が轟き、凱旋するシビラは、自分を迎えるための宮殿に入った。

　コリーヌが招じ入れられた部屋の奥には、冠を授ける役の元老院議員が席に着いており、それに他の元老院の議員たち。一方には枢機卿全員と国一番の上流夫人たち。もう一方にはローマ・アカデミーの文人たち。反対側の端の部屋には、コリーヌの後について来た群衆の一部でいっぱいになっていた。彼女のためにおかれた椅子は、元老院の椅子よりも低い席にあった。コリーヌはそこに着く前に、しきたり通りにこのようなお歴々の参列者を前にして、第一段目で片膝をつけなくてはならなかった。彼女がそれをあまりに気高く慎ましく、優しく威厳をもって行ったので、この時ネルヴィル卿は自分が思わず涙ぐんでいるのに気づいた。そして自分で涙を誘われたことに驚いた。しかし、彼の目には、コリーヌは、この輝かしい成功のただ中に身をおきながら、その瞳はまるで恋人が守ってくれるのを乞い願っているように見えた。いかに優れていようとも、女性であるからには決してそれなしでは済まされない。ただ自分の思いやりが、なくてはならぬ支えとなるかもしれない、このひとの支えになれたらよいのだが、と彼はひそかに思った。

　コリーヌが着席するとすぐに、ローマの詩人たちが彼女のために創ったソネットとオードを朗読し始めた。こぞって彼女を誉めちぎった。だが、彼らは、優れた天才を持つどんな女性にも与える賛辞を述べていた。それは比喩と神話の引用を耳に快く述べ立てたもので、サッフォ（六）から今日にいたる、文学の才能で名高い女性に代々贈られてきたものだろう。

　ネルヴィル卿はコリーヌを讃えるこのやり方に心苦しくなって来た。自分だったら、彼女を見ながら、即座にもっと真実で正確で詳しく、彼女にぴったりの肖像画を描いたのに、という気がしていた。

2

　カステル＝フォルテ公が話し始め、聴衆はコリーヌについての言葉に耳を傾けた。カステル＝フォルテ公は、スピーチと物腰にその力量と威厳がにじみ出ている、五十歳になる人物であった。オズワルドは、公が年をとっていて、コリーヌの単なる友人にすぎないと思えるために、語られるコリーヌの人物像について純粋な興味をそそられた。もしこのような安心できる理由がなかったら、早くも嫉妬めいた気持ちに駆られていただろう。

カステル＝フォルテ公は、もったいぶらずに、コリーヌを皆に分かってもらうためにふさわしい散文を数頁読んだ。まずコリーヌの作品に特有の価値を明確に示した。彼が言うには、その価値は彼女が外国文学に造詣が深いところから来ている。コリーヌは、南国の想像力、絵画、輝かしい生活と外在する事物にそれほど関心を引かれない国々の人の心についての知識、考察をものの見事に結びつけることにあるのだと。

公はコリーヌの優雅さと陽気さを褒めたたえ、その陽気さはどこから見ても嘲笑によるものでなく、ひとえに、はつらつとした才知、みずみずしい想像力によるものである、と語った。公はコリーヌの感受性を称賛しようとした。だが、話しながらも個人的に遺憾に思うところがあるのが、察せられた。彼は、優れた女性が恋愛対象となる人に出会うことが困難であると、不満をもらした。優れた女性はそういう人について、理想的なイメージ、つまり心と天才が望みうるあらゆる天賦の才能をそなえたイメージを作り上げてしまっている。そうは言いながらも、公は、コリーヌの詩が与えてくれる情熱的な感性を、また自然の美と魂の奥底に受ける印象との間の、心に触れる通い合いをとらえる技法について喜んで語った。公は、コリーヌの表現が独創性、つまり、自然で作為がなく、気取った調子で魅力が損なわれることもなく、彼女の性格と感じ方からほとばしる表現が独創的であることを指摘した。

カステル＝フォルテ公は、コリーヌの雄弁は万能の力であると言った。彼女に耳を傾ける人々が、みずからも真の才知と感性を持っているからこそその雄弁にひきつけられるのだ、と述べた。

彼は言った。「コリーヌは我らの国でもっとも有名な女性でしょう。だが、彼女を語ることは友人にしかできないのです。魂の資質は、本物であると見抜いてもらわなくてはならないからです。輝きも暗さも、それを見通そうとする共感がなければ、それと分からないのです」

公は詩を即興で作るコリーヌの才能について述べた。その才能はイタリアで即興の才と呼ばれているものに、どの点でも似ていなかった。

公は話を続けた。「コリーヌのこの才能は、単にその精神が豊かであるためでなく、その広汎な思想が彼女の中にひきおこす深い感動によるのです。コリーヌがひと度これらの思想を思わせる一言を口にすると、感情と思考と高揚感《アントウジアスム》の尽きることない源泉がそれを活気づけ、刺激するのです」

公はまたいつも純粋で、調和のとれているコリーヌの文体の魅力を改めて皆に感じとらせた。

「コリーヌの詩は、知的な旋律で、儚《はかな》い、繊細な印象の魅力を表現することができるのです」

公はコリーヌの会話を褒めたたえた。公自身が彼女と話す時の楽しさをよく味わっていたことが感じられた。

彼は言った。「想像力と率直さ、正確さと高揚、力強さと優しさが、一人のひとの中で結びついています。それがあらゆる知的な楽しみを刻々変化させていくのです。ペトラルカのこの素敵な詩句が彼女にぴったりです。

魂の奥底に感ずることば

そして私は、クレオパトラの大いに讃えられたあの優雅さ、あの古代人が感じたオリエント風の魅力が、コリーヌにもあるように思うのです」

カステル＝フォルテ公はなお加えた。「彼女と共にめぐった場所、一緒に聞いた音楽、見せてもらった絵画、教えてもらった書物、それらが私の想像力の世界を形成しています。それら全てのものに、彼女の生命のきらめきがあります。それで、もし彼女から遠く離れていなくてはならなかったら、せめてこれらのものに囲まれていたいです。どこにもそのきらめきの名残、彼女がおいていった名残をどこにも見つけられないとは思いながらも」

「そうです」と彼はさらに続けた。（その瞬間、公の視線は偶然オズワルドに向けられた）

「コリーヌに会いなさい。もしあなたが彼女と一緒に生きることができるならば。もし彼女が与えてくれる、二倍にも生きる生活を確実に長く続かせることができるならば。だが、彼女に会ってはいけません。もしどうしても彼女のもとを去らなくてはならないならば。生きている限り探しても無駄でしょう。あなたの感情、思想を共にして、それらを何倍にも豊かにしてくれる創造的な魂のひと、こんなひとを二度とは見つけることはできないでしょう」

オズワルドはこの言葉に身震いした。彼の目はコリーヌに釘づけとなり、彼女の方は自尊心から来る感動ではなく、もっと愛すべき、人の心に触れるような感情による感動で、耳を傾けていた。カステル＝フォルテ公はまた話し始めた。公は一瞬、感極まって絶句していた。公はコリーヌの絵画、音楽、朗読、舞踏における才能について語った。これらの才能全般にわたって、コリーヌはいつもあれこれの流儀とか、規律とかに縛られるのでなく、想像力という一つの力を多様な言語で、芸術という一つの魅惑を多彩な形式で表現するのだ、と語った。

カステル＝フォルテ公は次のように話を結んだ。「コリーヌに耳を傾けたことがない人には、分かってもらえない、と思います。しかし、彼女の存在は、ローマの私たちにとっては、この輝く空とこの霊感を与えられた自然がもたらす恵みのようなものです。コリーヌは私たち友人の間を結ぶ絆です。彼女によって、私たちの生活は動き、関心を抱きます。私たちは彼女の親切心をあてにしている。彼女の天才を誇りにしている。

よく外国人に言うのですよ。『コリーヌを見てごらんなさい。我らの美しきイタリアの象徴です。私たちが運命づけられている無知、羨望、反目、怠惰を免れると、コリーヌになります』と。私たちはコリーヌを、私たちの風土、芸術が産み出した成果、過去から出た新芽、未来に対する神託として、よろこんで見つめています。外国人が、かつてヨーロッパを照らした知の光はどこに行ったのかとイタリアをけなす時、災厄から出た我々の過ちに対して情け容赦もない時、彼らに言ってやるのです。『コリーヌを見てごらんなさい』と。

そうです。私たちも、コリーヌの後について行きましょう。彼女が女性であるように、私たちも男性になりましょう。もし男が、女のように自分の心の中に一つの世界を作り出すことができるなら。そして、もし私たちの天才が、社会的関係や外的状況に支配されがちなものであっても、詩というただ一つの松明《たいまつ》によって燃え上がることができるなら」

カステル＝フォルテ公が話し終えた時、満場の拍手が湧きおこった。話の結びでは、イタリア人の現在の状態について遠回しな非難があったのだが、高官たちは黙ってこれを聞いた。それほどイタリアにはこういった類《たぐ》いの鷹揚さがある。それは、諸制度を変革するには至らないが、身分の高い人々の中で、現在ある偏見に対して穏当な異議申し立てを許すほどにはあることは、事実である。

カステル＝フォルテ公の名声は、ローマでは高いものであった。稀に見る明敏さでもって、彼は語った。弁論よりも行動によって際だつイタリア人としては、目立つ才気であった。彼は実務においては、すぐイタリア人と見分けられるほどの器用さはなかったが、考えることを好み、瞑想で疲れることを厭《いと》わなかった。幸せな南国の人々はこの疲れを拒むことができる。そして、想像力によって何でも見抜くことができる、と思いこんでいる。彼らの肥沃な土地が、太陽の恵みだけによって、栽培しなくとも果実をもたらしてくれるように。

3

コリーヌは、カステル＝フォルテ公が話し終えるとすぐに立ち上がった。彼女が気高く、優しく感謝のお辞儀をしたので、人々はそこに慎み深さと、また同時に望みどおり賞讃を得て素直に喜んでいる様子を感じとった。カピトリーノの丘で冠を戴く詩人は、用意された月桂冠を授けられる前に即興詩をうたうか、詩句を朗唱するかが、しきたりであった。

コリーヌは、自分の好みの楽器リラ〔古代ギリシャ・ローマで用いられた竪琴〕を持って来させた。それはハープによく似ているが、形状は古代風で、音色はずっと素朴であった。彼女は調律をしながら、まずその場から逃げだしたいような気持ちに襲われた。わななく声で、自分に課せられる題を尋ねた。

「イタリアの栄光と幸福！」と、周りの人々が声をそろえて叫んだ。

「そうですか、ええ」と、彼女はもう自分の才能に引きこまれ、力づけられながら、答えた。「イタリアの栄光と幸福！」そして、彼女は祖国愛にかきたてられるのを感じて、魅惑あふれる詩句を聞かせた。それが散文であれば、不完全な考えしか表わしていないのだが。

カピトリーノの丘でのコリーヌの即興詩

「太陽の帝国、イタリアよ。世界の女主人イタリアよ。文学の揺籃《ようらん》、イタリアよ。あなたに敬意を表わそう。いくたび人類はあなたに服従したことか！　あなたの軍隊に、あなたの芸術に、あなたの空に従属したことか！

ある神がオリンポス山を去って、アウソニアに身をひそめた。（七）この国の様相が黄金時代の美徳を夢みさせ、人間はそこではあまりにも幸せそうで、罪深そうには見えなかった。

ローマはその天性によって全世界を征服し、自由によって女王となった。ローマが世界に刻印された。蛮族がイタリアを破壊して全世界を翳《かげ》らせた

イタリアは、ギリシャからの亡命学者たちが国の懐深く持ちこんだ、神々しい宝物によって再び姿を現した。（八）天がその法を啓示した。その勇敢な子孫が、新しい半球を発見した。イタリアは卓越した思想によって、またも女王となった。しかし、この卓越した栄光は、忘恩の輩《やから》しか、もたらさなかった。

想像力がイタリアに、失ってしまった世界を取り戻させた。画家、詩人がイタリアのために土地、オリンポス山、地獄と天国とを産み出した。イタリアを活気づける火、それは異教《パガニスム》の神々よりもその守護神によって守られたのだが、その火を奪おうとするプロメテウスはヨーロッパにはいなかった。

何故に、このわたくしがカピトリーノの丘にいるのでしょうか？　何故に、ペトラルカが戴《いただ》き、タッソを悼《いた》む糸杉に吊されている冠を、このわたくしの取るに足らない額に受けようとしているのでしょうか？　何故に……おお、我が同胞よ、あなた方は、栄誉というものをそれほど愛していないのでしょうか。栄誉をかち得た人々と同じように、栄誉を崇拝する者をも讃えてくれるのですから。

それで、もしあなた方が栄誉を、それはしばしば冠を授けた勝者の中から神に捧げる生贄《いけにえ》を選ぶことでもあるのですが、その栄誉を愛しているならば、芸術のルネッサンスのあったあの世紀のことを誇らかに考えて下さい。近代のホメロス（九）であるダンテ（一〇）は、我々の宗教的秘儀の聖なる詩人であり、思想の英雄なのですが、地獄に近づくために冥界を流れるステュクス川に自分の天才を浸しました。そして、彼の魂は、彼が描いた深淵のように深くなったのです。

最盛期のイタリアが、ダンテの中にそっくり現れる。共和主義精神に活気づけられ、戦士にして詩人である彼は、死者に活動の炎を吹きかける。それで彼の亡霊たちは今日生きている者たちよりも強い生命を得ているのだ。

地上の記憶がまだ亡霊たちを追いかけて来る。あてのない情熱が、彼らの心につきまとう。その情熱が過去の上を動き回り、過去は永劫に続く未来よりもまだしも取り返しがつくように見えるのだ。

祖国から追放されたダンテは、我が身を苛《さいな》む苦しみを想像の地に移しかえたかのようだ。亡霊たちは絶えず生についての消息を聞きたがる。まるで詩人自身が祖国について問い合せるように。地獄は、ダンテにとって追放の地なのだ。

ダンテの目には、何もかもがフィレンツェのたたずまいであった。彼が呼び出す古代の死者は、彼のようにトスカーナ人としてよみがえるように見える。それは精神の限界なのではなくて、自分の思想の圏内に宇宙を入らせてしまうダンテの魂の力なのである。

圏と天の神秘的な連鎖が、ダンテを地獄から煉獄へ、煉獄から天国へと導いて行く。自分の見る幻影に忠実な歴史家であるダンテは、暗闇の地域に光をあふれさせる。その三部作の詩〔『神曲』の「地獄篇」、「煉獄篇」、「天国篇」〕の中に創りあげる世界は、天空に発見された新惑星のように完璧で、光を放ち、輝かしい。

ダンテの声で地上のものが詩に変わる。万物、諸々の考え、諸法、諸現象は新しい神々の新オリュムポス山のようだ。だがこの想像力による神話は、天国の目前で、光線、星、美徳と愛のきらめく光の大洋の目前で、多神教のように消え失せてしまう。

我々の偉大な詩人の不思議な言葉は、宇宙を映すプリズムだ。宇宙のあらゆる驚異がそこに反射し、分散し、再構成される。音は色と化し、色は調和の中に溶けこむ。韻は響きがよくても奇妙であっても、速くても長く伸ばされても、芸術の最高美で、天才が得意とする詩的予感によって、霊感を与えられる。その予感は自然の中に、人の心と関わり合うあらゆる秘密を見つけ出す。

ダンテは、その詩によって追放取り消しを期待していた。調停者への世評を当てにしていた。だが彼は早逝してしまって、国から栄誉を受けることはなかった。儚い人の生は、裏目のままに尽きることが多い。そしてたとえ名誉が勝利して、幸せの岸辺に辿り着こうとも、港の後には墓穴が口を広げている。命運は、幸福が戻って来ると、ありとあらゆる形でそこで終わりだと告げるものなのだ。

それゆえにローマの人々よ。あなた方の賛辞をもって、不運なタッソが度々うけた不当な処遇について、彼を慰めてあげるべきだったのだ。彼は美男で感じやすく、騎士らしく武勲を夢見ながら、自分の歌う愛を感じながら、エルサレムの英雄たちのように尊敬と感謝の気持ちで、この城壁に近づいた。だがタッソに冠を戴かせることになっていた日の前夜、死が、その恐ろしい祝祭のために彼を求めた。天は地に嫉妬深く、時という惑《まど》わしの国からお気に入りの者を呼び戻す。

タッソの世紀よりもっと誇らかで、もっと自由な一世紀を経て、ペトラルカがまた、イタリア独立の勇敢な詩人ダンテのようになった。他国では、彼はその恋愛についてしか知られていないが、ここではもっと厳格な人として回顧され、その名は永遠に讃えられている。ラウラそのひとよりも、祖国の方が彼に多くの霊感を与えた。

ペトラルカはその労作によって古代をよみがえらせた。彼の想像力は深遠な研究の妨げになるどころか、創造の力は彼の手に未来を委ね、過ぎ去った幾世紀もの秘密を彼に漏《も》らした。彼は、知ることが考え出すことに役立つ、と知った。彼の天才は永遠の力に似て、あらゆる時代に立ち合える術《すべ》を知っただけに、ますます独創的になった。

我らが晴朗なる大気、晴れやかなる気候が、アリオストに霊感を与えた。長い戦争の後に現れたのは虹だ。晴天を告げる使者のように、輝く多彩なアリオストは、生と親しくたわむれているかのようだ。軽やかで穏やかなその陽気さは、自然に対する微笑であり、人間に対する皮肉ではない。

ミケランジェロ(一一)、ラファエッロ(一二)、ペルゴレーシ(一三)、ガリレイ(一四)、そして危険を知らぬ旅人で、新しい地を渇望するあなた方。自然はあなた方にこれほど美しい国を差し出すことはできないのに！　あなた方の栄光を詩人のそれと重ねてごらんなさい。芸術家、学者、哲学者、あなた方も彼らのようにあの太陽の子なのです。あの太陽が想像力を展開させたり、思考を活気づけたり、勇気をかきたてたり、幸せの中にまどろませたり、何でも約束し、何でも忘却させるようだ。

あなた方はオレンジが花咲き、天からの光線が愛をもって肥沃にする、この地を知っていますか？　あなた方は夜の甘美さを讃える美しい調べを聞いたことがありますか？　清らかで心地よい空気で満ちている、あの香りを吸ったことがありますか？　お答え下さい、異国の方々。お国では自然は美しく恵み深いものですか？

他国では災禍が社会を襲う時、人々は神に見放されたと思わなくてはならない。だがここでは私達は常に天のご加護を感じていて、天は人間に関心を持ち、高貴な被造物として扱って下さったと分かっている。

我々の自然は、ただ葡萄や麦の穂によって飾られるだけでなく、君主の祝祭の時のように、有用性などというくだらぬことのためではなく、役立たずの花や草木を楽しませるために、ふんだんに人の足もとに使うのである。

自然の気配りによる細やかな楽しみは、それを感知するにふさわしい民族だけが味わうのだ。彼らにとっては素朴な料理で充分なのである。この民族はふんだんに用意されるのでなければ、葡萄酒の泉に陶然となりはしない。彼らは、自分らの太陽、芸術、記念建造物、古くて若々しい自分らの国を愛している。赫々《かくかく》たる社交界の洗練された楽しみ、貪欲な民衆の粗野な楽しみとは無縁である。

ここでは感覚と考えが一つに混ざりあい、生は一つの泉から汲み取られ、魂は大気のように天と地の境を占めている。天才はゆったりとくつろいでいる。ここでは夢想は穏やかであるから。天才が高ぶれば、夢想が静める。天才が目的のないことを残念がれば、夢想が千もの空想を贈る。人々が天才を抑圧すれば、自然は天才を受け入れるためにあるのだ。

このように自然は常に埋め合わせをして、その救いの手はあらゆる傷を癒《いや》す。ここでは、人は善意の神を畏敬することによって、その愛の秘密を洞察することによって、心の痛みも自分で慰めることができる。我々の儚い生の、一時の不運も、不滅の世界の豊饒で壮大な胸の中にかき消える」

割れんばかりの拍手に、コリーヌはしばらく中断した。オズワルドだけが、周りの騒々しい興奮に同調しなかった。コリーヌが、「ここでは心の痛みも自分で慰めることができる」と言った時、彼は頭を垂れて、手で支えた。その時から彼は顔を上げなかった。コリーヌは彼に気づいて、すぐにその顔立ち、髪の色、服装、上背《うわぜい》があること、しまいにはそのしぐさから、イギリス人であることを見抜いた。不幸感を漂わせており、悲しみに満ちた表情が強い印象を与えた。

その時、彼の視線は彼女に向けられ、かすかに非難しているように見えた。コリーヌは、彼が何を考えているのかを見抜き、幸福について確信を持って話すのは止めて、祝祭のさなかで死についていささかの詩を捧げ、満足してもらわなくてはと思った。このような考えのもとに、再びリラを手にした。楽器から出る長く響いて心に触れるような音によって、聴衆は静まりかえった。そこで、彼女はうたい始めた。

「だが、慰めを与えてくれる我々の天も、忘却させることのできない心の痛みがある。どの地にあれば、後悔はここよりももっと穏やかで、高貴な印象を魂にもたらしてくれるのだろう！

他の地では、生きる者は辛うじて自らの流れ去る人生と熱い願望のための場を見つける。この地では、亡霊が廃墟、荒野、無人の館を思うがままにしている。今やローマは墓所の祖国ではないのか！

コロセウム、方尖柱《オベリスク》、あらゆる傑作がエジプトやギリシャの奥地から、ロムルス(一五)以来の大昔からレオ十世(一六)にいたるまで、偉大さが偉大さを引き寄せるとでも言うように、この地に集まってきており、この一つの場所に人間が時から守ることができるものは、何でもしまいこまれたのだが、今はこれらすべての傑作は墓碑となってしまっている。私たちの怠惰な生は気づかれもせず、生きている者の沈黙が死者への敬意である。死者は生き続け、私たちは消え去る。

死者だけが尊敬されるべき者であり、いまだにその名を知られている。私たちの知られることのない宿命が、祖先の輝かしさをひき立てる。私たちがいま在るのは過去を存続させるためでしかない。過去は追憶の周りで音も立てず、なんと静かであることか！　イタリアのあらゆる傑作は、もうこの世にいない人々の作品であり、天才そのものが偉大な死者たちの中にある。

おそらくローマの隠れた魅力は、長い眠りと想像力とを調和させることだろう。人は自分でも長い眠りにつくことを覚悟し、愛する者の眠りに耐えるのだ。南国の人々は、北国の人々よりも明るい色合いで人生の終末を思い描く。太陽が栄光のように墓さえも熱くする。

たくさんの骨壷の傍らにあって、この美しい空のもとで墓が冷たくて人里離れていることも、怯《おび》える人々を悩ませはしない。人々は大勢の亡霊が自分を待っていると思う。人けのないこの都から地下の都に移るのは、心地よく見える。

このように苦しみの切っ先は鋭くはない。心は鈍感でなく、魂は無味乾燥でなく、完璧な調和と香りたつ大気が人の生に入り混ぜられる。人はあまり恐れることもなく、自然に身をゆだねる。造物主が次のように言われた、あの自然に。『百合は働きもしないし、紡《つむ》ぎもしないが、王者のいかなる衣が、わたしがこの花々にまとわせた華麗さに匹敵しよう！』」

オズワルドはこの最後の詩節にうっとりして、存分の拍手で感嘆をあらわした。この時ばかりはイタリア人といえども彼の興奮にはかなわなかった。それもそのはず、コリーヌの後半の即興詩は、ローマの人々へというよりはオズワルドに向けられていたのだから。

たいていのイタリア人は詩をよむ時に、「カンティレーナ」と呼ばれるある種の単調な歌にする。(3)これが感興を台無しにする。言葉が多彩であっても無駄なことで、印象は同じままである。言葉より本質的な要素である、声の抑揚に変化がないのだから。コリーヌは調子を変化づけて、しかもハーモニーによって安定した魅力を損なうことなく歌った。それは天上の楽器によって奏でられる、さまざまな歌曲のようであった。

華やかで響きのよい、このイタリア語という言語を聞かせるコリーヌの心に触れる繊細な声音は、オズワルドにそれまで聞いたことのない感銘を与えた。イギリスの韻律法《プロソディー》は変化に乏しく、不明瞭である。その本来の美しさは憂愁そのものである。雲がその色彩になり、波の音がその抑揚となっている。

だが祭日のように華やかで、色彩であれば深紅にもたとえられ、勝利の楽器のようによく響くこのイタリアの言葉が、美しい風土が人々の心にもたらす喜びが刻まれているこの言葉が、感動に満ちた声によって発せられる。するとイタリア語の穏やかな響き、強い力がはからずも生き生きとした感動を与える。自然の意向が裏切られ、その恵みが無駄で、その贈り物が拒絶されたかのように見えても、自然の喜びの中で表現される心の痛みこそ、意外感を与える。苦悩に霊感を受けるかのような、北国の言語があらわす苦悩よりも、かえって心に深く触れるのだ。

4

元老院議員が、コリーヌの頭上にのせる銀梅花と月桂樹の冠を取った。彼女は額に巻いたショールをほどいた。すると濡れ羽色した黒髪が両肩に波打ってかかった。コリーヌは、その髪のまま、喜びと感謝をたたえた、生き生きとした眼差しで進んだ。冠を受けるために、再び膝をついたが、最初の時ほど震えて当惑した様子はなかった。歌い終え、高貴な思想に心が満たされ、高揚感《アントウジアスム》が内気さを押し退けてしまったのだ。それはもうおずおずとした女性ではなく、喜びをもって天才崇拝に身を捧げる、霊感を受けた女祭司であった。

　コリーヌの頭上に冠が置かれると、全ての楽器が鳴り響き、魂を力強く気高くかき立てる、あの勝ち誇った旋律を奏でた。ティンパニやファンファーレの音がもう一度コリーヌの胸を揺さぶった。両眼は涙にあふれ、一時、彼女は腰を下ろし、ハンカチーフで顔をおおった。オズワルドは強く心をうたれ、人々の間から抜け出て、声をかけようと数歩進んだ。だがどうしようもなく困惑して足を止めてしまった。コリーヌは用心しながら、しばらくの間、彼を盗み見た。カステル＝フォルテ公が、カピトリーノの丘から車まで彼女に付き添おうと、彼女の手を取りに来た。コリーヌはうわの空で身動きしながら、あれやこれやとかこつけて、幾度かオズワルドを見ようと、振り返った。

　彼はコリーヌの後に続いた。彼女はお供に付き添われて階段を下りながら、また彼を見ようと振り返った。それで冠が落ちた。オズワルドは急いで冠を拾い上げ、彼女に手渡しながら、イタリア語で少し言葉をかけた。それは、賤《いや》しい人間は冠を神々の頭上に置こうとはせずに、その足もとに置くという意味の言葉であった。[4]

　するとコリーヌは英語で、例の生粋《きっすい》のイギリス人のアクセント、大陸ではまず真似ることのできない、完璧にブリテン島のアクセントで礼を言った。それを聞いたオズワルドは、どんなに驚いたことか！　その場に釘づけになった。当惑して、カピトリーノの丘の階段の下にある、玄武岩のライオンに寄りかかった。コリーヌはもう一度彼をじっと見て、彼が感動しているのに驚かされたが、車の方へと導かれて行った。オズワルドが我に帰ったのは、人の群れが消えて、大分たってからであった。
その時までオズワルドにとって、コリーヌは異国女性のうちでも最も魅惑的なひと、彼がこれからめぐる国の優れた人物でしかなかった。だが彼女のイギリスのアクセントのせいで、故国の思い出がすっかりよみがえってしまった。コリーヌの魅力が身近なものになってしまった。

あのひとはイギリス人なのだろうか？　今までイギリスにいたことがあったのだろうか？　彼には分からなかった。だが習っただけで、あのように話すことは不可能であり、ネルヴィル卿とコリーヌは同じ国で暮らしたことがあるにちがいなかった。お互いの家族に関係がないとは誰が知ろう？　子供の時に彼女を見たことだってあるかもしれない！　人はたいてい愛するひとについて、何かよく分からないが、生得のイメージを心の中に持っていて、そのために初めて見てもそれと分かると確信しているのだろう。

オズワルドは、イタリア女性について大いに先入観を抱いていた。情熱的だが、移り気で、長続きのする深い愛情を持つことができないと思っていたが、カピトリーノの丘でコリーヌが言ったことから、俄然、全く別の考えを抱くようになった。もし彼が故国の記憶を思い出すと同時に、想像力によって新しい生を授かり、過去と絶縁することなく未来に向けて生まれ変わることができるなら、それはいったいどういうことなのだろうか！

オズワルドは、夢想に耽《ふけ》るうちに、ふと気づくと、聖天使《サン＝タンジエロ》橋の上にいた。それは同じ聖天使という名の城というよりは、むしろ要塞になったハドリアヌス（一七）の墓所へと続く道であった。その場所の静寂。テベレ河の青白い波。橋上の彫像を照らし出し、それらを水の流れに見入る白い亡霊のように見せている月の光。そして、このようなものに一切関わりのない波と時。

これら全てのせいでオズワルドはいつもの考えに立ち戻った。彼は胸に手をあてて、いつもそこに下げている父の肖像画に触れた。見つめようとして、胸から引き上げた。今感じたばかりの幸福の瞬間も、その幸福を感じる理由も、彼にとっては父親に申し訳ない気持ちにしかならなかった。そう思うと再び悔恨の念にかられた。

「終生消えることのない記憶」と、彼は声を上げた。「あんなに感情を傷つけられても寛大だった愛しいひと！　そのひとの死後、こんなに早く喜びの感動で胸が高鳴るとは！　人間として優れていて、寛容であったあなた。私を責めるようなあなたではない。あなたは私が幸せであるように望んでいて、私が過ちを犯したのに、それを望んでいる。でも私は、とにかく、もしあなたが天の高みから話しかけて来たら、この地上で聞き損《そこ》なった時のようなことがないようにしたい！」

第三部　コリーヌ

1

デルフイユ伯爵も、カピトリーノの丘の祭典に行っていたのだった。翌日、彼はネルヴィル卿のところにやって来て、言った。「オズワルドさん、今晩コリーヌのところにお連れしましょうか？」

「何ですって」とオズワルドがさえぎった。「あの方をご存じなのですか？」

デルフイユ伯爵は答えた。「いいえ、でもあれほど有名な方は、会いたいと言われれば悪い気はしないものです。それでさっそく今朝手紙を書いて、あなたと一緒に今晩訪ねて行くお許しを願いました」

オズワルドは顔を赤らめて答えた。「私としては同意もしていないのに、そんな風に名前を出していただきたくなかったですね」

「むしろ感謝していただきたいものです」と伯爵は答えた。「面倒を省いてさしあげたのですから。大使のところへ行くと、枢機卿のところへ連れて行ってくれる。枢機卿が誰か女性のところへ連れて行ってくれる。今度はその女性がコリーヌのところへ連れて行ってくれたでしょう。そうする代わりに、私があなたを紹介し、あなたが私を紹介し、二人とも手厚く迎えてもらえるでしょうよ」

ネルヴィル卿は答えた。「そうは思えないですね。そんな性急な申しこみは、コリーヌには不快だったのではないでしょうか」

「全然、そんなことはないですよ」と伯爵は言った。「あのひとは頭がいいので、そんなことにはならない。お返事は丁寧でしたよ」

「何ですって、返事が来たのですか」と卿は言った。「何と言って来たのですか、伯爵くん」

「ああ、伯爵くんですって」笑いながら、伯爵は言った。「コリーヌが返事をくれたと分かったら、おとなしくなってしまいましたね。まあいいでしょう。『あなたが好きだから、許してあげましょう』それで打ち明けて言えば、あなたのことより自分のことを手紙に書いたのに、お返事ではあなたの名を最初にあげているように思えます。でも、私は友人には焼き餅をやかないことにしているので」

「もちろん」と卿は答えた。「あなたも私もコリーヌのお気に召すとも思えませんが、私としてはああいう素晴らしい人物の集まりに何回か出られれば、それで満足です。それでは今晩。そういう手筈をととのえて下さったのですから」

「私と一緒にいらっしゃるのですか？」

「そうですとも」とネルヴィル卿は、困惑の色を見せて答えた。

伯爵は続けた。「それではいったいどうして、私のしたことにあんなに不満をもらされたのですか？　私が説明し始めたら、お止めになった。もっとも、あなたが信用を落とさないように、もっと気をつけてあげるべきでした。コリーヌはほんとうに素敵なひとで、才気があって優雅です。彼女の言っていることがよく分からなかった。イタリア語で話していましたからね。でも見たところ、あの方は絶対フランス語に堪能ですね。今晩二人でその点について見てみましょう。変わった生活をしている。金持ちで若くて独身です。愛人がいるかどうか分かりませんけどね。でもやはり、現在は誰も、好きな男はいないみたいです」

「それに」と彼は付け加えた。「自分にふさわしい男に、この国では出会わなかったかもしれない。そうであっても、私はべつに驚きませんね」

デルフイユ伯爵は、しばらくこのように話し続けた。ネルヴィル卿は止めもしなかった。はっきりと失礼なことを言ったのではなかったが、オズワルドの関心をひくひとについてどぎつい口調で、軽々しく語り、ずっとオズワルドの繊細な神経を逆撫でしていた。才気があり、礼儀作法を知っていても会得できない心遣いというものがある。だから完璧な礼を欠いてはいないのに、人の心を傷つけることがあるものだ。

ネルヴィル卿は夜の訪問のことを考えて、日中はずっと落ち着かなかった。だが不安になることはなるべく考えないようにして、運命的でない感情にも、喜びを感じることができると強いて思うことにした。それは無理な思いこみだ！　何故ならば、一時的であると思うものから、心は何の喜びも受け取らないのだから。

ネルヴィル卿とデルフイユ伯爵は、コリーヌ宅に到着した。家は聖天使《サン＝タンジエロ》城の少し先のトラステヴェレ地区にあった。完璧に優雅な内装のこの家は、テベレ河の眺めが借景となって美しかった。客間はニオベ（一）、ラオコーン、メディチのヴィーナス、瀕死の剣闘士など、イタリア最良の彫像の石膏の複製で飾られていた。コリーヌの書斎には楽器や書物、それから簡素で使いやすい、集まりの輪を縮め会話しやすいように配置された家具が見られた。着いた時、コリーヌはまだ書斎にはいなくて、オズワルドは待ちながら、不安な気持ちで住まいの中を歩き回った。そこではどの部分にもフランス、イギリス、イタリアの三国のそれぞれ快適なものが、うまく折衷されているのに気づいていた。つまり社交性と文学愛と美術センスが。

ついにコリーヌが現れた。格別凝《こ》ってはいないが、独特な装いであった。髪には時代ものの瑪瑙《めのう》、首には珊瑚の首飾りをしていた。挨拶には気品があって、しかも気さくであった。彼女は何ごとにも素朴で自然ではあったが、このように親しく、友人たちの輪の中心にいるのを見ると、カピトリーノの丘での神々しさがまた現れていた。彼女はまずデルフイユ伯爵に会釈をして、それからそのようなごまかしはよくないと思い直したかのように、オズワルドの方へと近づいた。ネルヴィル卿、と声に出して呼んだ時に、この名が彼女には何か特別な感慨でもあるかのようであった。彼女は、感動した声音でその名を二回繰り返した。まるでそうすることで心に触れる思い出をたどるかのように。

やっと彼女はイタリア語で前日、オズワルドが親切に冠を拾い上げてくれたことに対して、感謝の言葉を述べた。オズワルドは感嘆の気持ちを抱いたことを述べようとして、答えた。そして彼女が英語で話さないので残念だ、と言った。

「あなたにとって、私は昨日よりもさらに異国人でしょう？」と、彼は付け加えた。

「いいえ、全然」とコリーヌは答えた。「私のようにそれぞれ数年間ずつ、いくつかの国語で生活しますと、表現する気持ちによってどの国語で話すかが決まってきます」

「確かに」とオズワルドが言った。「英語はあなたの母国語で、友人と話す言葉であり、そして……」

コリーヌはさえぎった。「私はイタリア人ですわ。お許し下さいませ。あなたにはイギリス人の特徴とされる、国民としての誇りがあるようです。この国では私たちはずっと慎ましく、フランス人みたいに自分に満足してもいないし、イギリス人のように自分に誇りも持っていない。外国の方々にはもう少し寛大になっていただきたいものです。

私たちイタリア人には、一つの国の国民であることが阻《はば》まれていたために、どうしても民族として持てなかった自尊心を、個人としても持てなくなりがちなのですね。でも、もしあなたがイタリア人と知り合いになられたら、彼らの性格の中に、目立たず、稀ではありますが、良い時代にはまた現れてくるであろう、古代の偉大さが名残をとどめているのに気づかれることでしょう。あなたには英語で話すこともありますが、いつもではないわ。イタリア語は私にはとても大切なものです。とても苦しみましたわ」と、彼女は溜め息をつきながら言った。「イタリアで生きるために」

デルフイユ伯爵が、コリーヌが自分たちの分からない国語で話している、とにこやかに咎《とが》めた。「コリーヌ、いい子だからフランス語を話して下さい」と彼は言った。「あなたは、まことにそれにふさわしい方なのだから」

コリーヌはこのお世辞に微笑んで、正確なフランス語をすらすらと、だが英語訛りで話し始めた。ネルヴィル卿とデルフイユ伯爵は同じように驚いた。伯爵は品位を持って言えば、何を言ってもよく、無礼は形の上にあり、心の奥底にはないと思っている人なので、コリーヌにその奇妙なわけをずばりと尋ねた。

彼女は初め、このいきなりの質問にめんくらったが、気をとり直して言った。「ご覧のように、イギリス人からフランス語を習いましたの」

彼は笑いながらもしつこく次々と質問をした。

コリーヌはさらにどぎまぎして、やっと言った。「私は四年前からローマに住みついていますが、友人たちでも、私に関心を持たれる方でも、ええ、確かに私の過去について尋ねた方はありませんでした。私にとって話すのが辛いことだ、と初めから分かっておられたのですわ」

コリーヌのこの言葉で伯爵の質問はおしまいとなった。だが、コリーヌは彼が気分を損ねたのでは、と心配になった。ネルヴィル卿と親密なように見受けられ、自分のことをこの友人に話すのではと、何故だか不安になった。それで、彼女は伯爵に気に入られようと、気をつかい始めた。

この時、カステル＝フォルテ公が、自分の友人やコリーヌの友人であるローマの人々と共に到着した。彼らは感じのよい陽気な人々で、物腰も優しく、他の人々の会話にすぐにとけ込んだので、みな喜んで話しかけた。それほど彼らは、感じとるに値するものは素早く感じとっていたのだ。イタリア人は怠惰のせいで、持てる才気を社交の場でも、他の方法でも、示すまでには至らない。彼らの大半は隠遁生活にあっても、自然から与えられた知的能力を培《つちか》わない。ただたやすく向こうからやって来ることを、熱狂して楽しむのである。

コリーヌは内心、はしゃいでいた。フランス女の明敏さで愉快なことを見つけ、イタリア女の想像力で、それを表現した。だが彼女の話には何ごとにも善意がこもっていた。何の計算も敵意も見られなかった。何によらず、傷つけるのは冷淡さであり、それとは逆に想像力には善良さがあるものだ。

オズワルドは、コリーヌが淑《しと》やかさそのものだと思った。この淑やかさは、彼には目新しかった。彼がかつて置かれた、ひどい状況は、優しくて才気渙発な、あるフランス女性の思い出と結びついていた。だがコリーヌは、いかなる点においてもそのひとに似てはいなかった。コリーヌの会話にはあらゆる分野の才気がつまっていた。芸術に対する高揚感《アントゥジアスム》、世界についての知識、明敏な考え、深い感性。つまり活発で回転が速い魅力のためにそれらが目立つのである。だからといって、彼女の思考が不完全で、その思索が軽々しくなることはない。オズワルドは驚くと同時に魅せられもし、不安になると同時に惹きつけられもした。コリーヌがそなえている全てを、このようにただ一人のひとが合わせ持つことが理解できなかった。

こんなに多くの対照的ともいえる資質が結びついているのは、無定見によるのか、優れているせいなのか、と彼は考えた。あるいは何でも感じるあまりなのか。または、一瞬のうちに憂鬱だったのが陽気になり、考え深げだったのが淑やかになり、知識と考えを披瀝して感嘆させていたのだが、好かれよう、魅了しようとする一人の女としての媚態に移っていくことを、次々と忘れ去ってしまうからなのか。だがこの媚態には申し分のない気品があり、彼女はその媚態に自尊心と厳しい自制心を課しているのだった。

カステル＝フォルテ公はコリーヌに夢中で、彼女の交際仲間のイタリア人たちの洗練された、不断の気配りと挨拶には、コリーヌに対する愛情があった。彼らが日頃ささげてくれる崇拝は、祭典の曲のように彼女の日々の生活に流れていた。コリーヌは愛されて幸せであった。だがそれは温暖な風土に生活し、耳に快い音を聞き、つまり心地よい印象しか受け取らないので幸せというものであった。愛の深く真剣な情感は、彼女の顔には表われていなかった。生き生きした、変わりやすい表情に何でも表われる顔であったが。

オズワルドは黙って見つめていた。コリーヌは、彼がいるので元気づいて、何とか愛想よくしたいと思った。でも彼女は自分の話が佳境にある時に幾度か話を止めた。オズワルドの静かな様子に驚き、彼が内心で自分を認めているのか、あるいは非難しているのか、またはイギリス人の考えではこのような女性の成功に拍手ができないのか、が分からなかった。

オズワルドはすっかりコリーヌの虜になって、以前は女性には無名がふさわしい、と考えていたことを忘れてしまった。彼女に愛されることができるだろうか、自分だけを目立たせることはできないものかと考えていた。つまり彼は目を奪われると同時に、心を乱されていたのだ。帰る時にコリーヌが丁重にまた来て下さいと言ったのに、彼は丸一日というもの引きずりこまれるような恐ろしさを感じて、彼女の家に行かずにいた。

時々、彼は自分がもっと若かった時に犯した取り返しのつかない過ちと、この新たな感情を比べてみては、その考えを振り払った。何故なら、過去の過ちは手管《てくだ》、それも偽りのある手管のせいであったが、コリーヌの誠実については疑うことはできなかった。あのひとの魅力は魔力からか、詩的霊感からか？　アルミーダ(二)かサッフォか？　あのような輝かしい翼に恵まれた天才を捕えようとしてよいものか？　彼を決心させることはできなかった。だがとにかくその非凡な人間を形成したのは、社会というよりは天そのものであり、彼女の才気を真似ることはできないし、彼女の個性を身につけることもできないと感じられた。

「ああ！　父よ」とオズワルドは言った。「あなたがもしコリーヌを知ったならば、何と思われたでしょうね？」

2

デルフイユ伯爵は、いつものように、朝、ネルヴィル卿のところにやって来た。昨夜、コリーヌの家に行かなかったと文句を言ってから、伯爵は言った。「もし、あなたがいらしていたら、さぞかし喜ばれたことでしょうに」

「おや、それはどうして？」とオズワルドが言った。

「彼女があなたにとても関心を持っているという確信を昨日得たものですから」

「またしても軽率なことを！」とオズワルドがさえぎった。

「いったいあなたは私が軽率になれもしないし、なりたいとも思っていないことをご存じではないのですか？」

「私の素早い観察を軽率と言われるのですか？」と伯爵は言った。「私が素早く理性を働かせれば、それだけ理性がないことになりますか？　あなた方はみな人間の寿命が五世紀もあった、あの族長(三)の時代に、生きられるように作られていたのです。いいですか、我々フランス人は少なくとも四世紀分は寿命が削られたのです」

「よろしい」とオズワルドは答えた。「それで、その素早い観察で発見されたこととは？」

「コリーヌがあなたを愛しているということですよ。昨日、あのひとの家に到着しました。確かに私を歓迎してくれました。でも、彼女の目はあなたが続いて入ってくるのを見よう、と扉に釘づけになっていました。彼女は少し他のことを話そうとしましたが、元気がよく気取らないひとなので、とうとう率直に何故あなたが一緒でないのか、と尋ねました。私はあなたを悪く言いました。私を恨まれるでしょうね。あなたは変わっていて、陰気な人間だと言いました。他にあなたを褒めたことはここで申しませんが。

『あの方は悲しくていらっしゃるのです』、とコリーヌは言いました。

『きっと親しい人を亡くされたのです。どなたの喪に服しておられるのですか？』

『父上の喪です』と、私は言いました。『父上を亡くしてから一年以上経つのですが。自然の法則によれば、私たちはみな親に先立たれることになっているのだから、彼があのように長く沈みこんでいるには、何か他の隠れた理由があるように思います』

『ああ！』とコリーヌが答えました。『苦しみは、見た目には同じであっても、どの人も同じだとは思いませんわ。あの方とお父上とは普通の決まりどおりではないのでしょう。そう思いたいですわ』オズワルド、彼女の声はとても優しかったですよ。この最後の言葉を言う時にね」

「そこですか。あなたが言われた、私への関心の証拠というのは？」とオズワルドが答えた。

「実際」と伯爵は続けた。「私が思うには、愛されていると確信するには、それで充分でしょう。でもさらにお望みのようなので、もっと証拠を出しましょう。一番強力なのを最後に取っておきました。カステル＝フォルテ公が来られて、アンコーナでのあなたの話をしたのです。あなたのことだと知らずにね。イタリア語を二回習ったおかげで判断がついた限りでは、公は熱意と想像力たっぷりに話していました。外国語にはフランス語がたくさん入っているので、私たちは外国語を知らなくても、たいてい理解するのですよ。それに理解できないことも、コリーヌの顔の表情で分かります。心が動揺しているのが見て取れました。一語も聞きもらすまいとして息をつめていましたよ。そのイギリス人の名を知っているか、と彼女が尋ねた時あまりに不安そうなので、あなた以外の名が出てくることをいかに恐れているかが容易に察せられましたよ。

　カステル＝フォルテ公が誰だか知らないと言うと、コリーヌは勢いよく私の方に振り向いて叫んだのです。『あなた、それはネルヴィル卿ではありませんこと？』『ええ、彼です』と私は答えました。するとコリーヌは涙にくれてしまったのです。話の間中、泣いてなんかいなかったのですよ。話そのものより、その主人公の名に、どういう涙腺を緩ませるものがあったというのでしょう？」

「あのひとが泣いただって！」ネルヴィル卿が叫んだ。「ああ！　どうして私はその場に居合わせなかったんだ？」

　そして彼は急に口をつぐんで、目を伏せた。その男らしい顔には、繊細な内気さが浮かんだ。彼は、デルフイユ伯爵が自分のひそかな喜びに気づいて、邪魔しようとするのを恐れて、急いでまたしゃべろうとした。

「もしアンコーナの出来事が話の種になるものならば、伯爵、その栄誉はあなたのものでもあるのですよ」とオズワルドは言った。

「あなたと一緒だったフランス人のことは、ちゃんと出て来ました」と笑いながら、伯爵は答えた。「でも私以外の誰もこのおまけの話には注意をはらいませんでした。麗しのコリーヌは、あなたの方が好きで、絶対、我々二人のうちであなたの方が誠実だと思っています。おそらくはあなたの方が誠実ではなくて、それどころか、私なんかよりも彼女を悲しませるでしょうよ。でも、女というのはロマネスクであれば、苦労も厭《いと》わないのです。そういうわけで、あなたは彼女にふさわしいのです」

ネルヴィル卿は伯爵の言葉一つ一つに苦しんだ。しかし彼に何と言うべきか？　伯爵は決して議論などしなかった。意見を変えようと、注意深く話を聞いたりしなかった。一度言葉にすれば、もうそれには関心がなかった。一番いいことは、できることなら彼自身と同じくらい素早くその言葉を忘れてしまうことであった。

3

その夜、オズワルドは全く新たな気持ちでコリーヌの家に着いた。自分が来るのを待っていると思った。愛するひとと暗黙のうちに通じ合う、その最初の閃光の魅惑よ！　期待だけでまだ思い出が作られる以前の、愛情が言葉で表現される以前の、感じることが雄弁に語られる以前の、この最初の束の間の時には、想像力の何とも言えない漠然とした、神秘的なものがある。それは幸せそのものよりも移ろいやすいのだが、もっと清らかなものがある。

オズワルドはコリーヌの部屋に入りながら、自分がそれまでになく気後れしているのを感じた。彼女が一人でいるのを見て、苦痛に近いものを感じた。彼女が人々に囲まれているのをずっと眺めていたかったのかもしれない。オズワルドは、急に話し始めても、自分があまりに困惑すると冷淡に見えると思い込んでいた。そうなると、コリーヌの自分への気持ちが冷えてしまうかもしれないので、その前に何とか自分が好かれているという確信を持ちたかったのかもしれない。

彼のこの意向に気づいたか、あるいは同じような意向から、気詰まりをなくすために会話をはずませたいと願ったのか、コリーヌはあわてて、彼にいくつかローマ遺跡を見たかと質問した。

「いいえ」とオズワルドは答えた。

「それでは昨日は何をされていましたの？」とコリーヌは微笑みながら、また言った。

「一日中外出しませんでした」とオズワルドは言った。「ローマに来て以来、私はあなたにお目にかかっただけで、あとは一人でいました」

コリーヌはアンコーナでの彼の働きについて話したくて、切り出した。

「昨日聞いたのですが」彼女は言いよどみ、そして言った。

「その話は皆さんがいらしてから、お話ししましょう」

ネルヴィル卿の態度には、コリーヌを怖気《おじけ》づかせるような威厳があった。それに彼にその高貴な行動のことを思い出させて、自分があまりに感動しているのを見せるのが心配であった。二人きりでなくなければ、それほど感動を表わすこともないように思えた。オズワルドは、コリーヌの慎みに深く心を動かされた。それに、そのような慎みが何故なのかを思わず洩らしてしまった、彼女の率直さにも。だが彼は当惑すればするほど、自分が感じることを言えなくなった。

それで、彼は急に立ち上がって、窓の方へ行った。そして、このような動作はコリーヌには意味が分からないだろうと感じて、さらにうろたえて、黙って席に戻った。コリーヌの方は話していても落ち着いていたが、彼女とて同じことであった。うわの空で、平静を装うためにそばに置いてあったハープに指を触れて、手すさびに調べをいくつか奏でた。その妙《たえ》なる音色はオズワルドを感動させ、いくらか大胆にさせるようであった。彼は思い切ってコリーヌを見つめていたのだ。

ああ！　その瞳に表われている崇高な霊感に打たれることなしに、彼女を見つめることができる者はいるだろうか？　彼女の輝くような視線に、自分に対する好意が表れているのに安心して、オズワルドが話しかけようとした時、カステル＝フォルテ公が入って来た。

彼は、ネルヴィル卿がコリーヌと差し向かいでいるのを見て、良い気はしなかったが、自分の感じたことを隠すのが習慣であった。この習慣はイタリア人にあって、感情が激烈なところと表裏をなしているのだが、彼の場合は、むしろ無頓着と生まれつきの優しさのせいであった。自分がコリーヌの愛の対象の一番手でないことは諦めていた。もう若くないのだから。彼はとても才気があり、芸術を大いに愛好し、生活を乱すことなくただ変化を持たせるだけの、活発な想像力をそなえていた。

毎晩コリーヌと共に過ごす必要があったので、コリーヌがもし結婚したとしても、彼女の夫にいつものように訪問させてくれと頼んだであろう。そういうことにすれば、コリーヌが他の男と結ばれたとしても不幸せではなかったろう。イタリアでは虚栄心が傷つけられても、心は痛まない。嫉妬にかられて恋敵を短刀で刺すほど情熱的な男たちや、話し相手として楽しい女性のナンバー2に甘んじる、控えめな男たちに出会うだけだ。ないがしろにされるのを恐れて、お気に入りの関係を絶つ男はいないだろう。この国では、社交界が自尊心を支配することもない。

デルフイユ伯爵も毎晩の常連たちも集まって来て、コリーヌがカピトリーノの丘で輝かしく披露した即興詩の才能のことが、話題になった。彼女自身がどう考えているのかを尋ねることになった。

カステル＝フォルテ公が言った。「めったにないことですよ。高揚感《アントウジアスム》と分析力を同時に働かせることができ、芸術家としての才能に恵まれ、自分を客観的に見ることができる人に出会うのは。その天才ぶりをできる限り、私たちに明らかにしてもらいましょう」

コリーヌが話し続けた。「即興詩の才能というのは、南国の国語では、他国語の場合の議会の雄弁とか会話での華々しい活気とかに比べて、とくに並はずれたものではありません。私たちの国では、あいにくと散文で話すよりも、即興で詩をつくる方が容易であるかもしれません。詩の言語というのは、散文の言語とはとても異なっているので、冒頭の詩句から表現の言葉そのものに注意が求められます。その表現の言葉によって、言わば詩人というものは聴衆から離れたところに置かれるのです。

これは単にイタリア語の心地よさだけによるのではなく、私たちの中の詩の世界があるというよりも、むしろ、よく響くイタリア語の音節で発音される強い振動のせいなのです。イタリア語には音楽的な魅力があって、思想から離れてしまっても、言葉の音そのものが喜びを感じさせるのです。他の国語はたいてい何か絵画的なものがあって、表現することを描写します。みなさんは旋律豊かで、精彩あるイタリア語が芸術に囲まれて、美しい空の下でできたことをお感じでしょう。そのためにイタリアではどの国よりも、思想に深みがなくて、比喩に新鮮さを欠く言葉でもやすやすと人をひきつけることができるのですね。詩というものは、他の芸術と同様に、感性も知性もとらえるのです。ところが言わせていただけば、私はこれまで真の感動なしに、斬新な着想なしに即興詩をつくったことはありません。他の人たちよりも、この魅力的な国語を当てこまなかったのでしょうね。イタリア語は言わばそれ自体で偶然を前触れするもので、リズムとハーモニーの魅力だけで強い喜びを与えもします」

コリーヌの友人が口をはさんだ。「ではあなたは、即興詩をつくる才能がイタリア文学を悪くしているとお考えですね。私も同意見でしたが、今うかがって意を強くしました」

コリーヌは言った。「私はそのたやすさ、言葉の豊かさから、大量の平凡な詩ができるのだと申しました。でも私は、イタリアの野が無数の産物でおおわれているのを見るのが好きですから、その豊饒《ほうじょう》さがイタリアにあるのがうれしい。自然のその気前のよさが自慢です。とりわけ私は民衆の中で即興するのが好きです。即興のせいで、民衆の想像力というものを見ることができる。それはどんな他国でも目に見えませんが、イタリアでは発揮されるものです。この想像力のせいで、社会の最下層まで何か詩的なものを持っていて、どんなことでも俗っぽいものに感じる嫌悪感を持たないですみます。

シチリアの人々は、旅人を自分の舟に案内すると、雅《みや》びな方言で愛想よく祝福の言葉を述べ、韻文で心にしみる別れの挨拶をします。その時、天と海がエオリアン・ハープ（四）を鳴らす風のようで、人間の想像力にその息吹《いぶき》を吹きかけるようです。そして詩は妙なる調べのように、自然の木魂《こだま》のようです。

私がイタリア人の即興詩をつくる才能を評価するのは、ともすれば嘲笑に向かいがちな社会では、成り立ち得ないだろうからです。言わせていただければ、詩人がこの危険な企てをしようとするためには、南国のと言うより、むしろ楽しいことをとやかく批評するより面白がってしまう国々の、人の良さが必要なのです。即席の、中断は許されない創作行為に欠かせない平静さは、ただ一人の冷笑でぶち壊しになります。聴衆も、あなたと一緒になって活気がなくてはならないし、あなたも、聴衆の喝采から霊感を与えられなくてはなりません」

ついにオズワルドが口を開いた。それまで片時もコリーヌから目を逸らすことなく、黙ったままでいた。「だが、あなたは自作の詩の中でどちらがお好きですか？　思索による作品か、あるいは即興作品ですか？」

コリーヌは、敬意を越える思い入れと関心をこめた眼差しで答えた。

「卿、それについては、あなたのご判断をうかがいたいものです。でも、もし私がどのように考えているのかを言えとおっしゃるなら、私にとって即興は生き生きとした会話だと申し上げましょう。私は何かのテーマにしばられることなく、聴衆がどんな関心を持っているかという印象に身をまかせます。即興では、私の才能は友人たちのおかげです。私は時として対話で情熱的な関心を抱きます。精神的存在としての人間にまつわる、宿命、目的、義務、愛情などの高尚な大問題についての対話です。時としてその関心のおかげで、私は実力より高くひき上げられて、一人だけの思索では考えだせない、新しい真実や、生命あふれる表現を自然の中や自分の心の中に見つけることができるのです。その時、私は超自然的な高揚感《アントウジアスム》を覚えます。私の心の中で語られるものが、私自身よりも価値を持っていると感じます。

詩のリズムから逸脱して、散文で思想を表現することもよく起こります。時々、私の知っている様々な国語の美しい詩句を引用することもあります。それらの崇高な詩句は、私自身のもので、私の魂がしみこんだものです。また時々、私の言葉にしそこなった感情や思想を、素朴で民族的な調べや節にして、竪琴《リラ》で弾いて仕上げます。

つまり私は私が自分を詩人であると感じる時は、ただ響き良い韻や音節がうまく選べた時ではない。ただイメージをうまく組合せることができて、聴衆を感嘆させる時でもない。私の魂が高まり、利己主義と低劣さを蔑《さげす》む時、ついには美しい即興がさらにたやすくなるような時、その時なのです。私の詩が一番素晴らしいのは、その時なのです。私が感嘆し、軽蔑し、憎悪する時、それが私情によるのでなく、私個人の理由のためでなく、人類の尊厳のためであり、世界の栄光のためであるなら、その時、私は詩人であるのです」

この時、コリーヌはつい話し込んでしまったと気づいた。ちょっと赤くなって、ネルヴィル卿を振り返って言った。「お分かりでしょう、心に触れる話題があると、このような動揺を感じずにはいられないのです。こういう動揺がもとで、芸術が理想的な美を、孤独な魂が宗教を、英雄が寛容さを、人間が献身を求めるのです。このような女は、イギリスでは認められないようですが、お許し下さいね」

ネルヴィル卿が答えた。「あなたのような人がいるでしょうか？　異色の女性のために法を作ることができるでしょうか？」

デルフイユ伯爵は実に魅了されてしまった。コリーヌの言ったことが全部分かったわけではなかったのだが。彼女のしぐさ、声の響き、発音の仕方に魅惑された。そしてフランス人でない人の気品に感じ入ったのは、それが初めてのことであった。でも本当のところは、コリーヌがローマで大成功をおさめたことがヒントになったのだ。コリーヌに感心するにも、他の人々の意見につられるという良き習慣を失ってはいなかった。

彼はネルヴィル卿と外に出た。帰りながら、彼は言った。「オズワルドさん、私があんなに魅力的なひとを口説かないなんて、やっぱりえらいとお認めなさい」

「でも、彼女の気に入るのは容易ではない、と言われていると思いますよ」とネルヴィル卿が答えた。

「そう言われていますね」とデルフイユ伯爵は言った。「でも信じられませんね。独身の女性が自立していて、芸術家風の生活をおくっていて、男を虜にしないはずはない」

ネルヴィル卿はこの考え方に気を悪くした。

伯爵はそれに気づかなかったのか、自分の考えの流れに沿いたかったのか、このように続けた。「ところが女の貞節ということからしたら、コリーヌを他の女性ほど信じないというのではないのです。なるほど彼女は目がものを言いすぎるし、感情を表わすのに元気が良すぎます。あれはイギリスでは、いやフランスでだって、女としての身持ちの固さを疑わせるものがあります。だがしかし、あれほど優れた才気と深い教養と鋭敏な機転のあるひとなのですから、女を判断する通常の物差しではかることはできません。とにかく彼女が気取らないし、その会話は「のんびり」しているのに、私があのひとに威厳を感じるということをあなたは信じますか？

昨日、私はあのひとがあなたにご執心なのを承知の上で、適当に自分のために少々言おうとしました。何とでも取れる言葉によってです。聞いてくれればよし、聞いてくれねばそれまたよし。するとコリーヌは冷ややかに私を見ました。その目付きには当惑させられましたよ。でも芸術家にして詩人のイタリア女性に対して、つまりどちらも人を気楽にさせるものですから、臆病になるとはおかしなことです」

「彼女の名は分かっていませんが、物腰には高貴の出であると思わせる気品があります」とネルヴィル卿は言った。

「ああ！　それは小説の中でのことです」と伯爵が言った。「一番立派なものを隠すのは。現実の世界では、人は自分の名誉になることは何でも、実際以上にも言うものです」

「ええ」とオズワルドがさえぎった。「お互いが、自分の与える印象のことしか考えない。あるいくつかの社会ではそうです。しかし存在というものが内的であるところでは、感情に秘密があるように、人の事情にも謎があるかもしれない。コリーヌと結婚しようとする男だけが知るかもしれない」

「コリーヌと結婚する、ですって」と思わず吹き出しながら、デルフイユ伯爵が口をはさんだ。「ああ、そういう考えは、私は思いつきもしなかったでしょう。そうでしょう、ネルヴィルさん。もしあなたが愚かなことをしたいなら、取り返しのつく愚行をして下さいよ。ところで、結婚について念頭に置かなくてはならないのは、打算ということだけです。あなたにとって私は軽薄に見える。よろしい、ところが日頃の行動においては、私は自分の方が分別があると断言します」

「私もそう思います」とネルヴィル卿は答えた。後はもう一言も付け加えなかった。

実際、彼はデルフイユ伯爵に次のように言ってやることはできた。軽薄の中にはエゴイズムが含まれる場合が多々あり、そのエゴイズムは感情の過ち、他人のために我が身を犠牲にするという例の過ちに陥ることはないのか？　と。浮薄な人々は自分の利益のために巧みになれる。

公的生活でも私的生活も政治学と呼ばれるものでは何においても、長所はあるよりもない方がうまく行くのだ。高揚感《アントウジアスム》なし、意見なし、感性なし、この無い無いづくしが、いささかの才気と結びつき、するといわゆる社交生活、つまり資産と家柄が獲得されて、かなりうまく持ちこたえるのだ。とは言っても、デルフイユ伯爵の冗談は、ネルヴィル卿を辛くさせていた。彼はその冗談を非難していたが、こだわって反芻《はんすう》してもいた。

第四部　ローマ

1

二週間が過ぎ去り、その間ネルヴィル卿は、コリーヌのサロンに入り浸っていた。外出は彼女を訪ねるためだけで、彼女の他は何も見えず、何も求めなかった。無言のうちに、自分の気持ちを、一日中常に感じとらせていた。彼女はイタリア人の元気のいい、人を喜ばせる賛辞に慣れていたが、オズワルドの態度にある威厳、冷たく見えるところ、そして思わず見せてしまうその感受性に大いに想像力をかき立てられるのだった。彼が寛大な行為を語る時、不幸せなことについて話す時はいつも、その両眼は涙でいっぱいになるのだった。そして常に自分の感動を隠そうとしていた。

コリーヌは彼に対して、それまで長らく感じたことのない尊敬の念を抱くようになった。どんな才気にも、それがいかに優れていようとも、驚かなかったが、性格の気高さと威厳が彼女の心を深く動かした。ネルヴィル卿にはこれらの美点に加えて、言葉づかいに品があり、日常のちょっとした動作も優雅で、それがローマの大方の大貴族の親しみやすい、無頓着さと対照的であった。

オズワルドの好みが、コリーヌと異なるところがあるのにもかかわらず、二人は互いに驚くほど理解し合っていた。ネルヴィル卿はコリーヌの感ずるところを無類の明敏さで見抜き、コリーヌの方はネルヴィル卿の顔つきのほんのちょっとした変化で、彼の胸のうちに何が起こっているかを察した。イタリア人の情熱の激しい表出に慣れているため、この遠慮がちの誇り高い愛着、この絶えず示されるが決して告白されることのない感情に、彼女は全く新しい関心を日常的に持ち続けるようになった。彼女は以前より穏やかで純な雰囲気を自分の周りに感じ、一日中、一瞬ごとに、それと気づかないままに幸福感を味わっていた。

ある朝、カステル＝フォルテ公が来た。悲しそうなので、コリーヌは、どうしてかと尋ねた。

彼は言った。「あのスコットランド人が、あなたの私たちへの愛情を奪い取ってしまう。彼はあなたを遠くへ連れ去ってしまうかもしれない」

彼女は少しの間、黙ったままでいたが、やがて答えた。「申し上げますが、私を愛されているとは、うかがっておりませんわ」

「ですが、あなたはそれを信じているでしょう」と、カステル＝フォルテ公は答えた。「あの方は日々あなたに語りかけ、黙っているのもあなたの気をひく、巧みなやり方です。あなたが今まで聞いたことがないことがありますか！　あなたが捧げられたことのない、聞き慣れていない賛辞がありますか。ネルヴィル卿は性格的になにか控えめな、はっきりしないところがあります。私たちを判断するようなわけにはいかないでしょうね。あなたは最も分かりやすい方です。あなたが謎めいた慎みが気に入って魅了されるのは、まさにあなた自身がふだん自分のありのままを見せようしているからです。何であれ、未知の感情ほどあなたが影響されるものはない」

コリーヌは微笑んだ。

「殿下」と彼女は言った。「それでは、あなたは私が情け知らずで、気紛れに想像力をめぐらすとでもおっしゃいますの。ネルヴィル卿には、この私が初めて気づいたわけでもない際立つ美点がおありのようですが」

「そのとおりですね」とカステル＝フォルテ公は答えた。「誇り高く、寛大で、知的にして多感であり、何より憂鬱そうな男性です。ですが、思い違いでなければ、彼の好みはあなたの好みとはいささかの共通点もない。彼が近くにいてあなたの魅力にまいっている限り、あなたはそれに気づかないでしょうが、もし離れて遠くに行ってしまえば、彼をつなぎ止めることはできないでしょう。障害があれば彼は疲れてしまうだろうし、悲しみを感じれば、気落ちして決断力をなくしてしまうでしょう。それにあなたは、イギリス人というものが、いかに祖国の慣習に縛られているかをご存じでしょう」

コリーヌはこの言葉に黙って溜め息をついた。人生最初の出来事についての辛いもの思いがよみがえって来た。だがその夜も、彼女は今までよりもさらに自分の虜になっているオズワルドに会った。カステル＝フォルテ公と話して、胸のうちに残ったことは、ネルヴィル卿をイタリアの天から恵まれた美しさを愛するようにさせて、この国に落ちついてもらおうという願いだけであった。それで、次のような手紙を書いたのであった。ローマでの自由な生活スタイルは、このような振る舞いを許すものであったし、とりわけコリーヌは、人から咎められそうなほど、ひどく率直で衝動的な性格なのに、自分の自立した生活の中にも品位を、活気がある中にも慎みを保つことができる人であった。

コリーヌからネルヴィル卿へ

一七九四年十二月十五日

私が自信を持ち過ぎているとお思いになるか、あるいは自信を持つのも無理はないと認めて下さるのか、私には分かりません。昨日、あなたがまだローマを見て回っていない、この都の美術の傑作も知らないし、想像力と感性によって歴史を教えてくれる古代遺跡も知らないと言われるのを聞きました。それで、私はあなたをこの幾世紀にもわたる、これらの見学コースへ案内する役を申し出ようと思いついたのです。

確かにローマでは、私よりもずっと役に立つ深い学識をそなえた学者など、たやすく見つけることができるでしょう。でも、もし私自身がどうしようもなく惹かれているこの都を、あなたにも好きになっていただくことができたら、あなたは私のつたないプランによってローマ研究を完成されることでしょう。

たくさんの外国人が、ロンドンやパリに行くように、大都市の娯楽を求めてローマにやって来ます。そして、もし実はローマでは退屈したと言うのだったら、私は大部分の人がそうだと思います。ですが、ローマで決して飽きることのない魅力をみつけることができるというのも、これもまた本当のことなのです。この魅力を知っていただきたい、と申し上げてもいいでしょうか？

なるほど、ここでは政治的関心を捨てなくてはならないですが、そうした関心も、義務や宗教感情に結びついているのでなければ、心を冷ややかにしてしまいます。また、他国で社交の楽しみと呼ばれるものも、あきらめなくてはなりません。でも、こういう楽しみはたいていの場合、想像力を涸らしてしまうものです。ローマでは、孤独であると同時に、にぎやかでもある生活をおくることができます。そういう生活は、私たちに天が与えてくれたものを心の中で自由に伸ばしてくれます。

繰り返しますが、このような私の祖国に対する愛をお許し下さい。この祖国愛のゆえに、あなたのような男性にイタリア贔屓《びいき》になってもらいたいのです。あなたも私も何も失うものはありませんよね。どうかこのイタリア女が好意のしるしを差し上げることを、イギリス流の厳しさで批判なさらないで下さい。

コリーヌ

オズワルドは、この手紙を受け取って、みずから認めたくないほどの幸福感に満たされた。喜びと幸せの漠然とした未来が垣間《かいま》見えた。想像力、愛、高揚感《アントウジアスム》、人間の魂にある崇高なもの全てが、コリーヌと一緒のローマ見物という魅惑的な計画に結びつけられているように見えた。

今度は考え込んだりはしなかった。即座に外に出てコリーヌに会いに出かけた。そしてその道すがら、空を見た。よく晴れていた。人生は軽やかになった。悔いや恐れは期待の雲間にかき消えた。長いこと悲しみに締めつけられていた心は、高鳴り、喜びにうち震えていた。彼は、このような幸せな気分が長続きするだろうかと心配していた。しかし、この幸せな気分も束の間だろうと思うと、この幸福感の高まりもさらに力強いものになっていた。

「あなたですの?」と、ネルヴィル卿が入ってくるのを見て、コリーヌは言った。「まあ！　ありがとう」

彼女は彼に手を差しのべた。オズワルドは手を取り、優しく、口づけをした。この時ばかりは、いつものくよくよする気弱さを覚えなかった。ともすると、快い感銘を受けていながら、この気弱さが頭をもたげ、最愛の人たちに対して、苦く、辛い思いを抱くこともあったのだが。先に別れて以来、オズワルドとコリーヌの間には親密さが生まれていて、コリーヌの手紙によって確かなものにされたのだった。二人は、共に心を満たされて、互いにやさしい感謝の思いを抱いていた。

コリーヌが言った。「それでは今朝なのですね、パンテオンと聖ピエトロ大聖堂をお見せするのは」

「いくらか望みを持っていましたわ」と、コリーヌは、微笑みながら付け加えた。「きっと、私と一緒のローマ周遊を承諾なさるでしょうって。だから馬車の用意はできています。万事、整っています。出かけましょう」

「驚いたひとだな」とオズワルドは言った。「あなたはいったいどなたです?　同時に持ち合わせることができないはずの様々な魅力を、あなたはどこで身につけたのですか。繊細かと思えば陽気で、気品と深みがあり、それでいて無頓着、おまけに慎みがある。あなたは幻想なのでしょうか。あなたに出会う者の人生にとっては、この世のものではない幸せなのでしょうか?」

「ああ、何か良いことをしてさしあげられる力を持っていたら」とコリーヌは言った。「私はそれをあきらめませんからね」

「お気をつけなさい」とオズワルドは感動して、コリーヌの手を握りしめて言った。「私に良いことをしてやりたいなんて。私の心臓は、二年近く、鉄の手でつかまれたままです。優しいあなたがいるおかげで、いくらかほっとしたとしても、あなたのそばで息をついているといっても、いずれ自分の運命に戻らなくてはならない時に、私はどうなるのだろうか？　どうなるのだろうか？……」

　コリーヌは言った。「時にまかせましょう、なるようにさせましょう、ご案内する今日、このように思うことが、明日からもまた続くのかどうかは。私たちの魂《こころ》が理解し合うのか、私たちの互いの愛情が束の間のものなのか。それがどうであろうと、私たちの知性と感性を高めてくれるものは、何でも見物に行きましょう。このようにしてずっと幸せな一時を楽しみましょうよ」

　こう言うと、コリーヌは階段を下りて行き、ネルヴィル卿は彼女の返答に驚いたまま、あとに従った。彼にはコリーヌが生半可な気持ち、一時だけの執心もありうると認めているように思えた。つまりは、彼女が考えを述べた、その言い方に浮薄さがうかがえたように思えて、それに傷つけられたのだ。

　彼は何も言わずにコリーヌの馬車に座った。コリーヌは彼の考えていることが分かって言った。

「私は、人間の心は、抑えることのできない情熱、つまり恋をいつも感じるとか、または全然感じることがないとかいうようにできているとは思いません。思い初《そ》めても、相手を深く吟味すると、消えてしまうということがあります。惑わされ、幻滅する。高揚感《アントウジアスム》を抱いても、熱くなるのが速ければ、冷めるのもまた素早いものです」

「恋愛感情について造詣が深いですね」とオズワルドは辛辣に言った。

　コリーヌはこの言葉に赤面して、少しの間黙った。それから率直さと気品とが感じさせ、人をはっとさせる話し方で話しはじめた。「私は、ものの分かった女が二十六歳になるまで恋の錯覚を知らずに来た、とは思いません。一度も幸せでなかったかかどうか、一度も愛情をそそぐほどの相手に出会ったことがなかったかどうかが関心を持たれるべきで、私はあなたに関心を持っていただく権利がありますわ」

　こう語るコリーヌの口調に、ネルヴィル卿の胸中にかかっていた暗雲は少し晴れた。

　それでも彼は内心つぶやいた。「これは女の中の女だ。だが所詮はイタリア女だ。父が私に定めたイギリス娘が間違いなく持っている、自分でそれと気づかない内気で純真な心のひとではない」

　このイギリス娘はルシール・エッジャモンドといい、ネルヴィル卿の父の親友の娘であった。けれどオズワルドが国を離れる時は、彼女はまだ結婚相手とするにはあまりに子供であり、先々にはと思うこともできなかった。

2

オズワルドとコリーヌは、まずパンテオンに行った。それは今日では、聖マリア・デッラ・ロトンダと呼ばれている。イタリアでは至る所で、キリスト教が古代ローマの多神教を継承しているが、パンテオンは、ローマでは完全に保存されている唯一の神殿であり、その全容から、古代人の建築の美と彼らの信仰に固有な特徴が見られる唯一のものである。オズワルドとコリーヌは、パンテオン前の広場で立ち止まり、この神殿の柱廊とそれを支えている円柱に見とれた。

　コリーヌは、パンテオンが実際よりずっと大きく見えるように建てられたことをネルヴィル卿に気づかせてやった。

　彼女は言った。「あなたは、聖ピエトロ大聖堂には全く異なった印象を受けるでしょう。最初は実際よりも小さく思われるでしょう。パンテオンが大きく見える錯覚が起きるのは、間違いなく円柱の間の空間が広くて、周りを風が自由に通るからです。

　ですが、一番の理由は細部に装飾がほとんど認められないからです。聖ピエトロの方は装飾が多すぎるのに。古代の詩も、このように大づかみな塊しか描写しないで、その合間は聴衆の思いで埋めさせて、展開を補わせるのです。どんなジャンルでも、我々現代人は冗舌に過ぎますわ」

　コリーヌは続けた。「この神殿は、アウグストゥスの寵臣(一)アグリッパによって、友というよりは主人であるひとに捧げられました。ところが、この主人が謙虚で神殿の献納を断ったので、それでアグリッパは地上の神たる権力者に代えて、それをオリンポスの神々に捧げなくてはならなくなったのです。パンテオンの頂には青銅の車があり、それにアウグストゥスとアグリッパの像が置かれていました。柱廊の四方に、違う形で同じ像も見られました。

　正面には、今も『アグリッパこれを捧げる』と読めます。アウグストゥスの生きた時代はアウグストゥス時代と言われました。人間精神の一時代を画したからです。この時代の様々なジャンルの傑作は、言ってみれば、彼の栄光の放つ光なのです。彼は文芸に励む天才たちの栄誉をうまく讃える術を心得ていました。それで後世まで彼の栄光がよく残っているのです」

「神殿に入りましょう」とコリーヌは言った。「ご覧のように、ほとんど昔の姿で発見されたままなのです。上から射し込むあの光は、あらゆる神々よりもさらに尊い神の象徴だそうです。異教徒はいつも象徴的イメージが好きでした。実際、宗教には言葉というものよりこのようなイメージの方が合うようです。

大理石のこの広場には頻繁に雨が降るし、また祈っているところを陽光が照らすことも多い。何という静謐《せいひつ》、何という祝祭感が、この建物にあることでしょうか！　異教徒は生を神聖なものとし、キリスト教徒は死を神聖なものとしました。これが二つの信仰の精神です。

でも私たちのローマ・カトリック教は、北方のカトリックよりも暗くありません。聖ピエトロに行ったら、お分かりになるでしょう。パンテオンの聖域の中は、この国の最も高名な芸術家たちの胸像です。古代人の神々が置かれた壁龕《へきがん》を飾っています。皇帝たちの帝国が崩壊して以来、イタリアには政治的独立はなくて、ここには政治家や偉大な指揮官がいません。我々の唯一の栄光となるものは、想像力の天才なのです。そう思われませんか？　このように自国の才人たちを讃える民族は、もっと高貴な宿命がふさわしかったでしょうに」

オズワルドは答えた。「私は諸国の民族に対して厳しいですよ。どんな運命であろうと、そういう運命なのだと思いますね」

「きついことをおっしゃる」とコリーヌは言った。「イタリアでお暮らしになれば、この美しい国に心がなごむこともあるでしょう。自然が生贄《いけにえ》のように飾り立てられた、この美しい国に。我々芸術家、栄光を愛する者たちが、ここに一つの場を得たいと切望することを、せめて覚えていて下さい」

「私はもう自分の場を定めましたわ」と、彼女はまだ空いている壁龕《ニッチ》を指しながら言った。「私の胸像があそこに置かれるかもしれませんね。その時、あなたはここに再びやって来るかもしれませんね。その時……」

オズワルドはすぐにさえぎって言った。「若さと美しさで輝くばかりのあなたが、不幸せに苦しんで、もう棺桶に片足突っ込んでいる者にそんなことを言うなんて」

「ああ！」とコリーヌは答えた。「雷雨は、まだ頭をもたげている花々を一瞬にして叩きつぶしてしまいます」

「オズワルド、オズワルドさま」と彼女は言葉を継いだ。「どうしてあなたは幸せになりませんの。どうして……」

「聞かないで下さい」とネルヴィル卿は答えた。「あなたにはあなたの秘密があり、私にもある。互いの沈黙を大切にしましょう。いや、あなたは、私が自分の不幸な出来事を語る時にどんな激情を覚えるかが分からないのです！」

コリーヌは口をつぐんだ。神殿を出る時、前よりゆっくりと歩を進め、眼差しはさらに夢見るようになって。

彼女は柱廊の下で立ち止まった。

「あそこに」と彼女はネルヴィル卿に言った。「とても美しい斑岩でできた骨壷がありました。今は聖ジョヴァンニ・ディ・ラテラーノに移されましたが。それにはアグリッパの遺灰が入っていて、彼のために立てられた彫像の足元に置かれました。

古代人は、消滅という考えを和らげるためにはとても配慮をして、消滅がもたらす不吉で不気味なものを遠ざける術を心得ていました。それに彼らの墓には壮麗なものがあり、そのために死の虚無と生の輝きのコントラストがあまり感じられない。異教徒はあの世への期待がキリスト教徒ほど強くないので、我々が永遠者たる神に安心して委ねる思い出を死から引き離そうと努めたのですね」

　オズワルドは溜め息をついて、何も言わなかった。憂鬱な考えというものは、ひどく不幸せでなければ大いに魅力がある。だが魂《こころ》が苦しみにさんざん蝕《むしば》まれていれば、かつては多かれ少なかれ心地よい夢想だけを連想させた、いくつかの言葉を今は身震いして聞くようになるのだ。

3

　聖ピエトロ大聖堂に行くには、聖天使《サン＝タンジエロ》橋を通る。コリーヌとネルヴィル卿は歩いて渡った。

　オズワルドが言った。「この橋の上でのことでした、カピトリーノの丘から戻って来る途中で、あなたのことを初めて長いこと考えたのは」

「思ってもいませんでしたわ」とコリーヌは言った。「カピトリーノの丘の戴冠のおかげで友人ができるなんて。でも、名誉を追い求めながらも、私はいつも名誉のために人から愛されたいと思っていました。せめてこの期待がなくては、女にとって名誉なんて何の役に立つでしょう！」

「まだしばらくここにいましょう」とオズワルドが言った。「私の心では、幾世紀にもわたる歴史の中のどんな追憶も、初めてあなたを見た日を思い出させてくれるこの場所にはかなわない」

　コリーヌが言った。「思い違いかもしれないけれど、本物の偉大さで魂に語りかけて来る歴史的建造物に、一緒に見とれているうちに、次第に相手のことを大事に思うようになるのでないかしら。ローマの建築物は冷ややかでもないし、押し黙ってもいない。天才が考案し、銘記すべき出来事を記念して捧げられる。

　オズワルド、あなたのようなひとをこそ愛したいものです。世界の美なるもの、高貴なるものを感じとる喜びを得るために」

「ええ」とネルヴィル卿は答えた。「でもあなたを見て、あなたの言うことを聞いていれば、他に素晴らしいものは要りません」

　コリーヌは魅力的な微笑で感謝を表わした。

　聖ピエトロへの道すがら、二人は聖天使《サン＝タンジエロ》城の前で立ち止まった。

コリーヌは言った。「ほら、最も独創性のある外観を持った建築物ですわ。ゴート族が要塞に変えてしまった、あのハドリアヌスの墓所には、最初の目的と二度目の用途による二重の特徴があります。死のために建てられ、堅固な城壁が取り囲んでいた。ところが生きている者たちがその外側を要塞化したことで、敵対的な要素が加わりました。それは墓碑の高貴な無用性といかにも対照的です。

天辺《てっぺん》には、抜き身の剣を持った青銅の天使が見えます[5]。内には残酷な牢獄が作られています。ハドリアヌスから今日までのローマ史上のあらゆる出来事は、この建造物に結びついています。ベリサリウス[二]はここでゴート族と戦い、攻めて来た者たちと同じように野蛮であったので、堂内部を飾っていた見事な胸像をいくつも敵に向かって投げつけました。クレスケンティウス[三]、アルナルド・ダ・ブレシャ[四]、ニッコロ・ディ・リエンツォ[6][五]、これらローマの自由の擁護者たちは、希望を抱くための縁《よすが》となることが度々あり、長い間一人の皇帝の墓所の中に守られたのです。

私は数多くの有名な出来事と結びついている、あの墓石が好きです。世界を支配した者の奢侈《しゃし》である、豪華な墓所というものが好きです。地上のあらゆる楽しみ、贅沢を手にし、死ぬずっと前から、自分の死に関心を持つことを恐れなかった男には、何か偉大なものがあります。魂は、何らかのやり方で生の限界を過ぎてしまうとすぐに、道徳的な考え、解脱《げだつ》の感情に満たされるのです」

コリーヌは続けた。「ここから、聖ピエトロが見えたはずです。聖ピエトロに続く円柱がここまで伸びることになっていました。ミケランジェロの素晴らしい計画はこういうもので、彼はせめて自分の死後に完成してほしいと思っていました。でも、現代の人間はもう後世のことなど考えません。ひとたび高揚感《アントゥジアスム》を馬鹿にすると、何でも破棄してしまいます。お金と権力を除いては」

オズワルドは声を上げた。「あなたこそ、その感情をよみがえらすでしょう。私が味わっているこの幸せを、かつて誰が味わったでしょうか。あなたが見せてくれるローマ、想像力と天才が解き明かすローマ。『ローマ、それは感性が命を吹き込む一つの世界であって、それがなければ、世界そのものが砂漠なのです[7]』。ああ、コリーヌ！　私の運命と心が受けるべき幸せからすると、望外なほど幸せな今日この頃です。この後に何が起こるのでしょう！」

コリーヌは優しく答えた。「あらゆる誠実な愛情は、天なる神からやって来ます、オズワルド、神が抱かせるものをどうして神がお守り下さらないことがありましょう！　私たちは神の思召《おぼしめ》しのままなのですわ」

その時、聖ピエトロ大聖堂が見えた。この建築物は、人間がかつて建てたもののうちで最大のものである。エジプトのピラミッドでも、高さにおいてはこれに劣っているのだから。

コリーヌは言った。「イタリアで一番美しい建築物は、最後にお見せすべきだったでしょうね。でもそれは私のやり方ではないの。美術が分かるためには、深い感嘆の念を生き生きと起こさせるような美術品を見ることから始めなくては、と思うのです。この感情を一度感じると、いわば新たな思考の領域が開け、そうすると最初に受けた印象を、最初ほどでなくても思い起こさせるもの全てを、何でも好んだり判断したりできるようになります。

大きな結果を得るために、あらゆる段階を踏み、用心深く慎重にやるのは、私の好みに反します。段階を踏めば、崇高に至るというわけではない。美ではないものとは無限の距離があるのです」

オズワルドは聖ピエトロ大聖堂の前に来ると、常ならぬ感動を覚えた。人間の作ったものに、自然の驚異のような印象を覚えたのは初めてのことであった。現在のこの地上で、天地創造による産物が持つ偉大さを持ちあわせている、唯一の芸術作品である。コリーヌはオズワルドの驚きを楽しんでいた。

彼女は言った。「あなたにこの建物をお見せするため、太陽が燦燦《さんさん》と輝いている日を選びましたのよ。より精神的でより宗教的な楽しみはとっておきましょう。それは月光に照らされている眺めなのですが。まずはあなたを祝祭のうちでも最も華やかな祝祭、壮麗な自然に飾られた人間の天才を見物していただきたかったのです」

聖ピエトロ大聖堂の広場は遠くから見ると軽やかだが、近くで見るとどっしりとした円柱で囲まれている。地面が教会の門まで少し上り気味のため、なおのこと広場がそう見えるのである。高さ八十ピエ〔約二十六メートル〕の方尖柱《オベリスク》が、大聖堂の丸屋根の前ではそれほど高くは見えず、広場の中心にある。オベリスクの形だけが空想をそそる。オベリスクの天辺《てっぺん》は空中高く消え、人間の偉大な思想を天まで伝えるように見える。

このオベリスクは、カリグラ（六）の浴場の飾りとしてエジプトから運ばれて来て、その後シクストゥス五世（七）が聖ピエトロ大聖堂の下に移転させたもので、崇敬の念を起こさせる。大聖堂もやはり幾星霜《いくせいそう》を経ているが、びくともしていない。人間はみずからを儚いものと感じるあまり、不動のものを前にすると感動する。

オベリスクの両側からいくらか離れたところに、噴水が二つ上がっている。その水は絶え間なく噴き上がっていて、空中で滝となってふんだんに落ちている。この波のざわめきは、田園で聞き慣れているものなので、この境内《けいだい》では斬新な印象を与える。だがこの印象は、おごそかな聖堂の外観がもたらす印象とよく調和している。

絵画や彫刻は、人物像あるいは自然の中に存在しているものを写して、我々の心の中に、完全に明晰で明確な思想を呼び起こす。しかし、立派な建築物は、言ってみれば、一定の意味を持たないので、それを見つめる時、人は思いをはるか遠くまで誘って行く計算も目的もない夢想にとらわれる。水の音がこれら全ての漠然とした深い印象にふさわしい。水の音は建物が整然としているように、規則正しい。

永遠の運動と永遠の休息（八）

は、互いにこのように似かよっている。時が力をふるうことができないのは、どこよりもこの場所においてなのである。時は、どっしりと不動の石造りの聖堂を揺るがすことができないように、噴き上がる泉を涸らすことはできないのである。この泉からしぶきとなって噴き上がる水は軽く、雲のように広がるので、晴れた日には日の光がそこに美しい色彩の小さな虹を作る。

「ちょっとここで足をお止めになって」と、コリーヌは、聖堂の柱廊の下まで来ているネルヴィル卿に、言った。

「扉を覆っている帳《とばり》を上げる前に、お待ちになって下さい。聖堂に近づくにつれて心臓がどきどきしませんこと？　入る時に、おごそかな出来事を期待する気持ちが起きませんこと？」

コリーヌはみずから帳を持ち上げ、ネルヴィル卿を通すために支えた。彼女のこの物腰はとても優美で、オズワルドは先ずそういう彼女を見つめてしまった。数瞬の間とはいえ彼女だけをじっと見ることが楽しかった。ところが聖堂の中に進むと、その巨大な穹窿《ドーム》の下で彼が受けた感銘がとても深く、厳《おごそ》かであったので、恋の感情でさえも彼の心を完全に満たすには充分ではなかった。

彼はコリーヌと並んでゆっくりと歩いた。互いに黙ったままであった。そこでは全てが沈黙を必要としている。互いに微かな音でも遠くまで響き、どんな言葉も、天国の住居にあっては、このように繰り返し響かせる価値はないように思える。不幸な調子の祈りだけが、いかに弱々しくつぶやかれようと、この広大な場所で深く心を動かすのである。

この巨大なドームの下で、大量の涙で濡れた美しい大理石の上を、遠くから老人が足どりもおぼつかなく、やっとのことで進んで来るのを聞きつける。その時、人間というものが、その崇高な魂がこのような身体障碍によって痛めつけられていても、威厳のあるものであり、苦しみの宗教たるキリスト教には、人間のこの世における旅についての真の秘密が含まれている、と感じさせられる。

コリーヌがオズワルドの夢想を破って、言った。「あなたは、イギリスやドイツでゴシック様式の教会を見られたでしょう。この教会よりずっと暗い特色に、気づかれたはずです。北方の民族のカトリックには、何か神秘的なものがありました。我々のカトリックは、外面的な物体によって想像力に語りかけます。ミケランジェロはパンテオンの丸天井を見て、言ったものです。『私はあれを空中に置きますよ』それで実際、聖ピエトロは教会の上に置かれた聖堂なのです。

この建築物の内部が想像力にもたらす効果には、古代宗教とキリスト教の調和のようなものがあります。私はここによく散歩に来ます。失いがちな落ち着きを取り戻すためです。このような建物を見ることは、同じ場所で絶えず繰り返し演奏される音楽を聞くようなものです。あなたが近づくと、あなたのために尽くそうと待っていてくれる。

この国の人々が栄光を受ける資格があるのは、教会の長《おさ》たちの忍耐、勇気、献身のおかげでもあるのです。彼らはみずからが享受できるとは思わずに、この建築物の完成のために百五十年の歳月と多額な金と多くの労働を捧げたのです[8]。高貴で、寛大な多くの思想の象徴である建造物を一国民に贈ることは、公共の道徳に対してもひとつの貢献です」

「ええ」とオズワルドは答えた。「ここの美術には天才の偉大さ、想像力があります。でも人間そのものの威厳は、どのように守られていますか。イタリアの大方の政府の何という体制、何という弱さ！　政府は弱体であっても、何と人々を隷属させていることか！」

コリーヌはその言葉をさえぎった。「他国の人民も、我々のように軛《くびき》を耐え忍んで来ました。しかし、彼らには、別の宿命を夢見させる想像力はそんなにはないのですからね。

我々は奴隷である、しかし常に身を震わせている奴隷である[九]

と、わが国の現代作家の中でも、最も誇り高いアルフィエーリ[一〇]は言います。美術には魂がこんなに込められているのです、いつかはおそらく私たちの気質も私たちの天才に匹敵するようになるでしょう」

コリーヌは続けた。「ご覧なさい。墓の上に置かれた彫像、モザイクの絵、我らの偉大なる巨匠たちの傑作の、根気よく似せて作った複製です。聖ピエトロ大聖堂は細部までは見ないことにしています。全体の印象を乱すような、多様な美しい細部があるのに気づきたくないからです。人間の精神による傑作そのものが、余分な装飾に見えてしまう建造物とは一体何でしょう！

この聖堂は別世界のようなものです。寒さ暑さを避ける所です。そこには独自の季節があり、外の空気で変わることは決してない常春《とこはる》なのです。地下の教会はこの聖堂の広場の地下に建てられました。

歴代の教皇や外国の君主たちがあそこに埋葬されています。退位後のクリスティーナ（一一）、王朝が倒された後のスチュワート家の王たち（一二）。昔からローマは世界の追放者の避難地でした。ローマそのものが王座から追われたのでなかったでしょうか！ ローマのそういう面が、ローマのように王位を剥脱《はくだつ》された王たちを慰めるのです。

都市は陥落し、帝国は消滅し、
人間は死すべき身であることに憤《いきどお》る（一三）！

「ここに立ってごらんなさい」とコリーヌは、丸天井の中心にある祭壇のそばで言った。「鉄格子の向こうに、床下にある死者の教会堂が見えるでしょう。そして目を上げると穹窿の天辺までは見えない。このドームは下から見上げても、恐怖感があります。頭上に吊された深淵を見るみたいな。何であれ、ある一定の程度を超えたものは、限界を持つ人間にとってはどうしようもない恐怖です。

私たちが知っていることも、知らないことと同じく説明がつかないのです。私たちは新たなる不可解に脅かされ、能力を乱されながらも、日常的に自分の不確かさと付き合って生きているのですね。

この教会堂全体が、古代の大理石で飾られています。石は私たちよりも、過ぎ去った時代についてよく知っています。これがユピテルの彫像です。頭の上に光輪を付けて聖ピエトロにされました。全般的にこの聖堂では、悲観的な教義と輝かしい儀式とが混じりあって表現されています。考え方の根底には、悲しみ、でもその表現には南国の柔軟性と勢いがあります。神学は厳しく、その解釈はとても穏やかです。神学はキリスト教で、意図イメージは多神教、つまり、人間が神に対する礼拝に与えられる輝かしさと荘厳さが見事に結合しています。

美術の精華で飾られた墓所は、死を恐ろしい様相では見せません。石棺に踊りや遊びを彫った古代人ほどではなくても、死についての思いは、天才の傑作によって、棺をじっと見つめずに済みます。天才たちは、死の祭壇においてさえ不死を呼び起こします。天才たちが与えてくれた感嘆の念に刺激されて、想像力は、北方ではお定まりの墓守である静けさや冷たさというものを感じないで済むのです」

オズワルドは言った。「確かに、死を悲しみで包むことは人間の願いであって、キリスト教布教以前の、我々の古代神話である『オシアン』（一四）では、墓の傍らには哀惜の念と葬送歌しか置いていない。この地ではあなた方は死を忘れて楽しもうしているのですね。イタリアの美しい空のおかげで、私もそのように思うようになるのかどうか」

コリーヌは言った。「でも、私たちが浮薄な気質、精神である、と思わないで下さいね。怠惰のせいで毎日、昼寝をして忘我の時を過ごしたりしますが、心をすり減らしたり、干涸《ひから》びさせたりはしません。あいにくなことに、ふだん活発な心の情熱よりさらに深い強烈な情熱でもなければ、この状態から抜け出ることができないのです」

　こう言い終えると、二人は教会堂の扉のそばに来ていた。

「最後にもう一回、この巨大な教会堂をちょっと見てみましょう」と彼女は言った。「何と人間は宗教の前では取るに足らないものでしょう。私たちが、物質でできている宗教の象徴しか尊重しないようにさせられているにしても。死すべき人間というものは、何という不動性、持続性を芸術作品に与えることができるのでしょうか！　自分たちはあっけなく消え去ってしまい、天才によってしか生き延びることしかできないのに。

　この聖堂は無限の象徴です。この聖堂によって生じる感情に、また聖堂がたどらせる様々なものの見方に、また聖堂が思い起こさせる、過去であれ未来であれ、膨大な年月に、終わりというものがありません。そして、聖堂の境内から出る時、天上の想念から俗世の関心へ、宗教的永遠から現世の軽い空気へと移るのです」

　教会の外へ出た時、コリーヌはネルヴィル卿に、オウィディウスの転身譚《てんしんたん》が、扉に浮彫りされていると教えてやった。(一五)

　彼女は言った。「ローマでは、美術であれば、異教《パガニスム》の像でも顰蹙《ひんしゅく》を買いませんわ。素晴らしい天才は、常に心に宗教的な感銘をもたらします。他の信仰のあらゆる傑作をキリスト教の信仰に捧げるのです」

　オズワルドはこの説明に微笑んだ。

「そうですよね、卿」とコリーヌは続けた。「想像力が旺盛な国民の感性には、誠実さがあります。ところで、明日お望みならば、カピトリーノの丘へご案内しましょう。まだお勧めできるコースがいくつかあると良いのですが。散策が終ったら、お発ちになるの……でしょうか？」

　彼女は言い過ぎたかと思って、止めた。

「いや、コリーヌ」とオズワルドが答えた。「いや、私はこの幸せな瞬間を手放さない。これは、天上から守護天使がちらつかせてくれているのでしょう」

4

　翌日、コリーヌとオズワルドは互いに信頼も深まり、落ち着いた気分で出かけた。共に旅する友人どうしであった。「私たち」と言い始めたのだ。ああ！　何と胸を打つことか、愛によって発せられるこの「私たち」という言葉は！　おずおずと、だが素早く発せられる告白がこめられている！

「それではカピトリーノの丘へ行きましょう」とコリーヌは言

った。

「ええ、行きましょう」とオズワルドも言った。

　簡単な言葉であっても、その声音がすべてを表わしていた。それほど声の調子が優しく、穏やかであったのだ！

　コリーヌは言った。「現在のようなカピトリーノの丘から、私たちはたやすく七つの丘を見ることができるのですよ。一つずつ回ることができます。歴史の跡を留《とど》めていない丘は一つもありません」

　コリーヌとネルヴィル卿は、先ず、かつて聖なる道とか勝利の道とか呼ばれていた道を辿った。

「戴冠の日に、あなたの馬車はあそこを通りましたか」とオズワルドが言った。

「ええ」と彼女は答えた。「ここの古代の土埃は、ああいう車が来てさぞかし驚いたでしょうよ。でも、ローマ共和国以来、この道には多くの罪深い跡が刻まれたので、この道に対する敬意は薄れました」

　それからコリーヌは今のカピトリーノの丘の階段の下までやって来た。旧カピトリーノへの入口は、フォールムからであった。

　コリーヌが言った。「この階段がスキピオ（一六）の上った階段と同じだといいのだけど。スキピオが栄光によって中傷をはねのけ、かち取った勝利を神々に感謝するために神殿に入った時の階段です。でも、この新しい階段、この新カピトリーノは旧カピトリーノの廃墟の上に建てられました。かつて世界中から尊敬をうけていた、ローマ元老院議員という華々しい名を名のる、穏和なこの高官を迎えるために。ここにはもう名前しかありません。

　でもこれらの名の快い響きや古びた威厳には、いつでも喜びと哀惜とが綯《な》い交ぜになった、心地よい衝撃に似た感情が呼び起こされます。かつて出遇ったみすぼらしい女に、どこに住んでいるか尋ねたら、『タルペイアの岩に（一七）』ですって。この語は、もう以前結びついていた連想は消えているのに、いまだに想像力に働きかけてくるのです」

　オズワルドとコリーヌは、カピトリーノの階段の下で立ち止まって、玄武岩でできた二頭のライオンを眺めた（9）。エジプトから運ばれて来たもので、エジプトの彫刻家は人の顔形よりも動物の顔形をとらえる才をよく示していた。カピトリーノのライオンたちは堂々として穏やかで、その顔つきはまさに力における穏やかさのイメージである。


　　休息する時のライオンのように（一八）　　ダンテ

　ライオンにほど近く、手足を切断されたローマの像がある。現代のローマ人が、図らずも現在の自分らのローマを表わす象徴を示すことになるとは気づかずに、そこに置いたのだ。この像は頭も足も欠けていて、残っている体と衣の襞《ひだ》が古代の美しさをとどめている。

　階段の天辺には、カストルとポリュデウケス[一九]と思われる二つの巨像、それから、マリウス[二〇]の戦勝記念碑、それにローマ世界を測るのに役立つ里程標と、これらの様々な記念品に囲まれて穏やかに立つ、マルクス・アウレリウス[二一]の立派な騎馬像があった。

　このようにすべてがそこにある。ディオスクロイ[二二]に代表される草創期、ライオンによる共和国、マリウスによる内戦、そしてマルクス・アウレリウスによる皇帝たちの最盛期。

　現代のカピトリーノの方へ進むと、戦勝の神ユピテルと、カピトリーノのユピテルの神殿の廃墟の上に建てられた、二つの教会が左右に見える。拝廊の前にはナイルとテベレの二つの河がつかさどる、ロムルスの雌狼のついた泉がある。テベレ河は、栄光なき河の名として口にされることはないのである。

　次のように言うのが、ローマ人の楽しみの一つになっている。

「テベレ河畔に連れていって下さい。テベレ河を渡りましょう」

　こういう言葉で、人は歴史を思い起こし、死者たちをよみがえらせるようだ。フォールムの側からカピトリーノの丘へ行くと、右側にマメルティーノの牢獄がある。これらの牢獄は、初めアンクス・マルティウスによって建設され、当時は普通の罪人のためであった。

　ところがセルウィウス・トゥリウス[二三]は国事犯のために、もっと残酷な牢獄を地下に掘って作らせた。彼らが本来は誠実であるために誤りを犯したかもしれぬ、最高の敬意に値する罪人なのに、あたかもそうではないとでもいうように。ユグルタ[二四]とカティリナ[二五]の共犯者たちはこれらの牢獄で果てた。聖ペトロと聖パウロもここに閉じ込められた、と言われている。

　カピトリーノの反対側はタルペイアの岩である。岩の下には今日、「慰めの病院」と呼ばれる病院がある。古代の厳しい精神とキリスト教の優しさが、数世紀を経たローマでこのように結びつき、目にも触れて、昔を偲《しの》ばせるのか。

　カピトリーノの塔の天辺に着いた時、コリーヌはオズワルドに七つの丘を見せ、それからローマの町を見せた。先ずパラティーノの丘によって、次いで七つの丘を封じ込んだセルウィウス・トゥリウスの壁によって、最後にまだ今日もローマの大部分の囲いとなっているアウレリウスの壁によって、遮断されているローマの町。

　コリーヌは、ティブルス[二六]とプロペルティウスの詩句を諳《そら》んじた。それは、やがては世界の女主人が出てくる、非力な草創期を誇る詩句である。[10]

　パラティーノの丘はしばらくの間、それだけでローマ全土であった。しかし続いて代々の皇帝たちの宮殿が、かつては国民全体に充分であった場所を覆った。

ネロ時代の詩人が、その際にこんな警句を作った。「ローマはもはや一つの宮殿でしかなくなるだろう。ローマ人たちよ、ウェイイの町に行け、もしこの宮殿がウェイイまでもまだ占拠していなければ」

七つの丘は、「切り立った山」という名にふさわしかった昔よりずっと低くなっている。現在のローマはかつてのローマより四十ピエ〔約十三メートル〕も高くなっている。七つの丘を隔てていた谷は、時の経過により、建物の瓦礫によりほとんど埋められてしまった。しかし、もっと奇妙なことは、うち砕いた壷の堆積で新しく二つの丘（ティトリオとテスタッチョ）ができた。そして、これらの文明の進歩の結果というよりはむしろ文明の残滓《ざんし》は、谷が刻まれていた山々を平坦にし、物質的にも精神的にも、自然がもたらした美しい起伏を無くしてしまうことによって現代の象徴のようなものになっている。

他の三つの丘（ジャニコロ、ヴァティカーノ、マーリオ）は、有名な七つの丘には含まれないが、ローマの都によく風情《ふぜい》を添えている。ローマは街そのものからでも、また元の城壁の中からでも見事な眺望を得られる唯一の都であろう。そこには廃墟と建築物、田園と砂漠とが目立って混在していて、ローマはあらゆる側から眺めることができるし、反対側の視点からはまた驚くような風景を見ることができる。

オズワルドは、コリーヌに案内されて来たカピトリーノの丘の頂上から、古代ローマの遺跡を眺めて、飽きることがなかった。歴史書を読んで、それに刺激されて思索に耽っても、これらの散らかった瓦礫、新しい家々と混在する廃墟ほどには、我々の心に働きかけては来ない。視覚は魂に絶大な力をふるう。ローマの遺跡を目にした後では、まるで古代ローマ人の時代に生きていたように、彼らの存在を信じるようになる。

精神の記憶は学ぶことによって獲得される。想像力の記憶は、実生活から思考へと伝えられる、より直接的で内面的な感銘から生まれて来る。そして、その想像力の記憶は我々を学んだことの証人にしてくれる。確かに、人々は古代の残滓に立ち混じる現代の建物にうんざりしてはいる。だが、わびしい屋根の脇に立つ柱廊。間に教会の小窓ができている円柱の列。田舎の、家族そっくり住みついている墓。これらが何とも言えない偉大にして素朴なものの見方と、興味をそそる発見の楽しさを一緒くたにして与えてくれるのだ。

我々のヨーロッパの大部分の都市の外観は、いずれも共通していて、ありきたりである。そしてローマは、たいていの都市よりもずっと貧困と荒廃の惨めな様相を見せている。

しかし突然円柱が折れ、浅浮き彫りが半ば壊れ、古代の建築家による、破壊不可能な工法で連結された石材が見つかると、人は、人間には神の閃きともいうべき永遠の可能性があり、みずから刺激し、他の者も奮《ふる》い立たせなくてはならないことを、思い知らされる。

このフォールムは、狭隘《きょうあい》な城壁に囲まれて、驚くべきこともたくさん見てきたが、偉大な人間精神の感動的な一つの証《あかし》である。古代ローマ末期に、世界が栄光を失った支配者に従っていた時、歴史的事実を保存できない世紀が続くのである。この小さな空間のフォールムは、当時とても狭く囲われており、ここの住人たちは町の周りで領土を守ろうと戦っていた。このフォールムは、記憶をたどれば、あらゆる時代の最も立派な天才たちを独占したのでないか？　これは名誉である。勇敢で自由であった人民にたいする永遠の名誉である。彼らはこのように後世の視線をとらえるのだから！

コリーヌは、ネルヴィル卿に、ローマには共和国時代の名残は僅かしかない、と気づかせてやった。送水路や排水用に建設された地下水路は、共和国とそれに先立つ王たちの唯一の贅沢《ぜいたく》であった。共和国のもので我々に残されているのは、実用的な建築物、共和国の偉人たちの霊に捧げられた墓碑、残存している煉瓦造りのいくつかの神殿だけである。ローマ人が初めて記念建造物に大理石を使用したのは、シチリア征服の後のことであった。

しかし、ものも言えないほどの感動を覚えるためには、大戦闘が起きた場所を見るだけで充分である。巡礼の旅の宗教的な強さはこの精神状態によるのである。何らかの分野で名の知れた国々というものは、偉大な人物や記念建造物が消滅してしまっても、想像力に絶大な力をふるう。人々の目をひきつけたものはもはや存在していないのだが、追憶の魅力がいまだにそこに残っている。

フォールムには、そこで雄弁によってローマ人民を統治した、かの有名な演壇はもはや跡形もない。アウグストゥスが身近に落ちた雷に打たれずに済んだ時、彼が雷神ユピテルを讃えて建立した、神殿の三本の円柱がいまもそこにある。元老院がその功績に報いるために、セプティミウス・セウェルス（二七）に捧げた凱旋門。彼の二人の息子、カラカラとゲタの名が門の妻壁に刻まれていたが、カラカラがゲタを暗殺した時に、その名を抹消させた。それで今も削られた文字の痕がわかる。

さらに離れたところには、ファウステナを祀った神殿、つまりマルクス・アウレリウスの盲目的な弱点を表わす建造物があり、ウェヌスを祀った神殿で、共和国時代にはパラス（二八）に捧げられていた神殿がある。もう少し離れたところには、ハドリアヌスによって建てられた、太陽と月に献じられた神殿の廃墟がある。この皇帝は、ギリシャの高名な建築家であるアポロドロスに嫉妬していて、建築家がその建築物の均整について非難をしたために、死に追いやった。

広場の反対側には、さらに高貴で、純粋な追憶のために捧げられた、いくつかの記念建造物の廃墟が見える。維持神ユピテルの神殿であると思われる神殿の円柱。(二九) この神はローマ人に決して敵に後を見せないようにと教えた。守護神ユピテルの神殿の残骸である、一本の円柱。この神殿はクルティウス(三〇)が飛び込んだ淵から、さほど遠くないところに位置しているそうだ。建立《こんりゅう》された神殿の円柱は、あるものは協和の女神へ、またあるものは勝利の女神へ語りかける。おそらく世の征服民族たちはこれら協和と勝利という二つの考えを混同して、自分らが世界を服従させる時以外は、真の平和はありえないと考えるのでないか。

パラティーノ山のはずれに、ティトゥス(三一)のエルサレム征服を賞して献じられた、立派な凱旋門が立っている。ローマのユダヤ人たちは決してこの門をくぐらないそうだ。門をよけて行くためか、彼らの通る小道というのが見られる。ユダヤ人の名誉のために、この話が真実であることを願うべきである。長く続いている記憶は長い不幸ということである。

その近くにコンスタンティヌス(三二)の凱旋門がある。キリスト教徒たちが、トラヤヌス(三三)のフォールムから取り上げた、いくつかの浅浮き彫りで飾られている。彼らは、「平和の確立者」と呼ばれたコンスタンティヌスに捧げる、記念建造物の飾りが欲しかったのだ。この時期には既に美術は衰退していたので、新たな功績を讃えるために、過去のものから取り去ったのだ。まだローマに見られるこれらの凱旋門はでき得る限り、栄光に対する敬意を表し続けていた。その天辺には、フルートとトランペットの奏者のための席がある。それは勝利者が通過の際、音楽と賛辞とに同時に酔い、その時に最高潮に達した感動を味わうためのものであった。

これらの凱旋門の向かいは、ウェスパシアヌス(三四)の建立した平和の神殿の遺跡がある。この神殿は内部が青銅と金で多く飾られていたため、火事のため焼き尽くされた時、燃えて溶けた金属がフォールムまで流れ出た。

最後は、ローマの最も美しい廃墟であるコロセウムで、歴史全体が立ち現れて来る、高貴な城壁は終わりとなる。この素晴らしい建造物は、金や大理石が剥ぎ取られた石材だけが今も残っているが、野獣と戦う剣闘士たちの闘技場となっていた。このようにして、自然な感情がもう育まれなくなった時、古代ローマ人は強烈な興奮によって楽しむようにされ、ごまかされていた。

人々は二つの門からコロセウムに入った。一つの門は勝利者《サナ・》のための《ヴィヴァリア》門で、もう一つは死者を運び出す門《サンダピラーリア》であった。単なる暇つぶしの見せ物に対して、人類の生と死をあらかじめ割り当てておくとは、人間に対する何という変わった軽視!最高の名君であったティトゥスが、ローマ人民にコロセウムを贈った。その結果、これらの見事な廃墟は壮麗で立派な民族性の様相を帯びているので、どうしても本物の偉大さと錯覚してしまい、本来は寛大な政治のための建造物にだけ寄せるべき称賛の念を、うっかり美術の傑作に抱いてしまうのである。

オズワルドは、コリーヌのように思わず感嘆してしまうことはしなかった。互いにそびえたつこれら四つの芸術品、これら四つの建造物の華麗でもあり老朽化もしている様子には尊敬の念にもかられ、またしみじみともさせられた。

しかし、オズワルドはこれらを眺めて、この場に支配者の奢《しゃ》侈《し》と奴隷たちの血しか見ず、反感を感じていた。これらの建造物は目的など意に介せず、定められた用途のままに、その素晴らしさを惜し気もなく振りまいている。

コリーヌは言った。「イタリアの歴史的建造物を眺める時には、あなたのきびしい道徳、正義の方針を持ち出してはいけませんわ。前にも言いましたが、大方の人々はイタリアの建造物を見て、古代ローマの輝ける美徳の時代を思い出すというよりは、古代様式の華麗さとか優雅さとか洗練された美を思うのですわ。ですが、初期以降の建造物の巨大な豪華さの中にも、初期の偉大な道徳性の名残があると思いませんか?

古代ローマ人の退廃そのものが、さらに圧倒的なものです。自由を失って、自然驚異の世界が覆いかくされ、完璧な傑作を作った天才は、失われた真の尊厳によって人間を慰めようとしています。オリエント風の快楽を味わいたい人々のために開かれている、この広大な浴場をご覧なさい。象を連れて来て虎と戦わせたあの円形競技場。この競技場を突如、大池にしてしまうあの送水路。大池で、今度はガレー船奴隷たちが戦います。その前にはライオンが出ていましたが、次は鰐《わに》があらわれるのです。ローマ人が、みずからの傲慢によって贅沢をする時、これが彼らの贅沢なのです!

ローマ人の墓所を飾ろうと、アフリカの亡霊たちから掠《かす》めとり、エジプトから持って来られたあの方尖柱《オベリスク》。かつてローマにあった彫像のあの集団。これらは、今となっては、アジアの専制君主たちの無駄な贅沢と見なすことはできない。芸術品に外面的な様式をまとわせたのは、世界の覇者ローマの天才なのです。この壮麗さにはどこか超自然的なものがあります。それだから、その詩情あふれる素晴らしさは、その由来や目的を忘れさせてしまいます」

オズワルドは、コリーヌの熱弁に納得できないまでも、感嘆の念がかきたてられた。彼は至る所で倫理感を求め、芸術の魔術をもってしても満足させられることはなかった。その時、コリーヌは、迫害を受けたキリスト教徒たちが、この同じ競技場で、信仰を堅くまもり、殉教したことを思い出した。それで、オズワルドに、キリスト教徒たち(三五)の遺灰を祀《まつ》って建てられた礼拝堂と、世俗の権勢の壮大な廃墟の下で悔悛者たちが辿るこの十字架の道を示して、あの殉教者たちの遺骸が胸に語りかけて来ないかと尋ねた。

「ええ」と彼は声高く言った。「苦しみと死に抗《あらが》う魂と意志の強さには感心します。何であれ、犠牲というものは才知と思索のどんな躍動よりも美しく、困難なものです。高められた想像力は、天才の奇跡をもたらすことができます。ですが、真に徳高くなるのは、自分の意見とか感情に没入することによってではないのです。それは、ただ我々の心の中で、天上の力が死すべき人間を屈服させるだけのことです」

気高く純粋ではあったが、この言葉にコリーヌは困惑した。ネルヴィル卿を見つめ、それから目を伏せた。この時、彼は彼女の手を取って、自分の胸に押しつけたのだが、彼女はこのような男性は、自分の選択した主義主張や義務を信奉するあまり、他人や自分自身を犠牲にしかねない、と考えて、ぞっとしたのだ。

5

コリーヌとネルヴィル卿は、カピトリーノの丘とフォールムを歩いてから、二日かけて七つの丘をめぐった。かつてのローマ人は、七つの丘のために祭りをしていた。城壁に取り囲まれたこれらの丘は、ローマ独特の景観の一つである。彼らが祖国を愛するがために、いかに喜んでこの独特な七つの丘を祝ったかは想像に難《かた》くない。

オズワルドとコリーヌは、初日にカピトリーノの丘を見たので、パラティーノの丘から始めた。皇帝たちの宮殿は（三六）、「黄金宮」と呼ばれ、丘全体を占めていた。この丘には、現在はこの宮殿の廃墟しかない。アウグストゥス、ティベリウス（三七）、カリグラ、（三八）ネロがこの宮殿の四方に宮殿を建てた。今日は繁殖力の強い植物におおわれた石材が残るだけである。そこでは自然が人間の作り上げたものを支配している。美しい花々が宮殿の廃墟の慰めとなっている。

帝政の、共和政の時代の豪奢《ごうしゃ》さは、ただ公共建築物に見られるだけである。個人の家は小さくて質素であった。キケロ、ホルテンシウス（三九）、グラックス兄弟（四〇）がこのパラティーノ丘に住んでいた。ローマ衰退期になると、この丘はかろうじて一人分の住まいに足るものだった。

終焉にいたる何世紀間かは、国民はもはやその時代の支配者の名によって示されるだけの、名も無い群衆でしかなくなっていた。この場所に、アウグストゥスの門前に植えられていた、二本の月桂樹を探しても見つからない。戦の月桂樹と、平和によって育まれる美術の月桂樹。二本とも消えてしまった。

パラティーノの丘には、まだリウィア妃の浴室がいくつか残っている。当時ありふれた装飾として、天井に惜しみなく宝石を使った室である。そして、ここに色が完璧に当時のままである絵画がある。使われた色が変色しやすいものなのに、それが保たれていることに驚かされ、過ぎ去った時代にひき寄せられるのである。

もし、リウィア妃がアウグストゥス帝の命を縮めたというのが本当ならば、襲撃を思いついたのはこれらの浴室のうちのいずれかの中である。一番身近な者への愛情が裏切られた世界の王者の眼差しが、これらの絵のうちのいずれかに注がれて停止しただろう。絵の中の素敵な花々はまだ残っている。老年にいたった彼は、人生について、その虚飾について、何を考えただろうか？　みずから命じた追放や自分の功績を思い出しただろうか？　来世を恐れただろうか、期待しただろうか？　人に全てを明らかにする末期の思い、世界の支配者の末期の思いは、今もこの丸天井の下をさまよっているのだろうか[11]？

アヴェンティーノの丘は、他のどの丘よりも、古代ローマ初期の跡をとどめている。ティベリウスが建てた宮殿の真向いに、グラックス兄弟の父によって建てられた、自由の神殿の廃墟がある。アヴェンティーノの丘の麓には、セルウィウス・トゥリウス[四一]が、雄々しい運命の女神に奉納した神殿があった。彼が奴隷に生まれて王となったことを感謝するための神殿であった。ローマの城壁の外にも母ウェトゥリアが息子コリオラヌス[四二]を捕まえた時、女たちの運命の女神に捧げた神殿の廃墟がある。

アヴェンティーノの丘と向かい合って、ジャニコロの丘があり、ポルセンナ[四三]がこの丘の上にその軍隊を駐屯させた。ホラティウス・コクレスが背後のローマに通ずる橋を切断させたのはこの丘の正面である。この橋の基礎がまだ残っている。河岸には煉瓦でできた凱旋門があり、簡素でもあり、彼がなしたという行為のように偉大でもある。この門はホラティウス・コクレスに敬意を表して、建設されたという。

テベレ河の真ん中に、タルクィニウス[四四]の畑で収穫された、麦の束でできた島が見える。麦の束は長い間、河面にさらされた。ローマの民が、それに悪運がとりついていると思って取ろうとしなかったので。今日では、誰にも横取りされないように、取るにたらない財産に呪いの言葉をかけることはしないだろう。

貴族の慎みの神殿と、平民の慎みの神殿が置かれたのは、アヴェンティーノの丘の上である[四五]。この丘の麓にウェスタの神殿[四六]が見える。これはしばしばテベレ河の氾濫の被害を受けそうになったが[四七]、今なお、ほぼ完全に残っている。この近く[四八]に負債者たちの牢獄の廃墟があり、そこには広く知られた、麗しい親孝行の跡がある。

ポルセンナに囚われたクロエリアとそのお付きの者たちが、ローマに戻るためにテベレ河を渡ったのは、このあたりである。

他の丘では辛い追憶がよみがえる心を、このアヴェンティーノの丘がなごませてくれる。丘の姿もそこにまつわる追憶のように美しい。この丘の麓にある河辺に、「美しい河岸《プルクルム・リットゥス》」という名が与えられたのである。ローマの雄弁家たちが、フォールムを出て散歩したのがここである。カエサル(四九)とポンペイウス(五〇)が一介の市民として出会い、当時自分らの軍勢よりも重要な存在となっていた、不羈《ふき》の雄弁家キケロを逮捕しようとした。

この丘は、詩のおかげでさらに美しいものとなる。ウェルギリウスは、怪物カクスの洞窟をアヴェンティーノの丘の上にあるとした。(五一)古代ローマ人は歴史でも偉大であるが、詩人たちがローマの起源神話を英雄譚で飾って、さらに偉大なものとした。しまいに、アヴェンティーノの丘を下りる時、ニッコロ・ディ・リエンツィの家に気づく。この人は現代に古代を甦らせようと試みた。古代の思い出は他の時代と比べると、弱々しいものだが、まだ長らくしのばせるものがある。

チェーリオの丘は、親衛隊と外人兵士の兵舎の跡があることで注目される。これらの兵士を迎えるために建設された兵舎跡から、こんな文が見つかった。「外人兵駐屯地の聖なる守護神へ」守護神がその力をおよぼしていた者たちにとっては、実際、聖なるものであったのだ！　これらの古代の兵営に残るものから分かることは、兵営が修道院のように建てられている、というよりも、むしろ修道院がこれに倣《なら》って建てられたということである。

クイリナーレの丘は「詩人たちの」丘と呼ばれていた。マエケナス(五二)がこの丘に宮殿を持ち、ホラティウス(五三)、プロペルティウス、ティブルスもまたここに住んでいたので。近くに、ティトゥス、トラヤヌスの共同浴場の廃墟がある。ラファエッロが、ティトゥスの共同浴場のフレスコ画のアラベスク模様を手本にしたとされている。ラオコーンの群れが発見されたのも、ここである。

暑い国では、水の冷たさが快く感じられる。水浴びをする場所では、華やかな贅沢、想像力を限りなく働かせる楽しみをそろえることを好んだ。ローマ人は絵画や彫刻の傑作をここに展示させた。ランプの光でそれらを眺めたのだ。これらの建物は、構造上、日の光は差しこまず、南の射るような太陽の光線から、そのようにしてそれらを守ろうとしたのだ。

確かにこの光線がもたらす感覚のせいで、古代人はこの日差しをアポロンの投げ槍と呼んだのだ。暑さに対する古代人の極度の用心を見れば、当時の気候は今日よりも、燃えるように暑かったのかもしれない。ファルネーゼのヘラクレス(五四)、女神フローラ、ディルケの群れが置かれていたのは、カラカラ共同浴場の中であった。オスティア(五五)の近くのネロの浴場には、ベルヴェデーレのアポロン(五六)があった。この高貴な顔を見ながら、ネロが寛大な気持ちにならなかったとは！

ローマに残存する公衆の娯楽用の建築物は、共同浴場と円形競技場の二種類だけである。マルケルス劇場以外に劇場はない。

マルケルスには、まだ遺跡が残っている。プリニウスは、僅かな期間しか続かなかったある劇場に三百六十の大理石の円柱と三千の彫像とがあった、と述べている。

ある時期には、ローマ人は頑丈な建物を建設し、地震にも持ちこたえるほどであった。またある時期には、建物に途方もない大工事をほどこして、祭りが終ると壊してしまうということを好んだ。彼らは、このようにして、あらゆる形で時間など、ものともしなかった。その上、ローマ人は、ギリシャ人のように演劇上演に対する情熱を持っていなかった。ローマでは、美術はギリシャの作品、芸術家によって栄えただけだ。

ローマの偉大さは、想像力の傑作によってというより、むしろ建築の巨大な壮麗さに表れている。この並はずれた贅沢、これら驚異的な富には、威厳ある風格がある。それはもはや自由ではなく、常に権力である。公衆浴場にあてられていた建築物は、属州と呼ばれていた。そこには、一つの国全体に見ることができる色々な産物、様々な店舗が集まっていた。

円形競技場（「キルクス・マクシムス」と呼ばれていた）は、まだ廃墟があるが、皇帝の宮殿に隣接していたので、ネロは宮殿の窓から競技の合図を送ることができた。円形競技場は、三千人を収容できるほど大きかった。国民はほとんど、全ての人が同時に楽しんだのだ。これらの途方もない祭りは、かつては栄誉のために集まって来た人々が、楽しむために集まって来る、一種の民衆の慣習と考えることができる。

クイリナーレの丘とヴィミナーレの丘は、繋がっているので、見分けにくい。サルスティウス(五七)とポンペイウスの家があったのはここであった。また今も、教皇が居を定めたのがここである。ローマでは一歩たりとも現在を過去に近づけずには歩けない。それも様々な過去である。しかし、人間の歴史の果てしのない移ろいやすさを見ると、自分の時代に起こっている出来事に対して冷静になることを学ぶ。先人の業績をひっくりかえしてきた、かくも長い過去の時代を前にすると、動揺するのが気恥ずかしくなるのである。

七つの丘の近くで、その斜面で、あるいは頂上で、多数の鐘楼、オベリスク、トラヤヌスの円柱、アントニウスの円柱、コンティの塔が見える。この塔から、ネロがローマの火事を眺め入ったと言われている。それから、聖ピエトロの丸天井、これが、見下ろしているもの全てを、さらにその上から見下ろしている。空へ伸びる、これらすべての記念建造物のせいで、空中はごたごたしているように見え、空中の町が地上の町を厳かに俯瞰しているようにも見える。

ローマ市内に戻る時、コリーヌはオズワルドに、オクタウ(五八)ィアの柱廊を通らせた。この女性はとても愛し、苦しんだ人だ。それから二人は「悪人道路」を横切った。この道を卑劣なトゥリアが、父親を自分の馬どもに踏みつぶさせて通ったのである。

遠くから、アグリッピーナ（五九）が夫クラウディウスのために建立した神殿が見える。彼女は夫に毒を盛らせた。そしてやっと、アウグストゥスの墓所の前に出る。墓所の境内は、今は動物の闘技場になっている。

コリーヌが言った。「古代史の遺跡を駆け足で回っていただきましたね。でもあなたは、学問的で詩的でもあり、想像力にも思考にも語りかけて来る、このような探求で得る楽しさがお分かりでしょう。ローマには、歴史と廃墟の間の新たな関係を発見するのが、唯一の仕事であるという優秀な人がたくさんいます」

ネルヴィル卿は答えた。「これほど興味をそそられた見学は初めてです。もし、私がこれだけに没頭できるほどの落ち着きがあったら、ですがね。このような知識は、書物で得るものよりも、ずっとみずみずしいです。まるで発見したものを甦らせ、土埃に埋もれていた過去が、再び現れるみたいだ」

コリーヌが言った。「確かに。それに、古代期に対するこの情熱は空しい先入観ではないのです。私たちは、個人の利害が人間のあらゆる行動の唯一の原理であるかのような時代に生きています。これまでにどのような共感や高揚感《アントウジアスム》が、個人的な利害から生まれたというのでしょうか！　かつて存在していた献身、犠牲的行為、英雄的行動が見出され、地上がまだ尊敬に値する形跡をとどめていた時代を想う方が、楽しいですわ」

6

コリーヌは、オズワルドの心をとらえたと、ひそかに得意になっていた。もともと性格的に、感じたことを隠さない気質だったが、彼の慎み深さ、厳しさを知っていたので、彼に対する関心をあまり見せないようにしていた。おそらく彼女は、二人の間の感情に関係のないことを話し合っていても、互いの声が互いの愛情をはからずも洩らしてしまう口調であり、互いの視線にも、心に深くしみる、もの悲しいぼんやりとした話し方にも、愛のひそやかな告白が表現されていた、と思っていたのだろう。

ある朝、コリーヌがまたオズワルドとの散歩に出る支度をしていたところ、格式ばったと言ってもよい、彼からのメッセージを受け取った。健康状態が悪くて数日は外出できない、とあった。コリーヌは不安で胸苦しくなった。すぐに、彼が重体なのではと心配した。しかし、夜、デルフィユ伯爵に会ったら、伯爵は、オズワルドはいつもの塞《ふさ》ぎの虫にとりつかれていて、その間は人に会いたがらないのだ、と言った。

「私でも」とその時、伯爵は言った。「あの方がこのような状態である時にはお会いしません」

この「私でも」というのが、コリーヌの気に入らなかった。でも彼はネルヴィル卿の様子を知らせてくれるただ一人の人なので、コリーヌはそのことは顔に出さぬように気をつけた。ともかくも、一見して浮薄なる男は、知っていることはみなしゃべってしまうだろうと思って、オズワルドについて尋ねた。

しかし、急に、オズワルドから何も打ち明けられていないことを、謎めいた表情で隠したいと思ったのか、尋ねられたことに応じない方が、応じるよりも立派と思ったのか、伯爵は知りたくてたまらない気持ちのコリーヌに、平然とした無言で応対した。コリーヌは、話しかけた人には皆、どんな時にも思うように応えてもらっていたので、どうしてデルフイユ伯爵には、自分の説得の仕方が効き目がないのか、が分からなかった。自尊心がこの世で最も曲げられないものであることを知らなかったのだろうか？

オズワルドの心に何が起こっているのかを知るために、コリーヌにはどんな手段が残されているだろう！　彼に手紙を書くことだ！　手紙を書くには、充分な節度が欠かせない！　コリーヌは、献身と率直さをこめて優しい手紙を書いた。三日が流れ去った。その間、ネルヴィル卿に会うことがなかった。それで、コリーヌは死ぬほど辛い不安に苛《さいな》まれた。

彼女は心の中でつぶやいた。「彼が私から離れていくなんて、一体、私は何をしたのかしら。愛しているなんて、一言も言わなかったし、イギリスでは大変なことで、イタリアでは大目に見られるような、過ちは犯さなかった。あの方はそれを見抜いたのかしら？　だけど、それだからといって、私を大事に思って下さらないのはどうしてかしら？」

オズワルドは、コリーヌの魅力に強く惹かれたからこそ、遠ざかったのだった。彼は、ルシール・エッジャモンドに結婚すると約束したわけではなかったが、父親が彼女を妻とする意向であったことを知っており、それに従いたかったのだ。結局、コリーヌは実名では人に知られていなかったのだし、数年来、自立した生活を送ってきた。このような人との結婚は、父も同意しなかったろう（と、ネルヴィル卿は思ったのだ）。そして父に対する罪を償《あがな》うには、このようなことをしてはいけない、と感じたのだ。

これが、彼がコリーヌから遠ざかった理由なのだ。ローマを去る時に、彼女に手紙を書く計画を立てていた。それで自分自身にこの決意を押しつけてしまうのだ。とは言え、それだけの断固たる意志もなく、せいぜい彼女の家に行かないでいる程度であった。それでも、この犠牲は二日目から辛くなった。

コリーヌは、オズワルドにもう会えない、さよならも言わずに行ってしまうのだと考えて、衝撃《ショック》を受けた。絶えず、彼が出発するという知らせを受ける覚悟をした。この心配で神経が高ぶるあまり、急に、狂おしい情熱にとらわれ、幸福も自立も潰してしまう、禿鷹《はげたか》の爪につかまれたと感じた。もうネルヴィル卿が来ることもないのだからと思うと、家にじっとしていることもできず、彼に出会いはしないか、とローマの庭園を何度かさまよった。何時間もよく耐えて、あてどなくさまよった。彼を見かける何らかのチャンスがあったのだ。彼女の熱い想像力は、その才能の源泉ではあったが、不幸なことに、その想像力が生まれついての感受性と重なって、彼女を一層苦しめることも度々であった。

この冷酷な音信不通が続いて四日目の宵は、月夜であった。ローマは夜の静寂に包まれ、美しかった。ローマには、名高い亡霊しかいないように見える。コリーヌは女友達の家からの帰途、苦しみに胸ふさがれるまま馬車から降りて、トレヴィの泉のそばで、しばらくの間、憩《いこ》った。ローマの中心地に滝となって落ち、今は落ち着いてとどまっているように見える、豊かな泉の前で。

この滝が数日間、止まった時、ローマは愕然としたらしい。他の町では、耳に入って来るのは車の音だが、ローマではこの並はずれて大きい泉のざわめきである。それは、ローマでおくる夢想にふける生活に欠かすことのできない伴奏のようだ。

コリーヌの姿が水に描かれる。水があまりに澄んでいるので、数世紀来、「処女《おとめ》の泉」と呼ばれている。オズワルドが、間をおかずに同じ場所に立ち止まり、水に映る恋しいひとの可愛い顔を見た。あまりの感動のために、初めは父親の幻がよく現れて見えていたように、幻覚でコリーヌが見えているのでないかと迷った。もっとよく見ようと、泉に身をかがめた。自分の目鼻立ちが、コリーヌの顔の横に映った。

彼女が、オズワルドに気づき、声を上げて、彼に急いでとびついて来て、腕をつかんだ。まるで彼が再び立ち去ってしまうのが恐い、とでもいうように。あまりに激しい衝動に駆られたが、すぐにネルヴィル卿の性格を思い出し、感情をあらわにしたことを恥じて、赤面した。つかんでいた手を放し、もう片方の手で涙を隠すために、顔を覆った。

「コリーヌ、かわいいコリーヌ」とオズワルドは言った。「私がいなくて、あなたは不幸せだったのですね！」

「ええ、そうだと分かっていらしたくせに！　一体どうして、私を苦しめるの？　苦しめられて当然だったのかしら！」とコリーヌは言った。

「いいえ、そんなことは絶対にない。でも、自分が自由であるという感じがなく、胸には不安と後悔しかなく、どうしてこの恐れに揺れ動く心に、あなたをつき合わせることができるでしょう？　どうして……」

「もう遅すぎますわ」とコリーヌがさえぎった。「もう遅すぎますわ。苦悩だったら、もう私の胸の中にもあります。私を大事にして下さい」

「あなたが、苦悩だって？」とオズワルドは言った。「輝かしい、成功を収めた経歴のただ中にあり、生気ある想像力をそなえたあなたが？」

「やめて下さい」とコリーヌは言った。「私のことを分かっていらっしゃらない。私が持つ能力の中で、何よりも強いのは苦しむ能力です。私は、幸せになるために生まれ、自信に満ちた性格で、想像力に恵まれています。けれど、心痛が、私の理性を乱して、私の命を絶つことができるほどの、何ともいえない激しさをかきたてます。もう一度言いますわ。私を大切にして。陽気で、気まぐれであっても、それは私のうわべだけですわ。魂《こころ》の中には、悲しみの淵があって、それから身を守るには、人を愛さないようにしなくてはなりません」

コリーヌは、いかにもオズワルドを感動させる言い方で、このように述べた。

「明日の朝、またあなたに会いに行きます。信じて、コリーヌ」と、オズワルドが言った。

「誓って下さる？」隠そうとしても隠しきれない不安な気持ちで、彼女は言った。

「ええ、誓います」とネルヴィル卿は叫んだ。そして去った。

第五部　墓所、教会、邸宅

1

その翌日、コリーヌとオズワルドは顔を合わせた時、互いに困惑してしまった。コリーヌは、自分が抱かせてしまった恋をもう信じていなかった。オズワルドは自分自身に不満であった。彼は自分でも性格的に弱いところがあることを知っていて、それで、時としてその弱さが暴君のように彼自身の感情に逆らって、彼を苛立たせるのであった。二人とも互いの愛情について触れないことにした。

　コリーヌが言った。「今日はいささか厳かなコースをおすすめします。きっと、あなたのお気に召しますわ。墓所を見に行きましょう。先日、私たちは、記念建造物の遺跡を眺めたのですが、その建造物の間で暮らした人々の、最後の安息所を見に行きましょう」

「ええ」とオズワルドが答えた。「私の今の気持ちにぴったりなことが、よくお分かりでしたね」彼はこの言葉を、苦渋に満ちた口調で述べたので、コリーヌは、話しかけようとせずに、しばらく黙り込んだ。オズワルドの心痛を和らげたいと願い、二人で見るもの全てに興味を持ってもらおうとして言った。

「ご存じと思いますが、古代人にあっては、墓が見えても、生きる者が意気消沈させられることなどなかったのです。それどころか、若者が、名高い人々の追憶をたどり、ひそかに倣おうという気を起こすように、公道ぞいに墓所を建て、それで新しい形の競争意識を抱かせることができる、と思っていたのです」

「ああ！」とオズワルドは、溜め息をつきながら、言った。

「彼らの哀惜に悔恨が混じっていないことが、うらやましい」

コリーヌが声を上げた。「あなたが悔恨ですって。あなたが！　ああ！　あなたの場合、悔恨なんて、ただもう一つの美徳であり、生真面目で思いやりが強いというだけのことですわ」

オズワルドが口をはさんだ。「コリーヌ、コリーヌ、そのことには触れないで下さい。この幸せな国では、暗い想念は、明るい空に消えてしまう。でも、私たちの心の奥底まで苛む苦しみは、存在すべてをいつまでも揺るがすのですよ」

コリーヌは答えた。「私のことを取り違えていらっしゃる。もともと私は幸せを元気よく楽しむような性格に生まれついているのですが、でもあなたより苦しむでしょうね、もし……」

彼女はしまいまで言わずに、話を変えた。

「私が願う事はただ」と続けた。「しばらくの間、あなたの気をまぎらわせること。それ以上は望みません」

この優しい返事が、ネルヴィル卿の心に触れた。オズワルドは、もともと興味と熱情あふれる、コリーヌの眼差しが憂いを帯びているのを見て、生来快活で、穏やかな気持ちのひとを悲しませたことで、自責の念にかられた。そして、彼女をもとの気持ちに戻そうと努めた。でも、コリーヌは、オズワルドのこれからの計画、彼が出発してしまうかもしれないことが心配で、いつもの落ち着いたコリーヌにはならなかった。

彼女は、ネルヴィル卿をローマ市街の外、アッピア街道の旧跡に連れて行った。この街道の跡は、左右に墓があるために、ローマの平原の真ん中で、際立っていた。墓の遺跡は城壁の向こうへ数マイルにも延び、果てしなく見える。古代ローマ人は、市街地での死者埋葬を許可しなかった。皇帝の墓所のみが認められた。ところが、プブリウス・ビブルウスという名の一介の市民が、その世に知られぬ徳の報いとして、この特別待遇を受けた。今の時代の人々は、実際、他のどんな徳行《とっこう》よりも彼の徳行を褒め讃えている。

アッピア街道へは、かつて「カペーナ」と呼ばれていた、聖セバスティアーノ門をくぐって行く(一)。キケロは、この門を出て最初に見える墓は、メテルス、スキピオ一族、セルウィリウス一族の墓であると、言っている。スキピオ家の墓所は、この同じ場所で発見され、その後ヴァティカンに運ばれている。遺骸を移し、遺跡に手を加えるなど、神をも恐れぬ行為とも言える。想像力が、考えられているよりもはるかに道徳に結びついている。道徳に背いてはならない。

目を引きつける多くの墓の中に、確信はないままに、いいかげんにいくつか名を置いてみる。不確かであっても、これらを無関心では見られない感動をもたらす。その中に、百姓の家が作られている墓所もある。古代ローマ人は、自分らの友人や高名な同胞の骨壷に、広いスペースとかなり広い建物を捧げたのである。ローマ人には、感情と想念に広大な土地を捧げることを非生産的であるとし、土地の四方に沃野《よくや》を拡大しようとする、あの有用性という厳しい原則を持たなかった。

　アッピア街道の近くに、名誉と徳を讃えて、共和国が建立した聖堂が見える。ハンニバルに踵《きびす》を返させた神に捧げた聖堂も。(二)エゲリアの泉。ここはヌマ(三)が、有徳の士の神性を、孤独の中で問われる良心を探求しに行ったところだ。これらの墓所の周辺に、徳の跡だけがまだ残っているようだ。名高い死者たちが眠る場所の傍らには、罪深い世紀の墓碑は見あたらない。名高い死者たちは、厳粛な空間にとり囲まれ、そこでは高貴なる追憶が乱されることなく君臨している。

　ローマ周辺の平野の眺めは、妙に目立つものがある。なるほど、そこは木々も住居もないのだから、荒野《こうや》だ。だが、その土地は絶えず力強く芽生えて来る天然の草木に覆われている。これらの寄生植物は、墓所内へ入り込み、廃墟の飾りとなり、死者を讃えるためだけにあるように見える。

　キンキンナトゥス(四)が、自然の内奥に畝《うね》筋をつけて耕す鋤《すき》を操らなくなって以来、傲慢な自然が人間のあらゆる営為を追い払うようだ。自然は、気まぐれに植物を産み出し、生きる者が自然の富を利用することを許さない。これらの耕されていない平野は、農民にも、また土地に思惑を持って人間の必要のために活用をもくろむ人々にも、嫌われることになる。

　しかし、死が生と同じくらい魂《こころ》を占める夢想家たちは、現代が何の痕跡もつけなかった、このローマの平野を眺めることを好むのである。この土地が死者たちを慈《いつく》しんで、彼らを徒《あだ》な花々、徒な植物で覆う。これらが地を這って伸び、愛撫するかのように見える遺骸から離れてしまうほど高くなることはない。

　オズワルドは、他のどこよりもこの場所で、静けさを味わえることが分かった。ここでは、魂《こころ》は苦悩の映し出す残像によって苦しめられることはない。もはや単なる空気とか太陽とか緑の魅力とかを越える魅力を、今なお与えられるようだ。

　コリーヌは、ネルヴィル卿が感銘を受けたのを見て、いくらか希望を抱いた。オズワルドをなぐさめているなどと、いい気になってはいなかった。父を亡くした人が抱くはずの悔いの念を忘れさせてあげたい、とも思わなかっただろう。だが、悔いの感情の中にさえも、まだ苦しい経験しか味わったことのない人に教えてあげるべき、穏やかな、調和のとれた何かがある。それを教えることが、その人にしてあげられる唯一の親切である。

　コリーヌが言った。「この墓の前で止まりましょう。ほぼ全体が残っているのは、この墓だけですわ。これは有名なローマ人の墓でありません。父親が建てさせた、ケキリア・メテラという少女の墓です」

「幸せだ」とオズワルドが言った。「父親の腕に抱かれて死ぬ、生を与えてくれた人の胸の中で死を迎える子というのは、幸せだ。そういう場合には、死さえも、その切っ先を鈍らせる」

「ええ」と、コリーヌは感動して答えた。「親と死に別れることのない子というものは幸せです。ご覧なさい。この墓石に武器が彫ってあります。女性の墓ですのに。英雄の娘というのは父親の戦利品を墓に彫ってもらえるのですね。無垢《むく》と力との結びつきは見事なものです。ローマの女性のこの威厳を、古代の他のどんな著作よりもよく描いている、プロペルティウスの悲歌があります。この威厳というものは、騎士道時代の輝かしさよりも、さらに堂々として、完璧でした。

　若くして死んだコルネリアは、夫に別れの言葉と、心に触れる慰めの言葉とをかけている。そこには、ひとつひとつの言葉にも、と言えるほど、家族の絆の中の尊敬すべき神聖なものが感じられるのです。汚れのない人生の、高貴な誇りが、ラテン人のこの荘重な詩の中に、世界の支配者としての気高く厳しい、この詩の中に、描かれています。

『ええ』とコルネリアは言う。『婚姻から野辺まで、私の人生には、何の汚点もつきませんでした。婚儀と火葬との二つの松明《たいまつ》の間で、清く生きました(12)』」

「何て素晴らしい表現！」とコリーヌは叫んだ。「何て崇高なイメージ！　自分の生涯をこのように首尾一貫させることができて、墓場には思い出だけしか携えて行かない、この女性の宿命は、まったく羨ましいですわ！　一つの人生にはそれで充分ですわ」

　こう言い終わると、コリーヌの眼に涙があふれた。冷酷な感情、耐えがたい疑いが、オズワルドの心を占めた。

　彼は声を上げた。「コリーヌ、コリーヌ、あなたの清らかな心には、みずから咎めるところはありませんか？　もし私が、思いどおりにあなたに我が身を差し出すことができたら、過去に私の恋敵《ライヴァル》はいなかったのでしょうか？　私は自分の選択について、誇っていいのでしょうか？　酷《むご》い嫉妬が私の幸福を乱しはしないでしょうか？」

　コリーヌは答えた。「私は自由な身です。それに、私はかつてこのように愛したことがないほど、あなたを愛していますわ。それ以上何をお望みなのですか？　あなたを知る以前に、私の想像力から誤って人に関心を抱いたこともあると、告白しなくてはなりませんの！　それでは感情ゆえに、あるいはともかく感情の錯覚のせいで、私が犯したのかもしれぬ過ちに対して、あなたには気高い哀れみの心はないのでしょうか！」

　こう言い終えると、彼女の顔は慎ましく赤くなった。オズワルドは身震いしたが、何も言わなかった。コリーヌの眼差しには、悔いて臆した様子が表われており、そのためオズワルドは、彼女を厳しく裁くことができなかった。彼には、天から一筋の光がその過ちを許そうと彼女に射しているように見えた。手を取って、自分の胸に押しあてた。そして一言も発せずに、何の約束もせずに、彼女の前にひざまずいた。期待を抱かせる愛の眼差しで、じっと見つめながら。

「ねえ、そうでしょう」とコリーヌは言った。「これから先の年月の計画を立てるのは、止しましょう。人生の最高の時は、また、恵み深い偶然が授けてくれる時でもあります。ここで、この墓に囲まれて、前途を信じるべきなのでしょうか？」

「いいえ」とネルヴィル卿は叫んだ。「二人が別れてしまうかもしれない将来など信じませんよ。あなたのいないこの四日間で、今はもうあなたなしでは生きられないことが、身にしみて分かりました」

コリーヌは、この優しい言葉に何も言わなかったが、一心に耳を傾けていた。自分の心を独占する唯一のものである愛情を守り続けていきながら、この先、慣れ親しんだ仲になって、オズワルドが自分から離れられなくなる前に、彼が将来の計画を口にすることを怖れていた。意図的に、彼の注意を外にある事物に向けて、逸らせようすることも度々であった。

まるで、自分の才気の魅力が勝利を占める時まで、運命に決断を下されるのを引き延ばすために、様々な千の話によって愛するひとの興味をひきつけようとした、アラビアの千一夜物語のあのスルタンの妃のように。

2

アッピア街道の近くで、オズワルドとコリーヌは「納骨堂」を見物した。そこでは、奴隷たち、ただ一人の男あるいは女の保護によって生きた者たちが、主人のもとへ集まって、同じ一つの墓の中にいるのである。たとえばリウィア妃の女奴隷たち、彼女らはかつて妃の美容の役に捧げられ、妃のために時と戦い、その魅力のいくつかを年月の経過から救ったのだが、それぞれ妃の傍らの小さな骨壷に入れられている。名高い死者の周りに、名の知られぬ大勢の死者が生前の行列のように粛々《しゆくしゆく》と見えるようだ。

そこから近い所に、誓いを守らなかった巫女たちが生き埋めにされた野が見える。本来は寛容な宗教における、特異な一例である。

コリーヌは言った。「カタコンベにはご案内しません。妙な偶然から、このアッピア街道の地下にあって、つまり墓が墓の上に建っているのですが。迫害されたキリスト教徒たちのその隠れ家は、暗く恐ろしく、そこを再び訪ねる決心がつきません。あれ心にしみるあの物悲しさは、開けた場所では感じません。あれは墓場近くの独房、死の恐怖に接する生の刑罰です。

確かに、あのように太陽や自然から完全に切り離されながら、高揚感《アントウジアスム》の力だけによって、この地上生活に耐えることができた人々に対して、感嘆の念が胸にしみ込むのを感じます。だが、しかし、あの場所では魂は落ち着かなくて、良い事はありません。人間は創造の一部であって、その精神的調和を、世界全体に、宿命の通常の秩序に見出ださなくてはなりません。いくつかの激しい恐るべき例外は思考を揺るがせますが、想像力をあまり怯《おび》えさせてしまって、魂の平常の状態にとって得るところは無いでしょうね」

「それよりも」とコリーヌは続けた。「ケスティウスのピラミッドを見に行きましょう。この地で死ぬ新教徒は皆、このピラミッドの周りに埋められます。寛容で自由主義的で穏やかな安息所です」

「ええ」とオズワルドが答えた。「そこは私の同胞の最後の休息所です。行きましょう。きっと、こんな風に、あなたからずっと離れないのかもしれない」

この言葉にコリーヌは身震いして、ネルヴィル卿の腕にかけた手がわなないた。

「体調が良くなった」と彼はまた言った。「あなたを知ってから、とても」

するとコリーヌの顔は再び、いつものように穏やかな、優しい喜びを表して、ぱっと明るくなった。

ケスティウスはローマ人の遊戯をつかさどっていた。彼の名は歴史に見当らないが、その墓によって有名である。彼の墓を内に収めた、ずっしりとしたピラミッドは、その生涯がどのようであったかは忘れ去られてしまったが、その死は忘れられることのないように守っている。アウレリアヌス[五]は、ローマ攻撃のための要塞としてこれが利用されるのを恐れて、その周りに壁を巡らせた。その壁は今もなお、役立たずの遺跡としてではなく、現代ローマの現役の城壁として残っている。

ピラミッドは、その形状から火葬台に立ち上がる炎に似せているとか。確かなことは、この神秘的な形が視線を引きつけ、それが視野に収められるあらゆる角度から、絵画的な特徴が与えられるということである。このピラミッドの正面が、テスタッチョ山で、この山の下には、夏の間、饗宴を開く冷涼な洞窟がある。

ローマでは、饗宴の場から墓所が見えても平気である。イタリアの明るい野に、ところどころに見える松や杉の木が、それら墓所の厳かな追憶をまざまざと思い起こさせる。このコントラストがホラティウスの詩句と同じ印象を与える。

…………デリウス、死なねばならぬ…………

……………………

この地上、汝の住まい、そして汝の愛する妻と別れなくてはならぬ。

これは、地上のあらゆる楽しみに捧げられた詩のただ中にある詩句である。古代人は常に、死について考えることが快楽であると感じていた。愛と祝祭とが、その考えを呼び起こし、人生は短いと思えば、生き生きとした喜びの感動がさらに高まるようである。

コリーヌとネルヴィル卿は、テベレ河に沿って、墓所巡りから戻った。昔は船舶に覆われ、沿岸には宮殿があった。河の氾濫そのものが、予言と見なされていた。それはローマの予言者の、守護神の河でもあった[13]。今は、河は亡霊の間を流れているようだ。人けがないだけ、河の水の色が蒼く見える！　最高の芸術である記念建造物が、最も素晴らしい彫像が、テベレ河に投げ込まれ、河波の底に隠れた。それらを探すために、いつか河床から、河の流れを逸らせるのだろうか？

しかし人類の天才の傑作がそこにあるのか、目を凝らせば波の下にそれらが見えるかもしれないと考えると、何とも言えぬ感動を覚えるのである。ローマでは絶えず感動が生まれ、他所《よそ》だったら何も語りかけて来ない具体的な事物と、交流を始めるのである。

3

ラファエッロは、このローマはほとんど全都、古代ローマの残骸で築かれていると言った。ここに足を踏み入れれば、必ず古代の遺跡に強い感動を受けるのである。プリニウス[六]言うところの「永遠の壁」が、ここ数世紀の建築物を通して見える。ローマの建物には、全てと言っていいほど歴史が刻印されている。ここでは、言わば、各時代の様相に気づくことができる。古代ローマ人そのものより古く、その工事の堅牢性と計画の特異性がエジプト人に似ていたエトルリア人より、今日に至るまで。またエトルリア人より、十七世紀イタリア詩人たちと同様にマニエリスムの芸術家であった騎士ベルニーニ[七]に至るまで。

ローマでは、美術、建築物、遺跡の種々の特性にも、人間精神というものを認めることができる。我々は、中世とメディチ家の輝かしい世紀をその時代の作品によって、目のあたりにするのであり、いま目前にある作品を探求すれば、過去の時代の精神を見抜くことができる。

かつてローマには、何人かの奥義《おうぎ》を極めた人たちしか知らないという謎めいた肩書きがあった。この都の秘密には、手ほどきを受けることが今も必要のようだ。それは、単に住居の寄せ集めではなく、様々な象徴で形象化され様々な形で表わされた世界の歴史なのである。

コリーヌはネルヴィル卿と一緒に、まず現代ローマの建築物を見に行き、その中に納められている絵画彫像の見事なコレクションは、またの機会にとっておくことにした。おそらく、コリーヌは自分でもどうしようもなく、ローマを知ってしまう機会は、できる限り先に延ばしたかったのだろう。

何故ならば、ベルヴェデーレのアポロン像やラファエッロの絵画を鑑賞せずに、ローマを立ち去った人がいただろうか！オズワルドがまだ立ち去らないためのこの保証は、いかに不確かであっても、彼女の想像力にうまく当てはまった。感情のままにならず、好きなことを取っておこうとするのは、自尊心のせいだろうか？　分からない。

しかし人は愛すれば愛するほど、抱くようになった愛情に信頼をおかないものだ。そして、我々にとって大切なひとがそこにいることを保証してくれる理由が何であれ、喜んでその理由を認めるのである。ある種の自尊心には多分に虚栄心がある。もし、コリーヌのような広く称賛される魅力に真に長所があるとすれば、それは、人から愛されて抱く愛情よりも、自分から発する愛情に誇りを持てるということなのだ。

コリーヌとネルヴィル卿は、ローマの数多い教会の中でもとりわけ際立った教会をめぐり始めた。これらは、みな、古代の豪華なもので飾られていた。しかし、立派な大理石に、異教《パガニスム》の寺院から剥ぎ取った祝祭の飾り物に、暗い、風変わりな感じが紛れ込んでいる。斑岩と花崗岩の円柱は、ローマには多数あり、あまり値打ちがあるともされずに、ふんだんに使いつぶされてきた。

宗教会議が開かれたことで有名な、聖ジョヴァンニ・ディ・ラテラーノ教会では、大理石の円柱が大量にあるので、これで装飾用の付け柱《ピラスター》を製作するために、石膏パテですっかり覆ったものがいくつかある。これらの財産の中、何と多くのものが、人々の無関心にさらされていることか！

これらの円柱のいくつかは、ハドリアヌスの墓所に、他はカピトリーノの丘にあった。カピトリーノの丘の方には、まだ柱頭にローマ民族を救った鵞鳥《がちょう》の絵がついている。これらの円柱はゴシックの飾りを、また、いくつかの円柱はアラビア風の飾りを引き立てている。(八)いくつかの円柱には、ある教皇の遺灰が入っている。死者そのものが後の死者に場を譲り、墓もまた生きている者の家と同様に、主人がよく変わったのである。

聖ジョヴァンニ・ディ・ラテラーノの近くに、エルサレムからローマへ運ばれて来たとされる、聖なる階段がある。それは膝でずり上ることしか許されていない。カエサルその人も、クラウディウス(九)も、カピトリーノの丘のユピテルの神殿に通じるこの階段を膝をついて上った。聖ジョヴァンニ・ディ・ラテラーノのそばに、洗礼堂があり、ここでコンスタンティヌスが洗礼を受けた、と言われている。

広場の真ん中に方尖柱《オベリスク》が見え、これが世界最古の記念建造物と言われている。トロイ戦争の時代のオベリスク！　蛮族カンビュセス（一〇）も、それに敬意を表して、一都市の火災を止めさせたほど尊重したオベリスク！　ある王が一人息子をそのために人質に取らせたオベリスク！　ローマ人たちが、エジプトの奥地からイタリアまで奇跡的に運搬して来た。彼らはこれを探し求めに行き、海まで運ぶためにナイル河の流れを変えた。このオベリスクは今なお、幾十世紀来の秘密を守り、今日に至るまで、最高の博学者の調査でさえも解くことのできない象形文字で覆われている。

インド人、エジプト人、古代のそのまた古代が、これらの記号によって明らかになるのだろう。ローマの素晴らしい魅力、それは、ただ建造物が実際に美しいだけでなく、建造物が思索へとかきたてて、与えてくれる興味なのである。こういった興味は、新たに研究すればするだけ、日ごとに増してくる。

ローマの最も奇妙な教会の一つ、それは聖パオロである。その外観は、建て損ないの納屋ともいうべき外観。内側は、あまりにも美しい大理石の、あまりにも完璧な形の八十本の円柱で飾られているので、これらの円柱はパウサニアス（一一）が描写したアテナの神殿のものかと思うほどである。キケロは言った。「我々は歴史の残骸に囲まれている」その当時、彼がそう言ったならば、今日、我々は何と言ったらいいのだろう！

古代ローマの円柱、彫像、浅浮き彫りは、現代のローマの街の教会にやたらとある。そのため、ある教会（聖アニェーゼ）などは、逆さまにされた浅浮き彫りが階段の段になっていて、何が描かれているかすぐ分かるほどである。もし円柱や大理石や彫像を、それらが発見された場所に戻したら、今のローマはどんな外観となるのだろうか！　古代都市は、ほぼ全部まだそのままであろうが、今日の人々は、そこを散歩する勇気があるだろうか？

大貴族の邸宅は、極めて広大、しばしば美麗、例外なく堂々たる建築である。ところが、内部装飾が良い趣味であることはあまりなく、他の都市だったら社交生活の洗練された楽しみのため作り出された、あの優雅な大広間というものを考えつきもしない。ローマの王族のこの広大な住まいには人影もなく、ひっそりしている。これらの華麗な邸宅の今の住人は、人目につかない、小さな個室にひきこもっていて、外国人にその壮麗なギャラリーを歩き回らせている。レオ十世の時代の立派な絵画がそこに集められているのだ。

ローマの大貴族は、祖先の盛大な贅沢とは無縁であり、それは祖先そのものがローマ共和国人の厳格な美徳に無縁であったのと同様である。田舎の別荘《ヴィッラ》の方が、まだしも世にも見事な住居のただ中にある所有者たちの、あの孤独、無関心を理解させてくれる。主人がいるかもしれないという気遣いもせずに、巨大な庭園を散歩する。小道には草が生い茂り、その打ち捨てられた小道に、かつてフランスで支配的であった古い趣味にならって、木々が美しく刈り込まれている。このように必要なことをおろそかにし、無用なことで格好をつけるのは妙に変わっていることだ！

ローマやイタリアの他の多くの都市にあって、イタリア人の凝った装飾の好みに驚かされる。イタリア人は古代美術品の典雅な簡素さを目の前にしているのだから。彼らは、優雅で使いやすいものよりもむしろきらびやかなものを好む。イタリア人には、何ごとにおいても、普段、親しい人たちと交わって生きていないことによる利点と難点とがある。

彼らが贅沢をするのは、それが喜びであるというより、むしろ想像力をかきたてられるからである。互いに孤立しているので、揶揄《やゆ》の精神が家の奥までは入り込んで来ることを恐れなくてもいいのだ。だから、邸宅の内と外とのコントラストを見て、よく言われるのだろう。イタリアの大貴族たちは、通りすがりの人々を驚嘆させるために、住居を整えるのであって、友人たちを迎え入れるためではないのだと。

教会と邸宅をめぐった後、コリーヌは、オズワルドを人けのない庭園で、実に美しい木々のほかには装飾がないメッリーニ別荘《ヴィッラ》に案内した。そこから遠くにアペニン山脈が見える。空気が澄みきって、山々が美しく、近くに浮き出て見え、絵のようである。オズワルドとコリーヌは、しばらくの間この場に留まって、空にうっとりし、自然の静けさを味わった。南の国々に住んだことがなければ、この特別な静けさというのが分からない。

暑い日には風のかすかな戦《そよ》ぎさえ感じられない。草のかすかな葉先でさえも、ちらとも動かない。動物たちもまた晴天のためにぐったりしている。正午、あなたには蝿の羽音も蝉の声も鳥のさえずりも聞こえない。誰も無駄に一時的に動いて消耗しない。雷雨が、情熱が、深い休息から猛然と醒めて、激しく自然を目覚めさせる時まで、全ては眠る。

ローマの庭園には多数の常緑樹があり、冬の温暖な気候のために錯覚しがちなのだが、この常緑樹のために、なおのこと温暖な国だと錯覚してしまう。とりわけ優美な松の樹は、広がっていて天辺が茂り、樹間が互いに近く、空中に平原のようなものを形づくっている。その印象は、高めの場所へ登って見ると素敵だ。低い木々は、この緑の天蓋を避けて配置されている。

ローマには棕櫚《しゅろ》が二本だけあり、二本とも修道院の庭にある。その中の一本が高台にあり、遠くからの眺めに良い。様々なローマの眺望の中で、このアフリカの使者、イタリアよりもさらに焼けつくような南から来たこの象徴、それは多くの思いと斬新な感覚を呼び起こすのだが、これを眺めるのも、たまたま見かけたりするのも、いつでも楽しいものだ。

「ねえ、あなた」と、コリーヌが、まわりの田園を眺めながら、言った。「イタリアの自然には他のどこよりも夢想に誘われませんこと？　自然は、ここではずっと人間と関係があり、創造主は、自然というものを、創りたもうた人間とみずからの間の言語としています」

「確かに」とオズワルドが答えた。「何か見ては感じ入るこの心にあなたが与えてくれるのは、深い慰めでしょう？　あなたは、外在する事物によって生じる、思索と感動について教えてくれます。私は自分の心の中でしか生きていなかった。あなたは想像力を目覚めさせてくれた。でも、あなたが教えてくれる世界のこのような魔力も、あなたの眼差しほど美しくはないし、あなたの声より胸に触れるものでもない」

　コリーヌは言った。「あなたの今日のそのお気持ちが、私の寿命と同じほど長く続きますように。せめてそのお気持ちより長く、私が生きながらえませんように！」

　オズワルドとコリーヌは、ボルゲーゼ別荘《ヴィッラ》（一二）でローマめぐりをしめくくった。そこは、ローマのあらゆる庭園と邸宅の中でも、素晴らしい自然と美術が、最高の趣味と輝きでもって集められている。ここには、あらゆる種類の樹木と見事な噴水が見られる。彫像、壺、古代の石棺が信じられぬほど集められていて、南の若々しい自然の爽やかさと溶け合っている。古代人の神話がそこではよみがえるようだ。

　泉の精ナイアスたちが水辺に、ニンフ（一三）たちが彼女らに似つかわしい森の中に、墓は楽園のような木陰に置かれ、医神アイスクラピウスの彫像は島の真ん中にあり、ヴィーナスの彫像が日陰から現れるようだ。オウィディウス（一四）とウェルギリウスがこの美しい場所で散歩をしたら、まだアウグストゥスの時代だと思うかもしれない。彫刻の傑作が取り囲んでいる大邸宅は、それらによって永遠に新しく豪華なのである。

　遠くに、木々を通して、ローマの町と聖ピエトロ、田園と長いアーケードが見える。このアーケードは、古代のローマに山々からの水を運んだ水道の名残である。どれもが、思索や想像をめぐらし、また夢想にふけるためにある。純粋な感覚が、魂の喜びと混じり合い、完璧な幸福についての概念を与えてくれる。しかし、この魅惑的な地にどうして人が住んでいないのかと問うと、空気《ラ・カッチーヴァ・アリア》が悪くて夏場は生活できないとの返答である。

　この悪い空気が、言ってみれば、ローマを包囲している。これが毎年、じりじりと包囲の輪を縮めて来る。それで、魅力的な住まいをその空気の支配下にゆだねざるをえないのだ。町の周りの野に木が無いことが、空気の不衛生の原因の一つであることは確かで、多分、そのために古代ローマ人は女神たちに森を捧げたのだ。民衆に女神たちを崇《あが》めさせようとして。今や無数の森林が伐採されてしまっている。今日、貪欲《どんよく》に森林を食いつぶさないようにするために充分な聖域があるだろうか？　悪い空気はローマ市民の災いの種であり、そのため人口が減少する恐れもある。

　だが、きっとそのために、ローマ市城壁内にある素晴らしい庭園がなおのこと効果的になるのだろう。有害な影響は、何の兆候も外に現さない。人々は清浄に感じられる、気持ちの良い空気を吸っている。大地はのどかで肥えている。夜、心地よい涼気が人々を日中の燃えるような暑さから、休ませてくれる。ところがその全て、それが死に至らしめるものなのだ！

　オズワルドは彼女に言った。「私は、この不思議な目に見えない危険、穏やかな印象を与える危険が好きです。私が考えるように、もし死というものが、たださらに幸せな生へと呼ばれていくことならば、どうして花々の香り、美しい木々の木陰、夜の清涼な風が、あの世からの便りを我々に運ぶ役をしないのでしょうか？

　政治は、人々の生活を維持しようと、あらゆるやり方で配慮するのでしょうが、自然には想像力しか入りこめない秘密がありますね。それで私には、住人も外国人も一年中で一番美しい季節にこういう危険をこうむる可能性があるのに、ローマが厭にならないことが、よく分かります」

第六部　イタリア人の暮らしと気質

1

オズワルドの性格は、不幸続きのせいでますます優柔不断になり、後戻りのできない決心をすることに怖じ気づくほどになっていた。彼は、決断のつかないままに、コリーヌの本当の名前やこれまでの深い事情を思い切って尋ねることもしなかったのだが、恋心は日増しにつのっていった。彼女を見ると胸が躍った。社交のさなかにも、一瞬でも彼女の席から離れたくないのであった。そのひとのどんな言葉にも感じ入った。彼女にはどんな瞬間にも喜怒哀楽があり、それが表情に出て来るのだった。だが見惚れ、慕いながらも、このような女性がいかにイギリス人の生き方になじまないか、いかに亡父の考えていた息子の結婚相手から隔たっているか、を思い起こしてもいた。このような考えから、コリーヌに言うことには、どうしても当惑と気詰まりがついて回った。

コリーヌはそのことには十二分に気づいていた。だがネルヴィル卿との関係を断つのは辛すぎるので、二人の関係について決定的な説明をもらえないままにしていた。彼女は、性格的に先見の明がなく、先々どうなるのか知ることができなくても、あるがままの今に満足していた。

オズワルドのことで頭がいっぱいなために、彼女はすっかり世間から離れてしまっていた。だがしまいには、彼が二人の将来について何も言おうとしないのに傷ついて、ぜひにと誘われていた舞踏会の招待に応じた。ローマでは、都合で社交界を去ったり、また現れたりするなどは、どうでもいいことなのだ。他の国で言うところの「噂話」に熱心でない国である。他人が恋や野心の邪魔にならなければ、それぞれが誰にも知らせずに好きなことをする。もはやローマの人たちは、ヨーロッパ人の溜り場であるこの都を往来する外国人のすることよりも、むしろ同国人のすることにかまわなくなっている。

　コリーヌが舞踏会に行くと知ると、ネルヴィル卿は不機嫌になった。しばらく前から、彼女は自分に同調して憂鬱な気分になっていると思っていた。突然、彼女が舞踊に夢中になったように思えた。舞踊の才にも秀でていたので、祝宴を前に想像力がかきたてられるようであった。コリーヌは浮薄な人間ではなかったが、日毎にますますオズワルドへの愛に引きずられていくと感じていた。そして自分の深情けを逸らそうとしていた。経験から、情熱的な者には、思いに耽ったり自分を犠牲にしたりするよりも、気晴らしをする方が有効であると知っていた。理性とは、規則通りにではなく、できるやり方で自己に打ち勝つことにあると考えていた。

　コリーヌは、舞踏会に出る意向であることを非難するネルヴィル卿に言った。「どうしても、私は私の生活を充たせる人が、この世にあなたしかいないのかどうか、知らなくてはならないの。以前気にいっていたことにまだ楽しさを感じるのかどうか、あなたに抱く愛情に、他のあらゆる関心や考えが吸い取られてしまうのかどうか」

「それでは、あなたは私を愛するのをもうやめようと思っているのですか？」とオズワルドは言った。

「いいえ」とコリーヌは答えた。「でも、このようにただ一つの愛情に支配されていると感じ、落ち着いていられるのは家庭生活の中でだけですわ。自分で選び取った生活で輝いていくために、自分の才能、才知、想像力が必要な私なのです。こういう風にあなたを愛するのは、苦しい、とても苦しいのです」

「それではあなたは、あのような賛辞や名誉を私のために捨ててはくれないのですね……」とオズワルドが言った。

　コリーヌは言った。「あなたにはどうでもいいことでしょう。私があなたのためにそういうものを捨てるのかどうかなんて！　私たちは互いに運命づけられてはいないのですから、それだけに私が甘んじなくてはならない類いの幸せは、これから先もずっと萎《しお》れさせてはいけないのです」

　ネルヴィル卿は答えなかった。何故なら、自分の気持ちを表わすには、この先どうしようと考えているかを言わなくてはならず、しかも胸中には何の心づもりもなかったからである。それで溜め息をついて、黙ってしまった。それからコリーヌについて舞踏会に行った。そこへ行くのはとても辛かったのだが。

　大きな集まりに出るのは、不幸があって以来初めてであった。彼は祝宴の喧騒に気が沈み、舞踏会の脇の部屋で、長らく手で頭を支えたままでいた。コリーヌが踊っているのを見ようともしなかった。その舞踏音楽を聞いていた。喜びの音楽には聞こえなかったが、あらゆる音楽がそうであるように、人を夢想に誘うのであった。デルフイユ伯爵が到着した。彼は舞踏会の集まりに、ようやくちょっぴりフランスを思い出させてくれる大人数の社交界にうっとりしていた。

彼はネルヴィル卿に言った。「ローマで話題の遺跡に関心を持とうと、できることはしましたよ。でも、何の美しさも見当たりませんでしたね。茨に覆われているあの残骸に感嘆するのは、偏見というものです。パリに戻ったら、これについて意見を述べるつもりです。イタリアの威光は終焉すべき時なのですからね。ヨーロッパのどんな保存遺跡だって、時を経たせいで黒ずみ、学識の力を借りなければ鑑賞できないような、ローマの円柱の石積みや浅浮き彫りよりましな歴史的建造物ですよ。猛勉強しなくては得られない楽しみなど、大したことはありませんな。パリの眺めにうっとりするためにガリ勉する人はいないのですからね」

ネルヴィル卿は何も答えなかった。デルフイユ伯爵は、改めてローマにどういう感銘を受けたかと尋ねた。

「舞踏会の最中に話し込むことでもありませんね」とオズワルドは答えた。「それしか申し上げようがないでしょうに」

「それはそれは」とデルフイユ伯爵は答えた。「確かに私はあなたより陽気ですよ。でも、あなたより賢くないとはかぎりませんよ？　軽い見かけによらず、けっこう人生哲学があるのです。そうでしょう。人生はこのように生きなくては」

「あなたの言うとおりかもしれない」とオズワルドは答えた。「でも、あなたがそのようであられるのは、別に考えてのことでなく、生まれつきのことです。あなたの生き方があなたにしか合わないのはそのためです」

デルフイユ伯爵は、舞踏会の広間でコリーヌの名が呼ばれるのを聞いた。それで、どういうことかと入って行った。ネルヴィル卿は扉のところまで進んだ。際立って美貌のナポリ人のアマルフィ公が、優美で独創性あふれるナポリの舞踊「タランテッラ」を踊ってくれ、とコリーヌに申し込んでいるところだった。コリーヌの友人たちも申し込んでいた。彼女はすんなりと受けた。女性が受けずに断るしきたりに慣れているデルフイユ伯爵は驚いた。イタリアではこういった淑やかさは見られず、誰もが自分がしたいことをすぐにして、ただ単にもっと人々に気に入られようと思うのである。コリーヌは、たとえそれが習慣ではなかったとしても、この自然なやり方を思いついただろう。

彼女が舞踏会のために着けた衣装は、優雅で軽やかであった。髪は絹のネットでイタリア風にまとめられ、瞳は生き生きと喜びで輝き、かつてないほど魅力的に見えた。オズワルドはそれに心を乱された。自分自身と戦った。コリーヌがそんなに魅惑的であるのは、彼に好かれようとしているためというより、支配から逃れるためなのであろうから、その魅力は苦々しく見えるはずなのである。ところが、魅了されてしまうのだから腹立たしかった。でも誰が優美さの魅力にさからえよう？　仮に、彼女がいい気になっていても、それでも魅力的であっただろう。ところが、それはまずコリーヌのしないことであった。ネルヴィル卿の姿を認めると、顔を赤らめ、彼を見つめながら、瞳にはうっとりするような優しさがあった。

　アマルフィ公は踊りながら、カスタネットを鳴らした。コリーヌは踊り始める前に、集まっている人々へ両手で感謝あふれる挨拶をした。それから軽やかにくるりと回って、アマルフィ公が差し出したタンバリンを取った。そのタンバリンの曲を打ち鳴らしながら、踊り始めた。身のこなしは、しなやかさ優美さそのもので、恥じらいがあって、しかも官能的であった。

　それは、ヒンズー教の舞姫たちがインドの人々の想像力に訴えかける力強さを思わせた。その時舞姫たちは踊りによって詩人となり、観衆の目の前で見せる、特徴あるステップと魅惑的な舞い姿によって、様々な感情を表現するのである。コリーヌは古代の画家と彫刻家によって表現されたポーズをよく知っていて、腕を軽く動かしてタンバリンをある時は頭上に、ある時は片手で前方へ置き、その間もう片方の手は信じられぬほどの巧みさで鈴を鳴らし続け、ヘルクラネウム[一]の踊り子を彷彿とさせた。次々と、デッサンと絵のためにたくさんの新しいアイデアを与えるようであった[14]。

　それは、ステップが優雅で際立って難しいフランス舞踊ではなかった。想像力と感情にずっと近いところにある才能であった。正確な、あるいは柔らかな動作が、音楽の特徴を代わる代わる表現した。コリーヌは踊りながら、見ている人々の魂に自分の感じることを伝えた。まるで即興で詩を創るように。竪琴を奏で、絵を描くように。彼女にとって全ては言葉であった。演奏者たちは彼女を見て、彼らの芸術の精髄をさらによく感じさせようと熱くなるのだった。何とも言えない情熱的な喜び、想像力の感性が、この魔法のような踊りを見る者すべてを同時に衝き動かし、この世ならぬ幸福を夢見る理想的な生へと運んで行くのであった。

　このナポリの舞踊には、女が膝をつき、男がパートナーではなく勝利者として女のまわりを回る時がある。この瞬間のコリーヌの魅力と気品！　彼女は膝をついていながら王者であった！　その楽器、妙なるシンバルの音を抑えながら再び立ち上がった時、彼女は生命、若さ、美しさへの歓喜に息づいているように見えた。彼女が幸せになるためには、誰も必要としないことがよく分かるのであった。

　ああ！　彼はこのように必要とされていなかった。オズワルドはそれを恐れていた。コリーヌに見惚れながら、溜め息をついていた。まるで彼女の成功の一つ一つが彼から彼女を遠ざけていくかのように！　ダンスの終わりに、今度は男が膝をつき、そのまわりを回るのは女である。この瞬間コリーヌはさらに絶妙の境地に達した。二、三回、円を描くのだが、その動きはとても軽やかで、編み上げ靴を履いた足は床の上を稲妻のようにすばやく飛んだ。片手でタンバリンを揺り動かしながら、もう片方の手でアマルフィ公に立ち上がるように合図した時、男性は皆、公のようにひざまずきたくなった。数歩後退《あとずさ》りしたネルヴィル卿を除いては。

デルフイユ伯爵はコリーヌを褒めようと数歩前へ進んだ。その場のイタリア人たちは自分らの高揚感《アントウジアスム》ぶりをことさらに見せようとはしていなかった。感じるままに身をゆだねていた。社交と社交が駆り立てる自尊心に慣れている人々ではなく、自分らがもたらす効果に興味がなかった。虚栄心から楽しみをあきらめるとか、思いどおりの拍手喝采をしないとかいうことがない。

コリーヌは反響にぼうっとなって、いかにも素朴な淑やかさで皆に感謝を表した。彼女は成功したことに満足して、そのせいで、言わば子供のようになっていた。だが、その魂《こころ》を占めていたのは、とにかく人々の群れを突っ切って、オズワルドがもたれている扉のところまで行きたいという願いであった。とうとう彼女はそこまで行って、彼からの言葉を待ってちょっと立ち止まった。

「コリーヌ」彼は当惑と喜びと辛い気持ちを隠そうとしながら言った。「コリーヌ、ほら、たくさんの褒め言葉、大成功でしたね！　でもこれほど高揚した賛美者に囲まれていても、しっかりした、信頼できる友はいますか？　生涯の庇護者はいますか？　拍手の空しいどよめきは、あなたのようなひとの心に満足なのでしょうか？」

2

コリーヌは、人の群れに邪魔されて、ネルヴィル卿の言葉に答えることができなかった。皆が夜食を取りに行った。そして、それぞれの「騎士役《カヴァリエーレ・セルヴェンテ》」が、相手の女性の隣に座った。外国の女性がやって来たがもう席がなく、ネルヴィル卿とデルフイユ伯爵以外の男性は誰もその女性に席をゆずろうとしなかった。ローマの男が席を立たないのは、無作法とか利己主義のためではない。ローマ貴族の名誉観と義務観からすると、パートナーの女性から片時も離れてはいけないのである。坐れなかった男は、ほんのわずかの合図にも従おうと待ち構えて、恋人の椅子の後にひかえているのだった。女性も自分のパートナーにしか話しかけない。外国人がこの輪の周りをうろついても無駄なことである。誰も何も声をかけてこない。

　イタリアでは、女は、媚態とは何か、恋において自尊心を満足させるとは何かが分からない。愛する人に気に入られることしか念頭にない。心や目でひきつける前に、精神でひきつけようとはしない。電光石火で始まった恋も、時として誠実な献身愛へと移っていき、長い貞節な愛になることもある。イタリアでは、女よりも男の不貞の方が厳しく咎められる。三、四人の様々な肩書きの男たちが一人の女につきまとう。その女性は、彼らを迎える家の主人に時には男たちの名前さえ告げずに、連れて行く。一人はお気に入り、もう一人は自分がお気に入りにと熱望する男、三人目は恋に悩む男《イル・パティート》、あとの一人は完全に軽く扱われていて、崇拝者として仕えることだけが許されている。それでも、これらの恋敵《ライヴァル》たちは共に仲良くやっている。

　庶民だけがまだ刃傷沙汰《にんじょうざた》にまでになる習慣を残している。この国では、素朴と退廃、隠蔽と率直、人の良いところと復讐心、弱さと強さとが奇妙に結びついている。それはある期間観察していると説明がつく。彼らの美質は、虚栄心のためには何もしないというところから来ている。彼らの弱点は、恋のためか野心のためか財産のためか、いずれにせよ、利益のために色々やらかすところから来ているのである。

　身分の区別は、イタリアでは一般にあまりはっきりはしていない。貴族的な偏見がそれほど受け入れられないのは、なにもそういう哲学があるのでなくて、気質がきさくで、生活習慣が気楽なためである。それに、社会が何についても裁き手とはならず、何でも認めてしまう。

　夜食の後はそれぞれが賭事をやった。ある女たちはルーレットを、別の女たちは静かなホイストを。少し前にはあんなに騒がしかったこの部屋で、今はただの一言も発せられなかった。疲南の人々は最高の興奮から深い休息に移ることがよくある。疲れを知らない活動と結びついた怠惰もまた、彼らの性情が示す対照的な一面である。いずれにせよ、ちょっと見ただけで判断してはならない人々ではある。長所と、それと正反対の短所が彼らの中にあるのだから。もし、あなたがある瞬間に彼らを慎重であると思っても、他の瞬間にはおそろしく大胆であるように見えるかもしれない。無気力であっても、それはおそらく活動したので休んでいるか、また活動するために待機しているのだ。要するに、彼らは社会で心を労することなく、全力を決定的状況に備えて蓄えるのである。

　ローマのこの集まりに、オズワルドとコリーヌもいたのだが、賭博で巨額の金をすった男たちもいた。だが、彼らの顔からは、そのことは毛ほどもうかがえなかった。この同じ男たちがさして重要でない事柄を語るとしたら、それこそ表情たっぷりに、派手な身振りで話しただろう。だが、情熱がある程度まで激しくなると、それを見られるのを恐れて、たいていは沈黙と不動の構えで隠すものだ。

　ネルヴィル卿は舞踏会のことで苦い気持ちを抱いていた。高揚感《アントゥジアスム》を派手に表すイタリア人のせいで、とにかく一時であっても、コリーヌの関心が自分から逸れたと思っていた。それでひどくみじめになっていた。しかし、自尊心からそれを隠そうとして、彼らの輝かしい友達であるコリーヌを持ち上げようとする態度を軽蔑するだけであった。賭事をするようにすすめられたが断った。彼女は自分のところに来るように合図した。オズワルドは衆人環視の中で、二人だけでこのように夜を過ごすのはコリーヌの評判を傷つけるのでは、と心配であった。

　彼女は言った。「落ち着いてください。誰も私たちのことなどかまいはしませんわ。ここでは気に入った人としかつきあいません。作法もしっかり定まっていないし、配慮を要求されることもない。人に対して優しい礼儀があれば充分です。誰もが互いに気兼ねをするのをいやがっています。確かに、あなたがイギリスで理解されていたような自由が存続する国ではありません。けれど、ここでは、人々は社会的には完全に自立を享受しています」

「つまり社会道徳は尊重しないということですね」とオズワルドは答えた。

「とにかく」とコリーヌがさえぎった。「何の偽善もないのです。ド・ラ・ロシュフーコー(二)は言いました。『恋多き女の欠点のうちでまだましな欠点は、恋多き女であるということだ』実際、イタリアの女の欠点がどうであろうと、彼女らは嘘に頼りはしません。結婚がここであまり尊重されていないとしたら、それは夫婦二人の合意の上なのです」

　オズワルドが答えた。「その率直さは誠実さから来ているのでなくて、世論に対して何の関心もないということです。ここへ着いた時、私はある公女に宛てた推薦状を持っていました。召使いにそれを持って行くようにと手渡しました。召使いは言ったものです。『旦那さま、今はこのお手紙は何のお役にも立たないでしょう。姫さまはどなたにも会いませんから。〈恋に夢中《インナモラータ》〉でいらっしゃるので』〈恋に夢中《インナモラータ》〉というその状態が日常茶飯事のように口にされる。公然としているのは、それが並はずれた情熱だからというわけではない。何回もの恋がこのように続き、同様に人の知るところとなる。女たちはこの点については、あまり神秘めかすこともなく、イギリスの女が夫のことを話す時のような困惑もなく、自分の男について打ち明ける。深い感情も、繊細な感情も、羞恥心の欠けたこの移り気には見られないと、まあ思うわけです。したがって、色恋のことしか頭にないこの国民にあっては、一つとして恋物語はないのです。どうしてかと言うと、ここでは恋はスピーディーで、公然としていて、恋が展開の種とはならず、これについての一般的な風俗をあるがままに描くためには、最初の頁で恋は始まりと終わりになってしまうからです。失礼、コリーヌ」とネルヴィル卿は声高に言った。彼女に苦痛を味わせているのに気づいたのだ。

「あなたはイタリア女性です。そう考えると矛先《ほこさき》も鈍ります。でも、あなたが類い稀なほど美しいのは、一つには、様々な国民のそれぞれの魅力を兼ね備えているところにあります。あなたがどの国で育てられたか知りませんが、ずっとイタリアにいたのでないことは確かだ。多分、それこそイギリスで……ああ！　コリーヌ、もしそれが本当ならば、どうして恥じらいと慎み深さの聖域から、こんな所に来てしまったのでしょう？　ここでは貞節も、愛さえも知られていないのに。人々は大気から愛を吸い込みますが、胸まで深くですか？　愛が重要な役割を果たす詩は魅惑的で、想像力に富んでいます。色彩が鮮やかで官能的な素晴らしい光景で飾られています。

　だが、イギリスの詩に精彩を与える憂愁を帯びた、優しい感性が、イタリア人にはあるでしょうか？　オトウェイ(三)のベルヴィデーラとその夫の場面に何か匹敵するものがあるでしょうか。シェークスピアのロミオには何が。とにかく結婚の幸福と愛が高貴で感動的な表現で描かれている、トムソンの春の歌の中の見事な詩句には何が(四)？　イタリアにはこういう結婚はありますか？　家庭生活の幸福が無いところに愛は存在できるでしょうか？　官能の情熱の狙うところは恋人を我がものにすることですが、精神的な情熱の目指すのはこの幸福ではありませんか？　魂と才知の資質で好みが決まるのでなければ、若くて美しい女たちはみな同じではありませんか？　だから、これらの資質の故に何を望むことになるでしょう？　それは、結婚、つまりあらゆる感情と思考の結集です。結婚によらない愛、これはあいにくとイギリスにもありますが、それはあえて言えば、結婚とよく似たもので、自分の家で味わえなかった、こういう内輪の幸せをそこに求めているにすぎない。不貞でさえも、イギリスではイタリアの結婚よりも道徳的ですよ」

　彼の言葉は厳しく、コリーヌは深く傷ついた。涙が目にあふれ、すぐに立ち上がって部屋を出て、突然帰宅してしまった。オズワルドは彼女を傷つけたことが残念だった。コリーヌが舞踏会で成功したので、苛立ちを感じていたのだ。それが言葉となって思わず出てしまったのだ。彼女の家に追っていった。面会を拒絶された。その翌朝、また行ったが無駄で、家の門は閉ざされていた。いつまでも拒絶するのはコリーヌの性質らしくもなかったが、彼女は、イタリア女性について明かされた考えにひどく打ちのめされていた。これを聞いて、自分がいま引きずられている感情を、いずれできることならば覆い隠してしまわなければ、と思い定めたのだ。

　オズワルドの方では、コリーヌがこの折に本来の彼女らしくもなく、率直な態度でない、と思った。ますます舞踏会の時の不満をつのらせた。このせいで彼は自分が牛耳られるのを恐れているその愛情に、逆らえるような気持ちになっていた。彼の信条は厳しく、愛するひとの過去を包む謎は彼には大きな苦しみとなった。コリーヌの物腰は魅力にあふれているように思えたが、ちょっと八方美人的に調子づいている時もある。話しぶりや態度はたいへん気品があり、節度があるが、意見は寛大に過ぎる。

つまるところ、オズワルドは魅惑され、とらえられた男であったが、自分の恋心とは全く別の、異議というものを心中に持ち続けることのできる男であった。こういう状況は苦渋をもたらす。白分白身も他人も気に入らないのである。苦しんで、さらにもっと苦しんで、あるいは心を引き裂く二つの感情のどちらかを完全に優位にさせるために、とにかく強引な解釈を持ち出すことが必要になる。

こういう精神状態で、ネルヴィル卿はコリーヌに手紙を書いたのである。手紙は辛辣で礼儀正しくなかった。自分でもそう感じたが、何となく衝動に駆られて出してしまった。心中の葛藤のためひどく心が痛んで、何であれこの状態にけりをつけたい、と切望していたのだ。

デルフイユ伯爵が来て、彼が信じかねた噂話をしていったのだが、多分この話のせいで手紙の表現はきつくなった。コリーヌがアマルフィ公と結婚するという噂が、ローマ中に広がっていた。オズワルドは彼女がその人を愛していないとよく知っていたのだから、舞踏会で一緒に踊っただけでこの噂が流れたと思うべきであった。だが、彼は自分が拒絶された日の朝に、コリーヌがその人を迎え入れていたと思い込んだ。嫉妬心を表わすにはあまりに誇り高く、イタリア人をけなして心の奥にある鬱憤をはらした。イタリア人のせいでコリーヌを熱愛しきれないのだった。

3

コリーヌにあてたオズワルドの手紙

一七九五年一月二十四日

会っては下さらないのですね。一昨日にお話ししたことで、気分を害されておられる。おそらく、あなたは今後はもうイタリア人しか家に入れないおつもりでしょう。他国人を迎えるという間違いを犯したことをつぐないたい、と願っておられる。けれども、私はあなたにイタリア女性について率直に述べたことを後悔などしません。あなたのことは勝手にイギリス女性だと思いたく、さらに声を大にして申し上げたい。あなたの周りの社会から夫を選びたいと思われるなら、幸福も自尊心も得られないでしょう。

イタリア人の中にあなたにふさわしいような男を知りません。結婚することで、あなたに贈られる称号が何であれ、それで名誉を与えてくれるような男はふさわしくありません。イタリアでは男は女よりぐっと落ちます。彼らには女の持つ欠点があって、おまけに男本来の欠点もあるのですから。骨折ることをできるだけさぼりながら、幸せになると決めてかかっている、この南国の住人たちを愛することができるとおっしゃるのでしょうか？　あなたから聞いたことですが、先月劇場でご覧になったではないですか？　愛妻だと言っていた妻を亡くして一週間ほどの男を。ここでは人々は死者も、死についての考えも極力手速く片をつけてしまおうとする。葬式の儀式は、司祭たちによって取り行われます。恋の心づかいが、貴婦人に「忠誠を誓った騎士」たちによってなされるように。儀式としきたりは前もってすべて定められ、哀悼と高揚感《アントウジアスム》は、二つながら何事でもないのです。

結局、恋を駄目にしてしまうのはそこで、男が女にいかなる尊敬の念も抱かせないからです。彼らがかしずいてくれても、有り難いと思えない。彼らには、性格的にしっかりしたところがあるわけではなく、実生活のための真面目な仕事があるわけでもない。自然と社会秩序がこの上なく美しくあるためには、男が保護者として、女を守らなくてはならないのです。ところが、この保護者は自分が助けるべき、このか弱き者を熱愛し、古代ローマの家の守護神のように、自分の家に幸福をもたらしてくれるこの非力な神を崇めなくてはならないのです。ここでは、女が皇帝で、男が後宮《ハレム》の女といえるでしょう。

男たちには、女の特徴である優しさとしなやかさがあります。イタリアの諺にあります。「おのれを偽ることができない者は、生きることができない」それはまさに女の諺ではありませんか？　実際、軍職や自由な教育もない国で、どのようにして男子が威厳や強さをめざして自己形成できるでしょう？　それで、彼らは精神をすっかり器用にしてしまうのです。人生をチェスの一勝負みたいに遊びます。勝負では勝つことが全てです。彼らに残る古代ローマの名残は、表現と外面的な豪華さに見られる大がかりなものです。しかし、土台がないこの偉大さとは裏腹に、趣味は往々にして俗っぽく、家庭の中で哀れにもなおざりにされているのを見かけるでしょう。

コリーヌ、それがあなたの他のどこよりもお好きな国民なのですか？　あなたにはこの人々の騒々しい喝采が必要なあまり、あの響きわたる「ブラヴォー」と比べると、他のあらゆる人生はひっそりとしたものに見えるのでしょうか？　誰があなたをあの喧騒からひき離して、幸せにしてやれるのでしょうか？　あなたは私の考えの及ばぬ方です。感性は深く、好みは軽やかで、魂《こころ》は誇り高く自立していて、それでいて気晴らしの誘惑にひきずられて、ただ一人を愛することができるのに皆を愛さなくてはならない。あなたは代わる代わる人を不安にさせたり、安心させたりする魔術師ですね。自分を気高く見せたり、一人でいるこの地から自分の姿を消して、群衆の中に紛れこませてしまったりする魔術師です。コリーヌ、コリーヌ、あなたを愛しながらも、疑わずにはいられないのです！

オズワルド

この手紙を読んで、コリーヌは、イタリア人について述べられた意地の悪い偏見に傷つけられた。それでも、彼が舞踏会のせいで、また自分が夜食の時の話し以来、会おうとしないことで腹を立てていることが見抜けて、幸せでもあった。そう思うと手紙の辛い印象がちょっぴり薄らぐのであった。しばらくためらった。ともかくも、彼に対してどう振る舞うかためらった。また会いたいという感情に引きずられた。だが互いの財産はとにかく対等であっても、また自分の名を明かして、それがネルヴィル卿の名より劣ることはないと告げることができても、彼と結婚したがっていると思われるのが耐えがたかった。それでも、彼女は選び取った生き方が一風変わった、自由なものであるせいで、結婚についてはあまり考えないはずであった。そして、確かに結婚を考えないようにしただろう。もしイギリス人と結婚してイタリアを捨てた結果、悩み苦しむことになることが、恋心のせいで見えなくなっていたのでなければ。

人は、心にかかわるどんなことについても、誇りを捨てることができる。だが、世間の慣習、利害が障害として何かの形で現れ、自分と結ばれることで、愛するひとが何らかの犠牲をはらうことになると分かれば、この点ではもう誇りを捨てることはできない。コリーヌはそれでもオズワルドと切れる決心はつかず、今後も彼に会えるし、彼に対する自分の愛を隠すこともできる、と信じ込みたかった。そこで、彼のイタリア国民への不当な非難に対してだけ答え、まるでそれが唯一の関心事でもあるかのように議論しよう、と心に決めた。おそらく、知性優れた女性が、冷静さと自尊心を取り戻すに最も良いやり方は、避難所のように思考の中に立て籠もることである。

コリーヌからネルヴィル卿へ

一七九五年一月二十五日

お手紙が私のことだけでしたら、弁明しようとはしなかったでしょう。私の性格というのは、いたって分かりやすく、私のことが自然と分からない人には、説明をしても分からないでしょう。イギリス女性の完璧な慎みという美徳と、フランス女性が完全に心得た優雅さは、実際には、両国の女性たちの胸のうちを半ば隠してしまうのに役立っているのです。あなたが、私の中の魔術と好んで呼ばれるもの、それは制約されない生まれついてのものです。それが時には、色々な感情や正反対の思考を調和させずに、そのままお見せすることになります。この調和というものは、もしそれが見られれば、まずわざとらしいもので、真摯《しんし》な性格とはたいていちぐはぐなものです。ですが、あなたに申し上げようとしているのは、私のことではありません。あなたが冷酷に攻撃なさる不運な国民についてなのです。

　あなたがこのような手厳しい反感を持つようになったのは、友人たちが私を愛しているせいではないかしら？　それに気づいて、その愛情に嫉妬されているのでは。私はあなたが嫉妬のあまり理不尽になっていると思って、いい気になっているのではありません。あなたの言われることは、外国人がみな言うことで、第一印象でしかありません。過去のそれぞれの時代にあれほど偉大であったこの国を評価するには、もっと踏み込んで考えなくては。

　一体、どうしてこの国民が、ローマ人のもとにあって随一の軍事国であったのでしょうか、どうして中世に共和制をとって、最も自国の自由に執着していたのでしょうか、そして、どうして十六世紀には文学、学問、芸術によって輝いていたのでしょうか？　この国民は、あらゆる形で栄光を追い求めて来たではありませんか！　だから、もし現在それが見られなくなっているならば、どうしてあなたはイタリアの政治情勢を非難しないのでしょうか？　今とは違った以前の政治状況では、現在とはずいぶんと違って見えた国民であったのですから。

　思い違いなのかもしれませんが、私には、イタリア人の落ち度は、彼らの運命であると思われ、それに対して同情を誘われるだけです。いつの時代も外国人が、この美しい国を野望の的としてつけ狙い、征服し、分裂させてきたのです。それが今になると、その外国人が、イタリア人には、征服され、分裂された国民特有の欠陥が見られる、と苦々しく言い立てるのですから！　ヨーロッパは、イタリア人から芸術、学問を継承したのですよ。そのヨーロッパがイタリアの現状をイタリア人に突きつけて、軍事力も政治的自由も欠いた国民に許される最後の栄光、学問と芸術の栄光をとやかく言うのですからね。

　政府が国民の気質を作るというのはまさしく真実であり、このイタリアの国内でさえ、それぞれの都市国家ごとに異なった風習が見られるのにお気づきでしょう。ピエモンテは小国ではありますが、イタリアの他のどこよりも軍人気質があります。フィレンツェ人は自由を、つまり自由な気質の君主を有しましたが、見識があり、穏健です。ヴェネツィア人とジェノヴァ人は、政治思想を持てそうです。彼らには共和主義的貴族政治がありましたから。ミラノ人はさらに真摯です。北部の国民はずっと以前からこの性質を持っていました。ナポリ人は、喧嘩早いかもしれません。数世紀来、彼らは欠陥のある政府のもとに統合されていたのですが、ついに自分たちの政府をかち得ましたから。ローマの貴族は、軍事的にも政治的にも無為無策で、無知で怠惰にならざるをえません。

でも、職と仕事を持つ聖職者の精神は、貴族の精神よりもずっと進んでいます。教皇政府は出自による差別は認めず、それどころか選挙によってのみ聖職者の身分を決めたので、そのために一種の鷹揚さが、考えてのことからではなくて習慣から生じることになります。その鷹揚さのために、もう野心も、世間で役割を果たす可能性も持っていない人々にとって、ローマは最も居心地の良い所となるのです。

南国人は、北国人よりも制度によって容易に変えられます。彼らには、すぐに諦めてしまう横着さがあります。それに自然がたくさんの楽しみを授けてくれるので、社会による恩恵が与えられなくても、たやすく慰められてしまうのです。確かに、イタリアには多くの退廃があります。それでいて、文化は、他の国々よりも洗練されていないのです。この国の人々には、精神が鋭敏であるのにもかかわらず、何か野生的なところが見られます。この繊細さは、狩人がその獲物を不意打ちする技の鋭敏さに似ています。怠惰な人々というのはとかく、ずる賢いのです。彼らはもし必要とあれば、怒りだって隠すのに役立つ穏やかさを習慣的に身につけています。とっさに起こった状態を隠すことができるのも、常にこういう習慣化した態度からなのです。

イタリア人には、個人的な関係では誠実さと忠実さとがあります。利害、野心には大きく影響されますが、傲慢や虚栄にはそれほどではありません。階級の差はイタリアではあまり注意を引きません。社交界というものが無く、サロンも、流行も、細部において影響をもたらす日々のちょっとした手段がない。彼らには偽ったり、妬《ねた》んだりする原因が日常的に無いのです。自分の敵や競争相手を騙すのは、相手と戦闘状態にあると認めるからで、友好状態にあれば、自然さと真実味があります。あなたが文句を言われる醜態のもとは、この真実味なのですね。

女たちは、絶えず恋の話を耳にしています。恋の誘惑と実例のただ中に身を置いています。自分の感情を隠さないし、色事にも、言ってみれば、純情のようなものを持っています。彼女らは世間で物笑いの種になることなど、歯牙《しが》にもかけません。ある女たちは、無学で、読み書きもできないほどですが、それを公然と言ってはばからないのですからね。彼女らは、朝受け取った恋文に対する返事を、大判紙に申請書様式で、自分の代理人《イル・パリエット》に書かせるのですよ。

そうかと思うと、アカデミーの教授になって勲章の黒い授を肩からかけて、公衆に講義をしている教育のある女性も見るでしょう。もしあなたがそれを笑いでもしようものなら、言われるでしょうね。「ギリシャ語を知っていてはいけませんか？　仕事を持って、生計を立てるのはいけませんか？　一体どうしてこんな簡単なことを笑うのですか(五)？」

おしまいに、もっとややこしい話をいたしましょうか？　どうして、男がそれほど軍人気質を見せないのかを当ててみましょうか？　彼らは自分の命を、恋や遺恨のためとあればおそろしく簡単に危険にさらし、この理由で短刀で刺したり刺されたりするのには、誰も驚いたり怖じ気づいたりはしないのです。生まれ持った情熱が死を賭けることを命じれば、死を恐れることがありません。でも本当のことを言いますと、政治《まつりごと》よりも私的な生活の方が好きなのです。政治的利害は彼らには関係なく、この国のものではないのですから。また世論と世論を作る社交界がない国民は、騎士道的名誉に影響されなくなりがちです。

このようなあらゆる公権力の無秩序状態のもとにあっては、女性が男性に大きな影響を及ぼします。それで、おそらく女性は、影響力を持つあまり、男性を尊敬したり、感嘆したりできないのです。それでも、女性たちに対する彼らの振る舞いには思いやりがあり、献身的です。家庭的な美徳は、イギリスにあっては女性の名誉、幸福です。しかし、もし結婚という神聖な関係の外に愛が存続する国があるならば、そういう国々のうちで女の幸福が最も大切にされているのはイタリアです。

男たちは、ここでは不倫関係のための道徳を持ったのです。とにかく、彼らは義務の分担については、公平で度量が大きかったのです。彼らが恋愛関係を断つ時は、女の方が余計に犠牲を払い、より多くを失ったのだから自分の方が悪いのだ、と考えました。恋の審判の前で一番罪の重い者は、一番悪いことをした者だと思いました。男が悪い時は冷酷なせいです。女が悪い時は弱さのせいです。社交界というものは厳格でもあり、堕落してもいるのですが、それはつまり過ちで不幸が起きた時には情け容赦もないということで、女の方に厳しいはずです。しかし、社交界のない国では、自然な人の良さというものが反映してきます。

イタリアでは、威厳とか敬意については、他のどこよりもずっと疎《うと》いと思いますよ。社交界や世論が無いからです。でも、イタリア男が不実であるという評は不当なもので、一番人が良い国だと主張したいのです。この人の良さは見栄から来ている点では相当なもので、外国人から口をきわめて悪く言われるのに、外国人がこんなに歓迎される国はありません。イタリア男は口がうますぎると非難されますが、たいていの場合は計算からでは全くなく、単に喜ばせたい一心で、心から好意を抱いて優しい言葉を振りまくのだ、と認めてやらなくてはなりません。もっとも彼らが異常な状況において、例えばその友情のために危険や逆境に敢然と立ち向かわなければならない場合、友情に忠実でしょうか？　一握りの、ほんの一握りの人たちだけができることと言わねばならないでしょう。でもこのことが当てはまるのは、何もイタリア人だけではありませんね。

　イタリア男には、生活習慣においてオリエント風な怠惰が見られます。でも、一度彼らの情熱がかきたてられると、これほど忍耐強く、行動的な男たちもいません。後宮《ハレム》の女のように無気力に見える女同然の者に、突如としてこの上ない献身的な行動ができるのです。イタリア男の気質や想像力には謎めいたところがあり、思いがけぬ寛容と友情を示す行いに出合うかと思うと、憎悪と復讐の暗い恐ろしい行為にぶつかります。

　ここでは何によらずライヴァル意識というのはありません。生は美しい空の下で夢を見て眠っているだけなのですね。でもこういう男たちにある目的を与えてごらんなさい。半年で何でも学び、何でも理解するのが分かるでしょう。女たちとて同様です。大半の男が女の言うことを理解しないなら、勉強しても仕方ないですよね？　知性を磨くと精神的に孤立してしまうでしょう。だが、同じ女たちが、もし優れた男が愛の対象になると、すぐにその優れた男にふさわしくなるでしょう。ここでは何事も眠っています。大きな関心がまだ目覚めていない国では、休息して無頓着な方が、いたずらに小事に右往左往するより威厳があります。

　文学自体は、生命の強く変化に富んだ行動によって、思想を改革していかないところでは沈滞します。といって、どの国で文学、美術についてイタリアほどの称賛を寄せられたことがあったでしょうか？　歴史の教えるところでは、教皇、王族、民衆が、いつの時代も優れた画家、詩人、作家たちに最高の賛辞を贈ってきたのです。[15]　この才能に対する高揚感《アントウジアスム》もまた、正直なところ、私をこの国に結びつける機縁になったのです。

　イタリアでは、他国で見られるように、生まれつきの天才を苦しめたり、抑えつけたりもするような鈍化した想像力とか、人を落胆させる精神とか、横暴な凡庸さとかが見られることはありません。ある考え、感情、巧い表現に、言わば聴衆の間で火がつくのです。ここでは才能が一流であれば、多くの羨望をそそるのです。ペルゴレーシはその「悲しめる聖母は立てり《スターバト・マーテル》」のために殺されました。ジョルジョーネ(六)は、公の場で描かなくてはならない時には、鎧《よろい》で身を固めたのです。私たちの間では、才能に対して激しい嫉妬が生まれますが、他の国では権力に対して生まれるのです。この嫉妬はその対象をおとしめはしません。憎んで、追放し、殺すのです。

それでも嫉妬は常に熱狂的な感嘆の念に裏打ちされて、迫害しながらもまた天才を鼓舞します。結局、こんなにも狭い領土の中で、あらゆる類いの障害と隷属のただ中にある多くの生を見る時、人はこの民族に強い関心を持たざるを得ないようです。彼らは、自分らが閉じこめられている限界を想像力で通り抜け、乏しい空気を貪欲に吸い込むのです。

これらの限界がたいへんなものであることを否定はしませんが、現在のイタリアには、自由で且《か》つ軍隊を有する国民がそなえているあの威厳と誇りを持つ男というのは、めったにいません。言わせていただければ、そういう国民の気質でしたら、女たちにもっと高揚感《アントウジアスム》と愛とを吹き込むことができるでしょう。ですが、断固とした高貴で厳しい男が、女を幸せにしそうな資質は持ちあわせずに、女から愛される資質だけをそなえているということはないでしょうか？

コリーヌ

4

オズワルドは、コリーヌの手紙を読んで、彼女から離れようと考えたことを再び後悔した。自分が書いてやった酷な言葉をはねかえす精神の威厳、堂々とした穏やかさに、胸を打たれ、感嘆の念が身にしみた。このように立派で、率直で、偽りのない卓越した態度は通常の規範を越えたところにあるように思えた。コリーヌは、自分が人生の伴侶として思い描いているような、か弱くて臆病な、何事にも迷い、義務も感情もない女性ではないのだ、と改めて思った。彼が見た時十二歳だった、記憶の中のルシールは、この伴侶についての考えによく当てはまっていた。

しかし、コリーヌと比較できるものがあるだろうか？ 天賦の才と感性とを持ち合わせた多彩な資質のひとに、法や一般の規範をあてはめることができるのだろうか？ コリーヌは自然の一つの奇跡であるが、オズワルドがこのような女性を魅きつけて得意になっても、この奇跡は彼のためにはならなかった。

彼女の姓名は、これまでの宿命は何だったのか、もし彼が一緒になろうと告げたら、これから先の彼女の計画はどうなのであろうか？　すべてはなお不明である。高揚感《アントウジアスム》に駆られて、結婚を決意しようとするのだが、これまでの彼女の人生が必ずしも非のうちどころがないわけではなかったと考え、このような結婚を父は絶対認めなかっただろうと思うと、また魂《こころ》は乱れ、辛い不安に陥るのであった。

彼は、コリーヌを知る以前ほど苦しみに打ちのめされてはいなかったが、大きな過ちに対する償《つぐな》いに全生活を捧げていた時の、後悔のさなかにも持つことのできた安らぎは、今はもう感じられなかった。以前はいくら苦いものであっても、思い出にひたることが怖くはなかったが、今や彼は、胸中深くに隠れていることが表面に出て来るかもしれないので、長く深い夢想に耽ることを恐れていた。それでも彼は、もらった手紙の礼を言い、自分が書いたことを許してもらうために、コリーヌのところに出かけるつもりになっていた。その時、部屋に若いルシールの親戚にあたるエッジャモンド氏が入って来た。

エッジャモンド氏は、真面目な紳士で、領地のあるウェールズ公国に居をかまえていた。彼は、今日のイギリスを形成している主義や偏見の持ち主であった。イギリスの現況が、人間の理性が認めるほどに良いものであれば、それは一つの善である。エッジャモンド氏のような人々、つまり既成秩序派は、いかに強く、頑固に自分らの習慣やものの見方に執着していても、見識、分別をそなえた人士と見なされるにちがいない。

エッジャモンド氏の訪問が告げられて、ネルヴィル卿は身震いした。あらゆる記憶が一時に立ち戻るように思えたのだ。だがすぐに、ルシールの母であるエッジャモンド夫人が、苦情を伝えるために自分の親族の者をよこし、彼の自立を邪魔しようとしているのだと思い当たった。そう思うと、断固とした態度になり、冷然とエッジャモンド氏を迎えた。だがそんな迎え方をしなくてもよかったのだ。エッジャモンド氏はネルヴィル卿に何の下心もなかったのだから。彼は身体を大いに動かして狩りをしたり、ジョージ王や昔ながらのイギリスのために乾杯をしたりして、健康のためにイタリアを旅していた。

立派な紳士であり、その生活習慣からうかがえるよりはずっと才気も教養もあった。いかにもイギリス人らしく、また、そんなにイギリス人らしくなくてもいいのに、と思われそうなほどイギリス人そのものであった。どこの国にいても自分の習慣どおりにし、同国人としか暮らさず、外国人と語り合うこともなく、それは馬鹿にしているためでなく、外国語をしゃべるのが何となく苦手で、五十歳になりながらも内気なせいで新たな知己を得るのがひどく難しかったからである。

「お会いできてうれしいです」と彼は言った。「二週間したらナポリに行きますが、あなたもいらっしゃいませんか？　私の連隊が間もなく乗船するので、イタリア滞在の日数も残り少なく、ぜひそうしたいのです」

「あなたの連隊が」とネルヴィル卿は繰り返して、赤くなった。まるで自分の連隊がこの時期には編成されることになっていないので、自分が一年の休暇を取っていることを忘れたかのように。だが彼が赤面したのは、自分がコリーヌのために義務を忘れかねない、と思ったからだ。

「あなたの連隊はそんなに早くは出動にならないでしょう」とエッジャモンド氏は続けた。「ですから、この地で憂いなく健康を取り戻して下さい。出発前に私の従妹にあたる娘に会って来ましたが、あなたはお気に入りなのでしょう。以前よりも素敵になりましたよ。一年して帰国される時は、あの娘はイギリス一の美女になっているはずです」

ネルヴィル卿は黙ってしまった。エッジャモンド氏の方も口をつぐんだ。彼らはなお簡単だけれど優しい言葉をかけあい、それからエッジャモンド氏は出て行こうとした。その時、彼は踵《きびす》を返して、言った。

「ところで、もしそうして下さるとうれしいのですが。かの有名なコリーヌをご存じだそうですね。そもそも私は新たに知己《ちき》を得るのが好きではないのですが、彼女にはとても関心がありまして」

「コリーヌに、あなたをお連れしてもいいかを尋ねておきましょう。お望みなのですから」とオズワルドが答えた。

エッジャモンド氏は言った。「私の目の前で彼女が即興で詩を作ったり、踊ったり、歌ったりしてくれるようにお願いします」

オズワルドは言った。「コリーヌは、そういう風に自分の才能を外国人に見せたりはしません。あらゆる人間関係において、あなたとも、私とも、対等の女性です」

「思い違いをして失礼」とエッジャモンド氏は言った。「コリーヌという名前しか知らないのです。二十六歳の彼女が係累《けいるい》もなく、たった一人で暮らしているので、その才で身過ぎをし、それを見せる機会を好んで得ているかと思ったのです」

ネルヴィル卿は怒気を含んで答えた。「彼女の境遇は自立したものですし、精神的にはもっと自立しています」

エッジャモンド氏はすぐにコリーヌについての話をやめ、このことにオズワルドが関心を持っていることが分かって、名前を出したことを後悔した。イギリスの男というのは、本当の愛情にかかわることには、遠慮して手心を加えるのである。

エッジャモンド氏は立ち去った。ネルヴィル卿は一人のまま興奮し、声を上げずにはいられなかった。

「コリーヌと結婚しなくては。あのひとの保護者にならなくては。この先、誰にも安く見られることのないように。せめてできることをしてあげよう。地位、家名。あのひとの方は、この地上であのひとだけが与えることのできる幸福で、私を満たしてくれるだろう」

このような気持ちで彼はコリーヌの家へと急いだのであった。かつてなかったほどの希望と愛を抱いて入ったのだった。だが、生まれついての内気な気持ちから、まず自分を落ち着かせよう、と当たり障りのないことから話し始めた。この話の中で、エッジャモンド氏を彼女の家に連れて来させてほしいと言った。エッジャモンドという名を聞くと、コリーヌは明らかに狼狽して、オズワルドの願いを興奮した声音で断った。彼は驚いて言った。

「あなたの家ではたくさんの人を迎えるのに、私の友人の肩書きが断る理由なのではないでしょうね」

「お怒りにならないで」とコリーヌは答えた。「本当に、あなたのご希望に沿えないとてもはっきりとした理由があるのです」

「その理由を私に言っては下さいませんか？」とオズワルドは言った。

「駄目ですわ」とコリーヌは叫んだ。「できませんわ！」

「それでは」とオズワルドは言った……コリーヌが激していたので、しゃべるのを止めて、外へ出ようとした。するとコリーヌは涙にくれて、彼に英語で言った。

「後生だから、私の心を傷つけたくないのなら、行かないで」

その言葉、そのアクセントが、オズワルドの心を深く動かした。彼は、コリーヌから少し離れたところに坐りなおして、部屋を明るくしている石膏の花瓶に頭をもたせかけた。そしてふいに、彼女に言った。

「つれないひと。あなたを愛していることを知っていて、私が日に二十度もあなたに結婚を申しこんで自分の生涯を捧げようとしているのを知っていて、それでいてあなたが誰なのかを教えてくれようともしないのだから！　それを言って下さい、コリーヌ、それを言って下さい」と、彼はこれ以上ないほどに感情を露《あら》わにして、手を差しのべながら、繰り返した。

コリーヌは強い口調で言った。「オズワルド、酷《ひど》いことをおっしゃっていることはお分りでしょう。もし私が取り乱して全てを申し上げたら、もしそうしたら、あなたはもう私を愛さなくなるでしょう」

「おや、あなたには打ち明けることがあるのですか？」

「私があなたにふさわしくないなどということは何も。めぐり合わせとか、また私たちの間に好みや意見の違いとかがかつてあったとしても、もう無くなるかもしれませんし。私に自分のことを話すように仕向けないで下さい。きっといつか、いつか、もしあなたが私を愛し切って下さって、もし……ああ！　何と言ったらいいのかしら」コリーヌは話し続けた。「全てをお知りになるでしょうが、話を聞くまでは私を捨てないで。天におられるあなたのお父さまの名において」

「その名は口になさらないで下さい」とネルヴィル卿は強い口調で言った。「父が私たちを結びつけるのか、別れさせるのかご存じなのですか！　父が私たちの結婚に賛成と思われますか？　もしそう思われるのでしたら、それを私に証明して下さい。そうすれば、私の胸はもう乱れもしないし、ひき裂かれもしないでしょう。一度、私の惨めな生活がどうであったかを聞けば、今どういう状態であるか、あなたのためにどういう状態になっているか、お分かりになるでしょう」

　実際、彼の額は冷たい汗で濡れ、顔は蒼ざめ、唇はこの言葉を発しながら、わなないていた。コリーヌは彼の傍らに坐って、手を握り、彼を静かに落ち着かせた。

「オズワルド」とコリーヌは言った。「エッジャモンドさんに尋ねて下さい。ノーサンバランド(七)に一度も行かれたことがないか、あるいは行かれたとしても、せめてこの五年の間であったかどうかを。お連れ下さってもいいのは、こういう場合だけに限ります」

　この言葉にオズワルドはじっとコリーヌを見つめた。彼女は目を伏せて何も言わなかった。

　ネルヴィル卿は答えた。「おっしゃるとおりにしましょう」そして、彼は立ち去った。

　帰宅して、彼はコリーヌの秘密についてあれこれと懸命に憶測をめぐらした。彼女が長い期間イギリスで過ごし、彼女の名と家族が、そこで知られているのは明らかだと思った。でも、どういう動機で、それらのことを彼に隠すのだろう？　もしそこに住みついていたのだったら、どうして立ち去ったのだろう？　こういう様々な疑問が、オズワルドの心を揺さぶった。彼は、コリーヌの経歴に何も悪いことは見つからないと確信していた。だが、彼は、人々の目で彼女が咎められることになるような状況のめぐり合わせを懸念していた。彼女のために最も恐れたことは、イギリスでの非難であった。他国での非難などものともしないと思っていたが、頭の中で父の記憶が祖国とあまりに緊密に結びついていたので、この二つの感情の一方が高まると、もう一方も高まるのであった。

　オズワルドは、エッジャモンド氏が前年になって初めてノーサンバランドに行ったということを聞いた。それで、その夜すぐにコリーヌの家に連れて行くことを約束した。彼は、エッジャモンド氏がコリーヌについて抱いている偏見を前もって話しておくために、一番に到着した。そして、冷静で控えめな態度を取って、エッジャモンド氏に思い違いをしていたと悟らせてくれ、と彼女に頼んだ。

　コリーヌは答えた。「お許し下さるのならば、その方にも皆さんに対するようにしたいですわ。ご所望ならば、即興詩を作りもいたしましょう。とにかく、あるがままの私をお見せいたします。その方は、私の何でもない動作から、魂《こころ》の品性についても、私がわざと気詰まりな態度を取っているかどうかもお分かりになると思いますわ」

「そうです、コリーヌ」とオズワルドは答えた。「そうです、あなたの言うとおりです。ああ！　あなたの素晴らしい天性を何においても変えようとする者は、何という不心得者だろう！」

この時、エッジャモンド氏が他の招待客たちと共に到着した。夜会の初めから、ネルヴィル卿はコリーヌに付き添っていた。恋人兼保護者としての関心を寄せてのことであった。それで、彼女をひき立たせることができるようなことはみな言った。彼女に対する敬意を求めようとしているのでなく、人々に彼女に対する敬意を求めようとしているのが分かった。でもすぐに彼は自分の心配が全て杞憂であることに気づいて、うれしくなった。

コリーヌは完全にエッジャモンド氏を魅了してしまった。その才能と魅力によってだけでなく、真摯な人間は正直な人間でもあるのだということを感じ取らせて、彼の心をとらえてしまった。彼は彼女に思い切って、どうか自分が選んだテーマについて詩の即興をして下さいと恭《うやうや》しく頼みこんだ。彼女はすぐに承諾し、好意を示すのにもったいぶったりはしないところを見せた。だが彼女は、オズワルドが敬意を払っているこの客人が、自分のことでオズワルドに何かしら影響を与えるかもしれないと思うと、気に入られたいという気持ちが強く働いて、初めてのことだが、にわかに気後れしてしまった。始めようとしたが、上がってしまって言葉が途切れてしまうのに気づいた。

彼女がそのイギリス人の前で堂々とした様子でないのを見て取って、オズワルドは胸を痛めた。コリーヌは、彼が目を伏せて困惑しているのが分かって、どう思っているか気が気でなく、相変わらず即興詩をうたう力に欠かせない平常心を取り戻すことができなかった。ついには、言い淀んで、言葉が感情からでなく記憶から出て来て、実際に考えていることや、感じていることを表現していないと気づき、突然止めた。

そして、彼女はエッジャモンド氏に言った。「今日は上がってしまって力を発揮できませんが、お許し下さい。このように、全くいつもの自分に及ばないことは初めてで、それは友人たちも知っているのですが」彼女は溜め息をつきながら付け加えた。「またこういうことがあるのかもしれませんね」

オズワルドは、コリーヌのこのほろりとさせるような弱々しさに心を動かされた。その時まで彼は、いつも想像力や天才が彼女の感情を凌駕《りようが》して、打ちのめされた時も彼女の魂《こころ》を奮い立たせるのを見ていた。今回は彼女の才気が感情に引きずられていた。それにもかかわらず、オズワルドはコリーヌの名誉を我がことのように思ってしまっていたため、彼女の当惑を楽しむどころか傷ついてしまった。しかし、彼はいつかまた、彼女は彼女らしくまばゆく輝くだろうという確信があったので、みずからの優しい感想に心おきなく浸った。そして、恋人のそのような姿にそれまでよりもなおさらに虜になった。

第七部　イタリア文学

1

ネルヴィル卿は、ぜひエッジャモンド氏がコリーヌの話を楽しんでくれるように、と願っていた。彼女の話がそのまま即興詩のようなものであった。その翌日、同じ顔ぶれが彼女の家に集まった。彼は、彼女に話をさせようと、話題をイタリア文学の方へと持っていった。イギリスには真の詩人、そのエネルギーといい、感性といい、イタリアが自慢する詩人よりずっと優れた詩人がいます、と断言してみせ、会話に弾みをつけてやった。

コリーヌは答えた。「第一に、外国の方々は、たいていイタリアの一流詩人しかご存じではありません。ダンテ、ペトラルカ、アリオスト、グワリーニ（一）、タッソ、メタスタージョ（二）。ところが、イタリアには他に何人もの詩人がいるのですよ。キアブレーラ（三）、グイーディ、フィリカイア（四）、パッリーニ（五）とか。これ以外にもサンナザーロ（六）、ポリツィアーノ（七）など、見事なラテン語で書いた詩人たちがいます。彼らは皆、その詩句の中で、色彩を言葉の響きに結びつけています。才能が豊かでも、それほどでなくても、言葉によって表現される絵の中に、美術や自然の素晴らしさを取り入れています。なるほど我が国の詩人たちには、あの深い憂愁や、お国の詩人たちの特徴である、人の心についての洞察はありません。

ですが、そういう優れた点はどちらかと言えば、詩人のものというよりは哲学者のものではありませんか？　イタリア語の華やかなメロディーは、瞑想よりも、外界にあるものの輝かしさに合っています。イタリア語は、悲哀よりも熱狂を描き出すのにふさわしいでしょう。何故かというと、思いの深い感情というものは哲学的な表現を必要とするもので、たとえば復讐の願いは、想像力を刺激し、苦しみを外へと向けさせるからです。チェザロッティは、オシアンの翻訳の中でも最良の格調高い翻訳をしました（八）。

でも、それを読むと、そこに書かれている言葉自体が連想させる、暗い考えとは対照的な、祭りの雰囲気があります。まるで川のせせらぎや多彩な色に魅せられるように、「清い流れ」、「のどかな田園」、「涼しい木陰」などという、イタリア語の心地よい言葉そのものに魅せられてしまうのです。あなたは、これ以上詩について何を求められるのですか？　どうして夜鳴き鶯《ナイチンゲール》にその歌の意味することを尋ねましょう？　夜鳴き鶯《ナイチンゲール》はそれを説明するために、また歌い始めてしまうしかないのですよ。その歌の印象に身をゆだねるより他にそれを理解することはできません。

詩句の韻律、調子のよい韻、短い二音節で構成された簡潔な末尾。この二音節の音は、「ズドルッチョリ」というその名が示すように、文字どおり滑り、時としてダンスの軽いステップそっくりなのです。もっと重々しい調子は、雷鳴やフェンシングの閃《ひらめ》きを思わせます。結局のところ、イタリアの詩は想像力の産物であって、あらゆる形での詩の楽しみしか求めてはいけません」

ネルヴィル卿は答えた。「なるほど、イタリアの詩の魅力と難点について、この上ない説明をされました。ですが、散文となると、そのような魅力もなく、難点ばかり目につきますが、それをどう弁護なさいますか？　韻文にあって漠然としたものは、散文においては空疎なものになります。イタリアの詩人が韻文において調べとイメージで飾り立てた、おびただしい凡庸な考えも、うんざりするほど元気の良い散文では精彩を欠きます。今日のイタリアの大方の散文作家が、大げさで冗長な最上級がたっぷりある言葉を使っているところを見ると、全て注文に応じて、紋切型の文章で陳腐な人のために書いているのです。彼らは書くことは自分の個性と思想を表わすことだと気づきもしないようです。彼らにとって、文体というものは、人工的な織物であって、結局のところは彼らの魂には無縁の嵌込みのモザイクであり、手工芸が指でなされるように、これはペンで作り出されるものなのです。言わせていただけば、彼らはある一つの考えを展開させ、註釈し、水増しし、ある感情をむやみと強調する秘訣を持ちすぎています。

目にあまるほどなので、ロングドレスの下に大きなペチコートをつけているフランス女に、『奥様、それは全部、あなたご自身のお身体ですか？』と言う黒人女みたいに、言ってやりたいものです。真実味のある表現だったら、虚しい幻惑として除去されるようなその盛大な語彙の中に、本当にどこに実質があるのでしょうかね？」

「お忘れですわ」と、コリーヌが、勢いよくさえぎった。「第一にマキャヴェッリ[九]、ボッカッチョ[一〇]、そしてグラヴィーナ[一一]、フィランジエリ[一二]。今日ではまたチェザロッティ、ヴェッリ[一三]、ベッティネッリ[一四]。それに、他にも書くこと、考えることを心得ている作家はたくさんいます[16]。

　ですが、この数世紀来、不幸な状況のためにイタリアから独立が奪われていて、ここでは真実に対するどんな関心も、さらには真実を述べる力さえも失われてしまったことは確かです。その結果、考えることに近づくことは敢えてしないで、言葉で満足するのが習いとなりました。著述では状況に対して何の影響も及ぼせないと承知しているので、才知をひけらかすためにしか書かなかったのです。それこそ、やがて才知を失ってしまう確実なやり方なのですね。

　どうしてかと言いますと、人が多くの考えと出合うのは、気高くも有用な目的に向かう努力をすることによってなのですから。散文作家は、国民の幸福にいかなる方面においても寄与することができない場合、目立つために書く場合、結局、手段が目的になっている場合、回り道ばかりで後退して先に進みません。イタリア人が新思想を恐れるのは事実ですが、それは彼らが怠惰であるためであって、文学における創意に欠けているからではありません。彼らの性格、陽気さ、想像力には大いに独創性があります。

　ところが、よく考える手間をかけないので、全員の考えが共通したものになります。彼らの雄弁さえも、話をする時にはとても活発なのですが、書くとなると自然さが欠けてしまいます。執筆していくうちに、冷めてしまうのでしょう。それに南国人には散文は窮屈なのです。本当の気持ちを韻文でしか書き表わせないのです。フランス文学ではそうではありませんね」と、コリーヌはデルフイユ伯爵に話しかけた。「フランスの散文作家は詩人よりも雄弁で、詩的でさえあることも多いですね」

「その通りです」とデルフイユ伯爵は答えた。「わが国にはそのジャンルでは、本物の古典大家がいます。ボシュエ、ラ・ブリュイエール、モンテスキュー、ビュフォンを凌《しの》ぐ者はいません。とりわけ初めの二人は、彼らはルイ十四世の時代の人ですが、讃えても讃えすぎることはないでしょう。彼らの完璧な手本にできる限り従わなくてはなりません。外国の方々も、我々のように熱心に見習わなくては、と申し上げたいですね」

「そうは思いませんわ」とコリーヌが答えた。「民族色や感性と知性の独創性を無くしてしまうのが、全世界にとって望ましいことだなんて。申し上げたいものですわ、デルフイユ伯爵。あなたの国でも、その文学の正統性と言うのかしら、その正統性が、時宜《じぎ》を得た改革を阻んで、長い間にはフランスの文学を枯渇させるはずです。天才というものは本質的に創造的で、天才を与えられた個人の性格を帯びています。自然は、二つの葉っぱが似通っていることを望まず、人間の魂にはさらに多くの多様性というものを与えました。模倣は死を意味します。死は一人一人からその本来の存在を奪ってしまうのですから」

「異国の美しいひと」とデルフイユ伯爵が言った。「我々が自国にゲルマンの野性味や、イギリスのヤングの『夜』（一五）や、イタリア、スペイン式のしゃれた言い回し《コンチエッティ》などを取り入れているのを、お認めいただけないでしょうか？　そんなに混ぜ合わせたら、フランスの文体の洗練、格調はどうなってしまうのでしょう？」

それまで口を閉ざしていた、カステル＝フォルテ公が言った。

「私には、私たち皆が互いを必要としているように思えますが。どの国の文学も、それを識《し》ることのできる人にとっては、新たなる考えの領域です。『四か国語に通じている人は四人分の値打ちがある』と言ったのは、カール五世（一六）そのひとです。この政治の大天才が政務についてこのように判断するならば、どうしてこれが文学に当てはまらないと言えるでしょう？

外国人はみなフランス語を知っています。だから彼らの視野は外国語を知らないフランス人よりも広いのです。どうして、フランス人は外国語を学ぶ労を厭《いと》うのでしょうか？　学べば、ご自分たちの卓越したところを保てるでしょうし、時には、欠けているところに気づきもするでしょうに」

2

デルフイユ伯爵が言葉を継いだ。「せめて認めて下さいね。私たちは、どこからも学び取るものがないのですよ。我が国の演劇は、確かにヨーロッパ随一です。私は、イギリス人はシェークスピアで我々と対抗しようと考えてはいないと思うのです」

「失礼ですが」と、エッジャモンド氏がさえぎった。「イギリス人はそう考えていますよ」彼はそれだけ言って黙った。

「それでは私は何も言うことはない」とデルフイユ伯爵は、小馬鹿にした愛想笑いを浮かべて、言葉を継いだ。「まあ誰でも、好きなように考えることができます。ですが、結局のところ、演劇芸術ではフランスが一番だと断言するのは、絶対に思い上がりではないと思いますね。

イタリアのことを率直に言わせていただければ、この世に演劇というものがあると気づいてさえいないのでは。イタリア人にとっては音楽が全てで、戯曲はどうでもいいのです。ある戯曲で第二幕の音楽が一番良かったら、第二幕から始めてしまいます。もし、別々の戯曲のそれぞれの第一幕なら、それら二つを同じ日に上演してしまいます。そして、この二つの間に散文でできた劇。それには通常、最上の教訓が入っています。しかしその教訓たるや、私たちの先祖が、古すぎるので外国に既にお返しした格言から成っているのです。

イタリアの音楽家は、戯曲詩人を完全に意のままにしています。一人が詩人に向かって自分のアリエッタに「幸福《フェリーチタ》」という語がなければ歌えない、と宣言します。テノールが「墓《トンバ》」という語を入れてくれと言う。三人目の歌手は「鎖《カテーナ》」という言葉でしかルーラードができないと言うのです。気の毒な詩人は、劇の場面をできるだけ様々な好みに応じてまとめます。

それだけではない。舞台の横から真っすぐには登場したくないという名優がいます。彼らは自分の登場を少しでも効果的にしようと、最初は雲の中に現れるとか、宮殿の階段の天辺《てっぺん》から下りて来たりとかします。感動的な場面であれ、荒々しい場面であれ、アリエッタを歌う時には、役者は観客の拍手に応えて、お辞儀をしなくてはなりません。先日、『バビロニアの伝説の女王セミラミス』で、ニヌスの亡霊がアリエッタを歌った後、演じる役者が、その亡霊の衣装で平土間の観客に向かって敬礼をしました。それで、幽霊の恐ろしさがほとんど薄れてしまいました。

イタリアでは、皆が劇場とは歌曲とバレエ音楽に耳を傾ける大ホールだと思いこんでいます。私が、『バレエ音楽しか聞かないところ』というのも当然なのです。平土間が静かになるのはこれが始まる時だけなのですから。このバレエ音楽というのが、また悪趣味な傑作です。ダンスの戯画《カリカチュア》そのものであるグロテスクな踊りは別として、イタリア人がもの笑いの種にしているのでないならば、こういうバレエ音楽の、どこが面白いのか分かりません。

バレエになったチンギス・カーンを見たことがあります。毛皮ずくめで、気高い感情にあふれていました。彼は自分が打ち破った王の息子に王冠を譲り、片足で彼を空中高く持ち上げるのですから。君主を王座につかせる新しいやり方。(一七)私はまた、面白さいっぱいの、三幕ものバレエ、クルティウスの『献身』を見ました。クルティウスは、アルカディアの羊飼いの衣装で長々と愛人と踊ってから、舞台のど真ん中で本物の馬に乗り、黄色の繻子と金色の紙でできた火の淵に飛び込んだものです。それは、深淵というよりは、砂漠のようでした。結局、私はバレエで、ロムルスからカエサルに至るまでのローマ史のあらましを見ることになりました」

「あなたのおっしゃるとおりです」とカステル＝フォルテ公が静かに言った。「ですが、あなたは音楽とダンスのことしか、お話しになりませんでしたね。どこの国でも、そういうものを演劇とは見なしませんよ」

「もっと悪いですよ」とデルフイユ伯爵はすぐさま答えた。「悲劇や、『ハッピー・エンドのドラマ』(一八)とは言えないようなドラマが上演されると、想像を絶するほどのひどい五幕となります。こういった戯曲では、二幕で男が愛人の兄を殺し、三幕では今度は愛人の頭蓋を舞台で焼き、四幕はずっと埋葬場面といった具合です。四幕と五幕の幕間では、その男を演じている役者が落ち着きはらって、翌日上演の道化芝居のお知らせに平土間に下りて来ます。それで、五幕に舞台に登場して、ピストル自殺と来る。

悲劇役者たちは冷ややかで、大がかりな劇にぴったりしています。彼らは恐ろしい筋立てを平然とやります。役者が動くと、説教師が動き回っているようです。舞台の役者よりも説教壇の説教師の方がよく動くのですから。こういう役者はお涙頂戴ものでおとなしくしているのがぴったりなのですが。劇にも場面にも面白いものが何もなく、役者が騒げばそれだけ滑稽になってくるのですからね。騒ぎは陽気であっても、単調そのものです。

イタリアでは喜劇の方が悲劇よりも多いというわけでもありません。この道でもまた、フランスが第一人者です。本当にイタリアのものであるただ一つのジャンル、それは道化芝居です。悪戯《いたずら》好きで、食いしん坊で、意気地なしの召使い。お人好しか、吝嗇《けち》かどちらかの、恋する老いた後見人。これこそ道化芝居のです。イタリア人はこの手の着想には苦労しませんし、『タルチュフ』や『人間嫌い《ミザントロープ》』(一九)のような人間像には、もうちょっと特性が必要です。それはお認めになりますね」

デルフィユ伯爵のこの攻撃は、聞いているイタリア人たちには不愉快であった。だが、言うがままにさせていた。デルフィユ伯爵は、会話では、善意を見せるよりは才気を見せようとしていた。彼の持って生まれた親切心は、その振る舞いに現れていたが、話すことには自惚《うぬぼ》れが鼻についた。その場にいるカステル＝フォルテ公とイタリア人たちは、デルフィユ伯爵に反駁《はんばく》したくて、じりじりしていた。だが、他の誰よりも、コリーヌが彼らの立場を弁護するだろうし、彼らは会話をとりたてて楽しみとはしていなかったので、反論はコリーヌにまかせて、マッフェーイ(二〇)、メタスタージョ、ゴルドーニ(二一)、アルフィエーリ、モンティ(二二)らのよく知られた名を挙げるにとどめた。

コリーヌは、先ずはイタリア人が演劇を持っていないことを認めた。だが、それはそれなりの事情があったからで、能力が欠けているのではない、と証明しようとした。「風俗風習の観察による喜劇は、常日頃、大勢の人からなる華々しい社交界の中で生活する国でしか、存在しません。イタリアには、激しい情熱と怠惰な喜びしかありません。そして激しい情熱は、極彩色の犯罪や悪徳しか生み出さず、性格のあらゆるニュアンスを消し去ってしまいます。

ところが理想的な喜劇というものは、想像力によるものであり、また、どんな時代、どんな国にも適合できるものであって、それが考え出されたのは、イタリアなのですよ。道化者アルレッキーノ、悪賢いブリゲッラ、好色爺のパンタローネらの人物は変わらぬキャラクターで、あらゆる劇に顔を出します。どういう人間関係にあっても彼らは仮面をつけていて、素顔をさらしません。それはつまり、彼らの容貌はある種の人間像の顔であって、ある個人の顔ではないからです。なるほど、現代の道化芝居の作者たちには、役柄はみな予《あらかじ》め与えられていて、チェスの駒のようで、役を作り出せるという利点がないかもしれない。でもこれが最初に創り出されたのは、イタリアのおかげなのですよ。これらの気まぐれな人物たちは、ヨーロッパの端から端まであらゆる子供たちと、想像力で子供に戻る大人たちを楽しませていますが、これらはイタリア人が創り出したもので、このためにこそ喜劇芸術はイタリア人のものなのです。

人間の心についての観察は、文学にとって尽きることのない源泉です。ですが、考察よりも詩に向いている国民は、どちらかと言えば、哲学的アイロニーよりも喜びの陶酔の方に心をまかせます。人間理解にもとづく冗談の中には、何か悲しいものがあります。真に邪気のない陽気さは、想像力にだけ属する陽気さです。

イタリア人が、関わりを持つ人を巧みに探らない、秘められた思考を他の誰よりも鋭敏に見つけ出すことがない、というのではありません。行動する時にはあるこの才能を、文学の上で使ってみる習慣がないのです。おそらく、イタリア人は、自分の見つけ出したことを一般化したり、洞察したところを公にするのが厭なのでしょう。彼らには性格的にどこか慎重で、本心を隠すところがあります。多分、そのために、個人的な関係において自分の行動を決めるのに役立つことを喜劇によって表面化させないように、また実生活の状況において役立つかもしれないことを、文学として明らかにしないようにするのでしょう。

ところが、マキャヴェッリは、隠すどころか、罪深い政治の秘密を全部知らせてしまったのです。彼によって、人の心とは何と恐ろしいかと知ることができたことか！　ですが、このような極端は喜劇の原動力とはならず、いわゆる社交界の余暇の楽しみだけが、喜劇の舞台の上で人間を描く術を知っていたのです。

ゴルドーニは、イタリアで社交の最も盛んな都市ヴェネツィアに住んでいましたが、他のイタリア作家には通常見られない、明敏な人間観察がその戯曲に見られます。とは言え、彼の喜劇は単調です。同じ場面が繰り返し出て来ます。登場人物にそれほど多様性がないからです。彼の数多い戯曲は、たいてい劇作の手本によってできているようで、実生活によってはいないのです。イタリアの陽気さの真の特徴は嘲笑ではなく、空想なのです。風俗の描写ではなく、詩的な誇張なのです。イタリアを楽しませることができるのはアリオストであって、モリエールではありません。

ゴルドーニのライヴァルである、ゴッツィ(一二三)の作品の方が独創性があり、いわゆる喜劇らしさはありません。彼は、イタリア的天才にためらうことなく身をゆだね、妖精物語を上演し、詩の超自然の中に滑稽芝居、道化芝居を混ぜることを決心したのです。何においても自然を模せず、妖精物語の空想のように陽気な幻想に身をまかせ、あらゆるやり方でこの世に起こることの限界を越えて、精神を導いていくのです。

彼はその時代に驚異的な成功をおさめました。彼は、その様式がイタリア人の想像力に一番ぴったりの喜劇作家なのでしょう。ですが、イタリアで何が喜劇で、何が悲劇なのかを確実に知るためには、どこかに劇場と役者が必要でしょう。多くの小都市が、劇場を設置しようとしてかき集めた乏しい財源を使い果たしてしまいます。国家の分割は、普通は自由と幸福のために好都合なのですが、イタリアを台なしにします。イタリアをむさぼる偏見に抗《あらが》うためには、知と力の中心地が必要でしょう。その上、多くの場合、各国の政府当局は個人の躍動も抑圧したのです。イタリアで、もし当局が分断された諸国家と、孤立させられた人々の無知に対して、この風土につきものの怠惰に対抗して、夢想に甘んじているこの国民全員に活気を与えたら、政府というのも善であったでしょうが」

コリーヌは、このような様々な考えやその他のことを、才気煥発に、詳細に述べた。彼女は、高名な即興詩人ぶりを発揮できるような会話では夢中になって話したが、何事にも固執しない軽快な対話のテンポの速い進め方も心得ていたし、一人一人順ぐりに、人を逸らさずに相手をすることも心得ていた。彼女が、同じ話題で自身の意見を述べながら、度々カステル＝フォルテ公に助太刀を得てうまく話しているので、聞き手はみな喜んで耳を傾け、誰かが割って入るのを認めなかった。

とりわけエッジャモンド氏は飽かずにコリーヌを眺め、耳を傾けた。彼女に対する感嘆の念を表わそうともせずに、強いて伝えなくても彼女が分かってくれるだろうと、小声で褒め言葉を言った。ところが、彼は悲劇についてコリーヌがどう考えているのかを知りたくて、その内気さにも似合わず、思い切って尋ねてみた。

「あの」と、彼は言った。「イタリア文学にとくに欠けているように見えるのは、悲劇です。子供と大人の間の隔たりよりももっと、イタリアと我が国の悲劇とは大きく隔たっているように思えます。どうしてかと言いますと、子供は身体がよく動き、軽やかだが真摯な感情を持っています。ところが、イタリアの悲劇の真面目さには感動をぶちこわしにする、何だかわざとらしい、大がかりなものがあるように思えます」

「そうではありませんか？　ネルヴィル卿」とエッジャモンド氏は続けた。ネルヴィル卿の方へ向き直って、援護射撃をしてくれるように目顔で合図しながら。大勢の人の前で、思い切って話してしまったことに、自分で驚いてもいた。

「あなたと全く同じ考えです」とオズワルドは答えた。「メタスタージョは、愛の詩人として称賛されていますが、彼は、どの地方でも、どんな状況でも、この愛の情熱に同じ様相を与えるのです。すばらしいアリエッタには、喝采をおくらなくてはなりません。確かに、ある時は優美さや快い調べが、またある時は劇中から独立して歌われる、アリエッタの最初の組曲の美しい叙情がすばらしいことは事実です。

でも、シェークスピアという、物語と人間の情熱とを深く掘り下げた詩人を持つ私たちにとっては、あの二組の恋人同志には我慢なりません。彼らはほとんど全てのメタスタージョの劇作品に登場して来ます。名はアキレウスだったり、ティルキスだったり、ブルートゥスだったり、コリラスだったりするのですが。それが皆、恋の痛みや苦難を同じやり方で歌い、それが観客の心をうわべしか動かすことがなく、人の心を波立たせるような最も激しい感情を、まるで素っ気なく表現するのです。

アルフィエーリの個性には深い敬意を抱いていますので、その戯曲について、いくつか意見を述べさせていただきます。彼の戯曲の意図はとても高尚で、表現されている感情も作者の意図をよく表わしているので、その悲劇はいつでも筋だてとしては称賛されています。文学作品としての観点からは批判されていますが。彼の悲劇の何点かは、メタスタージョが穏やかで単調であるように、力強くて単調です。

アルフィエーリの戯曲には、エネルギーと寛大さが過剰なあまり、あるいは暴力と罪が誇張されているあまり、そこに人間の本質を認めることができません。人間というものは、決して彼の描くほどは悪くもないし寛大でもありません。大部分の場面は悪徳と美徳の対照で構成されていますが、これらのコントラストが、真実のそれぞれの程度に応じて示されていないのです。もしアルフィエーリの悲劇の暴君たちが、虐《しいた》げられた人々から面と向かって言われることに耐えることができたら、暴君たちに同情しようかという気にもなるでしょうに。オクタウィアの戯曲は、この本当らしさが欠けているのが目につく作品の一つです。

セネカはそこで絶えずネロに訓戒をたれます。まるで自分が、人間の中で最も我慢強く感心な人でもあるかのように。この悲劇の中で世界の支配者は、観客を楽しませるために、場面によって侮辱されても黙っていたり、腹を立てたりします。まるで彼の意のままに、全てを一言で終わらせることができないとでもいうように。確かに、このように問答が続くために、セネカの立派な答えを聞くことになります。観客は、セネカの述べる高尚な思想を知ろうとするでしょう。でもこのようなことで、暴政についての見解を示すことができるでしょうか？　暴政を恐ろしい様相のもとに描き出すのではなくて、単に言葉の駆け引きのために使っているだけです。

もしシェークスピアが、何でもない質問に答える勇気もなく、ガタガタ震えている人々に取り囲まれているネロを表現していたら。ネロ自身は動揺を隠して落ち着きを装い、傍にいるセネカがアグリッピーナ殺害の弁明をする。その方が、はるかに凄味があったのではないでしょうか？　作者が述べる思索は、場面ごとの弁舌や、真実味ある沈黙そのものによって、観客の魂に多くを感じ取らせるのではないでしょうか？」

コリーヌが話の腰を折らないので、オズワルドはさらに延々と話しつづけた。コリーヌは、彼の声音《こわね》も話しぶりの優雅な気品も気に入って、その間の感銘をずっと楽しみたいと思った。ひたと彼に見入って、彼が話し終わっても視線を逸らさなかった。

イタリア悲劇についての彼女の見解を聞きたがっている人々の方へゆっくりと向いて、そしてネルヴィル卿に向き直って言った。「ネルヴィル卿、私はおおよそあなたと同意見です。反論させていただくのは、あなたへの反論ではなく、ご意見が概括的にすぎるようなので、いくつかの例外を述べるためです。メタスタージョは、演劇の詩人というよりは叙情詩人なのですね。愛というものを、私たちの心痛や幸福の中にひそむ秘密としてではなく、生活を美しくする芸術の一つとして描いているのです。通常、私たちイタリア人の詩が愛を歌ってきたとは言え、別の情熱を表現するとなれば、もっと深みと感性があると申し上げたいですね。

イタリア人はさんざん恋の詩を書いたので、型にはまった言葉ができてしまいました。詩人に霊感を与えるのは、実際に経験したことではなくて、本で読んだことなのですね。イタリアの現実の恋は、イタリアの詩人が描くようなものではありません。本当にイタリアらしい色合いで描写されていて、恋についての考えが分かるのは、私の知る限り、唯一ボッカッチョの小説『フィアメッタ』だけです。

我が国の詩人は感情をとらえるのに細かすぎ、誇張しすぎです。イタリア的本質の真の特徴は、素早い、深い印象なのですが。その印象は巧みな言語表現よりもむしろ静かで、それでいて情熱的な行動に現れています。一般に私たちの文学は、私たちの性格、習慣を表わしてはいません。謙遜しすぎかもしれませんが、イタリア人は控えめな国民なので、自国の歴史で成り立った、あるいは、とにかく私たち自身の感情の特徴が出ている、イタリアらしい悲劇を持とうとはしないのです[17]。

アルフィエーリは、言わば奇妙な偶然から、古代から現代に移り住んだ人なのです。彼は行動するために生まれたのに、書くことしかできませんでした。彼の作風も悲劇もそういう束縛を感じさせます。本当は文学によって政治的な目的へ向かって行きたかったのです。この目的はおそらくあらゆる目的のなかでも最も気高い目的でした。でもそれはどうでもよいことで、目的を持つことほど、想像力による著作を歪めてしまうことはないのですね。

アルフィエーリは、学識豊かな学者や、高い見識を持つ人々に遇えるような国で生きたかったのですが、イタリアの文学者や読者は、大体において真面目なことには何も興味を持たず、ただ短篇や物語、マドリガーレ歌曲しか好まなかったのです。私の考えでは、アルフィエーリは、その悲劇に厳格な特徴を持たせました。悲劇から、打ち明け話を聞く役と開演を告げる合図など、せりふのために重要なこと以外は、全てを排除したのです。このようにして彼は、イタリア人の活気と生来の想像力に苦行を強いたようです。

ところが彼はたいへん敬服されていました。その性格、精神において本当に偉大な人でしたし、とくにローマの人々が今だに自分たちに関係があることのように、古代ローマ人の行動と感情に対する彼の賛辞に拍手をおくったからです。ローマの人々は、画廊に所有している立派な絵の愛好者であるように、力と独立の愛好者でもあったのです。それでも、アルフィエーリが、イタリア演劇、つまりイタリア独特の価値が見られる、悲劇と呼ばれ得るものを創らなかったというのは事実なのです。

また、彼は取り上げた国と時代の風俗の特徴を表現しませんでした。彼の『パッツィ家の陰謀』、『ヴィルジニア』、『フェリペ二世』には、思想の気高さと力強さがあって、見事なものです。ですが、そこに見られるのは依然としてアリフィエーリの刻印なのであって、扱われている国民や時代の刻印ではありません。フランスの精神とアルフィエーリの精神とは、いささかも類似点はありませんが、両者ともに、扱う全てに自身の色を帯びさせるところが似ています」

デルフイユ伯爵は、フランス精神について語られているのを聞きつけ、口を開いた。「我々だったら我慢できないでしょうね。ギリシャ人の一貫性のなさや、シェークスピアの奇怪さを舞台で見ることは。そういうのを見るには、フランス人はあまりにも洗練された好みを持っていますからね。我々の演劇は洗練と優雅のモデルです。そこにこそ、フランス演劇の特徴があります。ですから、外国から何かを取り入れたいと思うことは、未開の中へ身を投じるようなものです」

コリーヌは微笑みながら言った。「あなたの国の周りに、万里の長城を築いた方がいいようですね。なるほど、フランスの悲劇作家には類い稀な美があります。でも、もし、あなた方がフランス以外のものを舞台にのせることを許したら、また新しい発展があるでしょうに。しかし、私たちイタリア人の演劇の特性は、フランス演劇の法則を守ったら、多くを失うでしょう。私たちは、この法則を尊重もしないでしょうし、その制約に苦しみもするでしょう。

一国の民は、その想像力、気質、生活習慣によって演劇を形成するのです。イタリア人は、美術、音楽、絵画、無言劇《パントマイム》、つまり感覚に訴えるものなら何でも熱愛します。一体、どうして雄弁なせりふだけという簡素さだけが、演劇の楽しさでありえましょう？　フランス人はそれに甘んじているのですが。アルフィエーリが才能を傾けて、それらの法則を取り入れようとしても無駄なことです。彼自身、自分のやり方が厳密すぎると気づきました。(18)

マッフェーイの『メロペ』、アルフィエーリの『サウル』、モンティの『アリストデーモ』、そしてとりわけダンテの詩、もっとも彼は悲劇は書かなかったのですが、この人たちが、イタリアにおける演劇芸術とは何かについて教えてくれたように思えます。マッフェーイの『メロペ』は、筋は簡単ですが、見事なイメージにあふれた輝かしい詩があります。この詩が劇作品に入れられないというのは、どうしてかしら？　イタリアでは韻文がとても素晴らしいために、その美しさを放棄すれば、他のどの国がそうするよりも、大きな間違いを犯すことになります。

アルフィエーリは、彼がそうしようと思えば、どんなジャンルでも傑出していたのですが、『サウル』では叙情詩を見事に使いました。そこにうまく音楽を入れることができるかもしれない。せりふに歌を混ぜ入れるためではなくて、サウルの逆上をダヴィデの竪琴で鎮めるためにです。イタリアの音楽はあまりに甘美で、この楽しみのために、どうしても精神の喜びに対しては怠惰になりがちです。ですから、せりふと音楽の切り離しを考えるのではなく、むしろ結びつけようとしなければならないでしょう。

主役に歌わせて劇の品格をぶち壊すのではなく、古代人のようにコーラスか、あるいは音楽の効果を取り込む。これは日常生活ではよくあることですが、自然な組み合わせで舞台場面につながります。イタリア演劇は、想像力の楽しみを減らすどころか、それを高め、あらゆるやり方で増やさなければならないように思えます。イタリア人は、音楽と大仕掛けの演出のバレエが大好きです。そこから、彼らが想像力に恵まれていること、真面目な対象を扱いながらも、アルフィエーリがしたように、その対象をそれ以上堅苦しくさせずに、常に想像力をそそられる必要があることが分かります。

この国の人々は、厳かで重々しいものにも拍手をおくらなくては、とは思っているのですが、すぐに本来の好みに戻ってしまいます。もし、悲劇を、様々なジャンルの詩の魅力と豊かさによる、イギリス人やスペイン人が享受《きょうじゅ》している演劇の多様性によって美しいものにするならば、イタリア人も悲劇に満足することができるでしょう。

モンティの『アリストデーモ』には、ダンテ風の恐るべき悲壮さがあります。確かに、この悲劇こそ称賛されるべきものです。多くのジャンルで、この巨匠ダンテは悲劇の天才を持っていました。もしこの天才を何とか舞台向けにすることができていたら、イタリアに大きな成果をもたらしていたでしょう。この詩人は、魂の奥底に起こることを目の前に描きだす術を知っており、その想像力は苦悩を感じさせ、目《ま》のあたりにさせたのですから。もしダンテが悲劇を書いていたら、大人も子供も、優れた人たちも民衆も感動させていたでしょうに。劇作というものは大衆的でなければなりません。それは大衆にとって公の行事であって、国民みながそれを楽しまなくては」

オズワルドが言った。「ダンテが生きていた時代には、イタリア人はヨーロッパでも、自国でも、政治的な役割を果たしていました。多分あなた方は、今はイタリアの悲劇は持てないでしょう。この演劇が存在するためには、深刻な状況があって、舞台で表現されるべき感性が日常生活の中で磨かれなくてはなりません。あらゆる傑作文学の中で、悲劇ほどその国の民衆に左右されるものはありません。そこでは、観客が作者と同じと言っていいくらい重要なのです。

演劇の精髄というものは、社会の精神、歴史、政府、風俗、つまり私たちが吸う空気が身体を養うように、日々思考に入りこんで、精神的な存在を形成するもので、成り立っています。ところが、気候、宗教の面でよく似ているスペイン人は、イタリア人よりずっと演劇の天才があります。彼らの戯曲には、彼らの歴史、騎士道、信仰がたっぷりと盛られており、独創的で、生き生きとしています。しかし、悲劇での彼らの成功は、過去の悲劇の黄金時代に起源があります。どうして、イタリアに、今になって一度も存在したことがない悲劇を始めることができましょう？」

コリーヌは言葉を続けた。「卿、残念ながらおっしゃるとおりかもしれませんね。それでも私は、外的な状況が不都合であっても、イタリア人が精神を自然に飛躍させ、それぞれが競争意識を持つようにと切望しています。悲劇のために、とくに私たちに欠けているのは役者です。気取ったせりふは、どうしても空々しい演説口調になってしまいます。

でも、名優にとって、イタリア語ほど、自分の才能を示せる国語は他にありません。イタリア語は、言葉の響きの持つメロディーのために、アクセントの特質に、新たに魅力が加わります。それは感情の表現と混じり合いながら、それでいて、相変わらず表現が力強いままに続く音楽なのです」

カステル＝フォルテ公が口をはさんだ。「もしあなたが、お考えを納得させたいのならば、それを証明なさらなくては。そうです、あなたが悲劇を演じるのを見るという、何とも言えない楽しみを私たちに与えて下さい。イタリアでというよりも世界中であなた方だけが持っている才能を知るめったにない喜びを、それにふさわしい外国の方々に与えなくてはいけません。その才能にはあなた方の魂がこめられているのですから」

コリーヌは、ネルヴィル卿の前で悲劇を演じて、自分の魅力を発揮したいと心ひそかに思った。だが、彼女は彼の同意なしに承知しようとはせず、願いをこめた目で、彼をじっと見つめた。彼はそれを察した。彼女が前日見せた即興詩を作ることができなかったほどの内気さに心打たれもし、同時に、エッジャモンド氏に好感を持ってもらいたいとも思って、友人たちのたっての願いに同調した。それで、コリーヌはもうためらわなかった。

「ええ」とコリーヌはカステル＝フォルテ公の方を振り向きながら言った。「お望みならば、私の翻訳による、『ロミオとジュリエット』上演という、長らくあたためてきた計画を実行しましょう(二四)」

「シェークスピアの『ロミオとジュリエット』ですって？」と、エッジャモンド氏が声を上げた。「それではあなたは英語をご存じで？」

「はい」とコリーヌは答えた。

「あなたはシェークスピアがお好きなのですか？」と、さらにエッジャモンド氏は言った。

「友達みたいに」と彼女が続けた。「シェークスピアは、苦悩の秘密というものを知っていますわ」

「それであなたはそれをイタリア語でなさる」とエッジャモンド氏は声を上げた。「私にイタリア語が分かるでしょうか？　ネルヴィルさん、あなたにも分かるでしょうか！　ああ！　あなたは何て幸せな男なんだ！」

彼は、自分の不躾《ぶしつけ》な言葉に、しまった、と思った途端、赤面した。思いやりがあって人柄が良いと、何歳になっても赤面癖はなくならない。

「なんてうれしいことか」と彼は困惑して、続けた。「そんな出し物を観られるなんて！」

3

幾日もたたぬうちに、配役と、コリーヌの女友達で、カステル＝フォルテ公の親戚筋にあたる人の所有する邸宅で、上演のための夜会が催されることが決められ、準備が整えられた。オズワルドは、コリーヌのまた新たな成功の日が近づくにつれ、心中に不安と喜びとが交錯するのを覚えた。自分も楽しみにしていたが、とくに誰にというのでなく、愛するひとの才能を目のあたりにする人々に嫉妬してもいた。彼女がその才知と魅力にあるものを、自分だけが知っていることにしたかったのだ。イギリス女性のように内気で控えめなコリーヌが、彼に対してだけ、雄弁で天才的であってほしかった。いかに立派な男でも、女の方が優れていることを純粋に喜ぶことはないだろう。女を愛している場合は不安だし、愛していない場合は彼の自尊心が傷つく。

オズワルドは、コリーヌのそばで、幸せな気分というよりは、うっとりしていた。彼女に賛嘆の思いを抱き、ますます愛が高まった。だからと言って、彼の将来の計画は、はっきりとしたものにはならなかった。彼女が、日々新たに現れる、素晴らしい現象のように見えた。彼女にうっとりとし、驚いているうちに、落ち着いた平和な暮らしをするという希望は遠ざかるようであった。

それでも、コリーヌは穏やかで協調的な女性であった。その華々しい長所とは別に、普通の美点を備えているというだけでも人から好かれたであろう。しかし言うならば、才能がありすぎて、どんな分野でも目立ちすぎるのであった。ネルヴィル卿は、自分がいかに資質に恵まれているとはいえ、彼女ほど優れているとは思わなかった。それで、互いの愛情が長続きするのだろうか、という懸念を抱いていた。コリーヌが、愛によって彼の奴隷になっても無駄なことであった。支配者は、鎖に繋がれたこの女王が気にかかり、帝国の平和に心楽しまなかったのだ。

上演の数時間前に、ネルヴィル卿はコリーヌをカステル＝フォルテ公女の邸に案内した。そこで劇の準備がされていた。すばらしい太陽が照っていた。階段の窓から、ローマと田園が見えた。

オズワルドは、彼女を引き止めて、言った。「この上天気を見てごらん。あなたのために晴れている。あなたの成功を輝かしいものにするために」

コリーヌが答えた。「ああ！ もしそうであるならば、私に幸せをもたらしてくれるのはあなたです。天のご加護はあなたのおかげです」

オズワルドが言った。「あなたは、この美しい自然を見て、穏やかで純粋な気持ちを抱くだけで充分に幸せなのでしょうか？ 今、吸っているこの空気、田園に誘われるようなこの夢想からは、あなたの名を記憶に止めようとする、騒がしい広間は遠いですね」

「オズワルド」とコリーヌは言った。「私が、もし拍手喝采を受けるとしたら、それは拍手喝采が私の心に触れることをあなたが理解下さるからではないのですか？ 私が才能を披露するのは、それはあなたに抱く愛情のためではないのですか？ 詩、愛、宗教、つまり高揚感《アントウジアスム》によるものは何でも、自然と調和しているのです。青空を眺めてその感銘に身をゆだねる時、ジュリエットの気持ちがさらに分かるのです。私はさらにロミオにふさわしい女になっていますよ」

ネルヴィル卿は声を上げた。「そう、君はそれにふさわしい、天使のようなひと。君の才能に嫉妬し、世界に君と二人だけで生きようとするのは、心が弱いからだ。世間の賛辞を浴びにおいでなさい。さあ。でもその愛の眼差し、それは君の天才よりもずっと素晴らしいものだけれど、私だけに向けてほしいものだ」

それから、二人はその場を離れ、ネルヴィル卿は、コリーヌ登場を楽しみに広間に入り、席についた。

『ロミオとジュリエット』はイタリアを題材としている。ヴェローナを舞台として展開する。そこにこの二人の恋人たちの墓も出てくるのである。シェークスピアはこの劇を、情熱的かつ陽気で、幸せの中で勝ち誇り、それが、またいとも簡単に幸福から絶望へ、絶望から死へと移って行く、あの南の想像力でもって書いた。そこでは何事も素早く反応し、それでいてこの素早い反応は取り返しがきかない、という感じがする。激しい気候のもとで、情念を急速にたぎらせていくのは、心が軽薄だからなのではなくて、自然が力強いからなのだ。植物の成長が速いからといって、土が軽いということはない。

シェークスピアは、外国の作家として誰よりもうまく、イタリア国民の特徴とその精神の豊かさを把握した。その豊かさが、同じ感情の表現に変化を持たせる多くの方法を考え出し、そのオリエント風の表現力が、心に起こることを描き出すためにあらゆる自然のイメージを駆使する。

それは、『オシアン』におけるような単一の色合い、胸の中の最も感じやすい弦に、いつも応える単一の音色ではない。シェークスピアが『ロミオとジュリエット』で用いる多彩な色のために、その文体には冷ややかな気取りはない。それは分散し、反射し、変化する光線であって、多彩な色彩を生み出し、常にそれらの色彩の源である光と輝きを感じさせる。この作品には、生命の活力、この国とそこに住む人々の特徴を示す表現のきらめきがある。戯曲『ロミオとジュリエット』は、イタリア語に訳されて、まるで母国語に戻ったかのようだ。

ジュリエットが最初に姿を現すのは舞踏会で、ロミオ・モンタギューが一族の宿敵キャピュレット家の邸に入り込んで来る。コリーヌは素敵な、その時代の衣装である晴れ着をまとっていた。髪には宝石類や花々が散りばめられていた。最初、人々はコリーヌを見知らぬ人と思ってびっくりしたが、声と顔立ちで彼女と分かった。その顔は気高く、詩的な表現だけをたたえていた。彼女の登場に満場の拍手が鳴り響いた。瞬時にコリーヌはオズワルドを見て取り、そのまま彼を見つめた。彼女の顔に喜びのきらめき、安らかで生き生きした希望が現れた。オズワルドは彼女を見て、胸は喜びと恐れとで高鳴った。この地上ではたいてい幸福というものは長続きしないと感じたのだ。この予感が的中することになるのはコリーヌの方であるのか？

ロミオが彼女のそばに来て、英語の見事な詩句を、格調があって美しく、素晴らしいイタリア語訳でささやくと、観客はこのように演じられるのに心奪われて、いっせいにロミオに魅了された。彼を突如としてとらえた恋心、一目惚れは、皆の目にも真に迫っていた。

この時から、オズワルドの意識は混乱し始めた。何事も今、まさに明らかにされるように思えたのだ。自分自身が、女たちにまじったコリーヌを天使だと言い、ロミオにコリーヌに対する気持ちを尋ね、コリーヌをロミオと争って奪おうとするように思えたのだ。何だかよく分からない、眩《まぶ》しい影が目の前を通りすぎ、彼は、目が見えなくなるのではないか、気を失うのではないか、と怖くなった。しばらく柱の陰に身をひそめた。コリーヌは不安になって、彼を目で探し、この詩句を口にした。

　めぐり合いが早すぎて、そのひとを知ることができず、知
　　った時には遅すぎた！

それが実に深々とした口調だったので、オズワルドは、それを聞いて身震いした。コリーヌが、自分たちの状況に重ね合わせて、言っているように思えたのだ。

オズワルドは、彼女のしぐさが優美で、動作に気品があり、表情は言葉にはできないことを表して、言葉にならなくても、人生を左右するような心の秘密を露わにすることに、感嘆を禁じ得なかった。真に心を動かされ、霊感を受けている役者の口跡、目線、ほんのかすかな身振りによって次々と、人の心が明らかにされる。芸術の理想は、常に人間の本性をこのようにさらけ出すことである。詩句の響き、容姿の魅力のおかげで、情熱は現実にあって欠けがちである品格と優美さとを得ることができる。このようにして、心のあらゆる感情、魂のあらゆる変化は、その真実を失うことなく想像力にしみこんで来る。

第二幕で、ジュリエットはロミオと語り合うために、庭園のバルコニーに姿を現す。コリーヌの装飾品は、もう花しか残っておらず、それも間もなく無くなる。夜を表わすために照明を落とした舞台で、コリーヌの顔に柔らかな、しんみりとした光が投げかけられている。彼女の声音は華々しい舞踏会の中であってもよく響くほどだ。その手は天の星に向けられていて、話を聞いてくれるにふさわしい唯一の立会人に助けを求めているかのようだ。

コリーヌが「ロミオ、ロミオ」と繰り返した時、オズワルドは彼女の胸にあるのは自分だということが分かっていながら、他の男の名を響かせる甘い口調に嫉妬を感じた。オズワルドがバルコニーの正面に坐っていて、ロミオの役者が薄暗いところに身をひそめているため、コリーヌの視線はオズワルドに向けられていて、このようなうっとりするような詩句を述べるので

あった。

本当に、素敵なモンタギューさま、あまりに夢中なところ
をお見せしてしまいました
振る舞いが軽率だったとお思いでしょうね
ですが、そうでしょう、ロミオさま、私の方がずっと貞節
ですわ
思いを隠すことが上手な女のひとよりも。
……………………………………………………………
……………………………………………………………
……………………………………………………ですからどうかお許しになって。

「お許しになって！　私が愛することをお許しになって！　私の愛をあなたに気づかせたことをお許しになって！」この言葉を述べるコリーヌの眼差しには、優しい願いがこめられていた。次のように言った時には、恋人に対する敬意、自分の選択についての誇りがあふれていた。「高貴なロミオさま！　素敵なモンタギューさま！」

これはオズワルドには誇らしく、またうれしくもあった。感動のあまり垂れていた頭を上げると、世界の王者のような気がした。生命のあらゆる宝を包み込んでいる心を虜にしているのだから。

コリーヌは、オズワルドに感銘を与えたと見てとると、ひとり奇跡を行うことのできる者の興奮でさらに生き生きとして来た。夜が明けそうになって、ジュリエットが、ロミオが立ち去る合図である雲雀《ひばり》の声を聞いたと思った時、コリーヌの口調はこの世ならぬ美しさを帯びた。その口調で愛を語るのだが、そこには、この地上から追放された魂のような、魂の祖国なる天が呼び戻しているような、宗教的な神秘、いくつかの天の思い出、天への回帰の前触れ、この世のものならぬ苦悩が感じられた。ああ！　コリーヌは何て幸せであったことか、自身が選んだ恋人の前で、立派な悲劇の気高い役を演じたこの日に。このような日にくらべれば、どれほどの歳月、どれほどの生が色褪せてしまうことだろうか！

もし、ネルヴィル卿が、コリーヌと一緒にロミオ役をやっていたら、彼女が今味わっている楽しみは、これほど完璧な楽しみではなかっただろう。大詩人の詩句を、彼女自身の心のままに語ろうと取っておこうとしたであろう。どうしようもなく気後れして、才能を発揮することさえできなかったかもしれない。本心をもらしてしまうことを恐れて、オズワルドを見つめようともしなかったであろう。

つまり、これほどまでになっている真実が、芸術の威厳を損ねてしまっただろう。愛するひとがそこにいると知っているということは、何とうれしいことか！　彼女が、詩によって与え

られる、その高まる勢いを感じていた時に！　現実について何の不安も責め苦もなしに、愛の感動の魅惑を味わうことが出来ていた時に！　劇中の愛の言葉が、個人的でも抽象的でもなくて、あたかもネルヴィル卿に向けているかのような時に。「どれほど私が愛することができるかを見て下さい！」

人はこんな時、自分に満足することができない。情熱に引きずられたかと思うと、臆病風に引き止められたり。辛い気持ちにさせられたり、従順な気持ちになりすぎたり。だが、気取らなくても完璧に見える。あまりにも落ち着きが失われる時に、感覚が落ち着かされる。つまり心の甘美な夢想の中でひと時を生きる。

コリーヌがこの悲劇を演じている時の、この上ない喜びはそのようなものであった。彼女はこの喜びに、自分が得るあらゆる成功と拍手喝采の喜びを重ね合わせていた。そして彼女は眼差しで、その成功と喝采とをオズワルドの足もとに捧げていた。そのひとが認めてくれることだけが栄光よりも大事な、そのひとの足もとに。ああ！　とにかく、ひと時、コリーヌは幸せを感じたのだ。ひと時、安らぎと引き換えにこのような魂の喜悦を知ったのだ。その時までそれを望んでも得られなかったし、後にはいつもそれを懐かしむことになるのだが。

第三幕で、ジュリエットはひそかにロミオと結婚する。第四幕では、両親が他の男との結婚を無理強いするので、ある修道士から手に入れた仮死状態になる催眠薬を飲むことを決意した。コリーヌの動き、興奮した振る舞い、うわずった口調、活気づいたり落ち込んだりする眼差し、全てが恐れと愛の壮絶な闘いを表現していた。先祖の墓所のなかに生きながら運ばれることを考えて、恐ろしい妄想につきまとわれたが、それでも恋の情熱の高揚感《アントゥジアスム》のために、うら若い乙女が抱くはずの恐怖に打ち克った。

オズワルドは、彼女を助けに行きたいという願いに駆られていた。ある時は彼女は熱心に空を見上げて、神への加護の願いを深く表わした。人間は未だかつて神の加護から除かれたことはなかったのだ。またある時は、ネルヴィル卿は彼女が自分の方に救いを求めて手をさしのべて来たように思った。すると彼は見境なくのぼせてしまって、立ち上がった。周りの人々が驚いて彼を見たので、我に返った席に着いた。だが人目に隠せないほどに、感極まっていた。

第五幕で、ロミオはジュリエットが死んだと思い、まだ目覚めていない彼女を墓から引き上げて、止まっている心臓を圧《お》す。コリーヌは、白い服を着て黒髪は乱れ、ロミオに傾けた顔は優美であったが、はっとするような陰鬱な死の現実味があって、オズワルドは全く相反する印象に心乱れた。コリーヌが自分以外の男に抱かれているのを見るのが耐えられなかったし、愛するひとがこのように命絶えている姿を眺めてぞっと身震いした。

つまり、ロミオのように酷《むご》くも、絶望と愛、死と欲望の感情を同時に抱いたのだった。そのために、この場面は、胸がかきむしられるような見せ場となっているのだが。

ついに、ジュリエットが目覚めた時には、自分の足もとに息絶えたばかりの恋人がいた。その陰鬱な天蓋の下で、柩の中のジュリエットが最初に発した言葉は、天蓋に怯えて出たものではない。その時、彼女は叫ぶ。

私の旦那さまは何処？　ロミオさまは何処？

ネルヴィル卿は、この叫びに呻《うめ》き声を上げた。エッジャモンド氏に広間から連れ出されて、やっと我に返った。

劇が終わると、コリーヌは感動と疲労で気分が悪くなった。最初にオズワルドが彼女の部屋に入ると、まだジュリエットの衣装を着たまま、ひとり小間使いたちに囲まれていた。ジュリエットのようにほとんど失神状態で、彼女らの腕で支えられているのだった。オズワルドは狼狽のあまり、それが現実か虚構か分からなくなった。コリーヌの足もとにひざまずいて、ロミオのせりふを英語で言った。

さあ！　わが眼よ、見るのだ、これが見おさめなのだ！
さあ、わが腕よ、抱くのだ、これが抱きおさめなのだ。

コリーヌはまだ錯乱していて、叫んだ。「ああ！　何ですって？　私から離れたいですって、そうしたいですって？」「いや、いや」とオズワルドはさえぎった。「いいえ、私は誓います……」

丁度その時、コリーヌの友人である崇拝者の群れが彼女に会おうと押し寄せて来た。彼女はオズワルドが何を言おうとしているのかと心配して、彼を見つめた。だが、夜会の間中、言葉をかわすことは出来なかった。一時も二人だけにしてもらえなかったのだ。

イタリアで、悲劇がこのような効果をもたらしたことは一度もなかった。ローマの人たちは熱狂して、翻訳、戯曲、女優を讃えた。彼らは、そこにこそ本当に、イタリア人にふさわしい悲劇があると言った。この悲劇は、彼らの習慣を描いていて、想像力を意のままにして、魂を揺るがせる。雄弁であると同時に叙情的な、霊感を受けていながら自然でもある文体によって、イタリア語の美しさを浮き彫りにした。

コリーヌは穏やかに、好意をこめた様子で賛辞を受けていたが、魂《こころ》は、オズワルドが言いかけた「誓います……」という言葉に、ひっかかったままであった。皆がやって来たために、その続きが途切れたのだ。その言葉には実際、彼女の宿命の秘密が含まれているのかもしれなかった。

第八部　彫像と絵画

1

　その日、夜になっても、オズワルドはまんじりともしなかった。それまでになく、コリーヌのために何でも投げ出そうという気になっていた。その秘密を尋ねたいとも思わなかった。とにかく、秘密を知る前に、彼女に自分の人生を捧げる正式な婚約をしたい、と願っていた。数時間というもの、彼の精神からは躊躇《ためら》いがすっかり遠ざかったように見えた。翌日の朝に書く自分の運命を決める手紙の文を考えて、楽しんでいた。

　しかし、幸福について自信を持ち、決意をして落ち着いた気持ちも長くは続かなかった。彼の思考は、過去の方へと戻るのであった。実際、それまでコリーヌを愛するほど人を愛したことはなかったし、彼が最初に選んだひとはコリーヌとは比較にならなかったことが思い出された。しかし、結局、彼が考えなしの行動に走ったのも、父の心をずたずたにしたのも、その感情のせいであった。

「ああ！」と彼は声を上げた。「息子が祖国と祖国に対する義務を忘れてしまうようでは。父は今でも心配しているだろうか？」

「父上！」と彼は父の肖像に語りかけた。「あなたは、この世で二度と持つことのできない我が最良の友でした。もうあなたの声を聞くことはできない。

　ですが、今でももの言いたげなその眼差しで、私に教えて下さい。天上のあなたが、いくらかでも息子に満足されるためには、どうしたらいいか教えて下さい。それでも、死すべき人間は、憔悴《しょうすい》するほど幸福を求めることをお忘れなく。この世でそうであったように、天国にあっても寛容でいて下さい。もし私がしばらくの間幸せであるならば、もしあの天使のようなひとと暮らすならば、もし光栄にもあのようなひとを守り、救うのならば、私はもっと良い人間になるでしょう」

「あのひとを救うだって？」と彼は、突然言った。「何から？　彼女が気に入っている生活、賛辞の生活から、成功、自立からか！」

彼は、脳裏に浮かんだこの考えが、父からの示唆であるかのように思って、ぎょっとした。

感情がせめぎ合えば、みずから考えることが何かの予兆であるかのような、天からの知らせであるかのような、よく分からないひそかな迷信を、時として感じなかった者がいただろうか？　ああ！　感じやすい魂《こころ》の中では、情熱と良心との何という相剋《そうこく》が起こっていることか！

オズワルドは、ひどく興奮して部屋の中を歩き回り、時々立ち止まって、イタリアの穏やかで美しい月を眺めた。自然の眺めは諦念を教えてくれるが、決心のつかないことにはなす術《すべ》もない。そうこうしているうちに夜が明けて、デルフイユ伯爵とエッジャモンド氏がやって来て、彼の健康を気づかってくれた。彼はひどく面変わりしていた、それほど、夜中に不安に陥っていたのだ！

三人とも黙ってしまったが、デルフイユ伯爵が切り出した。「昨日の芝居は素敵でしたね。コリーヌは素晴らしかった。私は彼女のせりふの半分しか分からなかったのですが、口調と顔の表情で全部分かりました。あのような才能を持つ人が裕福だなんて。もし彼女が貧しくて今のように自由であるならば、舞台に上がるでしょうに。彼女のような女優はイタリアの誇りとなるでしょうに」

この話を聞いてオズワルドは辛い気持ちになった。でも、それを何と言い表わしたらいいか分からなかった。と言うのは、デルフイユ伯爵には、一風変わったところがあって、彼の言うことに不快感を受けても、まともに怒るわけにはいかなかったからだ。互いにいたわり合うことができるのは、思いやりのある人々だけである。とかく、自尊心は自分のことには敏感で、他人については鈍感になりがちである。

エッジャモンド氏は、コリーヌを折り目正しい言葉遣いで、褒めそやした。オズワルドは彼には英語で返事をして、デルフイユ伯爵の気に障《さわ》る称賛から会話を逸らそうとした。

それで、デルフイユ伯爵は言った。「私はお邪魔みたいですね。コリーヌの家に行きます。昨夜の演技について批評をすれば、喜んで聞いてくれるでしょう。いくつか助言もしてあげたい。細部についてですけどね。しかし、細部で全体が決まっていくのです。まったく驚くべきひとだ。彼女に完璧の域に達してもらうために、何事もおろそかにはできない」

それから彼は身をかがめて、ネルヴィル卿の耳もとで言った。

「彼女がもっと何度も、悲劇を演じるように励ますつもりです。それが、彼女を先々この辺《あた》りに逗留する身分の高い外国人と結婚させる確実な手段です。あなたとか私は、ねえ、オズワルドさん、私たちはこんな考えにはのめりこまないですよね。魅力的な女性には慣れているから馬鹿なことはしない。でもドイツの王子とかスペインの大貴族などは分かりませんね？」

この言葉にオズワルドは我を忘れて立ち上がった。もしデルフイユ伯爵がこれに気づいたら、何が起きたか分からなかった。でも伯爵は、最後に述べた自分の意見に満足しきっていたので、軽やかに爪先だって出て行ってしまった。オズワルドを怒らせたなどと思いもよらずに。

もしそれが分かったら、いくらオズワルドが気に入った友達であってもただでは済まなかっただろう。自尊心に加え、華やかな能力のせいで、自分の欠点をかえりみることがなかった。名誉に関することには敏感であったので、思いやりという点で、それが欠けていることに気づきもしなかった。愛想よくて親切であると自分で思い、事実そうなのだが、自分の運命に満足して、人生にさらに深いものがあるのでは、などと疑いもしなかった。


オズワドの動揺する気持ちは、エッジャモンド氏に伝わった。デルフイユ伯爵が去った後、オズワルドに言った。「オズワルドさん、私は発ちます。ナポリへ行きます」

「どうしてこんなに早く？」とネルヴィル卿が答えた。

「私には、ここは快適な所ではないのです」とエッジャモンド氏は続けた。「もう五十歳ですが、コリーヌに熱を上げることがないとは断言できません」

「もし熱を上げたら、どうなると言うのですか？」とオズワルドが口をはさんだ。

「あのようなひとは、ウェールズで生きるようにはできません」とエッジャモンド氏は答えた。「そうでしょう、オズワルドさん、イギリスにはイギリス女性しかいないのです。忠告をする立場ではないですし、見たことについて、一言もらさないと断言するまでもないですが。でも、いくらコリーヌの感じが良くても、私はトマス・ウォルポールのように考えます。『家庭でそれが何だというのか？』(一)我が国では家庭が全てです。そうでしょう、少なくとも女にとっては。あなたのイタリア美人が、あなたが狩りや議会に出ている間留守番をしたり、あなたがテーブルを離れる時にデザートに手をつけないで茶の支度に立ったりする姿を想像できますか？ オズワルドさん、イギリス女性は家庭的な徳をそなえていて、それは他所《よそ》ではみつからないでしょう。

イタリアでは、男は女の機嫌をとるだけです。だから愛想が良い女がいいのです。ですが、イギリスでは男は行動的な仕事を持っていて、女は表に出てはいけない。コリーヌをイギリスに置いたら、とても残念なことになるでしょう。イギリスの王座になら良いと思うが、私のつつましい家にはね。

ネルヴィル卿、私は、あなたの亡くなられた母上を存じ上げていました。父上がとても悔やんでいらした。私のあの年若い従妹とそっくりの方でしたよ。もし私がまだ結婚相手を選んだり、愛される年であったなら、あのような女性を望んだでしょうね。さようなら、我が友よ、今言ったことを悪く思わないで下さい。私ほどのコリーヌの賛美者はいないのですから。私だって、あなたの年であったら、彼女に気に入られたいという望みを捨てかねるかもしれない」

こう言い終わると、彼はネルヴィル卿の手を取って心をこめて握り、一言の返事もないうちに行ってしまった。だが、エッジャモンド氏は彼の沈黙の理由が分かったので、握手に応えてくれただけでオズワルドに満足して立ち去った。自分には辛い会話を早くおしまいにしたくて。

彼の言ったことのうちで、ただ一つだけオズワルドの心に衝撃を与えたことがあった。それは母と、父が母に対して持っていた深い愛着の記憶であった。まだ十四歳にもならない時に母を失っていたが、母の貞淑さも内気で控えめなところも、深い敬意とともに思い出した。

一人になった時、彼は声を上げた。「私はどうかしている。父が私に定めてくれた妻がどんなひとなのかを知りたい。父にあんなに愛された母の記憶をたどれるのだから、私が知らないというのか？　一体、それ以上何を望んでいるのだ？　もしまた父に相談したら、今どう考えているか分かっているのに、知らぬふりをして、何故自分をごまかしているのだ？」

ところが、前日の夜に、それまでの思いの丈を打ち明けていたオズワルドにとって、何も言わずにコリーヌのもとに戻るのは怖かった。動揺と心痛のあまり思わぬ事態が起こった。もう治ったと思っていた、胸の血管がまた開いてしまった。怯えた召使いたちがあちらこちらに助けを求めている間、彼は、死んで心痛も無くなることをひそかに願っていた。

「死ぬことができるのは」と、彼は思った。「コリーヌの顔を見てから、彼女が私のことをロミオと呼んでくれてからだ！」

涙が目から流れた。それは父が死んで以来、その苦しみ以外で流した初めての涙であった。

彼は、発作のために家に留まることになったという手紙をコリーヌに書いて、末尾にいくつか憂鬱な言葉を書きつけた。コリーヌの方は、見当違いの予感をもってこの日を迎えていた。自分がオズワルドに感銘を与えたことを楽しんでいた。愛されていると思って幸せであった。自分で何を願っているかも分かっていなかったので。ネルヴィル卿との結婚という考えには、様々な事情があって、不安な気がした。彼女は、先見の明があると言うよりは情熱的で、現在にとらわれて、未来にはあまり関心を持たない。多くの苦痛を与えられることになるこの日は、彼女にとってそれまでの人生で最も清らかで、晴れやかな日として明けたのであった。

　オズワルドからの便りを受け取って、彼女の魂《こころ》はひどく狼狽してしまった。彼が危険な状態にいると思い、即座に歩いて外へ出た。町中が散歩の時分に、「コルソ通り」を横切って、ローマ社交界の人々も見る前で、オズワルドの家に入った。深く考える時間も持たずに速足で歩いて来たために、オズワルドの部屋に着いた時には、息が切れて一言も発することもできなかった。ネルヴィル卿には、彼女が自分に会うために、危険を冒して来たことが分かった。イギリスだったら、女性が、しかも未婚であればなおのこと、評判を地に落としてしまうようなこの行動の反響を思いやり、彼女を受け入れ愛する気持ちと感謝の念が胸に湧いた。

　起き上がって、弱々しくはあったが、コリーヌを抱き締めて、叫んだ。「愛しいひと！　いや君を捨てないぞ。私への恋のせいで、君の評判が危うくなるならば！　それは私が挽回《ばんかい》させなくてはならないのだから……」

　コリーヌは彼の考えていることが分かった。すぐさま、彼の腕からそっとすり抜け、彼の状態が快方に向かっていることを確かめてから言った。「思い違いをしておいでです、ネルヴィル卿。あなたに会いに来ても、何でもありませんわ。ローマの大方の女たちが私の立場であったらすることです。あなたがご病気だと知りました。あなたはこの土地の方ではありませんし、ご存じなのは私だけでしょう。お世話するのは私ですわ。今日ある既成の礼儀作法も尊重すべきです。自分だけが従えばいい時には。ですが、危険や苦悩の淵に立たされた友人に対する真実の深い気持ちを優先させなくてはなりませんね？　世間の礼儀が、愛することを許していながら、愛するひとを助けに飛んで行く心の衝動を禁じているならば、女の運命とはいったい何でしょうね？　でも繰り返して申しますが、卿、こちらへ来たことで、私が評判を落とすなどとは、ご心配なく。私は、ローマでは若くもないし、才能もあって、既婚女性と同じ自由を得ておりますの。友人たちにお宅へ来たことを隠したりはしません。彼らが、私があなたを愛することで非難するかどうか知りませんが、愛している時に尽くすことが非難されたりすることは、絶対ありません」

　こういういかにも自然で誠実な言葉を聞いて、オズワルドは複雑な感銘を受けた。コリーヌの思いやりのある返答に心を打たれたが、最初に彼が考えたことが見当違いであったことで、憤慨したいくらいだった。コリーヌが世間から見て、大きな過失を犯せば、彼との結婚に追い込まれ、自分のあやふやな気持ちに終止符を打てるのに、と思ったのだった。彼はイタリアの自由な風習を苦々しく思った。その風習が、自分に何の束縛を強いることもなく幸福なままにさせ、その結果、宙ぶらりんの悩みが続いているのだった。このような辛い考えのせいで、また危険な発作が起こった。コリーヌは心配でたまらなくなったが、優しく魅力的に心遣いを惜しまなかった。

夕方になると、オズワルドはさらに息苦しい様子であった。コリーヌは彼の寝台の脇にひざまずいて、頭を支えてやっていた。コリーヌの方が感動していた。彼は苦痛の中にも喜びをたたえて、彼女を見つめた。

「コリーヌ」と彼は低い声で言った。「父が思索を書きとめた論集の中の、死についてのところを読んで下さい」

コリーヌの不安な様子を見て言った。「私が死にそうだなんて思わないで下さい。でも私は、死ぬ時には必ずこの心の慰めを読み直すでしょうね。今もって、これが父の口から聞こえて来るように思えるのです。それであなたに、私の父がどういう男であったか知ってもらいたいし、私の苦しみと彼の私に対する影響力を、そしていつかあなたに打ち明けることを、よく分かっていただきたいのです」

コリーヌは、オズワルドが肌身離さず持っていたその論集を手に取って、震え声で数頁読んだ。

「神に愛される正しい人々、あなた方だけが、恐れることなく死について語るのだろう。あなた方にとって、死は住まいを移すことでしかないだろうから。そして、あなた方が立ち去ろうとしているこの住まいはあらゆる住まいのうちで一番小さいだろう。

ああ、目前の無限の空間を埋める無数の世界よ！　神の被造物のいる、未だ見ぬ共同体、天空に散らされて、その天蓋の下に並べられた神の子たちの共同体！

我々の神への言祝《ことほ》ぎと彼らの言祝《ことほ》ぎを共にならせたまえ。我々はあなた方の有様を知らない。至高の神の贈り物に対して、あなた方の第一の、第二の、最後の貢献が何か知らない。しかし、我々は、死について、生について、過ぎた時について、来たる時について語りながら、いかなる場所と距離に隔てられていようとも、知性と感性をそなえたあらゆる存在に興味を持つようになる。民衆の、国民の、人々の集団であるあなた方が、我々と共に述べるのだ。

天の主、自然の支配者、宇宙の神に栄光あれ。その御心のままに、不毛を豊饒に、影を現実に、死そのものも永遠の生に変えることのできる者に栄光あれ、讃えよ。

ああ！　きっと正しい人の最期《さいご》は望んで死につくことだ。しかし、そのような最期は、我々の中にも先人の中にもあまり見られたことはない。恐れることなく永遠の目前に出ることのできる人はどこにいるか？　心散らせることなく神を愛し、若い時から神に仕え、老年に達してから思い返して、心患うことのない人はどこにいるか？　称賛と世論の報いをあてにすることなく、全ての行いにおいて徳ある人はどこにいるか？　我々の中に、めったにいない、我々すべての模範たるにふさわしいその人はどこにいるか？　どこに？　どこに？

ああ！　もしそういう人が我々の中にいるならば、尊敬を集めることだろう。彼の死に際しては、ぜひ見せていただきたいと頼んで、そこに立ち合いなさい。しっかりと頼みなさい。再び立ち上がることのない恐ろしい死の床に、注意深く立ち合うために、勇気を奮い起こしなさい。彼は死を予見し、確信し、その眼差しは平静である。その額には天上の後光がさしているようだ。

彼は使徒と共に言う。『自分が誰を信じたかを分かっています』(二)この確信のために、彼の力が消え去っても、その表情には活気がある。もうすでに、新たなる祖国を眺めているのだ。だが、立ち去ろうとしている祖国を忘れることなく、造物主、神のもとにあるのであって、自分の人生を魅了した感情を葬り去るのではない。

自然の法則により、家族の中で最初に後を追うのは、その貞節な妻である。彼は妻を慰め、涙を拭いてやり、彼女がいなくては思い描くことのできない至福の国で会おうと言う。共に過ごした幸せな日々を語ってやる。愛するひとの感じやすい心をかき乱すためではなく、天意に対する互いの信頼を高めるために。彼はなおも自分の運命の伴侶に、抱き続けた優しい愛を思い起こさせる。それは、哀悼の気持ちをかきたてるためではなくて、やわらげるためなのである。二つの人生が、同じ軸につながれ、結びついて、その漠たる未来に対して、きっと防御にも、保証にもなろうということを噛みしめさせるためなのである。その漠たる未来では、至高の神の憐愍《れんびん》にすがることしかできないのだ。

ああ！　人は限りない孤独が目前にある時、年月の経つままに続いて来た感情や興味が、永遠に消え去ろうとしているその時に、どんな感動が愛するひとの魂《こころ》にしみこんで行くのか、正しく想像することができるだろうか？　ああ！　天が支えとして与えてくれた、あなたに似た、あなたにとっては全てであったそのひと、今、その眼差しで恐ろしいさようならを告げているそのひと、そのひとの後に生き残らなければならない、あなた。他に言葉がなくなってしまった時、最後の鼓動をなお聞き取るために、あなたは手のひらを途絶えかけた心臓の上に置こうとするだろう。

そして、誠実な友人たちよ、あなた方が二人の遺骨を混ぜられて、遺骸を一つの墓所に一緒におさめられても、我々はあなた方を非難するだろうか？　善き神よ、彼らを共に目覚めさせたまえ。もし、彼ら夫婦の中の一方だけが、神のこのはからいに価する者であっても、もし、一方だけが選ばれる者に入るのであっても、もう一方もその知らせを聞くことができるように。幸いなる者の運命が告げられる時に、天使たちの輝きをちらと見ることができるように。永遠の闇に落ちていく前に、喜びのひと時をまた持つことができるように。

ああ！　死が大股で進んで来るのが見え、愛する全てのものから引き離されて行くのが見える、ものの分かった人の最期の日々を描こうとすると、我々は困惑するだろう。

彼は、いまわの際《きわ》の言葉が子供たちに教えとなるように、元気を取り戻し、力を振りしぼる。子供たちに言うのだ。長い付き合いの父の最期に立ち合って、恐がってはいけない。この地上に先に生まれ出た父が、先に去るのは自然の法則なのだ。父はお前たちに勇気を見せることになるだろう。ところが、父は苦しんで去って行く。父は、できたら自分の経験によって、もっと長くお前たちを助けてやりたかったし、若さゆえの危険をもう少し一緒になって、乗り越えてやりたかった。

『しかし墓に下りなくてはならぬ時にはどうしようもないのだ』

今私が消え去ろうとしている、この世の中をお前たちだけで行くのだ。神が蒔《ま》かれた富をふんだんに集めることができるだろうか。だが、この世自体が通り過ぎる所で、もっと長くいる所が他にあって、お前たちを呼んでいるということを決して忘れるな。おそらく再び顔を合わせることがあるだろう。我が神の眼差しの下、どこかで、生贄《いけにえ》であるお前たちに我が祈り、我が涙を贈るだろう。多くが約束されている宗教を愛せよ。父と子供との間の、死と生との間のこの最後の契約である宗教を愛せよ……もっと私のそばにおいで！……もっとお前たちが見えるように、神の僕《しもべ》の祝福がお前たちの上にあるように……彼は息絶える……おお！　天使たちよ、彼の魂を受け取れ、そして地上にその行い、その思想、その希望の追想を残せ[19]」

オズワルドとコリーヌは感動のあまり、読むのが途切れがちであった。しまいには、読むのをやめてしまうほかなかった。コリーヌは、オズワルドがあまりに涙を流すのが心配だった。オズワルドの様子におろおろして、自分自身も涙があふれていることを忘れていた。

「ええ」とオズワルドは、彼女に手を差しのべながら言った。

「ええ、愛しいひと、あなたの涙が私の涙に混じってしまった。まだ、最後に抱擁した感触が残っている、まだ、その気高い眼差しが見える、この守護天使の死を私と共に悼んでいる。おそらく父が、私を慰めるようにと選んだのはあなたなのでしょう。おそらく……」

「いいえ、いいえ」とコリーヌは叫んだ。「いいえ、お父様は私があなたにふさわしいとは思われませんでしたわ」

「何を言うのです？」とオズワルドがさえぎった。

コリーヌは、言うまいとしていることを洩らしてしまうのが恐くなって、今つい口にしてしまったことを、「お父様は私をふさわしいとは思われないでしょう！」とだけもう一度繰り返した。

オズワルドは、コリーヌが初めに言った言葉がひっかかったのだが、この言葉で安心して、父について話を続けた。

医者たちがやって来て、コリーヌは少し安心した。しかし彼らは、胸部に開いた血管が閉じるまで、話すことを固く禁じた。まる六日が過ぎた。コリーヌはオズワルドに付ききりで、彼が口を開こうとすると、優しく黙らせて、ただの一言もしゃべらせなかった。本を読んでやったり、音楽を聞かせたり、真面目なことにも冗談にも好奇心を保ち、元気を心がけて、自分一人だけの会話をして、何とか長い時間に変化を持たせようとした。この優雅な魅力のせいで、コリーヌの心中にひそみ、ネルヴィル卿からもにじみ出る不安が、押し隠されていた。

彼女は、一瞬たりとも気を抜きはしなかった。オズワルドより先に、苦しむのを察知して、彼が、雄々しく、覚られまいとするのも見逃さなかった。常に彼のためになるように、自分の心遣いはできるだけ気づかれないようにして、手速く、苦痛を軽くしてやった。けれども、彼が血の気を失う時は、自分の唇も蒼ざめて、助けようとする手も震えた。しかし、間もなく気を取りなおし、目に涙があふれながらも微笑みを浮かべた。時々、彼女は、オズワルドの手を自分の心臓の上に押しあてた。自分の命を彼に与えたいとでもいうように。とうとう彼女の看病が効を奏して、オズワルドは回復した。

話をしてもいいと言われた時、彼は言った。「コリーヌ、どうしてあのエッジャモンド氏は、今までのあなたの付き添いぶりを見届けてはくれなかったのだろう。あなたが素晴らしいばかりでなく、優しい人柄であると分かっただろうに。あなたとの家庭生活はいつも喜びにあふれるだろうし、あなたが他の女と違うのは、あらゆる徳に加えて、魅力の魔術をそなえていることだと分かっただろうに。

いや、もうたくさんだ。葛藤に引き裂かれるのはもうやめにしなくては。そのせいで、すんでのところで、あの世行きになるところだった。コリーヌ、あなたに聞かせましょう。私の秘密をすべて教えましょう。あなたはご自分の秘密は明かさないけれど。そして、私たちのこれからをどう考えるかを言って下さい」

コリーヌは答えた。「私たちのこれからは、もしあなたが私と同じように感じているなら、一緒にいるということです。でも、とにかく今のところ、信じて下さるかしら、あなたの妻になろうなどと思ってもいません。今、感じていることは、かつてなかったことなのです。人生観、将来についての計画はめちゃくちゃになりました。日毎に私を不安にさせ、押さえつける、この愛情のせいなのです。私たちが結婚できるのかどうか、結婚しなくてはならないのかどうか、分からないのです」

オズワルドが言った。「コリーヌ、私が結婚を躊躇《ちゅうちょ》したので、軽蔑しているのでは？　情けない考えで、躊躇したと思っているのでは？　私が二年近くつきまとわれ、苦しめられた、悩み深い悔恨のせいで迷っている、ということを見抜けませんでしたか？」

「それはお察ししました」とコリーヌは言った。「もし、愛情とは無縁の動機を感じたなら、あなたは私が愛するひとではありません。でも人生は愛情だけではないですものね。習慣、記憶、状況が、情熱さえも振りほどくことのできない、何だか分からない絡み合いを作り出します。一時断たれても、それはまた作り出されて、蔦《つた》は、樫の木の端に絡みつきます。

オズワルドさん、私たちの人生のそれぞれの時期に、必要以上のことをするのはやめましょう。私に今必要なことは、あなたが離れていかないこと。行ってしまうかもしれないという恐れが、始終つきまといます。あなたはこの国では異邦人で、ここに繋ぎ留めるものは何もありません。もしあなたが去るならば、何も言うことはありません。あなたのことでは、私には苦しみしか残らないでしょう。

あなたと共に、今は、ああ！　ただあなたと共に感じているこの自然、これらの美術品、この詩、全てが私の心に、何も語りかけて来なくなるでしょう。いつも身震いして目が覚めます。この晴れた日を見て、その輝く光線に目を眩《くら》ませられていないのかどうか、私の人生の太陽であるあなたが、まだいるのか分からないのですもの。オズワルド、私からこの恐怖を取り除いて。それ以上うれしく、安心することはないでしょう」

「ご存じでしょう」とオズワルドは答えた。「イギリス人が祖国を捨てたことはない、戦争で呼び戻されることもある、そして……」

「ああ！　何ということ」コリーヌが叫んだ。「あなたは私に心の準備をせよとおっしゃるの？……」

彼女の手足は、恐るべき危険が近づいているかのように震えていた。「いいですわ、そういうことなら、私を妻として、奴隷として連れていって……」

しかし、彼女は気を取りなおして言った……「オズワルド、発つ時は、必ず私に言ってからにして下さいね、必ず、いいわね？　ねえ、どんな国でも、罪人が刑場に引っ立てられる時には、必ず思いを凝らすための数時間が与えられます。その時は手紙ではなく、あなたご自身でそのことを言いに来て下さいね。前もって私に告げ、離れて行く前には、私の話を聞いて」

「その時になったら、私にそれができるだろうか？……」

「何ですって！　お願いしても、すぐに承知しては下さらないのですか」とコリーヌは声を上げた。

「いや」とオズワルドは答えた。「迷いません。お望みならば、よろしい、誓いましょう。もしどうしても発たなくてはならなくなったら、その前にお知らせしましょう。その時に私の人生が決まるでしょう」

「ええ」とコリーヌは言った。「その時、決まるでしょう」そして、彼女は部屋を出て行った。

2

オズワルドの病後の日々、コリーヌは、二人の間で議論が起きないように注意した。恋人の生活をなるべく穏やかなものにしようとした。しかし、彼女はまだ自分の話を打ち明けようとはしなかった。自分がどうであったかということでも、何を犠牲にしたのかということでも、それを彼が知ったらどう思うかは、話し合っているうちに、分かりすぎるくらい分かってしまっていた。それを聞いたら彼が離れて行くかもしれないと思うことほど、彼女にとって怖いことはなかった。

それで、オズワルドが激しい不安で胸ふさがれることがないように、いつもの愛嬌のある機転をきかせて、未だ見ていない美術品の傑作を見ることで、彼の才知と想像力とを再びひきつけ、運命が明らかになり、決定される瞬間を先延ばししようと思った。このような状況は、恋でなく他の感情によるのだったら耐えられないところだろう。しかし、恋は、過ぎ行く時を安らかにする。一瞬一瞬を魅力あふれるものにして、不確かな未来を必要とするのに、今という時に陶然となる。その日が感動と考えで満ちている限り、一日を幸福と苦痛の一世紀のようにしてしまうのである！

ああ！　きっと恋こそが、永遠というものを理解するのである。恋はあらゆる観念を一緒くたにしてしまう。初めと終わりの観念を無くしてしまう。愛するひとなしで生きることができたと思えない限り、人はそのひとをずっと愛し続けたと思う。別れが辛ければ辛いほど、現実のものとは感じられない。別れは死のように恐れとなる。思っているよりも度々話され、それが避けられないものであると知っていても、ありえない未来のこととなる。

コリーヌは、オズワルドの気晴らしに変化をつけるために、あれこれと策をめぐらせたが、彫像と絵画はまだ取っておいた。それである日のこと、ネルヴィル卿が回復した時、ローマの最高の美である彫刻と絵を一緒に見物に行こう、と提案した。

彼女は微笑みながら言った。「あなたがイタリアの彫像も絵画もご存じないのは、恥ずかしいことですわ。ですから、明日から美術館と画廊めぐりを始めなくては」
「そうしたいのなら、いいですよ」とネルヴィル卿は答えた。「しかし本当のところ、コリーヌ、私をあなたの傍にひきつけておくために、そんな見当違いの手段を用いなくてもいいのに。それは、逆に私に犠牲を払わせることになるのですよ。何かしら物を見るために、あなたから視線を逸らすことになるのですから」

彼らはまずヴァティカンの美術館に行った。この彫像の宮殿には、多神教によって神格化された人間の顔が見られる。それは、今日、魂の感情がキリスト教によって神格化されたのと同じようだ。コリーヌは、オズワルドに、神々や英雄たちの姿が集められている静かな続き部屋を見せた。そこでは完璧な美が永遠の眠りについて、自らにうっとりしているようだ。これらの見事な表情と姿に見入ると、高貴な面立ちに表わされる何とも言えない神々しさの意匠が、人間の形の上に現れて来る。

このようにして見入ると、魂は、高揚感《アントウジアスム》と美徳に満ちた希望へと高まるのである。何故ならば、美というものは宇宙の一つであって、それがいかなる形で現れようと、常に人の心に宗教的な感動を呼び起こすからである。至高の表情が永遠に固定されたこれらの顔、偉大な思想がこのようにそれにふさわしい形象をまとっているこれらの顔は、何という詩であることか！

時として、古代の彫刻家は、生涯にただ一つの彫像しか制作せず、それは彼の全人生であった。彼はそれに毎日手を入れた。彼が、愛し愛され、自然や美術から新しい感銘を受ければ、その記憶と愛情によって制作中の人物像の面立ちを美しいものにした。彼はこのようにして自らの魂のあらゆる感情を視覚的に表現する。冷たく、抑圧的な現在の社会における人間の苦悩というものには、気高いものがある。今日、苦しんだことのない者は、感じたり考えたりしたことが一度もないも同然なのだ。しかし、古代には苦悩よりも気高い何かがあって、それは英雄的な沈着さであり、開放的で自由な制度の中で発揮できた、古代の力強さの感情であった。

ギリシャ人の彫像は、決まってと言っていいほど休息しか示さなかった。ラオコーンとニオベだけが、激しい苦悩を描いているのである。この二つが連想させるのは、天の復讐で、人の心の情熱ではない。古代人にあっては、道徳的人間は健やかな有機体であり、風は自由に彼らの広い胸を通り抜けた。政治的な秩序はその機能とよく調和していたので、我々の生きる現代のように、窮屈な精神状態の人々は、まず絶対に存在しなかった。そういう状態は、多くの鋭敏な思想を発見させる。だが、芸術には少しも寄与しない。とりわけ彫刻には、不滅の大理石によってのみ表現することができる、素朴な愛情、感情の原型を与えることはない。

古代人の彫像には、憂愁の跡形はほとんど見当たらない。ジユスティアーニの宮殿(三)にあるアポロンの頭部と、もう一つ、瀕死のアレクサンドロス(四)の頭部だけが夢想に耽り、苦しむ精神状態を示しているものである。見るからに、これらは二つともにギリシャが隷属状態にあった時代のものである。その時から、もうこの誇りも、この魂の平静さもなくなった。平静さが、彫刻や、同じ精神で書かれた詩の諸傑作を、古代人にもたらしたのである。

もはや外に糧《かて》を得ることのない思考は自らの内に閉じこもり、分析し、活動し、内在する感情を掘り下げる。だが既にその思考には、幸福と幸福だけがもたらす力が横溢《おういつ》する、あの創造の力がない。古代人の石棺そのものが、好戦的か陽気な思考しか思い浮かばせない。ヴァティカンの美術館にある大量の石棺の中に、墓の浅浮き彫りとして戦いと遊戯が表現されている。生前の活動の追憶は、死者にもたらすことのできる、最も美しい賛辞であった。力を弱めるものも、削《そ》ぐものもなかった。政治と同じように、激励と競争意識が美術の原動力である。才能と同じように、あらゆる美徳も占めるべき位置があった。一般大衆は感嘆できることを自ら誇り、天才崇拝は、まさに栄冠に手が届かない人々のものであった。

ギリシャの宗教は、キリスト教のように、不幸の慰めでも、貧困の豊かさでも、死にゆく者の未来でもない。それは栄光、勝利を望んでいる。それは、言わば人間礼讃である。この儚い信仰においては、美そのものが宗教教義である。芸術家たちは、低劣で残忍な情念を描くように要請されると、人間の顔に半獣神やケンタウロスにおけるような動物の特徴をいくつか加えて、人間の不名誉を遠ざけた。美にその卓越した特徴を与えるために、芸術家は男と女の彫像の中で、戦うミネルヴァと、ミューズを導くアポロンの姿で、両性のそれぞれの魅力、優しさに強さを、強さに優しさを結びつけた。対照的な二つの性質の見事な混合、それなしには両性のうちのいずれも完全ではない。

コリーヌは自分の所見を述べながら、しばらくオズワルドを眠れる彫像の前に足止めさせた。この彫刻芸術は墓の上に置かれていて、見る人が楽々と見下ろせる。彼女はオズワルドに、彫像が一つの行動を表わしている時には、その固定された動作の中に、痛ましい驚きのようなものが生じていることがある、と教えた。

だが、眠っているか、あるいは、ただ完全に休息の姿勢の彫像は、永遠の静けさの姿を示している。それは、南国が広く人間にもたらす影響と完全に一致している。そこでは、美術は自然の穏やかな光景であって、北国であれば魂を揺さぶる天才も、美しい空の下では、さらなる調和でしかない。

オズワルドとコリーヌは、動物や爬虫《はちゅう》類の彫像が集められている室を通りすぎた(五)。ティベリウスの全身像が偶々《たまたま》この中庭の中央にある。このような取り合わせは意図されてのことではない。これらの大理石の動物や爬虫類は、彼らの主人の周りに自然に居並んだのだ。

　別の室には、エジプト人の悲しくも厳しい記念建造物が収められている。このエジプト人にあっては、彫像は人間よりもミイラに似ていて、彼らはその静かで、堅苦しく、隷属的な諸制度によって、できる限り生も死も同等に扱ったようだ。（六）エジプト人は、人間よりも動物を模する技に長けていて、彼らにとって手が届かないのは魂の領域である。

　それから美術館の柱廊である。ここでは傑作が次々と踵を接して現れる。壺、祭壇、あらゆる種類の装飾が、アポロン、（七）ラオコーン、ミューズたちを取り囲んでいる。ここで、ホメロスやソフォクレスを感じ取ることを学ぶ。ここで、他の場所では得ることのできない古代の知識が開陳《かいちん》される。諸民族の精神を理解するために歴史を読んでみても無駄なことである。読書によって得ることよりも、実地に見ることの方が考えをより強く刺激する。外界のあるものは強い感銘を起こす。その感銘によって、過去の研究に対しても、まるで今日の人間と事実について観察しているかのような興味と活気が与えられるのである。

　多くの驚くべき人々の避難所である素晴らしい柱廊に囲まれて、絶えず水が流れ出る噴水がある。これらの傑作を産んだ芸術家たちがまだ生きていた二千年前と同じように、過ぎ行く時をそっと教えているのだ。だが、ヴァティカン美術館で、彫像の残骸の寄せ集めを眺めると、これほど憂鬱な感慨をもよおすものもない。

　ヘラクレスの上半身像《トルソー》。（八）胴体から離れた頭像。ユピテルの片足、これは知られているどんなユピテル像よりも大きくて、完璧な像であったことが推測される。時が天才に対して挑んだ合戦場を目のあたりにするようだ。これらの千切れた四肢は、ついには時が勝利して、我々人間が敗北したことの証左なのである。

　ヴァティカンを出てから、コリーヌはオズワルドをモンテ＝カヴァッロの巨像の前に連れて行った。この二つの彫像は、カストルとポリュデウケスであると言われている。二人の英雄がそれぞれ片手で、棒立ちになった奔馬を制御している。巨大なこれらの像、動物を相手の人間のこの闘いを見ると、古代人のあらゆる作品がそうであるように、人間本来の肉体の力に感嘆の念が起きる。しかし、肉体の運動がたいていは一般民衆がすることになっている今の社会秩序の中では、この肉体の力強さには、もう見ることのできない何か高貴なものがある。

　これらの傑作に認められるのは、言うところの、人間が本来持つ動物的な力ではない。絶えず戦争というもの、それもたいてい人から人への戦争のただ中で生きた古代人においては、肉体的および精神的資質は、もっと緊密に結びついていたように見える。

知的宗教が、魂に人間の価値を置くようになるまで、強い肉体と寛大な魂、威厳ある目鼻立ちと誇り高い性格、彫像の高さと指導性の権威とは、分かちがたい観念であった。神々の姿でもあった人間の姿が、象徴のようであった。ヘラクレスの力強い巨像、そして古代のこの種の像は全て共同社会の俗な思想などではなくて、力強い意志、超自然的な肉体の象徴によって現れる神の意志を表している。

コリーヌとネルヴィル卿は、その日の最後に、現代の最高の彫刻家であるカノーヴァ(九)のアトリエを見に行った。遅くなっていたので松明《たいまつ》の明かりで見た。このやり方だと彫像はずっと良く見えた。古代人はこのようにして彫像を見定めたのだ。日の光の入りこまない共同浴場に置いてもいたのだから。

松明の明かりで陰影がくっきりとして、大理石の輝くような単調さも和らぎ、彫像は一段と心に触れる魅力と生命をそなえた顔を見せた。カノーヴァのところに墓所用の見事な彫像があった。それは力の象徴であるライオンにもたれる苦悩の精を表わしていた。コリーヌはその精を眺めて、オズワルドにどこか似通ったところがあるように思った。そしてカノーヴァ自身もまたそのことにびっくりした。

ネルヴィル卿はこれには注意を払おうとせずに、顔をそむけて小声で恋人に言った。「コリーヌ、あなたにめぐり会った時から、私はこの永劫に苦しむ刑を宣告されたのです。でもあなたのために私の生活は変わりました。希望を持つ時もあって、もう後悔しか感じなくなったこの心に、今はいつもときめきが渦巻いています」

3

絵画の傑作が当時のローマに集まっていて、その豊かなことと言ったら、世界中のどの地をも凌駕《りょうが》していた(一〇)。ただ一つ議論の生じて来る点は、これらの傑作が生み出す芸術的効果についてであった。イタリアの大芸術家たちが選んだ主題の本質は、絵画が表現できる諸々の情熱、性格の多彩さと独創性によく合っているのではないか?

オズワルドとコリーヌはこの点については意見を異にした。だがこの意見の相違というのも、他のことで彼らの間に生じる相違と同じように、民族、気候、宗教の相違から来るものであった。コリーヌは、絵画に一番適しているは宗教的主題だと断言した。彼女によれば、彫刻は、絵画がキリスト教の芸術であるように異教《パガニスム》の芸術であって、これら二つの芸術に見られるものは、詩文において古代文学と近代文学を区別する、本質的な違いと同様のものなのである。聖書の画家ミケランジェロの絵画、福音書の画家ラファエッロには、シェークスピアとラシーヌに見られるのと同じ深みと感性が見られる。彫刻は、力強く、単純な存在を人々の目の前に出すことしかできないだろう。それに反して、絵画は瞑想と諦念の神秘を示し、褪色《たいしょく》してしまう絵の具の色を通して、不滅の魂が語りかけて来るようである。

コリーヌは、歴史あるいは詩から得た出来事が、絵画に向いていることは稀であるとも主張した。このような絵を理解するためには、人物の言っていることを彼らの口から吹き出しリボンに書くという、昔の画家たちのやり方を踏襲しなくてはならないだろう。だが、宗教的テーマは、一瞥《いちべつ》しただけで理解でき、絵の表現していることに注意が集中する。

コリーヌの考えでは、近代画家の表現は概して演劇的なことが多く、その表現は彼らの生きた時代の刻印を帯びている。そこにはアンドレーア・マンテーニャ[一一]やペルジーノ[一二]やレオナルド・ダ・ヴィンチ[一三]のように、あの統一的な存在感、古代的な静止を継承する、あのさりげない存在感は、もはや見られない。だが、この古代的静止には、キリスト教の特徴である深い感情が結びつけられている。

コリーヌはラファエッロの絵の技巧のない構図、とりわけ彼の初期の作風に感服していた。全ての人物像が中心的な対象に引き寄せられている。ラファエッロは人物像を、姿勢ごとにまとめたのでもなく、それらがもたらす効果について計算したわけでもなかったのだが。

コリーヌに言わせると、想像力の芸術にあっては、他の芸術と同様、この誠実さが天才の特徴であり、成功を狙う計算はたいてい高揚感《アントウジアスム》を損ねるものとなる。絵画には、詩と同様、修辞学があって、それを描き出せない画家は、付属的な飾りを求め、輝かしい主題の威厳を豪華な衣裳や目立つポーズで表現しようとする。他方、子供を腕に抱く素朴な聖処女、ボルセーナ[一四]のミサで熱心に耳を傾ける老人、アテナイの講堂で杖に倚《よ》る男、天を見上げる聖チェチーリア[一五]は、その眼差しと表情の表現だけで、ずっと深い感銘をもたらす。これらの自然な美しさは、日増しに高まる。逆に、効果を狙った絵は、最初に見た瞬間が一番印象的である。[20]

コリーヌは、自説をさらに裏づける考えを述べた。ギリシャ人や古代ローマ人の宗教感情、各分野での彼らの精神状態は、現在の我々のものではありえない。彼らの観点で創造し、言わば彼らの場で作り出すことは我々には不可能である。学習によって模倣することはできる。だが、どのようにして天才は、記憶と博識が必要な仕事を通して、自分を開花させることができるのか？　我々の歴史や宗教の主題についても同じことである。画家たちはそれによって自分自身の霊感を持つことができる。描くことができるものを感じる。見たものを描く。画家自身の人生が、他の人生を想像するのに役立つ。

だがひと度、古代に主題を移せば、古代の書物や彫像に倣って、創り出さなくてはならないのだ。宗教画は、画家の魂に何ものにも変えがたい良い影響を与え、画家が自らに聖なる高揚感《アントウジアスム》があるのではと思わせる。その聖なる高揚感が天才と一体となって、天才を変革し、奮《ふる》い立たせる。そして、それだけが厭世《えんせい》観や人間の不正から天才を守ることができる、というのがコリーヌの結論であった。

オズワルドは二、三の点で異なる印象を受けていた。そもそも、ミケランジェロがしたように、絵画において神を死すべき人間の特徴をそなえた姿で表現するのは、とんでもないことであった。思考によって、神に人間の姿を与えようとするべきではないし、人の魂の奥底には知的な神の高みにまで上《のぼ》るほどの崇高な考えなど見られない、と彼は思っていた。聖書から取られた題目に関しては、この種の絵の表現やイメージには、もの足りないことが多いように思われた。宗教的瞑想が、人間の経験しうる最も内的な感情であるということでは、コリーヌと同意見であった。

だからこそ画家たちは表情や眼差しに大いなる神秘を表現することができた。しかし、宗教が、必ずしも宗教ゆえに生じるのではないあらゆる心の動きを抑えこんでしまうため、聖人や殉教者の姿に変わり映えがしない。神に対する恭順の感情は、天の前では高貴であろうとも、現世の情熱の力を弱め、宗教は単調になりがちである。ミケランジェロがその凄まじい才能をもって、これらのテーマを描こうとした時、彼は自分の絵の預言者たちを聖人というより、ユピテルででもあるかのような恐るべき力強い表現で描き上げ、預言者たちの精神を変質させてしまった。彼はダンテのように異教《パガニスム》のイメージを多用し、神話をキリスト教に混ぜ入れてしまう。

キリスト教確立の時代で最も感嘆すべき状況は、キリスト教を説いた使徒たちの平凡な境遇、キリストを予言した約束を長い間託されていたユダヤの民の隷属と逆境である。キリスト教布教のやり方のつつましさと広まった結果の偉大さの間のこのコントラストに、精神的な立派さがある。

しかし、絵画においては、手法だけが表に現れ、キリスト教のテーマは、英雄や神話の時代から取られたテーマと比べると、華々しいものがない。芸術の中で、音楽だけが純粋に宗教的であり得る。絵画は、音の表現のように夢想的で漠然とした表現では済ませられない。絵の中で、言ってみれば、色彩と明暗がうまく結びつくと、音楽的な効果が生まれるというのは本当のことである。

けれども、絵画は生命を表わすのだから、情熱を力の限り、多様性の限りに表現することが要求される。確かに、何の知識がない人でも理解できるためには、歴史的事実から、広く知られたものから取り上げなくてはならない。絵が生み出す効果というのは、他の美術ジャンルによる楽しみと同様に、見る人に直接的に訴えかけなくてはならないのだから。だが、宗教と同じほど親しまれている歴史的事実ならば、描く場面や感情の多様性の面で優れている。

ネルヴィル卿は、また、想像力と魂の楽しみを同時に味わうためには悲劇の一場面や、心の琴線に触れる詩的なフィクションが絵画表現されるべきだ、と考えていた。

コリーヌはこの意見に惹《ひ》かれたが、反論した。あるジャンルが他のジャンルに入り込めば、双方がともに損なわれてしまうと確信していたのだ。彫刻が、もし絵画の群像表現を望めば、彫刻としての長所を失う。絵画が、もしドラマティックな表現に手を伸ばせば……諸芸術が各々、見る人に訴えかける効果において限界がないとは言え、その表現方法にはおのずから限界がある。天才は物事の本質にあることと対立しようとしない。それどころか、天才の優れたところは、本質を見抜くところにある。

「オズワルドさん」とコリーヌは言った。「あなたは、芸術それ自体がお好きなのではなくて、芸術が感性と精神に関わり合うためにお好きなだけですわ。あなたは、心の苦痛を感じ取ることでしか感動しないのです。音楽と詩がその傾向に合っています。

他方、視覚に語りかけて来る芸術は、意味するところが理想的であっても、我々の心が落ち着いていて、想像力が自由に動く時でないと見ても楽しくないいし、興味も湧かない。それに、視覚芸術を味わうためには、社交界の陽気さは不用で、晴れた日、晴れやかな気候がもたらす晴朗さが必要なのです。外界にあるものを表わすこれらの芸術には、自然界の調和を感じなくてはなりません。我々の魂《こころ》が乱れると、この調和を自分の中に保つことができなくなります。不幸がその調和を壊したのです」

オズワルドが答えた。「自分が美術に魂《こころ》の苦しみを呼び覚ますものしか求めていないのかどうか、私は知りません。とにかく肉体の苦痛が表現されているのは見ていられませんね」

「とくに異議を唱えたいのは」と彼は続けた。「絵画におけるキリスト教のテーマであって、いかに貴い高揚《アントウジアスム》が殉教者を生き生きとさせていても、血や傷や刑罰の描写で辛い気持ちにさせられます。おそらく、ピロクテテス（一六）は、肉体的苦痛が許される唯一の悲劇です。

ですが、このような残虐な苦痛が、どれほどの詩的な状況に置かれたことでしょうか！　この悲劇の肉体の苦痛の原因となったのは、ヘラクレスの矢です。医神アイスクラピウスの息子が、それを癒《いや》すことになります。結局、この傷は、傷を受けた当人が感じるようになる恨み心と同一化してしまいます。それで何の嫌悪感も起こさせないのです。

しかし、ラファエッロ作の素晴らしい絵、『キリストの変容』は、不快な絵であって、美術の威厳というものが欠けている。美術は、繁栄の憂鬱というような、苦痛の魅力というものを見せてくれなくては。画家たちがそれぞれの状況を描いて表現するべきものは、人間の宿命の理想です。血まみれの傷口や、痙攣《けいれん》する神経ほど、想像力を苦しめるものはない。このような絵においては、写生の正確さを見ようとすると、恐怖なしに見ることはできません。こういった写生で成り立っている芸術が、我々にどんな楽しみを与えてくれるというのでしょう？　画家がただ自然に似せようと望めば、自然そのものより恐ろしいか、美しくなくなるかどちらかなのです」

　コリーヌが言った。「卿、あなたがキリスト教のテーマから痛ましいイメージを遠ざけたい、とお思いになるのは当然ですわ。どうしても必要というのではないのですし。それでも、天才、そして天才の魂は全てに打ち勝つことができるということをお認めなさいな。

　ドメニキーノによる、この『聖ヒエロニムスの聖体拝領』をごらんなさい(一七)。臨終の聖者の身体は血の気が失せて、肉が落ちています。立ち上がるものは死です。しかし、この眼差しにあるのは永遠の命です。この世のあらゆる不幸は、宗教感情の純粋な輝きの前ではただ消え去るのみです」

「それでも、オズワルドさん」とコリーヌは話を続けた。「あらゆる点であなたと同じ意見ではないのですが、同じような意見も持っていることをお見せしましょう。友人である画家たちが私のために描いてくれた絵や、自分でも描いたデッサン画が置いてある画廊で、あなたが何をお望みなのかを探ってみたいのです。

　そこでだったら、お好きな絵の主題の短所と長所とがお分かりになるでしょう。その画廊はティヴォリの別荘《ヴィッラ》にあります。天気がいいので見に行くことができます。明日、ご一緒にいかがですか？」

　コリーヌが同意の言葉を待っているので、彼は言った。「愛しいひと、お受けしないとでも思っているのですか？　私がこの世にあなた以外に、他の幸せや考えを持っているでしょうか？　これという関心事も仕事もない生活で、あなたの話を聞いたり、お会いしたりするだけが私の生活の全てでしょう？」

4

　その翌日、彼らはティヴォリに出かけた。オズワルドは手ずから四頭立ての馬車の手綱を操《あやつ》って、その疾走を楽しんだ。生きている実感をかきたてるような、疾走。この感覚は、愛する人の傍らにあってはなおのこと心地よい。彼は、コリーヌが事故に遭ってはいけないと、極度に注意して馬車を操った。男を優しく女に結びつける絆、あの保護者としての心遣いを持って。コリーヌは、大方の女のように、道中危ないことが起きるのではと怯《おび》えたりはしなかったが、この配慮はうれしかった。彼のおかげで安心できるように、びくびくしてみたいと思うほどであった。

後で分かるように、彼がこのように恋人の心に影響を与えることができるのは、一風変わった魅力、つまりその振る舞いの意外性のためであった。誰もが、彼の才知と優雅な容貌に感心していた。だが、安定したところと変化しやすいところとが妙に調和していて、変幻自在でありながら誠実という印象を与えるその人柄こそが関心を持たれるべきであった。ずっとコリーヌにだけ心を奪われていた。その間にも絶えず彼の様々な性格が見て取れた。控えめかと思うと、屈託なく、優しいかと思うと、苦渋を帯びている。感情が深いひとだとは分かったが、信頼感は揺らいだ。そして、新たな印象を次々と人に与えるのであった。

オズワルドは内心苛々《いらいら》していたが、表に出さないようにしていた。彼を愛するひとは、彼の心中を見抜きたくて、その内面に関心を持っていた。オズワルドの欠点さえも、その魅力を高めるかのようだった。どれほど身分の高い男であろうと、その性格が挑戦的でなかったならば、これほどまでにコリーヌの夢想を虜にはしなかっただろう。

コリーヌは自分を服従させるオズワルドに畏《おそ》れのようなものを抱いた。彼は、良かれ悪しかれ、力強さと、その長所と、ちぐはぐなそれらの長所がもたらす不安とで、彼女の魂《こころ》を支配していた。要するに、ネルヴィル卿が与えてくれる幸せには何の安心感もなかった。そして、この不都合そのものが、コリーヌの恋心をつのらせるのだ、と言わねばなるまい。

おそらく彼女は、失うのが怖いひとでなければ、これほどのめり込むことはなかっただろう。優れた才知、激しく、しかも繊細な感性は、何事にも倦《う》んだかもしれない。これほど真に非凡な男でなかったら。この非凡な男の心はいつもぐらぐらしていて、空のようにある時は晴れ、またある時は雲に覆われているように見えた。

オズワルドは、常に自分を偽らず、深く情熱的であったが、それでも度々愛するひとをあきらめようとした。長期にわたって苦しみ悩んで過ごすことが習慣になり、どんなに強い愛情でも、結局は悔恨と苦しみしか残らないと思い込んでいるためだった。

ネルヴィル卿とコリーヌは、ティヴォリに馬車を走らせる途上、ハドリアヌスの宮殿とその周辺の広大な庭園の遺跡の前を通った。ハドリアヌスは、この庭園に、最も稀なる作品、古代ローマ人が征服した国々の見事な傑作を集めていた。

そこには、今日でも「エジプト」、「インド」、「アジア」と呼ばれる石群が見られる。(一八)さらに先には、シリアの古代都市パルミラの王妃、ゼノビアの終焉の隠れ家がある。王妃は逆境にあって、自らの運命の大きさを持てあました。男のように名誉のために死ぬことも、女として恋人を裏切るくらいならむしろ死ぬ、ということもできなかった。

二人は、とうとう大勢の有名人、ブルートゥス(一九)、アウグストゥス、マエケナス、カトゥルス(二〇)の住んだ地、とくにホラティウスの住んだティヴォリまでやって来た。とくにと言うのは、ホラティウスの詩によって、ティヴォリの名が有名になったからだ。コリーヌの邸は、音高いテヴェローネの滝の下に建っていた。この家の真向いにある山の天辺には、シビラの神殿があった。古代人たちが高所の頂に神殿を置いたのは優れた考えである。神殿は、宗教的な考えが他のあらゆる思想を見渡すように、野を見わたす。神殿は、自然が神の手によるものであることを示しながら、自然に対する高揚感《アントウジアスム》をさらに吹き込み、次々に続く世代が永久に自然への感謝を抱くようにする。風景はどんな視点から眺めようと、中心にあるいは点景として神殿があると絵になる。

遺跡がイタリアの野に奇妙な魅力を添えている。遺跡は人間の作業や存在というものを感じさせない。木々や自然と溶け合ってしまう。今あるような遺跡に変化させた、時の流れのイメージである人里離れた急流とよく合っているようだ。美しい地方であっても、何の記憶も思い起こされることなく、とくに目立つ出来事の痕跡もないと、歴史のある国々と比べて面白みに欠ける。シビラという天啓を吹き込まれた女人《にょにん》に捧げられたこの地ほど、イタリアにおいてコリーヌの住まいにふさわしい地があろうか！

コリーヌの邸宅は素敵であった。現代風な好みの優雅な装飾であったが、古代的な美しさに想像力をめぐらすことができる魅力もそなえていた。人は、そこに最も高い意味合いでの、幸福についての稀なる叡知があるのに気づくのであった。つまり幸福は、魂を気高くし、思考を刺激し、才能を鼓舞するのである。

オズワルドは、コリーヌと散歩をしていて、風のそよぎが耳に快い音であることに気づいた。花々が揺れ、木々がざわめいて起こる、まるで自然が声を出しているような調べが空中に響きわたっていた。コリーヌは、風で鳴り響いているのはエオリアン・ハープで、香りと音色が大気に満ちるように庭のいくつかの洞窟に置いたのだ、と言った(二一)。この心地よい地で、オズワルドは純な感情を抱かされた。

「ねえ」と彼は言った。「この日まで、あなたの傍で幸せなのに、悔恨を感じていました。でも、今、父があなたを私のもとに送ってくれたのだと思っています。私が、この世でもうこれ以上苦しまなくて済むように。父は、私が傷つけたのに、天で祈り、私のために祝福を与えてくれたのです。コリーヌ」と彼はひざまずいて、声を上げた。「私は許されたのだ。この魂《こころ》に、汚れのない、穏やかで落ち着いた気持ちが漲《みなぎ》っているので、そう感じます。あなたは恐れることなく私と運命を共にしてもいいのだ。もう何も不吉なことはないでしょう」

「何ですって！」とコリーヌは言った。「まだしばらく私たちに許されているこの心の安らぎを味わいましょうよ。運命に立ち入るのは止《よ》しましょう。宿命に巻き込まれたい、宿命が与えてくれる以上のものを得たいと思えば、怖い思いをさんざんさせられるのです！　ああ！　あなた、何事も変えるのは止しましょう、私たちは幸せなのですもの！」

ネルヴィル卿は、コリーヌのこの答えに傷ついた。自分が全てを語ろうとしていること、今この時に、彼女が打ち明け話をしてくれるなら、何でも約束しようとしていることが分かったはずなのに、と思った。彼は、コリーヌのそれを避けるようなやり方に、悲しむと同時に傷つけられもした。彼には、コリーヌが、男が感動しているのに乗じて、固い約束をさせて結びつくのを避けようとする、その心遣いが分からなかった。それに、おそらく望んでいながらも、厳かな瞬間を疑い、身震いしながらも将来の見通しが幸せから遠ざかるようにしてしまうことが、深い真摯な愛の本質に潜んでいるのかもしれない。

オズワルドはこのことを正しく判断せず、コリーヌが自分を愛しながらも、自立を維持したくて、解消できない結びつきを避けているのだ、と思い込んだ。そう思うと辛い気持ちで苛立った。そして、すぐに冷ややかで感情を抑えた様子になって、一言も発せず、画廊の中をコリーヌの後について回った。

彼女は、すぐに自分の言葉が与えた影響を見て取ったが、彼の誇り高さを知っているので、気づいたことを言おうとはしなかった。彼女は、ともかくも画廊の絵を見せて、あたりさわりのないことを話しながら、彼を何となくなだめられたらと思った。そのために、何でもないことを話しているのに、その声音は心にしみる魅力を帯びた。

彼女の画廊は、歴史画、詩的宗教的画、風景画から成っていた。多数の人物で構成されるような絵画はなかった。こういった絵画には確かにたくさん難点がある。しかもそれほど楽しくない。そこに見られる美しさはあまりに漠然としているか、あまりに克明にすぎる。主題の統一性、これは何事においてもそうであるように、芸術における生命感の原則であるのだが、それが人物画ではどうしても断片的になる。

最初の歴史画は、ローマの彫像の足もとに坐って、深い瞑想にふけるブルートゥス（二二）を表している。奥で、奴隷たちが息絶えた二人の息子を運びこんでいる。彼自身が死刑を宣告したのだ。反対側で、母親と妹たちが絶望に陥っている。幸いなことに、彼女らは愛情を犠牲にするような勇気を発揮しなくても済んだ。ブルートゥスの近くに置かれたローマの彫像、それは素晴らしいアイデアである。この彫像こそが全てを語っている。

しかし、もし説明がなければ、自分の息子たちを刑場に送ったのが、大ブルートゥスであることをどのようにして知るのか？　そして、やはり、この絵に出て来ない事件の特徴を述べることはできない。遠くに一段と簡素なローマが見える。建物もなく、装飾もなく、だが、このような犠牲を出させるのだから、祖国として充分に大きく。

「確かに」とコリーヌはネルヴィル卿に言った。「ブルートゥスの名を聞いた時に、あなたは魂を込めてこの絵に向き合いましたが、でもやはり、このテーマが何かはっきり分からないまま、ご覧になったかもしれません。こういう不確かさが、歴史画には付きものと言っていいのです。そのために、単純明快であるべき美術の楽しさに、謎解きの厄介さが入って来ませんか？

私がこのテーマを選んだのは、祖国愛がさせた最も恐ろしい行為を思わせるからです。この絵の対になる絵は、キンベリ族に赦免されたマリウスで、キンベリ人はこの大人物を殺害する決心がつきません。マリウスの顔には貫禄があり、キンベリ人の衣裳、顔の表情には風情《ふぜい》があります。それはローマ第二期で、法はもはや存在せず、だが天才たちが状況に大きな影響を及ぼしていました。その後に、才能と名誉が不幸と屈辱しか得られない時期が来る。三番目の絵には、死せる幼い案内人を背負って、彼のために施しを求めるベリサリウスが描かれています。盲乞食のベリサリウスは、自分の主人によってこのような報いを受けています。自分が征服したこの世界にあって、彼にはもはや、ただひとり自分を捨てなかった哀れな子供の遺骸《いがい》を墓に運ぶより他にするべきことがなかったのです。このベリサリウスの顔は見事で、古代からの画家たちの描いた中でも、これほど美しい顔はあまりないのではないでしょうか。画家の想像力は詩人のそれと同じように、ありとあらゆる不幸をかき集めます。また、哀れみを誘う不幸がたっぷりあります。

だが、ベリサリウスとは何者か、誰が教えてくれるでしょうね？　歴史を呼び起こすために史実に忠実でなければならないでしょうか。忠実であった場合、絵になるでしょうか？　ブルートゥスにおける、罪悪にも似た美徳を表現している絵に続いて、マリウス、不幸の種としての栄光。ベリサリウスにおいては、報いとして得たのが忌まわしい迫害であった奉仕。歴史上の事件がそれぞれのやり方で語る人間の宿命のあらゆる悲惨な出来事。

私は、外界が全て迫害と沈黙でしかない時に、隷属し、引き裂かれた世界を慰めてきた宗教、心の奥底に命を与えていた宗教を思い起こしながら、締めつけられた魂《こころ》をちょっぴり軽くしてくれる、古代派の絵を二つ置いたのです。

最初の絵はアルバーニ(二三)のものです。十字架の上で眠る幼子キリストを描きました。この顔の何という優しさ、静けさ、ご覧なさい！　何という純粋な考えを呼び覚ますことでしょう。天上の愛には、苦しみや死を恐れることは何もないと感じさせます。二番目の絵の作者は、ティツィアーノ（二四）です。十字架に押しつぶされたキリストです。キリストの母が迎えに来ます。キリストを見て、その前に身を投げ出してひざまずきます。息子の災いと、神としての徳に対する見事な敬意！　キリストの眼差し！　神々しい諦念、それでいて、苦しみとその苦しみゆえの、人間の心に対する何という共感！　これが疑いなく、私の所蔵の絵の中で一番美しい絵です。この絵をいつも眺めています。これを見ていると、感動が尽きることがありません」

　コリーヌはさらに続けた。「次に四編の偉大な詩からテーマを得た劇的な絵になります。卿、ご一緒にこれらの絵が訴える効果について評価して下さい。最初の絵は、エリュシオンの園〔ギリシャ神話の楽園〕にいるトロイアの勇者、アエネアスを描いています。彼はディドの傍に行きたいと思っているところです（二五）。憤慨したその女亡霊は遠ざかって、罪人を見てまだ愛に高鳴るかもしれない心臓がもう自分の胸になくてよかったと思います。亡霊たちのぼかした色とその周りの青白い自然が、アエネアスと、彼を案内するシビラの生気ある様子と対照的です。

　でも、この種の効果は画家の戯れなのです。詩人の文による描写の方が、どうしても絵の表現より優れています。ここにある、瀕死のクロリンダと十字軍の武将タンクレーディの絵についても同じことでしょう。それが感動を誘うのは、クロリンダが、自分をとても好いてくれる敵に詫びてからその胸を突き刺した瞬間を歌った、タッソの美しい詩が思い出されるからなのです（二六）。

　大詩人によって取り上げられた詩を絵画で扱うと、どうしても絵の方が詩より落ちます。大詩人の言葉から受けた感銘が残っているのです。そして、ほとんど常に詩人の選んだ場面は、情熱と雄弁さを力強く発揮させます。一方、絵画のもたらす大多数の効果というのは、静かな美しさ、簡素な表現、上品な創作態度、目の疲れない、見飽きない安らぎのひと時から生じるのです」

　コリーヌは話を続けた。「卿、あなたの国の素晴らしいシェークスピアは、三番目の劇的な絵の主題を作りました。それはマクベス、不屈のマクベスです。マクダフの妻子を殺害して、今やマクダフ本人に立ち向かおうとしています。魔女たちの託宣どおりに、バーナムの森がダンシネンの方へ進んで来るように見え、死んだ母親の腹から生まれた男と戦うことを知ります。マクベスは運命によって打ち負かされるのであって、その敵によってではありません。絶望して剣を持つ。自分が死ぬことを知っていますが、人間の力が命運に打ち勝つことができないのか試したいと思うのです。

　確かに、マクベスの頭の中には混乱と熱狂、狼狽と気力の見事な表現がありますが、だからと言って、詩人シェークスピアがどれほどの美しさを断念すべきなのでしょうか？　単に魔術にそそのかされたということだけで、野心を持ち、犯罪にのめりこんでいくマクベスを描くことができるでしょうか？　彼の感じる恐怖、それも大胆不敵と背中合わせにあるこの恐怖を、どう表現しますか？　彼を締めつける迷信の特徴を述べることができますか？　この威厳を欠いた盲信、彼にのしかかるこの地獄の不運、彼の命に対する軽視、彼の死に対する恐怖を？　間違いなく、この男の容貌が最も謎めいています。

　しかし、絵に描かれたこの容貌は、ただ一つの深い感情しか表現していません。対照《コントラスト》、闘い、様々な事件は、つまるところ演劇芸術のものです。絵画は、次々と起こることを表現することはなかなかできません。時間も、動きも、絵画にはないのですから」

「ラシーヌのフェードル（二七）が四番目の絵のテーマです」とコリーヌは絵を見せながら言った。「若く、純で、美しさに輝いているヒッポリュトスが、義母の油断ならない非難をはねつける。英雄テセウスは、まだ罪ある妻をかばって、勝利者として抱き寄せている。フェードルの顔には、恐怖に凍るような狼狽が見られる。乳母は良心の呵責もなく、罪を犯すようそそのかす。ヒッポリュトスは、おそらくこの絵での方がラシーヌに書かれたよりも美男でしょう。戯曲では、彼は古代のメレアグロス（二八）に似ています。というのはアリシィへの愛も、彼が高貴で粗野な美徳をそなえている、という印象の妨げにはならないのですから。

　ですが、フェードルが、ヒッポリュトスの面前で自分の嘘をつきとおすことができ、彼が潔白なのに虐げられているのを見て、彼の足もとに身を投げ出さなかったと考えられるでしょうか？　傷つけられた女は愛するひとを陰では侮辱できますが、姿を見ればその心にはもはや愛しかないのです。

　詩人はフェードルがヒッポリュトスを中傷した後は、一度も二人を同時に舞台に登場させなかった。画家の方は、このように対照の美しさを絵に取り込むために、彼らを一緒に描かなくてはならなかった。詩と絵画にはその主題をめぐって、このような違いが常にあり、画家が詩によって描くより、詩人が絵によって詩を創る方が良い、ということの一つの証左ではありませんか？　想像力は常に思想に先行します。人間精神の歴史がそれを立証しています」

　このように絵を説明している間中、コリーヌはネルヴィル卿が話しかけてくれないかと何回か立ち止まった。だが彼は感情を害して、一言も発しようとはしなかった。ただ彼女が感覚的な考えを述べる度に、彼はその時の気分で、自分が感動しやすいことを悟られないように、溜め息をついたり顔を背けるだけであった。コリーヌはこの沈黙に胸を締めつけられて、両手で顔を覆って腰かけた。

　ネルヴィル卿は元気よく部屋の中を歩き回り、それからコリーヌに近づいて、自分が抱いている不満を打ち明けようとした。だが自分ながらどうしようもない自尊心の衝動に駆られて、優しい気持ちになれなかった。それで彼は絵の方に歩いて戻った。まるで、コリーヌが絵を全部見せてくれるのを待つかのように。

　コリーヌは、最後の絵の効果に期待するところがあって、落ち着いた態度を心がけながら、立ち上がって言った。「ネルヴィル卿、お見せする絵がまだ三つ残っています。二つは、いくつか興味深い考えを暗示しています。私は田園風景画というのがあまり好きでないのです。寓話や歴史に触れられていない時には、田園恋愛詩のように退屈です。

　このジャンルで一番良いのは、サルヴァトール・ローザ(二九)の手法です。この絵でお分かりのように、ただ小鳥の飛んでいるのが生命感を与えるだけで、岩、急流、木々と、生物は一つもありません。自然の中で人の姿がないと深いもの思いに誘われます。このように見捨てられた土地とは何でしょう？　目的のない神の御業《みわざ》、それだけにとても美しい御業、それに対する神秘的な感銘は神にこそ向けられているのでしょう。

　やっと、その二つの絵に来ました。歴史と詩とがうまく景色に結びついていると思います(21)。一つは、キンキンナトゥスが、ローマ軍を指揮するために、農耕生活を捨てるようにという執政官の勧めを受けているところを表わしています。この風景の中の豊饒、豊かな植物、その輝く空、草木の様相にも見られる自然全体の、このようにのどかな空気。もう一つの絵はこれと対照的で、父の墓の上に眠るケアバーの息子です。彼は、三日三晩、死者に表敬しに来るはずの古代ケルトの吟唱詩人を待っています。その吟唱詩人が遠く山を下りて来るのが見えます。父の亡霊が雲の上から見下ろしています。野は霧氷で覆われています。木々が、葉は落ちていますが、風に揺れています。その枯れ枝も枯葉も嵐の向きに吹かれて行きます」

　この時まで、オズワルドは庭でコリーヌの言ったことに気を悪くしていたが、この絵を見ると、父親の墓、スコットランドの山々がありありと思い出されて、涙があふれ出た。コリーヌは竪琴《ハープ》を取り、この絵の前でスコットランドのロマンスを歌い始めた。その単純な響きは、谷間にうなる風の音が聞こえるようであった。彼女は、祖国と愛人のもとを去る時の戦士の別れの言葉を歌った(三〇)。もう二度と《ノー・モア》という、英語の中で最も響きの良い、感覚的な語を、コリーヌはしみじみとした表現で口にした。オズワルドはこみあげる感動を押さえきれず、二人とも思わず涙にくれた。

「ああ！」とネルヴィル卿は声を上げた。「私のものであるこの故国が、あなたの心には何も響きませんか？　私の思い出でいっぱいのこの隠れ里にあなたはついて来るでしょうか？　私の人生の魅惑であり、喜びであるあなたは、人生の立派な伴侶でしょうか？」

「そう思いますわ」とコリーヌは答えた。「あなたを愛しているのですから、そうだと思いますわ」

「愛のために、後生だからもう何も隠し立てしないで下さい」とオズワルドは言った。

「ご希望に沿いましょう」とコリーヌが口をはさんだ。「お約束しました。教会での式の前になって初めて、約束を果たすように言って下さい。自分の運命について決める時、天のご加護はこれまでになく必要ではないかしら？」

「ええ、そうして下さい」とネルヴィル卿は声を上げた。「もしその運命が私しだいなら、コリーヌ、もう間違いはない」

コリーヌが続けた。「そう思っておられる。でも私は確信がありません。とにかくお願いです、私の弱さを大目に見て下さいますように」

オズワルドは、打ち明けるのを延ばしてくれと言われて、承知するでもなく、拒絶するでもなく、溜め息をついた。

「さあ、発ちましょう」とコリーヌは言った。「ローマに戻りましょう。この人里離れたところで、どうしてあなたに何も言わずにいられましょう！　打ち明け話をしたら、あなたは私から離れて行くでしょう。そんなに早めなくても……発ちましょう、オズワルド、何が起ころうとあなたはまたここに来るでしょう、私の遺骸がここで永眠するでしょうから」

オズワルドは心を動かされ、当惑したままコリーヌに従った。彼女と戻る道すがら、ほとんど口を開かなかった。時折、二人は愛をこめて見つめ合い、目は口ほどにものを言うのであった。だが、やはり、ローマの中心地に到着した時、二人の魂《こころ》の奥底では、憂鬱な気分であった。

第九部　民衆の祭りと音楽

1

謝肉祭の終わりの、一年中で最も騒がしい祭りの日であった。(一)ローマの人々はとりつかれたように喜びに熱中し、楽しみに熱狂する。こういう例はよそでは見られない。町中こぞって仮装し、残るはせいぜい仮装した人々を見ようとして窓辺に立つ、仮面をつけない見物人くらいのものである。そしてこの騒ぎは、公的あるいは私的な不都合で、楽しむことができないような時期は外して、ちょうど折の良い日に始まるのである。

ここで、庶民の想像力が分かる。イタリア語は魅力に富んでいる。たとえ庶民が話す時であっても。アルフィエーリは、良いイタリア語を学ぶために自分はフィレンツェで公設市場あたりに行く、と言っていた。ローマにも同じ利点がある。これら二つの都は民衆がよくしゃべるので、街角のいたるところで知的な楽しみに出合うのである。

アルレッキーノの道化芝居や、喜歌劇の作者の中に光る陽気さは、無教養な人にも広く見られる。これら謝肉祭の日々には、大げさな表現や風刺が許されて、仮面をつけた人々の間に滑稽な場面が繰り広げられる。

しばしば、活発なイタリア人らしくもない異様な重々しさが見かけられる。奇妙な服が、本来のものではない威厳を演出する。また別の機会に、彼らは仮装によって、神話についての独特な知識を見せつけるので、まるでローマでは古代伝説が今もって広く知られているかのようだ。彼らはよく、骨太で創意ある冷やかしで、社会の様々な階級をからかう。この国民は、その歴史の中でよりも、その遊びの方で天才ぶりを示しているようだ。

イタリア語は、どのような陽気なニュアンスにも合っている。声の抑揚はあまりなくて単純、言葉の意味を強めるか弱めるか、品を保つか崩すかで、語尾がちょっと違う。とりわけ子供の口から発せられると優雅である。子供の無邪気さがイタリア語本来の冗談調子を際立てる。[22] 要するに、イタリア語はごく自然に発せられ、表現されるので、たいていそれを話す者より、言葉そのものの方が知的に思える。

謝肉祭には豪華さも良い趣味もない。謝肉祭は、横溢《おういつ》する勢いといったもののせいで想像力の、想像力だけのバッコス祭[二]に似ている。ローマの人々は通常、謝肉祭の大詰めの日々を別にすると、とても地味で真面目なのだから。イタリア人の性格には、何事につけても突然はっと気づかされるところがある。それが、狡猾な人々だという評判が立つもととなる。この国には、とぼけるという偉大な習慣があるようだ。これで、度重なる様々な圧政を耐えて来たのだ。

しかし、変わり身の逗さは本心を隠すためとは限らない。熱しやすい想像力が、たいていはその原因である。分別があって知的な民族は、容易に自分の考えを説明し、先を見通すことができる。だが、想像力によることはすべて予想外である。それは中間をとばしてしまう。わずかなことで想像力が傷つくことがある。そうかと思うと、想像力が一番かき立てられるはずのことに無関心だったりする。結局、何事が起こるのも想像力の中であって、それを起こすものによってその感銘をはかることはできない。

例えば、どうしてローマの大貴族が、謝肉祭の間であれ、他の時期であれ、何時間も「コルソ通り」の端から端まで馬車に乗って散歩する楽しみを持つのかは理解できない。この習慣を妨げるものは何もない。また、仮面をつけた人々の間にも、滑稽な衣裳を着けながら世にも退屈そうに散歩する人々、悲しいアルレッキーノやせむしの道化プリチネッラに扮しながら、一晩中一言もしゃべらない人々がいる。しかし、彼らも一応気晴らしをすれば、要するに謝肉祭であるという気がして満足するのだ。

ローマには、他所《よそ》にはない種類の仮面が見られる。それは、古代の彫像の顔を複製した仮面で、遠目には完璧な美しさに見える。女たちがそれをはずすと、実物は大分落ちることが多い。それに、この生命を模した無表情さ、これらの蝋《ろう》でできた動き回る顔は、いかにきれいであってもなんだか恐ろしい。大貴族は謝肉祭の終わりには、けっこう豪華な馬車を見せつける。しかし、何と言ってもこの祭りの楽しみは雑踏と混雑にある。古代ローマのサトゥルヌス祭[三]の名残のようである。ローマのあらゆる階層の人々が一緒くたになる。謹厳な司法官が、熱を入れて歩き回っている。それも半ば公然と仮面の人々の間に四輪馬車を乗り入れてである。窓という窓が飾られている。街中が通りに出て来ている。本当に民衆の祭りなのである。

民衆の真の楽しみは見せ物でも、宴会に招かれることでも、豪華さに立ち合うことでもない。葡萄酒を痛飲するわけでも、飽食するのでもない。彼らは、ただ自由の身を満喫し、民衆に混じっているのを楽しんでいる大貴族たちの間にいることを面白がっているのである。相異なる階層間に壁ができるのは、楽しみが洗練され垢抜けるからである。そのために教育が求められ、改良されるのである。

だが、イタリアではこの面では特にはっきりした相違がない。この国では、上流階級の知的教養によってというより、天賦の才や万事についての想像力によって、差が出てくる。それで、謝肉祭の間は、階層も作法も知性も完全に混ざっている。雑踏と喧騒、通りすぎる馬車に見境なしに投げ込まれるかけ声とボンボンがあらゆる人間を一緒くたにし、まるで社会秩序なども う存在しないかのように、国民をごちゃ混ぜにする。

コリーヌとネルヴィル卿は、二人とも夢見るようにもの思いに耽って、この喧騒のただ中に到着した。とにかく茫然としてしまった。気持ちが内省的になっている時に、この騒がしい遊びほど奇妙に見えるものはない。二人はポーポロ広場で止まって、方尖柱《オベリスク》近くの階段を登ろうとした。そこから馬が走るのが見えるのだ。四輪馬車から下りた時、デルフイユ伯爵が二人を見つけて、オズワルドに話をしようと脇に呼んだ。

「いけませんね」と彼は言った。「コリーヌと二人連れで田舎から帰って来て、このように公然と人前に出るなんて。彼女の評判を傷つけますよ。後でどうするおつもりですか？」

「そうは思いませんが」とネルヴィル卿は答えた。「私の愛情を見せると、彼女の評判を落とすなんて。でも、それが本当であったら、私としては幸せすぎて、我が人生の献身……」

「ああ！　幸せということならば」とデルフイユ伯爵はさえぎった。「私は何も信じません。人はしかるべきことによって初めて幸せになります。人は何をしようと、幸福ということでは世間の影響を受けるのです。世間が認めないことをしてはいけない」

オズワルドは答えた。「それでは、世間で言うことを気にして生きることになるでしょう。人が考えること、感じることは、何の指針にもなりません。もし、そんな風に絶えず人真似をしなくてはならないのだったら、一人一人にとって、魂と才知とは何でしょう？　神は人間にこんな贅沢なものを与えずに済んだでしょうに」

「おっしゃるとおりです」とデルフイユ伯爵は答えた。「哲学的に考えればですが。でも、そういう処世観が身を滅ぼすのです。恋が移ろえば、非難と批評が後に残ります。私はあなたから見ると軽薄かもしれないが、世間に認められないようなことは一切しないでしょう。ささやかな自由で、会って戯《たわむ》れを言っている分にはいいでしょう。実際の行動で戯れなければ。それが真剣になると……」

ネルヴィル卿は答えた。「だが真剣ということは、それは愛と幸福を意味するのですよ」

「いやいや」とデルフイユ伯爵がさえぎった。「申し上げたいのはそういうことではない。破ってはいけない、確立された礼儀作法ということです。破れば変人として、あるいは……つまりお分かりでしょう、皆とは違う人間として通ることになります」

ネルヴィル卿は微笑んだ。悲しげでも不機嫌でもなく、デルフイユ伯爵の浮薄な厳格さをからかった。自分が感動を覚える事柄で、初めてデルフイユ伯爵にいささかも影響を及ぼされなかったと感じて、うれしかった。コリーヌは、遠くから何が起きているか何でも見通していた。ネルヴィル卿が微笑んだので、気持ちが落ち着いた。デルフイユ伯爵のこの話は、オズワルドとその恋人を当惑させるどころか、二人をさらにお祭り気分にさせた。

競馬が準備中であった。ネルヴィル卿は、イギリスのような競馬を見るつもりでいた。だが、北アフリカ原産のバーバリ馬が、騎手も乗せずに馬だけで競走すると知って驚いた。この見せ物は、ローマの人々の注目の的であった。出走の時に見物人はみな道路の両端に並んだ。人でびっしりだったポーポロ広場は一時、空っぽになる。それぞれがオベリスクの周りの階段を登る。山ほどの、無数の、黒い瞳をした顔、顔、顔が、馬が出走する柵の方へと向けられた。

馬は手綱も鞍もつけず、背は光る布で覆われ、身なりを整えた馬丁たちに引かれて来た。馬丁たちは、馬の優勝に熱烈な関心を寄せている。馬どもは柵の後に置かれ、それを飛び越えようとしてたいへんだ。押さえられる度ごとに、棒立ちになり、いななき、足を踏み鳴らし、人間が引き回しているのでなく、馬自身が栄光を勝ち得ようと逸《はや》っているかのようだ。馬がこのように血気に逸って、馬丁が叫ぶと、柵は倒れて、まさに開演の合図となる。馬どもは出走し、馬丁たちは言いようのないほど逆上《のぼ》せて、「道を空けて、空けて」と叫ぶ。馬が見える限り、馬丁たちは自分らの馬に身振りと声援で伴走する。馬どもは人間どもと同様に互いに嫉妬深い。馬の蹄《ひづめ》で敷石が火花を散らし、たてがみは靡《なび》き、この身に任せられたからには賞を取らなくてはという願い切なるあまり、ゴールに入ると速度の出しすぎで死んでしまう馬もいる。

一頭一頭の、熱狂に駆り立てられた放れ馬を見て驚かされる。まるで動物の姿を借りた思考のようで、見る人は恐くなる。馬が通過すると、群衆は列を乱し、騒々しく後を追う。馬はヴェネツィア宮殿に到着、そこがゴールである。勝馬の馬丁たちの歓声を聞かなくてはならない。一等賞を取った馬丁は、馬の前に身を投げ出して礼を言った。そして、本人としては大真面目だが、見物人の笑いを誘うほどの感激をこめて、その馬のために、動物の守護神である聖アントニウスの加護を祈った[23]。

普段は、競馬が終わるのは日暮れである。それからまた、競馬ほど美しくないが、さらに騒がしい別の楽しみが始まる。窓は明るく照らされる。衛兵もその部署を離れて、町全体の楽しみの中にまぎれこむ。誰もが「小蝋燭《モッコロ》」という小さいキャンドルを持ち、「殺す《アマッツァーレ》」という語を繰り返し、おそろしく元気よく、「ケ・ラベッラ・プリンチペッサ・シーア・アマッツァータ！ケ・イル・シニョーレ・アッバーテ・シーア・アマッツァート！」と言いながら、互いにキャンドルを消そうとする。「美しい王女が殺されるように、修道院長が殺されるように！」と、往来の端から向こうの端へ叫ぶ[24]。群衆は、この時間は馬も車も禁止と承知していて、四方八方に飛んで行く。しまいには喧騒と混乱の楽しみしかなくなる。そうこうする間に夜は更ける。騒音は徐々に止んでいく。あとはしいんと静まりかえる。この夜にはもう漠とした夢想しか残っておらず、それは各人の生活を夢に変えて、庶民には彼らの仕事を、学者にはその研究を、貴族には日頃の退屈を忘れさせてくれるのである。

2

不幸があって以来、オズワルドは、いまだに音楽を聞こうという勇気がなかった。憂鬱な時にはしっくりしても、現実に心の痛みにうちひしがれている時には苦しみともなる妙なる調べを恐れていた。音楽は鎮めようとしている記憶を呼び起こす。コリーヌが歌うと、オズワルドはその歌詞に耳傾けた。その顔の表情を見つめた。心を占めているのは、ただコリーヌだけであった。

だが、イタリアではよくあることだが、街頭で夜、大作曲家の美しい歌が合唱される時、彼は初めのうちは聞いているのだが、そのうち激しく漠とした感情と共に心痛がよみがえるので、その場から遠ざかるのだった。ローマの劇場で素晴らしい演奏会が催されることになり、一流の歌手たちが集まった。コリーヌはネルヴィル卿に一緒に行こうと誘った。彼は、愛するひとがいれば、自分を苦しめる全てが、和らぐかもしれないと思って、承諾した。

コリーヌがボックス席に入ると、誰もがすぐに気づいた。常々彼女に興味を抱いている聴衆は、カピトリーノの丘のことを思い起こし、彼女の臨席に劇場中に拍手を鳴り響かせた。あちらこちらで、「コリーヌ万歳」という声が上がった。演奏家たちも聴衆のこの反応に上気して、勝利のファンファーレを演奏し始めた。大喝采は、いかなるものであれ、常に人々に戦争と戦闘を思い起こさせるので。コリーヌはこのような皆からの称賛と好意を目のあたりにして、深く心を動かされた。音楽、喝采、「ブラヴォー」というかけ声、そして大勢の人々が同じ一つの感情を表わす時にもたらされる、言うに言われぬ感銘を受けて、コリーヌはほろりとさせられたが、それをこらえようともしていた。その目は涙で溢れ、動悸がして、今にも心臓が跳び出そうだった。

　オズワルドは嫉妬を覚えて、近くに来て、小声で言った。

「コリーヌ、このような人気に別れを告げることはない。あなたの胸をどきどきさせるのだから、恋と同じです」

　このように言い放つと、返事も待たずに、コリーヌのボックス席の端に行った。彼女はこの言葉にうろたえて、その途端、彼と共にこの聴衆の支持を喜びたい、と思う気持ちが失せた。

　演奏会が始まった。イタリアの歌を聞いたことのない人は音楽というものが分かっていない。イタリアでは、歌声には、花々の香《かぐわ》しさ、空の清々しさを連想させる穏やかさと心地よさがある。自然が、この地の音楽をこの気候に合わせて定めたのだ。音楽は自然の反映のようだ。世界はただ一つの思考による作品であり、それが無数の形式によって表現されるのである。イタリア人は幾世紀も昔から、音楽を熱愛している。ダンテは「煉獄編」で、その時代最高の歌手に行き会う。彼の魅力的な歌曲の一つを所望して、それを聞いてうっとりした魂たちは、番人に呼び戻されるまで我を忘れるのである。

　キリスト教徒は異教徒と同様、死後にも音楽の支配を広げる。あらゆる芸術の中で、音楽は直接的に魂に働きかけるものである。他の芸術は魂をあれやこれやの考え方へと方向づけするが、音楽だけが存在の内奥の源に語りかけて、気分を全面的に変える。突如人々を回心させる神の恩寵《おんちょう》について言われることは、人間の立場で言えば、旋律の力に当てはまる。来世の予感のなかで、音楽を聞くうちに出てくる予感は、侮《あなど》ることはできない。「滑稽味《ブッファ》のある」音楽がかき立てる陽気さは、想像力に語りかけて来ないような卑俗な陽気さとは違う。「滑稽味《ブッファ》のある」音楽が与えてくれる喜びの奥底には、言葉の冗談では決して与えられないであろう詩的な感覚、心地よい夢想がある。音楽というものは、聞く傍から消えて行くのが感じられる束の間の楽しみなので、陽気さと混じり合った哀愁が入りこむ。

　だが、また苦悩を表現していても、心地よい感情を生じさせる。音楽を聞くと、心臓の鼓動が速くなる。規則正しい拍子を聞く喜びは、時の短さを思い起こさせて、音楽を楽しまなくてはという欲求を起こさせてくれる。あなたの周りはもう空虚さは無くなり、静寂は無くなり、血は素速くめぐる。あなた自身の中に活気ある生を感じて、また自身の周りで出合う障害を恐れることは少しもないのだ。

　音楽は、我々が自《みずか》らの魂の能力を持っているという考えを増幅させる。音楽を聞くと、気高い努力ができるように思える。音楽によって死に至るまで高揚感《アントウジアスム》を抱いて歩いて行ける。音楽は、幸いなことに、下劣な感情も、ごまかしも、嘘も、表現することができない。音楽の言語の中の不幸そのものには、苦渋も断腸の思いも焦燥もないのだ。人が真摯で深い愛情を持つような時、心にかかってくる重みを音楽はそっと持ち上げてくれる。時には、生活の感情そのものとなってしまうほど、この重みによる苦しみは日常的なものである。清らかでうっとりする音を聞くことで、人は創造主の秘密を掴みかけ、生の謎を解きかけるのである。

　いかなる言葉によっても、この感銘を表現することはできない。何故なら、言葉というものは第一印象に続いて出て来るものだからである。詩人の歩みの後に、散文の翻訳者が続くように。このことを何とか理解させられるのは、視線だけである。長らくあなたに注がれている、愛するひとの視線が、徐々にあなたの心に入りこんで来るために、しまいには目を伏せて大きな幸せから遠ざからなくてはならなくなる。自分以外の命の光をじっと見つめようとすれば、死すべき人間はそれに燃やし尽くされてしまうかもしれないのだ。

　イタリアの大歌手たちの、二重唱でのぴったり合った音程の見事なまでの正確さには、うっとりさせられる。だが、それを苦しみのようなものを感じることなく聞き続ける人はいない。人間の本性にはあまりに大きな幸福なので、その時、魂は、完璧すぎるハーモニーが壊れるかもしれない斉唱に、一つの楽器として振動しているのである。

　コンサートの第一部の間中、オズワルドは頑《かたくな》にコリーヌから離れて坐っていた。小声と言っていいほどの声で二重唱が始まり、声よりもさらに澄んだ音をゆっくりと聞かせる管楽器が続くと、コリーヌは感情が高ぶり、ハンカチーフで顔を覆った。こらえきれずに涙を流していた。もうどうでもよかった。確かにオズワルドの面影は胸にあった。だが、気高い高揚感《アントウジアスム》がこの面影に重なって、混乱した思いが魂《こころ》の中で右往左往していた。それらの思いをはっきりさせるためには、それらを抑えなくてはならなかっただろう。占い師は一分間で天界の七つの領域を駆け巡ると言う。一瞬が封じこめることのできる全てを理解した者は、愛するひとの傍らで美しい音楽の響きを確かに聞いていたのだ。

　オズワルドは、みずからにそのような力を感じた。恨みの気持ちは徐々に納まっていた。コリーヌが涙にくれていることで、全てが物語られ、明らかにされた。彼はそっと近づき、この世ならぬ音楽のクライマックスの時に、コリーヌは身近に彼が息づいているのを感じた。もう我慢できなかった。どんなに心に訴える悲劇であっても、この感情ほどには、彼女の胸にこれほどにときめきを与えなかっただろう。それは二人の心を同時に差し貫き、一瞬一瞬新しく、さらに高めていく深い感動の内にある感情であった。歌にある言葉など、この感動にあっては何ほどでもない。時折、愛、または死についての言葉でもの思いに耽っても、すぐに漠とした音楽の波が魂《こころ》の動きについて来る。そして、それぞれの人が、まるで夜の澄んだ静かな星のように、この調べの中にこの地上で自身が望むことのイメージを見つけた、と思うのである。

「出ましょう」とコリーヌがネルヴィル卿に言った。「気が遠くなりそうですわ」

オズワルドは心配して言った。「どうしました、顔が蒼い。外の空気にあたりましょう。さあ」

二人で外へ出た。コリーヌはオズワルドの腕に支えられ、寄りかかると、力が戻って来るのを感じた。二人はバルコニーに近づいた。コリーヌは激しい気持ちにつき動かされて、恋人に言った。

「オズワルド、一週間お暇を頂きますわ」

「何だって？」と彼は問い返した。

彼女は答えた。「毎年、聖週間が近づくと、復活祭の盛儀に備えるために、修道院でしばらく過ごします」

オズワルドは、この計画については何の反対もしなかった。彼は、たいていのローマの女性がこの時期に厳しい信仰実践に励み、そのためにそれ以外の時期には信仰に真面目に取り組まない、ということを知っていた。彼は、コリーヌと自分とは違う宗派なので、二人一緒に祈ることができないことを思い出した。

彼は声を上げた。「あなたが、私と同じ宗派の同じ国の人となりますように！」

彼はこの願望を口にしてから、立ち止まった。

「私たちの魂も精神も、同じ祖国を持っているのではありませんか？」とコリーヌが答えた。

「本当です」とオズワルドが言葉を返した。「そうは言っても、引き離されるのは辛いです」

一週間不在ということで、彼の心は切なく締めつけられ、コリーヌの友人たちが寄って来ても、その夜の間、彼は一言も発しなかった。

3

オズワルドは、コリーヌの言ったことが気になり、翌朝早くに彼女の家を訪ねた。小間使いが彼の前にやって来て、女主人の手紙を渡した。それには、その朝、予定通り修道院に籠もり、聖金曜日にならなければ会えないとあった。昨夜は、翌朝彼のもとから離れて行くと告げる勇気がなかった、と打ち明けていた。オズワルドは、予期せぬ打撃を受けたかのようであった。いつもコリーヌに会っていたその家には人けが失せていて、耐え難い気持ちになった。家には、彼女の竪琴、書籍、デッサンなど、いつも彼女の周りにあるものが見えた。だが、彼女はもういない。苦痛のあまり悪寒《おかん》に襲われた。自分の父の部屋を思い出した。立っていられなくなり、椅子に腰を下した。

「まったく」と彼は声を上げた。「こういうふうにして彼女を失ったことを知るのかもしれない！　あのような活発な精神、生き生きとした心、みずみずしい活気に輝く顔が、雷に打たれるかもしれない、若い人の墓も、老人の墓と同じように、何も語らないだろう！　ああ！　幸福とは何たる幻想！　時という、いつも餌食《えじき》を見張っている仮借ないものが掠《かす》めとる瞬間よ！

　コリーヌ！　コリーヌ！　私から離れてはいけなかった。あなたの魅力のせいでよく考えることができなかった。頭の中が混乱して、あなたと共に過ごす幸せな時に幻惑されていた。一人になって自分を見つめ直している今、我が身の傷が口を開こうとしている」

　こんなに短期の不在には不似合いだが、彼にはいつも起こって来る不安で、コリーヌを求めずにはいられなかった。その不安を和らげることができるのはコリーヌだけであった。コリーヌの小間使いがまた部屋に入って来た。オズワルドの呻《うめ》き声が聞こえたのだ。このように恋人の不在をさびしがるのに心を打たれて、彼女は言った。

「卿、お慰めしたいので、私の主人の秘密を教えてさし上げます。主人も許してくれるでしょう。寝室までおいで下さい。あなたさまの肖像画がありますよ」

「私の肖像画だって！」と彼は叫んだ。

「主人は、記憶をたどって描きました」とテレジーナ（というのがコリーヌの小間使いの名であった）は答えた。「コリーヌさまは、この一週間、朝は五時起きで、修道院に行くまでに仕上げられたのです」

　オズワルドはその肖像画を見た。格調高く、そっくりに描かれていた。自分がコリーヌに与えた印象を表わしたものを見て、心が和んだ。これと向かい合って、美しい聖母の絵があった。コリーヌの祈祷所はこの絵の前であった。この恋と信仰との奇妙な組み合わせは、大方のイタリア女性の住居においては、このコリーヌの部屋に見られるよりもさらに風変わりである。何故ならコリーヌは独り身なので、オズワルドの記憶は胸の中で最も清らかな希望、恋心と結びついているだけだから。

　ところが、神の象徴と向かい合わせに愛する男の絵を置いて、修道院の黙想のために一週間にわたって心の準備をするというのは、コリーヌだけがというよりは、一般にイタリア女性がよくやることであった。彼女らの信心は、魂《こころ》の中では真面目さより想像力や感性を前提とし、信条としては厳しさを前提とするもので、オズワルドの宗教についての考え方、感じ方とこれほど相反するものはなかった。それでも、どうしてコリーヌを咎めることができただろう。彼女の愛のこれほど心打つ証《あかし》を得た時に！

オズワルドは、感動の眼差しで、この初めて入った部屋を見渡した。寝台の枕元に、イタリア人の顔立ちとは違った、年とった男性の肖像画が見えた。二つの腕輪が、この肖像画のそばにつながれていた。一つは黒と白の髪でできていて、もう一つは見事な金髪であった。ネルヴィル卿が妙な偶然と思ったのは、この髪がルシール・エッジャモンドの髪によく似ていたことであった。三年前に、彼は彼女の髪の類《たぐ》い稀な美しさに注意深く目をとめたことがあったのだ。オズワルドは、これらの腕輪を眺めて一言も発しなかった。テレジーナにその主人のことを尋ねるのは、自分らしくもなかったので。

だが、テレジーナは何がオズワルドの心を占めているかが分かって、彼が嫉妬から疑いを持たないようにと、急いで次のように言った。十一年前から、自分はコリーヌに付き添っているが、彼女がいつもこれをつけているのを見ていた。それはコリーヌの父、母、妹の髪だと自分は知っている。

「コリーヌについて十一年になるのですか？」とネルヴィル卿は言った。「それでは知って……」

彼は顔を赤らめて途中で急に止めた。発しかけた問いを恥じて、もう一言も余計なことを言わぬように、急いで邸を出た。

彼は立ち去りながら、何度かコリーヌの部屋の窓を見ようと振り返った。家が視界から消えた時、新たな悲しみ、孤独の悲しみを覚えた。夜になって、ローマの社交界の集まりへ行こうとした。気晴らしを求めていたのだ。夢の魅惑に出合うためには、幸せであれ不幸せであれ、自分と折り合いをつけていなくてはならないのだから。

社交界の人々は、すぐに彼にとって耐えがたいものとなった。コリーヌがいない後には、空虚さしか残っていないことに気づいて、いかに彼女が社交仲間を魅惑や興味あふれるものにすることができたのかが、今さらのように分かった。何人かの女性たちに話しかけてみたが、返ってくるのはお決まりの味気ない言葉ばかりであった。そうした言葉は、隠すべきことがあるにしても、結局は、自分の真実の感情や意見を表現するための言葉ではないのだ。彼はいくつかの男たちのグループに近づいた。身振りや声では、何か重要な話題を、熱を入れて話し合っているように見えた。だが、ごく月並みなしゃべり方でくだらぬことを議論しているのが聞こえた。それでオズワルドは坐って、大方の集まりに見られる、目的も理由もないその活況を気ままに眺めた。それでもイタリアでは、凡庸な人というのが結構良い人なのである。優れた人々に対して虚栄心も嫉妬心もあまりなく、親切なあまり重苦しくさせることがあっても、気取って人を傷つけることはまずない。

ところが、オズワルドがほんの数日前、とても面白く思っていたのがこの同じ集まりなのであった。世間をはばかって、コリーヌと話ができないいささかの窮屈さ。コリーヌの、他の人々に充分に礼をつくしてから、彼の方へ戻ってくる心配り。社交界について思いつく二人の知的な批評。オズワルドの面前でコリーヌは、おしゃべりをして、彼にだけその真意が分かる思索について、間接的に聞かせられる楽しみもあって、会話はとても変化に富んだものになった。その同じサロンの色々な場所で、オズワルドはその時の楽しく、刺激的で、快適であった時間をまざまざと思い出していた。そういう時間のせいでこの集まりも、彼には面白いものであったのだ。

「ああ！」と彼は立ち去りながら、言った。「世界のあらゆる場所がそうなのだけれど、ここに生命を与えるのは彼女だけなのだ。彼女が帰るまで、いっそのこと一番人けのない所に行こう。喜びらしきものが身の周りに何もないだろうから、彼女がいない辛さをそれほど感じないで済むだろう」

第十部　聖週間

1

その翌日、オズワルドは、何か所かの男子修道院の庭園で過ごした。最初にカルトゥジオ会の修道院に行った。そこに入る前に、門近くにしばらく立ち止まって、エジプトの二頭のライオンを眺めた。これらのライオンには、活力と休息が見事に表現されている。顔つきには動物とも人間ともつかないものがある。ライオンたちは自然の力に似ている。それで、ライオンたちを見ると、異教《パガニスム》の神々がライオンの姿で表わされた理由が分かる。

カルトゥジオ会の修道院は、ディオクレティアヌス（一）の浴場の廃墟の上に建っていて、修道院脇の教会は、廃墟に立っていた花崗岩の円柱が装飾になっている。ここの修道院の修道士たちが、熱心にこれらの円柱を見せてくれる。彼らはもう廃墟に興味を覚えるぐらいしか、この世に執着がない。カルトゥジオ会修道士たちの生き方には、そのように生きるための偏狭この上ない精神か、あるいは気高く持続する宗教感情の高まりがある、と思われる。出来事による変化もないこのような日々の連続は、あの有名な詩句を思い起こさせる。

崩壊した世界で時は身じろぎもせず眠る（二）

そこでは、生は死を見つめるのに役立つだけだ。これほど単調な生活の中では、もし考えが変わりやすかったら、そのことが最も苛酷な責め苦になるであろう。回廊の真ん中に四本の糸杉が立っている。この黒い、風が吹いてもなかなか揺れない静かな木は、ここに立っていて何の動きも示さない。糸杉の近くに水が少し出ている泉があるが、音はほとんど聞こえず、か細く、ゆっくりとした噴水となっている。それは時が微かに音を立てるだけの、この人けのない場所にふさわしい水時計だろう。時々、青白い月の光がそこにさしこんで、消えてはまた戻って来るのが、ここの単調な生活で唯一の出来事である。

　けれども、このように暮らしている修道士たちは、戦争や戦闘にも慣れてしまえばそれを苦にしない男たちと同じである。この世における人間の宿命の様々な組み合わせこそ、尽きることない思索の種である。心の内側では無数の事件が起こり、数知れない習慣が形成される。それが、各個人を歴史のそなわった一つの世界とする。誰かを知りつくすということは、一つの人生を学ぶことになろう。人々を知るとは、いったいどういう意味か？　人々を治めることかもしれないが、理解するとなると、神だけができることだ。

　オズワルドは、カルトゥジオ会修道院から、ネロの宮殿跡に建てられたボナヴェントゥーラ修道院へと出かけた。[三] その宮殿で、悔恨を感じることもなく多くの罪が犯された。良心の呵責《かしゃく》に苛まれた修道士たちが、気の毒にも、些細な過ちに対しても厳しい罰を自らに課している。

修道士の一人が言った。「私たちは、死の瞬間に罪が償《つぐな》うことができぬほどでないことを、願うだけです」

　この修道院に入る時、ネルヴィル卿は床の上げ板にぶつかった。

　彼は何のためにあるのか尋ねた。

「ここから、我々を埋葬するのですよ」と、既に悪い病にとりつかれている若い修道士が言った。

　南国の人々は死をとても怖れており、これほどまでに死を思い起こさせる習慣があるのに驚かされる。恐れている考えにことさらに没頭したがる、というのも人間の本性である。魂をいっぱいに満たすことで良い効果をもたらす、悲しみの陶酔といったものがある。

　この修道院では、古代の幼児の石棺が噴水に使われている。ローマの誇る美しい棕櫚の木が修道士たちの庭にある唯一の木であるが、彼らは外界の事物に少しの注意も払わない。規律が厳しすぎて、いかなる精神の自由も与えられていないのだ。彼らの眼差しは打ちひしがれていて、動作は鈍く、もう何事においても意志というものを発動しない。自分自身を統治することを放棄しており、それほどこの領地は「その痛ましい領主を疲れさせている！」のだが、オズワルドはここを訪れても、強い印象は受けなかった。あらゆる形で、死についての記憶を示そうとする意図が明らかで、想像力がついて行かない。死の記憶は思いがけないやり方で出合い、ましてやそれについて語ってくれるのが、人間ではなく自然であれば、受ける感銘はもっと深いものとなるのだが。

日が落ちる頃、「聖ジョヴァンニ・エ・パオロ」の庭園に入った時、オズワルドの魂《こころ》には優しい穏やかな感情があふれていた。この修道院の修道士たちは、それほど厳しい信仰の実践を課せられていなくて、彼らの庭園から古代ローマの遺跡が一望できるのだった。そこから、コロセウム、フォールム、今も立っているすべての凱旋門、方尖柱《オベリスク》、円柱が。隠棲の場にしては何という美しい景色！ もうこの世に生きてはいない人々によって建てられた歴史的建造物を眺めて、隠遁者は自分が何者でもないことに慰められる。

オズワルドは、イタリアには稀なこの修道院の庭園の木陰を長いこと散策した。美しい木々のせいで、一瞬ローマが見失われるのだが、それは、再び見る時にいっそう感動を深くするためのようなものだ。ローマ中の鐘が、「アヴェ・マリア」を鳴らすのが聞こえる夕べの時刻であった。

……沈みゆく日を悼《いた》む鐘の音《ね》が
遠くから聞こえる(四)
ダンテ

晩鐘は時をはかるのに役立っている。イタリアでは、このように言うのだ。「アヴェ・マリアの鐘の一時間前に」とか、「一時間後に会いましょうね」と。昼や夜の時間は、このように宗教的に指定される。

オズワルドは、落日の素晴らしい眺めを楽しんだ。夕暮れに太陽は廃墟の真ん中をゆるゆると沈み、人間が造ったものと同じように衰退に向かう。オズワルドは、胸中にいつもの思いが湧いてくるのを感じた。コリーヌはあまりに魅力的で、あまりに幸せを予期させるために、彼の思考を占めることはなかった。父を迎えた天の霊魂たちの中に、父の霊魂を求めた。愛の力で、見つめている雲も自分の眼差しによって動き、父という不滅の親友の気高く懐かしい姿となって行くように思えた。せめて自分の願力で、父からの祝福にも似た、何ともいえぬ清らかな恵みの微風を感じたいと思った。

2

ネルヴィル卿は、イタリアの宗教を知り、学びたいと思って、四旬節の間中、ローマの教会を鳴り響かせる説教のいくつかを聞く機会を得ることにした。コリーヌとまた一緒になるまでの日数を数えた。彼女の不在の間、美術に属し、想像力でその魅力を感知するようなものは何も見たくなかった。コリーヌと一緒でない時には、傑作が与えてくれる喜びの感動に耐えられなかった。彼女が与える幸福しか味わいたくなかった。詩、絵画、音楽、そこはかとない希望によって人生を美しくしてくれるものは、コリーヌの傍でなければ、どこであっても彼を苦しませるものでしかなかった。

聖週間の間、ローマの説教師が教会で説法を聞かせるのは夕暮れ、日の光も失せかける頃である。女たちは、その時は皆、キリストの死を思って黒衣をまとう。幾世紀も昔から年を重ねて繰り返されている、この年に一度の服喪には心に触れるものがある。それゆえ、これらの立派な教会のただ中に入ると、真の感動を覚える。教会の墓も祈祷のためによく整えられている。

しかし、たいていは説教師があっという間にこの感動を消し去ってくれる。説教壇はかなり長くて、そこで説教師はあたふたと、それでいて規則的に端から端へと歩き回る。話を始める時には必ず歩き出し、終わる時には戻って来る。時計の振り子のようだ。ところが、説教師は身振りが派手で没頭しきっている様子なので、全てを忘れたかに見える。

だが言わせていただければ、それはイタリアでよく見かける紋切り型の熱狂であって、外見の活発な動きはうわべだけの感動を表しているだけのことが多い。十字架が壇の端に下げられている。説教師はそれを外して口づけし、自分の胸に押しつける。そして、悲しみをかきたてる時が終わると妙に冷静になって、十字架を元の場所に戻す。普通の説教師が、効果を上げるのによく使うのは、頭にかぶる四角い縁なし帽である。目にも止まらぬ速さで、これを脱いだりかぶったりする。ある説教師は、今世紀の不信仰をヴォルテールと、そしてとりわけルソーのせいだと言って非難した。帽子を壇の中央に投げ、帽子をジャン＝ジャックに見立てた。こうしておいて、長い説教をたれ、帽子に言ったものだ。「さあ、ジュネーヴの啓蒙哲学者よ、私の議論にどう反論しますか？」

説教師は答えを待つ風情《ふぜい》で、しばらくの間、口を閉じていた。帽子は何の返答もせず、彼は帽子をまた頭にのせ、こう言って話をおしまいにした。「皆さんが納得されたので、もうこの話はおしまいとしましょう」

こういう奇妙な場面が、ローマの説教師の間で頻繁に繰り返される。この分野における本物の才能には、めったにお目にかからない。宗教は、イタリアにおいて力強い教えとして尊重される。宗教は、実践と儀式によって想像力を虜にする。だが、イタリアでは教義に比べて、道徳の説教の方への熱意が乏しい。心の奥底にある宗教観では、それを深く理解することができない。説教の雄弁というものは、文学から派生した他の多くのものと同様に、何も描写せず、表現しない、という凡庸な考えのままになりがちだ。かくも熱烈にして、怠惰なる人々には、落ち着きを取り戻すためには画一性が必要で、それがあると休息できるので好きなのだ。

こういう精神の人々にあっては、新思想など雑音のようなものである。説教には、考えと言い回しのための作法とも言うべきものがある。定まった作法が、たいてい他の定まった作法の後に来る。もし、演説者が自分の考えに従って話をして、言うべきことをみずからの精神に求めるとなると、この順序は乱されることだろう。イタリアの説教師は、宗教と人間の本性との類似を求めるキリスト教哲学も、他のあらゆる哲学も、とんとご存じないのである。宗教について考えることは、宗教に反逆するのと同じくらいイタリアの説教師たちを憤慨させる。それほどまでに、彼らはこの種のことでは紋切り型に慣れているのだ。

聖母崇拝は、イタリア人や南国の人にはことのほか親しいものである。女性に対する愛情に、他の国より純粋で繊細なものがあるということと、ある意味では関連があるのかもしれない。だが、説教師がこの題目で説くことにも、同じ大げさな弁論術の形式が見られる。どうして彼らの身振りや話のせいで、真面目なことがいつも冗談にならないのかが分からない。イタリアでは、説教壇で厳かな職務が果たされる時に、実直な口調や自然な言葉に出合うことはまずない。

オズワルドは、うんざりする単調さ、わざとらしい熱弁の単調さに疲れて、カプチン会修道士の話を聞きにコロセウムに行きたいと思った。その修道士は戸外で、「十字架の道」と呼ばれるものがその内部にあったとされる祭壇の下に立って、説教することになっていた。この歴史的建造物、殉教者が剣闘士の後に続いて入ったこの闘技場ほど、弁論にとって立派なテーマがあろうか！　だが、この点については、この哀れなカプチン修道士には何も期待してはいけない。彼は人間の歴史となると、自分の人生しか知りはしないのだ。それでも、彼の拙《つたな》い説教には耳を傾けなくても、周りの様々なものに感動を覚える。聴衆の大半はカマルドリ信心会の人々である。彼らは、信心行の間、頭と身体全体をすっぽり覆い、目を出すために小さな穴を二つあけた灰色の服を身にまとっている。こうして霊魂が表現されているのかもしれない。この人々は、このように服の中に隠れ、頭を地にこすりつけ、自分の胸を叩く。説教師が、「神のお慈悲を！」と声を上げながらひざまずくと、周りを取り囲んでいる人々もそれに倣《なら》い、同じ叫びを繰り返す。この叫びはコロセウムの古い柱廊に消えていく。その時、深い宗教的感動を覚えずにはいられない。地上から天への、神の慈愛を求めるこの苦しみの声は、魂の奥にある聖域まで揺り動かすのである。

オズワルドは、参列者全員がひざまずいた瞬間、身震いした。彼は、異なる宗派の礼拝をしないために、立ったままでいた。神の前にぬかずいているのがどんな人々であっても、公然とその人たちと同じようにしないというのは、辛いことだった。ああ！　本当に、全ての人に等しく適することのない、天の慈悲への祈りというものがあるだろうか？　参列者たちは、ネルヴィル卿の美貌とその変わった振る舞いに驚いたが、彼がひざまずかなかったことに眉をひそめたりはしなかった。ローマっ子ほど寛容な人々はいない。彼らは、ここにやって来る人は見物しにきているだけだ、ということに慣れっこになっている。誇りからか、怠惰のせいか、自分らの意見に同調させようなどとはしない。

さらに途轍《とてつ》もないのは、とりわけ聖週間の間、肉体的な苦行を自らに課す者が多数出て来るということである。彼らが自分の身体に鞭をあてる間中、教会の扉は開いていてそこに入ることができるが、彼らにとってそれはどうでもいいことなのだ。他の人々には関心を持たず、いくら見られても平気、人の目を気にして何かを控えたりはしない。彼らは、いつだって自分の楽しみや目的のために歩いている。虚栄と呼ばれる感情があるとも知らずに。もし虚栄があれば、喝采を受けたいという欲求以外に楽しみも目的もなくなる。

3

ローマでの聖週間の儀式について話は持ち切りであった。四旬節の時期になると外国人がわざわざこの見せ物のためにやって来る。システィーナ礼拝堂の音楽と聖ピエトロ大聖堂の照明だけが、この類《たぐ》いとしては美しいので、当然のことながら、これらがたいへん注目を集める。だが、いわゆる儀式によって皆の期待が満足させられるわけではない。教皇が用意する十二使徒の晩餐、教皇が洗う彼らの足、そして最後におごそかな当時の様々な衣裳を見て、感動してあれこれ考えさせられる。

しかし、どんな状況が出て来てもおかしくなく、しばしばこの見せ物の興味と品位とが損なわれる。そこで協力している人が全員、瞑想に耽っているのでもないし、皆が皆、敬虔な考えに浸っているわけでもない。これらの儀式は数を重ねて繰り返し行われるので、そこに参加する大方の人々にとっては機械的な行動となり、若い司祭たちは大きな祝祭の礼拝を、元気に、あまり重々しくなく、てきぱきと器用に片づける。宗教に似つかわしい例の曖昧《あいまい》さ、未知性、神秘性は各人がその職務を果たす際の心遣いによっては一掃されてしまう。出された料理をがつがつ食う者や、いかにも気がなさそうに繰り返しひざまずき拝礼したり祈りを唱えたりする者がいて、祝祭は厳粛さに欠けることも度々である。

聖職者が今も着ている古代の衣裳は、現代の髪型には合わない。長い髭をたくわえたギリシャの司教の服装が、最も威厳がある。古い礼拝の作法もまた、現在の男のやり方のような会釈をするのではなく、女のように膝を折り、身を屈めてお辞儀をするので、真摯な印象がない。要するに、全体として調和がとれていない。想像力を刺激するような配慮がなく、あるいは、想像力を楽しませることもなく、新旧が入り混じっている。見たところ華々しく、荘重な礼拝は、確かに魂のうちに高められた宗教感情を満たすのに向いている。

しかし、儀式が見せ物に堕することのないようにしなくてはならない。見せ物では互いに向き合って自分の役割を楽しむし、祈りの時には、いつ祈りをするか、祈りを終えるか、ひざまずくか、立ち上がるか、なすべきことが分かっている。聖堂の中に導かれた者たちの規則的な儀式は、心の自由な発露の邪魔になる。その発露だけが、人間に神に近づく希望を与えるのであるが。

このような観察は、外国人なら誰もが感じている。大方のローマの人々はこれらの儀式に飽きもせず、年ごとに新たな楽しみを見つけるのである。イタリア人の風変わりな点は、変わり身が早いが移り気ではなく、活気はあるが多様性に欠けるということである。何事によらず我慢強く根気がある。彼らの想像力がその所有するものを美化する。生活には想像力が満ちているが、それを不安にさせることにない。彼らは、何事も実際よりも、壮大で重々しく美しく見る。他国では、飽き飽きした風を装うのが虚栄心だが、イタリア人の場合、むしろみずからにそなわっている熱意と活気によって、喜んで感嘆の念にうたれることに虚栄心が発揮される。

ネルヴィル卿は、ローマの人々が話すのを聞いて、聖週間の儀式でもっとずっと感銘を受けるかと期待していた。イギリス国教の気品ある簡素な祝祭が懐かしくなった。不快な印象を持って家に戻った。感動させられるはずのことで感動しないということほど無残なことはない。魂《こころ》が干涸《ひから》びてしまった気がして、高揚感《アントウジアスム》の力を無くしてしまったのではと不安になる。それがなければ、思考能力はもはや人生が厭になるのに役立つだけである。

4

しかし、聖金曜日になるとすぐに、ネルヴィル卿はそれまで残念ながら感じられなかった宗教的な感動を覚えることとなった。コリーヌの黙想期間が終わろうとしていた。彼女にまた会える幸せを心待ちにしていた。うれしい期待感が信仰心としっくり合う。人を信仰心から完全に逸らせることができるのは、俗世のわざとらしい生活しかない。

オズワルドはヨーロッパ中で褒めそやされている有名な「ミゼレーレ」(五)を聞きに、システィーナ礼拝堂へ出かけた。彼はまだ日の高いうちに着いて、ミケランジェロのあの有名な絵を見た。ミケランジェロは主題と、その才能の恐ろしいほどの迫力によって、最後の審判を描いた。ミケランジェロはダンテを熟読玩味していた。彼は、ダンテのように、イエス・キリストの前に神話の人物たちを描き表す。だが、彼はたいてい異教《パガニスム》を悪しき教えとしていて、異教の神話を悪魔たちの姿で描き表す。

　礼拝堂の丸天井には預言者たちと、キリスト教徒たちに証人として呼ばれたシビラたち（六）とが見える。彼らを天使たちの群れが取り囲んでいて、このように描かれた丸天井は、天を我々に近づけているようだ。しかし、この天は暗く恐ろしい。ステンドグラスを通して、日の光はほとんど射し込まず、絵に、光というよりは影を投げかけている、暗いせいで、顔かたちは実際よりも大きく見える。弔《とむら》いめいた香りがこの堂内の空気を満たし、五感はあらゆるものの中で最も深いもの、音楽がもたらしてくれるものに向かう。

　オズワルドが思索に耽って、周りにある事物を見つめていた時、男性席を隔てる格子の向こう側の女性用席に、思いがけずコリーヌが入って来るのを見た。黒衣をまとい、節制のせいで蒼い顔をしていた。コリーヌはオズワルドの姿を認めた途端、身震いのあまり先に進むのに、手摺りに掴まらなくてはならなくなった。この瞬間に「ミゼレーレ」が始まった。

　この昔の歌を歌う、きれいな完璧に鍛《きた》えられた声が、丸天井の下の演壇から起こる。歌う人々が全く見えない。音楽は空中に漂うようである。刻々と陽が傾き、礼拝堂は暗くなる。それはもう、オズワルドとコリーヌが一週間前に聞いていた、享楽的で情熱的な音楽ではなかった。俗世を捨てることをすすめる音楽であった。コリーヌは格子の前にひざまずいて、深々と瞑想に耽った。オズワルドその人の姿は見えなくなった。もし魂から肉体が分離される時に苦悩がないならば、このような高まりの瞬間にこそ人は死にたいのだろうと彼女には思えた。もし、突然、天使が、その根源へ帰る神のきらめきである感性と思考とを翼にのせて迎えに来るならば、その時、死は言わば心のままなる行為であり、さらに熱のこもった聞き入れられる祈りとなるであろう。

「ミゼレーレ」、それは「我らを憐れみ給え」という意味だが、様々な歌い方で、節ごとに代わる代わる歌われる詩篇である。天上の音楽が、代わる代わる奏でられる。それから次の句が、こもった、うなるような口調でつぶやくように朗読される。それは、感じやすい人々に対する、無情な者たちの応答であるとも、寛大な魂の願いを萎《しお》れさせ、押し返しに来る現実の生活とも言えるだろう。その優しいコーラスが始まると希望に生き返る。

　ところが、句の朗読が再び始まると、また冷たい感覚にとらわれる。恐怖からではなく、高揚感《アントウジアスム》が沈静させられるからである。最終楽章は今までのどの楽章よりも気高く、心に触れるもので、魂の奥に安らかで清い感銘を残す。神は、我々が死に行く前に、これと同じ感銘をお与えになる。

燭台の火が消される。夜の暗さになる。預言者たちとシビラたちの顔が薄闇に包まれた亡霊のように見える。静寂は深く、このように内省的な精神状態にあっては、言葉を発することが耐えがたい苦痛となるだろう。最後の音が消えた時、どの人も音もなくゆっくりと去る。この世の俗な利害の中に戻っていくのを、怖れているようにも見える。

コリーヌは、聖ピエトロ大聖堂に向かう行列に従った。聖堂には、その時は照明つきの十字架が輝いているだけだった。ただ一つ輝くこの苦悩の巨大な建築物の厳かな暗闇の中で、キリスト教の最も美ししるしは、人生の闇のただ中にあって、遠くから青白い光がさしている。この丸天井の下で群れなしている生者は、死者のいイメージである。墓所の飾りの彫像に、十字架で明るくなっている場所に、像と比べると小人のようだ。その背後にずらりと並んだ枢機卿た白い衣をまとった教皇と、半時間ちかくそちがぬかずいている。彼らは静まりかえって、こでそうしている。これに接すると感動せずにはいられない。彼らが何を願っているのか、そのひそかな呻《うめ》き声は聞こえない。だが彼らは年老いていて、我々よりも墓への距離は近い。今度は我々がこの恐ろしい先頭へと移る時、神は、人生の黄昏《たそがれ》が不滅の生の始まりとなるほどに老年期を気高くして下さるだろうか！

若く美しいコリーヌもまた司教の列の後でひざまずき、顔には柔らかな光が当たって蒼白くなったが、瞳は相変わらず強く輝いていた。オズワルドは、彼女を魅惑的な一幅《いっぷく》の絵として、賛美すべきひととして見つめていた。祈りが終わって彼女は立ち上がった。ネルヴィル卿は彼女が信仰の瞑想に耽っていると思い、邪魔しないようにそばに近寄ろうとしなかった。彼女の方が先に、至福感に上気してやって来た。その至福感は彼女の立ち居振る舞いにあふれていて、聖ピエトロで自分に近づいてくる人々を元気に明るく受け入れた。突如として聖ピエトロは公共の一大散歩道のようになってしまい、そこで誰もが自分の問題や楽しみについて話をするために待ち合わせるのであった。

次々と色々な印象を与えるこの変身ぶりに、オズワルドはびっくりした。コリーヌが喜んでいるのがうれしいのだが、日中の感激の跡形も見られないことに驚いたのであった。彼は、このような厳かな日に、この立派な教会が、人が楽しみのために集まって来る、ローマのカフェになってしまうことを理解しかねた。人の輪の中で元気よくしゃべり、周囲の事物は眼中にないようなコリーヌを見て、このような軽薄さに対して疑念を抱いた。彼女は即座にそれに気づいて、急に会話の輪を離れ、教会の中を少し歩こうとオズワルドの腕を取って言った。

「私の宗教感情について、あなたに話したことは一度もありません。今日、それについて話させて下さいな。それで、あなたが持たれた心配を晴らせるでしょう」

5

コリーヌは言葉を続けた。「オズワルドさん、私たちの宗派が違うことで、ひそかに非難されていることは分かりますわ。あなたの国の宗教は厳格で真面目です。この国では活気があって優しいのです。一般にカトリックの方がプロテスタントより厳しいと思われますが、それはこの二つの宗教の対立がある国々においてのみです。イタリアには宗教上の衝突はなかった。イギリスではたくさん経験されたわけです。イタリアのカトリックは優しく寛大な傾向があり、イギリスではカトリックを壊滅させるために、改革運動がその信条と道徳を極度に厳格にして武装したのです。

私たちの宗教は、古代人の宗教のように芸術を活気づけ、詩人に霊感を与え、言ってみれば生のあらゆる喜びの一部となっています。ところが、あなた方の宗教は、想像力よりも理性が優勢な国に確立されて、道徳的に厳しい傾向を帯び、それが変わることはないでしょう。私たちの宗教は愛の名において、あなた方の宗教は義務の名において語る。イギリスの教理は自由で、イタリアの教義は絶対です。それでも実際には、私たちは伝統的に教義が絶対であっても、個々の場合に応じて融通をきかせますが、イギリスの宗教的自由は一つの例外もなくその規律を守らせます。

イタリアのカトリックは修道生活に入った人々にはとても厳しい苦行を課します。その生活は自分の意志で選ぶもので、人間と神との神秘的な関係です。在俗の宗教は、日常における感動のもとなのです。愛、希望、誠実がこの宗教の主たる徳目です。この徳目は全て、幸福を約束し、与えるものです。神父はいかなる時でも、私たちに純然たる喜びの感情を禁じるどころか、この感情が創造主の恵みに対する感謝を表わすのだと言います。彼らが強く言うことは、信仰と神の意にかないたいならば、それらを重んじていることを証明するために実践を守れ、ということです。それは不幸な人々への慈善、および私たちの弱さへの悔悛です。

神父は、熱意を持って願えば、私たちの罪を許すことを拒みはしません。ここでは他のどこよりも、愛すれば、寛容な憐れみを受けることができます。イエス・キリストは、マグダラのマリアに言わなかったでしょうか？『彼女はよく許される。よく愛したのだから』この言葉が、イタリアの空ほどに美しい空で発せられたのです。この同じ空が私たちのために神の慈悲を願ってくれるのです」

ネルヴィル卿は答えた。「コリーヌ、そんなに優しい言葉にどのようにして反論したらいいのでしょうね。私の心が欲している優しい言葉に！　けれども反論しますよ。今日は、コリーヌを愛して、共に幸福と徳の末長い将来を望む日ではないのですから。最も純粋な宗教というものは、私たちの情熱を犠牲にさせ、義務を果たさせる至高の神への絶え間ない賛辞です。人間の道徳性とは、神に対する信仰です。神と人間との関係で、人間の知性が進歩改善されないように神がお考えであると思うことほど、創造主についての考えを貶《おとし》めることはない。至高の良き主人の気高いイメージ、父たる神は、その子らをさらに良く、さらに幸せにするため以外に何かを要求することはない。一体どうして、人間そのものが目的としていないことを、神が人間に要求されると思えましょう！

　道徳の義務よりも宗教実践に重きを置く習慣から、イタリア人の頭にどんな混乱が起きているかをご覧なさい。ご存じでしょうが、ローマで殺人犯罪が一番多いのは聖週間の後なのですよ。イタリア人は、言ってみれば四旬節で手にしたと思った悔い改めという蓄えを殺人で食いつぶしてしまうのですね。人を殺した手にまだ血が滴《したた》っているのに、金曜日〔キリストの苦難を思い肉を食さない日〕に肉を食べるのをためらう犯罪者たちがいます。野卑な人々に、一番の重罪は教会が命じる実践に従わないことだと説くのだが、彼らはこの点について心がけるだけでへとへとになってしまい、神を世界の政府のように思ってしまう。政府は、力への服従をいかなる徳よりも重視するのです。そのため、真面目で思いやりのある生活ができるのは神の恵み、報《むく》いであると敬意を抱くどころか、媚びへつらう関係となります。

　イタリアのカトリックは、表面的な儀式だけで瞑想と黙想が無くてもいいことにしてしまう。見せ物が終わって、感動は止み、義務は果たされた。それで我々の国のように、行いと心情の厳しい試練によって生じた思考と感情に長いこと浸ることがないのです」

　コリーヌが答えた。「厳しくていらっしゃいますね、オズワルドさん。初めて気づいたわけでもないのですが。もし、宗教というものが道徳を堅く守るだけであったら、哲学や理性を超える何があるでしょう？　それに、もし私たちの主な目的が心情を抑えつけることであるならば、どんな宗教感情が心の中に育まれて来るのでしょう？　ストア哲学者だって、私たちと同じくらいよく義務と行いの厳格さについて知っていました。

　ですが、ただキリスト教にしかないもの、それは魂にあるすべての愛情と結びついている宗教的な高揚感《アントウジアスム》なのです。それは愛し、嘆くことのできる力です。魂が天に向けて飛躍できるようにしてくれる、感情と寛容に対する礼拝なのです！

　放蕩息子の寓話は何を意味していますか？　もしそれが愛でないと言うならば、義務の完全遂行よりも大切な誠実な愛でないと言うならば。その息子は出ていったのでした、父の家を。弟はそこに残りました。彼は世の享楽に溺れましたが、弟の方は一瞬たりとも規則正しい家庭生活から離れたことはなかったのです。だが、彼は戻り、泣き、愛し、父は息子の帰宅を喜んで迎えた。

ああ！　確かに私たちの本性の神秘の中で、愛すること、愛することこそ、神から引き継がれて残っているものです。私たちの徳そのものも、生活していく上で複雑過ぎて、何が良いのか、より良いのか、また何が私たちを導き、あるいは迷わせる内心の感情なのかが理解できません。

私は神に礼拝することをお教え下さるように願い、涙を流しての祈りが効験あらたかであると感じます。ですが、この気持ちを持続させるためには、宗教実践はあなたがお考えよりずっと必要なものです。それは恒常的な神との関係です。それらは、生活の利害一切と関わりなく、目に見えない世界に導かれていくだけの日々の行為です。信仰心のためには、外界の事物もまた大きな助けとなります。もし、美術、大建造物、美しい歌が詩的な天才を、それは宗教的な天才でもあるのですが、それを刺激してくれるのでなかったら、魂は再び元に戻ってしまいます。

卑俗きわまりない男でも、祈る時、苦しむ時、天に願う時、この瞬間には、もし教育によって自分の考えを言語表現できるならば、ミルトン、（七）ホメロス、タッソが表わしたようなものを持っていることでしょう。この世には、大別して二種類の人間しかいないのです。高揚感《アントウジアスム》を感じる人、高揚感《アントウジアスム》を軽視する人。他のいかなる違いも社会的なものです。前者は自らの感情を語るのに言葉を使わない。軽視する者は自分の心の虚しさを隠すために何を言うべきかを知る者です。天からの声によって岩からほとばしる源泉、その泉が真の才能、真の宗教、まことの愛なのです。

私たちの礼拝の華やかさ。聖人たちがひざまずいて祈り続け、その祈りが眼差しにこめられている絵。いつの日か、死者たちと共に目覚めるためかのように墓の上に置かれた彫像。イタリアの教会とその巨大な穹窿《きゅうりゅう》には、宗教思想と密接な関係があります。富も権力も約束されていないことに対して、ただ心情によって罰せられたり、報われたりすることに対して、人々がなす、あの朗々たる神への賛辞が私は好きなのです。その時、私は、自分がここに存在していることをさらに誇らしく感じます。私は、人間に何か無私なものを認めていました。

だから私は、たとえ宗教を壮麗にしすぎるきらいがあっても、来世のための現世の散財が好きなのです。明日のためのことは十分にされているし、人間に必要な経済のために配慮はなされているのですから。ああ！　なんて私は無駄なことが好きなのでしょう。生きることが、つまらないものを得るための辛い仕事でしかないならば、それは無駄というものでしょうね。でも、現世において天に向かって行くのなら、四方に限界がありながらも、無限なるもの、目に見えぬもの、永遠を感じるように、私たちの魂を高めるより他になすべきことはありますか！

　イエス・キリストは、か弱く、悔悛しているらしい女が、自分の足に貴重な香水をかけるのをそのままにさせておいた。香水をもっと有用なことに使うように勧める人々を退けた。『彼女をそのままにさせておきなさい。私はあなた方とわずかな間しか一緒にいられないのだから』と彼は言いました。ああ！　この地上で善なるもの、崇高なるものが私たちと共にあるのはほんの束の間です。老齢、身体の障碍《しょうがい》、死が、花々にしか止まらない天から落ちて来る露の水滴を、いずれ涸らしてしまうでしょう。オズワルド、だから私たちが、愛、宗教、天才も、太陽と香水も、音楽と詩も全てをひとつにすることをそのままにさせておいて下さい。冷たさ、利己主義、卑しさには無神論があるだけです。

　イエス・キリストは言いました。『二、三人がキリストの名において集まれば、その中に私はいるのです』そして、ああ神よ！　あなたの名において集まるとは何なのでしょう、もし、それがあなたの立派な本質の崇高な恵みを享受するのでなければ。あなたを讃《たた》え、生きていることを感謝し、とりわけあなたに創造された人が、私たちの心によく応えてくれる時に、あなたにそのことを感謝するのでなければ！」

　この瞬間、この世ならぬ閃《ひらめ》きを見せて、コリーヌの顔は生き生きとしていた。オズワルドは、思わず聖堂の真ん中でコリーヌの前にひざまずいて、その言葉を反芻し、その言葉をまた彼女の眼差しに見る喜びにひたって、長らく黙ったままでいた。だが、とうとう彼は返事をしようとした。自分にとって大切な主張を捨てるわけにはいかなかった。

　彼は言ったのだ。「コリーヌ、あなたの恋人に一言、言わせて下さい。あなたの恋人の心は乾いてなんかいませんよ。ええ、コリーヌ、少しも。それは信じて下さい。もし、私が教理や行動に厳しさを求めるとすれば、それは厳しさが感情にさらに深みや持続性を与えるからです。もし、私が宗教の中に理性を好むとすれば、つまり矛盾のある教義や人々に感銘を与える人間的な手段を拒否するならば、それは高揚感《アントウジアスム》にも、理性にも、神を見るからです。私は人間の能力の中から、何かが奪われるのが我慢できないのです。人間はある真実を知るために、どんな能力を持っても持ちすぎるということはないし、心の直感と共に理性による思索をおこなって、神の存在と魂の不滅を悟るからです。このような崇高な考え、徳と合わさった考えに対して何を付け加えることができるでしょう！　それ以上、何を付け加えましょう！

　詩的な高揚感《アントウジアスム》は、あなたにたくさん魅惑を与えるでしょう。だが、あえて言いますが、有益な信心ではありません。コリーヌ、そんな気持ちでどのようにして義務のために払う犠牲にそなえることができるでしょう？　魂の飛躍によってしか天啓はありません。未来と現在の人間の宿命が雲間を通してしか精神に見えてこない時には。キリスト教のおかげで明晰で実証的になっている私たちにとっては、感情は報いにはなりますが、それだけが道案内ではない。あなたが述べるのは、幸福な人々の生であって、死すべき人間の生ではない。宗教生活は闘いであって、讃歌ではない。もし、私たちがこの世で他人や自分の悪い性向を抑えるようにされていなかったら、実際そこには、冷たい魂と高められた魂の違いしかないでしょう。

人間というものは、あなたの心に描き出されているよりも激しく恐ろしい動物ですよ。信仰心においては理性、義務においては厳しさが、人間の思い上がった過ちの歯止めとして必要なのです。

あなたが、あなた方の宗教の外面的な華美や数多い実践をどのように考えられても、ねえ、世界とその創造主についての瞑想に耽ることが何時《いつ》だって一番の礼拝でしょう。その礼拝こそが想像力を満たし、想像力にくだらない馬鹿げたものは何もないことを悟らせるのです。教義は私の理性に反するし、また高揚感《アントウジアスム》を冷ましてしまいます。確かに、世界はこのように私たちが否定も理解もできない謎です。だから、自分が説明できないことを信じまいとする人、その人はおかしいかもしれませんね。人間はいつも筋道の通らないことを創るものです。神秘、つまり神が私たちに与えるような神秘は、知性の光を越えるもので、しかもそれに対立してはいないのです。

あるドイツの哲学者（八）が言いました。『私は宇宙でただ二つの美しいものしか知りません。私たちの頭上の星空と心にある義務の感情です』実際、創造のあらゆる驚異がこの言葉の中にこめられています。

あなたを知る前は、コリーヌ、私は思っていたでしょうね。簡素で厳しい宗教は、心を涸《か》らしてしまうどころか、それだけが愛情を集中させ、永続させることができると。厳しく、純粋な行動をする男が、あふれるような優しさを持つようになったのを見たことがあります。情熱の嵐とそれゆえの過失でどうしても損なわれがちになる魂の純真さを、老年にいたるまで持ち続けていました。なるほど、悔悛というのは立派なことで、私は誰よりもその効用を信じなければなりません。ですが、悔悛が繰り返されると魂は疲れ果て、こういった感情は一度しか生まれ変わらせないのです。私たちの魂の奥でなされるのは贖罪《しょくざい》です。そしてこの大きな犠牲は繰り返すことはできません。人間の弱さがそれに慣れてしまうと、愛する力を失います。愛するためには、とにかく不変の力が必要ですから。

あなたが言う、想像力に強く働きかける、華麗さあふれる礼拝に対して、これにも同じように反論します。私は、心のようにつつましく、控えめにしている想像力を信じます。想像力が生じさせた感動は、自然と生まれた感動より力が弱いものです。

セヴェーヌの山奥で、夕暮れ、説教する司祭を見たことがあります。彼は、同胞によって追放、放逐されて、遺灰になって戻って来たフランス人の墓のために祈りました。彼は故人の友人たちに、より良き世界で彼らに再会できると言いました。有徳の生活をおくればこの幸福が約束されていると言いました。

　彼は言いました。『人々に善をなしなさい。神にあなたの心の苦しみの傷を癒《いや》してもらうために』彼は、儚い人間が自分のような儚い人間に示す頑《かたく》なさ、酷さに驚き、死という恐ろしい考えに襲われました。この考えを、生きている者は分かっていて、決して突き詰めないでしょう。結局、司祭は心にしみるような真実を何ひとつ告げることはしませんでした。見事に自然と調和した言葉を述べました。遠くに聞こえる急流、またたく星の光は、同じ思想を別のかたちで表しているようでした。

　そこには自然の壮大さがあり、その壮大さはそれだけで、不幸な人を傷つけることなく祝祭を与えてやるのです。この堂々たる簡素さは、華々しい儀式よりもずっと深く魂をゆさぶりました」

　この会話の翌々日の復活祭の日に、コリーヌとネルヴィル卿は一緒に聖ピエトロの広場にいた。その時、教皇が教会の一番高いバルコニーに進み出て、地上に広める祝福を天に願った。

　その時、教皇はこういう言葉を述べた。

「ローマ内外の信徒に《ウルビ・エト・オルビ》」

人々はみなひざまずき、コリーヌとネルヴィル卿は感動して、全ての宗派は似かよっていると感じた。宗教感情が人々を固く結びつけ、その時は自己愛も狂信も、それを嫉妬と憎悪の対象としない。いかなる言葉、いかなる典礼であろうとも、共に祈ること、それはこの世で結ぶことのできる、もっとも心打つ希望と共感からなる友愛である。

6

　復活祭の日が過ぎても、コリーヌは、ネルヴィル卿に自分の話を打ち明ける約束を果たさなかった。彼は、彼女が話そうとしないのに気を悪くして、ある日彼女の前で、ナポリが美しいと評判なので行ってみたいものだ、と言った。コリーヌは即座に彼の魂《こころ》の中に起きていることを察して、旅行しようと提案した。彼を喜ばせるにちがいない、愛の証《あかし》を与えることで、迫られている告白を先延ばしできると思った。それに、彼が自分を連れていくなら、一生を契《ちぎ》ってくれる心づもりなのだろうと思った。それで、不安な気持ちで彼の言葉を待ち、色よい返事を期待して、すがるような眼差しで見つめた。

　オズワルドは断ることができなかった。とにかく彼は、この申し出にも、コリーヌがあっさりと申し出たことにも驚き、しばらく受けるかどうか迷った。だが、恋人が落ち着かず、当惑のあまり涙をあふれさせているのを見て、二人で発つことに同意した。彼の方ではこのような決心がいかに重要なことか気づかずに。コリーヌはうれしさのあまり有頂天になった。彼女の心はこの瞬間にオズワルドの愛情にゆだねられたのだから。

出発の日が決まり、一緒に旅をするというとうれしい予定が別の考えを忘れさせた。二人は楽しみながら、この旅行の細々としたことを指図したりして、喜びの種にならないものとてなかった。生活上の手配が何かの希望に結びついて、特別に魅力あるものになる幸せな気分！　生活そのものにも、時間の経つのにも疲れを感じる時がすぐにやって来る。毎朝目を覚ますことに耐えられるように、それから何か仕事がなければ夜まで日を過ごせなくなる時が。

ネルヴィル卿が出発準備を整えるためコリーヌの家から出た後で、デルフィユ伯爵が到着した。彼女から準備中の計画のことを聞いた。

「考えてもごらんなさい」と伯爵は彼女に言った。「ネルヴィル卿と旅行するのですって！　あなたの夫でもないし、あなたにそれを約束したわけでもないのに！　それに、捨てられたら、あなたはどうなるのですか？」

「どうなるでしょう」とコリーヌは答えた。「どんな状態にあっても、もし彼に愛されなくなったら、世界で一番不幸な女になるでしょう」

「ええ、だが、もし我が身を危うくするようなことをしなければ、あなたはそのままでいるでしょう、無傷でね」

「私が無傷で」とコリーヌは叫んだ。「人生でもっとも深い愛情が涸れはてる時に！　心が打ち砕かれる時に！」

「世間はそれを知らないでしょう。隠していれば、世間の評判で何も失うことはないでしょう」

「どうして」とコリーヌは言った。「世間の評判を気にするのですか？　もし、それが愛するひとの目にさらに魅力的になるためでないならば」

「愛することはやめられます」とデルフィユ伯爵は答えた。「でも社会の中で生きること、社会を必要とすることは止められませんよ」

コリーヌは答えた。「ああ！　もしオズワルドの愛情がこの世で私ひとりのためのものでなくなる日が来るだろうと思ったら、もしそう考えられたら、愛することをとっくの昔に止めていましたわ。愛がもう存在しなくなる時を予測して、あらかじめ考慮しておくならば、愛とはいったい何かしら？　恋愛にもし何か宗教的なものがあるとするならば、それはあらゆる計算を捨て、全面的に犠牲を払い、献身に喜びを見出すことです」

「何をおっしゃいます」とデルフィユ伯爵は言った。「あなたのような才知あるひとがそんな馬鹿げたことで頭をいっぱいにしているなんて！　あなたのように考える女性は、我々男性にとってはありがたい。そうなれば、女性を牛耳ることができますからね。だが、あなたの優越性が失われてはいけない。それを役立たせなければ」

「役立たせる、ですって」とコリーヌは言った。「ああ！ そのおかげで、ネルヴィル卿の優しい、寛大な人柄がよりよく感じられるのですから」

「ネルヴィル卿とて他の男と同じことですよ」とデルフイユ伯爵は言った。「彼はイギリスに戻るでしょう。結局のところ仕事のことで分別をつけるでしょう。そしてあなたは彼とナポリに同行して、軽はずみにも世間の覚えを危うくするのです」

コリーヌは言った。「私はネルヴィル卿がどういうおつもりか知りません。あの方を愛する前にそのことを考えた方が良かったのでしょう。でも今となってはこれ以上の犠牲が何だというの！ 私の愛情は、いつも彼の私に対する気持ち次第なのかしら？ 逆に私は、自分に何の救いも残していないのが、何かうれしいのです。心が傷つけられる時、そんなものなどありはしません。それでも時として、世間は、その人に何か救いが残っていると思うでしょうが、もしネルヴィル卿が去って行ったら、私には何の救いも残ってない。その点でも、徹底して不幸だろうと思いたいのです」

「それではネルヴィル卿は、あなたがどの程度、彼のせいで危うくなるかを知っていますか？」とデルフイユ伯爵は続けた。

「それをあの方に隠すために、とても気を使っています」とコリーヌは答えた。「この国の慣習をあまりご存じでないので、気楽な慣習について少し大げさに言いもしました。この点について、あの方には一言ももらさぬようにお願いします。私はあの方に自由で、私との関係においても自由であり続けてほしいのです。彼は私の幸福のためにいかなる犠牲を払ってもいけません。私を幸せにしてくれる恋は人生の花で、もしそれが枯れることになるなら、誰に親切や思いやりを受けても、もう再び咲かせることはできないでしょう。

ですからお願いです、伯爵。私の宿命に立ち入らないで下さい。あなたが愛情についてご存じのことは、何一つ私に向いていません。あなたの言われることは賢明で、よく考えられていて、普通の人たちにはよく当てはまります。ですが、一般的な、大ざっぱな分類で、私の個性を判断しようとしているので、悪気はなくても私を苦しめるのです。そういう分類のためにできた格言がいくつかありますわ。私は私のやり方で苦しみ、楽しみを感じます。誰かが、私の幸福について、その人の考えを押しつけようとしたら、私自身を守らなければならないでしょう」

自分の忠告が役に立たず、コリーヌのネルヴィル卿への愛の大きな証を見せつけられて、デルフイユ伯爵の自尊心はいささか傷つけられた。彼女に愛されていないことは承知していたし、オズワルドが愛されていることを知ってはいた。だがこれほどあからさまにされるのは不快であった。いつだって、ある男がある女の愛をかち得たことは、その男の親友にさえも何か面白くないものなのだ。

「私が何もできないのは分かりますが」とデルフイユ伯爵は言った。「あなたが不幸せになった時、私のことを思い出されるでしょう。ローマにいても、あなたもネルヴィル卿ももういないのですから、退屈しきってしまうだろうな。あなたにはきっとスコットランドかイタリアでまたお会いするでしょうね。さしあたって旅行に興味が出てきましたからね。忠告などしてごめんなさい。可愛いコリーヌ。私はいつもあなたの味方ですよ」

コリーヌは礼を言って、臍《ほぞ》を噛む思いで彼と別れた。彼とはオズワルドと同時に知り合いになったのだ。そんな経緯《いきさつ》のせいで、彼との間には、ひびを入らせたくないと思わせる結びつきができていた。彼女はデルフイユ伯爵に予告したように行動した。ネルヴィル卿が旅行の計画を承知してくれた喜びも、いくつかの心配ごとがあって、一時《いっとき》揺れ動いた。

ネルヴィル卿は、ナポリへの旅立ちがコリーヌに迷惑をかけるのではと懸念した。そこで、乗り越えられないほどの障害で、二人が別れることがないかどうかを確実に知るためにも、出発する前に彼女の秘密を聞きたいと思っていた。だが、彼女はナポリに行ってからでないと自分の話はしないと明言して、自分の取ろうとしている立場と、世間で言われそうなことについては適当に言いつくろった。

オズワルドはこのごまかしに乗せられた。優柔不断で気弱な性格にあっては、恋が片目をつぶらせ、理性が片目を開けさせる。その時の感動次第で、二つの目のいずれかに決めてしまう。ネルヴィル卿は博識で洞察力に富んだ知性をそなえていたが、自分のこととなると、過去から判断するしかなかった。現在の状態が漠然としか見えなかった。衝動と悔恨、情熱と臆病が全く同時にあって、これらの正反対の性格のために、何か事が起きて心の葛藤の決着をつけさせられて初めて、自分のことが分かるのだった。

コリーヌの友人たちの中でも、とりわけカステル＝フォルテ公が、彼女の計画を知らされてひどく心を痛めた。苦痛のあまりすぐに彼女に会いに行ったほどだ。このように、コリーヌの愛人の後塵を拝するのだから、確かに虚栄心というものがないのだ。彼が耐えられないのは、この女友達の不在による恐ろしい空虚感であった。友人といえばコリーヌの家で出会う人ばかりで、おまけに彼はコリーヌの家にしか行ったことがないのだ。彼女を中心に集まっている社交仲間は、彼女がもういないとなれば四散してしまうことになる。残骸をかき集めることもできなくなるだろう。

カステル＝フォルテ公は家庭で生活する習慣がほとんどなかった。たいへん知的な人だったが、研究に疲れ、もし夜と朝にコリーヌを訪問しなかったら、日中は彼にとって耐えがたく重苦しいものになっただろう。彼女が発てば、もうどうなるか分からなかった。それで彼はうるさ過ぎず、まさかの時には慰め役となる友として彼女と仲良くしようとひそかに心に決めた。この友なるものは、自分の出番があることを確信しているのだ。

コリーヌは、このように自分の習慣を全部捨ててしまいながら、憂鬱な気分になった。数年来ローマで、自分の気に入ったやり方になじんできたのだ。彼女は、有名な芸術家たちや見識ある人々の中心人物であった。考えも習慣も、完全に自立していることが彼女の生活を魅力あるものにしていた。これからどうなっていくのか？　もし、オズワルドが自分の夫になるという幸せが決まっているならば、彼が連れていくのはイギリスであろうし、そこでどのように彼女は見られるであろう？　彼女自身、どう努力してそういった生活に従うことができるだろう、この六年来おくってきた生活とまるで違う生活に！

だが、こういう考えは脳裏を過《よぎ》るだけで、その考えがつけるかすかな跡はいつもオズワルドに対する恋心にかき消されてしまうのであった。彼の顔を見る、声を聞く、彼がいるかいないかということでしか、時をはかることがなかった。誰が幸福を相手に議論するだろう！　幸福がやって来ようという時に迎えないということがあるだろうか！　おまけに、コリーヌには先見の明というものがなく、怖れとか望みとかは、彼女向きではなかった。将来についてはっきりした確信もなく、こういうことでは彼女の想像力は損にも得にもならなかった。

旅立ちの朝、カステル＝フォルテ公がコリーヌの家に入って来て、目に涙をためて言った。「もうローマには戻られませんね？」

「まあ、ええ」と彼女は答えた。「一カ月したら、戻っていますわ」

「でも、もしネルヴィル卿と結婚されたら、イタリアを離れるでしょう」

「イタリアを離れる、ですって！」とコリーヌが言った。そして溜め息をついた。

カステル＝フォルテ公が続けた。「この国では、皆、あなたと同じ言葉をしゃべり、あなたが話すことを聞き、あなたはたいへんな感嘆の的なのですよ。そして、友人たち、コリーヌ、友人たちは！　あなたは、どこで、ここでと同じように愛されるでしょう？　どこに、あなたの気に入る想像力や美術品がありましょう？　一体、恋だけが人生でしょうか？　亡命者にホームシックや恐ろしい苦悩を与えるのは、祖国愛のもととなる国語、風俗習慣、祖国愛そのものではありませんか！」

「ああ！　何をおっしゃいます」とコリーヌが叫んだ。「それを経験したことがなかったとでも言われるのですか！　私の運命を決定したのがその苦しみではなかったのでしょうか！」

　彼女は自分の部屋と装飾の彫像、それから窓の下を流れるテベレ河、次いでここに留まるように誘うかのような美しい空を見つめた。だが、その時、馬に乗ったオズワルドが、聖天使《サン＝タンジエロ》橋を渡り、矢のような速さでやって来た。

「おいでですわ！」とコリーヌが叫んだ。

　時をおかず彼は着いた。彼女は彼のところに駆け寄った。二人とも早く出発したくて急いで馬車に乗った。それでも、コリーヌはカステル＝フォルテ公に愛想よくさよならを言った。だが、彼女の丁重な言葉もかき消された。御者たちの声、馬どものいななきのただ中で。そして、運命の新たな機運が、旅立つ人に怖れあるいは希望を抱かせて、ある時はさびしく、ある時は有頂天にさせる、あの出発のざわめきの中で。

第十一部　ナポリと聖サルヴァトーレ修道院

1

オズワルドは、自分がかち得たひとを連れて誇らしかった。いつもは、楽しい時でも、もの思いと悔いに心乱れるのだが、今はもう決断がつかないという苦渋がなかった。それは、彼が心を決めたからではなくて、決めようと努めず、自分の望むようになることを期待して、成り行きまかせにしているからであった。

彼らはアルバーノの野を横切った。ホラティウス三兄弟とクリアケス三兄弟[一]の墓とされるものが、今も残る地である。[25]ネーミ湖と、それを取り囲む聖なる森を通った。この場所で、ヒッポリュトスがディアナによって蘇生させられたらしい。ディアナは、その場に馬が近づくことを禁じ、そうすることで、お気に入りの不幸な若者の追憶を不朽のものとしたのだ。このように、イタリアでは歩を進めるごとにと言っていいくらい、詩と歴史を頭の中でたどることができる。それらが追想される素敵な場所は、過去のもの悲しいことはみな和らげ、過去のために永遠の若さを保ち続けているかのようだ。

それから、オズワルドとコリーヌは、肥沃で悪臭を放つポンティーノの沼地を渡った。そこでは自然は豊かに見えるが、ただ一軒の住み家しか見えない。何人かの病んだ男たちが、あなたの馬を繋いでから、沼地を通る時には眠らないように、と忠告してくれる。そこでは、眠りはまさに死の前触れであるから。野卑で、獰猛《どうもう》な顔つきの水牛たちが犂《すき》を引いて行く。まだ時折、無分別な農夫たちがこの死の土地で犂を動かしているのだ。そして、輝かしい太陽が、この哀れな光景を照らしている。北の湿った健康を蝕《むしば》む場所は、恐ろしい眺めで、はっきりとそれと分かる。

ところが、南の不吉きわまりない地方では、自然は、見かけは穏やかで、旅人の目を欺《あざむ》くような落ち着きを保っているのだ。ポンティーノの沼地を横切っていく時に眠り込むのは、たいへん危険であるのに、その熱のせいでどうしようもなく眠気がさしてしまうのは、それもまたこの地が感じさせる油断のならぬ作用である。

ネルヴィル卿は、コリーヌからずっと目を放さなかった。時折、彼女はお供のテレジーナに頭をもたせかけたり、どんよりした空気に我慢できずに目をつむったりした。オズワルドは何とも言えない恐怖に駆られて、急いで彼女を起こした。本来は無口なのに、その恐ろしい眠気に彼女が一瞬でも誘われることがないように、たゆまず新しい話題を持ち出して休むことがなかった。ああ！　女たちが、愛されていた日々への未練を心に残すことを、大目に見てやれないものだろうか？　自分の存在が相手にとって欠くことのできないもので、一瞬ごとに自分が支えられ守られていると感じていたあの日々。この甘美な時の後に、何という孤独がやって来るのか！　だから、酷い瞬間に人生を引き裂かれることもなく、結婚という聖なる絆によって、静かに恋愛から友情へと導かれた女たち、彼女らは何と幸せであることか！

オズワルドとコリーヌは、ポンティーノの沼地を恐る恐る通過した後、ついに海辺の、ナポリ王国の境界であるテッラチーナに着いた。実際に、南イタリアとなるのはここからなのだ。南イタリアが、その威容をもって旅人たちを出迎えるのはここなのである。このナポリの地、この「幸いなる田園」は、取り囲む海によって、またそこへ辿り着くために通過しなくてはならない危険な地方によって、ヨーロッパの他の地から切り離されているかのようだ。自然がこの悦楽の地を秘めておくために、その周辺を危険地帯にしたかのようだ。ローマはまだ南国ではない。南国の魅力が予感されるだけだ。実際に南国に魅了されるのは、ナポリ領土に入ってからである。

テッラチーナの近くに、詩人たちがキルケ(二)の住まいとした岬があり、テッラチーナの裏にはアウゾーニ山がそびえる。北方の戦士たちが城砦でこの地を覆ったのだが、その中の一つは、ゴート族の王、テオドリクスが築いたのだった(三)。イタリアには蛮族の侵入の痕跡はほとんどない。あるのは、破壊の痕跡であって、時による風化で判別できなくなっている。イタリアには、ドイツに長くとどめられたような、北方民族との戦いの痕跡は全く残らなかった。アウソーニアの生暖かい地では、北の国々にはそそり立つ要塞と城砦を保存できなかったようだ。今では、ゴシック建築物や領主の館を見かけることは稀で、古代ローマ人の形見だけが、彼らを滅ぼした諸民族がいたにもかかわらず、幾世紀にもわたって君臨している。

テッラチーナを見下ろす山全体は、オレンジとレモンの木々で覆われ、そのためにいかにも甘美に、香りが大気に満ちている。我々の風土〔フランスのこと〕には、南の地にひろがるレモンの木々の香りに似たものはない。この香気は、想像力に美しい調べの音楽と同じような効果をもたらす。詩的な気分にさせ、才能を刺激して、自然というものに陶然とさせる。あなたが一歩進むごとに出合うアロエ、サボテンには、アフリカの嫌な産物についての知識を思い出させる特有の外観がある。これらの植物には一種の恐怖感を持たされる。いかにも強烈で、横暴な自然に属している植物である。この地の様相は異国風である。別の世界、古代の詩人たちの表現で初めて知った世界の中にいるように感じるのである。詩人たちの描写は、想像によっていて、また同時に正確でもあった。

テッラチーナに入ると、子供たちがコリーヌの馬車にどっさりと大量の花々を投げ入れた。彼らはそれを道端で摘んだり、山へ探しに行って、何となく振りまいたりする。彼らは何と潤沢な自然に身をゆだねていることか！　畑の収穫物を運んで来る荷車は毎日薔薇の花輪で飾られ、時折、子供たちが自分で刈り取ったものを花々で巻いている。民衆の想像力でさえも美しい空のもとでは詩的になる。これらの明るい景色の傍らで、激しく砕け散る波の音が聞こえ、海が見える。海を揺るがしているのは雷雨ではなく、その波浪に逆らって阻《はば》む岩礁であって、その大きさに海は苛立つのだ。

　　そしてまだ荒々しく深い潮騒が（四）
　　響くように聞こえてきませんか？

目標のないその動き、目的のないその力は永劫に繰り返される。我々はその原因も結果も知ることができずに、その大いなる光景を見せる海辺にひきつけられるのである。そして恐がりながらも波に近づいて、その騒がしさに頭をくらくらさせなくてはならないのである。

夕方、全ては静まった。コリーヌとネルヴィル卿は田園をゆっくり散歩するのを楽しんだ。二人が歩を進めるごとに、花々は踏みしだかれ、花芯からは香りが放たれた。夜鳴き鶯《ナイチンゲール》が好んで、薔薇の花々を支えている灌木の上に止まりに来ていた。そして、澄みきった歌声が、馥郁《ふくいく》たる香りに集まっている。自然の魅力は全て互いに魅かれあう。だが、とりわけ魅惑的で得も言われぬものは、吸いこむ空気の甘さである。北方の美しい景色を眺める時には、周りの雰囲気はいつだって喜びを味わうのに邪魔になる。それは、演奏会における不協和音のようだ。多かれ少なかれ見ることに集中するのを妨げる、寒いとか湿っているとかいう、あのかすかな感覚である。

しかし、ナポリに近づくと、あまりにも申し分のない安楽と、自然が与えてくれる大いなる友情を感じて、自然に対して持つ感覚を損なうようなことは何もない。我々の風土においては、人間の関係は全て社会との関係である。暑い国々では、自然が外界の事物と関係を持ち、そこへ感性はそっと出て、広がっていくのだ。南国もまた、それなりの憂愁を持ち合わせている。どのような場所に、人間の宿命がこうした印象をもたらさないところがあるだろうか！　だが、南の憂愁には、不満も不安も後悔も混じっていないのだ。他の地では、魂の能力にとって不充分なのが現実の生である。当地では、生にとって不充分なのが魂の能力であり、感覚が過剰なあまり夢見がちで怠惰になり、怠惰を感じながらもあまりその自覚がない。

夜の間、光る虫が空中に飛んでいた。山が火花を散らし、燃える大地がちらちらと炎を見せているようでもあった。虫たちが木々の間を飛んで、時々葉の上に止まると、風が吹いてこれらの小さな星々を揺らし、その仄《ほの》かな光の群れを千通りにも多様に見せるのだった。砂にもまた、至る所で輝く大量の小さな鉄を含む石が混じっていた。太陽の名残をその奥にまだ持ち続ける火の大地であり、日没時の太陽光線で熱くなったばかりなのだ。この自然には、生きるものの様々な願いを全部かなえてくれる生命と休息とが、全く同時に存在するのである。

コリーヌは、この夜の魅惑に身をゆだね、喜んでそれに浸った。オズワルドは感動を隠しきれなかった。何回もコリーヌを胸に抱きしめては身を離し、戻り、また離れ、再び戻り、そして離れた。自分の人生の伴侶となるひとに敬意を表すために。コリーヌは身の貞節を懸念《けねん》してもよかったのに、それには少しも思い及ばなかった。あまりにもオズワルドを尊敬していて、もし彼が彼女の天賦の才全てをくれと言ったとしても、その願いが彼女と結婚するという厳粛な誓いである、と疑わなかったであろう。彼が自分に打ち勝ち、その自己犠牲によって栄誉を与えてくれるのがとてもうれしかった。こうして心には幸福と愛とがみなぎり、それ以上に望むものは何もなかった。

オズワルドの方は、こういう落ち着きにはほど遠かった。コリーヌの魅力に燃える自分を感じていた。一度彼女の足もとに荒々しく身を投げ出し、情熱に自制心を失ったような時があった。コリーヌは優しくおずおずと、彼を見つめていた。あまり熱くならないで、と言いながらもその力強さによく気づいている様子だった。彼は、このつつましい抵抗に合って、他の誰よりも彼女に敬意を持った。

その時、二人は、松明が海面に映っているのを見つけた。近くの家にそっと忍んでいく誰かが海辺で手にしているのだった。「あの人は愛するひとの所へ行くんだ」とオズワルドが言った。

「そうね」とコリーヌが答えた。

「私にとって」とオズワルドがまた言った。「今日の幸せが終わろうとしている」

この瞬間、コリーヌの眼差しは空の方へ向けられて、涙があふれた。オズワルドは、傷つけたのではと心配になって、彼女の前にひれ伏して、彼女を巻きこんでいる自分の恋の許しを乞うた。

「いいえ」とコリーヌは、一緒に戻ろうと彼に手を差しのべて、言った。「いいえ、オズワルド、間違いなくあなたは、あなたを愛するひとを尊重なさる方です。ご存じでしょう、あなたは愛を乞いさえすれば、思いをとげることができます。だから、私についての立場を決めるのはあなたです。もし、あなたが私を伴侶としてふさわしくないと思われたら、私を永久に拒むのはあなたです」

「何ですって!」とオズワルドが答えた。「私の心を残酷なまでに意のままにできるとお分かりのはずなのに、どうして、コリーヌ、一体どうしてあなたは悲しんでいるのですか?」

「ああ」とコリーヌは答えた。「今、あなたと過ごしたこの時が、人生で最も幸せな時だと思っていました。それで天にそのことを感謝しようと目を向けたら、どういう偶然か、子供の時の迷信が胸によみがえって来ました。眺める月が雲に覆われました。その雲の様子が不吉なものでしたわ。私はいつも空には表情があると思っていました。ある時は慈父のようだったり、あるいは怒っているようだったり。それで申しますが、オズワルド、今宵《こよい》、天は私たちの恋を断罪しました」

「あなた」とネルヴィル卿が答えた。「男にとって人生についての占いは、それがただ良い行いか悪い行いかということだけです。そして今夜だって、私は貞操を大事にするために、自分の燃えるような、あなたを欲しい気持ちを断念しませんでしたか?」

「そう、よかったわ、もしあなたがこの前兆に含まれていないのなら」とコリーヌが答えた。「実際、この荒れた空は、私だけを脅《おびや》かしたのかもしれない」

2

彼らは、昼日中《ひるひなか》、活気と無為が共存しているこの大人口都市、ナポリの中心に到着した。最初にトレド通りを突っ切り、敷石の上に寝ているか、昼夜彼らの住まいとなっている柳の籠に引っ込んでいる、ナポリの賤民ラッザローネたちを見かけた。文明も加味されたその原始的な状態には、何かとても独特のものがある。これらの男たちの中には、自分の名さえ知らぬ者もいて、告解に行って、名無しのまま罪を告白する。罪を犯した者が、何という名か言うこともできずに。ナポリには地下洞窟(五)があって、そこで数千人ものラッザローネが暮らしており、昼間だけ日の目を見に出て、あとは一日中眠っている。その間、彼らの妻たちが糸を紡《つむ》ぐ。衣食ともにたやすい風土にあって、国民に十分な競争心を与えるには、独立した積極的な政府が必要であろう。

ナポリでは、人々は物質的にはあまりに恵まれているので、生活の糧を稼ぐために他の地では必要な、産業の類いがなくても済ませられるのだから。情熱が刺激されると、無気力と無知が、この地で吸い込む火山の空気と一緒になって、獰猛さを呼び覚ますにちがいない。だがここの民衆は、他の地の民衆よりも性格が悪いということはない。彼らには想像力があり、それが、計算づくではない行動の基になっているのかもしれない。それに、この想像力によって、彼らを良い方に導けるだろう。もし、この地の政治、宗教の制度が良いものであるならば。

土地を耕しに行くために、ヴァイオリン弾きを先頭に歩き始め、足休めに時々踊ったりするカラーブリア人たちを見かける。ナポリ近郊で、洞窟の「聖母マリア」のための祭りがあって、少女たちがタンバリンとカスタネットの音にあわせて踊る。彼女らの結婚の約束の条件というのが、夫が毎年この祭りに連れてきてくれることであるとか。ナポリの芝居では、八十歳の老優が見られる。彼は六十年この方、国民的喜劇の役どころであるプルチネッラを演じて、ナポリっ子たちを笑わせてきた。このように長い人生を生きてきた男は、魂の不滅がいかなるものか、身をもって表わしているのか？ナポリの民衆は、幸福といえば、楽しむことしか思いつかない。だが、楽しみを好む方が、不毛の利己主義よりずっと良い。

世界で一番、金銭好きな人々であるというのは本当だ。往来である男に道を尋ねれば、うなずいて手を出す。彼らは身振りをするより、しゃべる方を億劫《おっくう》がるのだから。だが、彼らの金銭好きは、一貫しているわけでもなく魂胆あってのことでもない。受け取るとすぐに使ってしまう。もし、金銭が未開人に使われるようになったら、未開人はこのように金を要求するだろう。概して、この国民に欠けた最たるものは、自尊心の感情である。彼らは、寛容で親切な行動を、主義によってというよりむしろ善意からする。彼らはどんな理論にも全く価値を認めない。この国では、意見というのが何の力もないのだから。

しかし、男や女がこの道徳の無政府状態から逃れる時、彼らの行いは他のどこよりも際立って、称賛に価する。彼らをとりまく状況には、美徳を奨励するものは何もないのだから。美徳をそっくりそのまま魂に抱く。法や慣習は、報いもせず罰しもしない。徳ある人は、そのために重きを置かれたり求められたりすることがないだけに、なおのこと英雄的なのである。

いくつかの敬すべき例外を除けば、上流階級というのは、最下層と結構似たところがある。知性において、上流階級は最下層より教養があるというわけでもなく、外から見た唯一の相違は、それぞれの階層の慣習である。だが、この無知の中にこそ、本来の才知とあらゆる素質の基盤があることを考えると、もし政府の総力が啓蒙と道徳の方へ向いた時、このような国民がどのようになるのかは予測できない。ナポリには教育は無きがごとしで、今日に至るまで才知よりも性格のうちに独創性が見られるのである。だが、この国の著名人たち、ガリアーニ神父(六)、カラッチョリ(七)等々は、最高度にユーモアと思索とを持ちあわせているとのことだ。これは、思考の際にはあまり見かけぬ能力で、この二つを共に具えなければ、人は衒学的《ペダンティック》で浮薄となり、物事の真の価値を知ることはできない。

　いくつかの点で、ナポリの民衆は全然礼儀を知らない。しかし、他国民に見られるような行儀の悪さでは全くない。彼らの不作法にさえも、想像力がかきたてられる。海の向こう側のアフリカ沿岸がもう感知され、四方から聞こえる野生的な叫び声に何となくヌミディア(八)的なものがある。日焼けした顔、顔、顔。濃い色調が目をひく、赤や紫の布切れでできたような服。あのような襤褸《ぼろ》の服、この地の芸術的な民衆はそれをまた巧みにひっかけ、下層民が何か絵になるものを見せてくれる。他の地では、下層民というのは文明の面では悲惨さしか見られないのだが。必需品、便利な品が絶対的に足りないのに、装身具や装飾には、ある種のセンスがよく見かけられる。小売店《ブティック》は花と果物で感じよく飾られている。何軒かは豊かでもなく繁盛しているわけでもないのに、ただ想像力が活発なために、祭りのように見える。とにかく目を楽しませようとする。気候が温暖なために、あらゆる種類の労働者が往来で働くことができる。仕立屋が往来で服を仕立て、惣菜屋が往来で料理を作り、家の仕事もこのように外で行われて、動きはおびただしく増す。歌、踊り、騒がしい遊戯が、この眺め全体に加わる。これほどはっきりと、娯楽と幸せの違いを感じられる国もない。ついには市街地から抜け出て海岸に着き、そこから海とヴェスヴィオ山を見ると、人間について知るところを全て忘れ去るのだ。

　オズワルドとコリーヌがナポリに到着した時、ヴェスヴィオ山の噴火はまだ続いていた。日中は雲とも見まがう黒い噴煙ばかりであった。だが、夜、宿のバルコニーに進み出た時、二人は思いもよらなかった感動を覚えた。火の川は海の方へ下り、炎の波は、海の波のようにすばやく次々と寄せ、疲れを知らぬ動きを見せている。自然というものは、様々な元素に変化する時でも、必ず独自の根源的な考えの名残を保つらしい。ヴェスヴィオ山のこの噴火現象には本当に心臓がどきどきさせられる。日頃、人は外界に在るものに見慣れるあまり、その存在を忘れがちである。我々の散文的な国々にあっては、こういったことでは新たな感動など受けはしない。だが、突如として世界が引き起こすことに、自然界の知られざる驚異を見て、驚きを新たにする。我々の全存在は、自然のこうした力によって揺るがされる。社会における自然の力の組み合わせは長らく我々を楽しませてきた。この世の最大の謎が、必ずしも人間だけにあるのではなく、人間から独立しているある力が、人間が洞察できない法則によって人間を脅かしもし、守りもするということが感じられるのである。オズワルドとコリーヌは、ヴェスヴィオ山に登ることを約束した。この企てに危険性があるだけに尚のこと、二人でともに実行する計画が魅力的になった。

3

当時、イギリスの戦艦がナポリ港内に停泊中であった。そこで毎日曜日ミサが行われていた。艦長とナポリにいるイギリス人たちからネルヴィル卿に、次の日に来るようにとの申し出があった。彼は初め、そこにコリーヌを連れていくかどうかも、どのように彼女を紹介するかについても考えずに、申し出を受けた。だが、夜どおしこの心配に悩まされた。

翌朝、コリーヌと港近くを散歩して、コリーヌに艦上には来ないようにと言うつもりでいた時、十人の水兵たちが漕ぐイギリスの艦載ボートが着くのが見えた。彼らは白い服で、銀の豹の刺繍のある黒ビロードの縁なし帽をかぶっていた。一人の若い士官がボートから下りて、ネルヴィル夫人としてコリーヌに挨拶した。彼は、母艦に乗船するためにボートに乗るように勧めた。このネルヴィル夫人の名にコリーヌは狼狽した。顔が赤くなって、目を伏せた。オズワルドは、一瞬ためらいを見せたが、ふいに彼女の手を取って英語で言った。

「いらっしゃい、おまえ」

それで、彼女は彼に従った。

波の音、水兵たちの沈黙が夢想に誘った。水兵たちは、見事な規律のもとに一つとして無駄な動きをせず、言葉を発せず、自分らが日頃走り回っているこの海で、ボートを高速度で進めて行くのであった。それに、コリーヌも今起きたことについて、ネルヴィル卿に何一つ尋ねようとはしなかった。彼が計画など全く持たず（ところがそれが最もありそうなことなのだが）、新しい状況の度に成り行きまかせであるとは思わず、計画が何かを見抜こうとしていた。わずかな時間、彼が自分を妻として娶《めと》るために礼拝に連れて行くのでは、と思った。こう考えた瞬間、幸福というより恐怖が湧いた。自分がイタリアを去って、イギリスに戻るように思えた。イギリスではひどく苦しんだことがあったのだ。その国の風俗習慣の厳しさが思い出された。愛さえも、自分の記憶についての不安を抑えることはできなかった。とはいえ、他の状況にあったら、イギリスに戻るという考えが一時的にせよ、思い浮かんだりすれば、どんなに驚くことだろう！　どんなにその考えを振り払おうとすること だろう！

コリーヌは戦艦に上がった。内部はよく手入れされ、洒落て、さっぱりしていた。艦長の声しか聞こえてこなかった。その声は長く延びて、一方の船縁《ふなべり》から他方の船縁へと、命令と服従が繰り返されていた。この艦上で目立つ服従関係、真面目さ、規則正しさ、静けさは、自由で厳格である一社会の秩序を反映していて、活気、情熱、喧騒《けんそう》のあふれる、あのナポリの町と対照をなしていた。オズワルドは、コリーヌがどんな印象を受けるかに気を取られていた。だが、祖国にいるうれしさに、彼女のことを放念もした。実際の話、イギリス人にとって、戦艦と海こそ、第二の祖国ではないか？

オズワルドは、イギリスの近況を知りたくて、また国のことや政情についてしゃべりたくて、イギリス人たちと甲板を散歩していた。この間、コリーヌは、礼拝に出席するためにナポリから来ている、イギリス婦人たちのそばにいた。彼女らを囲んだ子供たちは太陽のように美しく、母親たちのように内気で、新顔であるコリーヌの前で一言も口をきかなかった。このよそよそしさ、沈黙に、コリーヌは悲しくなった。美しいナポリへ、花咲くナポリ海岸へ、ナポリの活気ある生活の方へと目を上げた。そして、溜め息をついた。彼女にとって幸いなことに、オズワルドはそれに気づかなかった。それどころか、コリーヌが、金色のまつげを伏せているイギリス女性の中で、黒いまつげを伏せて坐り、何事も彼女らのやり方に従っているのを見てうれしかった。イギリス人が外国の風習を気に入ったとしても、それは一時の気の迷いというものである。その人の心は、自分の人生の第一印象に必ず戻っていく。もし、あなたが世界の果てを船でさまようイギリス人たちに、どこに行くのかと問えば、彼らは答えるだろう。

「故国《ホーム》へ」

もし、彼らが帰るところがイギリスならば。彼らの願い、感情は、いかに祖国から離れていようと、常に祖国へ向かう。

礼拝を聞くために、二つの甲板《デッキ》の間を降りた。コリーヌはすぐに、自分の考えには何の根拠もなく、ネルヴィル卿は自分が初めに予想したような厳かな企てなど全く持っていない、と気づいた。それを恐れた自分を責め、この場での自分の立場に困惑し始めていた。その場の人々は皆、ネルヴィル卿夫人であると疑いもしていないので、彼女は、皆のこの考えを否定、あるいは肯定するような言葉を一言も口にする気力はなかった。オズワルドとて、ひどく苦しんでいた。

だが彼は、多くの類《たぐ》い稀な美質にもかかわらず、性格的に弱く、優柔不断であった。こういう欠点は、同じ欠点を持つ人の目には見えず、その時々の状況によって別の形を取って現れた。ある時は、それは決定を下す瞬間を先送りにし、宙ぶらりんの状態のままにしておく慎重さ、感じやすさ、細心さである。同じ性格の人が知人諸氏に同じ類いの迷惑をかけるのだということは、案外気づかれないものである。

コリーヌは、辛い思考にとらわれながらも、それでも目の前の光景に深い感銘を受けた。もはや実際に魂《こころ》に語りかけて来るのは、船上の礼拝の他は何もない。改革派の礼拝の気高い簡素さは、この時彼女が覚えた感情にとくに合っていた。一人の青年が礼拝堂牧師の役をしていた。力強く、優しい声で説教をしていた。その顔は、青年の純粋な魂が持つ厳しさをそなえていた。この厳しさには、戦争のただ中で説かれる宗教にふさわしい力というものを思わされた。折々に、英国国教会牧師が祈りを唱え、会衆こぞって彼と共に最後の句を繰り返す。ざわざわとしているが、それでも穏やかな声が方々から聞こえてきて、関心と感動を盛り上げていた。水兵、士官、艦長が幾度も、とりわけこの言葉にひざまずいた。

「主よ、我らを憐れみたまえ《ロード・ハヴ・マーシー・アポンナス》」

艦長がひざまずく間、サーベルが脇に引きずられるのが見えた。そのサーベルが、神には恭順、人間には大胆不敵というあの軍人の持つ気高い結びつきを思い起こさせ、それゆえにこそ軍人の信仰心は心を打つのである。そこにいる勇士たちが万軍の神に祈っている間、舷窓越しに海が見え、その時は凪《な》いでいたため、時折、かすかな波音がただ言っているようだった。あなた方の祈りは聞きとられた、と。

礼拝堂付き牧師は、イギリスの船乗りに独特な祈りで礼拝を締めくくった。「神が」と彼らは言う。「国外においては、我々に幸いなる憲法を守らせ、帰国の時には、再び我らに家庭における幸福を見出させてくれることを！」

何という美しい感情がこの簡単な言葉に集約されていることか！　海軍が必要とするたゆまぬ訓練、船の厳しい生活が、波浪のただ中での生活を修道院での生活のようにしていた。真剣この上ない作業は、規則的であるため、危険があるか死んだかしない限り中断されない。水兵たちは軍人としての日常にも似合わず、たいへん優しく話し、船上にいる女や子供には、独特の情けを示す。彼らが、いかに沈着冷静に、戦争や海のすさまじい危険に身をさらすか知るだけに、なおのことこの感情には心を打たれる。そういう危険のただ中に人間がいることには、何か人間ばなれしたものがある。

コリーヌとネルヴィル卿は、帰りのボートに乗った。自然の祝祭を見物するためのように段丘状に建っている、このナポリの都を再び見た。岸に足をかけた時、コリーヌは喜びの感情を覚えずにはいられなかった。もし、ネルヴィル卿がこの気持ちに気づいていたら、ひどく感情を害しただろうし、それも無理からぬことだ。だが、もし彼がそうしていたら、コリーヌに対して不当であったろう。何故なら、彼女の方は、ある国のことが思い出される辛い印象があるのに、彼を熱愛していたのだから。その国で酷い事情があって、彼女は不幸せだった。彼女の想像力は生き生きとしていて、その心には人を愛することができる強い力があった。しかし、才能、とりわけ女に才能があると、退屈しがちになり、激しい恋でさえ完全には消しきれないほどの、気晴らしへの欲求が生じる。単調な生活のイメージは、幸せに包まれていても、変化を必要とする才知の持ち主には恐怖である。ずっと沿岸航行ができるのは、帆がほとんど凪をはらんでいない時なのである。だが、感性が正常であっても、想像力はさまよい出て行く。とにかく、不幸がこれらの矛盾を全て消し去って、ただ一つの考えしか残さず、ただ一つの苦しみしか感じさせなくなる時まではこのようである。

　オズワルドは、コリーヌがもの思いに耽っているのを、ネルヴィル卿夫人と呼ばれて困惑し、狼狽しているだけだと取った。そして、その困惑から彼女を助け出してやらなかったことで自らを責め、軽薄だと思われたのではないかと気になった。それでとうとう彼は、待ち望んでいる告白を聞くために、自分自身のことを打ち明けたい、と切り出した。

「私が最初に話しましょう」と彼は言った。「その後で、あなたが打ち明けるのですよ」

「ええ、確かにそうしなくてはなりません」とコリーヌは身震いしながら言った。「それで、どうしましょうかね？　何日に、何時に？　あなたがお話しになったら……全てを申し上げましょう」

「なんて苦しそうに動揺しているのでしょう！」とオズワルドは答えた。「一体、どういう事でしょう！　あなたはずっと恋人のこういう心配、こんな不信を感じていくのですか？」

「いいえ、打ち明けなくてはなりません」とコリーヌが言った。「全て書いたのですが。もしお望みならば、明日……」

　ネルヴィル卿は言った。「明日、あなたは一緒にヴェスヴィオ山に行くのですよ。二人してあの見事な自然の驚異を眺め、あなたからあの山の素晴らしさを教えてもらいたいし、この旅行中に、もし私にその勇気があるのなら、私自身の運命について、全部をさらけ出したいのです。私が先に打ち明けます。腹は決まっています」

「そうですか、ええ」とコリーヌは答えた。「それでは、明日はまだよいことにして下さいますの。お礼を申します。ああ！　あなたが私に対してこれからも変わらないとは限らない。私の心を開いて見せてしまった時に、どうなるか誰にも分かりません！　そう疑えば、身震いしないわけにはいかないでしょう？」

4

ポンペイの遺跡は、ヴェスヴィオ山と同じ海岸側にある。コリーヌとネルヴィル卿はこの遺跡から回り始めた。互いに黙っていた。自分らの運命が決まる瞬間が近づいていたから。イタリアの風土が抱かせる怠惰と夢想によく合っている、このそこはかとない期待が、ついに明確な運命にとって代わられることになるのだ。ローマで目にするのは、たいてい公共の歴史的建造物の廃墟だけだし、それらの建造物は過ぎ去った時代の政治史を物語るのみである。

　だが、ポンペイでは、目の前に広がるのは、当時あったままの古代人の私生活である。この町を灰で覆った火山は、時の暴力から町を守った（九）。大気にさらされた建築物は、決してこのように保たれることはないだろう。埋もれた記憶が、そっくりそのまま発見されたのだ。絵画や銅像には、元のままの美しさがあり、家事用品一切が、ぎょっとするような保存をされている。アンフォラ壺は、翌日の祝宴のためにいまだに準備中である。捏《こね》られようとしていた粉が、まだその中にある。ある女性の遺骸には、火山が予定を狂わせた祝日につける首飾りが飾られており、その干涸びた双腕にまだ巻きついている宝石の腕輪が、今はぶかぶかである。これほど衝撃的に、突然生活を中断された様相は他のどこにも見ることができない。轍《わだち》の痕が、往来の敷石にはっきりとついている。そして、井戸を縁どる石には綱が少しずつ削った跡がある。警備隊詰所の壁には、兵隊たちが時をやり過ごす暇つぶしで書いた乱雑な字、描きなぐりの顔が見られる。時が、彼らを呑み込むために進んでいたのに。

　往来の交差点に立つと、そこから四方に、今なおほとんど丸ごと残存している街が見える。誰かを待っているような気がする。主人が今にもやって来そうだ。この地が示す生活の名残そのものが、なおさらその永遠の沈黙を感じさせて悲しい。溶岩に埋め込まれたこれらの家々の大半は、石化した溶岩の破片で作られているのだ。このように遺跡の上に遺跡、墓の上に墓。いくつもの時代が廃墟から廃墟へと数えられる、また火山が呑み込んだ人間の生活の跡が、その火山の光に照らされて並んでいる、この世界の歴史に、心は深い憂いに閉ざされる。

　何という大昔から人間は存在していることか！　何という大昔から人間は生き、苦しみ、滅びたことか！　どこに彼らの感じたこと、思ったことを見出せるだろう？　彼らの遺跡で吸う空気には、今なおそれらが残存しているのだろうか、それとも不滅の支配する天に永久に託されているのだろうか？　ヘルクラネウムとポンペイで発見され、現在ポルティチで広げられようとしている数枚の手書きの焼け焦げた紙だけが、大地の雷である火山が焼き尽くした、気の毒な犠牲者たちを解き明かすために残されている全てなのである（一〇）。しかし、技術によって再生される、これらの燃えかすの傍を通ると、おそらく今も気高い思想が封じ込まれている灰燼《かいじん》を、うっかりひと息で吹き飛ばしてしまうのではないか、と呼吸をするのにも震える。

イタリアでも小さい都市であったこのポンペイの公共建築物は、かなり立派である。古代人が豪華にするのは、たいてい公益目的のものなのであった。彼らの住居はとても小さく、そこでは、華麗さは全く追求されていない。だが、美術に対する鋭敏な好みに気づかされる。ほとんどの家の内部は、感じのいい絵画や、趣味よく細工されたモザイクの敷石で飾られていた。こういう敷石はたくさんあり、その上に字が見える。
「栄えあれ《サルウェ》」
この語が戸口の敷居の上に書いてある。この挨拶は必ずしも単なる礼儀ではなく、歓待のための祈りなのである。個室はひどく狭く、通りに面した窓がなく、みな家の内側にある柱廊と、柱廊が取り囲んでいる大理石の中庭に向いているので、採光はほとんどない。この中庭の真ん中には、簡素な装飾の雨水槽がある。こうした住居によって、古代人がたいてい何時《いつ》も戸外で生活していたこと、友人たちをこういう具合に迎えたということがよく分かる。

人間と自然とを親しく結びつけるここの風土ほど、心地よく、快感を与えるものはない。対話と社交の特色も、厳しい寒気のために家内に閉じこもらざるをえない国々の習慣とは、違うはずだ。プラトンの対話篇も、古代人がその下を一日の半分も散歩していたこれらの柱廊を見れば、もっとよく理解できる。彼らは絶えず美しい空の眺めに活気づけられていたのだ。彼らが考える社会秩序というものは、計算と力との味気ない結合などではなくて、様々な能力を刺激し、魂を育《はぐく》み、人間つまり自分自身と同胞に自己陶冶《とうや》という目的を与える、好ましい一連の制度なのである。

古代は飽くことのない好奇心をそそる。歴史につける名前の収集だけに専念している碩学《せきがく》に、想像力が欠けているのは確かだ。だが過去を洞察する、数世紀を隔てた人の心を探る、ある一つの語から一つの事実を、一つの事実からある民族の特質と風習を把握する、ついには、はるかな大昔までさかのぼり、その黎明期に地球が人間の目にどのように見えたか、今日文明がとても複雑にしてしまったこの人生という贈り物を当時の人々は、どのようなやり方で受け入れていたのかを想像しようと試みる。それらは、思索と調査によって明かされる最も美しい秘密を見抜き、想像力のたゆまぬ努力によるのである。

この種の興味と活動は、とりわけオズワルドをひきつけた。彼は、もし自分が祖国に貴族として果たすべきことがなかったら、歴史の記念建造物が現存している場所で生活することしかできなかったろうと、度々コリーヌに繰り返したのであった。もう栄誉を得ることのできない時には、せめてそれを懐かしまなければならない。魂を堕落させるのは忘却だけである。魂は過去に安息の地を見出すことができる。味気ない状況のもとで、活動に目的が持てない時には。

ポンペイを出て、再びポルティチを通った時、コリーヌとオズワルドはすぐに地元の人たちに取り囲まれ、大声で「山」を見に来いと誘われた。彼らはヴェスヴィオ山を山と呼ぶのだ。名をつける必要があるだろうか？　それはナポリの人々にとって誇りであり、故郷なのである。彼らの国ではこの自然の驚異が目印《ランドマーク》なのだ。オズワルドは、コリーヌが聖サルヴァトーレの修道院まで、輿《こし》状の物で運ばれることを望んだ。その修道院は山への道の中程にあり、旅人たちが山頂へよじ登ろうとする前に休む場所である。彼は運ぶ者たちを見張るために、並んで馬に乗って進んだ。自然と歴史によって、気宇壮大になればなるほど、コリーヌへの愛がつのった。

　ヴェスヴィオ山の麓は、地味はよく肥え、ナポリ王国、すなわち天の寵愛を受けているこのヨーロッパの一地方は、他のどこよりもよく耕されている。その葡萄酒が「キリストの涙《ラクリマ・クリスティ》」と呼ばれる、有名な葡萄畑はこの場所にあり、溶岩で荒れ果てた土地のそばなのである。自然が最後の力をふりしぼって、火山の隣のこの地が荒廃する前に、その最も美しい贈り物で飾ったかのようだ。高く登るにつれて、振り向くと、ナポリとその周辺の感嘆すべき地が見渡せる。太陽の光線で海は宝石のようにきらめいているが、創造のあらゆる華やかさも、火山が近いことを知らせる火山灰と煙の地に近づくにつれて消えていく。何年来かの鉄錆《てつさび》色の溶岩が、地表に幅広く黒い筋を描いていて、幾筋にもなって乾ききっている。

　ある高度以上になると、鳥はもう飛んでいないし、さらに高くなると、植物もめったに見かけなくなってくる。昆虫でさえ、この焼けただれた自然で生存するためのものを見つけられない。とうとう、生命あるものは全て見えなくなり、死の帝国に入る。粉末と化したこの地の灰だけが、おぼつかない足下で崩れ落ちていく。

　羊飼いも牧人もこの地には決して
　羊や家畜の群れを連れては来ない(二)

　隠修士が一人、生と死の境界の地に住んでいる。その地点から植物が途切れるのだが、彼の戸口の前には木がある。旅人たちはまた登って行くため、その青白い葉蔭の下で夜を待つのが常である。日中はヴェスヴィオ山の噴火は煙雲で見えない。燃える溶岩は、太陽の明るさで暗く見えるからである。この変容そのものが見事な眺めで、ずっと同じ光景だったらそれほどでもないだろうが、夜ごとに驚きを新たにさせるのである。この場所の印象、その深い孤立感のせいで、ネルヴィル卿は秘めたる感情をもらす勇気が出た。コリーヌからさらに信頼を得たいと願って、話すことにした。

　強い感動をこめて、彼女に言った。「あなたは、不幸せな恋人の魂《こころ》の奥まで読み取りたいでしょう。よろしい、全部打ち明けましょう。傷口がまた開くのを感じます。ですが、この不変の自然を前にして、時が引きずり続ける苦しみを、そんなに恐れなくてはならないでしょうか？」

第十二部　オズワルドの話

1

私は、人の世を知るようになると、その有難みがさらに分かりましたが、父のもとで慈しまれて大切に育てられました。何よりも父を深く愛していましたが、それでも父の性格がいかに独特であるかが今ほど分かっていたら、もっと強い愛情を捧げられたのにと思います。彼の生活の特徴が数多く思い出されますが、それらはごく素朴に見えました。父もそのように思っていました。今になってその価値が分かって胸がうずきます。私たちにとって大切なひとが死んでしまって、そのひとに対して自責の念がある時、神の慈悲によってその苦悩が救われない間は、永劫《えいごう》の罰とはどういうものかが分かるでしょう。

私は、父のもとで幸せに落ち着いていましたが、軍役に志願する前に旅行をしたいと願っていました。私の国では雄弁な男には最高の民間の職があります。でも、私は今でもそうですが、ひどく内気で、公衆の面前で話すような職にはとても耐えられなかったでしょう。それで私は軍職の方がよかったのです。あるかもしれない幻滅より、確かな危険に関わりたかったのです。私の自尊心は、あらゆる点で野心的ではなく、傷つきやすいのです。それで私は、人に非難される時は彼らが幽霊で、褒められる時にはピグミーである、と思ったものでした。フランスに行きたかったのです。あの革命が起きたところで、革命は人類の長い歴史をくつがえして、世界史をやりなおそうとしていました。父は、パリについていくつか偏見を抱いていました。父はルイ十五世の治世末期にパリを見たのですが、それで、どのように徒党が国民に変わるか、偏見が美徳に、自惚れが高揚感《アントウジアスム》に変わるかを、ほとんど理解していなかったのです。

とは言え、父は何かを主張するのを恐れて、息子が望んだ旅行に同意しました。父には、義務として行使する場合でなければ、自分の父としての権威に困惑のようなものがあったのです。彼は、常々この権威が、真実や、人間が本来持っているもっと自由で自然な愛情の純粋さを歪めてしまうのではと心配していたし、それに何はともあれ、愛されたいと願っていました。それで彼は一七九一年の年頭、私が満二十一歳になった時に、半年のフランス滞在を許し、私は、すぐ近くにありながら制度も習慣も異なるこの国民を知るために出発したのでした。

私は、絶対この国は好きになれないと思っていました。この国に対して、イギリス人の誇りと重厚さから、先入観を持っていました。心情と思考を崇拝することを嘲笑されるのでないか、と懸念していました。あらゆる躍動をくじき、あらゆる愛を台無しにする、そのやり方が嫌いでした。称賛されているフランスの陽気さの本質も、私が最も大切にしている気持ちをたたき潰してしまうので、嘆かわしいものに思えました。

当時はフランス人が本当に優れているとは知りませんでした。彼らは、気品高い資質の上に、魅力あふれる作法というものを合わせ持っています。私は、パリ社交界にみなぎる率直さと自由に驚きました。そこでは重要な事柄に対して衒学的《ペダンティック》でも、浮薄でもありませんでした。深遠な思想が会話の伝統になっていて、世界の革命は、パリの社交界をさらに魅力的にするために起こされるかのようでした。私は、厳格な教育を受けて優れた才能を持ち、有用でありたいというよりは気に入られたいという気持ちに駆られている人々に遇いました。議会演壇での賛同、次いでサロンでの賛同を追い求め、愛されるためよりむしろ喝采を受けるために、そして女たちの社交界の中で生きる人々に。

パリでは何事も、外面的な幸せに結びつけられています。生活の細かい点については、不自由なことはありません。実際は利己主義であっても、形の上では決してそうではありません。ある衝動、ある関心に日ごとに捉えられても、何かが残るわけでもないし、重苦しさを感じさせられることもない。パリでなかったら長い説明を要することも一言で言い表わし、素早く理解できる呑み込みの速さ。本物の自立とは相反するが、他のどこでも見当たらない協調性と愛想のよさを会話にもたらす模倣の才。つまり、人生をおくる上で、知的な魅力を損なうことなしに、人生に変化を求めて、熟考を省略するための簡単なやり方。気晴らしとして、芝居、外国人、新聞があり、パリは世界で一番の社交的な都なのです。今、荒地のただ中で、世界で最も活動的な都市の人々から遠く隔たったこの修道院の中にいて、パリという名を口にすると、驚いてしまうほどです。ですが、先ずパリ滞在と、それによって受けた影響について、話さなくてはなりませんでした。

信じられますか、コリーヌ、今はこんなに暗く落ち込んでいる私ですが、その知的な渦巻きに魅きつけられていたなんて！　沈思黙考の時は一瞬たりとも持てなかったけれど、退屈な時がなく、人を愛する能力は自覚されましたが、苦しむ能力は鈍り、とても気楽になりました。もし自己判断するならば、真面目で感じやすい性格の男は、強く深い感銘を受けると疲れてしまうようです。こういう男は本来の性格に戻っていくものですが、そこから少しの間でも出してやることは良い影響を与えます。

コリーヌ、あなたは私を高めることで、生まれつきの憂鬱を晴らしてくれるのです。ある女性は、これから話しますが、そのひとは、私の実際の価値を下げることで、心の憂いを紛らわしてくれたのです。でも、いかに私がパリ流の生活に慣れたとしても、パリは、長い間は私を満足させてはくれなかったでしょう。もし、ある男の友情を得られなかったならば。彼は、その古風な誠実さによって、いかにもフランス人らしい性格であり、そして、その新しい教養によって、完璧なフランス精神の典型でした。

あなたに話す方々の実名は、まあ、言わないでおきましょう。後の話を聞けば、どうして隠さなくてはならないのか、お分かりになるでしょう。レモン伯爵は、フランスきっての名門です。彼の精神は祖先伝来の騎士としての気概にみちていて、啓蒙思想が自己犠牲を命じれば、理性によってそれに従います。彼は進んで革命に関わってはいませんでしたが、それぞれの党派が持つ立派なところが好きでした。ある党派には他を認めようとする勇気、別の党派には自由に対する愛。損得づくでないものは、何でも彼の気に入ったのでした。彼には、圧政に苦しむ人々の主張が正当に聞こえました。

そしてこの高潔な人格は、自分自身の生活を顧みないので、ますます際立って見えました。彼が不幸せなためというのでなく、彼の魂と、現実にある社会とがあまりに対照的なので、日々社会に苦痛を感じて、自分のことを忘れてしまうからです。レモン伯爵の興味をひくのは、うれしいことでした。彼は、私の生来の慎重さを打ち破ろうとしました。私たちの間柄を、気取った現実離れ《ロマネスク》な友情の関係にしました。彼は人につくすことも、ちょっと喜ばせてやることも億劫がらずにできる人でした。私と離れないために、一年の半分はイギリスで居を構えようとまでしていました。彼が、自分の所有物を全て私と共有しようとするので、止めるのに苦労しました。

彼は言っていました。「私には妹が一人いるだけです。大金持ちの老人と結婚しているので、私は財産を好きなようにできるのです。それにこの革命は悪い方へ行くでしょう。殺されるかもしれない。だから、自分のものと思って私の持っているものを使って下さい」

ああ！　あの高潔なレモンは自分の宿命を予知し過ぎていました。己れを知ることができれば、自分の運命について思い違いはしないものです。予感というものは、まだ自分でも完全には認識していない一つの自己判断なのです。気高く、誠実で、無分別そのものであったレモン伯爵は、自分の魂《こころ》を開けっぴろげにしていました。私にとって、こういう人柄に接するのはそれまでにない喜びでした。イギリスでは、胸の中の大事なものはたやすく人の目に触れるようにはせず、見えるものはみな疑ってかかる習慣でしたから。

この友人が惜しみなく与えてくれる親切に、私は気楽さと同時に、人を信頼できる喜びを感じていました。彼の資質に疑いを持ったことはありませんでした。もっとも、最初に会った瞬間から全部分かってはいました。彼との間柄では遠慮というものは何も感じませんでした。彼の方でも、私が自分と楽に折り合って行けるようにしてくれたのです。完璧な友情、戦友としての友愛、これらはライヴァル意識を持つ以前に、職業の道がはっきりとつけられ、これから進む分野に入って行く前の若い時でなければ望めないものです。私がこの完璧な友情を感じた、親切なフランス人はこのようなひとだったのです。

ある日、レモン伯爵は言いました。

「妹は未亡人ですが、私にはそれは別に残念でもありません。彼女の結婚が気に入らなかったので。最近亡くなった老人の求婚を受けたのです。私たちが互いに財産を持っていなかった時に。私の財産は、最近受けた相続によるものなのです。でもその時は、この結婚には極力反対しました。私は計算づくでやることが嫌いで、しかもそれが人生で最も厳粛な行為だからなおのことです。

でも、結局、彼女は愛してもいない夫に対して、見事に振舞いました。世間によれば、そのことには何も文句のつけようがないそうです。独り身になった今、彼女は私の家に戻って来ます。彼女と顔を合わせることになるでしょう。本当はとてもいいひとなのです。あなた方イギリス人は見つけ出すことが好きですね。私の場合は、まず顔の表情で全てを読み取ってしまう方が好きです。オズワルドくん、あなたの控えめな態度を、厭だと思ったことはないのですが、妹の態度を思うとちょっと気が重くなります」

レモン伯爵の妹、ダルビニィ夫人はその翌朝到着しました。その日の夜、私は邸を訪れました。彼女は、兄と似た顔立ち、同じ声質をしていましたが、しゃべり方は全く違っていて、眼の表情にははるかに節度があり、洗練されていました。それに彼女の容貌はとても感じが良くて、姿には気品があふれており、身のこなしは優雅そのものでした。礼儀に適《かな》わないようなことは一言も口にしません。礼儀正し過ぎること以外、いかなる点においても欠けたところはありませんでした。彼女は巧みに自尊心をくすぐり、相手を気に入ったことを見せます。それも自分の評判は落とすことなしに。彼女は情に関わることとなると、まるで自分の心中に起こっていることを他人には見せたくない、とでも言うように話していました。この流儀は、私が惹かれているイギリス女性の流儀と明らかに似かよっていました。私の見るところ、ダルビニィ夫人は隠したがっていることを、思わずもらすこともよくありました。偶々《たまたま》彼女の周りに思わず感情を吐露するような機会がなかっただけなのかもしれません。でも、私の見解は脳裏を過《よぎ》っただけで、ダルビニィ夫人には、いつも穏やかさと新鮮さとを感じていました。

　私は、誰にも自尊心をくすぐられたことはありませんでした。私たちの国においては、愛にせよ、愛が吹き込む高揚感《アントウジアスム》にせよ、心に深く感じ取ります。しかし、自尊心をくすぐって誰かに取り入るというやり方はあまりされないのですね。おまけにその時までイギリスには、大学を出るくらいの年齢の私に注意を払う者などいませんでした。ダルビニィ夫人は、私が言う言葉には何でも感心してくれました。絶えず私に注目して、関心を持ってくれました。私がいったいどんな人間か、彼女が全部分かっていたとは思えません。しかし、呆れるほどの慧眼《けいがん》で私の細かいところまであれこれ観察して、それを私に教えてくれるのです。時として彼女の話し方は、いささか技巧的であまりにうまく、声も優しすぎるので、話す言葉は念入りに綴られているような感じがしました。でも、これ以上はないほどの誠実な男である兄と顔が似ているので、こういう疑念が生じても精神には根づかずに、彼女に対して魅力を感じるようになったのです。

　ある日、私は、レモン伯爵に兄妹がよく似ていることから受ける印象を話しました。彼は礼を言い、一瞬考えてから、言いました。

「ところが、私と妹には性格的には似たところがないのですよ」

　こう言ってから、黙り込んでしまいました。でも、後になって、この言葉を他の多くの事情と共に思い出し、彼は、私と妹との結婚を望まなかったのだ、と思い当たりました。彼女の方が、その頃からそのつもりがなかったとは、思えないのです。後になって、そのことをはっきり言わなかったにしても。私たちは共に暮らし、月日が流れたのです。楽しく過ごした時も多く、いつも厭なことばかりではなかった。彼女がいつも私と意見を同じくするようになってから、気づきました。私がある事をしゃべり始めると、彼女がそれをおしまいまで言うとか、私が言いかけたことに先回りして、急いでそれに合わせるのでした。このように、形の上では完璧に優しくても、彼女は私の行動にとても横暴な干渉をしていたのです。こういう言い方をされたものでした。

「あなたはこういう風にやって、そんなやり方はしないでしょう」

　こう言われると、私は全くその通りになっていました。もし私が彼女の期待を裏切ったら、尊敬されなくなるように思えたのです。私にはこの尊敬が価値あるものでした。へつらうような言い回しで、示されることが多かったのですが。

　ところが、コリーヌ、分かるでしょう、あなたを知る前からそう思っていたのですから。ダルビニィ夫人に抱いた感情は愛などではなかったのです。愛してる、とは言いませんでした。こんな美少女が父の意に沿うかどうか分かりませんでした。父は、私がフランス女性と結婚するなどと思ってもいないし、私も父の同意なしに何かをする気はありませんでした。私の沈黙が、今にして思えば、ダルビニィ夫人には気に入らなかったのですね。彼女は時々不機嫌になり、その時はきまって悲しげに見えます。気を抜いている時にはしらっとした顔をしているのですが。そして後で自分の不機嫌について、ほろりとさせるような理由をつけて言い訳をするのです。しかし私はこのむら気が、私たち二人の関係のせいだと思っていました。私の方もこの関係に不満でした。ちょっぴり愛することも、全然愛さないことも辛いものなのです。

　レモン伯爵も私も、彼女のことには触れませんでした。これで、二人の間に初めて気詰まりが生じました。ダルビニィ夫人は、兄に自分のことは話さないでくれと幾度か言い、その願いに私が驚くと、言ったものです。

「あなたが私のように考えるかどうか分かりませんが、私は好意を持つ人との仲に第三者が、たとえそれが親友であっても、入って来るのが耐えられないのですわ。愛情については、密《みそ》かごとにしたいのです」

　私はこの説明が気に入って、彼女の願いどおりにしました。

　その時、私は父から手紙を受け取りました。スコットランドに戻るようにという手紙でした。六カ月という約束の滞在期間は過ぎ去って、フランスの混乱は日増しにつのり、父には、外国人の身でそこにそれ以上残留するのが適当である、とは思えなかったのです。（一）私は、一読して、激しい苦痛を覚えました。それでもやはり、父の言うことがいかにもっともであるかを感じていました。父に会いたい、と強く思いました。

　だが、パリでのレモン伯爵とその妹との社交界でおくる生活があまりに快適すぎて、そこから抜け出ることは辛い悲しみでした。すぐに、私はダルビニィ夫人のところに行き、手紙を見せました。彼女がそれを読んでいる間、苦痛に我を忘れ、彼女が手紙からどんな印象を受けたかを見もしませんでした。ただ、出発を延ばして、父に病気だという手紙を書くように、つまりは父の意思に対して「言い逃れをする」ように約束して、と彼女が言うのが耳に入っただけでした。彼女が使ったのは、この言い逃れをするという言葉であったことを今、思い出します。彼女に答えようとしました。本当のこと、つまり出発が翌日に決まっていることを答えたはずです。

しかし、ちょうどその時、レモン伯爵が入って来て、どういうことかと見てとると、私に、躊躇《ちゅうちょ》せずに父の言うとおりにするように、ときっぱりと言いました。私は、この素早い決断に驚きました。懇願されて、引き止められると思っていたのですね。私は自分の未練を抑えようとしていました。でも、人のおかげで、こんなにやすやすと抑え込めるとは思っていませんでした。一時、私は彼の友情を疑いました。彼はそれに気づいて、言いました。

「三カ月したら、私はイギリスに行きます。一体、どうしてあなたをフランスに引き止めましょう？　引き止めない理由があるのです」と彼は小声で付け加えました。

ところが、妹にそれが聞こえました。彼女は、急を告げる革命のさなか、フランスでイギリス人が右往左往しかねない危険を避けるのは本当に賢明だ、と言いました。今になってみてはっきり分かるのですが、レモン伯爵が暗に告げたかったのは、そのことではなかったと思います。でも、彼は妹の説明に反論もしなかったし、そのとおりとも言わなかったのです。私は出発しようとしていました。彼は、それ以上そのことで何か言う必要があるとは思わなかったのです。

「もし、私が我が国に役に立つなら、残りましょう」と彼は言葉を続けました。「でも、お分かりでしょう、もうフランスはありません。フランスに人をひきつけるような考えや感情はもう存在していません。また祖国が恋しくなるでしょう。だが、イギリスであなたと同じ空気を吸えば、祖国を再発見するでしょう」

このように心に触れる、真摯な友情の言葉にどんなに感動したことでしょうか！　この瞬間、いかにレモン伯爵が、その妹よりはるかに私を愛してくれたことか！　彼女にはそれがすぐに分かって、その夜にはもう私はそれまでとは違う彼女を見たのです。客たちがやって来て、彼女は見事にもてなし、ちらっと私の帰国の話をして、それは彼女にとって取るに足りない出来事だと思っている風を装いました。私はその時までにもう何回も、彼女が敬意を払われることに重きを置くあまり、私には見せる感情を他人には決して見せないことに気づいていました。

しかし、その時はあまりと言えばあまりなので、彼女の冷淡さに傷つきました。他の客より前に立ち去って、彼女とは一瞬たりとも二人だけになるまいと決めました。彼女は、私が明朝の出発前の暇乞いに、兄の方へ近寄るのを見ました。彼女は近づいて来て、皆に聞こえるほどの声で、私に、イギリスの友宛ての手紙を託したいと言って、急いで小声で付け加えました。

「あなたは、兄にしか別れを惜しまないのね。兄にしか話しかけないでこんな風に去って、私の心を傷つけたいのね！」

それから即座に彼女は人々の輪に戻って、真ん中に坐ったのです。私はこの言葉にどぎまぎしてしまって、彼女の望み通り残っていようとしました。すると、レモン伯爵が私の腕を取って、自分の部屋に連れて行きました。

客がみな立ち去った時、ダルビニィ夫人の部屋で続けざまに二回、音が聞こえました。レモン伯爵はそれを気にも止めませんでしたが、私が強いて注意をうながして、何ごとかと聞きにやりました。ダルビニィ夫人が、加減が悪くなったという返事でした。私はひどく心を動かされました。彼女の顔をまた見たい、もう一度彼女のところに戻りたいと思いました。レモン伯爵は私がそうすることを、頑として止めました。

「そういう騒ぎはお避けなさい」と彼は言いました。「女は一人でいる時の方が慰められるものです」

私は、友のいつも変わらぬ優しさと、それとは対照的な、妹に対するこの厳しさが理解できませんでした。それで、次の日、困惑したまま彼女と別れ、そのために私たちのさよならは、あまり心のこもったものとはなりませんでした。ああ、もし、妹では私を幸せにできない、と思って私を引き離した、彼の優しい配慮を見抜いていたら、もし、どんな出来事によって私たちが永遠に別れることになるのか予見できていたら！　私たちのさよならは、互いに満足のいくものになったでしょうに。

2

オズワルドはしばらく話を止めた。コリーヌは一心に耳を傾けていて、彼が口を閉ざしてしまってはいけないと思って、自分も黙ってしまった。

「幸せだったでしょうね」と彼は続けた。「もしダルビニィ夫人との関係がその時に終わっていて、そのまま父のもとに残っていたのなら。そして、もし私が再びフランスの地に足を踏み入れなかったのなら！　でも、不運が、つまり私の性格的な弱さが、私の人生を永久に台無しにしました。ええ、永久にね、恋しいひと、今、あなたのそばにいても」

「私は、スコットランドで父と一年近くを過ごしました。私たちの愛情は、日増しに細やかになりました。私は、天上のこの魂の聖域に入り込むことになったでしょうね。父と結びついた友情の中に血縁の情愛を感じていました。この血縁の神秘的な絆は私たちの全存在によるものなのです。レモン伯爵から友情あふれる手紙を受け取っていました。彼は、私のところにやって来るために財産を現金に変えるのが難しい、と書いていました。でも、この計画については変わらぬ努力を続けていました。私は、相変わらず彼のことが好きでした。ですが、一体、我が父に匹敵するほどの友がいたでしょうか！　尊敬し過ぎて、親愛感を持てないということもありませんでした。その言葉をあたかも神託のように信じ、父が話し始めると、私の性格にあいにくと潜む優柔不断さは消えるのでした。『天が我らを作りたもうた』とあるイギリスの文章家は言いました。『神聖なるものを愛するために』父には分かりませんでした。息子にどの程度まで愛されているのかを知ることができなかったのです。私の取り返しのつかない行動によって、彼はそのことを疑わざるを得なかったのです。

　けれども、父は私を哀れんでくれました。自分が死んだ後の私の苦悩を、死の床にあって気の毒がってくれました。ああ！　コリーヌ、この悲しい話を続けます。私の勇気を奮い立たせて下さい。それが必要なのです」

「あなた」とコリーヌが言った。「最も感服し、愛する者の前に、どうかあなたの高貴で感受性ゆたかな魂をお見せください」

「父は自分の用事で私をロンドンに使いに出しました」とネルヴィル卿は続けた。「私は自分に不幸が起こるなどと、予感することもなく、父とはもう二度と生きては会えないことになるのに、その元を離れたのでした。最後に言葉をかわした時には、父はかつてないほど上機嫌でした。正しき人の魂は、花々のように、夕暮れにその香りを放つようです。父は目に涙を浮かべて私を抱きました。父は、私に、自分の年になると全てが厳かなものに見えるとよく言っていました。でも、私は、彼の人生を自分の人生のように思っていたのです。私たちの魂は互いをよく理解し合っていて、父には人を愛することができる若さがあり、私は父の老いに思い至りませんでした。父は、その時は館の門の下まで見送りませんでした。その館は再び戻った時から、私の悲しい心のように荒涼として見えるようになりました。

　ロンドンに着いて一週間もしないうちに、私はダルビニィ夫人から運命的な手紙を受け取りました。今でもその手紙の一字一句を覚えています。

『昨日、八月十日（二）』と手紙にありました。『兄は、チュイルリ宮殿で王を護衛していて、虐殺されました。私は、妹として追放され、迫害の手を逃れるために身を隠さなくてはなりません。レモン伯爵は、自分の財産と合わせて私の全財産をイギリスに移すようにしてしまいました。あなたはもう受け取られましたか？　あるいは、兄があなたに預けるために、誰にそれを託したのか知っておられますか？　私は、兄からはただの一言、襲撃されると分かった時、まさにその宮殿で書かれた手紙しかもらっていません。何事もあなたに問い合わせるように、という言葉だけでした。

　もし、あなたがここへ私を連れに来てくれるなら、あなたは私の生命を救ってくれることになるでしょう。イギリス人はフランスでまだ自由に旅行できますし、私はといえば、旅券を得ることもできないのです。レモンの妹であるということで、反革命容疑者となるのです。もし、あなたが哀れなレモンの妹が気がかりで探しに来て下さるのなら、親戚のド・マルティーグ氏に私の隠れ家をお問い合わせ下さい。もし、あなたに私を救おうという温情がおありなら、一瞬も時を置かずに実行して下さい。両国の間に、明日にでも戦争が開始されるということですから』

この手紙を読んで、私がどうなったかを想像して下さい。友は虐殺され、その妹は絶望していて、彼らの財産は、彼女によれば、私の手中にあるというのですから。知らせを受けたことも全くないのに。これらの状況に加えて、ダルビニィ夫人の危険と、彼女が、私が迎えに行けば助かると思い込んでいることを考えてもみて下さい。躊躇は許されないように思われました。

それで父に、受け取った手紙と二週間以内で戻るという伝言とが届くように、使いの者を送ったのです！　本当に酷い偶然で、私の送った使いの者が途中で病気になり、私がドーヴァーから書いた、二番目の手紙の方が、最初のより先に届いたのです。このようにして、父に、理由も分からぬままに私の旅立ちを知り、説明が彼のもとに着いた時には、もう私の旅について不安にとらわれていて、それは説明が着いたからといって消えなかったのです。

私はパリに三日で到着しました。そこで、ダルビニィ夫人が、六十里離れた田舎町に身を潜めていることを知り、なおも旅を続けて、彼女と合流しました。出会った時、私たちは互いに深い感動を覚えました。彼女は不幸のさなかで、以前よりも愛想がよく、物腰に抑えたようなわざとらしさがなかったのです。私たちは彼女の気高い兄を悼みました。それから、革命の周知の惨事をも！　私は心配して、彼女の財産のことを尋ねました。そのことに関して、何の通知もないという返事でした。しかし、数日もたたぬうちに、レモン伯爵が財産を託した銀行家が、既に彼女に返していたということを知りました。そして、奇妙なことに、その町の商人がたまたま断言してくれたことには、彼女は財産のことなど実際に不安であったはずがない、ということでした。

私はそれが理解できずに、ダルビニィ夫人にどういうことか尋ねに行きました。彼女の家に親戚のド・マルティーグ氏がいました。彼はばかに早口で、落ち着き払って言いました。自分はダルビニィ夫人に、銀行家が戻って来たことを知らせるために、たった今パリから着いたところで、彼女はその銀行家がイギリスに発ってしまったと思っていて、一カ月来消息を聞いたことがなかったのだと。ダルビニィ夫人はその通りだと言って、私は、彼女の言うことを信じたのでした。でも、彼女がイギリスに書いてよこした、いわゆる兄の最後の手紙を私に見せないで、言い訳ばかりしていたことを思い出してもいました。それ以来私は、彼女が財産のことで私を心配させるために、策を弄《ろう》したと分かったのです。

　とにかく、彼女が金持ちで、私と結婚したいと願い、それは欲得ずくではなかったことは確かです。だが、ダルビニィ夫人の最大の過ちは、人の感情について駆け引きし、愛するだけで充分なところに策を弄し、ただ単純に自分の感じるところを見せた方がよいのに、絶えず隠し立てをするということでした。その頃、彼女は私を愛していたのですね。すること、考えることさえも企むことで、また心のつながりを政治的策略のようにもって行くことで愛することができる限りは。

　ダルビニィ夫人が悲しむと、その容姿はさらに魅力的になり、いかにも可哀そうな風情になり、それが私の気をそそったのでした。私は彼女に、父の承諾なしには結婚しない、とはっきりと言っていました。でも、彼女の魅惑的な容姿に夢中になっている気持ちを、言わずにはいられませんでした。そして彼女が何としてでも私を虜にしようという計画に手をつけたので、私は、彼女が私の欲望をはねつけ続ける決意でもないことが分かったような気がしました。それで、今、私たちの間に起こったことを思い出して行くと、彼女が迷っていたのは恋とは無関係の理由からで、心のうちで重ねる熟考が、外見には葛藤として見えたというだけのことのようです。彼女と二人だけで一日中いると、私は慎重にという決意にもかかわらず、自分の衝動に抗えなくなり、ダルビニィ夫人は全ての権利を私に許し与えることで、全ての義務を私に課したのです。彼女は、おそらく実際よりも苦悩と悔恨を見せて、自分の後悔によって私をみずからの運命に固く結びつけました。

　私は彼女をイギリスに連れて行って、父に紹介し、彼女との結婚に同意してくれるように頼みたかったのです。しかし彼女は、結婚しなければフランスを離れないと拒みました。彼女がそう思うのも、もっともなことだったでしょう。でも私が、相変わらず父の承認なしには結婚を決意できないと分かると、イギリスに帰る義務がある私を出発させずに引き止めるため、いつもの手段を講じるという間違いを犯したのです。

　英仏間に宣戦布告がされて（三）、フランスを出国したいという私の願いが強まると、ダルビニィ夫人がそれに反対するという支障も起こりました。ある時は彼女が旅券を取れず、またある時は私が一人で発とうとすると、彼女は、私が出発した後もフランスに残れば、私と連絡があると疑われて身が危なくなる、と断言するのでした。あんなに優しく節度のあるこの女性が、時折、絶望のどん底に陥っているのを見ると、私の心は完全に動転してしまうのでした。彼女はその魅力的な容姿と優雅な才知を使って私に取り入り、苦しんでみせて私を怖じ気づかせるのでした。

　多分、女が涙を使って命令し、自分の弱さに強い者を従わせるのは多分間違いでしょうね。でも、彼女らが恐れることなくこれらの手段を用いる時、必ず一時であれ功を奏するのです。確かに感情というものは徒《いたずら》に調整されると弱まるもので、あまりに度々涙を見せつけられると、想像力が冷えこみます。でも、この時期フランスには、興味や哀れを誘われる機会がいくらでもありました。ダルビニィ夫人の健康もまた毎日すぐれぬように見えましたし。女にとって、病気というのも支配のための強力な手段なのです。

コリーヌ、あなたのように自分の知性や魂《こころ》に正当な自信を持たない女たちは、また我がイギリス女性たちのように誇り高くて、内気なために、偽ることができない女たちは、同情をひくための手練《てれん》に走るのです。彼女らにありがちなことは、真の感情を隠そうとすることです。

ダルビニィ夫人と私との関係に、知らないうちに第三者が入り込んでいました。ド・マルティーグ氏でした。彼女のことが気に入っていたのです。彼にとっては、彼女が結婚してくれれば願ってもないことでした。彼は背徳的なことに考えをめぐらせ、今では無関心になっていました。彼は、たとえその目的にするところに興味がなくても、策を弄するのが好きでした。たとえ、自分の計画がうまく行きそうだったら夫人の計画はつぶすとしても、差し当たっては、私と一緒になりたいと願っているダルビニィ夫人の手助けをしていました。妙な反感を抱かせる男でしたね。三十歳足らずで、物腰も外見もひどく冷ややかでした。イギリスでは冷ややかだと非難されますが、彼が部屋に入って来た時の、いかにも真面目な様子に匹敵するほどのものを見たことがありません。

彼のことをフランス人とは思いもしなかったでしょうね。もし、彼に、冗談好きで、また何事にも無感動なように見える男にしては奇妙な、おしゃべりの欲求がなかったならば。彼は、自分は生まれつきとても感じやすく、高揚感《アントウジアスム》を持っていたけれど、フランス革命で人間を知って、それが誤りだと気づいたのだと言っていました。彼の言うことによれば、この世には財産か権力か、あるいはその両方しか良いものはない、友情は状況によって得るか捨てるかすべき手段に過ぎない、と気づいたというのです。彼はこの考えを実践するのに長《た》けていましたが、一つだけ間違いを犯しました。それはそのことを口にするということでした。

でも、彼には、かつてのフランス人のように人に気に入られたいという願望はなかったにしても、会話によって目立ちたいという欲求がまだ残っていました。そのためにとても軽はずみになっていました。その点ではダルビニィ夫人と大いに異なっていました。彼女の方は、自分の目的を果たそうとしますが、ド・マルティーグ氏のように、背徳そのものによって異彩を放ちたいと考えて、本心を漏らしてしまうことはありませんでした。この二人の間で奇妙なことは、激しい女が自分の秘密を隠し、冷たい男が隠せないということでした。

ド・マルティーグ氏はこんな人でしたが、ダルビニィ夫人に妙な影響力を持っていました。いつも彼が彼女のことを見抜くか、彼女が彼に全てを打ち明けるかどちらかでした。この女はいつもは本心を隠すのですが、息抜きのためか時々軽率になる必要があったのです。とにかく、ド・マルティーグ氏に冷ややかに見つめられると、いつもどぎまぎしたのは確かでした。彼が不満な様子だと、彼を一人にさせようと立ち上がります。彼が不機嫌に出て行くと、即座にと言ってもいいほど、彼に手紙を書くために部屋にこもるのです。私は、ダルビニィ夫人に対するこの支配力を、彼が夫人を子供の時から知っていて、ただひとりの身内として彼女の実務を代行していたからだ、と理解していました。

しかし、これらの奇妙な気遣いの最たる理由は、ずっと後になって知ったのですが、彼女は、もし私に去られたら、彼と結婚する計画を立てていたということだったのです。彼女は、捨てられた女として通るのはどうあっても厭だったのです。このような決心は、彼女が私を愛していない証拠と思われるかもしれませんが、ところが、彼女には愛する気持ちがあったからこそ私の方がよかったのです。彼女はその生涯を通して、計略を誘惑に、社交界のわざとらしい気取りを自然な愛情に混ぜ合わせてしまったのです。彼女が泣くのは、心を動かされたせいなのですが、また、泣くと人が同情してくれるからでもありました。愛されて幸せなのは、自分も愛しているからでしたが、また、それは世間に面目が立つからでもありました。一人の時には善良な気持ちでいましたが、もしそれが自分の自尊心や願望のためにならないとなると、そういう気持ちにはなりませんでした。上品な社会で育てられた、そういう社会向きの人で、感情によって何か効果を得たいという願いの方が、感情そのものよりも強い国の人に見られる、あの真実を細工するという術《すべ》を心得ている人でした。

私は、長らく父から手紙を受け取っていませんでした。戦争が始まって文通が途絶えたのです。やっとある時に手紙が届きました。父は、私の務めと、また父の私に対する愛の名にかけて出発するように、と懇願していました。同時に父は、もし私がダルビニィ夫人と結婚したら、そのために自分は生涯苦しむだろうと改まった言い方で申し渡し、とにかく独身でイギリスに戻って来るように、自分の意見を聞いてからでなくては結婚を決めてはいけない、と言って来ました。私は即座に返事を書いて、父の同意なしに結婚しないという約束をし、間もなく父のもとに戻ると断言したのです。ダルビニィ夫人は、私をひき止めるために先ずは懇願の手を使い、次は絶望して見せ、ついにうまくいかないと分かると、策略の手段に訴えたのです。でも、当時の私がそれを疑うことができたでしょうか！

　ある朝、彼女は私の家に来ました。蒼ざめて、髪は乱れ、自分を守ってくれと言い、私の両腕のなかにとびこみました。恐怖のあまり死にそうでした。興奮していて、よく理解できませんでした。レモン伯爵の妹として逮捕状が来たので、追跡者から逃れるために、安全な場所を見つけなくてはならない、ということでした。この時期には、女性も生命を落としていて、彼女の恐怖はもっともだと思われました。（四）私は、誠実にしてくれる、ある商人のところに連れて行きました。そこに匿《かくま》ってもらい、彼女を救ったと思いました。ド・マルティーグ氏と私しか、彼女の秘密の隠れ家を知りませんでした。このような状況で、どうして一人の女性の運命に強い関心を抱かずにいられましょう！　どうして追放された人から離れることができましょう！　こんなことを言える時があるでしょうか。『あなたは私の援助をあてにしましたが、私は手を引きます』と。

　けれども、相変わらず父のことが気がかりで、私は何回かダルビニィ夫人に一人で発つことを許してもらおうとしました。でも彼女は、もし私が彼女のもとを去ったら、暗殺者に自首して出ると脅かし、白昼二度も外出した時には、私は苦しみと恐れによってずたずたにされました。往来で彼女の後を追って、帰るように懇願しても聞きませんでした。幸いなことに、偶然かあるいは仕組まれていたのか、二度ともド・マルティーグ氏に出会い、彼が、彼女にその行動が軽はずみであることを悟らせて、連れ戻したのです。それで、私はあきらめてとどまることにし、父にできる限りの釈明の手紙を書いたのです。でも私は、恐ろしい出来事が起こるさなかに、祖国がフランスと戦争状態にある時期に、フランスにいる自分を恥じました。

　ド・マルティーグ氏は、私の優柔不断をよく馬鹿にしていました。彼は、いくら才気があっても見通しがきかず、自分の冷やかしが、私に与える印象をさほど観察することはなかったのです。冷やかしのせいで、彼が弱めようとしていたあらゆる感情が、私のうちに目覚めたのです。ダルビニィ夫人は私の受けた印象に気づきました。でも、彼女はド・マルティーグ氏に対しては、少しも抑えがきかないのです。彼は興味がなければ、気紛れで決心することが多い人でした。彼女は、私をなだめるために、自分の本当の苦しみ、大げさに表わしたその苦しみを見せつけました。彼女は、人の心を動かすためにも、機嫌をとるためにも、自分の健康がすぐれないことをうまく使いました。私の足もとに気を失って倒れる時ほど、魅力的な姿はなかったのですから。彼女は自分の他の魅力のように、自分の美しさをさらによく見せることができました。彼女の外見の魅力そのものが、激するとさらに魅力を増し、私を虜にするために感情とうまく結びついていました。

　私は、このように始終乱され、迷い、父から手紙を受け取るかったのです。時には身震いし、手紙が来なければもっと不幸せで、ダルビニィ夫人の魅力にというより、彼女の絶望を恐れるあまり、そこにひき止められていました。彼女は妙に複雑な性格で、日頃の生活習慣では優しく、穏やかで、陽気なこともよくあるのですが、喧嘩となると激しいことこの上なしという人でした。彼女は幸福と恐れで縛りつけようとして、こういう具合にいつも自分の生まれつきの気質を一つの手段にしてしまうのでした。

ある日、それは一七九三年九月のことで、フランスに来て一年以上経っていましたが、父から簡単な手紙を受け取りました。その短い文面はあまりに暗く、苦しげであったので、コリーヌ、あなたにその文章を告げるのは勘弁してもらわなくてはなりません。あまりに辛いことになるでしょうから。父はもう病気になっていましたが、それを私に言いませんでした。私に対する思いやりのためでもあり、自分の自尊心のせいでもありました。手紙には、私の不在について、私がダルビニィ夫人と結婚するかもしれぬことについて、たいへんな苦しみが現れていました。今となれば、どうして考えがそこに及ばなかったのか、分かりませんが、その時にはもう近づいていた不幸を私は予見できませんでした。けれども、私は心を動かされ、もうためらわずに、ダルビニィ夫人に暇乞いをすることを固く決意して、彼女のところへ行きました。彼女は、すぐに私が決心したことを見て取り、考えこんでいましたが、急に立ち上がって、言いました。

『発たれる前に、打ち明けるのも恥ずかしい秘密を知っていただかなくてはなりません。もし私をお捨てになるのなら、あなたが死なせてしまうのは、ただ私だけではないのですよ。私の恥辱と罪深い恋の結晶が、私のお腹のなかで一緒に死ぬことになるでしょう』

私は、言葉にならないほどの感動を覚えました。この神聖な義務、この新たなる義務が心を占めて、ダルビニィ夫人に最も忠実な奴隷のように従ったのです。

私は、彼女が望んでいたように結婚していたでしょう。もし、たまたまこの時、姓名の届け出なしには、イギリス人はフランスで結婚できないという大きな支障に遇っていなければ。それで、私たちの結婚を二人が一緒にイギリスに行ける時まで延期して、その時までダルビニィ夫人のもとを去らないことを決めました。私の出発という当面の危険がなくなったことで安堵して、初めは彼女も落ち着いたのですが、その後やがて、私が結婚のための障害を克服しようとしないと言っては、不満を述べ、気分を害したり、哀しげになったりを再び繰り返し始めました。彼女の言うがままになっていたかもしれません。私は深い憂鬱に落ちこんでいました。連日、家で過ごし、外出することができませんでした。我ながらよく分からない、ずっと頭を悩ましている、ある一つの考えにとらわれていました。父が病気であるという予感がしたのです。しかし、自分の予感を信じたくなくて、私はそれを自分の弱さのせいだと思っていたのでした。

ダルビニィ夫人の苦しみで、私は激しい恐怖のあまり異常状態に陥って、まるで情熱と闘うように義務と闘っていました。情熱だと思ったことが、義務のように私を悩ませました。ダルビニィ夫人は、絶えず私を自分の家に来させようと手紙を書いて来ました。家に行って彼女に会っても、身体の状態について問いかけませんでした。自分の権利が彼女に押さえられていることを思い出されたくなかったのです。今思うと、彼女もまた話さなくてはいけないはずなのに、それほど自分の身体の状態について言わなくなっていたのですが、私はあまりに悩んでいて気づきもしませんでした。

とうとう、自分の家に三日間、閉じ込もり、悔恨に苛まれながら、父宛ての手紙を二十通も書いては破りしていた時、反《そ》りが合わないのであまり来ることもなかったド・マルティーグ氏がやって来ました。私を一人住まいから引っぱり出すために、ダルビニィ夫人から派遣されてきたのです。でも、そのうち分かりますが、彼は自分の使命を果たすことにそれほど関心はありません。いきなり入って来られたので、隠す間もなく涙を見られてしまいました。

『そんなに悩んで何になります？　あなた』と彼は言いました。『私の従妹と別れるか、結婚するかになさい。どちらにしても良いでしょう、それで悩みがおさまるのですから』

私は答えました。『人生には様々な状況があります。たとえ自分を犠牲にしても、まだどうやって義務を果たしたらいいのか分からない場合もあります』

『自分を犠牲にしないことです』とド・マルティーグ氏は言いました。『私は、犠牲が必要だという状況というものに思い当たりませんね。抜け目なくやれば、何だって切り抜けられる。巧みにやるのが最高ですよ』

私は言いました。『私が望むのは巧みさではありません。せめて願うのは、もう一度申しますが、自分が幸せになるのをあきらめても、愛する者を悲しませたくないということです』

『よろしいですか』とド・マルティーグ氏は言いました。『例の生きるとか言われる困難な事業と、それをさらに複雑にする感情とを、一緒くたにしないことですな。それは気の病ですよ。私も人並みに何回か取りつかれたことはありました。私はそれに取りつかれると、いずれすぐに消えるだろう、と自分に言い聞かせますが、いつもその通りになりますよ』

『ですが』と私は、何の信頼も示したくなかったので、彼のように単なる一般論にしておこうとしながら、言いました。『人が感情を排除できる時には、いつも名誉と美徳が残っているでしょう。これらは全てにわたって、私たちの欲求と対立することが多いのです』

『名誉ねえ』とド・マルティーグ氏は答えました。『名誉とおっしゃるのは、侮辱された時に戦うことですか？　この点については疑いを入れませんか、でも、名誉以外の何もかもで徒《いたずら》に心遣いをしつくして、何の得があるでしょうかね？』

『何の得ですって！』と私はさえぎりました。『この場合、得などという言葉は関係ないように思いますが』

『真面目な話』とド・マルティーグ氏は続けました。『これほど明確な意味を持つ言葉はあまりありません。昔は、「名誉ある不幸、栄光ある不運」と言われたものなのです。でも、皆が迫害される今となっては、今や奴らと呼ばれることになってしまった身分ある人たちは、この世では網に捕らえられた小鳥か、そこから脱出した小鳥か、という相違しかありません』

『他にも相違があると思いますが』と私は答えました。『繁栄しても軽蔑されているか、不運でも心ある人々に尊敬されているか、の違いがあります』

『いたら教えて下さいよ』とド・マルティーグ氏は言いました。『あなたの心痛を、敢然とした敬意をもっていたわってくれる心ある人々をね。私はそれどころか、言うところの有徳の士のほとんどは、あなたが幸福であれば大目にみてくれ、権力があれば好いてくれるのだと思いますよ。あなたが父親に逆らえないのは、確かに立派なことです。父親は、もう今はあなたのことに口出しすべきではないでしょうから。だからこそ、あなたはここであらゆる面で人生を台無しにしてはいけないでしょう。私はどうかと言えば、何が起ころうと絶対、友人たちには苦しんでいるところを見せて辛い気持ちにさせたくないし、自分の方からすると、他人の浮かぬ慰め顔は見たくないですね』

私は強くさえぎりました。『紳士たるもの、人生の目的は自分のためになる幸福ではなく、他の人々のためになる徳ではないかと思っていましたが』

『徳、徳ねえ……』とちょっと戸惑い、それから心を決めて、ド・マルティーグ氏は言いました。『それは庶民の使う言葉であって、彼らの間では、大真面目に縁起について語られる。まだいくつかの言葉、美しい音色に心動かされる善良な人々はいます。楽器を演奏するのはその人々のためなのです。でも、言うところの、良心、献身、高揚感《アントウジアスム》といった詩的なものは、この世で成功できなかった人々を慰めるために作り出されたものです。死者のために歌う、「深き淵より《デ・プロフンディス》」（五）のようなものですな。生ある者、繁栄にある時には、この類いの賛辞は全然欲しがりはしません』

私はこの話には腹が立って、声を上げて言わずにはいられませんでした。『怒りますよ、あなた、もし私がダルビニィ夫人の家の主人であれば、こんなものの考え方や言い方を平気でする男を迎えたことにね』

『その点について』とド・マルティーグ氏は答えました。『あなたは、時が来れば、自分の思い通りに決めることができます。

でも、もし私の従妹が私の言うことを信用するならば、結婚のことで、こんなに情けない顔になっている男と結婚などしないでしょう。ずっと以前から、彼女はあなたに結婚しないと言うことができるのに。従妹におまえは弱気で、苦労する価値もない目的のためにあの手この手を使っている、と文句を言っているのですよ。彼女から聞いていませんかね』

さらに侮辱的な調子を帯びて来たこの言葉に、私はド・マルティーグ氏に外に出ようと合図をしました。道すがら、私は彼が世にも平然として自分の思い込みを詳細に語っていた、と言わねばなりません。ほどなく死ぬかもしれないのに、彼は、宗教的な、あるいは情のある言葉を一つとして吐かないのでした。

彼は言いました。『もし、私があなた方若い者の屁理屈に肩入れしていたにしても、フランスでのこういう事態が、私を目覚めさせなかったとでも思われますか？　何時《いつ》あなたは、あなた流の生真面目さが、何の役にも立たないということが分かったのですか？』

『認めますよ』と私は言いました。『現在のあなたの国では、この生真面目さは他のどの国より役に立たないということにはね。でも、時と共に、あるいは時が経てば、何事も報いを得ます』

『そうですね』とド・マルティーグ氏はあの世のことまで計算に入れながら、答えました。

『決まっているじゃないですか？』と私は言いました。『すぐに私たちのうちどちらかが、どういうことかすぐに分かるのです』

『もし死ななくてはならないのが、私であったら』と笑いながら、彼は言いました。『それについて何も分からないことは確かです。もしあなたであったら、私の魂を啓蒙しに戻ってくれることはないでしょう』

途中で、私は、もし自分がド・マルティーグ氏に殺された場合、父に我が運命を知らせ、またダルビニィ夫人に彼女に権利が生じる財産分与のための配慮を、何もしていなかったことに気づきました。考えをめぐらしているうちに、私たちはド・マルティーグ氏の家の前を通りかかり、私は彼に手紙を二通書きたいので入らせてくれ、と頼みました。彼は承知しました。

それから町の外に出るためにまた出かける時に、彼に手紙を託し、まるで信頼できる友人に話すみたいに、ダルビニィ夫人をよろしくと熱心に頼みました。この信頼の証《あかし》が彼の心に触れたのです。率直に背徳を標榜する人々は、たまたま敬意の印を示されたりすると、たいへん気をよくするということを、誠実さをたたえるために言わなくてはなりません。私たちの置かれた状況もまた、ド・マルティーグ氏が感激するほどのものでした。でも、人にそれを気づかれたくなかったのか、私が思うには、真面目な気持ちになったことを茶化しながら、言いました。『あなたは立派な人物ですね、ネルヴィル君。あなたのために何か心広いことをしたい。それは幸福をもたらすということですし、心が広いということは実際、子供の資質なので、地上よりもむしろ天上で報われるはずです。でもあなたのお役に立つ前に、私たちの状況にけりをつけなくては。私があなたに何を言おうと、やはり私たちは闘うのです』

これらの言葉に私の方からは、侮蔑をこめた同意を示しました。気配りなど、とにかく何の役にも立たないと思っていたからです。

ド・マルティーグ氏は乾いた屈託のない調子で続けました。

『ダルビニィ夫人はあなたには合わない。二人の性格には何の似たところもない。それにあなたの父上は、もしあなたがこの結婚をすれば気落ちされるでしょう。そして、父上を悲しませたことで、あなたもね。ですから、もし私が生き残れば、私がダルビニィ夫人と結婚した方がいいし、もし私が殺されたら、なおのこと彼女は違う男と結婚した方が良いのです。私の従妹は、大した分別のある人間で、愛している時でさえも、自分がもう愛されなくなった場合のために、常に慎重な用心を怠らないのです。あなたは彼女の手紙を見ればこのことがみなお分かりになるでしょう。手紙をあなたに残していきます。机の中にありますよ。これが鍵です。私は、従妹がこの世に生まれ出た時からのつきあいです。彼女は、謎めいていますが、私には何の隠し事もしないことはご存じですね。彼女は、私は言いたいことしか言わないと思っています。私が何かに引きずられたりしないことは本当です。それに私は大事なことでも重要視しません。私は、女性について、我々男どうしが何も言わずにいるべきでないと思います。もし私が死んだら、この災難が私にふりかかるのは、美しい瞳のダルビニィ夫人のせいです。喜んで命を落とそうとはしていますが、彼女の二重の企みのために、こういう事態に置かれたのですから、彼女に感謝しているわけではないのですよ。それに』と彼は付け加えました。『殺されるときまったわけでもないし』

そう言い終えたところで、ちょうど町はずれになったので、彼は剣を抜いて身構えました。

彼は妙に元気よく話していて、私はその話に唖然としていました。彼は、危険が迫って来ても慌てるでもなく、さらに元気づいていました。私は、彼が本心を洩らしたのか、仕返しのために嘘をでっちあげたのか分かりませんでした。それでも、心中動揺しながらも、殺さないように、充分手心を加えました。彼の身体の動きは私ほど巧みではなく、しようと思えば、いくらでもその心臓に剣を突き刺すこともできたでしょう。でも、私は腕を傷つけて、その剣を払い落とすだけにしました。彼は私のこのやり方に感じ入ったようでした。それで彼を家に送り届けた時に、戦う前に交わした会話のことを持ち出しました。すると、彼は言ったのです。

『自分で、従妹の信頼を裏切ったことに腹が立ちます。緊急事態というのは葡萄酒のようなもので、頭に上る。でも、結局、仕方ないと思います。あなたはダルビニィ夫人と一緒で幸せではなかったのでしょうから。彼女はあなたには狡猾すぎます。私の方はどうでもいいのです。私が彼女を素敵だと思うにしても、その才気が気に入っているにせよ、彼女は私に不利なことは何もしないでしょうし、あらゆる点で私たちは助け合うでしょう。結婚が私たちの利益を共通のものにするでしょうから。でも、ロマネスクなあなたは、彼女のいいようにされるでしょう。私を殺すかどうかは、あなたの胸先三寸だったので、こうして生きているのはあなたのおかげです。ですから、私が死んだらとお約束した手紙を断ることはできません。読んで、イギリスにお発ちなさい。ダルビニィ夫人の悲嘆に悩まされてはいけません。あのひとはあなたを愛しているから泣くでしょう。でも、立ち直るでしょう。不幸せになりたくない、とくに不幸せな女として通りたくないということでは分別のある女です。三カ月もすれば、ド・マルティーグ夫人になっているでしょう』

彼が言ったことはみな本当でした。彼が見せてくれた手紙がそれを証していました。ダルビニィ夫人が私に結婚を強いるために、顔を赤らめて告白した身重の状態にはなく、この点について卑劣にも私を騙したのでした。確かに彼女は私を愛していたのでしょう。ド・マルティーグ氏への手紙でそう言っているのですから。でも、彼女は、手練手管《てれんてくだ》で彼の機嫌を取って希望を抱かせ、彼の気に入るために、私に日頃見せていたのとはあまりに異なる性格を見せているので、私たちの結婚がない場合、彼と結婚するつもりで手筈を整えていることに、疑う余地はありませんでした。こんな女性だった、コリーヌ、私から永久に心と良心の安らぎを奪った女性は！

私は、出発間際に彼女に手紙を書いて、二度と彼女に会うことはなかったのです。ド・マルティーグ氏が予言したように、その後彼女が彼と結婚したことを知りました。でも、その時にはまだ、不幸が私を待ち受けているとは思いだにしませんでした。私は父の許しを得られると思っていました。自分が騙《だま》されていたことを言えば、父は、前にもまして愛してくれるだろうと思い込んでいました。ドイツを昼夜兼行で通過し、一カ月近くもかかって、イギリスに到着、私は父の限りない思いやりを信じきっていました。

コリーヌ、船から下りると、一通の公文書で父が死んだことを知ったのです！　この時から二十カ月が過ぎましたが、父は後をついて来る亡霊のように、常に私のそばにいます。『ネルヴィル卿はただ今逝去されました』それらの語を形成している文字、それが燃えるようでした。それに比べれば今目にしている火山の火など恐ろしくもない。まだそれだけではないのです。

父が、私のフランス滞在をひどく苦にして死んだということを知りました。私が軍職を捨てるのではないか、あまり感心できない女と結婚するのではないか、祖国と交戦状態にある国に居を定めて、イギリスでの評判をすっかり落とすのではないかと心配しながら。こういう思いが、父の死を早めなかったとは言えないのです！　コリーヌ、コリーヌ、私が殺したのではないだろうか、殺したのでは？　言って下さい」

「ちがいます」と彼女は叫んだ。「ちがいます。あなたは不運なだけですわ。あなたは、今まで思いやりと寛大さを持って生きて来たのです。あなたを愛しているし、尊敬もしています。私のこの心の中で自己批判して下さい。私の心をあなたの良心として下さい。苦しみのために我を忘れているのです。あなたを熱愛する者の言うことを信じて下さい。ああ！　愛、私が感じているのは、幻想などではありません。あなたは人間として最高で、最も感じやすい方ですもの。感服しているし、大好きなのです」

「コリーヌ」とオズワルドは言った。「そんな褒め言葉は、私などに向けられるものではありません。それでも、私はそれほど罪深くはないのかもしれない。父は死ぬ前に私を許してくれました。父が最後に私宛てに書いたものの中に、優しい言葉がありました。父の手紙が一通届いていて、その中で、私は申し開きをしていました。私の手紙が一通届いていて、その中で、私は申し開きをしていました。でも、私が悪いことをしたせいで、父は苦しみに心をずたずたにされたのです。

父の館に戻り、古くからの召使いたちに囲まれた時、私は彼らの慰めの言葉をはねのけました。彼らの前で我が身を責めました。墓前にぬかずきに行き、あたかもまだ私に償いをする時間があるかのように、そこで誓ったのです。父の同意なしには決して結婚はしないことを。ああ！　もうこの世にはいない人に何を約束したのか！　その時の私のうわごとはどういう意味だったのか！　とにかく、父が生きていた時に認めなかったことは何もしない、という約束なのです。コリーヌ、愛しいひと、今言ったことで、どうしてそんなに身震いしているのですか？　父は、私に本心を偽る女性を犠牲にするようにと言うこともできました。そのひとは、私に良い趣味を持たせるのが巧妙であっただけでしたが、でもとても真摯で、飾り気のない心の広いひとで、私が初めて好きになった女性でした。初恋は気を迷わせることはなく、清らかにします。どうして天の神々は、私を彼女から引き離したのでしょう？

父の部屋に入った時、父の外套、肘かけ椅子、剣が見えました。以前と同じようにそこにありました。でも、父のいる場所には誰もいませんでした。叫んでも呼んでも無駄だったのです！　父のこの原稿、この思索集だけが私に答えてくれるのです」

オズワルドはコリーヌにそれを手渡しながら、言った。「あなたはもうこのうちのいくつかはご存じですね。私は肌身放さず持っています。両親に対する子の務めについて父が書いたものを読んで下さい。読んで下さい、コリーヌ。あなたの優しい声のおかげで、しみじみと聞けるでしょう」

コリーヌはオズワルドの言う通りにして、次のように読んだ。「ああ！　年老いた父と母に自らについて不信を抱かせてはいけない。彼らはすぐに自分らをこの世の余計者と思うのだ。もう父母に助言を求めないあなた方にとって、彼らがそう思うのは何になろう？　あなた方は完全に今という時に生きている。ある主要な情熱によって、今という時に託されているのだ。それで今と関わりのない事はみな古風で時代遅れに見える。

つまり、あなた方は心情であれ、精神であれ、自分自身になりきっているあまり、自分だけの歴史的な時点を形成しようと思って、時と人間とがいつの時代にも似ていることに気づかない。経験というものの権威は絵空事か、あるいは老人を信頼させるだけの、または彼らの自尊心の最後の楽しみだけに当てられた空しい保証書のように見えるのだ。あなた方のその情熱は誤っているのだ！

世界というこの広大な劇場は役者を変えない。舞台に登場して来るのはいつも人間だ。だが人間は入れ替わらない。さまざまに変化するだけだ。そのあらゆる形態は、昔から繰り返されている、いくつかの情熱のままなので、私生活のささやかな企てにおいて、過去についての知識である経験から泉のように有効な教えのあふれ出ることは滅多にない。

それゆえに父と母を称《たた》えよ。彼らに敬意を抱けよ。彼らが支配し、彼らだけが主人であった、もはや戻らぬ過去のためでしかなくとも。永久に失われた年月、彼らの額に堂々とその跡が刻まれている年月のためでしかなくとも。

これがあなた方の務めである。思い上がって、人生の道を自分だけで駆けて行きたくてうずうずしている子らよ。あなた方は疑うことはできない、彼らが行ってしまうことを。あなた方になかなか席を譲らない親たちが。話をすればあなた方を不快にする厳格さをいまだに帯びている父。老齢のため子らに面倒な世話をさせる母。彼らは去ってしまうだろう。あなた方の子供の時の甲斐甲斐しい世話役たちが、青春期の元気のいい保護者たちが。彼らは去ってしまうだろう。そして、あなた方は親友たちを探しても、もう見つからないだろう。この世を去ると、彼らはあなた方にとって新しい姿で現れるだろう。何故なら、時が我々の目にしている人々を老いさせて行き、死んで姿を消してしまった父母を若返らせるからだ。時が、我々がそれまで知らなかった輝きを父母に与えるのだ。もはや移り変わることもなく、年齢もない、永遠の相の光景の中に父母が見えるのである。

もし父母がこの世に徳のかたみを残していたら、我々は想像の中で、天上の光によって彼らを飾ってあげるだろうし、天国に彼らを見上げるだろうし、その栄光と至福の天国に彼らをみつめることだろう。我々は、たとえ晴れがましい日々のただ中にあっても、目のくらむような大成功のただ中にあっても、彼らの聖なる後光が描かれる、鮮やかな色の近くでは顔色ないのである[26]」

「コリーヌ」とネルヴィル卿は、胸が引き裂かれるような苦しみで声を上げた。「父はこれらの嘆きを私にあてて書いたのだと思いませんか？」

「いいえ、いいえ」とコリーヌは答えた。「お父さまがあなたをとても愛していて、あなたの優しさを信じていたことをご存じでしょう。この思索集は、あなたがいま自責の念にかられている間違いを犯した時よりずっと以前に書かれたものだと、私は聞きましたよ」

　コリーヌはまだ手にしている文集に目を通しながら言った。

「それよりもお聞きなさい。何頁か先の、寛容についてのこの省察を聞いてごらんなさい」

「我々は人生を罠に取り囲まれ、よろめきながら歩いている。我々の感覚は見せかけの餌に誘われるがままである。我々の想像力は偽りの光に惑わされる。そして、我々の理性そのものが日々、経験のおかげで、足りない明晰さと必要な自信を得ている。弱さにからみついて来る多くの危険。限定された予知の力、狭い能力と共にある多くの関心。未知のままの多くの事物とかくも短い人生。こういうあらゆる状況と我々が与えられている条件は、社会道徳の秩序において、寛容というものを認めなさいという、天からの警告ではないだろうか！……

　ああ！　弱さを免れている人間はどこにいるか？　何の咎めも受けない人間はどこにいるか？　ただ一つの悔恨も覚えず、ただ一つの後悔も知らずに、自分の人生を振り返ることのできる人間はどこにいるのか？　その人間だけが、小心者の動揺とは無縁である。小心者は、一度も自分について考えたことなく、自らの良心の孤独に浸ったことがないのである[27]」

「これが」とコリーヌは言った。「あなたの父上が天から語っている、あなたへの言葉です」

「そのとおりです」とオズワルドは言った。「そうです、コリーヌ、あなたに天使のように慰められて、救われる思いです。でも、もしも父の死に目に間に合っていたら、私が彼の名を辱めないことを分かってもらっていたら、彼がそれを信ずると言ってくれていたなら、私は罪深い人間として悔恨の思いに駆られることもないのに。こんな情緒不安定な振る舞いなどしないだろうし、誰にも幸福を約束できない、こんな動揺した心境でもないだろう。弱いと言って私を責めないで下さい。良心に対しては勇気もどうしようもないのです。勇気というのは良心から出て来るものですからね。どうやって、良心に勝てましょう？　夕闇の迫る今でも、私には雲間に稲妻が走って私を脅かしているように見えるのです。

コリーヌ！　コリーヌ！　あなたの不幸せな恋人を安心させよて下さい。あるいは、私をこの地に横たわらせて下さい。私の叫び声にきっと地は裂けて、私は冥府まで落ちていくことでしょう」

第十三部　ヴェスヴィオ山とナポリの田園

1

ネルヴィル卿は魂を揺さ振られながらの辛い告白の後、長らく茫然自失したままだった。コリーヌはそっと彼の名を呼んで我に返らせようとした。ヴェスヴィオ山から落ちる火が、夜の闇が降りて来て見えるようになり、オズワルドの想像力を刺激した。コリーヌはそれを見てとって、彼を辛い追想からひき出そうとして、燃える溶岩の灰の岸辺へと、急いで連れて行った。

彼らが横切った地は、そこへ着くまで歩を進めるごとに窪み、命に敵対する国に二人を踏み込ませまい、とするかのようだった。自然は、この地ではもう人間とは無関係なのである。人間はもう自分が支配者でないことに気づく。自然は、死によって人間という暴君の手から逃れているのだ。火の急流は弔《とむら》いの色をしている。それでも火が葡萄畑や木々を燃やす時、明るく輝く炎がそこから出て来るのが見える。

だが、溶岩そのものは暗く、地獄の川が連想されるほどである。溶岩は、昼は黒く、夜は赤い土砂のようにゆっくりと転り落ちる。溶岩が近づいて来る時、火花の小さな音が聞こえる。その音は軽やかで、まるで力を得るために策をめぐらしているような音をたてるために、なおさら恐怖がそそられる。王者のごとき虎は、このようにゆっくりとした足どりでそっとやって来るのだ。この溶岩は決して急がず、しかし一瞬も無駄にせずに進んで来る。

もし溶岩が、高い壁とか、何であれ通過を妨げる建築物にぶつかれば、立ち止まり、その黒い瀝青の奔流を障碍物の前に堆積させ、ついにはその燃える波の下に障碍物を埋没させてしまうのだ。その歩みは、人間がその前を逃げきれないほど速くはない。だがそれはまるで時の歩みのごとく、慎重でない人や老人を捕まえてしまう。こういう人々は、溶岩の歩みが重く静かなため、容易に逃げられると思い込んでしまうのだ。その輝きはあまりに強烈なため、地が初めて天に映り、天に稲妻を閃き続けさせるかのようだ。天も海に映され、自然はこの三相の火の様相に抱かれる。

溶岩が出て来る割れ目の中の渦巻く炎によって聞こえる風が、目にも見える。人は地中深く起きていることを恐れ、足下で妙な激動が地を震わしているのを感じる。溶岩の噴出地点を取り囲む岩々は、硫黄と瀝青で覆われ、その色は地獄めいている。鉛がかった緑、茶黄、黒っぽい赤が、目に不快なものを形づくり、視覚を刺激する。聴覚の方は、魔女たちが夜、月を地上に呼ぶ時のような鋭い音で、鼓膜が破れそうだ。

火山の周辺のものはみな地獄を思い起こさせる。詩人たちは、地獄についての描写をここから借りたのだろう。この場所に立つと、どうして人々が神の意図に背く、心悪しき天才の存在を信じたかが分かるのである。このような場所を眺めながら、人は我が身に問うてみなければならなかった。善意だけが天地創造の諸現象をつかさどっているのかどうか、あるいは何か隠された原理が、自然を人間のように獰猛さに駆り立てるのかどうかを。

「コリーヌ」とネルヴィル卿が声を上げた。「苦しみが出て来るのはこの地獄の境界からではないだろうか？　死の天使が飛びたつのはあの頂からでは？　もし、あなたの天使のような眼差しが見えなかったら、私はここで世界を飾るのが神の創造物であるという記憶まで失うでしょう。それでも、この地獄の様相がいかに恐ろしくとも、心にある悔恨ほどの恐怖ではありません。どんな危険でも立ち向かうことができます。だが、どのようにしてもうこの世にいない人から、自責の念にかられる過ちを許してもらえるだろう？　決して許してもらえない！　決して！　ああ！　コリーヌ、鉄と火の語る何という言葉！　悪夢で見る責め苦、絶えず回る車輪、近づこうとすると逃げる水、持ち上げるとすぐ落ちてしまう石、それらは二度と取り返しがつかない恐ろしいこの思いを表わすには、あまりにも弱々しいイメージなのです！」

オズワルドとコリーヌは、黙り込んで、静まりかえってしまった。案内人たちも遠くへ引き下がっていた。それに、噴火口の近くには動物も虫も草木も存在しないので、燃えさかる炎のひゅうひゅうという音しか聞こえなかった。それでも、町の物音がこの場所まで聞こえて来た。風に乗って聞こえて来る鐘の音であった。死を悼むものだろうか、誕生を知らせるものだろうか。それはどうでもいい。鐘の音は、旅人たちに心地よい感動を起こさせるのである。

「オズワルドさま」とコリーヌは言った。「この荒地を出ましょう。生きている者のいる所へまた下りて行きましょう。ここでは心が休まりません。他の山々だったら、私たちは天に近づき、地上での生活より高まるようですが、ここは不安と恐怖しか与えてくれません。私には、自然が罪人として扱われているように、また背徳者として創造主の慈悲深い息吹を二度と感じられない宣告を受けているように見えます。確かにここは善の国ではありません。行きましょう」

　コリーヌとネルヴィル卿が平地へと下って行く間、大雨が降りしきった。二人の松明は今にも消えてしまいそうになった。ナポリの賤民ラッザローネたちが絶えず叫び声を上げながら、従って来た。彼らが平常も叫びながら暮らしていることを知らない人は、恐怖感を持つかもしれない。だが、こういう者たちは、時として自分でもどうしていいか分からない、ありあまった生命に煽《あお》られる。怠惰と暴力とを同じ程度にあわせ持つのであるから。彼らの性向よりさらに目立つ顔つきがはっきりと、精神や心が立ち入って行けない、ある種の激しさを示している。

　オズワルドは、雨のせいでコリーヌの体調が悪くなりはしないか、明かりが暗いのでは、しまいには危ない目に遭いはしないかと心配して、もはや彼女のことしか念頭になかった。そして、この優しい心遣いのせいで、彼女への打ち明け話の後で陥《おちい》った心境から徐々に立ち直った。

　二人は山麓で自分らの馬車を見つけた。彼らはヘラクルネウムの遺跡には止まらなかった。人々はこの遺跡を、この古代都市の上に建設されたポルティチの町を倒壊させないように、再び埋没させたかのようだった。真夜中にナポリに着いた。コリーヌは別れ際、ネルヴィル卿に、翌日に今度は自分が身の上話をすることを約束した。

2

　実際、コリーヌはその翌日の朝、約束を果たそうとした。オズワルドの性格がまたさらに詳しく分かったので、不安が増していたが、自分で書いたものを持ち、震えながら、それでもそれを彼に手渡そうと心に決めて部屋を出た。二人が泊まっている宿のサロンに入った。オズワルドはそこにいて、イギリスからの手紙を受け取ったところだった。そのうちの一通が暖炉の上にあって、その筆跡にコリーヌはびっくりして、言いようのないほど動揺し、この人は誰か？　と尋ねた。

「エッジャモンド夫人です」とオズワルドは答えた。

「その方と文通しておいでですの？」とさえぎるようにコリー

ヌが尋ねた。

「エッジャモンド氏は父の友人でした」とオズワルドが答えた。「偶々《たまたま》、あなたに話すことになったので隠さずに言いますが、父は将来、私が友人の娘ルシール・エッジャモンドと結婚したらいい、と考えていたのですよ」

「ああ！」とコリーヌが叫んだ。彼女は気を失ったように椅子に倒れた。

「そんなにひどく興奮して、どうしたのですか？」とネルヴィル卿が言った。「あなたに愛を捧げているのに、コリーヌ、私の何を懸念《けねん》しているのですか？　もし父がいまわの際にルシールと結婚するように言ったのだったら、自分が自由であるとはおそらく思わなかったでしょうし、あなたの抗《あらが》いがたい魅力から遠ざかったでしょう。でも、父はその結婚をすすめただけで、手紙で、彼女が一人娘なので良いかどうか分からない、と言って来ました。私自身、彼女が十二歳にもなっていない時に、一度会っただけです。国を出る前に、彼女の母親とは何の約束もして来ませんでした。

とはいえ、お気づきと思いますが、私の振る舞いの不安や動揺は、ひとえに父のこの願いから来ているのです。私は、あなたを知る以前は、いかに束の間の願いであろうともそれを果したいと思っていました。父に対する罪滅ぼしとして、亡くなった後も、私の決定にずっと影響を及ぼしてもらう手段として。でも、あなたはこの感情を打ち負かしてしまいました。私自身を打ち負かしてしまいました。私の振る舞いが弱々しく、優柔不断に見えたことでしょうが、許していただかなくてはなりません。

コリーヌ、私が経験したような苦しみから、人は二度と立ち上がれないものです。それは希望を萎《しぼ》ませ、辛く、苦しい、気弱な気持ちにさせます。運命に痛めつけられたので、たとえ良いことが待ちうけていそうでも、まだ運命など信用しません。でも、ねえ、こういう不安は消え去りました。私は永遠にあなたのものです、あなたの！　思うのですよ、もし父があなたのことを知っていたら、私の人生の伴侶として選んだでしょうね、あなたを……」

「やめて下さい」とコリーヌが涙にくれて叫んだ。「お願いですから、そんなことをおっしゃらないで下さい」

ネルヴィル卿は言った。「どうしてあなたは、私が胸の中であなたを父と結びつけ、そうやって、愛しいひとと神聖なひとを一つにする喜びに逆らうのですか？」

「それはおできになりません」とコリーヌがさえぎった。「オズワルド、おできにならないことが、私には分かりすぎていますの」

「何ということだ」とネルヴィル卿は答えた。「何か教えて下さるのですか？　あなたの身の上話が書いてあるはずのそれを下さい、私に下さい」

「差し上げますわ」とコリーヌが答えた。「でもお願いですから、もう一週間の猶予を。一週間だけ。今朝知ったことで、細かいことを書き足さなくてはなりませんの」

「何だって」とオズワルドは言った。「あなたとどういう関係がありますか？……」

「今は答えさせないで下さい」とコリーヌがさえぎった。「間もなく全てお分かりになりますわ。そして、それで終わりでしょうね、私の幸福の恐ろしい終わり。その瞬間が来る前に、あなたと一緒に天に恵まれたナポリの田園を見ましょう。穏やかな気持ちのままで、このうっとりするような自然を感じられる心のままで。この美しい土地で、何とか自分の人生でもっとも厳粛な時期を過ごしたいのです。あなたは、私の最後の思い出を残して下さいね。私がどのようだったか、もし私の心があなたへの愛を断ってしまったら、私がずっとどのようであっただろうかということを」

「ああ！　コリーヌ」とオズワルドが言った。「そんな不吉な言葉を吐いて、何を知らせたいのですか？　何をおっしゃっても、私の愛情と憧れが冷めることはありますまい。いったい、どうしてまた一週間も私に気を揉ませて、秘密を引き延ばすのですか？　私たちの間に、壁ができるみたいだ」

「オズワルドさま、そうさせて頂きたいのです」とコリーヌは答えた。

「この最後のわがままをお許し下さい。いずれ、あなたが私たち二人の関係をお決めになるでしょう。不平を言わずに、私の運命を、あなたの口からお聞きしましょう。たとえそれが辛いものであっても。あなたの愛を失った後も、生き長らえなくてはならないという気持ちもないし、私には他に何の絆もありませんから」

こう言い終わると、彼女は、後をついて来ようとするオズワルドの手をそっと押し戻して、出て行った。

3

コリーヌは、延期を申し出た一週間をネルヴィル卿のために祝祭のようにしよう、と心に決めていた。この祝祭というアイデアは、彼女にとっては憂鬱この上ない気分と結びついていた。オズワルドの性格をあれこれ考えると、打ち明けようとしていることで、彼がどんな印象を受けるか、不安にならずにはいられなかった。彼の身分、一族、祖国、家名を、才能と美術への高揚感《アントゥジアスム》のために犠牲にしてもらうためには、自分を詩人として芸術家として、見てもらわなくてはならなかった。

確かに、ネルヴィル卿には、想像力や天才を讃嘆するのに欠かせない才知があった。でも彼は、社会生活においては人間関係が何事にも先行すべきであり、女性の、そして男性でさえも、第一の使命は知的能力の発揮ではなく、人それぞれの義務の遂行であると考えていた。自分が思い描いていた軌跡から逸れたために、酷くも感じることになった悔恨のせいで、もともと持っていた厳格な道徳規範はさらに強固なものになった。イギリスの伝統である義務や法を尊重する習慣と考え方のせいで、多くの点で束縛され拘束されていた。しまいには深い悲嘆に気落ちして、自由な秩序に生きるひとを愛するようになる。思うように生き、運命が我々に示している状況に逆らって、新しい決意も決断も求めないひとを。

オズワルドは、コリーヌを愛してから、感じ方まですっかり変わってしまった。だが、愛も性格まで消しはしない。コリーヌには、今のところ彼の圧倒的である情熱の向こうに、この性格が透けて見えた。おそらく、ネルヴィル卿の魅力も、本来の性質とその感情との間の矛盾によってというより、この矛盾のせいで優しさが現れると、かえって印象深く思えるのだ。

だが、常に寄せつけまいとしていたので長続きはしなかった不安、そして今楽しんでいる至福に、かすかな夢のようにたまに影を落とすだけであった不安が、コリーヌの人生に決定を下す瞬間が近づいていた。幸福になるために生まれ、才能と詩想のままに動く感覚に慣れた、この魂が、じっと動かない激しい苦悩に驚いていた。長らく苦しみに耐えた女なら感じることのない戦《おのの》きが、その時彼女の全身を震わせていた。

しかし、不安に怯えながらも、彼女はオズワルドと共に過ごしたいと思い、華やかな一日を準備していた。彼女の想像力と感性が、このようにロマネスクなやり方で結びついていた。彼女は、ナポリにいるイギリス人たち、つき合って気に入った幾人かのナポリの男女の客を招いた。

祭りの日とも、自分の幸福を永久に失うことになる告白の日ともなる日の朝、彼女は妙に胸が騒いで、その顔つきは生気を帯び、それまでとは違った様子であった。放心した目は喜びを表わそうと、生き生きした表情を装ってはいた。だがネルヴィル卿には、彼女の落ち着きのない慌ただしい動作、焦点の定まらない目つきで、その魂《こころ》に何が起こっているかが分かっていた。彼は、優しく苦情を言って落ち着かせようとしたが無駄だった。「二日後にそうおっしゃって下さいな」と彼女は言った。「もし、お考えが相変わらず同じであったら。今はその優しい言葉が辛いだけですわ」

そして、彼から離れて行った。

コリーヌが招待した人々を乗せるための馬車が、日暮れに到着した。折しも海からの風が立って、涼気の中で、自然を眺めることができる。散策の最初の寄り道はウェルギリウスの墓所であった。ポジッリポの洞窟を通る前に、コリーヌと客たちはそこで止まった。この墓は、この上なく美しい場所に置かれていた。ナポリ湾が見渡せた。この景観には安らぎと華やかさとがあり、ウェルギリウスが自分でこの場所を選んだ、と思いたくなるほどだ。ウェルギリウスのあの簡素な農耕詩が、墓碑銘となったかもしれない。

その頃は優しいパルテノペが
私、ウェルギリウスをもてなしていた……

彼の遺骨はまだそこに安置されており、その名声のために、世界中からこの場に賛辞が寄せられている。これが、人間がこの世で死の手から奪い取ることができる全てである。

ペトラルカは一本の月桂樹をこの墓所に植えた。ペトラルカは死んで、月桂樹も枯れた。ウェルギリウスの名声を讃えに大挙してやって来た外国人が、骨壺に自分の名前を書いた。人けのないこの場所で感じられる、安らかな孤独感を乱そうとする、これらの名前にはうんざりさせられる。ウェルギリウスの墓詣での跡を後世に残す資格のあるのは、ペトラルカだけである。

皆、黙って、その栄光の遺骨の安置所からまた下った。この詩人の才能が、永遠に不滅とした思想と描写が思い起こされる。後世の人間たちとの見事な対話。書く術《すべ》が永続させ、繰り返させる対話！　それでは、死の闇、あなたは、いったい何？　一人の人間の考え、感情、表現は、今なお残っていて、人そのものはもう残っていない！　そうなのだ、自然の中ではこのような矛盾はありえないことではない。

「オズワルド」とコリーヌがネルヴィル卿に言った。「あなたが今し方感じた印象は、これから始めるお祭りに向いていません」彼女は熱っぽい眼差しで付け加えた。「どれほどのお祭りが、墓所の近くで行われたことでしょう！」

「あなた」とオズワルドが答えた。「痛みを胸に秘めて、動揺しているのは何故ですか？　打ち明けて下さい。あなたのおかげで、人生で一番幸福な半年を過ごすことができました。また、おそらくこの間、私もあなたの生活に何かしら幸せをもたらしたでしょう。ああ！　誰が幸福を冒涜《ぼうとく》しましょう！　誰が、あなたのようなひとに尽くすという無上の喜びを無くすことができましょう！　ああ！　人間の中でも最もつまらない者にとっては、我が身が必要とされていると感じるだけでもう充分なのです。コリーヌにとって必要であるということは、ねえ、それは身にあまる名誉で、我が身を差し出すことは過分の喜びなのです」

「お言葉を信じます」とコリーヌは答えた。「でも、何か激しい奇妙なものに心臓を襲われて、不安で苦しく、鼓動が速まる時はありませんか？」

彼らは松明《たいまつ》でポジッリポの洞窟を通った。日中でも、このようにして通るのである。それは山の下に一キロ近く掘られた道で、真中にさしかかると、両方の出口にほとんど日差しが見えなくなるのだ。この長い丸天井の下では、馬どもの蹄の音、馬丁たちの叫び声が耳を聾するばかりに騒がしく、何の考えも浮かばないほどだ。

　コリーヌの馬どもは驚くような速度で馬車を引いていたが、彼女はそれでも満足でなく、ネルヴィル卿に言った。「オズワルド、何て進み方が遅いのでしょう！　急がせて下さいな」

「どうしてそんなに気が立っているのです、コリーヌ？」とオズワルドは答えた。「以前一緒の時は、あなたは急ごうとしないで、時の過ぎるのを楽しんでいたのに」

　コリーヌが答えた。「今は全てに決着がつかなくては、終結しなくては。全てを急がせなくてはならないように感じるのです。たとえ自分の死であろうとも」

　洞窟を抜け出ると、人々は日の光と自然を再び見て歓喜した。それに、その時目にとびこんだ自然は、何という自然であったことか！　イタリアの田園に欠けているのは、木々である。この場所ではふんだんに木々が見られるのだ。イタリアの他の地方は花々に覆われているので、他の国々に見られる自然の最高の美である森林がなくてもいいのである。

　ナポリではひどい暑さのため、日中は木陰でも散歩はできない。だが、夕方になると、この土地は海と空に開かれ囲まれているため全てが見渡せて、四方からの冷気を呼吸できる。透明な大気、変化に富んだ景観、山々の絵のような形がナポリ王国の眺めを特徴づけ、画家は好んでこの地の景色を描くのである。この国の自然には、他の地にある魅力とは一味ちがう力強さと独特なものがある。

「通って下さいな」とコリーヌは連れの人々に言った。

「アヴェルノ〔アウェルヌス〕湖のほとりを。フレジェトンテ〔プレゲトン〕川のそばを。すると、目の前にクーマ〔クマエ〕のシビラの神殿が現れます。バーイア〔バイアエ〕の楽園の名で有名な所を通るのです。今ここで立ち止まろうとは申しません。この地の、我々の周りにある歴史と詩の回想に浸るのは、全てを眼下に一望できる場所に着いてからにしましょう」

　コリーヌは、ミゼーノ岬に踊りと音楽を用意させておいたのだった。この祭りの準備ほど、絵のように美しいものもなかった。バーイアの水夫たちは、みな色調鮮やかな服を着ていた。オリエントの人たちが、当時港に停泊中の船からやって来て、近くのイスキアやプロチダの島の女たちと踊った。彼女らの衣裳はギリシャの衣裳に今もってそっくりであった。正確な音程の声が遠くまで聞こえ、楽器が響き合って、岩々の後で次々にこだまし、まるで音は海の中に消えて行くようであった。大気は素晴らしかった。それは、心を喜びの感情で満たし、するとそこにいる人々は活気づき、コリーヌも喜びにあふれた。

　コリーヌは、島の女たちの踊りにまじるように言われた。初めは喜んで承知したが、踊り始めるとすぐに暗い感情にとらわれ、自分が加わっている遊びが厭になってしまい、急に踊りと音楽から離れて、海辺の岬の先端に行って坐った。オズワルドは慌ててついて行った。だが、彼が彼女の傍に来ると、一緒にここへ来た客たちもやって来て、すぐにコリーヌにこの美しい場所で即興によって作詩してくれと頼んだ。この時の彼女は、困惑のあまり何を期待されているのか考えもせずに、自分の竪琴が置いてある高い丘の方へと連れて行かれるがままになった。

4

そのうちに、コリーヌは、いつかのカピトリーノの丘でのように、自分の天与の才能をつくして、もう一度オズワルドに聞いてもらいたいと思った。もし、この才能が永久に失われてしまうことになるのなら、消え去る前に最後の光を、愛するひとのために輝かせたいと思った。この願いがあったからこそ、動揺しながらも必要な霊感を得ることができたのである。竪琴が用意してあり、友人たちはみな聞きたくてうずうずしていた。土地の人々もまた彼女の評判を知っており、南の国においては、この民衆こそ、想像力を持った、詩の良き判定者なのである。

　コリーヌの友人たちが坐った輪の周りを黙って取り囲んだ。ナポリの人々の顔は、じっと注意を凝《こ》らした表情になった。月が水平線に上がった。だが、日の残照のせいで月の光が淡くなっていた。海に突き出ているミゼーノ岬の小さな丘の頂きから、ヴェスヴィオ山、ナポリ湾、そこに点在している島々、ナポリからガエータまで延びている田園、つまり、火山と歴史と詩によって名残をとどめている、一つの世界が見渡せるのであった(一)。

　コリーヌの友人たちはこぞって、彼女にこれから歌うテーマとして、「この場所にまつわる回想」を取り上げてくれるように頼んだ。竪琴《リラ》の音を調《ととの》え、上ずった声で歌い始めた。眼差しは美しかったが、オズワルドのようによく分かっている者には、その眼差しに魂《こころ》の不安が読み取れた。それでも、彼女は苦しみをこらえて、とにかく今しばらくは自分の個人的な心境を克服しようとした。

ナポリの田園でのコリーヌの即興詩

「自然、詩、歴史がここでは偉大さを競い合っています。ここではちょっと見るだけであらゆる時代、あらゆる自然の驚異をとらえることができます。

　死火山であるアウェルヌス湖が見えます。かつて湖の波が恐怖を抱かせていました。アケローン川、プレゲトン川は、地下の炎で沸き立っていて、アエネアスが訪れたこの地獄を囲む火の川なのです。

火、世界を創造し、焼き尽くすこの貪婪《どんらん》な生命は、その法則が知られていないだけに、なおのこと人々を怯えさせていました。かつて、自然は自らの秘密を詩だけにしか明かさなかったのです。

　クマエの町、シビラの洞窟、アポロンの神殿はあの高みにあったのです。[二]アエネアスが黄金の小枝を採ったのがこの森です。アエネアスの地はあなた方が今いるこの辺りで、天才が捧げた空想の物語が、今も人々が跡を辿ろうとする追憶の地となっているのです。

　歌をうたって神々を練り歩かせようとした、向こう見ずなトロイア人を、半人半魚のトリトンがこの波間に沈めてしまいました。[三]空洞で響きのよい、これらの岩山はウェルギリウスが描写したとおりです。想像力は全能であれば、事実に忠実なものです。人間の天才は、自然を感じる時には創造者に、自然を作り出す時には、模倣者になります。

　天地創造のいにしえの立会人である、これらの恐ろしい山魂の真中に、火山が生んだ新しい山[四]が一つ見えます。ここでは、地は海のように荒れ、その果ては海のように凪ぐことはないのです。深淵の振動に持ち上げられた重い火が次々と谷を穿《うが》ち、山々を隆起させます。石化した火の波が、地の懐を切り裂く嵐が起きていることを示しています。

　もしあなたがこの地を叩けば、地下にある丸天井が反響します。人の住む世界は、今にも口を開きそうな大地のただの表面でしかないかのようです。ナポリの田園は人間の諸々の情念のイメージです。硫黄質で肥沃で、その危険と楽しさは火を噴く火山群から生まれ出るかのようです。火山群は大気に多くの魅力を与え、我々の足下に雷を轟かせます。

　プリニウスはイタリアをさらに堪能するために、自然を学びました。彼は、もう他のことでイタリアを讃えることができなくなった時、諸国のうちで最も美しい国だと自慢しました。彼は、戦士が征服を求めるように学問を求め、炎を通してヴェスヴィオ山を観察するために、この岬から出発し、その炎に焼かれてしまいました。

　おお！　追想よ、気高き力よ、あなたの王国がこの場所にあるのです！　時代から時代へ伝えられる奇妙な宿命！　人間は自分が失ったものを惜しむのです。流れ去った時は全て、今はない幸福を託されたかのようです。思考がその進歩を誇りつつ未来へ向かって行っても、私たちの心情は、過去を辿《たど》って近づく昔の祖国を懐かしむようです。

　私たちは古代ローマ人の華麗さを羨《うらや》みますが、彼らは祖先の男性的な単純さを羨んではいなかったでしょうか？　かつて、ローマ人はこの享楽の国を軽蔑していました。彼らの悦楽は敵を制圧することだけでした。遠くのカープアをご覧なさい。カープアは、ローマに対して世界のどこよりも長く抵抗して、不屈の魂を持つ戦士を負かしたのです。

古代ローマ人は、先人に代わってこの地に住んだのです。魂の力がただ恥辱と苦悩を感じるだけの時は、彼らは弱くなっても悔やむことはなかったのです。バイアエでは、自分らの宮殿のための海岸をかち取りました。山々は、円柱を引き出すために穿たれ、世界の支配者たちが、今度はみずからの隷属を慰めるために自然を隷属させたのです。

キケロは、あそこに見えているガエータの岬の近くで、命を落としました。三頭政治家たちは後世に敬意を払わず、この偉人が考え出したであろう数々の思考を捨て去ったのです。三頭政治家たちの罪は、今もなお消えません。現在の私たちをも裏切って、彼らの大罪は犯されたのです。

キケロは暴君たちの刃に屈したのです。スキピオはもっと不幸で、まだ自由であった祖国から追放されました。彼はこの海岸の近くで果てました。彼の墓所の遺跡は、『祖国の塔』と呼ばれています。その偉大な魂を占めていた祖国追慕の、心にしみるような暗示!

マリウスは、スキピオの住まいの近く、ミントゥルナエ〔ミントゥルネ〕のあの沼沢地に逃れました。このようにして、いつの時代もローマ人は自国の偉人たちを迫害して来ました。でも、偉人たちは神格化されることで慰められたのです。ローマ人が支配の手の中にあると思っていた天は、その星々の中にロムルス、ヌマ、カエサルを迎えています。私たちの目には、栄光の光明と天の光とが混然として見える、新たな星たち。

災いはそれだけではない。あらゆる罪業《ざいごう》の跡がここにあります。ご覧なさい。湾のはずれのカプリ島、そこで老いたティベリウスが武器を捨てたのです。そこで、この残酷でしかも好色な、激しくてしかも衰弱した人物が、罪を犯すことにも飽いて、もっとも低劣な楽しみに身を投じようとしました。あたかも、暴政だけではまだ堕落しきれなかったとでも言うように。

アグリッピーナ(五)の墓は、カプリ島の対岸のあの海辺にあります。墓はネロが死ぬまで建てられなかったのです。母親殺しは、また母の遺骨まで追放したのです。彼は、長らくバイアエに、大罪を犯した地に住みました。何という怪物たちが、偶然にも同時に眺められることでしょう! ティベリウスとネロが向かい合っているのです。

噴火のために海から隆起した島々は、出現するとすぐに古代ローマの罪業の場となりました。流刑にされた哀れな人々は、海の真ん中のさびしい岩山の上で、はるかに祖国を見つめて、風に乗って来る祖国の香りをかごうとしました。そして彼らは、長い流刑の後に死刑の判決が下ると、ともかくも敵に忘れられてはいなかったことを知ったのです。

おお! 血と涙で濡れた地よ、あなたは果実と花を産み出し続けて来ました! あなたは人間に哀れみを持たないのですか？　そして、その亡骸《なきがら》は人を身震いもさせずに、母なる大地の懐に戻って行くのでしょうか？」

ここでコリーヌは少し休んだ。祭りのために集まって来た人々は、彼女の足もとに銀梅花と月桂樹の枝を投げていた。彼女の顔は、月の穏やかな澄んだ光で美しく見えた。海からの涼風が髪を揺らし、絵のようであった。自然が喜んで彼女の飾りとなっているようだった。コリーヌは、急にどうしようもなく心がなごむのを覚えた。この魅惑的な場所、うっとりするようなこの宵、そこにいるオズワルド、でも、おそらくそこにずっとはいないであろうオズワルドをじっと眺めた。涙が目から流れ出た。拍手喝采をしたばかりの聴衆は皆、彼女の感動を気遣い、その感動が言葉となって流れ出て来るのを沈黙して待っていた。彼女はしばらく竪琴で前奏をした。歌を音にのせられなくなって、詩を途切れのない勢いにまかせた。

「いくつかの心の形見、何人かの女の名も、またあなた方の涙を誘います。ミゼーノ岬で、まさに私たちが今いる場所で、ポンペイウスの寡婦コルネリアが、その死に至るまで気高く喪に服したのです。アグリッピーナは、長らくこの海岸でゲルマニクスの死を嘆いたのです。ある日のこと、夫の命を奪ったその暗殺者が、彼女を夫の後を追わせようと思ったのです。ニージダの島はブルートゥスとポルキアの別れの言葉を聞きました。

このようにして、英雄の恋人であった女たちは、熱愛していたひとが死んでいくのを見たのです。長い間、彼女らが愛するひとの足跡をたどっても、無駄でした。そこを去らなくてはならない日が来るのです。ポルキアは自殺します。コルネリアは叫んでも答えてくれない聖なる骨壷を胸に抱き締めます。アグリッピーナは、数年の間、夫を殺した者を苛立たせようとしましたが、無駄でした。これら不運な女たちは、永遠の流れの荒れた岸辺を影のようにさまよって、向こう岸に着くことを渇望します。長く続く孤独の中で、彼女らは沈黙するものに尋ね、自然全体に、この深い海にもこの星空にも、もう耳にすることのない愛しい声やその口調を聞こうとします。

愛、心の至上の力、詩を内に秘める神秘的な高揚感《アントゥジアスム》！　私たちが魂の秘密をゆだねて、心の生命、この世のものならぬ生命を与えてくれたひとから、宿命によって引き裂かれる時、一体どうなるでしょうか？　女が、この世で生き別れ、あるいは死に別れて、一人になると、どうなるのでしょう？　憔悴《しょうすい》し、倒れます。この周りにある岩山は幾度、打ち捨てられた寡婦を冷たく支えたことでしょう！　彼女らは、かつては恋人の胸に、英雄の腕にすがっていたのです。

あなた方の目の前はソレントです。そこにはタッソの妹が住んでいました。彼はこの地にめぐって来て、無体な君主たちから逃れるため、この名もない妹にかくまってくれるよう頼みました。長い苦悩のあげく、彼の理性は錯乱しかけていました。彼にはもうその天才しか残っていませんでした。天上についての知識しかなく、この世の姿は乱れて見えました。それでこの才ある人は、周りの砂漠に怯え、自分に似たものを見つけることができないで、世界中を駆け回るのです。自然はもう彼に反応してはくれません。この世では、充分に空気も霊感も希望も吸うことのできない人の、この不安を、大衆は狂気と見なします。

悲運――コリーヌは徐々に高まる感動をこめて続けた――悲運というものが、高まった魂の持ち主たちに、愛し苦しむ能力によってその想像力が湧いて来る、詩人たちにつきまとうのではありませんか？　彼らは他の地からの追放者であり、全世界に愛されても、少数の選ばれた人々や流刑された人々の役には立ちませんでした。古代人が、宿命を多くの恐怖をもって語った時、何を言いたかったのでしょうか？　この宿命は平凡で平穏な人々に何をなしうるのでしょうか？　この人々は季節に従って生き、おとなしく日常の生活の流れのままに過ごすのです。

しかし、神託を下す女預言者は、酷い能力に揺さ振られるのを感じていたのです。何とも言えぬ思いがけない力が、天才を不幸に陥れます。彼は死すべき人の耳ではとらえられぬ圏界からの音を聞きつけます。彼は他の人々は知らない感情の神秘に分け入ります。そして、彼の魂は、そこに収めきれないような一人の神を秘めることになるのです！

この美しい自然の至高の創造者よ、私たちをお守りください！　私たちの躍動には勢いがなく、希望は幻なのです。私たちの中にざわざわと横暴な、様々な情熱があり、そのために私たちには自由も休息も与えられません。おそらく、明日私たちがすることで、運命が決まっていくのでしょう。おそらく、何ものも取り返すことができない一言を、昨日私たちは吐いたのです。私たちの精神が最高の思想に達する時、高い建築物の天辺にいるような、あらゆるものを一緒くたにする眩惑を感じます。でもその時にも、苦悩、恐ろしい苦悩は雲の中で消えることなく、雲の中を縦横に走り、雲を少し開きます。おお！　何ということ、苦悩は私たちに何を告げようとしているのでしょう？……」

この言葉を終えると、コリーヌの顔は死人のように蒼白になった。眼は閉じられて、もしネルヴィル卿がすぐさま彼女を支えようと近づかなかったら、地面に倒れていただろう。

5

コリーヌは我に返った。不安げに、人の心に触れるような様子で、注意深く自分を見守っているオズワルドの顔を見て、少し落ち着いた。ナポリの人々はコリーヌの詩の暗い調子に気づいて、驚いていた。彼女の言葉の調和のとれた美しさには感嘆していた。それでも、彼らは、その詩句がこれほど悲しい気持ちから霊感を得たのでなければよかったのに、と思っていた。何故ならば、彼らは芸術というものは、そして芸術の中でもとりわけ詩というものは、生きて行く上での心痛をまぎらわすものであり、その恐ろしい秘密を掘り下げて行く方法とは考えていなかったからだ。だが、コリーヌの詩を聞いていたイギリス人たちは、すっかり感じ入ってしまった。

彼らは、イタリアの想像力によって、憂愁が表現されるのを見てうっとりとした。顔立ちには生気があり、眼差しには活気がある、この幸せを絵に描いたような美しいコリーヌ、ひそかな心痛にとりつかれたこの太陽の娘は、似ているのだった。今はまだ生き生きとして華やかであるが、致命傷となる黒い点のせいで、ほどなく枯れ果てようとしている花々に。

一行はナポリに戻るため舟に乗った。その時は暑かったし、海も穏やかだったので、海上にいる楽しさを存分に味わうことになった。ゲーテは魅力的な恋愛詩（六）の中で、暑い盛りの水に対して感じるこの魅力を描いている。河の精《ニンフ》が漁師に河波の魅力について自慢する。涼《りょう》を取るように誘う。徐々に誘い込み、ついに彼は飛び込む。この水の魔力的な力は、どこか恐がらせながらひきつける、蛇の眼差しに似ている。遠くで盛り上がり、徐々に大きくなり、岸に寄ろうと急ぐ波は、心の秘めやかな願いと通じ合っているかのようだ。心の秘密も、初めは穏やかだが、抵抗し難くなるのである。

コリーヌは前より平静になった。晴天が楽しく、落ち着いたのだ。大気をなるべく肌にあてようと、髪の三つ編みを上にあげてしまっていた。彼女の顔はかつてないほど素敵になった。別の舟でついて来る吹奏楽団が、うっとりするような効果をかもし出していた。楽団は、海と星とイタリアの宵との、酔ったような甘美さと調和していた。彼らは、さらに心にしみる感動も生み出していた。自然のただ中で、空から聞こえる声になっていた。

「愛しいひと」とオズワルドが小声で言った。「私の愛しいひと、私はこの日を決して忘れません。これより幸せな日があるでしょうか？」

こう言うと、彼の目は涙であふれた。オズワルドの人をひきつける魅力の一つが、この感じやすいところが抑制され、我知らず涙ぐんで感動するところであった。その時の彼の眼差しは、ふるいつきたいほどの表情をたたえていた。穏やかに冗談を言っている時でも、ひそかに涙を誘われているのに気づかれることがあり、それは彼の陽気さとあいまって、気品ある魅力となっていた。

「ああ！」とコリーヌが答えた。「いいえ、私は二度とこのような日を望みはしませんわ。この日が、とにかく我が生涯の最後の日として祝福されますことを。もし、永く続く幸福の日の始まりでないならば。始まりになることができないならば」

6

　彼らがナポリに到着すると、天候が変わり始めた。空は暗くなり、空中に雷雨が兆《きざ》して来て、もう波を強く揺さ振っていた。あたかも、海の嵐が空の嵐に波間から応えるかのように。オズワルドはコリーヌの先を歩いていた。彼女を宿まで無事に案内するために、松明を持って来させようと思ったのだ。彼は堤防を通る時、ナポリの賤民ラッザローネたちが集まって、大声で叫んでいるのを見た。「ああ！　気の毒な男。抜け出せないんだ。こらえなくちゃ、死んじまうよ」

「何を言っているんだ」とネルヴィル卿はかっとなって叫んだ。「誰のことを言っているんだ？」

「気の毒な年寄りのことだよ」と彼らは答えた。「あそこで溺れている。埠頭のそばで。雷雨に連れて行かれちまった。波に逆らって岸に泳ぎ着く元気はないよ」

　オズワルドは水に飛び込みたい衝動にかられた。だが、後から来るコリーヌの恐怖を考えて、手持ちの金を出し、老人を救助するために飛び込む者にはその倍額をやろうと言った。ラッザローネたちはこう言って、断った。「恐ろしすぎるよ、危なくて。できやしないさ」

　この瞬間、老人は波間に消えた。オズワルドはもうためらわなかった。波が頭にかぶさったが、海の中を進んだ。うまく波と闘って、老人のところまで行った。あと一瞬遅ければ死んでいただろう老人をつかまえて、海岸まで連れて来た。だが、冷たい水と荒れる海に逆らって激しく泳いだせいで、オズワルドはかげんが悪くなり、老人を岸に連れて来たとたん、意識を失って倒れた。顔面蒼白となったので、もう死んだと思われるほどの状態であった[28]。

　この時コリーヌが通りかかったが、今何が起こったか思いも寄らなかった。人がたくさん集まっているのを見て、叫び声を聞いた。「死んだ」という言葉の恐ろしさに負けて、遠ざかろうとした。その時、彼女は同行の一人であるイギリス人が、人の群れをかきわけるのを見た。彼女は彼の後について数歩進んだが、最初に彼女の視線をとらえたものは、水に飛び込んだ時に岸に置いたオズワルドの衣服であった。震える手でその服をつかみ、オズワルドのこの服しか残っていないのだと思った。

　それで、やっと彼自身を見つけた時には、息があるようには見えなかったが、有頂天になって、ぐったりとしたその身体に身を投げかけた。両腕で激しく抱き締めると、言い表わせないほどうれしいことに、胸の鼓動をまた感じることができた。おそらく、コリーヌがそばに来たので、正気づいたのであろう。「生きているわ」と彼女は叫んだ。「生きているわ！」

そしてこの時、彼女は、オズワルドの友人たちが持ち合わせていなかった力と勇気をふるい起こした。皆を呼んで助けを求めた。自分でも手助けをした。気絶したオズワルドの頭を支えて、涙で彼の顔をおおった。過酷な騒ぎにあっても、彼女は何も忘れていなかった。介抱していても、一瞬たりとも彼女の苦しみが中断されることはなかった。オズワルドは少し良くなったように見えた。だがまだ感覚が戻らなかった。コリーヌは彼を自分の宿に連れて行かせ、彼の傍らで膝をつき、気付け薬のように香水を周りにまいた。優しい、情熱をこめた口調で呼んだので、この声で意識が戻って来るにちがいなかった。オズワルドの耳に届いたのか、目を開けて、彼女の手を握った。

このような瞬間を味わうために、地獄の苦悶を感じなければならなかったのだろうか！　哀れな人間！　我々は苦しみによってしか無限を知らない。人生のあらゆる楽しさも、愛するひとが死ぬのを見る絶望の埋め合わせにはならない。

「酷《ひど》いこと！」とコリーヌは叫んだ。「酷いこと。何をあなたはなさったのですか？」

「許して下さい」とオズワルドが震える声で答えた。「許して下さい。今にも死ぬかと思った瞬間、本当に、愛しいひと、あなたゆえに恐怖を覚えました」

相思相愛で、互いの信頼で幸せの絶頂にある愛の、素晴らしい表現！　コリーヌはこのうっとりする言葉に感動して、最後の日まで、この言葉を思い出すと、僅かな間にせよ、全てを許そうという優しい気持ちになったのであった。

7

次にオズワルドは、父の肖像画をまさぐろうと、胸に手を持って行った。それはまだそこにあった。でも水で消えてしまって、よく見分けられなくなっていた。オズワルドはひどく嘆いて、叫んだ。「神よ！　あなたは父の肖像画まで取り上げられるのですか！」

コリーヌはネルヴィル卿に、自分に肖像画を元のようにさせてくれと頼んだ。彼は同意したが、あまり期待してはいなかった。三日後、彼女が修復したばかりか、以前よりもさらに本人に酷似させた肖像画を持って来た時、オズワルドは何と驚いたことか。

「そうです」とオズワルドは有頂天になって、言った。「そう、父の顔立ちと風貌をよく見抜かれましたね。天の奇跡が、あなたを私の運命を共にするひとであると指し示しているのです。私を永遠に意のままにする父の似姿を、天があなたに明かしたのですから。コリーヌ」と彼は彼女の足もとに身を投げ出して、続けた。「いつまでも、私の人生をあなたのものとして下さい。ここに、父が母に贈った指輪があります。神聖な指輪、崇高な指輪、これが気高い善意によって贈られ、貞節な心に受け取られました。私はこれを指から外して、あなたの指に嵌《は》めます。その時からもう私は自由ではなくなります。あなたがそれを嵌め続けている限りは。愛しいひと、私は自由ではないのです。私はあなたが何者であるのかを知る前に、この厳粛な誓いをします。私が信頼するのはあなたの魂で、それは私に全てを教えてくれました。あなたの人生に起こることは、もしあなたゆえのことであれば、その人柄のように気高いにちがいない。もし、それが運命のせいで、あなたがその犠牲者ならば、私はそれらを償うことができることを天に感謝します。だから、ねえ、コリーヌ、私に秘密を明かして下さい。あなたの告白に先立って約束をした者にそれをなさるべきです」

「オズワルド」とコリーヌは答えた。「その心に触れる感動は、誤ってあなたの胸に生じたものです。私がその指輪を受け取れば、その感動は消え去ってしまいます。あなたは、私が霊感によって、お父さまの顔立ちを見抜いたとお思いです。でも、私は実際にお父さまを何回も見たことがある、と申し上げなくてはなりません」

「父を見たことがあるだって」とネルヴィル卿は叫んだ。「どうして？　どこで？　そんなことが、なんと！　一体、あなたは何者なのですか？」

「はい、あなたの指輪を」と、コリーヌは息詰まるような感情に駆られて言った。「もうこれをお返ししなくてはなりません」

「いいえ」とオズワルドは一瞬黙った後に言った。「私は、あなたがその指輪を返さない限り、他の誰とも決して結婚しないことを誓います。今聞いたことで内心狼狽してしまったことを許して下さい。頭が混乱して来ました。不安で苦しいのです」

「あなたの不安は分かりますわ」とコリーヌは答えた。「私が手短に言って上げましょう。でも、あなたの声はもう同じ声ではないわ。あなたの言葉も変わりました。私の身の上話を読まれた後では、きっと、きっと恐ろしい別れの言葉……」

「別れの言葉だって！」とネルヴィル卿は叫んだ。「いいえ、あなた、それをあなたに言えるのは、私が死ぬ時ですよ。その時までは、そんな心配はしないで」

　コリーヌはオズワルドの部屋を出た。しばらくするとテレジーナが部屋に入って来て、女主人からの、彼が読むことになる書きものを手渡した。

第十四部　コリーヌの話

1

オズワルド、私の人生を決定する告白から始めましょう。この手紙を一読されて許せないとお思いになるならば、最後まで読まないで。そして、私を遠くへ放り出して下さい。ですが、もしあなたが、私が捨てた名と運命を知り、二人の仲はこれまで、と思われるのでなかったら、最後まで読んで私を許して下さるのかもしれません。

エッジャモンド卿は私の父でした。私は、彼の最初の結婚で、イタリアで生まれました。母はローマの人で、あなたの妻に定められているひとは異母妹にあたります。妹は、父のイギリス女性との再婚で生まれた子です。

さて、話を聞いて下さい。私はイタリアで育って、十歳にもならぬ時に母を亡くしました。母は、私にイギリスに行く前にイタリアで教育を受けるように、と言い残して死にました。父は、私を十五歳になるまで、フィレンツェにいる母の伯母に任せました。その大伯母が死んで、父のもとに呼び寄せられることになった時、私の才能、嗜好、性格はもうでき上がっていたのです。父はノーサンバランドの小さな町に住んでいました。そこはイギリスらしくもない所だと思います。しかし、そこで過ごした六年間が、私がイギリスについて知り得た全てなのです。母は、幼い私にイタリアを離れることは不幸だ、と言い聞かせたのでした。大伯母も、私の母が悲しみのあまり死んでしまったのは、祖国を離れることに心を痛めてのことだった、と繰り返し聞かせたものでした。また、大伯母は、カトリック信徒がプロテスタントの国で暮らすと地獄に落とされる、と思い込んでいました。私は、こういう恐れは持ち合わせてはいませんでしたが、それでもイギリスに行くと思うと恐怖を覚えました。

私は、何とも言えない悲しい気持ちで旅立ちました。迎えに来てくれた女性は、イタリア語が分かりませんでした。私は、気の毒なテレジーナとこっそりとイタリア語を口にしてみたものです。テレジーナは、ついて来てくれることを承知したのでしたが、祖国から遠ざかりながら、泣き止みませんでした。イタリア語の響きのよい音は、外国人さえもひきつけます。私にとってその魅力は、子供の時のあらゆる記憶と結びついているのですが、その音を発することを止めなくてはなりませんでした。

私たちは北に向けて進んで行きました。はっきりと理由も分からぬまま感じていた、悲しく暗い印象。父の家に到着して父に再会しましたが、それは五年ぶりのことでした。父だと分からなかったほどでした。風貌が重々しくなったように見えました。でも、父は私を優しく、心をこめて迎え入れてくれ、母に似ていると言ってくれました。当時三歳であった妹が連れて来られました。見たこともないほど白い肌で、金色の絹のような髪でした。驚いて見つめました。イタリアには、こういう顔立ちはほとんどなかったので。この時から、私は彼女にとても関心を寄せました。その日のうちに、私は彼女の髪を腕輪にするために切り取り、それ以来ずっとそれを持っています。しまいに義母が現れたのですが、彼女を見た第一印象は、その後ともに過ごした六年の間、絶えず強まり新たな印象になって行きました。

エッジャモンド夫人は、自分の生まれた地方しか好きではありませんでした。父は、母の言うがままで、ロンドンやエディンバラに滞在することはあきらめていました。母は冷ややかで、威厳があり、口数が少ない人で、その目に情がこもるのは娘を見る時だけでした。それに、彼女は顔の表情も話しぶりも、いかにも現実的で、新規な考えや自分が馴れ親しんでいない言葉は、一言でも耳には入れないように見えました。

彼女は私をよく迎えてくれました。でも、私の立ち居振る舞いに驚いていて、できることならそれを変えさせたいと思っているのがすぐに分かりました。近隣の方々を数人招いていたのに、みな夕食の時に一言もしゃべらないのです。私はこの沈黙にうんざりして、食事のさなかに隣席の年配の紳士に話しかけようとしました。私は、幼少の時に父に教わっていたので、英語がかなりできました。会話の中にきれいで、繊細なイタリアの詩を引用しました。でも、その詩の中に恋が取り上げられていたのです。義母はイタリア語が少し分かるので、私を見つめ赤くなりました。女性たちに、普段より早めに奥へ行って茶の支度をし、デザートの間は男たちだけにしておくように、という合図をしました。私はこの習慣が全く理解できませんでした。女性が混じらない社交など面白くもないというイタリアであれば、まったく驚くようなことです。そして、私は、義母は憤慨したあまり私のいる部屋にいたくなかったのだと思いました。ところが、ついて来るようにという合図をされ、男性たちがやって来るのを待ちながら、サロンで一緒に過ごした三時間の間、何のお咎めもなかったので安心していました。

夜食の時に、義母は、若い人が話をする習慣は無いこと、とりわけ恋という語が出る詩などゆめゆめ引用してはいけない、と静かに言いました。

「エッジャモンド嬢」と彼女は付け加えました。「イタリア関係のものは何でも忘れようとしなくては。あなたが全然知らない方がいい国なのですよ」

私は夜通し泣きました。胸は悲しみでつぶれるようでした。

朝、私は散歩に行きました。濃い霧でした。太陽が見えませんでした。太陽はとにかく故郷を思い出させてくれたでしょうに。父に出会いました。父は私のそばに来て、言いました。

「娘や、ここはイタリアとは違うのだよ。ここでは、女には家庭の務め以外の天職は無いのです。あなたが持っている才能は、独りの時には気晴らしになるかもしれない。それを楽しみとしてくれる夫を持つかもしれないしね。でも、こんな小さな町では、注意を引くものは何でも嫉《そね》みをかきたてるのだから、もし、あなたの好みが我々の慣習と異なると思われたら、結婚もできないだろう。ここで生活するならば、離れ里の古い習慣に従わなくてはならないのです。

私は、あなたの母親と十二年間イタリアで過ごしたが、その時の思い出は私にとってとても楽しいものなのだよ。当時は私も若かった。新しいことが面白かったのです。今は自分の家に戻り、それに満足しています。規則正しい、いささか単調なほどの生活では、気づかぬうちに時が過ぎて行く。人は住みついた土地の習慣に逆らってはいけない。それで始終苦しむことになる。このような小さな町では、何でも知られてしまい、伝わって行く。競争意識というより嫉妬をそそるのだ。いつもびっくりしたような意地の悪い顔に出くわすよりも、少々の退屈に耐えた方がましだ。そういう人たちは、あなたのすることについて、いちいち理由を尋ねることだろうよ」

いいえ、オズワルドさま、あなたは、父がこのように語るのを聞いていた時の私の辛い気持ちは、お分かりになりませんわ。それまでは幼い頃の記憶そのままに、父をありがたく、あざやかに思い出していましたが、その時の父は、ダンテが地獄で書き表わしたように、凡庸さがその軛《くびき》の下をくぐる人々の肩に投げかけるあの重い鉛でできた外套の下で、身体を屈めているようでした。あらゆるものが私の目から遠ざかって行きました。自然、美術、感情に対する高揚感《アントウジアスム》が。そして、私の魂は、もう他に燃やすものがなくて、私自身を燃やし尽くそうとする無駄な炎のようになって、私を苛んでいました。

　私が生まれつき穏やかな性格なため、義母は、自分への態度について小言は言いませんでした。父はなおさらに。私がまだ何か楽しみを覚えるのは、愛する父と言葉をかわす時だけだったのです。父は全てをあきらめてしまっており、そのことを自覚していました。田舎の領地に住む貴族の大半は、呑んで、狩りをして、眠りながら、世界で一番賢明で立派な生活を送っていると思っていましたが。

　彼らがあまりにも満足しているので、私は不安になり、考え方が狂っているのは自分の方なのでは、と思ったほどでした。そして、苦悩も思考も、また感情も夢想も免れている、この地道な生活は、私の生き方より価値があるわけではないとも考えました。でも、この悲しい自信が私にとって何の役に立ったでしょう？　能力が、まるで身にとりついた災厄ででもあるかのように、我が身を苦しませるのに役立ちました。それは、イタリアでは天の恵みとされて通るものなのですが。

　出会った人々の中には、才気が欠けてはいない人々もいました。でもその人たちは、自分の才気を煩わしい閃きとして押し殺していました。そして、通常は四十歳ぐらいになると、彼らの頭のいささかの活気は、他の人々のように鈍くなってしまいます。父は、晩秋の頃、狩猟によく行き、私たちは時として真夜中までその帰宅を待ちました。父の留守の間、私は日中の大半を自分の部屋で過ごし、自分の才能を磨き、義母はそれに気を悪くしていました。

「どういう良いことがあるの」と義母は、私に言ったものでした。「それであなたがもっと幸せになるの？」

　この言葉で、私は絶望的な気持ちになりました。「幸福とは何かしら」と思ったものでした。もし、それが私たちの能力の成長でないのなら。それは、肉体的にも精神的にも自分を殺すことになるのでは？　そして、もし自分の才知と魂《こころ》とを押し殺してしまわなくてはならないのなら、いたずらに動揺させられるだけの惨めな残りの人生を生きていて、何になるのだろう？でも、私は、義母にこんな風に話さないようにしっかりと気をつけていました。一、二度話そうとしたのですが、彼女の答えるところでは、女は夫の世話と子供の養育をするために作られているのでした。他のいかなる主張も百害あって一利なし。彼女が私にしてくれる最良の助言は、もし私がそういうものを持っているならば隠すように、ということでした。

　この助言がよくある助言とは言え、これで、私は言うべき言葉を失いました。競争心、高揚感《アントウジアスム》というような、魂と天才にとってのあらゆる原動力は、とりわけ鼓舞される必要があり、さびしい、凍るような空の下では花のように萎びてしまうからです。

気高い心から発するものを断罪することによって、道徳的なふりをすることほどたやすいことはありません。人間の最も気高い目的である義務は、他の考えと同じように歪められ、攻撃的な武器にもなります。その武器は、偏狭で、凡庸な、またそれに満足している人々が、才能ある人に沈黙を強要し、高揚感《アントウジアスム》、天才、つまり、彼らの敵を厄介払いするために使うのです。彼らの言うところを聞くと、義務とは、人が持つ優れた能力を犠牲にすることにあり、才気とは、それが欠けている人々と同じ生活を送ることによって、償《つぐな》いをしなくてはならない過ちのようです。

しかし、本当に義務とは、あらゆる個性の人々に同じような規律を定めるものでしょうか？　偉大な思想、寛大な感情は、それを抱く人々がこの世に還元すべきものではないでしょうか？　全ての女も、男と同じようにその個性、才能によって、道を切り開くべきではないでしょうか？　蜜蜂の本能を抑えつけるべきではないでしょう？　その群れには、進歩も変化もなく代々続いているのです。

いいえ、オズワルド、コリーヌの傲慢を許して下さい。でも、私は別の宿命のために作られていると思うのです。私は、周りにいる、自分の才気を評価せず、自分の心の願いのままに生きなかった女たちと同じくらい、自分が、好きなひとに従属しているのを感じます。もしあなたが、スコットランドの奥で暮らすのが気に入るのなら、私はそこで、あなたのもとで生き、そして死んでも本望でしょう。それは、私の想像力を放棄させるどころか、私がさらに自然を享受できるようにしてくれます。そして、私の才気の世界が広がれば広がるほど、ますます私は、あなたがその世界の主人であることに名誉と幸福とを感じるでしょう。

義母は、私の行動にも考えにもうんざりしていました。私が彼女と同じ生活をおくるだけでは充分ではなく、それが同じ理由からでなくてはなりませんでした。彼女は、自分が持ち合わせない能力は、ただの病気のようなものと思っていたのです。私たちは海岸近くに住んでいて、北風がその館に吹きつけるのでした。夜には、長い廊下を通って、風が唸るのが聞こえます。日中、私たちが集まっている時、皆黙っているせいで、恐ろしくよく聞こえたものです。湿気があって寒い土地でした。外へ出ると、苦しい気持ちになりました。ここの自然には敵意のようなものがあり、イタリアの自然の恵みと穏やかさが痛切に思い出されたのです。

私たちは、冬場は町に戻りました。もし観劇も大建造物も音楽も絵画もない場所でも、町と呼べるのならば。そこは、世間話の寄せ集めで、多様で、しかも単調な退屈さの集合体なのでした。

　誕生、結婚、死亡で社会は構成されていて、これら三つの出来事だけは、他の国と変わりがないのでした。私のようなイタリア女にとって、毎日夕食の後で、数時間も義母のお仲間と共にお茶のテーブルの周りに坐っていることがどんなことか、ご想像下さい。お仲間は、その地方きっての真面目くさった七人の女性たちでした。その中の二人は五十歳の未婚女性で、十五歳のように内気で、でも、その年齢にしては陽気ではなかったのです。

　一人が他の人に言います。「ねえ、お湯が煮立っているわ。もうお茶にそそいでもよいのでなくて」

「そうねえ」とその人が答えます。「早すぎると思いますわ。殿方たちがまだ来られませんから」

「殿方たちは、今日は長いことテーブルにいらっしゃること」と、三人目の女性が言います。「どう思われます、あなた?」

「分かりませんわ」と四人目が答えます。「議会の選挙が来週あるようですわ。それで話し込んでいるのかもしれませんね」

「いいえ」と五人目が言います。「私は、むしろ先週あんなにやったのに、また来週の月曜から始める狐狩りの話をしているのだと思いますわ。でも、夕食は間もなく終わると思います」

「そう?　そうでなくてもよろしくてよ」と、六人目が溜め息をつきながら言います。そして再び沈黙です。

　私はイタリアの修道院にいたことがありました。そちらの方がこの社交仲間と比べれば活気に満ちていたように思え、ここで自分がどうなるのか分かりもしませんでした。

　十五分ごとに、無味乾燥な質問の声が上がり、よそよそしい返事があり、退屈さが頭をもたげ、この女たちの上に新たな重圧感をもって落ちるのです。もし幼少時からの習慣で、何事にも忍耐ということを教わっていなかったら、この女性たちは不幸であるとしか見えなかったかもしれません。やっとその「殿方たち」が戻って来て、この待っていた瞬間が来ても、女であれば、することに大した変化はありません。男たちは暖炉の近くで会話を続けるし、女たちは茶碗を配り、部屋の奥にそのまままいます。お開きになると彼女らは、暦の日付と歳月の跡だけが前の日と異なる生活をまた翌日も始めようと、夫と共に立ち去ります。この歳月の跡は、まるでこの間もこの女たちが生きていたかのように、ついには彼女らの顔に刻みこまれるのです。

　私は、自分の才能がどのようにして周囲の冷ややかな人間の手を逃れおおせたのか、今もって分かりません。何故なら、ものの見方には二面あって、それを直視しなくてはならないのですから。高揚感《アントウジアスム》を褒めそやすこともできるし、貶《けな》すこともできます。運動と休息、変化と単調は、様々な論拠によって攻撃も擁護も受けます。生の弁護をすることもできるし、死について、あるいは死に似ているものについて結構語れることもあります。

ですから、凡庸な人々の言うことをあっさり軽視しては駄目で、彼らは案に相違して、あなたの考えの奥底まで深く理解し、あなたが優れているために悩んでいる時も、落ち着きはらって、見たところごく控えめに、あなたに、「あの」と話しかけようと待ち構えています。この「あの」というのが、耳に一番聞き辛い言葉ではありません。何故なら、才能に対する称賛があって初めて羨望がかき立てられる国々にあってこそ、この羨望に耐えることができるからです。

しかし、優れていることが嫉妬を生み、高揚感《アントウジアスム》など生まれないところで生活するのは、何という不幸せなことでしょう！ 目立つ存在ゆえに、力ある者として憎まれるようなところで！ その狭い土地にあって、私の境遇とはそのようなものでした。そこでは、私は大方の人々にとって、わずらわしい噂の種でしかなかったのです。ロンドンやエディンバラと違って、優れた人々に出会うことはできませんでした。ここで言う優れた人々とは、判断力、知識をそなえ、才知と会話の尽きることのない喜びを必要と感じ、その国の厳格な習慣に順応していない異国女性との語らいにも、それなりの面白さをみつける人々です。

私は、何度か、義母の社交仲間とともに一日を過ごしましたが、思考や感情に応えるような言葉は一言も耳にせずじまいでした。話しながら、身振りさえもしようとはしません。少女たちは、顔色こそ初々しく、血色も良かったのですが、その表情には何も湛《たた》えられていないように見えました。自然と社会との奇妙な対照！ どの年齢層も同じような楽しみを持っていました。お茶を飲み、ホイストに興じ、女は常に同じ場所に留まって、同じことをやりながら、年老いていくのです。時は絶対に彼女らを見逃しはしません。どこで捕まえるのか分かっています。

イタリアでは、どんな小さな都市でも、劇場、音楽、即興詩人、詩と芸術に対する高揚感《アントウジアスム》に事欠きません。そして美しい太陽。そこでは、人は生きていることを実感しています。ところが、私はその地方に住んで、それを忘れ去っていました。軽やかな器械仕掛けのお人形さんを、私の代わりに送りこむこともできたでしょう。お人形だったら、私の役どころをうまく演じたでしょう。イギリスでは至る所、人間、つまり男たちに与えられる様々な興味が、常に彼らの余暇をふさぐべき手段となります。

ところが、私が住んでいた土地の孤立した片隅では、女の生活はひどく無味乾燥でした。生まれついてか、あるいは考えてのことか、自分の才気を伸ばす女性たちもいました。すると人々の群れから、語調とか視線で、あるいは小声で口にされる言葉によって、何かが投げつけられるのが見られました。小さな国の、小さな意見が、その小さな社交仲間においては全能で、これらの萌芽を完全に押しつぶしてしまうのです。もし思うままに話したり、何とか自分を見せたかったら、頭が悪いか貞節の怪しげな女のふりをしたでしょう。社交仲間には、不都合ばかりあって、良いことはありませんでした。

当初、私はこの眠ったような社交仲間を活気づけようとしました。詩を読むこと、音楽を演奏することを提案しました。ある時、そのための日が決められました。でも突然、ある女性が、三週間前から伯母の家に招かれていることを思い出しました。もう一人が、年老いた従姉の喪中であることを思い出しました。この従姉というのは、一度も会ったこともなく、三カ月以上も前に亡くなったのですよ。しまいには、もう一人が、家内の整理という家事があることを。これはみな正当な理由でした。でも常に犠牲になるのは、想像力と知的な楽しみなのでした。あまりにも頻繁に、こう言われるのを耳にしました。「それはありえませんわ」否定ばかりで、私にとってはいっそのこと生きないことが最高の否定のようでした。

私自身は、しばらくもがいたあげく、父に禁じられたからというのではないのですが、空しい試みをあきらめました。父は、義母にこのことで私を苦しめないようにさせていました。でも、私が話をする間、当て擦《こす》りがあり、顔をそっと盗み見され、ガリヴァーを巻きつけたピグミーの紐のような、無数の小さな痛みを感じ、がんじがらめにされてしまいました。それで、私はうわべだけは他の人々のようにしましたが、でも心の底では、死にそうなほどの退屈と苛立ちと嫌悪感を抱いていました。このようにして、世にもうんざりする四年間を過ごしたのです。

さらに、私を悲しませたのは、自分の才能が枯渇するように感じていたことです。私の精神には、ひとりでに卑小さが染みついて来ました。学問、文学、絵画、音楽に対する関心が欠けている社会、つまり、誰も想像力を持ち合わせない社会では、話題はどうしても些事、細かい批評になるからです。瞑想のような活動に無縁の人々には、何か狭量で傷つきやすく窮屈なところがあります。そのため社会における人間関係は、骨の折れる、味気ないものになります。

そこでは、楽しみは、整然としたある一定の規則性の中にしかなく、それは優れたものを全て抹消して、世界を自分らのレヴェルに置こうと願う人々に見合っています。しかしこの画一性は、自分にふさわしい宿命に呼び寄せられる、気骨ある者たちにとっては、日常的な苦しみとなります。我知らず、自分がかき立てていた人の悪意についての苦い感情が、空しさから生じる圧迫感と綯《な》い交ぜになって、私は息をすることもできないほどでした。こういう男は私を批判するにふさわしくないとか、こういう女は私を理解できない、と思っても無駄なのです。人の顔は、人の心に大きな支配力を及ぼします。あなたがその顔にひそかな非難を読み取れば、その非難のせいでどうしてもあなたは不安につきまとわれます。

しまいには、あなたを囲む社交仲間は、あなただけは他の人のことを隠し続けることになるのです。あなたの目の前に置かれた小さな物でさえ、太陽の光をさえぎります。人が生きている社会についても同じことなのです。ヨーロッパ全体や後世のことを考える人も、隣家の嫌がらせを感じないわけにはいきません。幸せでありたい、自分の天与の才を伸ばしたいと思う者は、何よりも自分が置かれる環境を選ばなくてはなりません。

2

幼い妹の教育しか、楽しみはありませんでした。義母は、妹が音楽を学ぶのは望みませんでしたが、イタリア語とデッサンを教えるのは許してくれました。私は、妹が今も二つとも覚えていてくれると確信しています。当時、彼女はたいへんな頭の良さを見せてくれたのですから。オズワルド、オズワルド！　もし妹によく世話をして上げたことが、あなたの幸せにつながるならば、私は大いに満足です。草葉の陰にあっても満足するでしょう。

私は二十歳近くになっていて、父は私を結婚させようとしていました。ここから私の運命の糸車が回り始めるのです。父はあなたのお父上の親友でしたから、私の夫として、オズワルド、あなたのことを考えていたのです。もしその時、私たちが知り合って、あなたが私を愛してくれていたのなら、二人の運命には何の翳《かげ》りもなかったのです。あなたが称賛されているのを聞いたことがあります。私は、予感からか誇りからか、あなたと結婚するという希望によって、とても満足でした。あなたは私には若すぎました。私はあなたより一年半ほど年上ですから。あなたのことは、才気があって勉学好きのため実際の年よりませていると聞いていたので、そんな人と共に過ごす生活を甘く夢見ていました。

でもその希望を持ったために、イギリスでの女としての生き方について気配りすることをすっかり怠《おこた》ってしまいました。それに私は、あなたがロンドンかエディンバラに落ち着きたいと思っていることを知っていて、この二つの都のいずれかならば、きっと卓越した人々との付き合いができるだろうと思っていました。当時私は思っていたのです、今でもそう思っていますが、自分の境遇の諸々の不幸せは、北部地方の奥地の忘れられたような小さな町で生きているせいだと。ありふれた規範からはみ出す人々が社交をしながら生きていくのには、大都会だけが適している。そこでは生活に変化があり、新規なことが受け入れられるのだと。単調さが心地よい習慣となった場所では、一度でも楽しんだりすると、後は毎日退屈することが分かるだけです。

喜んで繰り返し申しますわ、オズワルド。一度もお会いしたことはなかったのですが、私は本当に不安にかられて、お父上を待っていました。私の家にいらして、一週間滞在されることになっていました。そしてその時の気持ちは、後の私の宿命の前触れでなかったわけでもなさそうなのです。ネルヴィル卿が到着した時、私は気に入られようと思い、そう思い過ぎたのか、張り切りすぎてしまいました。お父上に、自分が持つあらゆる才を見せようとしました。踊り歌い即興詩を作りました。私の才気は長いこと抑えられていたので、その鎖を打ち破ろうと、多分あまりにも強烈であったのでしょう。それから七年たって、私は経験によって落ち着きました。今は自分を見せるのにそれほど熱心ではありません。自分自身になじんだのですね。今はもっとうまく待つことができます。他の人々の好意をあまり当てにはしなくなり、喝采をあまり熱心に求めなくなりました。つまり当時は、私に何か妙なところがあったのかもしれません。青春期には、何という激しさ、何という向こう見ずなところがあることでしょう！　大変な勢いで、人生の前方に身を投げかけて行くのです！　才気はいかに卓越していても、やはり時の経過を必要とするものです。この才気によって人間について話すことができても、結局自分自身の発想によって行動するのではないのです。人は、自分の行動を自分の論理に一致させることができない考え方に、熱中するものです。

確信があるわけではないのですが、私はネルヴィル卿に、元気の良すぎるひとと思われたのだと思います。一週間滞在されて、私にはずっと愛想が良かったのです。でも帰られて、父宛てに手紙を書いて来られました。よく考えたところ、息子がどうかとされている結婚を決めるには、まだ息子は若すぎると思ったというのです。

オズワルド、あなたはこの告白を重要だと思われるのでしょうか？　私は、自分の人生のこういう事情を、あなたに隠すことだってできたのですよ。でも、そうはしませんでした。しかしあなたは、この経緯から、私を断罪されるかもしれませんね！　それでも、私には分かっていますが、この七年間で私は成長しました。今ならお父上は、私のあなたに対する愛情と高揚感《アントゥジアスム》を見て感動されるのではないでしょうか！　オズワルド、お父上はあなたを愛していたのですし、私たちは今だったら理解し合えるでしょうに。

義母は、近くに土地を所有している、自分の兄の息子と私を結婚させる計画をたてました。その人は三十歳で、美男で名門の生まれで、性格もとても誠実でした。でも、妻に対する夫の権力と、妻の従属的で家庭的な使命を、まったく当然のことと思っていて、その点について、疑念をさしはさもうものなら、名誉と誠実さを疑われたほどにも憤激したことでしょう。

マクリンソン氏（それが彼の名前でした）は、私にかなりご執心でした。そして、私の才気や変わった性格について町で言われていることには、いささかの懸念《けねん》も持っていませんでした。

彼の家はよく整頓されていて、全てが規則的に、同じ時間に同じやり方でなされるあまり、それを変えることなど誰にもできませんでした。家政、使用人、馬までも取り仕切る年老いた伯母二人は、前日と異なることは何一つすることはできなかったでしょう。三世代も前からこういった生活を見守って来た家具は、もし何か新しいものが現れたら、ひとりでに移動したことでしょうよ。ですからマクリンソン氏は、その家に私を入れても、心配しないも道理だったのです。そこでは習慣が重々しく存在し、私が許してもらえるささやかな自由も、週に十五分間の気晴らしくらいで、決して他の結果にはならなかったでしょう。

人に辛い思いをさせることのできない良いひとでした。それでも仮に私が、活発で感じやすい心の持ち主は数知れない苦しみに悩まされるのだとでも言ったら、単に気がめいっていると思って、ただ馬に乗ったり、外気にあたるように勧めてくれるだけだったでしょう。彼が私と結婚したかったのは、まさしく、彼自身が才気や想像力を必要としなかったからで、理解できぬままに私のことが気に入ったからなのです。もし彼が、秀でた女がどういうものかが分かって、その女が持っている利点や不都合に思いつきさえすれば、それほど自分が私の目には優しく映ってないことが心配になったでしょう。

しかし、こういう類いの心配など、彼の頭に浮かびもしませんでした。このような結婚に対する私の嫌悪感をお察し下さい。私はその結婚をはっきりと断りました。父は私に味方してくれました。義母はこのことで私に深い恨みを抱きました。魂《こころ》の奥底では横暴な人でした。内気なせいで、自分の意向を明らかにしないことがよくあったのですが。意向を見抜いてやらないと、不機嫌になりました。あえて自分の考えを口に出した後で、それに従わないと、常日頃の自己抑制をいやいや破って口にしただけに、赦そうとはしませんでした。

町中が、私のはっきりしたやり方を非難しました。あんなしかるべき縁組を、しっかりした資産を、あんな立派な男性を、名門を。これが、町中の大合唱でした！　私は、どうしてこのしかるべき縁組が自分には合っていないかを説明しようとしました。でもそれは徒労でした。私は、何回か話して、分かってもらおうとしました。でも、その場を立ち去ると、私の述べたことは何の形跡も残っていないのです。私の話を聞いた人たちはすぐに普段の考え方に戻って行くのです。彼らは、私が束の間遠ざけたこれらの古い認識を、また新たなる喜びを持って受け入れたのでした。

傍目《はため》には何事によらず普通の生活に適応しているのですが、他の女たちよりずっと才気ある女性が、ある日私をそっと呼びました。その日は、私はいつもより元気に話していたのです。彼女の言葉に深い感銘を覚えました。

「あなたは、ご自分をずいぶん苦しめていますわ。不可能な結果を求めて。物事の本質を変えることはできないでしょう。世界の他の地と関係のない、芸術も文学も特に好まない、北のちっぽけな町は、今あるような町以外になりようがないのです。もし、あなたがここで暮らさなくてはならないのなら、従いなさい。できるものならば、立ち去ってしまいなさい。二つのうちいずれかしかありません」

　この理屈は明白と言うよりなかったのです。私はこの女性に対して自分自身に対して持っていなかった敬意を感じました。私と同様の関心を持ちながら、私が耐えることのできない宿命を甘受しているのですから。彼女は詩と空想の喜びを愛しながらも、私よりはるかに事の成り行きと男の頑迷さを見通していました。私は彼女を理解しようとしましたが、無駄でした。彼女の才気は社交仲間からはみ出していて、しかも彼女の生活はそこに閉じこめられているのです。彼女は私と話すことで、自分の生まれつき優れているところが呼び覚まされるのをちょっと心配しているのでは、とさえ思われたのです。彼女は、それをどうすべきだったのでしょうか？

3

それでも私は、自分のいる嘆かわしい境遇で生活し続けていたでしょうね。父がずっと生きていたならば。突然の事故によって父を失ったのです。私は、父の死と同時に、保護者にして友、人の住む砂漠で私を理解してくれる唯一のひとを失って、絶望のあまり、自分の受ける感想に抗う気力を無くしてしまいました。父が死んだ時私は二十歳で、他に何の支えもなく、義母以外に他に何の係累《けいるい》もありませんでした。この人とは五年来一緒に暮らしていたのですが、最初に会った日より親密な関係になってはいませんでした。

　彼女は再びマクリンソン氏のことを話し始めました。彼女には、彼と結婚するように命令する権利がなかったとはいえ、家には彼しか招かず、私が他の誰と結婚するのも勧めないと明言しました。それは、彼女が、マクリンソン氏を自分の近親者ゆえに好んでいるからというのではなく、私が彼を撥《は》ねつけたのが生意気だ、と思っていたからなのでした。そして彼女は、一族の誇りからというより、むしろ凡庸さの擁護のために彼と手を結んだのでした。

　日ごとに、私の立場は居心地の悪いものになって行きました。不安な苦しみが心を占め、ホームシックに捕らえられるのを感じました。流刑《るけい》は、活気があって感じやすい人には、死罪よりも苛酷な刑罰になる時もあります。想像力のせいで、周囲のあらゆる事物が、気候、国、国語、習慣、生活全般、その細々した部分が、厭になります。どの状況にも、どの瞬間にも、苦痛があります。祖国は、失ってしまうまでは自分でも気づかないでいる、数限りない喜びを、私たちに与えてくれるのです。

……国語、慣習
空気、木々、土地、城壁、石造りの建物（一）！
メタスタージョ

幼年時代を過ごした場所がもう見られないということは、それだけで深い悲しみです。その年頃の思い出には格別の魅力があって、心が若返り、それが死についての考えを和らげてくれます。幼児期を過ごした地の近くにある墓は、人の一生を同じ木陰のもとで見守るかのようです。一方、異国の地で過ごした年々は根の無い枝のようなものです。あなたの前の世代は、あなたが生まれるのを見ていないのです。彼らはあなたにとって父の世代、保護者の世代ではありません。同国人なら共通の数々の関心事も、外国人には分からないことです。同国人と会ったとたんに気やすく心を通い合わせ心中を吐露する代わりに、何でも説明し解説し口にしなくてはなりません。故国の優しい言い回しを思い出すと、胸が熱くならずにはいられませんでした。一人ぼっちで散歩しながら、イタリアの男女の友情のこもったもてなしを真似て、「愛しいひと《カーラ》、最愛のひとよ《カリッシマ》」と時々口にしたものでした。このもてなしを、この地で自分が受けている応対と比べました。

毎日、私は田園をさまよっていました。イタリアの田園では夜、正確な音程で歌われる、きれいな歌曲が聞こえ、そして鴉《からす》の鳴き声だけが雲間に響いていました。故国にいた時のあんなに美しい太陽と香《かぐわ》しい大気が、今は霧に変わっていました。果実は完熟せず、葡萄の木など見たこともなく、花々は間をおいて次々に力なく伸びて行くのです。樅《もみ》の樹が黒い服のように年中山を覆っていました。古代の建物か、美しい絵でもあったならば、私の魂《こころ》をひき立ててくれたでしょう。でも三十マイル〔約四十八キロ〕四方にそれを探しても無駄だったでしょう。

何もかもがくすんでいて、周囲は陰鬱でした。住居もあり住民もいましたが、それは、一人でいても、魂《こころ》を戦《おのの》かせる詩的な恐怖を覚えないで済むだけのことでした。私たちの周りには、いささかのゆとり、少々の商い、いくらかの教養がありました。結局、「あなたは満足すべきですよ。何も欠けたものはありません」と、言うために必要なものは。生活の外面だけを見るばかげた判断。幸福と苦悩の源は、私たち自身の奥深い、秘めやかな聖域の中にあるのに！

私は当然のこととして、二十一歳で、実母と父の遺産を所有することになりました。ある時、孤独な夢想の折に、自分は親もなく、成人してもいるのだから、イタリアに戻って全面的に芸術のための自立した生活を送ろうという考えが浮かんで来ました。この計画が浮かんでからは幸せに酔いしれ、初めは反対の可能性には考えも及びませんでした。ところが、希望のもたらす興奮が少し醒めた時、この取り返しのつかない決心が怖くなったのです。そして、知人たちみんなにどう思うか述べてもらうと、当初はあんなに容易に見えた計画が、完全に実行不可能に思えました。それでも、数々の古代の形見に囲まれた、あの生活、絵画、音楽などのイメージがとても細やかに魅力的に脳裏に浮かんで来たので、退屈な生活が改めて厭になっていたのです。

才能が萎《しぼ》んでしまうのではと懸念していましたが、イギリス文学の勉強で高められていました。イギリス詩の特徴である、深みのある考え方、感じ方は、私の才知と魂《こころ》を鍛えてくれたのです。イタリアの諸地方に住む人々にしか授かっていない想像力は少しも失われることはないままに。それで私は、自分が二重の教育、言うならば二つの異なった国民性の教育を受けることができたという希有《けう》な巡り合わせを、特権的な宿命なのだと思うことができました。私は、自分の詩作の最初の試みが、フィレンツェの少数ではありましたが立派な審査員たちに認められたことを忘れかねていました。新たに成功をおさめることができるかも知れない、と胸をときめかせていました。つまり私は、自分に大いに期待していたのです。それは青春の最初の、気高い幻想ではないでしょうか？

悪意を含んだ凡庸さが、枯渇させようと吹く風をもはや感じなくなったその日、世界は私のものであるように思えました。でも、旅立ちの、それもこっそり立ち去る決心をしなくてはならない時に、私は世論に引き止められるような気がしました。それはイタリアにいるより、イギリスにいる方がずっと強力だったのでした。私は、住んでいた小さな町は好きではなかったのですが、全体としてのイギリスには敬意を持っていました。

もし義母が、私をロンドンやエディンバラに連れて行ってくれたら、もし、私の才気を尊重できるほどの才気を持った男性と結婚させることを考えてくれていたならば、昔の祖国に戻るためであっても、自分の名もそこでの生活も捨てることまではしなかったでしょうに。結局、私には、どんなに義母に牛耳《ぎゅうじ》られても、おそらく境遇を変える気力はなかったでしょうね。もし、私の迷いがちな考えに決断を下させるような経緯がなかったならば。

私の傍にはイタリア人の小間使い、ご存じでしょう、テレジーナがいました。彼女はトスカーナ人で教養こそありませんでしたが、イタリア人はちょっとした話をする才にも恵まれていて、彼女もその気品ある、流麗な言い回しを操《あやつ》ることができました。イタリア語を話すのは彼女を相手の時だけで、その絆ゆえに彼女と結びついていました。テレジーナが悲しそうにしているのはよく見ましたが、その理由を尋ねてはみませんでした。

私のように故国を恋しがっているのではないかと思われ、また、もし私自身の気持ちがさらに他の人の気持ちにかき立てられたりしたら、抑制がきかなくなるのではないかと心配だったのです。人に打ち明けることで和らぐ悲しみもあります。でも想像による病は、吐露すればますます募るのです。他人も自分と同じような苦しみを持っていることに気づくと、いっそう高じます。すると、病で苦しむのは、どうしようもないように思え、もうそれを克服しようとはしなくなります。

　哀れなテレジーナは突然重い病に倒れました。私は、彼女が昼も夜も呻いているのを聞いて、とうとう苦しんでいる理由を尋ねてみようと決心したのです。私が感じていたこととほとんど同じことを聞かされ、何と驚いたことでしょう！　彼女は、私ほど自分の心痛の原因について考えてはいませんでした。それだけにいっそう、その土地の事情、とりわけ人々について批判していました。自然の陰鬱さ、住んでいる町の味気無さ、人々の冷淡さ、慣習に縛られていることなど、彼女は説明のつかぬままに、みな感じていたのです。

　彼女は絶えず声を上げていました。「ああ！　祖国よ、二度と再び見ることができないのかしら！」

　それでも、彼女は私のもとを去りたがらず、私への愛着と板挟みになって、イタリアの美しい空を見たい、母国語を聞きたいという気持ちをもてあまして泣いていました。その痛恨に、私の心は引き裂かれました。

　ごく普通の人が、このように自分と同じ感想を持つことほど、私の精神を動かしたことはなかったのです。彼女は、生まれついての活気に加えて、個性とイタリア的センスを持ち続けていました。それで、私は彼女にイタリア帰国を約束してやりました。

「お嬢さまとご一緒に」と彼女は答えました。

　私は返事をしませんでした。すると、彼女は髪をかきむしりながら、決して私の傍を離れないと誓うのでした。彼女はこう言いながらも、今にも息絶えるかのように見えました。とうとう私は、自分も帰ると言ってしまいました。ただ彼女をなだめるために言ったこの言葉は、それを聞いた彼女が言いようもないほど喜んで信じ込んでしまったので、正式なものになってしまいました。彼女は、この日から何も言わぬまま何人かの町の商人たちに渡りをつけて、近くの港からジェノヴァやリヴォルノへ船が出る時刻を正確に聞いて来ました。私はそれに何も答えませんでした。彼女もまた口を噤《つぐ》んでしまいましたが、目には涙があふれていました。私の健康は、気候と心痛のために日ごとに損なわれていきました。精神は変化と陽気さを必要としていました。あなたによく言いましたが、苦悩のせいで私は死ぬかもしれなかった。私の心の中には、苦悩との戦いが多すぎます。苦悩のせいで死なないためには、それに抵抗しないことです。

私は、父の死以来、心を占めていた考えに度々戻るようになりました。でも、私はルシールが可愛く、当時九歳でしたが、六歳の時から母親のようにして面倒をみていたのです。ある日、私は、もしこっそり旅立てば、評判を落として、妹の名にも傷がつくだろうと思いました。この危惧のために、一時は自分の計画を捨てたのです。

ところがある夜、義母との関係にも社交仲間との関係にも、かつてないほどの悲しみで心を痛めていた時、エッジャモンド夫人と二人だけで夜食を取りました。一時間言葉を交わさずにいて、にわかに私は、彼女の平然とした冷ややかさが厭になって、話をし始めました。義母が何らかの結着をもたらしてくれるように思ったというよりは、とにかく彼女に口を開かせたくて、自分がおくっている生活に不満をもらしたのです。夢中になった私は私のような状況であればイギリスを永久に去ることができるのでは、とふいに思いついたのです。義母は当惑すらしませんでした。そして、私が生涯忘れることができないほど平然と、素っ気なく言ったのです。

「あなたは二十歳です、エッジャモンド嬢。ですから、母上とお父さまが残された財産はあなたのものです。あなたは望むように行動することができます。ですが、もしあなたが世間で評判を落とすような決心をするのならば、家族のために名前を変え、死んだことにするべきですよ」

この言葉を聞くと私は猛然と席を立ち、返事もせずに部屋を出ました。

この横柄で無情な仕打ちにひどく腹が立ち、もともとそういう性格ではないのですが、しばらくは復讐の願いでいっぱいになりました。この衝動はおさまりましたが、誰も私の幸せを考えてはくれないのだと確信すると、父に再会した家に私を繋ぎやめていた絆も断たれました。エッジャモンド夫人が私を気に入らなかったのは確かですが、でも義母が見せていたような無関心を、私の方では彼女に抱いていませんでした。私は、彼女が自分の娘に対して見せる情愛に心をうたれていました。この子の世話をしてあげたので、彼女に関心を持ってもらえたと思っていましたが、かえってこの世話自体が彼女の嫉妬をそそったのでしょう。義母は、あらゆる点で自分に犠牲を強いていけばいくほど、自分に許されているただ一つの愛情に夢中になっていきましたから。人の心にある強くて激しいもの、他との関係においては理性に制御されているものが、こと娘のこととなると、彼女の性格にも現れたのでした。

エッジャモンド夫人と話して、恨みを噛みしめていた丁度その時、テレジーナがひどく興奮して言いに来ました。ちょうどリヴォルノからの船舶が数里しか離れていない港に入っていて、その船舶には自分が知っている立派な商人たちが乗っていると言うのです。

「彼らはみなイタリア人で、イタリア語しか話しません」と彼女は泣きながら、言いました。「一週間したら彼らは再び船に乗って、イタリアに直行します。それで、もしお嬢さまが心を決めておられるなら……」

「その人たちと帰国なさい、テレジーナや」と私は答えました。

「いいえ、お嬢さま」と彼女は叫びました。「私はここで死ぬ方がいいです」

彼女は部屋を出て行きましたが、そのまま私は義母に対する務めのことを考えていたのでした。彼女がもう私を自分の手元に置きたくないというのは明白でした。私がルシールに悪影響を与えることが気に入らなかったのです。自分の身辺で、義理の娘が変わった人だという評判が立って、それがいつか実の娘の結婚の妨げになるのでは、と懸念していたのです。とうとう彼女は、自分の心の秘め事を私にもらしました。死んだことにしたいと言うのです。この冷酷な勧めは当初私を憤慨させましたが、よく考えてみると、結構理にかなっているように思えました。

「ええ、確かに」と私は叫びました。「この土地は、私がいるために眠りを妨害されただけなのですから、死んだことにすればいいでしょう。私はまた自然や太陽や芸術とともに生きましょう。そして、空っぽの墓に刻まれた私の名を表わす冷たい文字だけが、生命のないこの地において、私に代わって残ってくれるのでしょう」

自由に向かってこのように私の魂《こころ》が躍っても、それでもまだ決断するほどの力は湧いてはきませんでした。自分の願うことができると思う時も、また物事の日常的な秩序の方を心情より大切にしなくてはならないと思える時もあります。このように決断のつかないままでいて、それはずっと続いたかもしれません。決心をさせるための外圧は何もかかっては来ないのですから。

その時、義母と話した翌日の日曜の夕暮れ時だったか、私の部屋の窓の下に、イタリアの歌い手たちの声が聞こえたのです。イタリアのリヴォルノからの船で来た人たちで、テレジーナが私をびっくりさせ、喜ばせようと呼んだのでした。私が感じた感動は、とても言い表わすことができません。滂沱《ぼうだ》の涙が顔をおおいました。記憶が全てよみがえって来ました。音楽ほど過去を思い出させるものはありません。思い出させるというより以上のことをしてくれます。過去を思い起こさせる音楽は、親しかった人々の影に似て、神秘的で憂愁を帯びたヴェールをまとっているようです。歌手たちはあのモンティの甘美な詩を歌いました。それはモンティが流刑の際に作ったものでした。

麗しのイタリア、愛しき海辺の地

再び会いに行きましょう
私の心は震え、潰《つい》えます
このあまりの喜びに(二)

……………

……………


　私は酩酊したようになって、イタリアへの愛によって感じる全て、願望、高揚感《アントウジアスム》、後悔を覚えたのでした。自分でもどうしようもなくなって、私の魂《こころ》は祖国イタリアの方へと引きずられていました。イタリアを見なければならない、イタリアを呼吸しなければならない、イタリアを聞かねばならない。我が麗しの地、晴れやかな国へと誘うように、心臓が鼓動を打っていたのです！　もし、墓の中の死者が生命を与えられても、この時の私ほどの性急さで、墓を覆う石を持ち上げはしなかったでしょう。それほどの性急さで、私は経帷子《きょうかたびら》をひき剥がし、自分の想像力、天与の才、本性を再び取り戻そうとしたのです！　ところが、私は音楽のせいでこのように高まっていても、まだ決心をするどころではなかったのです。あまりにも感情が入り乱れて、はっきりした考えを引き出すことができなかったのです。

　その時、義母が部屋に入って来て、その歌をやめさせるように言いました。日曜に音楽が聞こえるのは外聞が悪い、と言うのです。私は強調したかったのです。イタリア人たちは月曜に発ってしまうし、このような楽しみはもう六年もなかったのです。義母は耳をかしませんでした。とにかく、人は暮らしている土地の作法を尊重すべきだと言って、窓に近づき、使用人に私の同国人たちを遠ざけるように命じたのです。彼らは去って行き、遠ざかりながら歌って、心に突き刺さるような、別れの言葉を繰り返してくれたのでした。

　私の思いは限界に達していました。船は翌日出帆することになっていました。テレジーナは万一を予期して、出発するための支度をこっそり整えていました。ルシールは一週間来、母方の親戚の家に行っていました。父の遺骸は、私の住む田舎の家には葬られていませんでした。父は、自分の墓をスコットランドの領地に建てるように命じていたのです。ついに、私は義母には何も告げずに旅立ちました。決意を述べた手紙を残しました。運命に身を任せ、何事も隷属、嫌悪感、無味乾燥よりはましだと思える時に旅立ったのです。無分別な若さが、未来を当てにし、好運を約束してくれる輝く天の星を見るように未来を見たのです。

4

　イギリスの海岸が見えなくなった時、不安に襲われました。しかし強い執着を残して来たのではなかったので、リヴォルノに着くとすぐにイタリアの魅力に心をなぐさめられました。私は義母に約束したように、誰にも自分の本当の名を言いませんでした。ただコリーヌと名乗りました。ピンダロスの恋人で、詩人であったギリシャの女性の話が好きだったのです[29]。私の容貌は成長するうちに変わったので、決して見破られることはないと思っていました。フィレンツェでは人と離れて暮らしていました。そして自分の容貌に起きたこと、ローマで誰も私が何者かということが分からないことを当てにしていました。

義母は、私が医者に健康回復のために南国への旅を命じられ、その旅行中に死んだという噂を流しておいたと知らせて来ました。その手紙には他に何の思うところも書いてありませんでした。義母はきっちり正確に、相当の額である私の全財産を送ってきました。でももう手紙はくれませんでした。

その時以来、あなたにお会いするまで五年が経ちました。その五年の間、私はずいぶんと幸福を味わいました。ローマにやって来て落ち着き、私の名声は高まりました。美術と文学はとくに成功をもたらしてはくれませんでしたが、孤独な楽しみを与えてくれました。あなたに会うまで、愛情が支配力を揮《ふる》うことを知らずにいました。自分の想像力で、さしたる悩みもなしに私の夢想は彩られたり、色褪せたりしていました。まだ私を左右するような愛情にとらえられてはいなかったのです。称賛、尊敬、愛はあっても、精神の全能力は縛りつけられてはいませんでした。愛している時でさえ、私はそれまで出会ったより以上の資質と魅力のひとを求めていました。つまり、私は、自分の思いに支配されることなく、それを掌握していました。

私を燃えるがごとく恋してくれた二人の男性が、あなたを知る以前の生活にどのように入って来たかを、私の口から話させないで下さい。あなた以外の男性に関心を抱いたことは、あなたを愛する今となっては信じられないし、悔悛も苦悩もあります。あなたには、私の友人たちから既に聞かれたことを申し上げるだけですわ。私は自立した生活がとても気に入っていたので、長く迷いもして、辛い諍《いさか》いもあった末に二回も絆を断ち切ったのです。愛さずにはいられなかったので結んだ絆でしたが、取り返しがつかないことにするほどの決心はつかなかった絆です。

あるドイツの大貴族が、結婚のため、私を自分の国に連れて行こうとしました。地位と財産を守るために、そこに住みついていなければならないのです。あるイタリアの大公は、そのローマの地で、私に華やかな生活を申し出ました。最初の人は、自分を尊敬させることで、私の気をひく術を心得ていました。しかし、私は、時が経つにつれ、彼にはあまり知的能力がないと気づいたのでした。二人だけでいる時に会話を続けながら、彼に欠けているものを明らかにしないように気遣うのが一苦労でした。彼とおしゃべりしている時、私は思うさま自分を表わそうとはしませんでした。気まずい思いをさせたくなかったのです。彼の私に対する気持ちは、私が気配りするのをやめたその日に、薄らぐだろうと分かっていました。気配りを必要とする相手に高揚し続けるのは難しいことです。ある男性の何であれ、劣ったところに女が配慮をすれば、それは必ずその男性に対して、愛というよりは哀れみを誘われるものです。このような配慮のための計算や熟慮のせいで、自然に発露する感情にそなわる天上のような本質を失ってしまいます。

イタリアの大公は、その才気に気品と豊かさがありました。彼はローマに落ち着きたがっていて、趣味を同じくする私の生活ぶりが気に入っていました。でも、私はある大事な折に、彼には魂《こころ》の強さが欠けていることに気づき、人生の苦境に至れば、彼を支えて力づけなくてはならないのは自分であろう、と気づいたのでした。女には支えが必要なのに、逆に、自分が支え役にならなくてはならないことほど白けることはありません。それで、私は二回とも気持ちが冷めてしまったのです。不幸な出来事からでも、過ちからでもなく、観察能力があるために、想像力に目隠しされていたことが見えてしまったのです。

私は、自分は魂《こころ》の限りを尽くして愛することができない宿命なのだ、と思ったことでした。こう考えると辛くなることもありましたが、それよりも自分が自由であることに満足していたのです。私は自分の中に、このように苦しむ能力、自分の幸福と生命を危うくする、情熱的な性質があることを危惧していました。自分の判断力を虜にすることは難しいと思ってずっと安心していましたし、私が考えるような性格と才気をそなえた男性はいないと思っていました。自分の気に入るような人に欠点を見つけることで、執着という絶対的な権力をまぬがれたいとずっと思っていました。男性に欠点があるせいでかえって気にかかり、愛そのものが高められる場合もあることを知らなかったのです。

オズワルド、あなたは憂鬱や不安のせいで何事も思いとどまり、厳しい考え方をするので、私は不安になりますが、それでも、あなたへの思いが冷めることはありませんわ。この愛情は、自分を幸せにはしないだろうとよく思うのですが、しかし、私が批判するのは自分自身であって、決してあなたではありません。

さて、今あなたは私の生きてきた物語を全部聞かれました。イギリスを捨てたこと、名を変えたこと、移り気なこと、何も隠しませんでした。なるほど、あなたは私が空想で自分を見失うことが多かったのだとお考えになるかもしれません。ですが、もし社会が女を、男は免除されているあらゆる類いの絆で縛りつけなかったら、私の生涯で愛されないなどということがあるのでしょうか？　私が人を騙したことがありましたか？　悪いことをしたことがありましたか？　くだらない興味で魂《こころ》を枯渇させたことが？　誠実で親切で誇りがありました。神は、天涯孤独の者にこれ以上のことをお求めになるでしょうか？　人生に初めて足を踏み入れた時に、愛し続けることになるひとに出会った女の幸せなこと！　私は、出会うのが遅すぎたというだけで、そのひとにふさわしくないのでしょうか？

でも、申し上げましょう、卿。私が率直であるということはお認めになるでしょう。もし私が結婚せずとも、あなたのお傍で生涯を過ごすことができれば結婚までは望まないでしょう。私にとって第一の名誉を失うにしても、結婚までは望まないでしょう。幸福。その結婚はあなたにとっては自己犠牲となるでしょう。おそらく、あなたは、いつかは、私の妹で、お父上があなたにと考えたあの美しいルシールを惜しむことになるでしょう。彼女は私より十二歳も若くて、その名は春に咲き初める花のように無垢です。イギリスでは、私の名を復活させなくてはならないでしょう。この名は既に鬼籍に入っています。ルシールは穏やかで純な心の持ち主なのです。妹の幼年時代から判断すれば、オズワルド、ったらあなたを愛し、理解できるかもしれない。彼女だあなたは自由ですわ。お望みの時には指輪をお返ししましょう。

あなたは、もし結婚の決意をしないで私のもとを去るならば、私が苦しむかどうかをお知りになりたいのでしょうね。私には分かりません。時折、魂《こころ》に狂おしい衝動が起きますが、それは私の分別よりも力強いのです。もしこのような衝動のせいで、耐えがたい生活に戻ることになっても、自分のせいではないでしょう。私が、幸福になるための能力を多く持っているというのも本当のことです。自分の中に、血の循環を速める熱のような思考を感じることがあります。喜びを持って私は語ります。無上の喜びを持って、他の人々の才気を、彼らが私に示してくれる関心を、自然の驚異を、熱意が消滅させることをしなかった芸術作品を楽しみます。

しかし、あなたにもう会えなくなった私に、生きる力が残っているでしょうか？　それを判断なさるのは、オズワルド、あなたです。私を私自身よりもどうしようもありません。自分の感情について、私自身はどうしようもありません。自分の負わせる傷が致命傷かどうか知るのは、短刀を突き刺す人です。でも、たとえその傷が致命傷であっても、オズワルド、私はあなたを赦さなくてはならないでしょう。

私の幸福はこの六カ月来あなたが示して下さった愛情にかかっています。その愛情のどんな僅かな変化でも、あなたが意思と心遣いの全能力をかけて騙《だま》そうとしても、私は見破るでしょう。この点について、義務という観念はすべて遠ざけて下さい。愛については、私は約束も保証も認めません。風が一茎《ひとくき》の花を枯らしてしまった時、神だけがそれを生き返らせることができます。ほんの一回の、あなたの口調あるいはその眼差しで、私にはあなたの心がもう同じではないことが分かるでしょう。そして、あなたからの愛、私にとってこの世のものならぬ栄光である、その光明の代わりとしてあなたが与えてくれるようなものは何であれ、私は嫌悪することでしょう。ですから、どうぞ今は自由でいて下さい、オズワルド。日々自由で、私の夫になられたとしてもまだ自由で。もし愛がなくなったら、私の方から死をもって、あなたを私に結びつけている解くことのできない絆から解放してあげましょう。

あなたがこの手紙を読み終えたら、お目にかかりたいのです。あなたの方へ行きたくてたまりません。あなたを見たら、自分の運命が分かるでしょう。不幸が近づいて来る足取りは速くはありません。でも、心はどんなに、か弱くても、取り返しのつかない宿命の不吉な兆しを見間違えることはありません。さようなら。

第十五部　ローマとの別れ、ヴェネツィアへの旅

1

　オズワルドは、深い感動とともにコリーヌの手紙を読み終えた。様々な心痛が渦巻いて、揺れ動いていた。ある時は、彼女が描いて見せたイギリスの田舎の模様に感情を害して、こんな女性は家庭生活では幸せにはなれないだろうと思った。またある時は、彼女が苦しんだことを哀れに思い、率直に素朴に語っていることに感心せずにはいられなかった。彼は、また彼女の以前の恋愛に嫉妬を感じた。気にしないようにすればするほど、嫉妬につきまとわれるのだった。

　そして自分の父親についての話が、とりわけて痛切に悲しかった。苦悶に胸が締めつけられ、自分が何を考えているのか、何をしているのか、分からなくなった。突然、真昼に、灼熱の太陽の下にさまよい出た。この時間には、ナポリの往来には誰もいない。生きものはみな、暑さを恐れて木陰に留まる。彼は行き当たりばったりに歩いて、ポルティチの海岸へ向かった。燃えるような日差しが頭上にあたって、彼の思考を興奮させ混乱させた。

　コリーヌは数時間待ったあげく、オズワルドの顔を見ずにはいられなくなった。彼の部屋に入ったが、そこには見当たらなかった。彼女は、彼がいないので、死ぬかと思うほどの恐怖を覚えた。テーブルの上に自分が書いたものがあったので、彼がそれを読んでから出かけたことは疑いなかった。彼がこの地を立ち去ってしまい、もう二度と会えないのだと思い込んだ。そ

う思うと、耐えがたい苦しみでいっぱいになった。待ちわびて、一瞬ごとに憔悴して行った。部屋の中を大股で歩き回ったが、彼が戻って来た時のどんな小さな物音も聞き逃してはいけないと思い、急に立ち止まった。

しまいには不安に耐え切れず、階下へ降りて、ネルヴィル卿が通るのを見なかったか、どちらの方角へ歩いて行ったかと尋ねた。宿の主人は、彼はポルティィチの方へ行った、と答えた。きっと、と主人は付け加えた。遠くへは行っていない、この時間は日射病の危険があるから。この懸念も新たに加わり、コリーヌは、焼けつく日差しから身を守るものを何も被っていなかったのだが、当てもなく通りを歩き始めた。ナポリの広くて白い鋪道、その溶岩でできた鋪道は、まるで熱と光の効果を倍増するためかのように延びていて、足は灼かれ、反射した日差しに目は眩《くら》まされた。

彼女はポルティィチまで行くつもりはなかったが、歩みは止めずに、さらに足を速めた。苦しく気が動転しているあまり、歩みが速まったのだ。大通りには誰も見えなかった。この時間には動物も姿を隠している。自然を恐れているのだ。

ちょっとでも風が吹いたり、ちっぽけな馬車が道路を横切っただけでも、恐ろしい土埃が空中に舞い上がった。この土埃に覆われた草地では、そこに生えている植物の色も生物も定かではなくなっている。コリーヌは、時々今にも倒れそうな気がした。寄りかかる一本の木とてなく、この炎熱砂漠で理性は錯乱していた。宮殿まであと数歩というところまで来てみると、その宮殿の柱廊の下ならば、日陰も水もあって涼むことができそうであった。だが、そこにたどりつくほどの力がなかった。歩こうとしても歩けず、道が見えなくなった。めまいがして、急に道が消え、太陽よりも強烈な無数の光が見えた。突然この光が、はっきりしない闇に囲まれた雲に取って代わった。激しい喉の渇きに襲われた。

この時の圧倒的な暑さに立ち向かうことのできそうなただ一人の人間、ナポリの賤民ラッザローネに出会った。彼女は、水を少し取って来てくれと頼んだ。だがこの男は、そんな時間に、その美しさで際立っている優美な服装の女性が路上に一人でいるのを見て、てっきり気の狂《ふ》れた人だと思い、恐がって逃げてしまった。

幸いなことに、この時オズワルドが戻って来るところで、遠くからコリーヌの声を聞きつけてはっとした。我を忘れて彼女の方へ走った。彼女が意識を失ったので、両腕に抱き上げた。ポルティィチの宮殿の柱廊の下へ運んで、優しく介抱し、意識を取り戻させた。

彼の顔が分かると、彼女はまだ意識が乱れたままで言った。「私の同意なしには離れて行かないと約束されたのに。私は、今はあなたの愛情にはふさわしくないように見えるかもしれない。でも、約束したのに、どうして守って下さらないの？」

「コリーヌ」とオズワルドが答えた。「あなたから離れようと考えたことは一度もない。私は、ただ私たちのこれからの運命について考え、また顔を合わせる前に、精神を集中したかっただけです」

「まあ！」と、その時コリーヌは冷静さを装って言った。「私には生命を落とすかもしれなかった、この死ぬほど辛い時間に、あなたにはそういう時間がありましたのね。それならば話して下さい。あなたがどう決心されたかを私に言って下さい」

オズワルドは、思わず本音が出たコリーヌの声音に恐れをなして、彼女の前にひざまずいて言った。「コリーヌ、あなたの恋人の心は少しも変わっていません。一体、何ゆえにあなたに幻滅したというのでしょう？　でも、ねえ、聞いて下さい」

彼女がさらにがたがた震え出したので、彼は懇願して言った。「怖がらないで聞いて下さい。あなたが不幸せと知っては、生きてはいけない者の言うことを」

「ああ！」とコリーヌは叫んだ。「私の幸せについて話していらっしゃるのね。もうあなたの幸せのことではないのね。あなたの哀れみをはねつけはしません。今、私にはそれが必要です。だからと言って、私が哀れみだけによって生きたいとお思いなのですか？」

「いいえ、二人して生きていくのは、私が愛しているからです」とオズワルドが言った。「戻って来ます……」

「お戻りになるですって？」とコリーヌがさえぎった。「ああ！　それではあなたはお発ちになるのですね！　どうしたの？　昨日から何か変わったことがあるの？　何て私は不幸せなの！」

「愛しいひと！　そんなに心を乱さないで」とオズワルドが言った。

「どうか私が感じていることを言わせて下さい。あなたが恐れることではない。それほどのことではない。でも、どうしても」と彼は自分のことを説明しようと努めながら、言った。「私は、どうしても、父が七年前に二人の結婚に反対した理由を知りたい。父は一度もそのことに触れたことはなかった。その点について、私は一切知らないのです。父の一番の親友が今もイギリスに暮らしていますが、彼ならその理由が何だったのかを知っているでしょう。もしそれが、私が思うように別に大したことのない事情ならば、意に介することはないでしょう。

あなたが、あなたの父上と私の父の国、あのように気高い祖国を離れたことを許しましょう。あなたが、愛によって、再びそこに結びつけられて、家庭の幸せ、思いやりある自然な徳の方を、あなたの輝くような天才よりも好んでくれることを願います。私は希望を持って、何でもやりましょう。でも、もし私の父が、コリーヌ、あなたとの結婚に反対する意見を述べていたら、私は、他の誰かの夫にもならないし、あなたの夫にもなれないでしょう」

　オズワルドがこの言葉を述べると、額からは冷汗が流れた。話すために全力を振りしぼっているのを見て、コリーヌはその状態に気を取られ、しばらくは声も出なかった。それから、彼の手を取って言った。

「何ですって！　お発ちになるですって。何ですって！　私を連れずにイギリスに行かれるのですか？」

　オズワルドは口をつぐんだ。

「ひどいこと！」とコリーヌは、絶望して叫んだ。「何も答えて下さらない。申し上げることに反論もされませんね。ああ、それでは本当なのだわ！　何ということ！　それでも、まだあなたの言われることが信じられませんわ」

「私は、あなたの介抱のおかげで命拾いをしました」とオズワルドが答えた。「もう少しで命を落とすところだった。この命は、戦争中は祖国のものです。もし結婚できたら、私たちはもう離れずに、あなたの名と生活をイギリスに戻しましょう。もし、そういう幸福な宿命が私に許されていないなら、戻って来ましょう。安らぎの地に、イタリアに。長くあなたの傍に留まりましょう。貞節な恋人が一人増えるだけで、あなたの運命は何も変わりはしないでしょう」

「ああ！　私の運命は何も変わりはしないでしょう、ですって」とコリーヌが言った。「あなたが、この世で唯一の関心の的になってしまったのに、幸福か死かいずれかをもたらしてくれる、この陶酔の杯を呑み干してしまったのに！　でもせめて言って下さい。ご出発はいつになりますか？　私には、あと何日残されているのかしら？」

「愛しいひと」とオズワルドは、彼女を胸に抱き締めて言った。「あと三カ月はあなたの傍を離れないと誓います。多分、その時になっても……」

「三カ月」とコリーヌは叫んだ。「それではその時までは生きていましょう。充分ですわ。私は多くは期待しない。さあ、体調が良くなりました。三カ月といえば先のことですわ」

　彼女が悲しみ喜びこもごもにつぶやいたので、それはオズワルドの胸に深くしみた。それから二人は黙って馬車に乗り、ナポリに戻った。

2

　宿に到着すると、カステル＝フォルテ公が二人を待っていた。ネルヴィル卿がコリーヌと結婚した、という噂が流れたのだ。公にとってはたいへん辛いことだったのに、わざわざそれが本当かどうかを確かめにやって来たのだった。それはまた、女友達が他の男と永久に結ばれても、彼女の社交仲間になんとか再び加わるためでもあった。彼は、初めてコリーヌの鬱然《うつぜん》として落ち込んだ様子を見て、ひどく心配になった。だが、思い切って尋ねたりはしなかった。彼女が、そのことについて触れられるのを避けているように見えたので。

誰かに打ち明けるのが怖い、という魂《こころ》の状態があるものだ。生きることに耐えさせてくれる幻想を目の前から散らしてしまうには、ただの一言を口にするか、耳にするかで充分だろう。情熱的な感情に生じる幻想は、それがどんなものであろうとも、人それぞれで、恋人をいたわるように、我が身をもいたわるのである。恋人を晴れやかにしながらも悲しませ、自分の苦しみを気づかぬままに自分で哀れんで庇《かば》うのだ。

翌日コリーヌは、いかにも自然なひとらしく、ことさらに自分の苦しみを見せることはせずに、陽気に見えるよう、さらに元気を出すよう振る舞った。オズワルドをひき止める最上の手立ては、自分を以前のように優しく見せることだとまで考えた。それで、彼女はさっそうと面白い話題を話し始めたが、ふいに放心状態になり、視線が宙をさまよった。誰よりも言葉をやすやすと扱うことができる彼女が、ためらいつつ言葉を選び、時として自分の言いたいこととあまり関係のない表現を用いた。それで自分で笑い出してしまうのだった。だが笑いながらも、目には涙があふれていた。オズワルドは、自分が与えた心の痛手をひどく申し訳なく思っていた。彼女と二人だけで話そうとしたが、彼女の方でそういう機会を注意深く避けていた。

「私の何をお知りになりたいの？」とコリーヌは、彼が何とかして、彼女に話しかけようとしたある日、言った。「我が身を嘆いていますす、それだけですわ。私は自分の才能にいささかの誇りを持っていて、人気、名声が好きでしたわ。無関心な人たちから、好評を得ようという野心も抱きました。でも、今は何も気にかけていません。ああいう空しい喜びから私を引き離したのは、幸せではなくて深い落胆なのです。あなたを咎めるのではありません。この落胆は自分のせいですし、おそらく私はそれを乗り切るでしょう！ 私たちは、魂《こころ》の奥底で多くのことが起きているので、予知することも制御することもできないのです。でも、認めますわ、オズワルド。あなたも、私の悲嘆のせいで苦しんでいます。分かります。私もあなたを哀れに思います。それでどうして、この哀れみの気持ちが私たち二人にそぐわないのかしら？ 何ということ！ この気持ちは、あまり過ちを犯さないで生きている者にふさわしいのかもしれない」

その時、オズワルドもコリーヌと同じように悲しんでいたのだ。だが彼女の話は、彼のものの考え方、愛情を傷つけた。彼には、父は諸事を見通した上で息子のために予《あらかじ》め判断をつけていたのであって、コリーヌを妻とすることは、父の忠告を軽視するように思えたのだった。ところが、彼は結婚を断念できずに、迷いの中に再び立往生しているのだった。恋人の運命を知ることで、その迷いから抜け出たいと思っていた。彼女の方では、オズワルドとの結婚という絆を願ってはいなかった。彼が決して自分のもとを去らないと確信できたなら、それ以上何も必要としなくても幸せであったろう。だが、彼女は彼のことが分かっていた。家庭生活の中にしか幸福を認めていないことも。もし、彼が彼女との結婚の計画を捨てるなら、その愛は薄まるしかないことも。

　オズワルドがイギリスへ発つことは、彼女にとっては死の兆しのようなものであった。彼女には、その国の風習と世論がいかに彼に影響を与えるかが分かっていた。彼が自分と共にイタリアで暮らす計画を立てても無駄なのである。彼女は、彼が故国へ戻れば、今度はそこから出るという考えは耐え難くなるだろうということを、いささかも疑わなかった。彼女は、自分の魅力によって影響力を保っていると感じていたのだ。その場に存在しない者の影響力など何だろう？　四方から社会秩序の現実と圧力に取り囲まれている時、その秩序は気高く、純粋な考えの上に成り立っているだけになおさらに支配的なのだが、その時に想像力による記憶など何ほどのものだろう？

　コリーヌはこのような思いに苦しめられて、オズワルドに対する気持ちを何とか抑えようと願ったのだろうか。彼女は、カステル＝フォルテ公が相変わらず興味を抱いている文学と美術について話し合おうと努めた。

　だが、オズワルドが威厳ある物腰で部屋に入って来て、陰鬱な、「どうしてあなたは私を捨てたいのか？」とでも言うような視線を投げかけると、彼女のもくろみは崩壊してしまうのだった。

　コリーヌは、ネルヴィル卿の優柔不断に傷つけられていることと、自分はもう彼から離れる決心をしたことを、それこそ二十回も告げようとした。だが、ある時は苦しい恋に打ちひしがれた男のように頭を手で支えていたり、またある時は、息をするのも苦しそうでいたり、あるいは海辺でもの思いに耽ったり、あるいは響きのよい音が聞こえた時に眼差しを空の方へ向けたりする彼の姿が目に入った。彼女だけが、こういう単純な立ち居振る舞いの魔力を知っていた。彼の身のこなしを見ると、彼女のあらゆる努力はひっくり返ってしまうのだった。口調や仕草の一つ一つにある優雅さが、恋する者には魂《こころ》の奥底の秘密を見せてくれる。おそらく、ネルヴィル卿のような見たところ冷ややかな人の個性は、彼を愛するひとしか深く理解できないだろう。何の思い入れもなければ、何事も見抜けないし、外面でしか判断できない。

　コリーヌは、黙ってもの思いに耽るうちに、以前自分が恋していると思った時にうまくいったことをやってみた。自分の観察能力に助けを求めた。この能力が明敏にも一番の弱点を見つけるのだった。彼女は自分の想像力を刺激して、オズワルドをあまり魅力的でない特徴だけで、思い描くように心がけた。だが彼には、気高く心に触れる素朴な特徴しかなかった。まさに天性の性格と才知の魅力を、一体どのようにして我が眼に見えなくさせるか！　こんな男を愛していたなんてと驚き、にわかに興醒めさせられるのは、相手の気取りのせいなのである。

それに、オズワルドとコリーヌの間には、奇妙な力強い共感が存在していた。二人の好みは同じではなかったし、意見もめったに合わなかったが、それでも彼らの魂の奥には、似たような秘密、同じ源泉から汲《く》まれる喜怒哀楽があった。それぞれの外的条件によって、異なるように見えるのだが、本質は同じだと思わせる、何とも言えない不可解なほどにも、似たところがあった。それでコリーヌは気づいたのだった。それも慄然《りつぜん》として気づいたのだった。もう一度、オズワルドを観察し、細かいところまで品定めし、彼によって与えられる感銘に強く抗うことによって、実はますます思いをつのらせていたということを。

彼女は、カステル＝フォルテ公に一緒にローマへ戻ろうと申し出た。ネルヴィル卿は、彼女が自分と二人だけになるのを避けようとしていると感じた。悲しかったが、反対はしなかった。彼はもう自分がコリーヌのためにしてやれることが、彼女の幸福のために充分であるのかどうか、分からなくなっていた。こう考えると気が臆した。

ところがコリーヌの方では、彼がカステル＝フォルテ公を旅の道連れにするのを断ってくれれば、と思っていたのだ。二人の関係は、以前のように単純なものではなくなっていた。二人の間には、まだ隠し立てはなかったが、それでもコリーヌは、オズワルドが断ってくれたらと思いながら提案したのだ。六カ月の間、彼らに日々この上ないと言ってもいいほどの幸せを与えてくれた愛情に、ひびが入った。

カープアとガエータを通って戻る途中、ほんの少し前には歓喜を胸に通った同じ場所を再び見ながら、コリーヌはほろ苦く思い返していた。幸福へと招く美しい自然も、今はただ空しく、コリーヌの悲しみをさらにつのらせた。美しい空は苦悩を散らしてはくれないのに、晴れやかなその表情は、胸のうちとは対照的なために尚のこと苦しくさせる。夕方のさっぱりとした涼しさの中、彼らがテッラチーナに到着すると、前と同じ海の同じ岩壁に波が砕け散っているのだった。

夕食後、コリーヌが姿を消した。オズワルドは、彼女の帰って来る姿が見えないので心配して外へ出た。思いは同じで、彼は二人がナポリに行く時に休んでいた場所へと向かった。遠くから、自分たちが坐っていた岩山の前で、コリーヌがひざまずいているのを見つけた。月を見上げると、二カ月前のこの時刻同様に、雲で覆われているのが見えた。コリーヌは彼が近づくと、立ち上がって、その雲を示しながら言った。

「私が前兆を信じるのも、もっともなことでしたね？　空には何か哀れみの情があるというのは、本当ではないでしょうか？

空は、私に未来について予言してくれます。それで、今日、見えるでしょう、空が私の喪に服していますわ。憶えておいて下さい、オズワルド、私が死ぬ時、これと同じ雲が月の上を過ぎていくかどうか、見て下さいね」

「コリーヌ！　コリーヌ！」とネルヴィル卿は叫んだ。

「あなたは、私が苦しみのあまり死ぬように仕向けている。そうされるようなことを私がしたというのですか？　あなたは簡単にそうできます。請《う》け合います。もう一度、そう命じて下さい。そうすればあなたの足もとに倒れて死ぬでしょう。でも一体、私がどういう大罪を犯したというのですか？　あなたは自分の考えをお持ちで、世間の意見には左右されない方です。世間の意見に全く厳しさのない国で生きておられる。世論が厳しければ、あなたの天才でそれを抑えることができる。

　私は何が起ころうと、あなたの傍で過ごしたいのです。そうしたいのです。一体、どうしてあなたは苦しむのですか？　もし、結婚すれば必ずあなたにも私の魂《こころ》にも影響を及ぼしている思い出を汚すということになるならば、あなたはただ私の変わらぬ愛と献身だけに満足して愛し続けるということはできないのでしょうか？」

「オズワルド」とコリーヌは言った。「もし、私たちが決して別れないと信じることができたら、それ以上のことは何も望みませんわ。でも……」

「あなたは神聖な証である指輪をしていませんね？……」

「指輪をお返ししますわ」と彼女は続けた。

「だめです、絶対に」と彼は言った。

「ああ！　あなたがそう願ったら、お返ししますわ」と彼女は続けた。「もしあなたが愛してくれなくなったら、指輪がそれを教えてくれるでしょう。古くからの信仰で、言いませんか？　ダイヤモンドは男より忠実で、それをくれた男が女を裏切ると曇ってくると[30]」

「コリーヌ」とオズワルドが言った。「私が裏切るとでも言うのですか？　どうかしていますね。私のことがもう分からなくなっている」

「ごめんなさい、オズワルド、ごめんなさい！」とコリーヌは声を上げた。「でも、恋する心が深ければ、第六感が働いて、苦しみと悩みが予言となるのです。私の胸に起こるこの苦しい動悸は、いったい何を意味するのでしょう？　ああ！　愛しいひと、私はこの動悸を恐れはしません。仮にそれが死の前兆であっても」

　こう言い終わると、コリーヌは足早に離れて行った。彼女は、オズワルドと長話になるのを恐れていた。苦しみに浸りきりにはならずに、悲しい気持ちを断とうとしていた。でも、払いのけようとするとその気持ちは強まるのだった。その翌日、ポンティーノの沼沢地を通過する時、コリーヌに対するオズワルドの心遣いは、往きの時よりさらに優しいものであった。彼女はそれを喜び、感謝して受けた。しかし、彼女の眼差しには、何かこう言っているようなものがあった。「どうして私を死なせてくれないの？」

3

ナポリから戻って見るローマの、何と荒涼としていることか！　聖ジョヴァンニ＝ディ＝ラテラーノ門から入る。人けの無い長い道を通って行く。ナポリの騒音、住民、人々の活気あふれる動きに慣れた目には、ローマが異様にさびしく見える。しばらく滞在すれば再びここが気に入るのだが。気晴らしの生活に慣れてしまうと、たとえそこが居心地よくても、我に返った時には必ず憂鬱な気分になる。それにローマ滞在は、その滞在季節によっては、例えば七月の末などはとても危険なのである。悪い空気で住めなくなる界隈もあり、伝染病が全都に蔓延することもしばしばである。この年は特に例年よりも心配されていて、人々の顔には恐怖の色がにじんでいた。

コリーヌが家に着くと、戸口に一人の修道士が立っていて、感染しないよう、彼女の家の加護を神に祈らせてくれと言った。コリーヌが承知すると、その修道士は家中の部屋を回って、聖水をかけ、ラテン語の祈りを述べた。ネルヴィル卿は、この何とも言えない儀式に微笑を誘われたが、彼女の方はこれに感動していた。

彼女は言った。「もし冷たく狭量なものがなければの話ですが、こういう宗教的な、迷信の類いには、何とも言えない魅力があると思います。思考や感情が普段の生活の枠からはずれる時、神の助けがどうしても必要なのです！　超自然の庇護を求めるのは、秀でた人々なのだと思います」

「確かにその必要はあるでしょうが、こんな風にしなくてはならないのですか？」とネルヴィル卿が答えた。

コリーヌは続けた。「私は、どんな祈りであろうとも決して拒みはしませんわ」

「ごもっともです」とネルヴィル卿は言った。

そして、彼は貧しい人々のためにと、そのおとなしい年寄りの修道士に自分の財布を渡した。修道士は二人に祝福を与え、立ち去った。

コリーヌの友人たちは、彼女の帰宅を知るとすぐに家にやって来た。彼女がネルヴィル卿の妻にはならずに戻って来たことを知っても、驚きはしなかった。いずれにしても、どうして結婚に至らなかったかが問われることはなかった。彼女と再会するうれしさで、他の考えは消えてしまった。コリーヌは、以前と同じように振る舞おうと努めたがうまくいかなかった。

彼女は美術の傑作を眺めに行った。それらは、かつては喜びを与えてくれ、それを感じると心底満足していたものだ。彼女は、ボルゲーゼ別荘《ヴィッラ》や、ケキリア・メテッラの墓所の辺りを散歩したりした。以前好きだったこれらの場所を眺めても、今はただ胸が痛むだけであった。もう以前の穏やかな夢想を味わうことはなかった。あらゆる喜びも、移ろいやすさを感じると、一入《ひとしお》心にしみるのだ。彼女は一つの苦しい思念の虜であった。自然は漠としたことしか語らないもので、気懸かりに捕らえられている時には何の役にも立ちはしない。

しまいには、コリーヌとオズワルドは辛い気詰まりな関係になった。それはまだ不幸には至っていなかった。人は、はっきりと不幸になれば、深く感じやすくなり、そのせいでかえって気が楽になるものであるから。雷雨から稲妻が走り出て全てを照らし出す。今の二人は、互いに気まずく、その状況から逃れようと空しく試みた。この状態に二人とも打ちのめされ、互いに相手を不満に思うようになっていた。実際、愛する者を責めることなく苦しむことができるだろうか？　全てを消し去るためには、ただ一度の眼差し、ただ一度の口調で足りるのではないだろうか！　だが、その眼差し、その口調は、待っている時、必要な時にはやって来ない。愛には何事も理由などない。我々が考え、感じるのは神の力であって、その力をどうすることもできない。

長らく絶えていた伝染病が、突然ローマに蔓延《まんえん》した。ある若い女性がそれに罹《かか》り、彼女から離れようとしなかった友人や家族にも伝染し、皆死んだ。その隣家も同じ運命をたどった。ローマの往来では一時間ごとに、白い服で顔を覆った例の団体が通るのが見られた。教会まで死者たちに付き添って行くのだ。運んでいるのは、まるで亡霊たちのようだった。死者たちは、担架の上に顔を露《あら》わにされたまま置かれていた。彼らの足もとには、ただ黄色か薔薇色の繻子《しゅす》が投げかけられているだけで、子供たちは面白がって、死んでしまった人の氷のような手で遊んだ。恐ろしくもあり、和やかな感じでもあるこの光景には、いくつかの詩編の暗い単調なつぶやきが付きものであった。それは抑揚のない音楽で、人間の心の響きはもう感じられない。

二人だけのある夜、ネルヴィル卿は、コリーヌの思い屈した様子がこたえていた。自分の部屋の窓の下に、葬式を告げる、ゆっくりと長く続く例の音が聞こえた。

彼は、しばらく黙って耳を傾けてから、コリーヌに言った。

「私も、明日にでも、あの病気に取りつかれるかもしれない。全く防ぎようがないのですから。あなたはいつか、恋人の人生最後の日に、思いやりある言葉をかけなかったことを後悔しますよ。コリーヌ、死が、私たちを身近から脅かしているのですよ。自然の災いは、これでもまだ足りないのでしょうか。私たちの心を引き裂かねばならないのでしょうか？」

その途端、コリーヌは、オズワルドが伝染病のただ中にいて危険を冒していることに今さらながら思い当たった。そして、彼にローマを離れるように懇願した。彼はそれを断固として拒んだ。そこで彼女は、一緒にヴェネツィアに行こうと提案した。彼は喜んで同意した。伝染が日ごとに勢いを増して来るのを見て、案じられるのはコリーヌのことだったのだから。

出発は翌々日と決まった。だが当日の朝、ネルヴィル卿は彼女からの手紙を受け取った。前の晩は、ローマを去るイギリス人の友人に引き止められて、コリーヌに会えなかった。手紙には、やむをえない急用でフィレンツェに発たねばならないので、二週間後にヴェネツィアで落ち合おう、とあった。アンコーナを通って行くように、と頼んでいた。そのアンコーナに、重要らしい伝言を届けるようにとあった。手紙の文章はしみじみとして、穏やかであった。オズワルドは、ナポリ旅行以来、コリーヌのこれほど優しい、心静かな言葉に接したことがなかった。そこで、その手紙の文面を信じて、発つ気になった。

その時、ローマを離れる前に、もう一度コリーヌの邸を見ておきたい、という気持ちが起きた。邸に行ってみると、戸が閉まっていた。彼は扉を叩いた。留守番の老女が、使用人はみな女主人と一緒に発ったと言い、それ以上何を尋ねても一切返事をしなかった。彼はカステル＝フォルテ公の家に行った。公はコリーヌのことは何も知らず、自分に何一つ言わずに彼女が行ってしまったことに仰天した。ネルヴィル卿は心配になって、ティヴォリの彼女の資産管理人に会いに行こうと思いついた。ティヴォリに住んでいるその人は、彼女から何らかの指図を受けているはずであった。

彼は馬に乗り、不安に駆られて途方もない速さでコリーヌの別荘《ヴィッラ》に着いた。家の扉はみな開け放たれていた。家の中に入り、いくつかの部屋を回ってみたが人影がなく、とうとうコリーヌの部屋まで入り込んだ。薄暗い部屋の中で、コリーヌが寝台に横たわっているのが見えた。テレジーナだけが傍についていた。彼女だと分かって、彼は叫び声を発した。この声でコリーヌは我に返った。彼に気づくと、起き上がって言った。

「こちらへ来ないで。いけません。もし近づいたら、私は死にます！」

オズワルドは、不吉な恐怖にとらわれた。自分の何かの重大な過《あやま》ちが恋人に発覚し、咎められているのだ、と思った。自分が憎まれ軽蔑されていると思い、ひざまずき、絶望にうちひしがれて、その懸念を口にした。コリーヌは、とっさにその勘違いにつけこむ気になり、まるで彼が咎めを受ける者ででもあるかのように、永久に自分から遠ざかってくれ、と言った。

彼は、拒絶され、傷つけられて、部屋を出て行こうとした。その時、テレジーナが叫んだ。

「ああ！　旦那さま、それではお優しいお嬢さまをお見捨てになるのですか？　お嬢さまは皆を遠ざけておられるのですよ。

私のお世話さえもいいと言われて。流行り病《やまい》にかかっておられるのですよ！」

オズワルドは、この言葉で瞬時に、胸に迫るようなコリーヌのたくらみを悟った。心はなごみ夢中になって、彼女の両腕の中に飛び込んだ。それまでの彼の人生のいかなる時にも、これほどの思いはなかった。コリーヌが彼を押し返しても無駄であった。テレジーナに憤慨しても無駄であった。オズワルドは、テレジーナに有無を言わせず、離れるように合図をした。コリーヌを胸に抱き締めて、涙と愛撫を浴びせた。

「今は」と彼は叫んだ。「今は私がいなくては、あなたは死んでしまう。もし、命にかかわる毒が血管を流れているならば、神の御心のままにあなたの胸で毒を吸いましょう」

「ひどいオズワルド」とコリーヌは言った。「あなたは何という責め苦を下さるの！　ああ、神よ！　私なしで生きたくないと言う、この光明の天使が死ぬことを、お許しにならないで下さい！　ええ、お許しにならないで下さい！」

こう言い終わると、コリーヌは力尽きた。一週間の間、彼女は危険な状態にあった。譫妄《せんもう》状態に陥って、絶えず繰り返した。

「オズワルドを私から遠ざけて。近づかないようにして。私のいるところを彼に教えないで！」

意識を取り戻して、彼に気づいた時、言った。「オズワルド！　オズワルド！　そこにいらしたのね。生きるにせよ、死ぬにせよ、私たちは結ばれることになるのでしょう！」

彼女は、彼の顔が蒼白いのに気がついて、死ぬほどの恐怖に捕らわれた。狼狽しながらも助けを求め、医者を呼んだ。医者は、彼が片時も彼女の傍を離れずに、献身しつくした結果だと言った。

オズワルドはずっと、コリーヌの燃えるような両手を握っていた。彼女が半分飲んだグラスの残りを飲み干した。しまいに彼女は、彼が恋人の危機を共にしたいと切望するので、その情熱的な献身に抗うことを諦めてしまっていた。頭をネルヴィル卿の腕にのせ、彼の言うとおりにしていた。互いに相手なしでは生きられないと感じるほどに愛し合えば、全てを、死でさえをも共にしようとする、あの気高い、心に触れる親密さにまで至らないことがあろうか？[31]　幸いなことに、ネルヴィル卿は看病しても感染はしなかった。コリーヌは回復した。だが、以前からの別の病が胸に入り込んだ。恋人が示してくれた度量、愛に打たれて、彼女の愛着はなおさら募った。

4

コリーヌとネルヴィル卿は、ローマの不吉な空気から離れるため、一緒にヴェネツィアに行くことに決めた。二人とも、将来の計画のことにはもう触れなくなった。だが、これまで以上の優しさをこめて、自分の気持ちを話し合った。コリーヌは、ネルヴィル卿と同じくらい注意深く、互いの快い平穏を乱す話題は避けていた。彼と過ごす一日がたいへんな喜びであった。彼は、恋人との語らいをじっくり楽しんで、味わっているようであった。彼女が動けばついて行き、彼女のどんなにささやかな願いにも心を傾けた。彼にはそれ以外の生き方はありえず、彼女に多くの幸せを与えることが自分自身の幸せのようであった。コリーヌは、至福そのものを味わって、心の安らぎを得ていた。このような状態が続いて数カ月たつと、しまいには、この状態が生活そのものとなり、このように生きていくのだと思うようになる。コリーヌの動揺は、再びおさまっていたが、それには彼女の先見の明の無さが、またしても役立っていたのだ。

　ところが、ローマを去る前日、彼女はとても憂鬱な気分になった。この時は、この気分がずっと続くのでは、と危ぶみもしたし、それでもいいと思いもした。旅立ちと定まった日の前夜、眠れないでいると、窓の下をローマの男女の一群が通るのが聞こえた。彼らは、月明かりの中を歌いながら、そぞろ歩いていた。どうしても彼らについて行きたくなり、もう一度、自分の愛しい都を巡ってみたくなった。彼女は服を着た。召使いたちに、馬車で少し離れて後について来てもらった。人目につかないようにヴェールを被り、この一群から数歩のところまで、追いついた。

　彼らは、ハドリアヌスの霊廟の正面の、聖天使橋《サン＝タンジェロ》で足を止めていた。この場所では、音楽は、この世の栄華の空しさを表現するかのようだった。ただ一つの墓以外に、この地上にはもはや己れの権勢の跡形もないことに驚いているハドリアヌスの巨大な亡霊が、空中に見えるように思われた。男女の群れは、幸せな人々の眠るこの時間に、静かな夜の闇の中を歌い続けながら、どんどん歩いて行った。優しい、清らかな歌は、悩んでいる人々を慰めるかのようであった。コリーヌは、その調べの抗い難い魅力に引き寄せられながら、彼らの後をついて行った。その調べを聞いていると疲れも感じず、羽をつけて地上を歩くように感じた。

　音楽家たちは、アントニウスの円柱の前と、トラヤヌスの円柱の前で立ち止まった。それから、彼らは聖ジョヴァンニ＝ディ＝ラテラーノの方尖柱《オベリスク》に会釈をして、これらの建造物の一つ一つを前にして歌った。申し分のない歌詞は、申し分なく構築された建造物によく調和した。諸々の俗っぽい関心が眠っている間、高揚感《アントウジアスム》だけが街にみなぎっていた。

　とうとう、歌い手の群れは遠ざかって行き、コリーヌは円形競技場《コロセウム》の近くに一人残された。彼女は、古代ローマに別れを告げるために、コロセウムの場内に入ろうとした。コロセウムを日中しか見たことがないということは、コロセウムの印象を知らないということだ。イタリアの太陽には、全てに祝祭の雰囲気を与える明るさがある。だが、月は廃墟を照らすものである。雲間にまでそびえるかのようなコロセウムの所々にある破れた壁を通して、天空が見える。建築物の背後で、藍色の幕のように見える。傷んだ壁に張りついて、人けのない場所で伸びている植物は、夜の色を帯びていた。人の心は、自然とともにただ一人いることで、打ち震えもし、和みもする。

この建造物の片側は、反対側よりもずっと傷んでいる。両方の壁がそれぞれに時と闘っている。時は、脆《もろ》い方を壊し、もう一方はまだもちこたえているが間もなく崩れ落ちる。

「厳かな所」とコリーヌは叫んだ。「今この時、私の他に生きているものは無く、応えるのは私の声だけ！　どうして情熱の嵐が、この自然の静寂によって静められないことがあるでしょうか？　自然は、目の前を幾世代もが通り過ぎても平然としているのだわ。世界は人間しか目的が無いのでしょうか、世界のあらゆる驚異は、単に我々人間の魂の中に映るためにのみそこにあるのでしょうか？　オズワルド、オズワルド、どうしてあなたに愛を捧げているのかしら？　どうして私は、二人を神に結びつける至上の希望と比べればただ一日でしかない、このただ一日の儚《はかな》い感情に身をまかせているのかしら？

ああ神よ、思索が進めば進むほど、あなたに敬服するものだと信じます。ですから、それが真実ならば、心の悩みから逃れるために、思考の中に避難所を与えて下さい。あの、心に触れるような眼差しをした気高い恋人は、私の記憶から消え去ることはありませんが、あのひとは、私のように束の間の儚い存在ではないのでしょうか！　私たちの限りない祈りを満足させてくれる永遠の愛が、あの星々の間にあるのです」

コリーヌは長いこと夢想に耽っていたが、しまいには、ゆっくりとした足取りで、自分の家に向かった。

だが帰る前に、聖ピエトロ大聖堂へ行って、そこで日の出を待つために丸屋根に登り、その天辺からローマの都に別れを告げたくなった。聖ピエトロに近づきながら、最初に考えたことは、今度はこの建造物が廃墟となって、それから先、数世紀にわたって称賛の的となっている時の姿を思い浮かべることであった。今は直立しているが、地上に傾いている円柱、破壊された柱廊、発掘された丸屋根を想像してみた。だがその時でも、依然としてエジプト人の方尖柱《オベリスク》が、新たな廃墟に君臨しているだろう。エジプト人は地上の永遠のために働いたのだ。

ついに夜が明けそめた。コリーヌは、聖ピエトロの天辺から、リビア砂漠の中のオアシスのような、荒れ果てた野の中に投げ出されているローマをじっと眺めた。荒廃がローマを取り囲んでいる。だが、おびただしい数の鐘楼、丸屋根、方尖柱《オベリスク》、円柱がローマにそびえ立っている。ところが、これらよりもさらに高く聖ピエトロが聳《そび》え立ち、これら全てが、ローマの景観を素晴らしく、美しいものにしている。この都には、言わば独特の魅力がある。ローマは、生きているもののように愛される。その建築物、その廃墟は、別れを告げるべき友人たちなのである。

コリーヌは、見る度に、想像力の喜びを新たなものにしてくれた、コロセウム、パンテオン、聖天使城《サン＝タンジェロ》に名残を惜しんだ。「さようなら、思い出の地よ」とコリーヌは叫んだ。「さようなら、社交界や雑事に振り回されずに生きることができ、物を見ること、魂と外界の物との深い結びつきが、高揚感《アントウジアスム》をかきたてる土地よ。私は行きます。どんな運命が待っているかも知らぬまま、オズワルドについて行きます。こんなにも幸せな日々を過ごすことができた自立した人生よりも、彼の方を取るのです！　多分ここに戻って来るのでしょう。心は傷つき、魂は萎《な》えて。あなた方、美術作品、古代の建造物よ、あの流刑地のような霧の国で、あんなにも度々思い起こした太陽よ、あなた方は、その時には私のためにもう何もできないでしょう！」

コリーヌはこのように別れの言葉を告げて、涙を流した。でも、彼女はオズワルドを一人で発たせるなどとは、一瞬たりとも考えもしなかった。心の命じるままにした決断は格別のものである。決断をしながら、自分自身でそれを厳しく批判し、それでも決断をするのに、実際のところ、迷うことはないのだ。情熱が優れた知性を支配する時、情熱は完全に行動を論理から切り離しているので、論理を乱しても行動が乱れることはないのだ。

風に吹かれ、絵のようになったコリーヌの髪とヴェールが、その顔の表情を際立たせた。教会の出口で彼女を見た下層民たちが、馬車までついて来て、自分らの高揚感《アントウジアスム》を込めた威勢のいい言葉を投げかけて来た。ものの言い方がいつも情熱的で、ある時には愛嬌もある民衆から遠ざかりながら、コリーヌは改めて溜め息をついた。

それで全て終わりではなく、コリーヌは、友人たちとの名残惜しい別れに耐えなければならなかった。彼らはまだ何日か彼女をひき止めておくために、祭りを思いついた。自分たちから離れて行かないように詩を作り、様々なやり方で、彼女に繰り返し聞かせた。ついに、彼女が旅立つ時には、彼らはそろって馬に乗り、ローマから二十マイル〔約三十二キロ〕の地点まで見送りに来てくれた。コリーヌは深く感じ入った。オズワルドは恐縮して、目を伏せていた。彼女からこんなに多くの楽しみを奪い去ることで、自分を咎めていた。かといって、残るようにと言うのが、もっと残酷であることも分かっていた。このようにコリーヌをローマから遠くに連れ去るのが身勝手のように思えた。それでも身勝手なわけではなかったのだ。一人で発った後の彼女の悲しみの方が、彼女とともに味わう幸福そのものよりも、ずっと彼には問題であったのだから。これからどうするのか自分でも分からなかったし、ヴェネツィアから先のことなど考えられなかった。

彼はスコットランドの父の友人あてに、彼の連隊が間もなく召集されるかどうかを問い合わせる手紙を書いて、その返事を待っていた。時には、コリーヌをイギリスに連れて行く計画を立てたが、結婚もしないで帰国すれば醜聞になる、とすぐに思い直した。またある時は、別離の辛さから逃れるために、帰国前に密かに結婚したいと思った。だが、直ちにこの考えを退けた。

「死んだ人に対して、隠し事ができるか」と彼は思った。「故人への崇拝を欠く結婚を隠し立てして、何の得になろう？」

しまいに彼はとても惨《みじ》めになった。彼の魂は、感情面では脆いところがあり、無残にも相反する二つの愛情に引き裂かれた。コリーヌは、観念した生贄のように、彼任せであった。自分の心痛を通して、彼のために払っている犠牲と、自分の心の高揚なまでの無分別を感じて、高揚していた。他方、オズワルドは責任があるはずの相手の運命に我が身をゆだねることもできぬままに、絶えず新たな絆を結び続けていた。恋人への愛にも亡父に対する良心にも満足できなかった。それぞれを矛盾なしに感じることができなかったから。

コリーヌの友人たちが皆で暇乞いをした時、彼らはネルヴィル卿に、くれぐれも彼女を幸せにするようにと頼んだ。彼が優れた女性に愛されていることを祝福した。だがオズワルドには、この祝福にひそかな非難がこめられているように思えて、苦痛であった。コリーヌはそれを感じて、友人たちの親切心とはいえ、こういう具合に友情を披瀝《ひれき》してもらうことを早々に切り上げた。それなのに友人たちは、しばらくするとまた別れの挨拶をするために戻って来た。だが、それも見えなくなってしまうと、彼女はネルヴィル卿に一言だけ言った。

「オズワルド、友達はもうあなたしかいないわ」

ああ、彼は、いかに今こそコリーヌの夫になることを誓わねばと感じたことか！　今にも、そうしようとした。だが、長く苦しんだ後では、どうしようもなく用心が先に立って、最初の衝動にまかせることができない。内心ではそうしたいと思っても、取り返しのつかない選択が怖いのだ。コリーヌは、オズワルドの胸中に起こっていることが何となく分かったと思った。それで、思いやりの気持ちから、急いで話題を二人が巡っている地方のことに向けた。

5

九月初めの旅であった。平野では素晴らしい天気だった。だが、アペニン山脈に入ると、もう冬の気配がした。この高い山々では、気温が狂うことも多く、絵のような高山を眺める楽しさはあっても、大気は快適ではなかった。ある晩、コリーヌとネルヴィル卿が二人で馬車に乗っていた時、にわかに恐ろしい暴風雨が起こり、二人は深い闇の中に閉ざされた。この地方の馬どもは、元気がよすぎるので、手速く繋いで、どんどん曳いて行かなくてはならない。二人とも、こうして一緒に引っ張られて行くことで、心地よい感動を覚えた。

「ああ！」とネルヴィル卿は声を上げた。「この世の全てから、遙か遠くに連れて行ってもらえたら。山々をよじ登り、私たちを迎えて祝福してくれる父のいるあの世へと飛び出すことができるなら！　そう思うでしょう、あなた？」そして彼女を荒々しく胸に抱き締めた。

コリーヌは、それほどしんみりともせず言った。

「私をお好きなようにして。奴隷のように、あなたの宿命にひきずって行って。昔、奴隷は、ご主人の生活を楽しませたのではなかったかしら？　ええ、私が、あなたのために同じようにしましょう。オズワルド、あなたは、あなたの運命に殉じる者を大事になさるわね。そのひとが、世間から非難されても、あなたの目の前で、恥をかかせられるようなことはなさらないわね」

「そうしなくてに」とネルヴィル卿は声高く言った。

「そうしたいですね。でも全てを得るか、捨てるかでなくては。あなたと結婚するか、さもなければ、この恋心を押し殺してあなたの足もとで焦がれ死ぬかでなくては。でも望むのは、そうです、天下晴れて結婚し、あなたの愛を誇りとできることです。ああ！　お願いです。言って下さい。私の胸に葛藤が生じているせいで興醒めされたのでは？　私の愛情が以前ほどでない、と思っているのでは！」

こう言った時の彼の口調が情熱にあふれていたので、一時、コリーヌは信頼を取り戻した。この上なく純粋で、優しい思いが二人をかき立てた。

その時、馬どもが止まってしまった。ネルヴィル卿が最初に降りると、身を刺すような寒風が吹いていた。馬車の中では気づかなかった。イギリスの丘陵に来たかと思うほどであった。凍った空気を吸うのは、麗しのイタリアにはふさわしくもなかった。この空気は、南国の空気のように愛以外は全て忘れなさい、とは言っていなかった。オズワルドはやがてまた苦しいもの思いに沈み、コリーヌは、彼の不安定で、変わりやすい想像力を知っていたので、あっさりとそのことを見抜いたのだった。

翌日、彼らはサンタ＝マリア・ディ・ロレートに到着した。山頂に位置していて、そこからアドリア海が見える。ネルヴィル卿が旅に必要な指示を与えに行っている間、コリーヌは教会に出かけた。浅浮き彫りが目立つ四角い礼拝堂の中、内陣の真ん中に聖母の絵が納められていた。この聖域の周りの大理石の床は、巡礼者たちが膝でいざってそこを回ったため窪んでいた。コリーヌはこの石についた跡を眺めて、同じ床に自分もまたひざまずいた。実に多くの幸薄い者たちが膝でこすった床であった。彼女は、慈愛の絵姿、天上の情けの象徴に向かって願った。オズワルドは、その聖堂の前にぬかずいて涙にくれているコリーヌを見つけた。彼は、こんなに才優れた女性が、どうしてこのように民衆の信仰の実践に倣うのか理解できなかった。

彼の目の表情から考えていることを見てとり、彼女は言った。

「オズワルドさん、神にまで祈りを上げようとしないのはよくあることではないかしら？　どのようにして、神に心のあらゆる痛みを打ち明けましょう？　ですから、単なる一人の女性である聖母を、か弱い人間の仲介者にできるのは有り難いことではないかしら！　そのひとはこの地上で生きて、苦しんだのです。あの方にあなたのことを願うのは恥ずかしいことではありませんでした。神へ直接祈ったら秘め事でなくなりますわ」

オズワルドが答えた。「私だって、いつも神へ直接祈るわけではないですよ。私にも仲介者がいます。子供たちの守護神、父親です。父が昇天してから今まで生きて来て、何度も格別な救いや、何とはなしに心安らぐ時や、思いがけない慰めなどを経験しました。この奇跡のような守護によって、苦境から脱したいと思うのです」

「分かりますわ」とコリーヌは言った。

「自分の宿命を魂の奥底から奇妙で不可解だ、と考える人はいないと思います。起こりそうでなくとも、始終恐れていた出来事は、やはり起きる。過ちを犯した罰が、私たちに起こる不幸と関連があるのかは分からないまでも、想像をめぐらすことはよくあります。子供の時からずっと、私はイギリスに住むことを恐れていました。ええ、そうです！　そこで暮らすことができないという悔いが、いずれ私の絶望の原因となるでしょう。それについては、抗いがたい運命、たとえ闘っても空しく打ち砕かれる障害があることを感じています。

誰もが、ひそかに、自分の人生は外から見えるのとは異なる、と思っています。私たちは、超自然的な力を漠然と信じています。その力は、私たちのあずかり知らぬところで働くもので、外から見える状況の中に潜んではいますが、それこそが全ての事の唯一の原因なのです。ねえ、あなた、もの思いに耽ることのできる人というのは、絶えず自分自身の深みにはまって行くのですよ。そしてその深みは底無しなのですわ！」

オズワルドはこれを聞いて、今さらのように、コリーヌが情熱的な感情を抱くと同時に、その感情をはかりながら、自身の思いを客観視できることに驚いていた。

「いや」と彼はよく思ったものだ。「一度、こんな女性との対話を楽しんでしまったら、この世のどんな交際にも満足できなくなる」

彼らは、夜分、アンコーナに到着した。ネルヴィル卿が、そこで顔を知られていることを懸念したので。用心したのに、翌日の朝、町中の人々が彼のいる館を取り囲んでいた。コリーヌは、館中の窓に響く「ネルヴィル卿万歳！　我らが恩人万歳！」という叫び声に起こされた。この言葉にびっくりして、急いで起き上がり、愛するひとへの賛辞を聞くために群衆の中に入って行った。ネルヴィル卿は、人々が会いたいと切望していると知らされて、姿を現さないわけにはいかなかった。コリーヌはまだ眠っていて、何が起きているかを知らないと思っていた。だからコリーヌのいることが感謝を表わす群衆に分かってしまい、しかも広場の真ん中で丁重にされているのを見て、彼は何と驚いたことか。

群衆は、彼女に彼の通訳をしてくれと頼んだ。コリーヌの想像力は時ならぬ事態を好むのだが、この想像力が彼女の魅力となる時もあったが、短所となる時もあった。彼女は、人々に代わってネルヴィル卿に礼を述べた。それも、とても優雅に、気品高く述べたので、アンコーナの住民はみな大喜びした。

彼女は、彼らのことを言うのに、「私たち」と表現した。「あなたは私たちを救って下さいました。あなたのおかげで生命を救われました」

彼女は、ネルヴィル卿に、樫と月桂樹の枝で編まれた冠を代表して差し出すと、何ともいえない感動にとらわれた。オズワルドに近づきながら、気後れがした。この時、イタリア独特の移り気で、高揚する民衆は、彼の前にひれ伏した。コリーヌも、彼に冠を差し出しながら、思わず膝をついていた。これを見たネルヴィル卿は、当惑のあまり、それ以上この公衆の中に身をおいて、自分が熱愛するひとから賛辞を受けることに耐えられなくなって、彼女を連れて抜け出した。

出発の時に、コリーヌは涙して、アンコーナの善良な人たちに感謝した。彼女は、彼らの祝福の言葉に見送られた。他方、オズワルドは馬車の奥に隠れて、言い続けていた。

「コリーヌが私にひざまずくなんて！　コリーヌの歩いた跡に私がひれ伏したいくらいだ！　あなたにこんな侮辱を与える資格があるのか？　私のことをひどく傲慢だと……」

「いいえ、確かに」とコリーヌはさえぎった。「私は、女がふいに愛する男に対して抱く尊敬の念にとらわれたのですわ。見かけの賛辞は私たち女性に向けられますが、もともと本当は、保護者として選んだ男に深い敬意をささげるのは、女なのですよ」

「ええ、生涯最後の日まで、あなたの保護者になりましょう」とネルヴィル卿は声を上げた。「天がその証人です！　これほどの心映え、これほどの才能のひとが、私の愛を頼りに逃れて来たら、必ず受けとめますよ」

「ああ！」とコリーヌは答えた。「私が必要とするのはあなたのその愛情だけなのに、どんな約束がそれを保証できると言うのでしょう？　どうでもいいですわ。今、あなたがかつてないほど愛して下さるのを感じています。よみがえった愛を乱すのは止めましょう」

「よみがえった愛だって！」とオズワルドがさえぎった。

「ええ、この言い方を取り消しはしませんわ。でも、その説明はやめましょう」と彼女は続けて言った。ネルヴィル卿に、もう何も言わないように、そっと合図をしながら。

6

　彼らは、二日間アドリア海の海岸に沿って行った。この海があるために、ロマーニャ地方には大西洋の、いや地中海の影響さえも及ばない。道は海に沿っていて、海辺には芝が生えている。これでは、嵐がやって来た時の猛威は思い浮かばない。リミニとチェゼーナで、ローマ帝国史の出来事が起こった古代の土地を離れることになる。脳裏に浮かんで来る最近の思い出と言えば、カエサルがローマ帝国の覇者たらんと決意して渡ったルビコン河のことである。妙なことに、このルビコン河に近い所に、今日、サン＝マリノ共和国がある。まるで、世界の共和国が崩壊した場所の傍に、自由の最後の微かな名残が残っていなければ、とでも言うように。

　アンコーナを出ると次第に、教皇領とは全く異なった景色の地方へと進む。ボローニャ、ロンバルディア、フェラーラとロヴィーゴの近郊は、その美しさと耕作地が目立つ。それは、ローマとそこで起こった恐ろしい諸事件に近づいていることを示す、あの詩的な荒廃ではない。

　夏には喪、冬には飾りの松の木々（一）

　方尖柱《オベリスク》のイメージである糸杉（ウェルギリウスの詩）、山と海とに、ここで別れるのである。自然は、旅人のように段々と南国の光線に別れを告げる。何よりオレンジの木が野に生えておらず、オリーヴの木がとって代わる。その淡い浅緑は、エリュシオンの亡霊たちが住む木立にいかにもふさわしい。さらに数里行くと、そのオリーヴの木も見えなくなる。

　ボローニャに入る時、明るい平野が見渡せる。葡萄の木々が花輪の形状になって、その間に楡《にれ》の木々が結びつけられている。平野全体が祝祭日のために飾られているようだ。コリーヌは、自分の気分と、目にも鮮やかなこの地方の輝かしさが対照的であるのに心を動かされた。

「ああ！」と、彼女は溜め息をつきながらネルヴィル卿に言った。「自然はこんなにも多くの幸せの光景を、別離が近いかもしれない恋人たちに贈るものなのでしょう！」

「いいえ、恋人たちは別れませんよ」とオズワルドは言った。「私は、日に日に別れる勇気が失せていきます。あなたは相変わらず優しくて、その魅力には、慣れ親しんでも情熱をそそられます。あなたと一緒で幸せです。まるで、あなたが、感嘆すべき天才ではないみたいだ。あるいは、むしろそういう天才ゆえにでしょうか。真に優れた人は、人柄が立派なものなのですから。自分にも、自然にも、他の人々にも満足しているのですね。どんな苦い気持ちを感じることがありましょう！」

二人はフェラーラに到着した。ここはイタリアでも一番さびしい都市であった。広くて、人けもないのだ。往来にたまにいる僅かな住人は、何をするにも時間はあるとでも言うように、ゆっくりと歩いている。かつて存在した最も華やかな宮廷、アリオストとタッソによって歌われた宮廷がここにあったとはとうてい思えないのである。ここではまだ、彼らの直筆原稿と、『忠実な牧童《パストール・フィード》』の作者(二)の原稿を見ることができる。

アリオストは宮廷の中で平穏に過ごすことができた。だが、フェラーラには、今も、タッソが狂人として押しこめられた家が残っている。たくさんの手紙を読むと、同情せずにはいられない。この不運のひとは手紙で死を求めており、ずっと前から死を手に入れていた。タッソは才人にありがちな気質であった。こういう気質だと才能を持つ人々にとってはその才能が仇《あだ》になる。彼の想像力が彼自身を裏切っていたのだから。苦しみに次ぐ苦しみを経験したせいで、人間の心のあらゆる秘密を知り、多くの思索をめぐらせたのだ。ある預言者は言った。「苦しんだことのない者が何を知ろう？」

コリーヌは、いくつかの点でタッソに似た手法を持っていた。彼女の才気はタッソより陽気で、その感受性はもっと多彩であった。だが、彼女の想像力も、タッソと同様、手厚い配慮が必要であった。悲しみをまぎらわすどころか、悲しみの度合いを深めていくのだったから。ネルヴィル卿は思い違いをしていたのだ。コリーヌは、その華やかな能力のせいで、愛情とは別の手段で幸福になることができるのだと、思い込んでいたのだ。天才を持つ人が真の感受性を授かっていれば、悲しみもその能力によって増幅される。その人は人間の他の本性についてと同様自分の悲しみの中にも何かを発見をする。魂《こころ》の不幸せは尽きる事無く、考えることが多ければ、それだけ不幸せを感じるのだ。

7

ヴェネツィアに入るために、ブレンタ河で船に乗る。運河の両岸には、ヴェネツィアのいささか荒れた大宮殿が、まるでイタリアの華麗さの化身のように立っている。それらの宮殿の装飾は、一風変わった、古代風なところが何も見られない様式である。ヴェネツィアの建築にはオリエントとの交易の名残がある。ムーア様式(三)とゴシック様式の混淆で、想像力を楽しませるものはなく、興味もそそられない。建築物のように整ったポプラの木が運河沿いのほとんど至る所に立っている。空は鮮やかな青で、野の輝くような緑と対照をなしている。この緑は、過剰なほど豊かな河によって保たれている。空と大地の色彩はこのようにくっきりと対照的で、自然そのものがどこか気取って整えられているようである。ここでは、イタリア南部の魅力である、漠とした神秘性がまるで見られない。

ヴェネツィアの景観は目に心地良いというより、びっくりさせられるものだ。初めて見る人は水に沈んだ都市だと思う。思いをめぐらせて初めて、河川の上にこの住居を築き上げた人間の天才に感嘆させられる。ナポリは海沿いの段丘に建てられているが、ヴェネツィアは真っ平らの地にあり、鐘楼は波間にあってもじっと動かない船の帆柱に似ている。ヴェネツィアに足を踏み入れると、想像力は悲しみの思いにとらえられる。植物にはお別れである。この土地では蠅さえも見ない。生きものはみなこの地から追放された。人間だけが海と闘うために残っている。

道路が運河であるため、この都の静寂は深い。櫂《かい》の音だけがこの静寂を乱す音である。木が見えないのだから、ここは野ではない。僅かな動く音も聞こえないのだから、都市でもない。進まないのだから、船というのでもない。雷雨が牢獄にしてしまう住居である。この都市からも、自分の住まいからも出られない時があるのだから。ヴェネツィアの庶民には、住んでいる界隈から別の界隈へ行ったことがなかったり、聖マルコ広場を見たことがなかったり、馬や木を見ると驚愕する者がいる。運河を滑るこれらの黒いゴンドラは、柩《ひつぎ》か揺籃《ようらん》に似ている。(四) 人間が最初と最後に入るものである。宵にはゴンドラを照らす提灯の輝きしか見えない。夜間、ゴンドラは黒い色のせいではっきり見えない。水の上を滑るゴンドラは、小さな星に導かれた亡霊のようだ。この地では全てが謎である。行政も慣習も恋も。これらの秘密に通じた時に、きっと心の喜びと知的な楽しさがあるのだ。だが異邦人には、第一印象が妙にさびしい。

コリーヌは、予感というものを信じていた。予感によって揺るがされる想像力は何についても前兆となるので、ネルヴィル卿に言った。「この町に入りながら、憂鬱に深くとらわれたような感じがするのはどうしてかしら？ 何か大きな不幸が私に起こる証しでしょうか？」

こう言った時に、潟《ラグーナ》にある島から三発の砲声が聞こえた。コリーヌは身震いして、ゴンドラの船頭たちに何ごとかと尋ねた。「修道女になるんでさ」と彼らは答えた。「海の中のあの修道院で。私らの習慣では、女の人が修道誓願を立てる時は、式の間に手にしていた花束を背後に投げるんだ。それが俗世を捨てたしるしなんです。ヴェネツィアに入って、今、お客さんが耳にした砲声がその知らせなんだ」

この言葉を聞くと、コリーヌは身震いした。オズワルドは、握っている彼女の手が冷たく、顔が死人のように蒼ざめているのを感じた。

「あなた」と彼は言った。「どうしてつまらない偶然に強い印象を受けるのです?」

「いいえ」とコリーヌは言った。「つまらなくはないわ、本当に。人生の花束が永久に私の背後に投げられたのだわ」

「今までにないほど愛しているのに」とオズワルドはさえぎった。「私の魂《こころ》は全部、あなたのものなのに……」

コリーヌは続けた。「あの戦争の轟きは、よそでは勝利か死かを知らせるあの音は、ここでは一人の少女の人に知られぬ犠牲を祝うために使われます。世界を覆すあの恐ろしい武器が、悪気なく使われているのです。神に身をゆだねた少女が、まだ運命と闘っている女たちへ与えた厳かな告知なのです」

8

ヴェネツィアの政府の支配力は、それが存在していた末期には、(五)ほとんど習慣と想像力のおかげで成立していた。かつては恐ろしかったが、とても穏やかになった。果敢であったのが、弱腰になった。政府に対する憎悪はたやすく生じた。手強かったので。難なく倒した。もう手強くはなかったので。民衆の人気を必要とした貴族政治は専制主義的な手法でなされ、民衆を楽しませるだけで、啓蒙はしなかった。ところが、民衆の方では、楽しませてもらえるのがけっこう気に入っていたのだ。想像力に対する好みがその風土と美術品によって、社会の最下層にいたるまで浸透している国柄であったために。民衆には、彼らを愚民化するような粗野な楽しみではなく、音楽、絵画、即興詩人、祭りが与えられた。政府はその点で、国民に対して、その後宮《ハレム》に対するスルタンのように気を配った。

政府は、国民に、まるで女に言うように、政治に首をつっこまないように、当局の批判をしないようにと要求した。だがその代わりに国民に多くの娯楽、相当な名誉さえも約束したのだ。教会を飾るコンスタンティノープルの戦利品、広場にはためくキプロスとカンディアの軍旗は、民衆の目を楽しませているのだから。聖マルコの翼のはえた獅子は、民衆には自らの名誉の象徴のように見えるのだから。

政府のシステムが、国民に政治問題への関与を禁じ、地勢によって農耕、散歩、狩猟ができないのだから、ヴェネツィア人には娯楽以外に興味が残されていなかった。それで、この都は遊興の都になっているのであった。

ヴェネツィア方言は柔らかく、心地よい微風のように軽やかである。どうしてカンブレ同盟(六)に抵抗した人々が、こんなに柔らかな言葉を話すのかと腑に落ちないほどである。この方言は、感謝や冗談に使われる時には魅力的である。だが、もっと深刻な目的で使われる時、死についての詩句を聞く時などは、その繊細で子供っぽいような音色のせいで、死という出来事が、まるで単なる詩的な虚構のように思われるだろう。

一般的にヴェネツィアの男たちには、イタリアの他の地方の男たちよりずっと才知がある。彼らの政府が、かつて彼らに考える機会を与えることが多かったからだ。だが想像力は、必ずしも南イタリアほど熱烈ではない。そして、たいていの女たちは、いくら愛想が良くても、世間で生きる習慣から「感傷的な」言葉づかいをする。それは何事においても、慣習の自由を妨げず優雅さに気取りを添えるだけである。イタリア女性のあらゆる短所と共にある最大の長所は、何の虚栄心も持たないことである。

この長所は、ヴェネツィアにおいては、あまり見られない。ヴェネツィアにはイタリアの他のどの都市よりも社交があるからである。虚栄というものはとりわけ社交界によって育まれるものだから。そこでは、直ちに、そして頻繁に喝采をおくられるので、即座にあらゆる計算がなされ、成功のためには一分でも「時を先送りにしない」。それでもヴェネツィアには、イタリア流儀の創意と闊達さが多分に残っている。やんごとない貴婦人が聖マルコ広場のカフェで訪問客を迎えていた。この奇妙なまでのいい加減さのせいで、サロンが、身を入れて主張される自尊心の闘技場と化すことがないのだ。

民間の風俗と古代からの習慣も残っている。というのは、これらの習慣があるところには、先祖に対する敬意と、過去と過去が誘う感傷に倦んでいない、ある若々しい心情をうかがわせるものがあるからである。それに、景観も、多くの追想と考えとを呼び覚ますのに妙にふさわしい過去のものである。聖マルコの広場は、青い天幕で囲まれて、天幕の下にはトルコ人、ギリシャ人、アルメニア人の群れが憩い、端の方の教会は、外観はむしろキリスト教の聖堂というより回教寺院に似ている。この場所はオリエントの人たちの怠惰な生活を思わせ、彼らはカフェでシャーベットを飲んだり、香り煙草を嗅《か》いだりして日々を過ごすのである。ヴェネツィアでは、トルコ人とアルメニア人が屋根のない小舟に乗り、花鉢など足もとにしてもの憂げに横たわって通りすぎて行くのが、時折見られるのである。

身分の高い男女は、外出時には必ず黒い頭巾つきの外套を着る。また、白衣に薔薇色の帯をつけた船頭の漕ぐゴンドラも相変わらず黒色であるものが多い。それは、ヴェネツィアに、原則として、目に見えるものに対する平等の方式が行き渡っているからである。この色彩の対比には、はっとさせられるものがある。祭りの衣服は民衆に与えられて、他方、国の大物たちは始終喪に服している。

ヨーロッパのたいていの都市の作家たちは、想像力を日常の雑事から注意深く遠ざけていなければならない。何故なら、我々の慣習はもちろんのこと、奢侈《しゃし》でさえも詩的ではないのだから。だが、ヴェネツィアにあっては、この類いのことでも凡庸ではない。運河と小舟が、生活の取るに足らない出来事を一幅《いっぷく》の絵にしている。

スキアヴォーニの海岸では、いつも人形芝居《マリオネット》、香具師《やし》や大道《だいどう》語りに出会い、彼らは人々の想像力に様々なやり方で語りかけてくる。とりわけ大道語りは注目に価する。通常は、タッソとアリオストのエピソードを散文で暗唱するのだが、聴衆はいたく感嘆するのである。大半の聴衆がろくに衣服もまとっていないのだが、語り手を取り囲んで、耳を傾けるあまりじっと動かない。時折運ばれてくる水のグラスに、他の場所の葡萄酒のように金を払う。この簡単な清涼飲料だけでその時間中充分であり、それほど彼らは聞き惚れている。大道語りは、身振り手振りにぎやかである。声も高く、怒ったり激したりするが、実際には落ち着きはらっているのが分かる。

サッフォが、冷静に動き回っているバッコス神の巫女に言った「バッコス神の巫女よ、酔ってはいないですね。私に何をお望みですか?」という言葉を、この大道語りにも言ってやれるだろう。それでも、南国人たちの活気ある無言劇《パントマイム》はわざとらしくは見えない。それは、大袈裟な身振り手振りをした古代ローマ人が、彼らに伝えた奇妙な習慣である。その習慣は、ローマ人の生き生きとして、華々しく、詩的な性向から来ているのだ。楽しみの虜になった民衆の想像力も、ヴェネツィア政府が振りかざす権力の威力の前にはすぐに萎《しぼ》む。ヴェネツィアでは一人の兵隊も見たことがない。芝居に駆けつけると、たまたま喜劇で太鼓を持ったのが一人登場したくらいだ。だが、国の祝日に集まった三万人の人々を整然とさせるには、縁なし帽に金貨をつけた、国の異端審問のお巡りが一人現れるだけで充分である。もしこの威光が行き渡っていることが、法に対する尊重から来ているのであれば立派なことであろうが、政府は国内の治安を維持するために内密の手段を講じており、威光は恐怖に裏打ちされていたのだ。牢獄が(異色なことに)、共和国統領《ドージェ》の宮殿そのものの中にあった。それは統領の住居の上と下にあった。「ライオンの口」、そこにはあらゆる密告書が投げこまれていたが、政府の長が住居としている宮殿にも、同じものが見られるのである。国家審問官がいる部屋は黒紙が張られ、日の光は上の方から入るだけであった。裁判は初めから判決のようであった。「溜め息橋」と呼ばれる橋が、統領《ドージェ》の宮殿から国事犯の牢獄へとつながっていた。

これらの牢獄が面している運河を通る時に、叫び声が聞こえた。「正義を、助けて!」この呻《うめ》くような、はっきりしない声はもう聞こえなかった。ついに国事犯が死刑を宣告されると、夜の間に一艚の小舟が連れに来た。小舟は運河に開く小さな門から出た。ある程度離れたところまで連れて行かれて、釣りが禁じられている潟《ラグーナ》の、ある場所で溺死させられた。その死も極秘にされ、その不幸な人には、自分の亡骸によって、苦しんだことも死んだことも、友人たちに知らせる希望も残されないとは、何という恐ろしい考え！

　コリーヌとネルヴィル卿がヴェネツィアにやって来た時には、このような処刑が行われなくなってから、一世紀近く経っていた。だが想像力を刺激する神秘はまだ残っていた。ネルヴィル卿は、外国の政治上の利害にいかなるやり方であっても首をつっこむような人間ではなかったが、それでも、ヴェネツィアの全ての人々に君臨している、この声なき専制政治に圧迫感を感じていた。

9

　コリーヌはネルヴィル卿に言った。「あなたがこのような声なき権力に痛ましい印象を感じるだけで済ませるのはいけませんわ。かつてヴェネツィアを精力的な貴族のための共和国にして、少数のためとは言え、自由の結実である貴族政治を偉大なものにした、元老院の質の高さを見極めなくてはなりませんわ。貴族が互いに厳しく、少なくとも彼らの胸の中にあっては、万人のものであるべき美徳と権利とを確立したのがお分かりになるでしょう。彼らが、臣民である層の人々を、単に自分らが楽をするための便利な存在として見る時でも、可能な限り、その人たちに父のように対していたことがお分かりになるでしょう。結局、彼らは自分らの所有物である祖国に、高い誇りを抱いていたのですが、にもかかわらず、祖国から多くの点で排除されている民衆にも、また祖国を愛するようにさせたことがお分かりになるでしょう」

　コリーヌとオズワルドは、二人で、当時大評議会が集まった部屋を見に行った。その部屋は歴代共和国統領《ドージェ》の肖像で囲まれていた。だが、裏切り者として斬首された統領《ドージェ》の肖像の場所には黒幕が描かれ、その上に処刑の日付と罪科が記されていた。他の統領《ドージェ》たちの肖像がまとっている堂々とした素晴らしい衣服のせいで、この恐ろしい黒幕の印象が深かった。(七) この部屋には最後の審判の絵と、もう一つ、皇帝の中でも最も権力のあったバルバロッサ〔フリードリヒ赤髯王〕が、ヴェネツィアの元老院に屈服した絵がある。(八)

　このように、地上の一政府の誇りを高めることになるもの全てを集めて、神の前に、この誇りそのものを屈服させてみせることは、立派な考えである。コリーヌとネルヴィル卿は、海軍工廠《アルセナーレ》を見に行った。工廠の門の前には、ギリシャで彫刻され、ヴェネツィアの権勢の番人となるためにアテネ港から運ばれて来た二頭のライオンがいる。尊敬されるものしか守らない不動の番人。造船所は海軍の戦利品であふれている。有名な、統領《ドージェ》とアドリア海との結婚の儀式、つまりはヴェネツィアの諸々の制度が、彼らの海に対する感謝の念を物語っていた。イギリス人といくつか共通点があり、ネルヴィル卿も、これらの共通点に興味をそそられるのを感じた。

コリーヌは、聖マルコの鐘楼と呼ばれている塔の天辺へ彼を連れて行った。教会から数歩のところに鐘楼はあった。そこから、波浪のただ中にある全都と、海から都市を守っている巨大な防波堤とが見える。遠くにイストリアとダルマツィアが望見できる。(九)

コリーヌが言った。「あの雲の彼方に、ギリシャがあります。それだけで、わくわくしませんこと！　あそこには、まだ生き生きとした想像力を持ち、情熱的な性格で、自分たちの運命によって堕落し、でも私たちイタリア人と同様に、今一度亡き先祖をよみがえらせる宿命を担う人々がいるのです、かつて存在したことがある国というのは、いつだって大したものです。その国に住む人々はとにかく現在の国を恥じているのですが、歴史上不滅でない国に生まれた人々は、自分らには父祖伝来の卑しく埋もれた宿命しかなかったかという疑いさえ持とうとはしません」

コリーヌは続けた。「ここから見えるあのダルマツィアには、昔はとても好戦的な民族が住んでいて、今なお野性的なところがあります。ダルマツィア人は、この十五世紀間に起こったことを知らないのです。彼らはまだローマ人を『全能者』と呼んでいます。あの国の港に入るあなた方イギリス人を『海の戦士』と呼んで、新しいことにも多少通じてはいます。でも、それ以外は一切知りません」

コリーヌはなおも続けた。「あらゆる国に、風俗でも衣裳でも言語でも、独特のものが見られたら、うれしいことでしょう。文明化された世界は、単調で、すぐに万事分かってしまいます。それは、充分経験済みですわ」

「あなたの傍にいると」とネルヴィル卿がさえぎった。「考えたり感じたりするのに際限がないですね！」

「どうか、この魅力も尽きてしまいませんように！」とコリーヌが答えた。

「もう少しダルマツィアのことを話しましょう」とコリーヌは続けた。「この塔の天辺から下に降りてしまえば、今はもう人類の記憶の中の単なる思い出ほどに漠然としてしまった、あの遥かな国の不確かな輪郭ももう見えなくなるでしょう。ダルマツィア人の中にも即興詩人はいるし、未開人の中にもいるのです。古代ギリシャ人の中にもいました。想像力があり、社会的な虚栄を持ち合わせていない民族の中にはたいていいるのです。好戦的な国々にあっては、生まれつきの才気は、嘲笑の的になることを恐れて、詩よりもむしろ風刺詩に向かいます。さらに自然の近くに留まっている民族は、想像力を鼓舞してくれる自然に対して敬意を抱き続けて来ました。

『洞窟は聖なるもの』とダルマッツィア人は言います。確かにこのようにして、彼らは地球の神秘について、漠とした畏怖を表しています。彼らの詩は、ちょっとオシアンの詩に似ています。彼らは南国人なのですが。自然を感じるには、二つのうちいずれかのやり方しかないのです。古代人のように自然を愛して、輝かしい形式で絶対化する。あるいは、スコットランドの吟唱詩人のように、神秘に対する恐怖に、あるいは不確かさと未知によって抱く憂鬱に身をゆだねるかどちらかです。

オズワルド、あなたを知って以来、私はこの二番目のやり方が気に入っているのです。以前は、私には、宿命を恐れず、晴れ晴れしたイメージを好み、自然を楽しむことができる希望と活気とがありました」

「私なのでしょう」とオズワルドが言った。「その美しい想像力を枯渇させてしまったのは。私の方はそのおかげで生涯の陶然とするような喜びを得たのですが」

コリーヌが答えた。「責めるべきはあなたではなくて、深い情熱なのです。才能というものは、真の愛だったら決して許さない、内面的な自立を必要とするものなのです」

「ああ！　もしそうならば」とネルヴィル卿は叫んだ。「あなたの天才が沈黙し、あなたの心が、みな私のものであるように」

彼はこういう言葉を述べながら、感動せずにはいられなかった。言葉そのものよりずっと、期待を抱かせてくれるものがあったので。

コリーヌはそれが分かって、答えようとはしなかった。自分の感じたうれしい印象を乱したくなくて。彼女は、自分が愛されていると感じていた。彼女は、男が感情のために何でも犠牲にしてしまう国で長らく生きてきたので、ネルヴィル卿が自分とすぐに別れることができないと安心もし、確信もした。ものぐさで情熱的でもある彼女は、日々を過ごすだけで充分で、危機はもう話題にならないのだから去ったのだと思いこんでいた。結局コリーヌは、長らく同じ一つの不幸に脅かされているたいていの男が生きるような生き方をしていた。つまり彼らは、今までやって来なかったものは来ないだろうと思うのだ。

ヴェネツィアの空気、そこで暮らす生活は、希望を抱かせるに妙にふさわしい。小舟の人を落ち着かせる揺れは、夢想や怠惰へ誘う。時折、船頭がリアルト橋の上にいて、タッソの叙情詩の一節を歌い始めるのが聞こえる。すると別の船頭が運河の向かい側から、続きの節で応えるのだ。これらの節の古い旋律は教会の歌に似ている。近くで聞けば、その単調さに気づく。だが戸外で、夕方、歌声が落日の夕映えのように運河の上に広がって行く時、タッソの詩句がこの光景と響きに感覚的な美しさを与える時、これらの歌にそこはかとない憂愁を感じないわけにはいかない。オズワルドとコリーヌは長い時間、端から端まで水上散歩をしたが、時々ちょっとだけ口をきいた。手をつないだまま、自然と愛から生まれる漠とした想いに静かに身をゆだねていた。

第十六部　オズワルドの旅立ち、そして不在

1

コリーヌがヴェネツィアに来たことを知ると、誰もが彼女を見ようと好奇心に駆られた。彼女が聖マルコ広場のカフェに行くと、この広場の歩廊の下で、人々が彼女をひと目見ようと群れをなして押し合っていた。社交界が挙げて、熱心に彼女を追い求めた。かつては自分が現れる至るところにこの華やかな渦を巻き起こすことが嫌いではなく、感嘆されることは正直言って悪い気はしなかった。天才は名声を必要とするし、天才を得る手段を自然によって与えられた人々が望まないような宝はない。それでも、ここに至ってコリーヌは、ネルヴィル卿にとって大切な家庭生活の慣習に背くようなものは、何事もひどく恐れていた。

コリーヌは間違えていたのだ。幸福のために彼女本来の生活を阻止し、才能を刺激するよりむしろ抑えつける男に執着するのは。だが、文学と美術に専念してきた女が、自分とは異なる資質や好みを持つ男を、かくも深く愛するのはうなずけることである。人はとかく自分にうんざりして、自分に似た者に惹かれることはない。愛が共感と多様性とを生むためには、感情の面では調和が、性格的には対立がなくてはならない。ネルヴィル卿はこの二重の魅力をよく持ち合わせていた。生活習慣上は、彼の優しさ、会話のなめらかさは、彼女と共通していたが、魂《こころ》の奥底に潜む怒りっぽさ、気難しさのせいで、かえってその優雅で、愛想のいい物腰に飽きが来ることがなかった。深く広汎

な考え方のせいで何にでも向いているとはいえ、その政治的な意見と軍人らしい関心は、彼に文人としての経歴より、むしろ行動的な経歴を求める傾向を与えた。

　彼は、行動は詩そのものよりも常に詩的であると考えていた。自分の知的な成功には無関心なふりをして、このことに関して自分のことを話す時は全く素っ気なかった。コリーヌは、彼に気に入られようと、この点で真似をし、オズワルドの故国の模範に倣って、慎ましく、控えめな女性に似せようとするあまり、自分自身で戦い取る成功を軽んじ始めた。

　それでいて、コリーヌがヴェネツィアで受ける賛辞は、ネルヴィル卿にとって心地よいものであった。ヴェネツィアの人々は好意を持って歓迎してくれた。彼らはコリーヌとの会話を喜び、元気よく感謝を表わすので、オズワルドは、これほど人をひきつけ、皆に愛される魅力を持つ女性に愛されていることがうれしかった。もうコリーヌの名声に嫉妬してはいなかった。彼女が何よりも名声を好むと確信していたし、彼女について人が話すのを聞くと、いっそう愛しさが募るように思えたので。イギリスさえも忘れていた。将来について考える時も、イタリア人の呑気なところが身についた。コリーヌはこの変化に気がついて、まるでそれがずっとそのまま続くかのように、迂闊にも喜んでいた。

　イタリア語は、様々な方言が独自の特性を持つ、ヨーロッパでは唯一の国語である。これらのうちどの方言でも、詩を作り、書物を書くことができる。これらの方言は、多かれ少なかれ古典イタリア語からは遠くなっている。だが、イタリアの様々な国家の、異なった国語のなかで、やはり評価の名誉に浴するのは、ナポリ語、シチリア語、ヴェネツィア語しかない。そして一番個性的で、優雅であるとされているのは、ヴェネツィア語なのである。コリーヌはヴェネツィア語を優しく、魅力的に発音した。そして、陽気な歌の中から、いくつかの「バルカローレ［ゴンドラの舟歌］」を歌うその歌い方は、彼女が悲劇だけでなく、喜劇も演じるべきであることを示していた。

　次の週に社交界で上演されるオペラ・コミックで、ある役を演じたらという勧めに悩まされた。コリーヌは、オズワルドを愛するようになってから、自分のこの類いの才能を彼に知られたくなかった。彼女は、この道楽でそれほど精神の自由など感じなかったし、時には、そのような陽気さになりきるのは、不幸をもたらすと思っていたほどだ。だが、この時は妙に自信があって、引き受けた。オズワルドがそれを強く願って、彼女が『空の娘』、選ばれた戯曲の題名がこうなのであるが、それを演じることが決められた。

　この戯曲は、ゴッツィのほとんどの戯曲がそうであるように、独創的で陽気な、途方もない夢幻劇で構成されていた。[32](一) こういったバーレスク・ショーの劇には、詐欺師トルッファルディーノと好色老商人パンタローネが、この世の偉大な王たちとともにしきりと登場する。そこでは、超自然も冗談の種となる。だが喜劇は、俗悪さも低劣さもありえないこの超自然そのものによって引き立つのである。

『空の娘、あるいは若き日のセミラミス女王』は、世界を支配するために、天国と地獄が授けた妙齢の女である。未開人として洞窟で育てられた彼女は、魔法使いのように抜け目なく、女王のように尊大で、自然な活気から巧みな優雅さまで、戦士の勇気から女の浮薄さまで、野心から粗忽《そこつ》さまでをあわせ持っていた。この役には、当意即妙の霊感だけが頼りの、想像力に富んだ、陽気な口調が要求される。社交界が挙げて、コリーヌにこの役をやってくれと頼んだ。

2

宿命は、時として、奇妙で残酷な戯れをするものだ。それは、危惧を抱かせようとして、信頼を込めた馴れ馴れしさに肘鉄をくらわす、ある力かもしれない。人が希望に身を委ねる時、とりわけ運命について冗談を言って、幸福を期待しているように見える時、織り上げられていく我々の物語に何か恐ろしいことが起こる。お定まりの姉妹たちが、そこに黒い糸を混ぜ込んで、我々の手造りの作品をもつれさせせに来る。

コリーヌが、その日の夜に喜劇を演じることがうれしくて、目覚めたのは、十一月十七日であった。第一幕で、野生のままで登場するために、一風変わった衣裳を選んだ。彼女の髪は乱れ髪のはずであったが、感じをよくしたいと熱望したので、入念に整えられた。その優雅で軽やかな幻想的な衣裳のせいで、彼女の気高い容姿に、婀娜《あだ》っぽいのに妙に上品で、またふざけた感じを与えていた。

彼女は、喜劇が演じられる宮殿に着いた。皆が集まっていて、オズワルドだけがまだ来ていなかった。彼女はぎりぎりまで開演を遅らせた。彼のいないことが気になり始めた。とうとう舞台の上に出て行った時、彼女は客間《サロン》の暗い隅にいる彼に気づいた。待たされた苦痛のために、ひときわうれしく、カピトリーノの丘で高揚感《アントウジアスム》に霊感を受けたように、今は陽気さに霊感を受けた。

歌と台詞《せりふ》が入り混じり、戯曲は対話を即興でやってもいいようにできていた。それがコリーヌには演じやすく、舞台はさらに活気づいた。彼女は、特有の優雅さでもって、イタリアの「滑稽味《ブッファ》のある」曲のエッセンスが感じられるように歌った。音楽につれての動作には、滑稽であると同時に気品があった。尊大に構えて絶えず笑わせ、その役どころと演技力で、役者と見物人を品良くからかいながら、迫力があった。

ああ！　この安心しきった幸福がやがて青天の霹靂《へきれき》へと一転

する、この得意げな陽気さが間もなく辛い苦悩にとって代わると分かっていたら、この舞台に哀れを催さない者がいただろうか。

喝采が何回も繰り返され、真実味があるので、見物人の喜びがコリーヌにも伝わって来た。彼女が、こういう感動を覚えるのは、娯楽によって自分の存在感を強く自覚する時、宿命を忘れ一時の間、暗雲のような束縛から精神を解き放たれる時であった。オズワルドは、幸せにしてあげていると自惚《うぬぼ》れていた時に、彼女が深い苦悩にうち沈んでいるのを見たことがあった。

二人にとって、致命的な知らせを受け取ったばかりの彼は、今や、彼女がこの上ない喜びを表現しているのを見詰めていた。彼は、何回も、彼女を酔いしれている幸福感から、引きずりだすことを想像した。だが彼は、あと暫《しば》しの、素晴らしい幸福を湛《たた》えている愛想のいい顔を目にするという無残な喜びを味わってもいた。

劇の終わりに、コリーヌは、アマゾンの女王の扮装で優美に登場した。美人が無意識のうちに備える魅力に自信を持って、男たちに、そして自然の力に命令していた。いかに自然と運命に恵まれていても、安心しきれないことは、人を愛すれば分かる。コリーヌは、怒りと冗談、無頓着と気をひきたいという願望、気品と横暴さとを見事にあわせ持ちながら、演じた。この冠を頂いた色女、この王たる妖精は、人の心も宿命も支配するように見えた。彼女は、王座に登った時、優しく、傲慢に、家来たちに服従を命じながら、微笑んでみせた。見物人は総立ちとなって、まるで本物の女王であるかのような喝采をおくった。

この瞬間こそ、おそらく彼女の人生の中でも苦悩に対する恐れが最も遠ざかっていた瞬間ではなかったろうか。ふいに、彼女はオズワルドを見た。彼はこらえきれずに流した涙を隠そうと、顔を両手でおおっていた。彼女は狼狽した。その瞬間、幕はまだ下りていなかったが、もう不吉さに染まった王座から降りて、舞台裏へ飛び込んだ。

オズワルドがその後に続いた。彼女は、身近で彼の蒼白い顔色に気づくと、恐怖に襲われた。倒れないように、壁にもたれかからなければならなかった。そして、震えながら、言った。

「オズワルド！　まあ！　どうしたのですか？」

「今晩、イギリスに発たねばならない」と、彼は自分の言っていることも分からずに答えた。彼は、哀れな恋人に、こんなやり方でいきなりこの知らせをぶつけるべきではなかったのだ。彼女は、我を忘れて、彼の方へ進み出て叫んだ。

「いいえ！　あなたが、そんな苦しみを私にさせるわけはないわ！　そんな苦しみを受けるようなことを、私はしたのかしら？　私を連れて行かれるのでしょう？」

「とにかく、このひどい人混みから抜け出そう」とオズワルドが答えた。「一緒においで、コリーヌ」

彼女は従った。もう彼の言うことも理解できず、うわの空で返事をして、よろめきながら。顔つきも変わってしまい、何か急病に陥《おちい》ったと誰もが思うほどだった。

3

二人でゴンドラに乗り込むと、コリーヌは取り乱して、ネルヴィル卿に言った。「あなたが先ほど言われたことは、死ねと言うより残酷です。私の言うとおりにして。身を裂くようなこの愛を葬るために、私をこの波間に投げ込んで。オズワルド、勇気を出してやってちょうだい。それには、今あなたが見せてくれた勇気ほども要らないのよ」

「もし、これ以上一言でもしゃべるなら」とオズワルドが答えた。「あなたの目の前で運河にとび込みます。いいですか。あなたの家に行くまで待って。それから、私の行く末と、あなたの行く末について考えを述べて下さい。後生だから落ち着いて」

オズワルドの口調にはいかにも哀れなものがあり、コリーヌは口をつぐんだ。ただ震えがあまりに激しく、住まいへと通じる階段を登れないほどであった。彼女は部屋に辿り着くと、怖《おそ》気《け》だって衣裳を脱ぎ捨てた。ネルヴィル卿は、ほんの少し前には輝くようであった彼女がこういう状態になったのを見て、涙にくれて椅子に坐り込み、声高に言った。

「私は人でなしでしょうか、コリーヌ、何ということだ！　コリーヌ、そう思いますか？」

「いいえ」と彼女は言った。「そうは思えません。あなたには日々私に幸せをくれていた時の眼差しが消えたままだわ！　オズワルド、あなたは私にとって太陽のような存在だった。あなたを、恐れたり、目を向けられなかったり、あなたの前で人殺しの前にいるような気持ちになったりすることがあるのかしら？　オズワルド、オズワルド」

こう言いながら、彼女は哀願してひざまずいた。

「どうしたのです？」と、彼は彼女を立ち上がらせて、憤然として叫んだ。「あなたは私の名誉を傷つけたいのだ。よろしい、そうしましょう。私の連隊が一カ月後に船に乗り込みます。連隊から通知を受け取ったところです。私は残りましょう。でも、気をつけなさい、もしあなたがその苦しみを見せつけるならば。有無を言わせなくなるほどの苦しみを。でも、私は恥を忍んでは生きていけません」

「残るように頼んでいるのではありません」とコリーヌは続けた。「私があなたについて行くと、どういうご迷惑をかけますか？」

「私の連隊が諸島（二）に向けて出発します。そして、いかなる士官も妻を連れて行くことは許可されません」

「せめてイギリスまで一緒に行かせて下さい」

オズワルドは続けた。「受け取った手紙に書いてありました。我々の関係がイギリス中に広まっているそうです。新聞がそれを記事にして、あなたが誰かということに疑惑を持ち始め、エッジャモンド夫人にけしかけられたあなたのご親族が、誰だか分からないと言ったそうです。ご親族と話をつけ、義理の母上に、あなたに対してなすべきことをさせるための時間を下さい。仮に一緒に帰国したとしても、あなたが家名を取り戻す前に、二人が離れるようなことになるやもしれません。そうしたら私はあなたを近くで守ることもできないままに、あなたを厳しい世論にさらすことになります」

「そうやって、私を拒《こば》んでおられる」とコリーヌは言った。

こう言い放つと、気を失って倒れ、頭を強く床に打ち付けて、血が迸《ほとばし》った。オズワルドはこの有様に悲痛な叫び声をあげた。テレジーナがあわてふためいて駆けつけた。女主人の意識を取り戻そうと呼びかけた。コリーヌが我にかえって鏡を見ると、顔面は蒼白で憔悴《しょうすい》し、髪は乱れて血がついていた。

「オズワルド」と彼女は言った。「オズワルド、カピトリーノの丘でお会いした時には、私はこんなではなかったわ。頭上には期待と栄光の冠を被っていた。今、その額は血と埃で汚れている。あなたのせいでこうなったのですもの、軽蔑してはいけません。他の人たちはそうしてもいいけど、あなたは駄目よ。あなたゆえの愛を哀れんで下さらなくては、そうして下さらなくては」

「やめて下さい！」とネルヴィル卿は叫んだ。「もうたくさんだ」

そして、テレジーナに下がるように合図をして、コリーヌを抱いて言った。「残ることにしました。私をお好きなようにして下さい。天の定めを甘受しましょう。このような不幸の中で、あなたを決して捨てはしない。それに、あなたの身分を確実なものにしないうちは、イギリスに連れて行かない。イギリスで、あなたを高慢な女の侮辱にさらすようなことはしない。ここに残ります。ええ、残ります。別れられないのですから」

コリーヌはこの言葉で我に返ったが、それまで感じた絶望よりもさらに過酷な落胆に襲われた。そうしなくてはならないのか、と感じ、頭を垂れて、長い間じっと黙り込んだ。

「話して、愛しいひと」とオズワルドが言った。「声音を聞かせて下さい。あなたの声しか私の支えはなくなった。あなたの声に導かれるままにしたい」

「いいえ」とコリーヌは答えた。「いいえ、お発ち下さい。そうしなければなりません」

滂沱《ぼうだ》の涙を流したことで、観念したことが分かった。

「あなた」とネルヴィル卿が声を上げた。「目の前にある、あなたのお父上の肖像に証言してもらおう。父親というものが、私にとって神聖であることはお分かりですね！　私の人生があなたに必要である限り、あなたの支配のもとにあることを証言してもらいます。諸島から帰還した後で、あなたが祖国に戻り、そこでしかるべき地位と生活を再び得られるかどうか分かるでしょう。もしうまくいかなかったら、私はイタリアに戻って生活し、あなたの足もとで死のう」

「何ということ！」とコリーヌが続けた。「あなたは戦争の危険に立ち向かわれる……」

「そのことは心配しないで」とオズワルドは言った。「危険は免れるでしょう。それでも、もし私が死んだら、名も知れぬ人間とはいえ私の思い出があなたの心に残るだろう。多分、あなたは私の名を聞くと、涙でいっぱいになるでしょう、そうでしょう、コリーヌ？　あなたは言うだろう。『彼を知っていました。私を愛していました』」

「ああ！　やめて、やめて」と彼女は叫んだ。「あなたは私の見せかけの落ち着きに騙されている。明日、日が昇る時、私は思うことでしょう。『もう彼には会えない、もう会えない！』生きるのをやめるかもしれない。その方が幸せでしょう！」

「どうして」とネルヴィル卿は叫んだ。「どうしてなんだ、コリーヌ？　再び会えないと心配しているのですか？　私たちを永遠に結びつけるあの約束は、あなたには何でもないのですか？　心ではそれを疑っているのですか？」

　コリーヌは言った。「いいえ、あなたを尊敬しているので、信じないなどということはありませんわ。あなたを感嘆する気持ちを捨てる方がこの愛を断念するよりも辛いでしょうね。私は、あなたを天使のような人、この世に生を受けた人の中で、最も純粋で高貴な人だと思っています。私をとらえているのは、あなたの魅力だけでなく、多くの美徳をそなえた人も持ってはいなかった、あなたの考え方なのです。あなたの天使のような眼差しは、美徳を表現するために与えられているものです。ですから、あなたとの約束を疑うなんてとんでもない。人間の顔を見たら逃げ出すことでしょう。ネルヴィル卿が裏切ることがあったら、人間の顔は私に恐怖しか与えないでしょう。でも、別れは多くの偶然の挙句の果てです。でもあの恐ろしい言葉、『さようなら！……』」

「絶対に」と彼はさえぎった。「絶対に、オズワルドがあなたに最後のさよならを言うのは、死ぬ時だけだ」

　彼が深い感動をもって、この言葉を述べたので、コリーヌは彼の身体に障りはしないかと心配になって来て、自分を抑えた。哀れまれるべきは彼女の方だったのだが。

　二人はその酷い出発について、文通の手段について、二人の確かであるはずの再会について話し始めた。この不在の期限は一年後とされた。オズワルドは、遠征はもう長くは続かないと確信していた。そうこうする間にあと二時間になった。コリーヌは、自分が気力を保てるようにと願った。だがオズワルドが、ゴンドラが朝三時に迎えに来ると言った時、時計でそれはそんなに先ではないと分かった時、彼女の手足は震えた。きっと死刑台に近づくことも、これほどの激しい恐怖を引き起こさなかっただろう。オズワルドもまた一瞬ごとに決意が弱まって行くようだった。コリーヌは、彼が常日頃冷静さを失わないのを見ていたので、その苦悶を目にして心は乱れた。哀れなコリーヌ！　彼女は彼を慰めていた。彼女の方が千倍も彼より哀れなのに！

「ねえ」と、彼女はネルヴィル卿に言った。「あなたがロンドンにいらしたら、あの都の軽薄な男たちは言うでしょう。恋の約束は名誉まで拘束しない、世界中のイギリス人は旅行中にイタリア女を愛するが、帰国途上で忘れる。幸福の数カ月は、それを与える男も与えられる女も、縛りはしない。あなたの年齢では、全人生をたまたま付き合った異国の女の魅力に捧げることはできない。ロンドンの軽薄な男たちは、道理、世間の道理をわきまえている風です。でもあなたは、ご自分が支配者となった私の心をご存じなのですし、この心がいかにあなたを愛しているかも、お分かりなのですから、私に致命傷を負わせる言い訳を言うために、詭弁《きべん》を弄するかしら？　私の胸を短刀で突き刺す時に、あなたの手は、今時の男たちの浮薄で粗野な冗談のせいで震えることもないのかしら？」

「ああ！　何を言われる？」とネルヴィル卿は叫んだ。「私がとらわれているのは、あなたの苦しみだけではない。私の苦しみです。何処で、あなたの傍で味わったのと同じような幸せを見つけるのか？　この世界で、誰が、今までのあなたのように私を理解してくれるのでしょう？　愛なのです、コリーヌ。愛を感じているのも、それを私に抱かせてくれるのも、あなただけ。この魂《こころ》の調和、精神と心のうちなる知性、あなた以外のどんな女性との関係で持てるでしょう？

コリーヌ、あなたの恋人は軽薄な男ではない、ご存じですね。それどころではない。人生の何事も大切にしているのです。それとも、あなたにだけ本当の性格とは異なる面を見せているのでしょうか？」

「いいえ、いいえ」とコリーヌは言った。「いいえ、あなたは真摯《しんし》な魂《こころ》を決して軽んじないでしょう。でもあなたではないのよ、オズワルド。私が絶望し、無情と思うのはあなたではないのよ。あなたの近くにいる恐ろしい敵に怯えているのです。私の義母の横暴な厳しさです。人を侮蔑する凡庸さです。彼女は、私の過去の生活に烙印を押すようなことを洗いざらいあなたに言うでしょう。私から前もって、彼女の言いそうな情け容赦もない話は申し上げられません。私が持つ才能は、大目に見られるどころか、私の欠点のうちでも最たるものなのですから。あのひとは、その才能の魅力など少しも理解せず、危険だとしか思わないのです。無用で、もしかしたら罪深いとでも思っているのです。自分が辿った宿命にそぐわないものは何でも。そして、心にある詩情はみな、彼女の分別を馬鹿にする、迷惑な気まぐれにしか見えないのです。あなたと同じように、私も尊重している徳の名において、あのひとは私の個性と運命とを断罪するのです。オズワルド、あのひとは、私があなたにふさわしくないと言うでしょう」

「それで、どうしてこの私が彼女の言うことを聞くというのですか？」とオズワルドはさえぎった。「あなたの寛大さ、率直さ、親切、優しさより他のどんな美徳を高く評価しようというのか？　この世のものならぬ女性！　普通の女性は普通の物差しで計ればいい！　たとえあなたが愛したとしても、あなたを熱愛するだけで尊敬しない男は、恥を知れ！　あなたの知性と心に匹敵するものは、この宇宙に何もない。あなたが感情を汲みあげる泉では、全てが愛と真実なのです。コリーヌ、コリーヌ。ああ！　あなたから離れられない。勇気が挫ける感じです。あなたに勇気づけられなかったら出発できない。あなたから力をもらって、あなたを悲しませるのか？」

「いいですわ」とコリーヌは言った。「ご出発と定まった時が鳴るのを、しかと聞き届けられる気力を与えられるよう、神のご加護を祈るまでまだ暫くありますわ。私たちは深い愛情で、愛し合いましたね、オズワルド。私の人生の秘密を打ち明けました。ありのままを話しました。でも、私の心底にある感情は、あなたがよくご存じです。一つとしてあなたに結びつかない考えはありません。

もし私が、私の魂が広がり出ていくような数行を書けるならば、それを書かせるのはあなただけです。あらゆる思索も、あなたへ向けてです。私の最後の息吹《いぶ》きがあなたへ向けてであるように。もしあなたに捨てられるなら、私の安住の地は一体どこかしら？　美術はあなたの姿を、音楽はあなたの声を、空はあなたの眼差しを思い起こさせます。かつて私の思考を燃え立たせた、この天与の才は、もはや恋でしかないのです。高揚感《アントウジアスム》も思索も知性も、もうあなたと共有しないものはないのです」

「私の言うことを聞かれている全能の神よ！」と、彼女は眼差しを天へ上げて言った。「神よ！　あらゆるものの中で最も高貴である心の痛みに対して無慈悲ではないですね！　彼が私を愛さなくなる時には、私から生命を奪って下さい。嘆かわしいだけの残りの生を奪って下さい。それはもう苦しむためのものでしかないでしょうから。彼は、今の私が持っている寛大で、優しいものを持ち去って行きます。もし彼が、その胸にゆだねられた二人の恋の火が消えるにまかせるのなら、私が世界のいかなる場所にいようと、私の命も燃えつきるでしょう。偉大なる神よ！　あなたは、私を貴い感情が消えた後も生きるようにはお創りにならなかった。彼を尊敬しなくなった時に、私に何が残されているでしょう？　彼もまた私を愛すべきなのです。そうすべきなのです。心の奥底で、彼もまた愛し返してくれることを求めています」

彼女はもう一度叫んだ。「おお、神よ！　私に死か、または彼の愛を」

この祈りを終えて、彼女がオズワルドの方へ振り向くと、彼は恐ろしいほど痙攣して、彼女の前でひざまずいていた。興奮し過ぎて、体力の限界を越えてしまっていた。コリーヌの手助けを振り払い、死にたいと言った。完全に冷静さを失ったように見えた。コリーヌは、初めに彼が言ったことをもう一度繰り返しながら、優しく両手を握りしめてやった。彼を信じている、戻って来ることを信じている、自分は落ち着いてきた、と言い聞かせた。この優しい言葉が、ネルヴィル卿に効き目があった。

ところが、別れの時が迫ってくれば来るほど、彼は決断できないように思えた。

「どうして」と彼はコリーヌに言った。「どうして、私たちは永遠の結婚の誓いを立てるために、出発前に教会へ行かないのか？」

この言葉に、コリーヌは身震いして、ネルヴィル卿を見つめた。狼狽しきってしまった。彼女は、かつてオズワルドが告白の中で、自分の行動は女性の苦しみに引きずられるのだ、と言い、その後で、その苦しみに払わされた犠牲によって、愛が冷めるのだ、と付け加えたことを思い出した。

コリーヌの勁《つよ》さと誇りが一斉にこの考えに目覚め、しばらくの沈黙の後、彼女は答えた。「結婚を決意する前に、祖国と友人たちに再会しておくべきですわ。今だったら、卿、出発間際の動揺によって決意したことになるでしょう。そういう風に決心をしていただきたくないですわ」

オズワルドはそれ以上固執《こしつ》しなかった。

「せめて」と、彼はコリーヌの手を握りながら言った。「改めて誓います。あなたに贈ったこの指輪に、私の誓いは繋ぎ止められています。あなたが指輪をこのままつけている限り、決して、別の女性が私の運命を左右することはないでしょう。でも、もし、あなたが一度でもこれを粗末にしたり、これを私に送り返して来たら……」

「やめて、やめて」とコリーヌはさえぎった。「あなたが感じてもいない不安を口にするのは。ああ！　私たちの心の神聖な結びつきを破るのは、私の方ではないわ。私ではないことはよくご存じでしょう。火を見るより明らかなことを断言するなんて、恥ずかしいことですわ」

その間にも、時は進んでいた。コリーヌは物音がする度に蒼ざめ、ネルヴィル卿は深い苦しみに沈んで、ただの一言も発する気力は残っていなかった。ついに、部屋の窓ごしの遠くに運命を決する光が現れた。

　コリーヌはこれを見ると、戦慄して後退りし、叫びながらオズワルドの腕の中に飛び込んだ。「来ました、来ましたわ！　さようなら、お発ちなさい、万事休すだわ」

「おお、神よ！」とネルヴィル卿が言った。「おお、父よ！　私を出発させるのですか！」そして、彼女を抱き締めて、涙で彼女の顔を覆った。

「お発ちなさい」と彼女は言った。「お発ちなさい、そうしなければ」

「テレジーナを呼んで下さい」とオズワルドは答えた。「あなたをこのまま一人にしてはおけない」

「一人で、ああ！」とコリーヌが言った。「お戻りになるまで、一人なのですよ！」

「この部屋を出て行けない」とネルヴィル卿は叫んだ。「いや、できない」こう言った時、彼は絶望のどん底にあって、その眼差しも、祈りも、死を願うようであった。

「さあ」とコリーヌは言った。「私がその合図を送りましょう。私が自分でその扉を開けましょう。でも、しばらく時を下さい」

「いいですとも」とネルヴィル卿は叫んだ。「まだ一緒にいましょう、いましょう。この過酷な葛藤の方がまだしも、あなたを見失うよりましだ」

　その時、コリーヌの部屋の下で、ネルヴィル卿の従者を呼ぶ船頭たちの声が聞こえた。返事があってしばらくすると従者の一人がコリーヌの部屋の扉を叩いて、「出発の準備ができました」と告げた。

「はい、用意はできました」とコリーヌが答えた。

　そして、オズワルドから離れて、父の肖像に頭をもたせかけた。確かに、この時彼女の脳裏には過ぎ去った人生が走馬灯のように浮かんでいた。良心に照らして、自分の犯した過ちをことさらに感じた。自分が神の慈悲に価しないことが怖くなった。それなのに、彼女は自分を哀れに感じるあまり、天の哀れみを信じなくてはならなかったのだ。

　彼女は、とうとう立ち上がって、ネルヴィル卿に手を伸ばして言った。「お発ち下さい。今はそうして頂きたいですわ。多分すぐ後にはそう思えなくなるでしょうが。お発ち下さい。神があなたの歩みにお恵みを下さいますように。そして、神がお守り下さいますように。私にはそれが必要なのですから」

　オズワルドはもう一度彼女の腕の中に飛び込んで、言いようもないほどの情熱で彼女を抱き締めた。刑場に歩いて行く人のように震えながら、蒼ざめた顔で、その部屋を出た。おそらく、宿命がそれを二度と許さないほどに愛し切ったし、愛され切ったと感じたその部屋を。

　オズワルドが視界から消えると、呼吸が困難になるほどの恐ろしい動悸がコリーヌを襲った。視界がぼんやりし、見る物が現実性を失い、近くに、あるいは遠くに漂うように見えた。自分がいる部屋が、地震の時のように揺れているかと思った。この振動を止めようと、身体を支えた。まだ十五分間は、オズワルドの従者たちが出発の準備をする物音が聞こえていた。彼はまだゴンドラの中にいるのだ。まだ彼を見ることができる。だが、彼女は自分が怖かった。彼の方も意識を失ったようになって、ゴンドラの中に横たわっていた。ついに彼は出発した。

この時コリーヌは彼を呼び止めるために、部屋から外に飛び出した。テレジーナが押し止めた。その時、すさまじい雨が降り始めていた。強風の音が聞こえていた。コリーヌの住む家が、海のただ中の船のように揺れていた(三)。彼女は、この悪天候の中、潟《ラグーナ》を横切って行くオズワルドのことが心配でたまらなくなった。彼女は船に乗って、本土《テッラ・フエルマ》まででも、ついて行くつもりで、運河の岸に下りた。だが闇は暗く、ただ一艘の小舟とてなかった。

コリーヌは、運河と家の仕切りの狭い石道を、無残にも興奮して歩いていた。雷雨は依然ひどくなり、一瞬ごとにオズワルドを案じて、恐れは募った。彼女は行き当たりばったりに船頭たちを呼んだ。船頭たちは、彼女の声を、嵐の中で溺れている気の毒な人の苦しまぎれの叫びと思ったのだ。それでも誰一人として、近づいて来ようとはしなかった。それほど、大運河の荒波はものすごかった。

コリーヌはこの状態で夜明けを待った。天候はおさまり、オズワルドを乗せて行ったゴンドラの船頭が、無事に潟《ラグーナ》を越えたという、オズワルドからの知らせを持って戻った。この時はまだ幸せな気分であったが、何時間か経つと、不幸せなコリーヌは改めて彼の不在を、長い時間を、さびしい日々を感じ取った。それからは、不安な、苛《さいな》まれるような痛みだけが、彼女の心を占めるようになった。

4

オズワルドは、旅に出た当初は、コリーヌとまた一緒になるために何回も引き返そうとした。だが、彼を帰国へと引きずって行く動機の方が、この願いより強かった。一度、自分の恋情を克服したということは、その事実が厳かな一歩を踏み出したことになる。恋の、全能であるという威信が堕ちたのだ。

イギリスに近づくと、故国の思い出が、オズワルドの胸にどっと戻って来た。イタリアで過ごした年月は、彼の人生のいかなる時期ともつながりがなかった。それは、想像力を刺激した華やかな幻のようなものだったが、彼の生活を成り立たせていた意見や嗜好をいささかも変えてはいなかった。彼は自分自身を取り戻した。コリーヌとの別離のゆえに、幸せな気分でこそなかったが、それでも、その考えに確固たるものを取り戻した。それはイタリアの漠とした、人を酔わせるような美術のせいで、無くしていたものであった。

イギリスの国土に足を踏み入れた途端、彼は目に映る秩序、ゆとり、豊かさ、産業に目を見張った。生まれた時からの性向、習慣、好みが以前よりも強い力で頭をもたげた。この国では、男には威厳が、女には慎ましさがあり、家庭の幸福が社会全体の幸福の絆であることを思うと、オズワルドはイタリアを思い返すのに哀れみを感じずにはいられなかった。彼の故国は、人間の理性が気高く、至る所に刻み付けられているが、イタリアは、社会制度を見る限り、多くの点で混乱と弱体と無知とを思わせた。心の中で、魅力的な絵画、詩的な印象に、自由と道徳とが取って代わった。相変わらずコリーヌを熱愛してはいたものの、上品で節度のあると思われる国で、彼女が生活しきれなかったことをひそかに非難した。

要するに、もし彼が、想像力が崇拝される国から味気ない浮薄な国へと移っていたら、その追憶、その魂《こころ》は、イタリアに強く引き戻されていただろう。だが彼は、ロマネスクな限りない幸せの願望よりも、自立と安全といった生活の実際の幸福を誇りとしていたのだ。彼は、男に適した生活スタイル、つまり目的を持った行動に戻ったのだ。夢想は、むしろ女性、つまり、か弱い、生まれた時から諦めている存在に与えられるものだ。男性は、望むものを得ようとして、思うがままに運命を動かすことができないと、常日頃勇気を出すことを心がけて自分の力を感じとるせいで、宿命に対して向っ腹を立てるのである。

オズワルドは、ロンドンに到着して、幼なじみの友人たちに出会った。言語としての表現よりも豊かな感情を示す、強く、はっきりした母国語が話されるのを聞いた。日頃の慎みが深い愛情に押し退けられた時、彼らの謹厳な顔の表情がにわかに打ち解けるのを再び見た。初めの探るような視線から、徐々に現れて来る心情を見る楽しみを、再び見つけた。結局自分の国にいるのだ、と感じた。国から出たことのない人々は、多くの絆によって、我々にとって故国がどれほど大切なものであるかを知らない。

ところが、どんな感想にもコリーヌの記憶がついて回った。かつてないほどイギリスに結びつけられ、再度そこから出ることが厭になった。思いをめぐらせたあげく、コリーヌと結婚して、一緒にスコットランドに落ち着こうと決めた。

彼の連隊が加わる遠征の、出発の延期命令が来た時、彼は、なるべく早くに帰還したくて、さっさと船に乗り込みたいくらいであった。だが、それと同時に、明日にでもこの延期が撤回されるかもしれない、とも知らされていた。この点が不確かであったので、どの士官もこの先二週間の予定が立てられないのであった。こういう状況で、ネルヴィル卿はとても惨めになった。コリーヌとは別れているし、しっかりした計画をたてて、それを実行するのに必要な時間と自由がないことで悩んだ。

　彼は人前には出ずに、ただコリーヌと再会できる時のことばかり考えて、離れ離れでいなくてはならない時間を苦にしながら六週間を過ごした。ついに、彼はこの待機の日々を使って、ノーサンバランドのエッジャモンド夫人のもとを訪れて、コリーヌがエッジャモンド卿の娘であり、死んだという噂が広まっているのは間違いであることを正式に認めさせよう、と決心した。友人たちが見せてくれた新聞には、コリーヌの生活について悪意ある仄めかしが書かれていた。彼は、彼女に正当な地位と敬意とを返してやろうという熱い願いにかられた。

5

　オズワルドは、エッジャモンド夫人の領地に向けて出発した。コリーヌが何年も過ごした土地を見に行くのだと思うと、胸が躍った。また、娘と縁切りを決意したエッジャモンド夫人の理解を求めなくてはならないことに、いささかの困惑も感じていた。こういう様々な思いが入り混じって、興奮して夢想に走っていた。イギリス北部へと進みながら見る土地に、始終スコットランドのことを思い出していた。絶えず記憶に新しい、父の思い出はなおのこと彼の胸にしみ入った。

　エッジャモンド夫人の館に着いた時、彼は、よく整えられた庭園と館に行き渡る趣味の良さに感心した。女主人が、まだ迎える支度ができていなかったので、彼は庭園を散歩した。すると、遠く葉の茂みごしに若い女性を見かけた。優雅な姿で、見事な美しい金髪をしていて、それが帽子でなんとかまとめられていた。オズワルドはその女性がルシールだと分かった。三年も会っておらず、その間に、子供から乙女になっていて、驚くほど美しくなっていたが。彼は近づいて挨拶をし、イギリスにいることを忘れて、イタリアの習慣に従って恭《うやうや》しく接吻しようと手を取った。そのひとは二歩後退りして、真っ赤になって、最敬礼をして言った。

「あなたさまが面会されたいと、母に知らせて来ます」

　そして離れて行った。ネルヴィル卿は、この堂々としていて慎ましい様子と、実に天使のようなその姿に感じ入ってしまった。

　それはようやく十六歳になったルシールであった。目鼻立ちは際立って優美であった。姿態はすらりとしすぎるほどであった。立ち居振る舞いにいくらか弱々しさが目立ったから。顔色は素晴らしく美しく、一瞬のうちに蒼白になったり、赤くなったりするのであった。碧い眼を伏せることが多く、その顔色の変わりやすさに、彼女の表情が現れた。慎み深く、さあらぬ風にしているのに、自分でも知らぬ間に感じたことを表に出してしまう。オズワルドは南国を旅して以来、このような顔と表情があることを忘れてしまっていた。尊敬の念にとらわれ、馴れ馴れしく話しかけたことを反省した。

館に戻りながら、ルシールがそこに入るのを見た時、彼は母親のもとから離れたことがなく人生で親への愛情しか知らない少女の、浮世離れした清純さを想った。ネルヴィル卿を迎えた時、エッジャモンド夫人は一人であった。彼女には、数年前に父と一緒に二回会ったことがあった。だがその時はよく見もしなかった。今回は、コリーヌが話してくれた人柄と同じかどうか見ようと、注意深く観察した。多くの点で、コリーヌの言ったことは本当だと思った。

だが、そうは言っても、エッジャモンド夫人の眼差しには、コリーヌが思うよりはずっと感受性があるように思われた。彼は、コリーヌには自分のように、包み隠された表情を見抜く習慣がないのだ、と考えた。エッジャモンド夫人に対する第一の用向きは、コリーヌが死んだと信じこませるように仕組んだことを取り消して、コリーヌを認めさせることであった。彼は、まずイタリアのこと、イタリアで得た喜びについて話し出した。「男性にとっては楽しい土地です」とエッジャモンド夫人は答えた。「ですが、私に関わりがあるような女性が、そこをずっと気に入るようなことがあったら、腹が立ちますわ」

ネルヴィル卿は、その当てこすりに早くも気を悪くして、答えた。「でも、私はそこで、我が人生で最高の、優れた女性に会いました」

「知的な面ではそうかもしれません。でも、紳士たるものは、人生の伴侶には別の長所を求めるものです」

「紳士は、そのひとにはそういう長所もある、と見ています」とオズワルドは熱くなって言った。

彼は、互いに話題にしていることについてはっきりと意見を述べようとしていた。だが、ルシールが入って来て、母親の傍に来て、耳もとでささやいた。

「いいえ、娘や」とエッジャモンド夫人は声高に返事をした。「今日は従姉の家に行ってはいけません。ここで、ネルヴィル卿と夕食をご一緒しなくてはなりませんよ」

この言葉にルシールは、庭にいた時よりもさらに顔を紅潮させて、それから母親の脇に腰を下ろした。テーブルの上に刺繍の本を置き、視線を上げることも、話に加わることもなく、読み耽った。

ネルヴィル卿はこの振る舞いにじりじりするほどであった。自身がかつて縁談相手であったことをルシールは本当に知らないようだったから。ルシールのうっとりするような顔立ちはさらに印象的であったが、エッジャモンド夫人の娘に対する厳しい教育が生む効果について、コリーヌが語ってくれたことを思い起こした。イギリスでは概して、少女の方が既婚女性よりも自由を有しており、これは良識と道徳による慣習である。しかし、エッジャモンド夫人の態度は、既婚女性に対してではなくて、若い人に対してこの慣習から逸脱していた。彼女の見解は、既婚でも未婚でも、厳格な慎みこそ女性にふさわしいというものであった。

ネルヴィル卿は、もう一度二人きりになったら、コリーヌについての自分の心積もりをはっきり言おうと思っていたが、ルシールは出て行くことはなかった。そして、夕食まで夫人は様々な話題について会話を続けた。それは、単純ではあったが、しっかりした分別を持つ人らしい話で、ネルヴィル卿は敬意を抱いた。揺るぎない意見だが、あらゆる点で自分とは一致しないことが多く、反論したかったのだが。だが、一言でもエッジャモンド夫人の考えに沿わないようなことを言ったら、夫人は自分について一定の意見に凝り固まるだろう、と感じた。それで、彼は取っ掛かりから躊躇したのだ。ニュアンスも例外も認めず、万事を杓子定規に判断する人間には、最初が肝心なのだ。

夕食が整ったという知らせがあった。ルシールは母親に腕を貸すために傍に寄り添った。オズワルドは、その時、夫人が歩くのに大そう難儀していることに気づいた。

夫人は言った。「私は辛い病気持ちでしてね。おそらくこれで死ぬのでは」ルシールはこの言葉に蒼ざめた。

夫人はこれに気づいて、優しく言葉を続けた。「娘の世話で、それでも一度命拾いしたのですよ。これからもずっと助けてもらえるでしょう」

ルシールは涙ぐんでいるのを見られぬように、頭を垂れた。顔を上げた時、まだ彼女の目もとは濡れていた。だが、彼女は母親の手を取ろうともしなかった。全ては心の奥底で起き、彼女は、自分の感じることを他の人々から隠そうと気をつけるだけであった。だが、オズワルドはこの慎み、この自制心にいたく心を動かされた。彼の想像力は、以前は雄弁や情熱に刺激されたが、今は無垢が描かれた絵を眺めて楽しんでいるようなもので、ルシールの周囲には視線をなごませる、何ともいえない慎ましさが見えると思った。

夕食の間、ルシールは母親が少しでも疲れないように、絶えず手助けをしてやった。ネルヴィル卿は、彼女が色々な料理を勧めてくれる時にだけ、その声を耳にした。だが、この意味のない言葉にも、うっとりするような、優しさがあった。ネルヴィル卿は、単純な動きやありふれた言葉でも、魂の全容を露《あら》わにするのだろうか、と思った。

彼は心の中で繰り返していた。「想像力が望みうる全てを超えるコリーヌの天才か、あるいは、男が願う貞節と感情をそなえているらしい、慎み深く押し黙ったこの神秘的なヴェールのいずれかが、必要なのだ」

エッジャモンド夫人とその娘がテーブルから立ち上がったの

で、ネルヴィル卿は後について行こうとした。だが、夫人はデザート前に食卓から離れるという習慣に忠実で、娘とお茶の準備をするまでサロンで待つようにと言った。ネルヴィル卿は、十五分ほどしてから母娘のところに行った。エッジャモンド夫人と二人きりになれないままに、夜は更けて行った。ルシールが夫人から離れなかったのだ。彼はどうしたらいいか分からずに、夫人には翌日話をするつもりで、隣町へ行こうとしていた。するると、夫人がその晩は自分の家に泊まるようにと言ってくれた。彼は、それを全く重くは考えずに受けた。だが、すぐに後悔した。夫人の目の表情で、この承諾が彼がまだ娘のことを考えている証拠と見なされたことに気づいたからである。それがきっかけで、夫人に話し合いを申し込む決心をすることとなった。夫人は翌朝にと決めた。

エッジャモンド夫人は庭園へと連れ出してもらった。オズワルドは彼女が歩くのを手助けしようと申し出た。夫人は、彼をじっと見てから言った。「ありがとうございます」

ルシールが母親の腕を彼に預けて、母親に聞こえないかと心配して小声で言った。「卿、ゆっくりお歩き下さい」

ネルヴィル卿は内緒で言われたこの言葉に身震いした。このようにして、思いやりのある言葉が、この世の愛情のために作られたようには見えない、この天使のような顔によって口にされたのだ。オズワルドは、この瞬間の自分の感動が、コリーヌに対する侮辱であるとは思いだにしなかった。彼には、それは単にルシールの天上のもののような清らかさへの賛辞に思えた。

彼らは夕べの祈祷の時に戻った。毎日、家で夫人は集まった召使いたちと共に、祈祷をしているのだった。彼らは大部屋に集合した。彼らの大半は身体に障碍を持ち、年老いていた。彼らは夫人の父と、夫人の夫の父に仕えていたのであった。オズワルドは、この光景にいたく心を打たれた。亡父の邸でよく見かけていたことが思い出されたのだ。全員がひざまずいた。夫人だけが病のせいでできなかったが、彼女は両手を合わせ目を伏せて、毅然とした黙想に入った。

ルシールは母親の脇にひざまずいていた。聖書を読むのが彼女の役目であった。最初は福音書の一章を、次いでその地方と家庭の生活に合わせた祈りを読んだ。その祈りの文句はエッジャモンド夫人が作った。表現はいささか堅苦しく、それを読む娘の優しいおずおずとした声音と対照的であった。ルシールが、最後の祈りの言葉を震えながら読んだので、その堅苦しさが際立った。

家の召使い、親類縁者、国王、祖国のために祈った後で、こういう言葉があった。「おお神よ、この家の乙女が、ただ一つの思い、その務めに適《かな》わぬただ一つの感情によって、その魂を汚してしまうことなく、生きそして死ぬように。あなたの傍に間もなく戻ることになる乙女の母が、一人娘の名において、その過ちの許しを得ることができますように、お恵み下さい」
　ルシールは、この祈りを毎日繰り返していた。だが、その晩はオズワルドの前なので、彼女は普段よりも感動した。朗読を終える前に、涙が流れ落ち、両手で顔を覆って、人々の視線から隠すこともできなかった。オズワルドは涙が流れ落ちるのを見ていた。敬意を感じながらもほろりとした。彼は、まだほんのねんねといったその若い様子と、まだ天の名残を身近に残しているようなその眼差しを見つめていた。老いと病が刻まれた、周りの顔のただ中で、このように魅力的な容貌は神の哀れみの表象のようであった。

　ネルヴィル卿は、ルシールがおくるその厳格な隠遁生活のこと、楽しみからも世間の賛辞からも遠ざけられた乙女の比類のない美しさのことを考えていた。すると、清らかな感動に心を洗われた。ルシールの母親もまた尊敬すべき人であったし、実際尊敬を得ていた。他人に対してよりも、自身に対して厳しい人であった。彼女の精神に限界があるのは、生まれついて知性が欠けているせいというより、原則について極端に厳しいせいであったにちがいない。自分が繋がれていたあらゆる絆の中心に、後天的、あるいは生まれつきでもある堅苦しさの中心に、娘に対する情熱があった。それは、とげとげしい性格が抑圧されて生じた感性によるものであり、また自分で押さえ込むことなく力を注いだ唯一の愛情であるだけに、なおさらに深い情熱であった。

　夜の十時には家はしんと静まりかえっていた。オズワルドはくつろいで、その日に起こったことを考えた。彼は、ルシールに感銘を受けたことを自分で認めていなかった。おそらく、それはまだ本物ではなかったのだ。コリーヌには想像力を魅了されつくされるのだが、それでも言ってみれば、ルシールとしか合わない、ある種の考え方、感じ方といったものがあったのだ。幸福な家庭生活のイメージには、コリーヌの勝ち誇った二輪馬車よりも、ノーサンバランドの隠遁生活の方がしっくりするのであった。

　しまいにオズワルドは、父が息子の妻としてルシールを選んだであろう、と認めざるを得なかった。しかし、彼はコリーヌを愛していたし、愛されてもいたのだ。彼は決して他の絆は結ばないと誓いを立てていたので、それだけで、翌日予定通りにエッジャモンド夫人にコリーヌと結婚したい、とはっきり述べるのに、充分であった。彼はイタリアのことを考えながら眠りについた。それでも眠りながら、彼は、ルシールが天使となって、自分の前を軽やかに通り過ぎるのを見たような気がした。目を覚まして、この夢を忘れたいと思った。だが、見たのはまた同じ夢で、今度はその姿が飛翔するようであった。再び目覚めた時には、瞼から消え去る夢の形をとどめておけないのを残念に思った。そして、日の出となった。オズワルドは散歩しよう、と階下に下りた。

6

太陽が昇ったところであった。ネルヴィル卿は、家ではまだ誰も起きていないと思っていた。思い違いであった。ルシールがもうバルコニーで絵を描いていた。髪はまだ結ばれていなくて、風になびいていた。彼女の姿は、ネルヴィル卿の夢に似ていて、彼は彼女を見た時、一瞬、超自然的な幻でも見たかのように感動した。だがすぐに、こんなにありきたりの状況にそれほどまでに、心が乱れたことを恥じた。しばらく、そのバルコニーの前に立ち止まった。ルシールに会釈した。だが、彼女は自分の絵から目をそらさなかったので、気づいてもらえなかった。

彼は散歩を続けた。かつて無いほど、コリーヌに会いたいと思った。自分でも説明がつかない、漠然とした印象を消し去ってもらいたくて。彼はルシールを神秘、未知として、好感を抱いていた。コリーヌの天才の輝きが、彼の目に次々と形を取って来るこの軽やかなイメージを払拭してくれたらと思った。

彼はサロンに戻って、そこでルシールに会った。彼女は母親のお茶のテーブルの向かいの小さな褐色の額縁の中に、今描いたばかりの素描《デッサン》を入れていた。オズワルドはその素描を見た。そこに描かれていたのは一茎の白薔薇だったが、申し分のない天賦の才を感じさせた。

「あなたは絵が描けるのですね？」と、オズワルドはルシールに言った。

「いいえ、卿、私はただ花みたいに易《やさ》しいものを写生しているだけです。ここには先生がいません。私がほんの少しですが習うことができたのは、姉の教授のおかげです」こう言うと、彼女は溜め息をついた。

ネルヴィル卿はひどく赤面して、彼女に言った。「それでその姉上はどうされましたか？」

「もう生きてはおりませんの」とルシールは言葉をついだ。「でもずっと姉のことを懐かしむでしょう」

コリーヌの身の上については他の人々と同様、ルシールも騙されていることが分かった。だが、この「ずっと懐かしむでしょう」という言葉が、愛すべき性格を垣間見せてくれたように見えて、心がなごんだ。

エッジャモンド夫人が入って来た時、ルシールは自分がネルヴィル卿と二人だけでいることに急に気づいて、奥に引っ込んだ。夫人は咎めるように娘を見て、出るように合図した。この目つきで、オズワルドは自分が気づいていなかったこと、つまりルシールが母親の同席なしで数分間彼と一緒にいたことは、彼らの習慣からするととんでもないことなのだ、ということを知らされたのである。そして、そのことに心を打たれた。今引っ込んだひとが、人目に立つほどの関心を示してくれたことが分かったからだ。

エッジャモンド夫人は坐って、肘掛椅子のところまで支えて来た召使いを下がらせた。彼女は蒼白い顔で、ネルヴィル卿に茶碗を差し出しながら、その唇はわなないていた。彼はその震えをじっと見つめていた。その困惑もつのった。それでも、愛するひとのためにという願いに勇気づけられて、話し始めた。「奥方」と彼はエッジャモンド夫人に言った。「イタリアで、私はあなたが関心のある女性によく会っていました」

「そんなわけはありませんよ」と夫人は素っ気なく答えた。「その国には私の関心をひく者は誰もおりませんから」

「しかし私は」とネルヴィル卿は続けた。「ご夫君の娘は、あなたの愛情を受ける権利があると思っていました」

「もし亡夫の娘が」と夫人は言葉をついだ。「義務にも分別にも無頓着な人ならば、不幸を願うほどのことはなくても、その噂など耳に入らない方が気楽でしょうね」

「奥方」とオズワルドに熱を入れて続けた。「もし、あなたに捨てられたその娘が、あらゆる分野で見事な才能を発揮して、社交界の有名な女性になったとしても、相変わらず彼女を無視なさいますか？」

「やはり」と夫人は言った。「私は、女性を本来の務めから逸脱させる才能を全く評価しません。女優も、音楽家も、画家も、つまるところ世間を楽しませるためにいるのです。私たちの身分の女性にとっての唯一の人生とは、夫に献身し子供をしっかり育てることなのです」

「何ですって！」とネルヴィル卿は言った。「魂から発する才能、気高い性格、感じやすい心がなければ存在し得ない才能、あたたかな思いやりと寛容な心に結びついた才能、そういうものを咎められるのですか。その才能が思索を広げ、徳そのものに大きな影響、広い効果を与えるからですか」

「徳にですって？」と夫人は苦笑いして言った。「その言葉をそのように使って、何を言われたいのかよく分かりませんわ。父の家を逃げ出したひとの徳、イタリアに落ち着いて、自立した生活をおくり、あらゆる賛辞を受け、もうこれでこの話を打切りにするために言うならば、そして他の人々にとっても彼女にとっても、より好ましくない言い方をするならば、自分の身分、家族、父の家名を捨てたひとの徳とは……」

「奥方」とオズワルドはさえぎった。「それは彼女が、あなたの願いとあなたの娘に対してはらった、寛大な犠牲なのです。彼女はあなたの家名を保つことで、あなたを傷つけてはと懸念したのです……」

「あの子は懸念《けねん》しました」とエッジャモンド夫人は声を上げて言った。「つまり、家名を汚すだろうと自分でも感じていたのですわ」

「もうたくさんだ」とオズワルドは声を荒げてさえぎった。「コリーヌ・エッジャモンドは間もなくネルヴィル夫人となるでしょう。その時に分かるでしょう。あなたが彼女を夫君の娘であると認めることが、恥ずかしいかどうか！　あなたは、かつてないほどの天分に恵まれた女性をありきたりの定規に当てはめているのです。才気と善意の天使、感嘆すべき天才、それでいて、思いやりのある内気な性格。卓越した想像力、限りない寛容さ、過ちもしただろう性格。もっともそれは驚くほど優れているため、常に普通の生活に合わないからなのですが。立派な魂《こころ》の持ち主なので、彼女のただ一つの行動か言葉で、欠点など超越され、全て帳消しになってしまうのです。彼女は、世界の女王が我が身の夫を定めた時に、そうするであろうより以上に、自分の庇護者として選んだ男に敬意をはらいます」

夫人は、努めて自分を抑えながら答えた。「卿、多分あなたは、私の知的な限界を非難もできるでしょう。でも今おっしゃったことはみな、私の理解を超えてはいません。私は、道徳とは既成の規範を堅く守ることとしか理解していません。規範から外れれば、間違えて使われている素質としか思いませんし、それはせいぜい憐愍《れんびん》に価するだけです」

「世界は味気ないものだったでしょうね、奥方」とオズワルドは答えた。「もし、天才も高揚感《アントウジアスム》も理解されることがなかったら。そしてもし、人間の本質を整然とした単調なものとしていたら。ですが、もうこれ以上無用な議論はしないで、はっきりとお尋ねすることにします。あなたは、義理の娘であるエッジャモンド嬢をお認めにならないでしょうか、彼女がネルヴィル夫人となる時に」

「なおさらのこと」と夫人は言葉をついだ。「お父上の思い出のために、できることなら不幸この上ない結婚をやめさせなくてはなりません」

「父がどのように？」とオズワルドは言った。父の名が出てくるといつも心が乱された。

「ご存じないでしょう？」と夫人は続けた。「お父上が、エッジャモンド嬢をあなたの結婚相手として拒まれたことを。彼女がまだ何の間違いもし出かしてない時に、お父上は身にそなわった聡明さで、彼女がどうなるかを予見されたのです」

「なに！　あなたはご存じで……」

夫人がさえぎった。「そのことについてお父上が書かれた、エッジャモンド卿あての手紙は、旧友のディクソン氏が持っておられます。私がお預けしたのです。イタリアでの、あなたとコリーヌとの関係を知った時に。ご帰国の際に読んでいただくために。私がその役を引き受けるのは適当ではありませんから」

オズワルドはしばらく黙り、そして言った。「奥方、私があなたにお願いすることは、正当でもあるし、あなた自身の義務でもあります。義理の娘が死んだという、あなたが流した噂を打ち消して下さい。彼女をあるがままに、エッジャモンド卿の娘として堂々と認めてやって下さい」

エッジャモンド夫人は答えた。「私は、どうしてもあなたの人生の不幸せのために力添えをしたくはありません。もし、現在のコリーヌの生活、名もなく、後ろ盾もない生活が理由で、あなたが彼女と結婚しないことになるなら、神とお父上が、私がこの障害を遠ざけることのないようにして下さっているのでしょう！」

「奥方」とネルヴィル卿は答えた。「コリーヌの不幸のために、私たちの絆はなおのこと固くなっているのです」

「ああ、さようでございますか！」と夫人は、かつて身を委ねたことのないほどの激しい調子で言った。それはおそらく、多くの点でめがねに適う娘婿の候補者を失うと感じて、口惜しかったせいであった。「ああ、さようでございますか」と彼女は続けた。「それでは、お二人で不幸せにおなりなさい。彼女もまたそうなるでしょうから。この国は、あのひとにとっては忌まわしい国なのですよ。あのひとは、私の習慣にも、厳しい生活にも従うことができないのですよ。彼女には、あなたがあれほど評価する、実生活にはただ邪魔なあの才能を、全て披露することができる劇場が必要なのです。あなたは、彼女がこの国に来たら、イタリアに帰りたがるのに気づくでしょう。彼女はあなたをあの国に連れて行くでしょう。あなたは、一人の愛すべき、それは私も認めますが、異国女性のために、友人、お父上の祖国と別れて行くのですよ。ですが、彼女の方は、もしあなたがそう望むならば、あなたのことを忘れるかもしれませんね。何故なら、ああいう熱狂的な人たちほど変わりやすいものは無いですからね。深い苦しみは、あなたがおっしゃる凡庸な女、つまり夫と子供のためにしか生きない人しか持たないのです」

激しい衝動に動かされて話した夫人は、通常は自制することに慣れていたので、これほどまでに思うがままに話した事は一度もなかったのだろう。病んでいる神経を刺激され、話し終わると、かげんが悪くなった。オズワルドは、夫人の状態を見て、激しく鈴を鳴らして救けを求めた。

ルシールがひどく怯《おび》えてやって来て、急いで母親を楽にしてやり、オズワルドには、「母を苦しめたのは、あなた？」とでも言いたげな、不安げな視線を投げかけただけであった。この視線がネルヴィル卿の心をなごませた。エッジャモンド夫人が我に返った時、彼は、心配しましたよと告げようとした。だが、彼女は冷ややかにはねつけた。そして、感情的になったあまり、娘のために誇りを失い、ネルヴィル卿を婿にという願いとは反対のことをした、と思って赤面した。

彼女は、ルシールに向こうへ行くようにと合図をして、言った。「卿、どんな場合でも、私たちの間にある約束のようなものからは自由である、とお考え下さい。娘は若いので、お父上と私が立てた計画には熱心になれませんでした。でも、この計画が変更になるなら、娘が結婚しない限り、あなたは、私どものところにはもうおいでにならない方がよろしいですね」

オズワルドは、夫人の前に頭を下げながら、言った。「それでは、捨てるつもりなどないひとの身の上のことは、文通で取り決めることにしましょう」

「思いどおりになさることです」と、夫人は押し殺した声で言った。

そしてネルヴィル卿は去った。

彼は、並木道を馬で行きながら、遠く森の中にルシールの優美な顔を認めた。彼女にまた出会うために、馬の歩を緩めた。木々の影に見え隠れして、ルシールが彼と同じ方向に向かっているようであった。庭園の端のあずま屋の前に広い道が通っていて、オズワルドはそのあずま屋にルシールが入るのを見た。彼は、気を高ぶらせて前を通り過ぎたが、彼女の姿はなかった。彼は、通り過ぎてから、何回も振り返って、広い道が見通せる別の場所で、あずま屋の近くに植えられた木の葉蔭が僅かに揺れているのに気づいた。その木に向かって立ち止まったが、もうちらとも動かなかった。彼は、見つけたと思ったのだが、確信がなくなり、立ち去った。

それから、路上に何か落とし物をしたかのように、電光石火のごとく立ち戻った。そのとたん、彼は道端にルシールを見つけて、恭しく会釈をした。ルシールは慌ててヴェールを下げて、森の中に飛び込んだ。そのように身を隠すことが、どういう動機でそこまでやって来ていたのかを白状することになる、と考えもせずに。哀れな子供は、ネルヴィル卿が通るのを見たいと願うに至った想いほどの激しく罪深いものを、それまでに感じたことがなかったのだ。さり気なく会釈を返すことなど思いもつかずに、見破られたことで混乱してしまった。オズワルドは、心の動きがみな分かるような、このようにおずおずと、しかも真剣に表わされた無邪気な関心に、ほんのりと気を良くした。

彼は思った。「コリーヌほど誠実な者はいなかった。また、コリーヌほど自分自身と他の人々をよく知る者は、いなかったのだ。ルシールに彼女が持つかもしれない愛、誰かが彼女に抱くかもしれない愛というものを、教えてやらなければならないだろう。だが、今日一日の魅力が生涯にわたって続くことがあるだろうか？　この愛らしく、自分について無知である状態は長続きはしない。人は、自分の魂《こころ》を深く理解し、感じるものを知らなくてはならないのだから、もしこの気づきの後にも純真さが残るなら、それはそれまで持っていた純真さよりも価値があるのでないか？」

彼は、このような考えに耽って、コリーヌとルシールとを比較していた。だが、それはまだ単に頭の中での戯れでしかなく、その比較が、それ以上自分の心を占めることがあろうとは思っていなかった。

7

オズワルドは、エッジャモンド夫人の家を去った後、スコットランドに出かけた。ルシールの存在によってもたらされたときめきも、コリーヌに対して持ち続けている愛情も、父と共に過ごした土地を見た感動で、雲散霧消した。彼は、一年来自分が気晴らしをしていたことで、自責の念にかられた。決して離れたくないと思った家に入る資格が、はたしてあるのかと懸念していた。

ああ、何ということ！　世界で一番愛していた者を失った後、奥深く引き籠もるのでなければ、どうして自分に満足できよう！　社会の中で暮らすだけで、この世を去った人々への礼拝を怠ることになるのだ。彼らの思い出が胸の奥に住みついていても、無駄なことである。人は、生きる者たちの活動に加わり、それによって死についての考えは、辛いもの、あるいは無用なもの、あるいは単に厄介なものとして遠ざけられるのである。

結局、社会から離れてひとりで生き、哀惜と夢想とを長く持ち続けるのでなければ、実生活は、愛情深い人を再びとらえて、その人に関心や願望や情熱を取り戻させるのである。この気を紛らわせなくてはならないことこそ、人間の本性の哀れな実態である。この気晴らしのただ中にいることで、人間というものが自分自身の死にも、他の人々の死にも、耐えることができることを、神が望まれたのだ。とはいえ、自分でもそのようにできることに悔恨を覚え、胸にせまる諦めの声に語りかけられるようだ。「私が愛していた、あなた。それで、あなたは私を忘れてしまったのですか？」

オズワルドは、家に戻りながら、このような思いで胸がいっぱいであった。家に帰り着いた時、彼は父の死の直後と同じように、絶望ではなく、深い悲しみを覚えた。嘆き悲しんだ死に、訣別に、皆が時の経過によって慣れてしまったのを見た。使用人たちは、もう彼の前で父の名を口にして、哀悼の意を表さなくてはならないとは思っていなかった。各々が日常の仕事に戻っていた。彼らは仲間同士であったし、子の世代が育ち、父の世代に取って代わっていた。オズワルドは父の部屋に籠もった。父の外套、杖、肘掛椅子が、みな同じ場所にあった。だが、彼に応えてくれた声、息子に再会して高鳴っていた父の心臓は、どうなったのか！　ネルヴィル卿は深い瞑想に耽ったままでいた。

「ああ、人間の宿命」と、彼は、涙で顔を濡らして叫んだ。

「私たちをどうしようというのか！　滅ぶべき多くの命、全てが停止するための多くの思考！　いやいや、彼には、唯一の友には、私の言うことが聞こえるはずだ。この場所で、私の涙に立ち合っている。我々の不滅の魂は互いを当てにしている。おお、父よ！　神よ！　私の人生をお導き下さい。物質的な自然の不変性を内に持つかのような、それら鉄のごとき魂《ひと》たちは、迷いも悔いも知らない。だが想像力、感受性、良心を持つ人間存在は、道に迷うことを恐れることなく、一歩を踏みだすことができるだろうか！　人間は道標として義務を求める。でも、義務そのものも、もし神が心の奥でそれを明らかにしてくれなかったら、はっきりとは見えないのだ」

夜、オズワルドは、父のお気に入りだった小道を散歩しに行った。木々を通して、父の面影を追った。ああ何ということ！愛するあまり、愛する者の霊が現れることを、ついには奇跡が得られることを、熱心な祈りのうちに願わなかった者はなかっただろうか！　空しい期待！　墓所の前で我々は何も知ることはないだろう。不確かでしかない者は、俗になってはいけない。想念が気高くなればなるほど、それはどうしても思索の淵へと引きつけられる。

オズワルドがもの思いに沈んでいた時、並木道から一台の馬車の音が聞こえた。そこから、一人の老人が下りて来て、彼の方へゆっくり進んで来た。この時間、この場所で老人を見て、彼は胸がいっぱいになった。父の旧友、ディクソン氏と分かり、以前は感じたことがないほどの感激で、彼を迎えた。

8

ディクソン氏は、いかなる点でも、オズワルドの父にはかなわなかった。父ほどの才気も個性もなかった。父の死に際には、ディクソン氏がつきそっていた。同年生まれで、この世の便りを友に運ぶために、まだしばらく生き残っているかのようであった。オズワルドは、階段を登る時に腕をかしてやった。ディクソン氏が、父と同じ老人であるからというだけで、このような心遣いをするのを、何となく楽しく感じた。この老人はオズワルドの誕生も見ていた。それで、彼に関すること全てを遠慮なく、すぐに話してくれた。彼のコリーヌとの関係を強く非難した。だが、もしディクソン氏が、父ネルヴィル卿がエッジャモンド卿あてに書いた手紙を彼に渡さなかったら、その脆弱な論拠は、オズワルドの精神にエッジャモンド夫人ほどの影響も与えられなかっただろう。父の手紙は、自分の息子とコリーヌ、当時のエッジャモンド嬢との結婚の計画を断念しようとした時のものであった。オズワルドの最初のフランス旅行中の一七九一年に書かれた手紙の内容は次のようである。彼は震えながら、それを読んだ。

エッジャモンド卿あてのオズワルドの父からの手紙

友よ、もし、私が我々二家族の間の婚姻の計画の変更を申し出たら、お許し下さるでしょうか？　私の息子はあなたのご長女より一歳半年下です。息子には、ご長女より十二歳年下の、妹のルシールを定めた方が良いようです。理由はこれだけにしておいてもいいでしょう。ですが、エッジャモンド嬢をオズワルドにとあなたにお願いした時には、私は年齢のことを知っていましたので、もし、私があなたにこの結婚が成立しない理由が何かを申し上げなければ、友情の信頼に背くことになりましょう。私たちは二十年来の結びつきで、互いの子供たちについて、率直に話し合うことができます。子供たちが我々の助言によって、まだ充分変更できる年齢であるだけになおさらのことです。ご長女は魅力的です。でも、彼女には人々を魅了し、支配した、あの美しいギリシャの女たちのうちの一人が見えるようです。この例えから連想される考えに、気を悪くなさらないで下さい。

確かに、ご長女は、この上ない純粋な考えと感性をあなたから受け継いだのですし、実際彼女の心にはそれしか見当たりません。ですが、それと同時に彼女は、人を喜ばせ、虜にし、影響を与えずにはいられないひとです。自尊心というよりは才能があります。これほどの非凡な才能は、どうしてもそれを伸ばしたいという欲求にかられるものです。いかなる劇場が、あのみずみずしい才気、激しい想像力、つまりは言葉の隅々から感じられる、熱烈な性格に見合うのか分かりません。彼女は私の息子を必ずイギリスから連れ出してしまうでしょう。何故なら、こういう女性は、イギリスでは幸せにはなれるはずもなく、イタリアだけが向いているからです。

彼女には空想だけに従う、あの自立した生活が必要なのです。私たちの田舎の生活、私たちの家庭の習慣は、どうしたって彼女の関心の邪魔になるでしょう。我々の幸いなる祖国に男として生まれたからには、何よりもイギリス人でなくてはならない。市民としての務めを果たさなくてはならない。イギリス市民たる幸福を得ているのだから。政治制度が、男に行動し意思表示をする名誉ある機会を与えている国々にあっては、女は裏方にとどまらなくては。あなたはどうしてご長女のような傑出した女性が、このような境遇に甘んじることを望まれるのですか？

いいですか、彼女をイタリアで結婚させることです。彼女の宗教、関心、才能が、イタリアに呼び寄せられています。もし、私の息子がエッジャモンド嬢と結婚すれば、確かに彼女をとても愛するでしょう。彼女ほど魅力ある人はあり得ないですから。すると、彼は、彼女の気に入ろうとして、異国の習慣を家内に取り入れようとするでしょう。やがて、彼はこのイギリス精神、これらの偏見を失うでしょう。これこそが、我々を互いに結びつけ、我々国民を一体に、自由ではあるが不可分である一つの共同体にしています。これは、我々が最後の一人になるまで、消え去るものではありません。

　息子は、間もなく妻がイギリスにいては幸せでないことが分かって、居心地が悪く感じるでしょう。私には分かっているのですが、息子には感受性から来るあらゆる弱さがあります。それゆえ、彼はイタリアに行って住みつくでしょう。そして、移住してしまえば、この私は、もし生きていれば、死ぬほど苦しむでしょう。それは、単に息子を取り上げられるからだけではなく、祖国に仕える名誉が息子から奪われるからです。

　我々の国の山地に住む者にとって、イタリアの享楽のただ中で、無為の生活を引きずるとは、何という運命！　他の男の妻に尽くすのでないとはいえ、妻に「尽くす」スコットランド人とは！　家族にとって、リーダーでも、支えでもない者は、家族には何の役にも立たない！　私の知るオズワルドなら、ご令嬢から強い影響を受けるでしょう。ですから、私は、いま息子がフランスに滞在していて、エッジャモンド嬢と会う機会を逸していることを、よかったと思っています。

　友よ、あなたに敢《あ》えてお願いしますが、もし私が息子の結婚前に死んだら、末のご令嬢が息子と婚約できる年になるまで、ご長女のことを知らせないでやって下さい。私たちの付き合いは、あなたにこの友情の証《あかし》を期待してもいいほどの、長い神聖なものであると信じています。もし、必要ならば、私の意思を息子に伝えてやって下さい。私は、息子がそれを尊重することを確信しています。もし私が生きていないならばなおさらに。

　どうかオズワルドとルシールの結婚には、あなたのご配慮もお願いします。ほんの子供とはいえ、彼女の顔立ち、表情、声音には心にしみる慎ましさが見て取れます。これこそが息子を幸せにする真のイギリス女性です。もし、私がこの結婚に立ち合うことができなかったら、天にいてそれを喜びましょう。いつの日か、友よ、天で一緒になる時には、私たちの祝福と祈りとが子供たちをさらに守ることでしょう。

敬具

ネルヴィル

オズワルドは、これを読んで黙り込んでしまった。ディクソン氏は邪魔されずに、延々としゃべり放題になった。彼は自分の友の聡明さに感心して言ったものだ。その後もエッジャモンド嬢が続けてきた罪深い行いを、当時は思い描くことすらできなかったのに、よく判断したものだ、と。オズワルドの父に成り代わって、このような結婚は亡父の名誉に対する冒涜《ぼうとく》であると述べた。オズワルドは、ディクソン氏から聞かされたのだった。自分がフランスに不運な滞在中に、この手紙が書かれた一年後の一七九二年に、エッジャモンド夫人のところにしか慰めを得なくなった父が、そこでまる一夏を過ごし、気に入ったルシールの教育に専念したということを。つまり、ディクソン氏は、何の手管もなく、また何の手心も加えないで、オズワルドの心の一番弱い所をついたのだった。

　このようにして、その場に居合わせず、ただ時折の手紙によってオズワルドの記憶に甦らせてもらうことだけが頼りのコリーヌの幸福を瓦解《がかい》させるために、全ての材料が出揃ったのであった。彼女は物事の本質と闘わなければならなかったのだ。祖国の影響力、父親の記憶、安易な決断や凡庸《ぼんよう》な方針を支持する友人たちの共謀と、それから、落ち着いた家庭生活のための清らかな期待にぴったりの一人の少女が身に着けそめた魅力を相手に。

第十七部　スコットランドのコリーヌ

1

コリーヌは、この間、ヴェネツィア近くのブレンタ河の畔に、身を落ち着けていた。オズワルドと最後に別れた所にそのままいたかったし、それにイギリスからの手紙を受け取るのにローマよりも近い、と思っていたのだ。カステル＝フォルテ公が、会いたいと手紙を書き送って来たが、断った。二人の間にあった友情のせいで、会えば打ち明けなければならなかった。もし、彼が、オズワルドから引き離そうとして、巷間《こうかん》言うところの、去る者は日々に疎《うと》しなどという、考えなしの言葉を口にしたら、コリーヌにとっては短刀の一突きであったろう。だから、誰にも会いたくなかったのだ。

だが、魂《こころ》が燃えるようで、不幸せな境遇の時には、一人で暮らすのはたやすいことではない。一人暮らしをするには、精神の落ち着きが必要になる。不安で揺れている時には、たとえそれが煩わしくても、無理にでも気晴らしをした方が、同じ気分が続くより良いだろう。もし、どのように狂気に至るのかを見抜くことができるとしたら、それは間違いなく、ただ一つの思いに取りつかれて、もはや目の前に対象が次々と出て来ても、それによって考えを変えることができない時である。おまけにコリーヌは活発な想像力の持ち主であるため、その能力は外に糧を得られないとなると、我と我が身を食い尽くすのであった。

一年近くの間おくって来た生活の後で、何という生活になったことか！　オズワルドはほとんど一日中、彼女の傍にいた。

彼女が動くと、ついて来た。彼女がしゃべる言葉をむさぼるように受け止めた。二人の間の似通っていること、異なっていることがいずれも彼らの会話をはずませた。つまり、コリーヌは、絶えず穏やかな常に自分のことにかかりきりのあの眼差しを見ていたのだ。彼は、彼女が少しでも不安に乱されると、その手を取った。抱き締めた。すると、落ち着きが、落ち着き以上のものが、何とはない、うっとりするような期待がコリーヌの魂《こころ》にまた湧いて来た。

今や、外は何事も味気なく、心の奥は暗く閉ざされていた。彼女の生活には、オズワルドからの手紙の他には出来事も変化もなくなって、冬になって郵便が不定期になると、連日、期待に苦しめられるのであった。しかも、この期待は裏切られてばかりなのであった。毎朝、運河に沿って散歩をした。運河の水は、睡蓮の大葉が重く覆う下で澱《よど》んでいた。ヴェネツィアからの手紙を運んで来る、黒いゴンドラを待った。しまいには、ずいぶん遠くからでもそのゴンドラの見分けがつくようになった。それが見えると、心臓が恐ろしい勢いで高鳴った。配達人がゴンドラから下りて来て、言う時もあった。「奥さま、手紙はございません」そして、自分の残りの仕事をゆっくりと続けた。まるで、手紙が無いということほど簡単なことはないとでも言うように。

ある時、彼は言った。「はい、奥さま、手紙がございます」彼女は、震える手で、全部の手紙に目を通したが、オズワルドの筆跡は目に入って来なかった。そうなると、その日は一日中ひどいものであった。夜は一睡もせずに過ぎて行った。次の日もまた同じ不安を覚え、一日がそれで過ぎた。

しまいには、彼女は自分が苦しんでいることを訴えて、ネルヴィル卿を責めた。もっと手紙をくれてもいいのに、と非難した。彼は弁解したが、もう既に手紙は優しいものではなくなっていた。何故なら、恋人の不安を打ち消すのに精一杯で、自分の不安は書き表せなかったから。こうしたニュアンスが、悲しいコリーヌの目に止まらぬはずもなかった。昼も夜もオズワルドからの手紙の中のある文、ある語を検討して、それを読み返しては、自分の懸念に対する答え、心安らかな数日を与えてくれるような、新しい読み取り方を見つけようとしていた。

こんな状態が彼女の神経を疲れさせ、精神力を衰えさせた。彼女は迷信深くなった。同じ心配に始終つきまとわれ、出来事の一つ一つからひっきりなしに取り出せる前兆に、かかずらっていた。週一日は、何時間かでも早く手紙を受け取ろうと、ヴェネツィアまで出かけた。このようにして便りを待つ苦痛をまぎらわせた。数週間もすると、往き帰りに目にするものことごとくに、恐怖感のようなものを覚えるようになった。見るもの全てが自分の思念の亡霊のようで、恐ろしい輪郭を描き出すのであった。

ある日、彼女は、聖マルコ教会に入った。ネルヴィル卿とヴェネツィア入りした折に、この地を立ち去る前に彼は自分をここへ連れて来て、神の面前で妻とするだろうと考えたことを、思い出した。その時、彼女は幻覚に全身をゆだねた。彼が、その柱廊から入って来て祭壇に近づき、コリーヌを永遠に愛する、と神に誓うのを見た。自分は、オズワルドの前にひざまずき、結婚の冠を受けるのだ、と思った。教会内に聞こえるパイプオルガン、内部を照らしている松明によって、彼女の幻想は生き生きとした。

そして一時の間、オズワルドの不在という酷《むご》い虚しさを感じることもなく、感動は胸にあふれ、愛するひとの声を聞いた。突然、くぐもったつぶやきがコリーヌの耳朶《じだ》をとらえた。振り向くと、教会に運びこまれる柩が一つ目に入った。身体はよろめき、目は霞んだ。この瞬間、自分はオズワルドに焦がれ死にするだろうと、想像力で直感した。

2

ディクソン氏に預けられた、父の手紙を読み終わった時、オズワルドは、男の中でもこれ以上はないというほど、不幸で、優柔不断な男となった。コリーヌの心を引き裂くか、父親の追憶に背を向けるか、迷った。それはとても辛い選択であった。そこから逃げ出すために、彼は数えきれないほど何度も、死を願った。しまいには、再三やってきたことを、またやってしまった。決断の時を先延ばししたのだ。イタリアに行って、コリーヌ自身に自分の苦しみと、自分が取るべき選択とを判断させようと考えた。自分の義務からすれば、コリーヌとは結婚できないと思っていた。ルシールと結婚しなくても、それは彼の自由であった。

だが、どんな風にして、恋人と一緒に人生を過ごすことができるのか？　彼女のために故国を犠牲にしなくてはならないのか、あるいは、自分の評判も身の上も考慮せずに、彼女をイギリスに連れて来なくてはならないのか？　このような苦境にあっても、彼はヴェネツィアに向けて発っただろう。もし、彼の連隊が乗船するという噂が、毎月のように流れなかったならば。まだコリーヌに手紙では書く決心がつかないことを語るために、旅立ったであろう。

ところが、彼の手紙の調子はどうしても変わってしまった。魂《こころ》に去来することを書きたくなかったのだ。彼はもう以前と同じように無頓着に手紙を書くことができなかった。彼女を認めさせるという計画が頓座したことを黙っていようと決めていた。時間をかけて経緯を認めさせることができるだろうと思っていたし、義母に対するコリーヌの反感を徒《あだ》につのらせたくなかったのだ。あれこれためらうと、彼の手紙は短くなった。差し障りのない話題で手紙を埋め、将来の計画については触れなかった。つまり、コリーヌ以外の女だったら、オズワルドの心中に何が起こっているかを確信しただろうが、激しい感性のひとは普通よりも鋭くもなるし、信じやすくもなる。このような状態では、とかく、超自然的なやり方でしか、何も見えて来ないものらしい。隠されているものは見つけ出すが、明らかなものには錯覚を起こすのだ。これほどの苦しみ、絶望が、とくに異常なことが原因ではなくて、意外に単純な状況のせいなのだ、とは思いたくないのだ。

オズワルドは自分の事情の他に、自分が与えているに違いない恋人の心痛を思って、辛かった。それで、彼の手紙は理由も述べずに、苛立ちを表わすばかりになった。彼は、おかしな具合に、自分の苦悩についてコリーヌを責めた。まるで自分より彼女の方がずっと嘆く理由などないとでも言うように。ついには、彼は恋人を完全に動転させてしまった。

彼女はもう自制できなくなっていた。精神は乱れ、夜になるといつも不吉なイメージに取り囲まれた。昼になってもその印象は去らなかった。不運なコリーヌは、このように冷酷で、咎めるような、荒れた調子の手紙を書いてくるオズワルドが、自分が知っていたあの寛大で、優しいひととは信じられなかった。彼に再び会って、話をしたいという気持ちで、どうしようもなくなった。

「あのひとが話すのを聞きたい」と彼女は叫んでいた。「あのひとに言ってもらいたい。ちょっとした苦痛にでも苦しめられる者を、こんな風に情け容赦もなくずたずたにすることができるのは自分なのだ、と言ってもらいたい。言ってもらいたいのです。そうすれば、私も宿命に従いましょう。でも、きっとそんな言葉を言わせるのは悪魔であって、オズワルドではありません。いいえ、手紙を書いて来るのは、オズワルドではないわ。彼の傍の人々が私を中傷したのだわ。とにかく、災いの陰には、何か裏切りがあるのだわ」

ある日、コリーヌは、スコットランドへ行く決意をした。もっとも、是が非でも状況を変えなくてはならないという、切羽詰まった苦悩を、決意と呼ぶことができるならば。彼女は、自分が旅立つことを誰にも知らせようとしなかった。テレジーナにさえも言うことを渋り、自分にはまだ思いとどまることができるだけの分別がある、と思い込んでいた。このように旅行の計画を立てると、昨日とは違う思いがあるので、悔やむのはやめて、ちょっぴり前向きな姿勢で想像力を楽にしてやることができた。何も手につかなかった。読書ができなくなり、音楽を聞いても苦しさに身震いするばかり、自然を見ても夢想に誘われ、苦痛は増すのであった。

あれほど溌剌《はつらつ》としていたひとが、じっと動かずに、とにかく外へ出ずに毎日を過ごしていた。魂《こころ》の懊悩《おうのう》は、その死人のような蒼ざめた顔色に現れ、もはや隠しようもなかった。ひっきりなしに懐中時計を見ていた。一時間でも過ぎてくれるといいと思ってのことなのだが、それでもなぜ、自分が、時が過ぎてほしいと願うのかが分からなかった。眠れぬ一夜の後に来る、さらに辛い一日しか、何も新しいものを招き寄せないのだから。

出かける少し前のある夜、一人の女に面会を申し込まれた。面会を切望しているとのことなので、通させた。部屋に入って来たのは、黒い服を着て、恐ろしい病のために変わり果てた顔を隠すために、ヴェールを被っている異形《いぎよう》の女性であった。かくも自然によって冷遇されている女が、献金集めをひき受けていた。彼女は気高く、感じ入るほど安らかに、貧しい人々のための援助を願うのであった。コリーヌは、自分のために祈ってくれとだけ言って、多額の金を与えた。自分の運命に諦めてしまっている気の毒な女は、こんなに力と生命にあふれ、裕福で若くて、感嘆されていながら不幸に打ちひしがれている様子の美しい人を、驚いて見つめていた。

「おやまあ！　奥さま」と彼女は言った。「私のように、心静かであっていただきたいですわ」

このような境遇の女性からの何という言葉！　絶望に押しつぶされている、イタリアきっての華やかな人に対して。

ああ！　コリーヌの愛する力は強く、それは熱き魂《こころ》の人々の中にあっても格別だったのだ！　この世の人々には似つかわしくない、その深い思いを神だけに捧げる女の何と幸せなことか！　だがコリーヌには、その時がまだ来ていなかった。彼女にはまだ夢が必要であったし、幸福を望んでもいた。祈っていたが、まだ諦めてはいなかった。類い稀な才能、かち得ていた栄光のために、自分自身にまだ関心がありすぎた。愛するものを捨てることができるのは、ただこの世の全てから身をひき離すことによってである。まず愛するものの他のあらゆるものを犠牲にする。人生を荒廃させた愛の火が消える前から、人生はもう砂漠となっている。

ついにコリーヌは、疑ったり迷ったりして、計画を取り止めたり、新しく立てなおしたりしている最中に、オズワルドからの手紙を受け取った。手紙は、彼の連隊が六週間後に船に乗り込むこと、連隊長がこのような時に離れるのは評判を落とすだろうから、この時期を利用してヴェネツィアに行くことはできない、ということが書いてあった。コリーヌにはイギリスに行くかどうか迷っている時間は残されていなかった。ネルヴィル卿がヨーロッパを離れる、それも、もしかして永久に。永久に離れてしまうかもしれないという懸念が、出発を決意させた。

コリーヌに同情しなくてはならない。彼女は、自分の考え方が思慮に欠けることに気づかないのだから。彼女は、誰よりも自分を厳しく批判していた。だがどんな女が、薄幸の女に「最初の石」（一）を投げつける権利を持つのか？　幸薄き女は自分の過ちを少しも弁明しないままに、一つの不運からまた別の不運へと逃げ回るのだ。まるで行く先々に恐ろしい亡霊がついて回るかのように。

彼女のカステル＝フォルテ公宛ての手紙の結びの文章は次のようである。「さようなら、私の誠実な庇護者。さようなら、私のローマの友人たち。さようなら、あんなに快適で気楽な日々を私と共に過ごされた皆さん。万事休す、です。運命が襲いかかって来ました。致命傷を負わせられたようです。まだ、もがきますとも。でも、負けてしまうでしょう。彼にもう一度会わなくては、本当に、私は自分自身がどうなってしまうか分かりません。胸中には、自分でも制御しきれない嵐があるのです。それでも、終焉の時が近づいているのです。現在起こっていることは、私の物語の最終幕なのです。その後には悔い改めと死が来ることでしょう。人の心の妙な支離滅裂！　今、こうして情熱的な人間として振る舞っている時でも、遠くに斜陽の影が見えます。

神が、私に言っている声が聞こえます。『幸薄い者よ、まだ、このように動揺と愛の日々が続くが、永遠の休息において汝を待つ』ああ神よ！　いま一度、最後にオズワルドに会えますように。彼の面影の記憶も、絶望のあまり薄れたかのようです。ですが、彼の眼差しには、何か神々しいものがなかったでしょうか？　彼が入って来る時、清らかに輝く空気が近づいていることを告げていなかったでしょうか？

友よ、あなたは、彼が私の近くに坐るのを、気遣いで私を包んでくれるのを、自分の選んだひとである私が敬意を払われるように庇護してくれたことを、ご覧になったでしょう。ああ！　彼なくして、どのように生きましょう？　私の忘恩をお許し下さい。あなたが常にお示し下さった、変わらぬ気高い愛情に対してこのように感謝しなければならないのでしょうか？　ですが、私にはもう何にもふさわしいものはなく、自分で自分の錯乱を観察するという情けない才能がなければ、狂女でしかないでしょう。ですから、お別れです。さようなら」

3

思いやりがあって感じやすい女性は、何と不幸せであることか！　以前ほどには愛してくれない相手のために、無分別を犯し、自分の行動について自分しか頼れる者がいなければ。もし、彼女が愛するひとに尽くそうとして、自分の評判と安寧とを危うくさせたとしても、彼女に同情することは少しもない。献身は素敵なことだ。愛しい生命を救うために、あるいは親しい人を苛む苦悩を和らげてやるために、あらゆる危険を冒す時、魂には歓喜が生まれる。

しかし、こうして一人で見知らぬ国々を渡り、誰も待っていないのに到着し、愛するひとの前で自分が捧げる愛の証そのものに顔を赤らめる。そうしたくてするのであって、相手があなたにそうするように頼んだわけではない。何という辛い思い！屈辱だがそれでも哀れみを受けるに値するのだ！　愛に由来することは何事も、哀れみを受けるべきなのだから。たとえこのように、他人の生活を巻き込んだり、神聖な絆に対する義務を怠るにしても、それが何であろう？　だが、コリーヌは自由であった。自分の名声と安寧《あんねい》を犠牲にしさえすればよかった。彼女の行為には、分別も慎重さも欠けていたが、自分の運命以外の人生を傷つけるようなことは何もなく、彼女の不吉な愛は自分自身を失うだけなのであった。

コリーヌは、イギリスに上陸し、新聞で、ネルヴィル卿の連隊の出発がまだ遅れていることを知った。ロンドンでは銀行にしか行かなかった。そこに偽名で紹介してもらっていた。銀行の人は、初めから彼女に関心を持ち、自分の妻か娘でもあるかのように、何くれとなく面倒をみてくれた。到着直後に重病にかかり、二週間もの間、新しい友人たちが親切に世話をしてくれた。彼女は、ネルヴィル卿が今はスコットランドにいるが、彼の連隊は、このロンドンに日ならずして戻って来る予定であることを知った。どのように、自分がイギリスにいると知らせる決心をしたらいいのか、分からなかった。自分の旅立ちについて、何も書き送らなかった。

彼女が、この点で困惑したあまり、結局、オズワルドは一カ月も手紙を受け取っていなかった。彼はひどく心配し始めていた。まるで、苦情を言う権利があるとでもいうように、彼女のいいかげんさを責めた。彼はロンドンに着くと、最初に自分の銀行家のところへ行った。そこで、イタリアからの手紙を受け取りたいと思ったのだ。音沙汰も無く、手紙は一通も来てないと言われた。彼は外に出た。切ない気持ちで歩いていると、ローマで会ったエッジャモンド氏に出遇った。コリーヌの消息を尋ねられた。

「何も知らないのです」とネルヴィル卿は不機嫌に答えた。

「ああ！　そうでしょうね」とエッジャモンド氏は続けた。「イタリア女というものは、いつだって、外国人のことは会わなくなれば忘れてしまうのですよ。そんな例は枚挙にいとまが無いというものです。だからそのことで心を痛めることはない。もし想像力の上に貞節までも具えていれば、彼女たちは愛されるにふさわし過ぎるというものです。我が国の女たちにも何か長所を残しておいてやらなければ」

彼は、こう言いながら握手をして、自分の平生の住まいである、ウェールズ公国に戻るために別れを告げた。彼は、僅かな言葉で、オズワルドの心を悲しみでいっぱいにさせていた。

「間違いなのだ」と彼は思った。「彼女が、私のことを恋しがってくれる、などと思うのは間違いなのだ。とにかく、彼女の幸福のためにこの身を捧げることができないのだから。だが、愛した者を、そんなに素早く忘れ去るのは、未来は勿論、過去をも汚すことになる」

　父親の意思を知った時、ネルヴィル卿は、コリーヌとは絶対に結婚はすまい、と決意した。だが、彼はルシールとも、もう会わないつもりになったのだ。彼は、ルシールからあまりに鮮やかな印象を受けたことが、気に入らなかった。それに、恋人がとても苦しむに違いないのだから、せめて何かの義務、心の貞節ぐらいは守らなくては、と思ったのだ。彼は、エッジャモンド夫人には手紙を書くだけにして、コリーヌの存在を認めるようにという要請を繰り返した。

　だが、夫人は一貫してこの点については返事をくれなかった。ネルヴィル卿は、夫人の友であるディクソン氏と話し合って、自分が望むことを彼女に認めてもらうための唯一の手段は、彼女の娘との結婚だということを悟った。何故なら、彼女は、コリーヌがまた本名を名のり、家族が彼女を認めれば、娘の結婚の妨げになると思っているのだから。コリーヌは、ネルヴィル卿がルシールに関心を抱いたことなど、まだ知りはしないのだ。宿命は、この時までは、彼女からこの苦しみを免れさせてくれていた。

　ところが、運命がコリーヌを彼から引き離していたその時ほど、彼女が彼にふさわしかった時はかつてなかったのだ。彼女は、病気の間、身を寄せた素朴で正直な商人たちの中で、イギリスの風俗習慣が本当に好きになった。彼女を受け入れてくれた家族は、どういう面でもとくに優れてはいなかったが、際立った理性の力と公正な精神の持ち主であった。彼女がなじんでいた愛情に比べればあけっぴろげではないが、機会のあるごとに、こまめに世話をして愛情を示してくれた。以前の彼女は、エッジャモンド夫人の厳格さ、田舎の小さな村の退屈さのせいで、自分を拒絶する国の持つ気高い良い部分について、気づくことができなかったのだ。ところが、今は既にコリーヌが置かれている状況では、彼女の幸せのためには、イギリスに好感情を覚えることはかえって望ましいことではなくなっていた。

4

　その家族が、ある夜、コリーヌを友情のしるしとして、もてなしてくれた。シドンズ夫人がイギリス演劇の、『イザベル、あるいは宿命の結婚』に出るからぜひ見に行こう、と誘ってくれた（二）。この女優はこの芝居で見事な才能を発揮する。コリーヌはずっと断っていたが、とうとうネルヴィル卿が自分の朗唱の仕方をシドンズ夫人のそれとよく比較していたのを思い出して、聞いてみたくなった。それで、姿を見られずに見ることができる、小さなボックス席にヴェールを被って入った。

彼女は、ネルヴィル卿がその前の晩にロンドンに到着したことを知らなかった。イタリアで自分を見知っていたかもしれないイギリス人に気づかれるのを恐れていた。女優の上品な顔立ちと深い感性に注意を釘づけにされて、彼女の目は、第一幕の間は舞台から逸れることはなかった。素晴らしい才能が、力と独創性とを感じさせる時、イギリスの朗唱は他のどの国のものよりも人の魂を動かす。フランスよりも技巧はないが、陳腐さもない。それがかもしだす印象は、もっと直接的である。真の絶望というものは、このように表現されるのであろう。戯曲の性質と詩法の種類によって、演劇芸術は現実の生活に近くなり、それがもたらす効果は、ずっと胸に迫るものがある。

フランスでは、全般にわたる法則が多数あって、俳優個人の演技の仕方に自由がないだけに、偉大な俳優になるにはなおさら天才が必要となる[33]。だが、イギリスの俳優は、自然に霊感を感じると、思い切ってやってしまう。あの長嘆息、それは語れば滑稽だが、聞くとなると身震いするものである。

その演技法によって、気品高い女優のシドンズ夫人は、地にひれ伏してもその品格が損なわれることがない。内心の感動が魂の中心から出て、ただ見ているだけの人よりも、それを感じる人を圧倒する感動となって、見事というより他はない。様々な国民にはそれぞれ、異なる悲劇の演じ方がある。だが、苦しみの表現は世界共通の理解を得られる。未開人から王に至るまで、不幸せな時には、あらゆる人間に同様のものがある。

四幕と五幕との幕間で、コリーヌは、皆の視線が、あるボックス席へと向けられているのに気づいた。そのボックスの中に、エッジャモンド夫人とその娘がいた。七年ぶりで、とても美しくなってはいたが、それがルシールであることは間違いなかった。エッジャモンド卿の大金持ちの親戚が亡くなり、夫人は相続問題を片付けるために、ロンドンに来ていたのであった。ルシールは観劇に来るのに、普段よりも着飾っていた。美人の多いイギリスにおいても、これほど人目を引くひとが現れたのは久しぶりのことであった。

コリーヌは、彼女を見て驚き、苦しくなった。オズワルドが、これほどの美貌の魅惑に抗うことはできないように思えた。我が身と彼女とを、頭の中で引き比べて、自分の方がひどく見劣りするように思えた。その若さ、肌の白さ、金髪、その人生の春にある無垢の姿は確かにとても魅力的に見えるのだが、そればかりに目がいくと、あまりに大げさに考えすぎることになるだろう。そのあまり、コリーヌは、才能、才気、つまり自力でようやく獲得した、とにかく自分で磨き上げた能力を頼りに、ただ自然そのものによって恵まれたそのような魅力と闘うことに、屈辱感を覚えていた。

突然、彼女は、反対側のボックスに、ネルヴィル卿を見つけた。彼の眼差しはルシールに注がれていた。コリーヌにとって何という瞬間！　彼女は、あれほど自分の心を占めていた顔をここで初めて見たのだった。絶えず追想し、一度たりとも消え去ったことはなかった、その面影を再び目にしたのだった。彼は、コリーヌがいるとは、夢にも思っていなかった。だが、もし、彼の視線が偶然にでも彼女の方へ向けられたら、薄幸の女はそこから幸福の前触れをいくつか引き出しただろう。とうとう、シドンズ夫人が再登場して、ネルヴィル卿は彼女を眺めようと、舞台の方へ向き直った。コリーヌはその時ほっとして、オズワルドは単なる好奇心からルシールに注目したのだ、と気を取り直した。劇はさらに観客の胸にしみるものとなり、ルシールは涙に濡れ、ボックスの後ろに身を引いて、泣き顔を人に見られまいとした。その時、オズワルドが、最初の時よりもさらに注意深く、彼女を見つめた。

ついに、自殺するのを止めようとする女たちの手を振り払ったイザベルが、短刀で胸を一突きしながら、彼女らの努力が無駄に終わったことを笑う、あの恐ろしい瞬間となった。この絶望の笑いは、演劇がもたらすことのできる中で最も難しく、目立つ効果なのである。この笑いは涙よりももっと感動させる。不幸に対するこの苦い皮肉は、胸をかきむしるような表現なのだから。心の苦しみ、それは何と恐ろしいものか！　苦しみがこのような荒々しい喜びを抱かせる時には。自分の血を流すことで、復讐を遂げた残酷な敵をむごたらしく満足させる時には。

その時、確かにルシールは心を動かされ、母親は不安になった。心配して娘の方へ向くのが見えた。オズワルドは、彼女の方へ行きたいとでもいうように、立ち上がった。だが、間もなくまた席に着いた。コリーヌはこの動作がいささかうれしかった。だが溜め息をつきながら、思った。

「可愛かった妹のルシールは、今は若くて思いやりがある。彼女が、皆に祝福されて愛するかもしれない男性は、彼女に対しては何の犠牲も払わなくていい。妹が味わえるかもしれない幸福を、この私が奪い取っていいのかしら？」

劇が終わると、コリーヌは姿を見られることを恐れて、皆が退場してから出ようとした。そこで、小さな戸口の後ろに身を置いたのだが、そこから通路の様子が見えた。ルシールが外へ出た時、人の群れが彼女を見ようと集まって来た。四方から、彼女のすばらしい美貌に感嘆する声が聞こえた。ルシールは次第にどぎまぎしてきた。身体が不自由で、病気のエッジャモンド夫人は、娘が気遣ってくれて、人々も敬意を表してくれたのだが、なかなか人の群れをかきわけて行くことができなかった。知った人もなく、二人の傍で付き添おうとする男性もいなかった。

ネルヴィル卿は、二人が難儀しているのを見て、急いで近づいた。腕をエッジャモンド夫人に、もう片方の腕をルシールに差し出すと、ルシールはうつむいて真っ赤になりながら、おずおずと彼の腕を取った。こうして、彼らはコリーヌの前を通り過ぎた。オズワルドは、彼の哀れな恋人が痛恨の思いでこの有様を見ていたとは、想像だにしなかった。彼は、後をついて来る無数の賛美者たちの中を、このようにイギリス随一の美女を連れて歩きながら、ちょっぴり鼻が高い様子であったのだから。

5

コリーヌは、無残に取り乱して帰宅した。どういう決心をするのか、どのように自分が来ていることをネルヴィル卿に知らせるのか、どのようにイギリスに来た理由を説明したらいいかが、分からないままに。時が経つごとに、恋人の愛情について信頼を失い始めていたのだから。自分がこれから再会しようとしているのは見知らぬ人、情熱をこめて愛していたのだが、もう自分のことを誰かも分かってくれない見知らぬ人だ、と思う時もあった。次の日の夜、彼女はネルヴィル卿宅に使いをやった。それで、彼がエッジャモンド夫人の家にいることを知った。その次の日も、同じ答えが戻って来た。だが、エッジャモンド夫人は病気で、回復次第、自分の領地に帰る予定だということも分かった。

コリーヌは、ネルヴィル卿に、自分がイギリスに来ていることを知らせようと、その時を待っていた。だが、毎晩、彼女が外出して、エッジャモンド夫人の邸の前を通ると、門のところにオズワルドの馬車があるのだった。何とも言えない苦しさで、胸が締めつけられた。そして、自分の家に戻り、また、翌日、同じコースを辿って、同じ苦痛を味わうのだった。でも、コリーヌの考え違いであった。オズワルドが、エッジャモンド夫人のもとへ行くのは娘と結婚するつもりなのだ、と思い込んでいたのは。

観劇の日に、オズワルドが二人を馬車に乗せて行く間に、夫人が頼んだのだった。インドで客死したエッジャモンド卿の親族の相続のことが、自分の娘にもコリーヌにも関係があるので、ついては、イタリアで取る手筈について、自分のところへ来て教えてくれるようにと。オズワルドは行く約束をした。その瞬間、彼が握っていたルシールの手が、震えたようだった。彼は、コリーヌから手紙が来ないので、自分はもう愛されていないのだと思い込み、この少女の動揺に、自分が関心を持たれていることを感じた。

ところが、彼には、コリーヌとの約束に背くという考えもなく、彼女が指輪をはめていることが、彼女の同意なしに別の女性との結婚はありえないことの確証なのであった。次の日、彼はコリーヌの利益になると思って、エッジャモンド夫人のところへ行った。だが、エッジャモンド夫人はかげんが悪く、夫人の娘は、ロンドンでこうしてただ一人で、親族もおらず（エッジャモンド氏はロンドンにはいなかった)、どの医者に診てもらったらいいのかも分からずに不安がっていた。それで、オズワルドは、父の友人であった夫人の世話をすることは、自分の務めであると思ったのだ。

エッジャモンド夫人は、生まれつき気難しく誇り高く、オズワルドにしか打ち解けなかった。彼を、毎日、自分のところへ通わせても、娘と結婚させたい意向を匂わせるような言葉は、一言も口にすることはなかった。その美しさのためにルシールは、イギリスにおける最も華やかな縁談の対象となっていた。彼女が観劇に姿を見せて以来、ロンドン中に知られることとなり、邸の門には、国の大貴族がひきも切らなかったのだ。エッジャモンド夫人は、一貫してどの人の応対も断った。全く外出せず、ネルヴィル卿しか迎え入れなかった。このような気配りのある振る舞いに、どうして彼が気をよくしないことがあろうか? このように何も頼まず苦情も言わず、彼に任せきりという言葉少なく寛容な態度が、彼の心に触れた。

だが、彼は、夫人の家に行く度ごとに、繋がりを持ったかのように取られることを懸念していた。もし、夫人が健康を取り戻していたら、コリーヌの相続分がちゃんと決まっていたら、訪ねるのをやめていただろう。だが、彼女は、もう良くなったかと思うと、また病気になった。前の時より重体であった。もし、この時、彼女が死んだならば、ルシールは、母親が誰とも交際をしなかったので、ロンドンではオズワルドの他に支えとなる人がいなかっただろう。

ルシールは、ネルヴィル卿のことが好きだ、などと一言も洩らしてはいなかった。だが、彼女の顔色が微かに急に変わり、さっと目が伏せられ、息づかいが速くなるので、それが推しはかられる時もあった。要するに、彼は、この少女の心を優しく、好奇心を持って探っていた。彼女は慎みそのものなので、彼はいつも彼女の本当の気持ちが疑わしく、不確かな気持ちのままであった。情熱が最高頂に達して、雄弁に語られても、まだ想像力にとっては物足りないものだ。人は常にさらに何かを欲するものであり、それが得られないとなると、冷めてしまって飽きる。雲間から見える微かな光が、長らく好奇心を宙ぶらりんにしておいて、これから先に別の感情、新しい発見があることを思わせるように見えていても。ところがこの期待が満足させられることは決してない。その沈黙と未知の魅力が分かってしまうと、神秘もまた色褪せる。そして、活気のある性格の無頓着さと勢いとが懐かしくなるのである。

ああ! 心の魅惑、魂の歓喜は、どのようにして長続きさせられるのだろう! それは、信頼と疑い、幸福と不幸によって、しまいには霧散してしまう。それほど、天上の喜びは我々の宿命には無縁であるのだ。天上の喜びは時折、我々の心をよぎるだけである。ただ、我々に、自らの起源と希望とを思い起こさせるために。

エッジャモンド夫人は回復し、二日後にスコットランドへ出発と決まった。彼女は、当地でネルヴィル卿の領地の隣にある、エッジャモンド卿の領地を訪ねたいと思っていた。彼女は、彼が同伴しようと言ってくれるのを期待していた。彼が、自分の連隊の出発の前に、スコットランドへ戻る計画を話していたので。だが、彼はそのことについて何も言わなかった。ルシールはこの時、彼を見つめたが、それでも彼は口を開かなかった。彼女は急に立ち上がって、窓に近づいた。ネルヴィル卿は、理由をつけて彼女の方へ行った。彼女の目が涙ぐんでいるように思えた。彼はそのことに心を動かされ、溜め息をついた。彼は、自分が恋人の忘却を咎めていることが、改めて脳裏に浮かび、この少女の方がコリーヌよりも貞操観念はあるのではないか、と考えた。

オズワルドは、自分が今ルシールに与えたばかりの心痛を和らげてやろうと努めた。まだ顔に幼さが残るひとの機嫌を直してやるのは楽しいものだ！　内省がまだその跡を残していない、こういう容貌には心の痛みなど似合わない。ネルヴィル卿の連隊は、その次の朝に、ハイドパークで閲兵の予定であった。それで、彼は、エッジャモンド夫人に、娘と一緒に四輪馬車でそこへ行ってみるか、閲兵《えっぺい》の後、馬車から下りてルシールと二人して馬で散歩をしてみるかどうか、と尋ねた。ルシールは一度、ぜひ馬に乗りたいと言ったことがあった。彼女は、いつもの従順な表情で母親を見つめたが、それでも、同意を得たいという願いが表情に見て取れた。エッジャモンド夫人はしばらく考え込んだ。

そして日に日に衰えていく、か細い手をネルヴィル卿へ差し出して、言った。「あなたがそうおっしゃるのでしたら、よろしいですわ」

この言葉に、オズワルドは強い印象を受けて、申し出たことを自分から取り消そうか、と思ったほどだった。だが、ルシールが、にわかにそれまで見せたことのないような元気を出して、母親の手を取って、感謝の口づけをした。ネルヴィル卿はその時、この無邪気なひとから楽しみを取り上げるのが忍びなかった。彼女は、孤独で、寂しい生活をおくっているのだった。

6

コリーヌは、二週間来、耐え難い不安を感じ続けていた。毎朝、ネルヴィル卿に自分が来ていることを知らせようかと迷い、夜は、彼がルシールの家にいることを知って、言いようのない懊悩のうちに過ぎて行った。夜、苦しんでいると、次の日にはさらに気後れするのだった。おそらく、もう自分を愛していない男に、彼のためにとった行動を知らせるのが恥ずかしかった。

彼女はしきりに考えた。「もしかして、イタリアの思い出は、すべてあのひとの記憶から消え去ったのだろうか？　もう、女性に優れた知性、情熱的な心を見る必要がなくなったのだろうか？　今、あのひとが気に入っているのは、十六歳の見事な美しさや、その年頃の天使のような表情や、今まで感じたことのない初めての思いを、自分が選んだ人に捧げる、乙女のおずおずとした初心なのだわ」

　コリーヌは、妹の方が優れている点に刺激され、その魅力と闘うのが恥ずかしいと想像するまでになった。その構えのない無邪気さに比べれば、才能も策略に、才気は専横に、情熱は暴力にも思えるのだった。コリーヌはまだ二十八歳であったが、女が男に気に入られる手立てに自信がなくて悩む、人生のそんな時期をもう予感していた。ついには、嫉妬と誇り高い気後れが、魂《こころ》の中で闘うのであった。再会の恐ろしくも願わしい日を、一日延ばしにしていたのであった。

　彼の連隊が、翌日ハイドパークで閲兵を受けることを知ると、そこへ行く決心をした。ルシールがそこにいるかもしれないと考え、オズワルドの気持ちを自分の目で確かめようとした。まず、彼女は入念に我が身を飾り、それから突然彼の前に現れよう、と考えた。だが、化粧を始めると、自分の黒髪、イタリアの太陽にちょっと焼けた肌、はっきりとしているが我ながらその表情が分からない顔立ちを見ると、自分の魅力に自信がなくなってくるのであった。鏡の中に、終始、妹の天使のような顔が透《す》けて見えていた。それで、着ようとしていた衣裳をみな放り投げて、ヴェネツィア風の黒いドレスを着こみ、ヴェネツィア人が着るマントで顔と身体を覆ってから、馬車の奥に飛び込んだ。

　ハイドパークに入るとすぐに、オズワルドがその連隊の先頭に立って現れるのが見えた。彼は、軍服を着て、立派な威厳ある顔をしていた。気品高く、絶妙に馬を操っていた。聞こえる音楽は誇らかで穏やかで、祖国に生命を捧げることを鼓舞していた。

　上品で簡素な服装をした大勢の男たち、美しく慎ましい女たちの、それぞれの顔には、男性的な美徳、あるいは内気な美徳が刻まれていた。連隊の兵士たちは、オズワルドを信頼と忠誠をもって見つめているようだった。有名な曲、「英国国歌《ゴッド・セイヴ・ザ・キング》」が演奏されたが、これは、イギリス人の心の琴線に触れる曲なのである。

　コリーヌは叫んだ。「ああ！　立派な国、私の祖国でもあるはずなのだけど。どうして私は祖国を去ってしまったのかしら？　多くの美徳の中にあっては、個人の栄誉など何になるでしょう。ああ、ネルヴィル、あなたにふさわしい妻になることは、何という栄誉でしょう！」

　楽隊演奏が聞こえてくると、コリーヌには、オズワルドがこれから冒そうとしている危険が、まざまざと思い描かれるのだった。気づかれることなく、長い間、彼を見つめ、涙で目をいっぱいにして、こう思った。「彼が生き長らえますように。仮に私がそうでなかろうと！　神よ！　生きるべきは、彼なのです」

　この時エッジャモンド夫人の馬車が到着した。ネルヴィル卿は、彼女の前で剣先を下げて、うやうやしく会釈をした。この馬車は数回行きつ戻りつした。ルシールを見る人々は、みな彼女に見とれていた。オズワルドは、コリーヌの心臓を突き刺すような眼差しでルシールを眺めていた。幸薄い女はこの眼差しを知っていた。それは、以前は自分に向けられていたものであった。

　ネルヴィル卿がルシールに貸し与えた馬は、ハイドパークの小道を素晴らしい速度で駆け回っていた。他方、コリーヌの馬車は、素早い馬どもとその騒がしい音の陰で、まるで葬列のようにのろのろと進んでいた。

「ああ！　こうではなかったわ」とコリーヌは思った。

「いいえ、あのひとに最初に出会った時、カピトリーノの丘に行った時はこんなではなかった。あのひとが、私を凱旋の車から苦悩の淵へと突き落としたのだわ。あのひとを愛しているけれど、人生のあらゆる喜びは消えてしまった。愛しているけれど、自然のあらゆる恵みは涸れてしまった。彼をお許し下さい、神様！　私がもうこの世にいなくなった時に」

　馬上のオズワルドが、コリーヌの馬車の脇を過ぎて行った。彼女がまとっているイタリアの黒衣の形に、驚いて立ち止まった。その馬車の周りをめぐり、もう一度見ようと立ち戻り、馬車の中に身をひそめているのが、どんな女性かを見ようとした。コリーヌの心臓は、この間、激しい勢いで高鳴り、彼女が恐れたことは気を失ってしまって、彼に見つかるということであった。でも、彼女は自分の興奮をよく抑え、ネルヴィル卿は当初とらわれた考えを捨てた。

　閲兵が終わると、コリーヌは、もうそれ以上オズワルドの注意を引かないために、人が見ていない間に馬車から下りた。人目につかぬように、木々と人の群れの陰に身をひそめた。オズワルドは、その時、エッジャモンド夫人の四輪馬車に近づいて、兵卒が引いて来たおとなしい馬を夫人に見せ、ルシールが夫人の馬車の脇でその馬に乗る許しを求めた。夫人は、娘の面倒をよく見てやってくれと言って、承知した。ネルヴィル卿は馬から下りていた。彼が脱帽し、馬車の扉のところでとても恭しく、また同時に思いやりのある話し方で夫人に話しかけていたので、コリーヌは、彼が娘に魅惑されたあまり、母親に執着しているのだとしか思えなかった。

　ルシールが馬車から下りた。うっとりするほど優美な姿を描き出している乗馬服を着ていた。頭には白い羽根飾りのついた黒い帽子を被り、空気のように軽やかな美しい金髪が、優雅にその可愛らしい顔にかかっていた。オズワルドはルシールが馬に乗れるように、手を下に差し出した。ルシールは、この役をしてくれるのは兵卒であろうと思っていた。ネルヴィル卿にそのようにしてもらって、顔が赤くなった。彼は自分がやると言い張った。ルシールが、とうとうこの手の上に素敵な足を乗せて、軽々と馬に飛び乗ると、その身のこなしは、想像力が繊細な色彩で描いてくれる、あの大気中の小妖精の誰かでもあるかのようだった。

彼女はギャロップで駆け始めた。オズワルドが、彼女を見失わないよう、その後についた。一度、馬がつまずいた。ネルヴィル卿は直ちに馬を止めさせて、注意深く、手綱と轡《くつわ》を調べた。また、馬が暴れだしたと勘違いをした時も、死人のように蒼ざめ、信じられないほど懸命に馬を駆り立てて、あっという間にルシールの馬に追いついた。馬から飛び下りて、彼女の前に躍り出た。ルシールは馬を制御することができず、オズワルドをひっくりかえすのでは、と、今度は彼女の方がぞっとして総毛立った。だが、彼は片手で手綱を捕らえ、もう片方の手でルシールを支え、彼女は跳び下りる時に彼に軽くもたれかかった。

オズワルドのルシールに対する気持ちを、コリーヌの目に認めさせるのに、これ以上必要なものがあっただろうか？　かつて、自分に惜しみなく向けられた思慕の表われが、見えなかっただろうか？　それに、彼女の終生の絶望の種となるのだが、ネルヴィル卿の眼差しが自分を愛していた時よりも、おずおずとして控えめであったのに、気づいたと思わなかっただろうか？　彼女は二度指輪を外した。オズワルドの足もとに指輪を投げるつもりで、人の群れをかきわけようとした。すぐさま死ぬのだという希望に勇気づけられて、決心をした。だが、南の太陽のもとで生まれた女が、眉一つ動かさずに、衆人の注意を自分の恋情に引きつけることができるだろうか？

やがて、コリーヌは今この時にネルヴィル卿の前に姿を現すという考えに我ながらぞっとして、人の群れから離れ、自分の馬車に戻った。彼女が、人けのない小道を横切る時、オズワルドは、また遠くから、先ほど驚かされたこの黒い姿を見た。その印象はさらに強烈であった。けれども、彼は、自分の感じた動揺を、その日になって初めて心の奥でひそかにコリーヌの記憶に対する不実を覚えて、良心の呵責を感じたからだと思った。帰宅すると、彼はただちにスコットランドに向けて出発する決心をした。自分の連隊がまだしばらく乗船しないので。

7

コリーヌは、正気も失わんばかりの状態で、家に戻った。この時から、体力は衰える一方となった。自分がイギリスに着いたことも、それ以降の自分の苦しみも、全てネルヴィル卿に知らせようと、手紙を書く決意をした。初めの手紙は、辛辣な非難の言葉をいっぱいに書き始めたが、破ってしまった。

「恋に咎め立ては無用だわ」と彼女は呻いた。「恋は、もしそれが故意に始めたものでなければ、感情の中でも最も深くて純粋な、しかも寛大なものでしょう？　苦情を述べ立ててどうなるの？　私に向けたのとは別の、あの声、眼差しにあのひとの魂《こころ》の秘密があるのだわ。それに、全てが語られていないかしら？」

彼女は、また手紙を書き始め、今度は、ルシールと結婚すれば、彼が味わうことになる単調な生活を描き出したかった。魂と精神に完璧な調和がなければ、愛情の幸福は長続きしないということを言ってやりたかった。しかし、この手紙も、最初に書いた手紙よりも勢いよく破ってしまった。

「もし、彼が私の価値を知らないのなら、自分で教えてあげればいいじゃない？」と彼女はつぶやいた。「それに、自分の妹についてこんな風に話すべきかしら？　私が、彼に納得させようとしているほど、本当にあの子は私より劣っているのかしら？　仮に、妹が劣っているとしても、子供の時に母親のように胸に抱き締めたこの私がそれを言う立場かしら？　ああ！いいえ、このように、是が非でも妹の幸福を、と願ってはいけない。たくさんの願いを持つ間に、この人生は過ぎて行く。そして、死が遥か遠くにあっても、穏やかな、夢見るようなものが、私たちを段々と生から引き離してくれる」

もう一度筆を取り、自分の逆境についてだけ書いた。だが、書きながら、自分がひどく哀れになって、便箋を涙で濡らしていた！

「いや」と彼女はまた言った。「この手紙は送ってはいけない。もし、あのひとが聞き入れてくれなかったら、憎むことになる。聞き入れてくれたとしても、あのひとが犠牲を払うのかどうか、別の女性の思い出を持ち続けるのかどうか、私には分からないだろう。会って、話をして、あのひとの約束の証であるこの指輪を渡した方がいい」

彼女は「あなたは自由です」という言葉しか記されていない手紙に、急いで指輪を包んだ。手紙を懐中に入れ、オズワルドの家に行くために、夜になるのを待った。白昼だと、人に姿を見られて恥ずかしい思いをすることになると思った。だが彼女は、ネルヴィル卿が、いつもエッジャモンド夫人のところに出かける時刻よりも早く行こうとした。それで六時に出かけた。有罪宣告された奴隷のように、身震いしながら。一度信頼が失われると、愛するものをこんなにも恐れるのだ！　ああ！　情熱的な愛情は、最も確実な庇護者のようでもあり、最も恐ろしい主人のようでもあるのだ。

コリーヌは、馬車をネルヴィル卿の邸の門に止めさせて、扉を開けた男に、彼が在宅かどうかを震え声で尋ねた。

彼は答えた。「奥様、ネルヴィル卿は一時間前にスコットランドにお発ちになりました」

この知らせが、コリーヌの胸を締めつけた。オズワルドに会えると震えていたのだから。だが彼女の魂《こころ》は、この言葉では言えないほどの動揺を乗り越えた。気力を奮い起こして、もうすぐ彼の声が聞こえるのだと自分に言いきかせた。彼に会うために、さらに数日待ち、もう一つ段階を乗り越えるために、新たな決心をしなくてはならなかったのだ。それでもコリーヌは、何をおいてももう一度彼に会いたいと思っていた。それで次の日、彼女はエディンバラに向けて発った。

8

ロンドンを去る前に、ネルヴィル卿は、自分の銀行家のところへ寄っていた。コリーヌから手紙が一通も届いていないと知ると、彼は苦い思いで、多分もう自分のことなど思い出しもしないひとのために、堅実な家庭の幸福を諦めなくてはならないのかと考えた。けれども、彼は再度イタリアに手紙を書く決意をした。この六週間もう何回もしたように、コリーヌに返事をくれない理由を尋ね、彼女が指輪を送り返してこない限り、決して他の女とは結婚しないと改めて明言するために。彼は旅の間中とても辛い気分だった。ルシールのことを、知らぬ間に愛していたのだ。知らぬ間にと言うのは、彼は彼女の言葉を、それまでに二十も耳にしていなかったのだから。

だが、コリーヌを懐かしんでいた。二人が引き離された事情に胸を痛めていた。片方の内気な魅力の虜になると、今度は、もう片方の華やかな気品、卓越した雄弁がまざまざと思い出された。もしこの時、コリーヌがこれまで以上に自分を愛しており、彼の後を追うために全てを捨てていたと知っていたら、彼はもう二度とルシールとは会わなかっただろう。だが、彼は自分が忘れられてしまったと思っていた。そして、ルシールとコリーヌのそれぞれの性格を思って、冷ややかで控えめな外見は、とかく深い感情を秘めているものだと考えていた。彼は思い違いをしていた。情熱的な魂の持ち主は、あらゆるやり方で本心を洩らすものだ。抑制できるものはもともと弱いのだ。

ネルヴィル卿が、ルシールにさらに関心を寄せるようになるような新たな事情が加わった。自分の領地に戻って、エッジャモンド夫人の領地近くを通りかかると、好奇心が湧いて、そこに行くことにした。彼は、ルシールがいつも勉強をしている小部屋を開けてもらった。その小部屋には、オズワルドの父が、息子のフランス滞在中に、ルシールの身近で過ごした時期の思い出があふれていた。死のほんの数カ月前に、彼の父が勉強を教えてくれたのと同じ場所に、彼女は大理石の台石を立てていた。その台石には、次のように彫りこまれてあった。「私のもう一人のお父さまの形見に」そして、一冊の本が机の上に置かれていた。オズワルドはそれを開いた。父親の思索集と分かった。最初のページに父の筆でこう書かれていた。「苦しみにある私の慰めとなってくれたひとに。この上なく純粋な心のひとに。夫となる人に栄誉と幸福とを与えるであろう天使のような女性に」オズワルドは、自分が敬っていた人の考え方が鮮やかに表れている文章を、何と感激して読んだことか！　その沈黙の中に、彼は希有《けう》なる思いやり、義務感からしてしまう無理な選択に対する懸念を見たような気がした。つまり、彼はこの言葉にはっとしたのだ。「苦しみにある私の慰めとなってくれたひとに！」

「それではルシールだ」と彼は叫んだ。「私のせいで苦しんでいた父をなごませてくれたのは、彼女なのだ。それなのに、この私は、彼女の母親が死にかけていて他に慰める人もいないというのに、彼女を見捨てるのだ！　ああ！　コリーヌ、あんなに華やかで洗練されたあなたは、ルシールのように忠実で献身的な友を必要としますか？」

　ところが、コリーヌはもう華やかではなかった。洗練されてもいなかった。そのひとのために、何もかも捨てたのに、会うことさえもできず、かといって、離れて行く気力もなく、あのコリーヌが、旅籠《はたご》から旅籠へとさまよっていた。エディンバラへの旅程半ばの小さな村で、病気になり、もう何としても旅を続けることができなくなった。長い苦痛の夜には、彼女は自分がこの地で死んだら、本当の名を知るテレジーナだけが、墓にその名を記してくれるだろう、と思った。イタリアでは、歩けば多くの称賛の声に追いかけられた女性にとって、何という変わり様、何という境遇！　ただ一つの感情が、このように全生活を奪い去ってしまうものなのか？

　ついに、一週間の苦悶の果てに、彼女はまた寂しく旅路についた。オズワルドに会うことが、その旅路の最終目的であったが、激しい期待と辛い感情が入り乱れて、胸苦しい不安しか感じていなかった。コリーヌは、ネルヴィル卿の館に着く前に数時間、自分の父の土地に足を止めたいと思った。遠くはなかったし、そこにエッジャモンド卿が墓所を設けるようにと命じてあったのだ。彼女は、その後一度もそこに行ったことがなかったし、その地で一カ月だけ父と二人だけで過ごしたこともあった。それが、彼女のイギリスでの一番幸せな時期であった。この思い出が、彼女の住んでいた所を見なくてはという気にさせたのだが、エッジャモンド夫人が既にそこに来ていようとは思っていなかった。

　館から数マイル〔一マイルは約一・六キロ〕のところの広い道で、コリーヌは、一台の馬車が転覆しているのを見た。自分の馬車を止めさせると、その投げ出されて壊れた馬車から、怯えた老人が這い出て来るのが見えた。コリーヌは急いで救け出し、隣の町まで連れて行こうと申し出た。老人はこの申し出を喜んで受けて、ディクソンという名を名のった。コリーヌは、それがネルヴィル卿が何回も口にしていた名であることに気づいた。彼女は、自分の人生で唯一の関心の対象のことを、この好々爺《こうこうや》が話してくれるようにと水を向けた。ディクソン氏は世にも話し好きの人であった。コリーヌの名も知らぬまま、ただイギリス人だと思うだけで、問いかけられる質問に特別の興味がこめられているようなどとは、思いもしなかった。彼は、事細かに、知る限りを話し始めた。コリーヌの心遣いが身にしみていたので、コリーヌに気に入られたいという気持ちから、面白がらせようとして口が軽くなった。

彼は、自分がどのようにして、ネルヴィル卿に、彼の願う結婚を生前の父親が反対していたことを教えてやったかを語った。そして、彼に渡した手紙の中の文章を引用した。コリーヌの肺腑を抉《えぐ》るような言葉を繰り返しながら。「彼の父は、息子がそのイタリア女と結婚することを禁じたのですよ。父親の意思に背けば、父の思い出を粗末にすることになるでしょう」

ディクソン氏は、こうしたひどい言葉だけではとどまらなかった。念の入ったことに、彼はオズワルドとルシールとは相思相愛で、エッジャモンド夫人もこの結婚を熱望しているのだが、ネルヴィル卿が、イタリアでコリーヌと交わした婚約に拘束されていて、それに同意できないでいるのだ、と言い切った。

コリーヌは、身を揺るがすような、恐ろしい狼狽を必死で抑えながら言った。「何ですって！　ネルヴィル卿がルシール・エッジャモンド嬢と結婚できないのは、ただ彼がイタリアで結んだ婚約のせいだというのですか？」

「間違いなくそうだと思いますよ」とディクソン氏は再度尋ねられたことがうれしくて、続けて言った。「三日前、私はまたネルヴィル卿に会いました。彼はイタリアで結んだ関係がどういうものかを説明はしなかったけれども、彼自身の口から言いましたよ。『もし自由であったら、私はルシールと結婚するのですが』と。私はそれをエッジャモンド夫人に伝えました」

「もし自由であったら！」とコリーヌは繰り返した。

この時、彼女の馬車は、ディクソン氏の目的地である旅籠の戸口の前に着いた。彼は礼を言いたくて、どこで彼女にまた会えるかと尋ねた。コリーヌの耳にはもう届きもしなかった。返事もできないで、彼の手を握り、そのまま一言も発せずに別れた。晩《おそ》くなっていたが、彼女は父の遺骸の眠る場所に行こうと思った。心乱れたせいで、彼女には、この墓参りがかつてないほど神聖で必要なものになっていた。

9

エッジャモンド夫人は、二日前から自分の領地にいて、ちょうどその晩は自宅で大きな舞踏会が行われた。隣人、領民が、こぞって彼女の帰宅を祝うために集まることを望んだのだ。ルシールもまたそれを願っていた。おそらくはオズワルドが来てくれることを期待して。実際、コリーヌが到着した時、彼はそこにいた。彼女は多くの馬車を通りで見たが、自分の馬車は少し離れたところに止めさせた。馬車から下りると、父が優しい思い遣りを示してくれた場所を見た。自分を不幸せだと思っていたあの時と、現在の境遇との何という違い！　このようにして、人の空想の苦しみは、現実の悲しみによって罰せられる。現実の悲しみは、本物の不幸というものを存分に教えてくれる。

コリーヌはどうして館が照明で明るく輝いているのか、いま館の中にいるのはどういう方々か、と尋ねさせた。偶然なことに、コリーヌの召使いが尋ねたのは、ネルヴィル卿がイギリスで雇い入れた、見かけたことのない召使いだった。その返事が聞こえた。

彼は言った。「舞踏会なんですよ。今日エッジャモンド夫人がなさるのです。私の主人のネルヴィル卿が、この館の跡取り娘のエッジャモンド嬢と一緒にこの舞踏会を開かれたのです」

この言葉にコリーヌは身震いしたが、決心に全く変わりはなかった。彼女は、怖いもの見たさに引きずられ、苦しみが多く待ち受けていそうな場所へと近づいて行った。召使いに向こうへ行くように合図をして、庭園に独りで入った。そこは戸が開かれていて、その時刻には、暗闇にまぎれて、人目にたたずにいつまでも散歩することができた。十時であった。舞踏会が始まってから、オズワルドはお定まりのイギリスのコントルダンスをルシールと踊った。これは夜会で五、六回繰り返されるが、同じ男性が同じ女性と踊るので、楽しいパーティに重々しい厳粛さがみなぎる時もある。

ルシールは上品に、だが生気なく踊っていた。心を占めている恋心のせいで、元々真面目なのだがなおさらにぎこちなくなっていた。その地方の人々は皆、彼女がネルヴィル卿を愛しているのかどうかを知りたがっていて、いつもより注目しているので、彼女はオズワルドの方に目を上げることもできなかった。ひどく内気になってしまって、目にも耳にも何も入らなかった。このように当惑して、慎み深い姿に、ネルヴィル卿も初めは感動した。しかし、ずっとこの調子なので、いささか辟易《へきえき》して来て、そこにずらりと並んだ男女や単調な音楽と、イタリアの、活気があってなおかつ優雅な曲とダンスとを思い比べていた。こう考えると、深い夢想に誘われ、もしコリーヌがその時ネルヴィル卿の思いを知ることができたなら、数分間の幸福を味わったことだろう。

だが、幸薄い女は、父親の土地にあって自分が異邦人であり、夫にと望むひとの身近にあって孤独だと感じながら、かつては自分のものと思っていた家の小道を、行き当たりばったりに歩き回っていた。足が地につかず、苦しみのあまり心乱れて歩いていた。庭園でオズワルドに行き遇うかもしれないと思っていたのだ。だが自分でも何が望みであるのかが分からなかった。

館は高台に位置していて、高台の下には川が流れていた。一方の川岸には木がたくさん生えていたが、反対側の岸辺には、霧に包まれた、乾燥した岩山しかなかった。コリーヌは歩いているうちにこの川近くまで来ていた。そこでは舞踏会の音楽とせせらぎとか同時に聞こえていた。舞踏会の紙提灯の光が、山上から波間にまで映っており、蒼い月の光だけが対岸の人けのない野山を照らしていた。まるでハムレットの悲劇のように、亡霊たちが饗宴の行われている宮殿の周りをさまよっているかのようであった。

不幸せなコリーヌはひとりうち捨てられて、もし一歩踏み出せば、永遠の忘却の中に沈んで行くはずであった。

「ああ！」と彼女は叫んだ。「もし明日、彼が陽気な友人たちと一緒にこの川岸を散歩したら、一度は愛したことのある女の亡骸にぶつかることでしょう。その時、彼は取り乱して、私は恨みを晴らしたことになるのかしら、あるいは、私がいま悩んでいるのと同じように苦しむのかしら？　いいえ、いいえ」と彼女は続けた。「死の中に求めるのは、復讐ではなくて、休息なのだわ」

彼女は黙り込んで、よどみなく流れているその激流を、もう一度眺めた。人の心が千々に乱れている時に、かくも整然としたその自然を。彼女はネルヴィル卿が老人を救けるために海にとび込んだ日のことを思い出した。

「あの時、あのひとは何て優しかったこと！」とコリーヌは叫んだ。「ああ！」と彼女は泣きながら言った。「きっと、今も優しいのでしょう！　どうして彼を責めるのか、苦しいからか？　おそらく、彼は、私が苦しんでいることを知らない、もし彼が私に会えば……」

そして、突然、彼女はこのパーティの最中に、ネルヴィル卿を呼び出してもらい、すぐ彼に話をしようと決心した。いかにも決心が、それも長い逡巡の後にやっとついたという時の身のこなしで、彼女は館の方へとまた登って行った。だが、近づくにつれて、ひどい震えがおこり、窓の前にある石のベンチに腰をかけずにはいられなくなった。踊りを見ようと集まった百姓たちが群がっていて、彼女は人目につかずに済んだ。

この時、ネルヴィル卿がバルコニーに出て来た。彼は夜の冷気を吸った。そこにあった薔薇の木に、コリーヌが普段つけていた香水が記憶によみがえり、ぶるっと身震いした。その長くて退屈なパーティにうんざりしていた。パーティの手筈を整えたコリーヌの趣味の良さ、美術全般についての聡明さを思い出した。ルシールを自分の伴侶にふさわしいひとと思い浮かべるのは、きちんとした家庭生活のためだけなのだと感じた。想像力や詩に無縁なもの全てに、まざまざとコリーヌが思い起こされて、今さらのように懐かしいのであった。彼がこういう気持ちでいた時、友人が一人近寄って来て、しばらく話し合った。その時、コリーヌは彼の声を聞いたのである。

愛するひとの声を聞く、何とも言えない感動！　胸がほろりと熱くなったり、ぞっとして冷たくなったりする！　何故ならば、我々の哀れで、か弱い本性が、あまりに強烈なためにそれを感じることを自ら恐れるほどの感動があるのだから。

オズワルドの友人が言った。

「この舞踏会はいい感じでしょうね？」

「そうですね」とオズワルドはぼんやりと答えた。「そう、確かにね」と溜め息をつきながら、もう一度答えた。

コリーヌは、彼の溜め息と憂鬱な口調にうれしくなった。オズワルドの心を取り戻し、また彼に自分を分かってもらえると確信して、彼女はネルヴィル卿を呼び出してもらおうと、館にいる召使いの方へと進み出た。もし、彼女がこのまま進み出ていたならば、彼女とオズワルドの宿命は、どれほど変わっていたことか！

この時、ルシールが窓辺に近づき、暗闇を通して庭園の中を白い服を着た舞踏会の装いではない女性が通るのを見て、好奇心にかられた。窓から顔を出して注意深く眺めると、目鼻立ちが姉にそっくりであった。だが、彼女は、姉は七年前に死んだということを疑いもしていなかったので、恐怖のあまり気を失って倒れた。皆が救けようと駆け寄った。コリーヌは、話しかけたいと思っていた召使いを見失ったので、人に気づかれないように、手前の小道の方へとひき下がった。

ルシールは意識を取り戻したが、何で気が高ぶったかを言おうとはしなかった。だが、幼少の頃より、母親に信仰心についてのあらゆる考えを強く叩きこまれていたので、父の墓所の方へと歩いて行く姉の姿は、自分が墓所を忘れていることが咎められているのだと思い込んだ。尊重すべき遺骸に、前もって果たさなければならない敬虔な務めを怠ったまま、パーティを開催するという過ち。誰にも見られていないと思った時、ルシールは舞踏会から抜け出した。コリーヌは、ルシールが庭園にひとりでいるのを見て、驚いた。間もなく、ネルヴィル卿もやって来て、おそらく、自分の誓いを母親に知らせる許しを得ようとするのだ、そのためにルシールに人目をさけたところでの話し合いを申し入れておいたのだ、と思い込んだ。こう考えると、彼女は身動きできなくなった。

やがて、ルシールが、父親の墓が建てられたと思われるあたりの木立の方へと歩いて行くのに気づいた。そして、今度は、先に、そこへ哀悼の涙を流しに行かなかったことで、自分を責めた。夜の闇にまぎれて少し距離をおき、妹の後について行った。とうとう、エッジャモンド卿の遺骸の埋葬場所に建てられた石棺が見えた。彼女は深く心を動かされ、立ち止まり、木に寄りかからなくてはいられなかった。ルシールもまた立ち止まって墓の方に向かって恭しく身をかがめた。

　この時、コリーヌは、思わず、妹の前に姿を現し、父の名において自分の身分と夫を返してくれと、頼みそうになった。だが、ルシールが急いで墓碑へと数歩進んだので、勇気がくじけた。激しく、同時に臆病でもある女心は、滅多なことでは動かすことはできないし、また抑えることもできないのである。

　ルシールは、父の墓前にひざまずいた。花輪でまとめてある金髪を振りはらって、天使のような眼差しを天に向け、祈った。コリーヌは木々の後ろに隠れたまま、月の光がそっと照らしている妹の姿を容易に見ることができた。

　ふいに、彼女はひたすら寛大で、優しい気持ちにとらえられるのを感じた。その清らかで敬虔な信仰心の表情、まだ幼い頃の目鼻立ちの残っている、その若い顔を眺めた。ルシールの母親役をしていた時分が、目に浮かんだ。自分のことをじっくり考えた。自分は三十路《みそじ》もそれほど先のことではなく、その頃から若さも衰え始めるが、片や妹の方には先の長い人生があった。何の思い出にも乱されず、人に対しても自分の良心に対しても、過去の生活のことを説明しなくてはならない、というのとは無縁の人生が。

「もし、あの子の前に姿を見せて」と彼女は思った。「もし、話しかけたら、彼女のまだ安らかな心はすぐに乱されて、たぶん二度と安らぎを取り戻せないだろう。私はもう充分苦しんだけれど、まだ苦しみ続けることができる。だが、無垢のルシールだったら、一瞬にして、平穏からこの上なく過酷な動揺へと突き落とされる。あの子を腕で抱いて、この胸で眠らせたのは、この私だ。あの子を苦悩の淵に陥れるかもしれないのも、この私なのだ！」

　このようにコリーヌは思っていた。とはいえ、彼女の胸の中では、恋心が、この無償の愛、自己犠牲すら考えるほどのこの高揚した魂を相手にして、熾烈な闘いを交えていた。

　ルシールがその時、大きな声で言った。

「ああ、お父さま、私のために祈って下さい」

　コリーヌはこれを聞いて、やはりひざまずいて、父の加護を姉妹二人のために願い、恋よりもさらに清らかな感情で涙を流した。ルシールは祈り続けて、次のような言葉をはっきりと口にした。

「ああ！　お姉さま、天で私のための仲介者となって下さい。あなたは幼かった私を可愛がって下さった。これからもお守り下さい」

ああ！　この祈りが、コリーヌを何とほろりとさせたことか！　ルシールが、ついに熱意のこもった声で言った。

「お父さま、あなたを忘れた時をお許し下さい。それは、あなたご自身によって命じられた感情のせいなのです。あなたが私の夫にとお定めくださったひとを愛しても、少しも悪くはないでしょう。あなたのもくろみを実現して下さい。あのひとが、私を生涯の伴侶として選ぶようにして下さい。あのひとと一緒でなければ幸せになれません。でも、私が愛していることを、あのひとは全然知らないでしょう。この震える心が、秘密を洩らすことは決してないでしょう。ああ、神よ！　ああ、父よ！　あなたの娘を慰めて下さい。そして、オズワルドの敬意と愛情を受けるにふさわしい者にして下さい」

「ええ」とコリーヌは小声で繰り返した。「お父さま、この子の願いをお聞き入れ下さい。そして、あなたのもう一人の娘には穏やかで、静かな死を」

コリーヌは、気力を振り絞ってこの厳かな誓いを述べ終えると、懐中からオズワルドがくれた指輪の入った手紙を出して、速足で立ち去った。この手紙を送って、オズワルドには自分がイギリスにいることを知らせないままにすれば、二人の絆は切れて、オズワルドをルシールに与えることになると見通していた。この墓の前にいて、彼女を彼から引き離している障碍物が、かつてないほど強く、脳裏に浮かんで来ていた。彼女は、ディクソン氏の言葉を思い出していた。「彼の父親は、そのイタリア女との結婚を禁じている」そして、自分の父もオズワルドの父と手を組み、父親の権威が挙げて自分の恋を断罪しているように思えた。ルシールの純真さ、若さ、清らかさが、想像力を高まらせて、ともかくも一瞬は、彼女は、オズワルドが祖国とも家族とも彼自身とも仲良くやって行くために、自分の生命を捧げることを誇らしく思った。

館に近づくにつれて聞こえて来る音楽が、コリーヌの勇気を支えていた。木の根もとに坐っている哀れな盲目の老人が、舞踏会の音に耳を傾けているのが目に入った。彼女は老人の方へ進み出て、手紙をあずけるから、館の召使いの誰かに渡してくれと頼んだ。このようにして、彼女は、手紙を持って来た自分の素性を知られる危険も冒さなかった。

実際、コリーヌがその手紙をあずけるところを見た人なら、その手紙に、彼女の人生の命運がこめられていることを感じただろう。その眼差し、わななく手、厳かな震える声、いずれもが、宿命が我々を捕らえる瞬間、不幸せな人間が、付きまとっている不運のまるで奴隷のようにしか身動きできなくなる、あの恐ろしい瞬間であることを告げていた。

コリーヌは、遠くからその老人をじっと見ていた。忠実な犬が彼を導いていた。彼女は、彼がネルヴィル卿の召使いの一人に手紙を渡すのを見た。この時、たまたま、召使いは館に他の手紙を持って行くところであった。あらゆる状況が、希望を抱く余地がない方向へと進行して行った。コリーヌは、その召使いが扉の方へ進むのを見ようと振り返りながら、さらに数歩進んだ。召使いが見えなくなり、広い道に出た。音楽しか聞こえなくなり、館の明かりも見えなくなった時、冷たい汗が額を濡らし、死の胴震いにとらえられた。彼女は、さらに前へ進もうとしたが、溝に突っ込んだ。意識を失って、路上に倒れた。

第十八部　フィレンツェの歳月

1

　デルフイユ伯爵は、スイスでしばらく過ごした後、ローマで美術に飽き飽きしたように、アルプスの自然にもうんざりしたあげく、突如として、深い思想があると教えられたイギリスに行く気になった。ある朝、目を覚まして、彼は、それが自分の必要としていることなのだと思い込んだ。この三回目の思いつきは、先の二回ほどすんなりとは行かなかったが、ネルヴィル卿への愛着が突然よみがえった。そして、ある朝、真の友情にしか幸福はないと考えて、スコットランドへ旅立った。彼は、先ずネルヴィル卿のところへ行ったが、不在と分かった。エッジャモンド夫人のところで会えるだろうと分かると、そこで会おうと、すぐさま馬に乗った。それほど、彼は友に再会する必要を感じていたのだ。

　彼は、道を急ぐ途中で、路傍に身動きもせず倒れている一人の女性に気づいた。立ち止まって、馬から下り、その人を救けようと急いだ。死んだように蒼白な顔が、コリーヌだと分かった時、どんなに驚いたことか！　哀れみの情にとらわれた。彼女を運ぶために、自分の召使いに手伝わせて、枝木で担架を作った。エッジャモンド夫人の館に運んで行くつもりであった。その時、折よく、コリーヌの馬車に残っていたテレジーナが女主人の戻らないのを心配してやって来た。女主人をこういう状態にしたのは、ネルヴィル卿にちがいないと思い、隣町へ運ぶことに決めた。デルフイユ伯爵は、コリーヌに付き添って、幸薄い女が熱にうなされていた一週間の間、傍を離れなかった。このように、彼女の面倒を見たのは浮薄な男であって、彼女の心臓を突き刺したのが心優しき男であった。

　コリーヌは意識を取り戻した時、この皮肉な巡り合わせに驚いて、今さらのように深い感激を込めて、デルフイユ伯爵に礼を言った。彼は、あわてて慰めの言葉を探しながら、答えた。彼は、殊勝な言葉よりは、堂々とした行動の方が得手であって、コリーヌは、彼を友人というよりはむしろ救助隊のように思うべきであった。彼女は、正気を取り戻してから、何が起こったのかを思い起こそうとした。長らく、自分のやってしまったことや、そうすることに決めた動機について思い出すのが難儀であった。おそらく彼女は、自分がはらった犠牲があまりにも大きいことが分かり始めて、イギリスを発つ前に、せめてネルヴィル卿に最後の別れを告げたい、と考えていたのだ。

　折しも、意識を取り戻したその翌日に、偶然、新聞の次のような記事が、彼女の目に飛び込んで来た。

「エッジャモンド夫人は、最近、イタリアで死亡と思われていた義理の娘がローマで健在であり、コリーヌという名でたいへんな名声を博していることを知った。夫人は謹んで娘として認知をし、先頃インドで客死したエッジャモンド卿の弟の遺産相続を共にすることにしている」

「ネルヴィル卿は、次の日曜日に、故エッジャモンド卿の末の令嬢で、未亡人の一人娘であるルシール・エッジャモンド嬢と結婚することになった。誓約書は昨日、署名された」

　コリーヌはこの記事を読んだが、自分の不幸にあたって、気をしっかりと保っていた。急激に憑《つ》き物が落ちたように意識が変わり、人生についての諸々の関心が薄れて行った。彼女は、自分を死刑宣告されたが、それがいつ執行されるのか知らされていない人であるかのように感じた。この時から、絶望的な諦念が、その魂《こころ》を占める唯一の感情となった。

　デルフイユ伯爵が部屋に入って来た。彼は、彼女が気を失っていた時よりも、さらに蒼ざめているのを見て、不安になって容体を尋ねた。

「悪くなってはいません。明後日、日曜ですけど発ちたいのです」と彼女は重々しく言った。「プリマスまで行って、イタリア行きの船に乗ります」

「私がついて行きましょう」とデルフイユ伯爵が威勢よく答えた。「イギリスに私をひき止めるものは何もない。あなたと旅ができればうれしい」「あなたは良い方ね」とコリーヌは言葉を継いだ。「本当に良い方。見かけで判断してはいけない……」

　そこで止めておいて、彼女は言った。「プリマスまで助けていただきましょう。自分でそこまで行けるかどうか自信がないものですから。でも、船に乗れば、船が運んでくれるのですから、どういう状態でも構わないですわ」

彼女は、デルフイユ伯爵にひとりにさせてくれという合図をして、苦しみに耐える力を願って、神の前で長いこと涙を流した。今や、激情の女コリーヌのかけらも残っていなかった。力強い生命力は尽きてしまい、その茫然自失の精神状態のせいで、穏やかになった。不幸に打ち負かされてしまっていた。どんなに反抗的な者でも、遅かれ早かれ、不幸の軛《くびき》の下に身を屈しなくてはならないのか？

日曜に、コリーヌはデルフイユ伯爵と共に、スコットランドを発った。馬車に乗るために、寝台から起き上がって言った。

「今日なのだわ、今日なのだわ！」

デルフイユ伯爵は何のことか尋ねたかったが、彼女は何も答えず、また黙りこんでしまった。彼らは、ある教会の前を通った。すると、コリーヌは、デルフイユ伯爵に少しの間、中に入ってもいいかと尋ねた。祭壇の前にひざまずき、そこでオズワルドとルシールの姿を想像して、二人のために祈った。だが、気持ちがひどく高ぶり、立ち上がろうとして、よろめいた。テレジーナとデルフイユ伯爵に支えられなくては、もう一歩も歩けなかった。二人が迎えに来てくれた。教会の中の人々は、彼女を通すために立ち上がり、哀れみを示してくれた。

「きっとひどく加減が悪いように見えるのね」と彼女はデルフイユ伯爵に言った。「私より若くて、華やかな方たちがいて、今、教会から勝ち誇った足取りで出て行きます」

デルフイユ伯爵には、この言葉の最後のところは聞こえなかった。彼は良い人であったが、思い遣りのある人ではなかった。コリーヌを好きではあったが、彼女の悲しみにはうんざりして、旅の間中、そこから引き出してやろうとしていた。まるで、人生の悲しみを忘れるには、忘れようと望みさえすればいいのだ、とでもいうように。彼は何回か繰り返して言った。「だから言ったではないですか」慰めるにしては、おかしなやり方。人の苦悩をないがしろにした自己満足！

コリーヌは、自分が苦しんでいることを隠そうと、聞いたこともないほどの大変な努力をしていた。軽薄な魂《ひと》の前では、強い愛情を示すことは気恥ずかしいものなのだから。理解されないこと、説明を要すること、それと察してもらうしかないような秘密には、羞恥の感情がつきものである。コリーヌもまた、デルフイユ伯爵が与えてくれる献身のしるしが、かえって迷惑で、我ながら情けなかった。

しかし、彼の声、口調、眼差しには、気晴らしをしなくてはとか、楽しまなくてはという気持ちがありありと見うけられ、彼自身が忘れている、その寛容な行動をどうかすると忘れそうになるのだった。確かに、自分の善行に価値を置かない彼には、品性高いものがある。だが、良いことをしても無関心でいるという態度は、それ自体は立派なものであるのだが、ある性格の人にあっては、それもまた浮薄さを示すことになるだろう。

コリーヌは、うなされている時に、自分の秘密をあらかた口走ってしまい、デルフイユ伯爵は新聞からその他のことも分かっていた。彼は、何回か、その言葉を借りれば、「コリーヌの問題」を話し合いたいと思ったが、「問題」というこの言葉だけで、彼女の信頼感に冷水をかけるのに充分であった。彼女は、ネルヴィル卿という名を言わせないでくれと頼んだ。

　コリーヌは、デルフイユ伯爵と別れる時に、どのように感謝を表わしたらいいか分からなかった。一人になれるのが、ほっとする気持ちでもあったが、よくしてくれた人から離れるのが、残念でもあったから。彼に礼を言おうとした。だが、彼は気さくに、もう礼を言うにはおよばないと言ったので、彼女は黙ってしまった。エッジャモンド夫人に、叔父の遺産相続権を放棄する旨を告げるのは、彼に任せた。自分がイギリスに来たことは、義母には伏せて、あたかもイタリアで伝言を引き受けたかのように装ってくれ、と頼んだ。

「それで、ネルヴィル卿に、このことを知らせるべきでしょうかね？」と、その時、デルフイユ伯爵が言った。

　この言葉に、コリーヌは身震いした。しばらく黙ってしまった。それから言った。「あなたは、このことを間もなく、彼に言うこともできるでしょう。ええ、間もなく。私のローマの友人たちが、あなたが言ってもよい時になったら、お知らせするでしょう」

「とにかく、お身体に気をつけて下さい」とデルフイユ伯爵が言った。「私が、あなたのことを案じているのは、お分かりですね？」

「本当に？」とコリーヌは微笑んで答えた。「でも、そうおっしゃるのももっともですね」

　デルフイユ伯爵は、船まで行くのに、彼女に腕をかした。彼女は、乗船する時に、イギリスの方を、今自分が永久に去ろうとしている、自分の愛と苦悩の対象であるひとが住んでいる、この国の方を振り向いた。目には涙があふれ、それはデルフイユ伯爵の目の前で初めて見せる落涙であった。

「美しいコリーヌ」と彼は言った。「つれない男など忘れなさい。あなたに愛着を抱いている友人たちのことを思い出しなさい。そして、よろしいですか、御自分の資質を活かすことを、考えて下さい」

　コリーヌはこの言葉を聞くと、デルフイユ伯爵から手を引いて、何歩か遠ざかった。それから、自分が思わずした動作を後悔して戻り、穏やかにさようならを言った。デルフイユ伯爵は、コリーヌの胸中に起こったことに少しも気づかなかった。彼は、彼女と共に端艇《ランチ》に乗り、船長に彼女をよろしく、と元気よく言った。船旅が快適であるように、愛想よく注意深く、細かい部分もみな面倒を見た。端艇《ランチ》で戻り、ハンカチーフを千切れんばかりに長い間振って、船に向かって挨拶をした。コリーヌは有り難い気持ちで、デルフイユ伯爵に応えた。だが、何ということか！　彼女が当てにすべきだったひとはそこにいただろうか？

軽い感情はとかく長く続くもので、締めつけるものがないから、壊すものもない。状況に応じて消えたり、戻って来たりする。他方、深い愛情は、永久に引き裂かれて、苦しみの傷跡しか残さない。

2

コリーヌの船は、順風に恵まれ、一カ月もたたないうちにリヴォルノに着いた。この時には、ほとんど四六時中、熱がひかなかった。ひどい落ち込みようで、心痛が病気と重なり、周りから受ける印象は混然として、はっきりとした形跡を残さなかった。帰国して、最初にローマに行こうかどうか、迷った。ローマでは親友たちが彼女を待っているのだが、オズワルドを初めて知った場所に住むことはどうしようもなく厭で、できなかった。日に二度、自分が住んでいた家の門を開けた彼がもういないのに、そこに住むことを考えるとぞっとするのだった。

そこで、フィレンツェに行くことに決めた。自分の命は長く苦しむことに耐えられないだろう、と感じていたし、また徐々に生から離脱して行く身にとっては、それはとてもふさわしいことであったのだ。友人たちと遠く離れて、自分のかつての成功を知るローマの都から遠く離れて、自分の才気を活気づけてくれるであろう、またどうしようもない失意の中で努力することも忌まわしいほどの気分を引き立てようと、かつてのコリーヌを見せてくれと言ってくれるであろう人たちの地から遠く離れて。

肥沃な、かの国トスカーナを横切って行きながらも、花香る、かのフィレンツェに近づきながらも、とうとうイタリアに帰って来たと思いながらも、コリーヌは、悲しみしか覚えなかった。かつて酔い痴《し》れた田園がこのように美しいことに、憂鬱な気分になった。ミルトンも言っている。「何と恐ろしいことか、かくも安らかな大気も鎮めてくれない絶望は！」自然を味わうには、恋か宗教が必要なのである。そして、この時、哀れなコリーヌは、この世の第一の幸福を失ってしまっていて、信仰心だけが感じやすい不幸な人々に与えることができる、あの安らぎをまだ得られないでいたのだ。

トスカーナはよく耕された、晴れやかな国であるが、ローマ周辺のように想像力が刺激されることは全くない。古代ローマ人は、かつてトスカーナに住んでいた民族の原始的な諸制度を抹消してしまったので、今や、ローマとナポリのように多くの興味深い古代の遺跡はほとんど何も残っていない。だが、そこには、また別種の歴史的な美しさが感じられる。そこは、中世の共和国の特性が刻印された都市である。シエーナで人々が集まる広場、行政官がそこから演説をするバルコニーが、深く考えることは苦手な旅人でさえも驚かす。そこには、民主的な政府が存在していたことが直感されるのである。

　トスカーナ語を耳にするのは、たとえ最下層民がしゃべるのであっても、本当に楽しみである。彼らの想像力と優雅さにあふれる言い回しは、アテネの都で、民衆があの美しいギリシャ語を、音楽を奏でるようにしゃべる時に味わうような楽しさを思わせる。どの人も、ひとしく教養があって、皆が上流人であるかのような国民のただ中に自分がいると思うのは、一風《いっぷう》変わった趣《おもむき》である。それは、とにかく端正な言語が誘い出す一時の錯覚である。

　フィレンツェの外観は、メディチ家が支配者の座に上る以前の歴史を思い出させる。主だった名家の館は、自衛用に砦《とりで》として建てられている。外側には、まだ各派（一）の軍旗が取り付けられている鉄輪が見られる。

　結局、そこでは、フィレンツェ全体の利益のための武力集結よりも、各家門の兵力維持が重視された。この町は内戦に備えて建てられているようだ。裁判所には塔があって、そこから敵の接近を察知して防衛することができた。家門どうしの憎しみが強く、館は奇妙な建ち方をしている。それは、館の主人たちが、館が破壊された敵方の土地の上に、家を広げて建てることを潔《いさぎよ》しとしなかったからだ。ここで、パッツィ家がメディチ家に対して、陰謀をたくらんだ。（二）そこで、教皇党が皇帝党を殺害した。つまり闘争と敵対の形跡が至るところにある。しかし、現在では全てが眠りについて、建造物の石だけが、ある表情を保存してきた。人々はもう憎み合うこともない。もう主張するべきことも、勢力も栄光もない国のことで、議論することもないのだから。今日、フィレンツェの人々がおくっている生活はひどく単調である。毎日、午後になるとアルノ河に散歩に行き、夜は、互いに散歩に行って来たかと尋ね合うのである。

　コリーヌは、市街から少し離れた別荘《ヴィッラ》に落ち着いた。彼女は、カステル＝フォルテ公に、そこに住みつくつもりだと知らせた。この手紙は、コリーヌが書いた唯一の手紙であった。生活する上での普通の行動が全て怖くなり、ほんのちょっとした決心をするのも、命令を出すのも、ますます苦痛のもととなった。毎日を完全な無為のうちに過ごすことしかできなかった。起きて、寝て、また起きて、本を開いても一行も理解できなかった。ずっと数時間も窓辺で過ごすことも、度々であった。庭園を足早に散歩した。またある時は、花の香りに酔い痴れようとして花を束ねた。

　しまいには、自身の存在感が止むことのない苦痛としてつきまとった。彼女は、この心身を苛むようになった思考能力を落ち着かせるために、あれこれと対策を講じた。それは、もはやかつてのように多彩な思索ではなく、ただ一つの考え、彼女の胸をかきむしる残酷な針で囲まれたただ一つの姿を描き出すだけであった。

3

ある日、コリーヌは、フィレンツェの都を飾っている美しい教会を見に行こうと決意した。ローマでは、聖ピエトロ大聖堂で何時間か過ごすと、いつも魂《こころ》が静まったことを思い出し、フィレンツェの教会からも同じ救いを得たかった。市街に行くのに、アルノ河の岸にある素敵な森を通り抜けた。六月のうっとりするような宵で、大気はおびただしい数の薔薇の香りに満ちていた。散歩する人々の顔には幸せが表われていた。神がほとんどの人間にあまねく与えているその幸福から自分が除外されているのを見て、コリーヌはなおのこと悲しみを感じた。それでも、彼女は、神が人々に善を施《ほどこ》すことを優しく感謝した。

「私は世界の秩序の例外なのだわ」とコリーヌは思った。「人にはそれぞれの幸福がある。私の命取りにもなる、この怖ろしい苦しむための能力は、私だけの特別なものなのだわ。ああ、神よ！　でも、どうして、この苦痛に耐えるように、私を選ばれたのですか？　あなたの神なる息子のように、私もまた、『その杯が、私から遠ざかるように（三）』と頼むことはできないのでしょうか？」

コリーヌは、住民の活気があって忙《せわ》しい雰囲気に驚かされた。生活にもう何の関心も抱かなくなってから、歩を進ませ、家に戻らせ、急がせるものは、何も考えられなかった。フィレンツェの舗道の上をのろのろと歩を運び、どこへ行くつもりだったか思い出せなくなって、どこまで行くという気もなくなった。しまいには、フィレンツェ大聖堂のそばにある聖ジョヴァンニ洗礼堂のためにギベルティ（四）が彫刻した、有名な青銅の扉の前に来ていた。

彼女は、しばらくこの巨大な芸術作品を観察した。青銅に、諸民族が細かいがくっきりと多彩で様々な表情を見せている。それら全てが、この芸術家の思想、精神の構想を表現している。「何という根気」とコリーヌは叫んだ。「後世に対する何という敬意！　それでも、ただ気晴らしのため、あるいは無知のせいで軽視して通り過ぎる群衆の中で、どれほどの人が注意深く、この扉を観察することか。ああ！　人間が忘却を免れることは、なんと難しいことか！　死はなんと強力であることか！」

ジュリアーノ・デ・メディチが暗殺されたのは、この大聖堂の中である。そこからほど近い、聖ロレンツォ教会には大理石造りの、宝石類で飾られた礼拝堂があり、そこには、メディチ家の墓と、ミケランジェロによるジュリアーノとロレンツォの彫像がある。弟の暗殺者への復讐に思いを凝らす、ロレンツ

ォ・デ・メディチの彫像は、「ミケランジェロの想念」と呼ばれる名誉にふさわしいものである。(五)

　これらの彫像の足元に、「曙」と「夜」がある。一方の目覚め、そして、とりわけもう一方の眠りの表現には傑出したものがある。ある詩人が「夜」の彫像について詩を作った。それは次のような言葉で終わっている。「彼女は眠っているけれど、生きている。信じないのなら、彼女を起こしてごらん。話しかけて来るだろう」ミケランジェロは文学に打ち込んでいた。文学がなければ、どんな分野においても、想像力はすぐに涸れてしまう。彼は「夜」の名でもってその詩に答えた。

眠るのは心地よいのですが、大理石でできているのはもっと心地よいのです
不正と恥辱の続く限り、見えないこと、聞こえないことが大いに幸せとなりました
ですから私を目覚めさせないで下さいな
お願いですから、小声で話して下さいな

　ミケランジェロは、人間の姿に、古代の美にも、今日の技巧的な美にも似ていない一つの個性を与えた、現代では唯一の彫刻家である。人はそこに中世の精神、力強くて陰鬱な魂、常に変わらぬ活動、はっきりしたフォルム、情熱の刻印を帯びた、しかし、美の理想などは全く描かれていない目鼻立ちを見るのである。ミケランジェロは彼自身の流派の天才である。彼は、何ものをも、古代人さえをも、模倣したことはなかったのだから。

　彼の墓は、「サンタ＝クローチェ」教会の中にある。彼は、自分がある窓に面して安置されるのを望んだ。そこからフィリッポ・ブルネレスキが建てた丸屋根《ドーム》を見ることができた。まるで遺骸になっても、聖ピエトロ大聖堂のモデルとなったその丸屋根《ドーム》を眺めて、大理石の下でうち震えるとでもいうように。

　このサンタ＝クローチェ教会は、おそらく、ヨーロッパの中でも、最も華々しい死者が集まっている教会である。コリーヌは、その二列になった墓の間を歩きながら、深い感動を覚えた。天体の秘密を明らかにしたために、ここで、ガリレイが人々に迫害されたのだ。さらに遡《さかのぼ》れば、マキャヴェッリが犯罪者としてというより観察者として犯罪術を披瀝し、迫害を受けた。この犯罪術の教えはどちらかといえば、圧政を受ける人々よりも圧政者の役に立つ。アレティーノ、自分の人生を冗談に捧げて、この世では死の他には真面目なことは何も経験しなかった男。(六)

　ボッカッチョ、その明るい想像力をもって、内戦とペストとの二重の災いに立ち向かった。ダンテに敬意を表した絵。流刑のうちにむざむざと彼を死なせてしまった、フィレンツェの人々が、まるで今も彼の栄光を誇ることができるとでもいうよ

うに[34]。他にもいくつかの立派な名に気づかされる。生きている時には有名であった名も、世代が移っていくうちに鳴り響くこともなくなり、ついには完全に途絶える[35]。

いくつもの気高い追憶に飾られた、この教会を眺めているうちに、コリーヌの高揚感《アントウジアスム》が呼び覚まされた。生きている人々を見て気落ちしていたが、もの言わぬままそこにいる死者たちが、とにかく一時でも彼女がかつてとらえられていた、あの功名心を駆り立てた。その時はしっかりとした足取りで教会の中を歩いた。以前抱いていたいくつかの思考が脳裏をかすめた。穹窿《きゅうりゅう》の下の内陣の周りを、若い司祭たちが小声で歌いながら、ゆっくりと歩いているのが見えた。彼女は、一人の司祭に、何の儀式なのかと尋ねた。

「私たちの死者のために祈っているのです」と彼は答えた。

「ええ、あなた方が」とコリーヌは思った。『私たちの死者』と言うのも当然だわ。あなた方に残された、唯一の名誉ある財産だもの。ああ！　オズワルドは、一体どうして、私の天賦《てんぷ》の才を抑えつけたのだろうか？　私の高揚感《アントウジアスム》に共鳴する人々の心をかきたてることができる、この天賦の才を。おお、神よ！」と彼女はひざまずいて、叫んだ。

「あなたに与えられた才能を、返して下さるようにお願いするのは、空しい思い上がりからなどではないのです。あなたのために生き、そして死ぬことを知る、あの無名の聖人たちこそ、きっと最高の人々なのです。ですが、死すべき者にはそれぞれ様々な生涯があります。美徳を讃える天才、気高く、人間らしい、真実であるものに身を捧げる天才が、天国の玄関に受け入れられるのかもしれません」

この祈りを終えようとしてコリーヌが目を伏せると、その目はみずから膝をついている下にある墓石の墓碑銘をとらえた。

「我が暁にひとり、我が落日にひとり、今もここにひとり」

「ああ！」とコリーヌは叫んだ。「今の祈りに対する答えだわ。この世で、人間が一人ならば、どういう競争心を持つことができましょう？　成功したとしても、誰がそれを共にしてくれましょう？　誰が私の運命に関心を持ってくれましょう？　どういう感情が、私の精神を仕事へと向かわせてくれるのでしょう？　私には、ご褒美として彼の眼差しが必要でした」

また別の碑文が彼女の注意をひいた。「哀れと思し《おぼし》召すな」と、早世した一人の男が言っていた。「この墓にいることで、私がどれほどの辛苦を免れたかをご存じならば！」

「こういう言葉が、どんなに生からの離脱を吹き込むことか！」とコリーヌは涙を流しながら、言った。「都の喧騒のすぐ近くに、それを望む人があればどんな秘密でも教えてくれる、この教会があるのだわ。でもここには入らずに、通り過ぎてしまう。忘却の不思議な幻想が人の世を動かしている」

4

束の間、コリーヌの気持ちを楽にしてくれた競争心についての反応が翌日まで尾を引いて、彼女はフィレンツェの画廊へ行った。以前からの美術に対する自分の嗜好《しこう》を思い出し、そのことで自分のかつての活動に対する関心を呼び起こされた。フィレンツェでは、美術は、まだたいへん共和制的である。彫像や絵画が、いとも無造作に四六時中、展示されている。政府が給料を払っている学識者が、官吏としてこれらの傑作の解説役をしている。それは、各分野の逸材に対する敬意の名残であって、それはイタリア、とりわけフィレンツェに常に存在した。メディチ家が、才知によって権力を得ることを、また少なくとも思想に自由な飛躍を与えることによって人々の行動に影響を及ぼすことを、容認してもらおうとしていた時のフィレンツェでは。

　フィレンツェの庶民は芸術好きで、この好みを、イタリアのどこよりも揺るぎないトスカーナの信仰心と融合させている。彼らが、ギリシャ・ローマ神話の人物像を、キリスト教の歴史と混同しているのをよく見かける。あるフィレンツェの庶民の男などは、外国人にユディトと呼んでミネルヴァ像（七）を、ダヴィデと呼んでアポロン像を見せている（八）。トロイア攻略を描いている浅浮き彫りを説明する時に、カッサンドラ（九）を「良きキリスト教徒である」と、きっぱり言ったものだ。

　フィレンツェの画廊は一大コレクションであり、そこで幾日も過ごしても、まだそれをよく知るところまでは行かないかもしれない。コリーヌは美術品をざっと見て歩いたが、放心状態で興味がわかず、苦しみを感じていた。ニオベの彫像が彼女の興味を呼び覚ました。深い苦悩の奥にあるその穏やかさ、その気品に心を打たれた。同じような状況にあれば、実際の母親だったら、完全に気が動転しているだろう。だが、芸術の理想が絶望の中にも美しさを滲《にじ》ませている。天才の作品の中で心に触れるものは、不幸そのものではなくて、その不幸に抗う精神の力なのである。ニオベ像の近くに、アレクサンドロスの瀕死の頭像がある。

　二つの風貌には、多くの考えさせられるものがある。アレクサンドロスには、驚きと、自然を打ち負かすことができなかった憤《いきどお》りとがある。ニオベの目鼻立ちには、母性愛の苦悶が表われている。身が引き裂かれるような不安な様子で、娘を胸に抱きしめている。この見事な、容貌に表現された苦しみは、宗教心などに救いをゆだねない古代人に見られるあの宿命の様相を帯びている。ニオベは瞳を天に向けている。希望もなく。何故なら、そこでは神々そのものが敵なのだから。

　コリーヌは家に帰ると、今見てきたことについて思いを凝らそうとした。そして、かつてそうしたように、詩を作ろうとした。だが、集中できずに頁ごとに止まってしまうのだった。即興詩を作る才能をどこか遠くに置いて来てしまったのか！　一つずつ語を見つけ出すのが辛く、言葉を綴っても何の脈絡もないこともしばしばで、その言葉たるや、読み返すとまるで高熱を出した時のうわごとのようで、ぎょっと怯えるのだった。彼女は、今は自分の状態のことしか考えられないと感じて、自分の苦しみを描き出した。だが、それはもうあらゆる人の心に応えるような、あの一般的な思索、あの普遍的な感情ではなくなっていた。それは、苦しみの叫び、夜の小鳥の叫びのような、ただの単調な叫び声であった。表現には力が入り、激しさが目立ち過ぎて、ニュアンスに乏しかった。それは、単なる不幸であって、才能ではなくなっていた。

確かに、うまく書くためには真の感動が必要だが、そうは言っても、それが胸を掻きむしるものである必要はない。幸福は何事にも欠かすことができないもので、メランコリックな詩であっても、力強さと知的な喜びを前提とするような言葉から紡ぎ出されなくてはならないのだ。本物の苦しみには、もともと豊かさなどありはしない。そこから産み出されるものは、絶え間なく同じ思考へと連れ戻す暗い不安でしかない。このようにして、この騎士は不吉な運命につきまとわれて、無数の迷路を空しくさまよい、相変わらず同じ場所にいるのだ。

コリーヌの不健康な状態はその才能をも乱した。彼女の紙には、次のような、いくつかの思索が書かれてあった。その間、長い作品を書けるようになろうと無駄な努力をしていた。

5

コリーヌの思いの断章

「私の才能は枯渇してしまいました。無念です。私の名が彼の耳に、いささかの栄光とともに届いてほしかったのですが。彼に、私の書いたものを読んで共感を覚えてほしかったのですが。彼が、故国のしきたりのただ中に戻っても、二人を結びつける考え方や感じ方をそのまま持ち続けてくれることを期待したのが間違いでした。私のような人間は、とかく言われることも多いのですが、それについては一つの答えしかないのです。それは、私が持っている才知と魂なのです。でも、大方の人々にとって、何という答えであることか！

それでも、優れた才知と魂を恐れるのは、間違いです。優れているということは、とても徳高いことなのです。人は全てを理解すれば、寛容になりますし、深く感じれば、親切な心を持つようになりますから。

心の奥底にある思考を打ち明けた二人が、神や魂の不滅や苦しみについて語り合った者どうしが、どうして突然、無縁になってしまうのでしょうか？　愛の思いがけない謎！　見事な愛情か、そうでなければ無感情！　殉教者のように信心深いか、そうでなければあっさりした友情よりも冷淡。この世で思いがけないことは、天から来るのか、地上の情熱から来るのか？　それに従わなくてはならないのか、それと戦うべきなのか？　ああ！　心の奥の嵐が通り過ぎてくれますように！

才能は、頼みの綱かもしれません。ドメニキーノは、修道院に閉じこめられた時、その牢の壁に見事な絵を描きました。自分がそこにいた証として傑作を残しました。でも、彼は外的な状況に苦しんでいたのでした。苦痛は魂の中にあるのではなかった。彼が牢にいる時、可能なことは何もない。あらゆる源が涸れた。

時々、赤の他人の視線で自分の姿を見つめてみると、自分が哀れになります。私は才気渙発で、真摯で、善良にして寛容であり、感受性ゆたかでした。どうして、これら全てがこんなにひどく悪い方へと変わるのでしょう？　世界は悪意に満ちているのでしょうか？　我々の素質によっては、力を与えられる代わりに、武器を奪い取られるのでしょうか？

残念なことです。私はいささかの才能を持って生まれてきました。有名ではあっても、どういう人間か分かってもらえぬまま死んで行くのでしょう。もし、幸せであったら、もし、心の熱が我が身を燃やし尽くさなかったら、私は高い所から人間の宿命を眺めて、そこに自然と天との間の未知の関係を見つけだしたことでしょうに。でも、不幸の爪が私をとらえています。息をしようとする度にその爪が感じられるのに、どうやって自由に考えることができましょう？

オズワルドは、どうして自分だけがその秘密を知り、自分だけに心の奥底を打ち明けた女を幸せにしようとはしなかったのでしょうか？　ああ！　行き当たりばったりに愛する、普通の女たちとは訣別してもいい。だが、愛するひとのことを感嘆する女、想像力にかきたてられても、判断力は鋭い女、そういう女にとっては、世界にはただ一人のひとしかいないのです。

私は詩人の中に人生を学びました。しかし、人生はその通りではなかった。現実には何か味気ないものがあり、それを変えようとしても無駄なことです。

自分の恋がかなったことを思い出すと、苛立ちを感じます。いずれ愛さなくなるのなら、どうして私を素敵だなどと言うのでしょう！　どうして迷いから醒めるのが恐ろしくなるように、私に信頼感を抱かせるのでしょう？　あのひとは、私を上回る才気、魂、優しさを別の女に見つけるのでしょうか？　いいえ、あのひとは私には及びもしない女を見つけて、満足するのでしょう。社会にうまく合わせたと感じることでしょう。社会というものは、何という喜び、何という余計な苦労を与えることでしょう！

太陽と星が散りばめられた天空の前にあっては、愛し合い、互いに相手にふさわしいと感じることだけが必要なのです。でも、社会、社会というもの！　社会は、何と人の心を無情に、精神を浮薄にすることでしょう！　何と他人の言葉に従って生きるようにさせるものでしょう！　もし、人々が、ある日、他人の影響から解放されて出会ったら、何という清い空気が心に入ることでしょう！　どれほどの新しい考え、真実の感情が魂によみがえることでしょう！

自然もまた残酷です。かつての私の顔、それも衰えていきます。私が優しい愛情を感じたとしても、空しいことです。かすんだ目は、もう私の魂を映し出さないし、祈りのためにうるむこともないでしょう。

私の中には、書くことによっても表現しきれない苦痛があります。私にはその力がありませんが、愛だけが、その謎の深淵を探り当てることができるでしょう。

男は戦争に行って、生命を危険にさらし、名誉と危険の高揚感《アントウジアスム》に身をゆだねて、何と幸せなことでしょう！　でも、女を楽にしてくれるものは、家の外には何もありません。女の生活は、不幸を目の前にしてもじっとして動けない、長い、長い刑罰なのです！

時折、音楽を耳にすると、かつて私が持っていた才能がまざまざと思い起こされます。歌、ダンス、詩。私は不幸から解き放たれたくなり、また喜びを手にしたくなります。だが突然、内から感情が突き上げて来て、私を身震いさせます。まるで私は、太陽の光や、生きている人が近づけば、その姿を消滅させなければならないのに、まだこの世に未練たっぷりな亡霊のようです。

世の中が与えてくれる気晴らしをしてみたいのですが。以前は、私もそれが好きでしたし、それで元気が出たものです。ひとりで考えに耽っていると、あまりに遠くに、先の方へと心は誘い出されたのでした。私の才能はよく働く感性によって増しました。今や、私の眼差しも、思考も動こうとはしない。陽気さ、気品、想像力よ、あなた方はどうなりました？　ああ！たとえ一時であっても、また希望を味わってみたい！　でも、万事休すです。砂漠は苛酷で、川も水滴も涸れて、一日の幸福を得ることは、全人生の宿命ほどにも難しいのです。

あのひとは、私に対して罪を犯していると思います。でも、他の男たちと比べると、彼らは何てわざとらしく、偏狭で、くだらないことか！　ところが、あのひとは天使なのです、ただし、私の運命を焼き尽くした燃える剣を携えた天使なのです。私たちが愛するひとは、私たちがこの世で犯した過ちを懲らしめる人なのです。神が彼にその力を与えるのです。

忘れることができないのは、初恋ではありません。初恋は、愛したいという欲求から生まれるものです。でも、人生を知って、酸《す》いも甘いも噛み分けると、それまでずっと探しても探し出せなかった精神と魂とに出会います。事実が想像を上回り、それで女が不幸になるのも仕方のないことです。

それどころか、たいていの男は言うでしょう。他には何も生き方がないみたいに愛のために死ぬなんて、なんて気狂いじみていることか！　どんな類いの高揚感《アントウジアスム》も、それを感じない者にとっては、滑稽でしかない。詩、献身、愛、宗教は同じ源から流れ出て来ます。こういう感情を、狂気の沙汰と見る男たちがいます。生活についての配慮を外れれば、全ては狂気です。生活は間違いと錯覚だらけです。

とりわけ私が不幸せなのは、私を理解してくれるのはあのひとだけだということです。そしておそらく、彼にもまた、いつの日か、彼を理解できるのは私だけであったことが分かるでしょう。私は世界一従順で、しかも気難しい人間です。親切な人のことは皆、一時の友人としては気に入るのですが、私が親密さと真の愛情をもって愛することができるのは、この世にただオズワルドしかいない。想像力、才気、感受性の何という組み合わせ！　世界にこのような組合せがあるでしょうか？　そして、あの冷酷な男にはこういう美質がそなわっていたのです。少なくとも、そういう美質の魅力を！

他の人たちに何か言うことがあるかしら？　誰に話しかけられるかしら？　どんな目的、関心が私に残っているでしょう？最も苦い苦しみ、最も甘美な感情を知ってしまった私は、何を恐れるのでしょうか？　何を期待できるのでしょう？　蒼ざめた未来は、もう過去の亡霊でしかない。

どうして幸せな状態は、こんなに束の間のものなのでしょう？　幸せな状態より、もっと脆いものがあるのでしょうか？　苦しみこそ自然の理《ことわり》なのでしょうか？　肉体にとっての苦悩は一時の痙攣《けいれん》ですが、魂にとっての苦しみはずっと継続するのです。

ああ！　この世に長く続くものは涙の他になし！（一〇）

ペトラルカ

あの世！　あの世！　これが私の希望です。でも、この世の力が強いので、天においても、この世で心を占めてきたのと同じ感情を求めます。北方の神話には、雲間に鹿を追う狩人たちが描かれています。でも、何をもって狩人たちを亡霊であると言うのでしょう？　現実はどこにあるのですか？　確実なものは悲嘆だけです。無慈悲にも、約束されているのは悲嘆だけです。

絶えず、不死について夢想しています。人々が与えてくれる不死ではありません。ダンテ言うところの、『今日をいずれは古代と呼ぶであろう』人々は、もう私の興味をひきません。でも、私は自分の心の消滅を信じません。ええ、神よ、私はそれを信じません。あなたのために、オズワルドが受け入れなかったこの心があり、死すべき人間に軽蔑された後で、あなたが受け取って下さるだろう、この心があります。

私はもう長くは生きない気がしています。そう考えれば、魂《こころ》は鎮まります。この状態で衰えていくのは心地よく、苦痛の感情が弱まっていくのです。

人が苦しみに動揺すると、どうして信心深くはならずに迷信深くなるのか、私には分かりません。どんな事でも、予測をしますが、いまだにそのどれも信じることができません。ああ！　幸福でありさえすれば、なんと信仰は心地よいものか！　オズワルドの妻は、神に向かって何という感謝を感じることか！

なるほど苦しみは人間を鍛え上げます。人は頭の中で、自分の不幸と過ちとを関係づけます。いつも見えない、とにかく我々の目には見えない絆が、この二つを結びつけているようです。でも、この有用な効果にも、期限があります。

私には深い内省が必要です。次のようなものを得るまでは、

……さらに穏やかな生へ
ゆっくりと移行すること

私が完全に病んでしまった時に、私の心の中に、安らぎが生まれて来るはずです。死に行く人間の思考には、多くの純真さがあります。それで、私は今の状態で抱くような感情を好むのです。

人生の想像を絶する謎は、情熱でも苦悩でも天才でも解き明かすことはできません。あなたは、祈りで自分が明らかになりますか？　おそらく、最も単純な考えがこれらの秘密を明らかにするのです！　おそらく、我々は夢の中で何度も何度も、それに近づいているのでしょう？　でも、最後の踏み込みができなくて、全ての努力は空しく、魂は疲れ果てます。私の魂が休息すべき時間です」

とうとう止まった。あんなに素早く動いていたこの心臓が

イッポーリト・ピンデモンテ（二）

6

カステル＝フォルテ公は、ローマを後にして、フィレンツェでコリーヌの近所に住みついた。彼女はこの友情の証をとても有り難く思っていた。だが、自分がもう以前のように、会話の魅力を発揮できないのが、ちょっぴり恥ずかしかった。うわの空で黙ったままでいた。健康が衰えたために、心を占める感情を、片時でさえも、忘れることのできる力がなくなっていた。

話をする時に、親切心から関心を持つことはできたが、人に気に入られたいという願いに駆られることがなくなった。

恋が不幸せであると、他の愛情も冷めきってしまい、人は自分の魂《こころ》に何が起こっているのか自分でも理解できなくなるのだ。幸福によってかち得たものが多ければ、その分だけ不幸によって失うものも多い。自然全体を楽しもうとする感情は、生活と社会との関係にゆとりを与える。だが、この計り知れない希望が失われた時、生活は貧しいものになって、自ら進んで動くことができなくなる。まさにこの理由から、女性に、というより男性に対して、自分が人に抱かせる恋を尊重もし、畏敬もするように命じる多くの義務が生まれるのである。この恋の情熱は、心と同じく才知をも永久に荒廃させるからだ。

カステル＝フォルテ公は、コリーヌが以前興味を持っていた話題を持ち出そうとした。彼女は、時には数分間も答えられないこともあった。初めのうちは、彼の言うことが耳に入っていなかったのだ。その声と意見がやっとのことで耳に辿り着くと、彼女は何かを言うのだった。それには、かつてその話しぶりが感嘆の的になったような、精彩もなければ活気もなかった。

会話を数分間続けて、また夢想にひたる有様であった。しまいに彼女は、親切なカステル＝フォルテ公をがっかりさせないよう、また新たな努力をしたあげく、言葉を言い間違えたり、いま言ったばかりのことと反対のことを言ったりした。すると、彼女は自分自身を哀れんで笑い、自分でも分かっているこうした異常なことの許しを乞うのであった。

カステル＝フォルテ公は、思い切って、オズワルドの話をしたかった。コリーヌが、この話題を喜んでくれるように思われたからだ。だが、彼は、この話題の後で彼女が苦しい様子になるので、この話は絶対にしてはいけないのだと悟った。カステル＝フォルテ公は心優しい人であった。だが男は、とりわけ一人の女に強く心ひかれた男は、いかに寛容であろうとも、自分以外の男に抱く愛情を慰めることはできない。彼にはいささかの自尊心が、彼女には気後れがあって、充分に親密な信頼感は湧いて来ない。それに、それが何になろう？　心の痛みは自然に治るより他に薬はないのだ。

コリーヌとカステル＝フォルテ公は、毎日、アルノ河のほとりを連れ立って散歩した。彼は関心を引くように気を使いながら、一わたり色々な話題について、優しく話すのであった。彼女は、彼の手を握って感謝し、時には、魂にかかわることについて話そうとした。目には涙があふれた。興奮すると身体によくなかった。蒼白い顔色、震えは見るのが痛ましく、この友は、急いで彼女をこうした考えから逸らすように努めた。ある時、彼女は、突然いつものように、気品高く冗談を言い始めた。だがカステル＝フォルテ公は、驚き、喜んで、彼女を見つめた。だがすぐに、彼女は涙にくれるのであった。

彼女は、夕食のために戻り、こう言いながら友に手をさしのべた。「ごめんなさい、愛想よくしたいのですが。ご親切に報いるためにも。でも、できませんの。あるがままの私を心広く支えて下さい」

カステル＝フォルテ公の心配の種は、コリーヌの健康状態であった。今のところ、危険が差し迫っているというのではなかったが、良い条件が揃って体力が回復するのでなければ、長生きはできそうにもなかった。この頃、カステル＝フォルテ公は、ネルヴィル卿から一通の手紙を受け取っていた。自分は結婚しているとはっきり書いてあるのだから、状況には何の変化もないのだが、その手紙にはコリーヌが読んだら、深く感動しそうな言葉があった。カステル＝フォルテ公は、この手紙を女友達に見せると、強い感銘がもたらされるかどうかを自問自答しながら、じっくり考えた。彼女がいかにも弱々しく見えたので、結局、見せなかった。

彼が決めかねている間、同じようにコリーヌが読めば心なごむであろう、情感にあふれた、しかしアメリカへの出征を知らせる、オズワルドからの二通目の手紙を受け取った。それで、カステル＝フォルテ公は、何も言わないことを決断した。多分、それは間違いだったのだ。コリーヌの辛い苦しみは、ネルヴィル卿から何も言って来ないことが原因だったのだから。彼女は、それを誰にも言おうとはしなかった。だが、永久に別れてしまった人とはいえ、オズワルドの方から一言でも回想や後悔の言葉が聞けたら、彼女にとってそれは大切なものになったことだろう。厭でたまらなかったのは、彼の名を口にしたり、耳にしたりする機会さえもない、この音信不通の状態であったのだ。

誰にも語ることのない心痛、日を経ても、年がたってもいささかも変化がなく、どんな出来事もどんな移り変わりも感じられない心痛は、様々な苦しい感銘を受けるより、人を痛めつけるものだ。カステル＝フォルテ公は、コリーヌを忘却へと導いていくため、巷間の格言に言われるとおりにしたのだ。だが、想像力の強い人々に忘却はなく、彼女のような人には、自分自身に思いを内向させるよりも、同じ記憶を絶えず思い起こさせて、ついには涙を涸れさせる方がいいのだ。

第十九部　オズワルドのイタリア再訪

1

さて、コリーヌがあんなに苦しい犠牲を払った、あの悲しいパーティの日以後の出来事に触れておこう。ネルヴィル卿の召使いは、舞踏会で彼に何通かの手紙を手渡した。彼は読むために外へ出た。自分の運命を決する手紙があるとは思いもよらず、先ずロンドンの銀行が送ってくれた、いくつかの手紙を開封した。コリーヌの筆跡を見た時、次いで「あなたは自由です」という言葉と指輪を見つけた時、辛い苦しみと激しい苛立ちがこみ上げて来た。二カ月来、彼はコリーヌから手紙を受け取っていなかったが、その音信不通がこんなに短い言葉で、こんなに決定的な行動で破られたのだ！

彼女の心変わりを疑わなかった。エッジャモンド夫人がコリーヌの軽薄さや移り気について述べたことが、一挙に思い出された。コリーヌに対する反感が湧いた。まだ愛していたために、公平さを欠いていたのだ。その数カ月来、自分が、彼女と結婚するという考えを全く無くしてしまったことや、ルシールに強く惹かれていたことは忘れてしまった。自分が、不実な女に裏切られた心優しい男であると思い込んだ。狼狽、怒り、悲哀。しかし何よりも自尊心から、自分を捨てた女を見返してやりたいという衝動に駆られた。愛情においては、自尊心はそう誇るべきものではない。それは、自己愛の方が相手に対する愛情を上まわる時にしか見られないものである。もし、ネルヴィル卿が、ローマやナポリにいた日々のようにコリーヌを愛していたならば、彼女に過ちがあると恨んだとしても、彼女から離れることなどなかっただろう。

エッジャモンド夫人は、ネルヴィル卿の狼狽を見て取った。外見の冷たさとは裏腹に、情熱的な女性であった。自分でも命取りになると感じている病気のせいで、なおさらに自分の娘の利益をはかるための熱意を高めていた。哀れな愛娘が、ネルヴィル卿を愛していることを知っていた。自分が彼を紹介したことで、娘の幸福を危うくしてしまったと案じていた。だから、彼女は一目で、オズワルドの魂《こころ》の秘密を見逃しはしなかった。女特有とされているが、ただ真の愛情によって研《と》ぎ澄まされた洞察力で。

翌日の朝、夫人はネルヴィル卿と話をするのに、コリーヌの問題、つまり自分が渡そうと思っているコリーヌの叔父の相続権のことを口実にした。この時の会話で、彼女は、彼がコリーヌに不満を抱いていることを見抜いた。堂々とした復讐ができるという考えで彼の恨み心を満足させるために、コリーヌを自分の義理の娘と認めようと申し出た。ネルヴィル卿は、夫人がにわかに気持ちを変えたことに驚かされた。だがそれでも、彼は分かったのだ。たとえ言葉にされることがなくても、義理の娘として認めるという申し出が、結果として彼がルシールと結婚したらどうかという申し出であると。考える前に行動が先に立ってしまうこういう時に、彼は夫人に娘への求婚をした。有頂天になったエッジャモンド夫人は、もう少しで慌てて同意してしまうところであった。ネルヴィル卿は承諾をもらって、入る時には思いもしなかった婚約をしたその部屋を出た。

エッジャモンド夫人が、ルシールに彼を迎える準備をさせている間、彼はひどい興奮状態で庭園を散歩した。ルシールが自分の気に入ったのは、まさに彼女をよく知らないからであり、いずれ明らかになる神秘的な魅力の上に、自分の人生の幸福を築くのが面白いからだと考えたからであった。コリーヌに対する哀れみの気持ちが、またこみあげて来た。彼女に書いた魂《こころ》の葛藤が反映された手紙のことを思い出した。

彼は声を上げた。「あのひとが私を諦めてしまうのも無理もなかった。私には幸福にしてやる勇気がなかったのだから。だが、彼女は私以上に辛かっただろう。そして、あの冷ややかな一行……でも、彼女の涙があの一行を涙で濡らしたのでは？」

こう言いながら、彼は思わず落涙した。

このようにもの思いに耽るあまり、館から遠ざかり、エッジャモンド夫人の召使いたちが長いこと探し求めたほどであった。彼の帰りを待っていることを伝えるために、召使いたちが出されたのだ。彼は我ながら熱意のないのに驚いて、急いで戻った。部屋に入ると、ひざまずいて頭を母親の胸に埋めているルシールが見えた。こういう風に、彼女には心にしみるような淑やかさがあった。

彼女は、ネルヴィル卿の声が聞こえると、涙に濡れた顔を上げて、手を彼の方に差し出しながら言った。「卿、嘘でしょう？母と別れなくてもいいなんて」

オズワルドは、結婚の承諾を告げることになる、ルシールのこのような可愛いやり方に大いに気をひかれた。今度は、自分の方が膝をついて、エッジャモンド夫人に、ルシールの顔を自分の方へ傾けてくれ、と頼んだ。このようにして、この無邪気なひとは、少女時代を卒業させてくれる初めての刻印を受けたのだった。額がぱっと赤くなった。オズワルドは、彼女を見て、何という清らかで神聖な絆を結んだことかと感じ、この時のルシールの美しさがいかに魅惑的であったにせよ、その天使のような慎み深さほどには感銘を受けなかった。

結婚式に定められた日曜までの日々は、結婚に必要な準備で過ぎ去った。この間のルシールは、常日頃よりもさらに口数が少なかった。彼女の言うことは、気品があり素朴であった。ネルヴィル卿は、彼女の言葉の一つ一つが気に入って、共感を持った。それでも彼は彼女の傍にあって、なにがしかの空虚さを感じていた。会話は、終始質問と答えとで成り立っていた。彼女は会話にのって来ないし、長くは話さなかった。一度味を覚えてしまったら、それなしではいられない、あの活気、尽きることのない生気が欠けていた。ネルヴィル卿はコリーヌを思い出していたのだ。だが、コリーヌの話すのを耳にすることもなくなった今となっては、この思い出が、いずれ、ただのそこはかとない自分の後悔の対象となってほしいと思っていた。

ルシールは、姉がまだ生きてイタリアにいることを母親から聞くと、そのことでネルヴィル卿に質問をしたくてたまらなかった。だが、エッジャモンド夫人に禁じられたので、いつものようにその命令に、理由を問うこともせずに従った。結婚式の朝、オズワルドの胸には、コリーヌの記憶がかつてないほどまざまざと浮かび、我ながらその執着心が怖くなった。だが、彼は父に祈りをささげた。心の底で、こうするのはあなたのため、天に在るあなたの祝福を得るためで、自分はこの世であなたの意思を遂行しているのだと言った。こういう気持ちで気を取り直し、エッジャモンド夫人のところに着くと、ルシールに対して申し訳ないことを考えてしまった、と我が身を責めた。

彼女は、それは素敵で、地上に下り立った天使が、天上の美徳がどんなものかを、死すべき人間に分からせようとしたら、このような姿をとったに違いなかっただろう。二人は祭壇に進んだ。母親は娘よりも深く感動していた。人生を知る者だったら、どんな決心であろうとも、大決心をした時に感じずにはいられない、あの危惧が心の奥底に混じりこんでいたからだ。ルシールには希望しかなかった。彼女の中で、少女期と青春期が、喜びと愛とがないまぜになっていた。祭壇から戻る時、彼女は、オズワルドの腕におずおずと寄りかかった。このようにして、自分の保護者を確かめたのだ。オズワルドは、うれしい気持ちで彼女を見つめていた。彼はルシールの幸福を脅かす障害を感じており、彼女を守ってやろう、と心に決めていた。

エッジャモンド夫人は館に戻ると、娘婿に言った。「今、やっとほっとしましたわ。ルシールの幸せはあなたにお任せしました。私はもう余命いくばくもないので、私の代わりのひとができたと思うと、満足ですわ」

ネルヴィル卿はこの言葉に心がなごみ、不安でもあったが、感動もして、自分に課せられた務めに思いを凝らした。さほど日もたたないうちに、ルシールは、自分の夫に対して遠慮がちな視線を向けなくなり、自分のことを分かってもらえそうだ、と信頼感を抱き始めた。その時、不幸な出来事が起きて、二人の結びつきの邪魔をした。最初はもっとうまく行きそうに見えたのだったが。

2

ディクソン氏が、新婚夫婦に会いにやって来た。馬車から転落したショックで長いこと病気であったと言って、結婚式に欠席したことをわびた。この転落事故のことを聞かれた時、彼は世にも魅力的な女性に助けられたと言った。オズワルドは、この時、ルシールと羽根突きに興じていた。彼女がこの運動をしている姿は、とても優雅であった。オズワルドは彼女の方を見ていて、ディクソン氏の話を聞いていなかった。そこで、ディクソン氏は、部屋の向こう側のオズワルドに向かって、声を張り上げた。

「卿、そのひとは、確かにあなたのことを尋ねていましたよ。私を助けてくれた見知らぬ美人は。あなたの境遇について、私に色々質問したからね」

「誰のことを言っておられる？」とネルヴィル卿は、運動を続けながら答えた。

「素敵な女性のことですよ」とディクソン氏は言った。「悩みのせいか面変わりしていて、あなたのことを感動なしには話すことができない様子ではあったが」

今度は、この言葉がネルヴィル卿の注意を引き、もう一度話してくれと言って、近寄って来た。ルシールは人の言ったことなどには少しも関心を持たずに、呼ばれて母親のところへ行った。オズワルドはディクソン氏と二人だけになって、今話してくれた女性は誰かと尋ねた。

ディクソン氏は答えた。「何も分からないが、あのひとの発音からして、イギリス人だと分かりましたね。でも、イギリス女性の中で、あれほど親切で、話のうまいひとはあまり見かけたことはない。哀れな年寄りの私を、まるで娘みたいに世話してくれましたよ。彼女と一緒の間中、私は打撲傷を負ったのも気になりませんでした。でも、オズワルド君、あなたは、イタリアでのようにイギリスでも不実だったのではないでしょうな？　だって素敵な私の恩人は、あなたの名を言う時に蒼ざめて震えていたからね」

「何ということ！　誰のことを言っておられるのですか？　イギリス女性ですって！」

「ええ、確かに」とディクソン氏は答えた。「外国人が、訛りなしで英語を発音することはありえない、ご存じでしょう」

「それで、彼女の顔立ちは？」

「ああ！　私が今まで見た中で一番生き生きとしていましたよ。苦労をしたらしく、蒼ざめて痩せてはいたが」

華やかなコリーヌは、その説明とは似ても似つかなかった。でも、彼女が病気ということはなかったろうか？　彼女はとても苦しんだはずではなかったか？　もし、イギリスに来ていたら。もし、イギリスで彼女が探しに来たひとに会えなかったら。こうした懸念が、突然オズワルドを襲った。極度の不安にかられて、質問を続けた。

ディクソン氏は、その未知の女性の話し方には、それまでどんな女性にも見かけたことのない気品と優雅さとがあった、と続けた。天使のような親切心が彼女の眼差しに表われていたが、やつれて沈んでいるように見えた、とも言った。それはコリーヌの日頃の様子とは違ったが、しかし、もう一度繰り返すが、苦労のために変わってしまったのではなかっただろうか？

「そのひとの眼と髪は何色でしたか？」とネルヴィル卿は言った。

「漆黒だった」

ネルヴィル卿は蒼くなった。「そのひとは生き生きと話すひとでしたか？」

「いや」とディクソン氏は続けた。「時折、私に尋ねたり答えたりするために、何回かしゃべった。彼女が口にした僅かな言葉は、とても魅力的だったよ」

彼がなおも話を続けようとしたその時、エッジャモンド夫人とルシールが戻って来た。彼は口をつぐんだ。ネルヴィル卿は質問をやめて、深いもの思いに耽った。ディクソン氏とまた二人きりになれるまで、散歩をしようと外に出た。

エッジャモンド夫人は、彼の悲しげな様子に驚き、二人の会話で何か娘婿を悲しませるようなことがあったのかどうか、ルシールをディクソン氏に尋ねに行かせた。ディクソン氏は、自分の言ったことを悪気もなく話して聞かせた。エッジャモンド夫人は、たちまち真相を察し、もしコリーヌがスコットランドにオズワルドを探しに来たことを知ったら、彼がどれほど苦しむだろうかと考えてぞっとした。彼女は、オズワルドが再びディクソン氏に尋ねるだろうと思い、その疑いを逸らすために、こう答えてくれと頼んだ。実際、ディクソン氏は、二度目の会話では、ネルヴィル卿の疑いを深めたりはしなかったが、疑いを晴らすということもなかった。

　そこでオズワルドは思いついて、召使いに、その三カ月ほどの間に自分に渡した手紙は全て郵送されて来たものかどうか、他の方法で受け取った覚えはないか、と尋ねてみた。その召使いはその覚えはないとはっきりと言った。

　だが、部屋を出ると戻って来て、ネルヴィル卿に言った。

「ですが、舞踏会の日に、盲目の男が旦那さまにと言って、手紙を私に渡したことがありました。でも、それはきっと施しを乞うためであって……」

「盲目の男、いや、私はそういう手紙はもらっていない。その男を見つけて来てくれないか？」

「はい、お安いご用で」と召使いは言った。「その男は村に住んでいます」

「探しに行きなさい」とネルヴィル卿は言った。

　そして、その盲目の男が来るのを待ちきれなくて迎えに行くと、通りのはずれで出会った。

「ねえ、君」と彼は言った。「舞踏会の日に、館で手紙を渡されたね。誰に渡されたのかね？」

「旦那さまは私が盲目なのをお分かりで。どうして私がそれを申し上げられましょう？」

「それは女の人だったのかね？」

「はい、旦那さま、気づいた限りでは、その女性はとても優しい声音でしたからね。泣いていたのですが。泣いているのが、ちゃんと聞こえましたからね」

「泣いていたのか」とオズワルドは続けた。「それで、その人は何と言った？」

「『オズワルドの召使いに、この手紙を渡して下さい。お爺さん』それから、すぐに言い直して、『ネルヴィル卿に』と言ったのです」

「ああ、コリーヌ！」とオズワルドは叫んだ。そして、思わず、その老人に寄りかかった。今にも気を失いそうだったので。

「旦那さま」と盲目の老人は続けた。「木の根方に坐っていたら、その人からその用を頼まれたのです。すぐにその用事をたそうとしましたが、この年ですからね、立ち上がるのに難儀していたら、その方が手助けして下さり、長らく手にしたことがなかったほどのお金を下さいました。支えて下さる手が、旦那さま、丁度あなたの手のように震えているのを感じました」

「もういい」とネルヴィル卿は言った。「ほら、お爺さん、そのひとにもらったように、ここに金がある。私たち二人のために祈って下さい」

　それから、彼はそこを離れた。

　その時から、彼の魂《こころ》は恐ろしい不安に陥った。あらゆる方面で調査をしたが、無駄だった。コリーヌが、自分に会うことを願わずにスコットランドに来たとは、とても思えなかった。彼女の行動の動機について、あれこれと思い悩んだ。ひどい悲嘆を表に出すまいとしたが、エッジャモンド夫人の目を逃れることもできなかったし、ルシールもそれに気づかないわけもなかった。彼が悲しんでいるので、彼女もずっともの思いに耽っていた。家の中はしんと静まりかえっていた。このような時、ネルヴィル卿はカステル＝フォルテ公に初めて手紙を書いた。公は、それをコリーヌに見せるべきでないと考えたのだが、もしコリーヌが深い憂慮のにじみ出たその手紙を読んだら、きっと感動していたことだろう。

デルフイユ伯爵が、カステル＝フォルテ公がネルヴィル卿へあてた返書も届かないうちに、コリーヌを送って行ったプリマスから戻って来た。彼は、コリーヌについて自分の知っていることを言いたくなかった。

ところが、彼は、自分が重大な秘密を知っていること、口が堅くて黙っていることを誰も知らないことが気に入らなかった。彼の仄めかしを、ネルヴィル卿は初めのうちこそ気にも止めなかったが、それがコリーヌに何か関係があるかもしれないと気づいた時から、注意を払い始めた。彼は、デルフイユ伯爵を問い詰めた。伯爵は質問されると、今度はなかなか口を割らないのであった。

それでも、最後には、オズワルドは彼からコリーヌのことを全て聞き出した。デルフイユ伯爵は、彼女のために自分がしてあげたこと、彼女がずっと感謝していたこと、彼女が捨てられたことで苦しみ、ひどい状態にあったのを語るのが、うれしかったのだから。結局、伯爵は、それがネルヴィル卿にどういう効果をもたらすか毛ほども気づかずに、そして、この時は単にイギリス人が言うところの、「自分自身の話の主人公」になるのが目的で、その話をしたのだ。デルフイユ伯爵が話し終えた時、オズワルドは酷なことをしてしまったことに気づいて、悲しみのどん底に落ちた。

彼はその時までは自分を抑えていた。しかし、突然、苦しみで気が狂ったようになった。男の中でも最も残酷で不実な男だと、自分を責めた。コリーヌの献身、愛情、諦め、オズワルドを罪深いと思っている時でさえも持っていた、その寛容さを思い浮かべた。そして、自分は、無情、軽薄をもってそれに応えたのだ。誰も、彼女がそうしたように自分を愛さないだろう、また彼女への冷酷さゆえに、自分は何らかの方法で罰せられるだろうと、ずっと心の中で繰り返していた。イタリアへ行き、ただの一日、ただの一時間でも、彼女に会いたかった。

だが、ローマとフィレンツェは、もうフランスに占拠されていたし(二)、彼の連隊は船に乗り込むところだったので、そこを離れることは、彼の名誉にかかわっていた。彼は、妻の心をずたずたにすることも、過ちによって過ちを償い、苦しみによって苦しみを埋め合わせることもできなかった。しまいに彼は、戦争の危険に望みをかける気になって、そう考えるとやっと落ち着くことができた。

彼は、このような気持ちで、カステル＝フォルテ公に二通目の手紙を書いたのであった。公は、またコリーヌには見せまいと決意した。カステル＝フォルテ公がくれた返事は、彼女のさびしげだが諦めている姿を知らせていた。公は、彼女になり代わって、誇り高く、傷ついていたので、彼女の陥っている不幸せな状態を誇張するどころか、控えめに知らせた。ネルヴィル卿は、自分の愛が彼女を不幸にしたのだから、さらに未練で彼女を苦しめてはいけないのだと思った。そして、諸島に発った。苦悩と悔恨が交錯し、毎日が耐えがたいものになった。

3

ルシールは、オズワルドの出征が悲しかった。二人で暮らした終わりの頃、彼がずっと陰気に黙り込んでいたので、彼女は生まれつきの内気さがなおのこと内向し、自分の妊娠の兆しを告げる決心がつかなかった。彼は、諸島についた後に、そのことをエッジャモンド夫人からの手紙で知らされた。その時まで、娘は母親に隠していたのだった。ネルヴィル卿は、ルシールの見送る態度が冷ややかであった、と思った。何が彼女の心に起きているのかを見誤った。彼女の言葉に表わすことのない苦しみを、ヴェネツィアで別れた時のコリーヌの言葉をつくしての嘆きと比べると、自分をそれほど愛していないと思わざるをえなかった。

ところが、夫が不在の四年間というもの、ルシールには一日として幸せな日はなかったのだ。娘が生まれたことで辛うじて、夫が直面している危険から一時気を晴らすことができた。また別の心の痛みがこの心配に付け加わった。コリーヌとネルヴィル卿との関係が段々と明らかになって来たのであった。

デルフイユ伯爵は、一年近くスコットランドで過ごして、しばしばルシールとエッジャモンド夫人に会ったが、コリーヌのイギリス旅行の秘密を自分は洩らしていない、と固く信じ込んでいた。しかし、それを匂わすようなことは度々言っており、会話がだれた時に、彼としてはルシールの興味をひく話題を持ち出さないことなどできない相談で、結局、彼女は全てを知るに至ったのだ。世間知らずとはいえ、彼女もあと少しというところでは、デルフイユ伯爵に口を割らせるくらいの術は心得ていた。

エッジャモンド夫人は、日毎に闘病に専念するだけとなり、娘が自身にもたらされた苦悩の原因を知ろうと努めていることには、気づかなかった。だが、娘がひどく悲しげなのを見て、心の痛みについて打ち明けてもらった。エッジャモンド夫人は、本気でコリーヌのイギリス旅行についての自分の考えを述べた。ルシールにはそこからまた別の感想が生まれた。彼女は、コリーヌに嫉妬したり、オズワルドに嫌悪感を抱いたりした。愛してくれた女性に対して、そんなにも冷淡にできたのだ。それに、彼女は、その女性の幸福をそのようにして犠牲にすることができた男が、果たして自分を幸福にしてくれるのだろうかと不信感を抱いた。相変わらず、姉に対して、関心と感謝の念を持ち続けていたのだった。それだけに姉が哀れだった。オズワルドが、自分のために犠牲を払ってくれたことで、いい気になるどころか、自分がコリーヌよりも社会的地位が良いというだけでオズワルドに選ばれたのだ、という考えに悩まされた。彼女は、結婚前に彼がためらっていたこと、その後、間もなく悲しげな様子になったことを思い出した。すると、夫は自分を愛してはいないという辛い確信を抱くのであった。

もし、エッジャモンド夫人が娘をなだめるような人であったら、このような精神状態の時には、救いになっただろう。だが、寛容を欠き、義務と義務観に見合う感情しか理解できず、そこから外れるものは何であれ、排斥する人であった。気を配ってなだめるどころか、彼に良心の呵責を覚えさせる唯一の方法は恨んでみせることだ、と思い込んでいた。彼女は、ルシールの心配を我がものとするあまり、こんな素敵な娘が夫から認められていないことに苛々した。娘に自分で思っているよりずっと夫に愛されているのだと説いた。ためになることをするどころか、娘の自尊心をさらに刺激して、不安を深めさせた。

ルシールは、母親よりも温和で良識があったから、言いなりにはならなかったが、いつも母親の助言は影を残していた。それで、ネルヴィル卿への手紙には、彼女の実際の心よりも情がこもらなかった。

オズワルドはこの間、戦争でめざましい武勲をあげて、頭角を現していた。数えきれないほど度々、生命を危険にさらした。功名心に燃えてというより、危険を好んだのだ。彼が危険を楽しみにしている、ということは知られていた。戦闘の日には、常よりも陽気で元気がよく、うれしそうに見えることもあった。砲弾の騒音が聞こえ始めると、喜びに紅潮した。この時だけは、彼の心にかかる重荷も軽くなり、気楽に息ができるのであった。兵士から慕われ、仲間から感服されて、活気に満ちた生活をしていた。それは、彼に幸せを与えてくれるものではなかったが、ともかくも過去と未来について考えず済んだ。妻からの手紙も、最初こそ冷淡であると思ったが、それにも慣れた。コリーヌの思い出が、この熱帯の美しい夜によく浮かび上がった。

夜になると人は、自然とその創造主について大いに考えるものだ。毎日、気候と戦争に生命を脅かされ、死の近くにいるため、自分をそれほど罪深いとも思わなかった。今にも死にそうな敵であれば、人は許すものだ。自分が死ぬかもしれない状況にあれば、自分に対して寛容になるものだ。ネルヴィル卿は、コリーヌが自分の死を知った時に涙を流すであろうということだけを考えていて、自分の過ちによって、彼女が流した涙のことには思い至らなかった。

命の保証はない、と度々思わせられる危険のただ中にあって、彼は、ルシールよりもコリーヌのことを思い浮かべることが多かった。二人で死についてよく語ったものであった。諸々の真摯な思想について話し込むことがよくあったので、戦争と身の危険が日常である中で重大な考えをめぐらせている時、今だにコリーヌと語り合っているような気がした。一人でいる時、彼女が自分のことを怒っているとは思っても、彼が話しかけるのはコリーヌであった。自分は傍にいてもやらず、不実でさえあったのに、未だに二人は理解し合っているように思えた。それとは反対に、彼は、優しいルシールが夫である自分に嫌悪感を抱いているなどとは考えもせず、悲しく深い、もの思いなどしなくて済むように守ってやりたいひととして思い起こすだけであった。

とうとう、ネルヴィル卿の指揮する連隊は、イギリスに呼び戻され帰還した。そもそも、船の静けさが、戦争の活気に比べて気に染まなかった。肉体の活動が、かつてコリーヌとの対話で味わった想像力の喜びにとって代わっていたのだ。彼は、彼女から遠く離れてから、まだ休息をしようとしていなかった。彼は、自分の兵士に敬愛される術を心得ていたし、愛着と高揚感《アントウジアスム》とを感じさせていたので、帰途にあって、兵士たちの称賛と献身のせいで、改めて軍隊生活への関心を新たにした。この関心は彼らの下船まで全く消えなかった。

4

ネルヴィル卿は、ノーサンバランドにあるエッジャモンド夫人の領地に向けて発った。再び、自分の家族と理解し合う必要があった。四年来、家族の習慣というものをなくしていたのだ。ルシールは、まるで罪ある女のように気弱い様子で、三歳になる娘を彼に見せた。この子供がコリーヌに似ていた。妊娠期間中、ルシールは姉への追憶に満ちた想像に耽っていた。そのためか、ジュリエットという名のこの子は、コリーヌとそっくりの眼と髪をしていた。ネルヴィル卿はそれに気づいて、当惑した。その子を両腕にかかえて、優しく胸に抱き締めた。ルシールには、彼のこの動作はコリーヌを懐かしんでいるようにしか見えなかった。それで、この時から、彼女には、ジュリエットに見せるネルヴィル卿の愛情がまさしく愉快なものではなくなった。

ルシールはまた美しくなっていた。二十歳になろうとしていた。その美しさには堂々とした貫禄がつき、ネルヴィル卿は敬意を抱いた。エッジャモンド夫人はもう病床を離れられる状態ではなく、不機嫌で悲しがってばかりいた。それでも、彼女はネルヴィル卿に喜んで再会した。彼の留守中に死んで、娘をこのように一人で残していくのか、という不安につきまとわれていたからだ。ネルヴィル卿は、活動的な生活の習慣が身についてしまっていたので、ほとんど一日中義母の部屋に籠っているのは難儀であった。彼女は、もう娘と婿以外は誰も部屋に入れなくなっていた。

ルシールは、相変わらずネルヴィル卿を愛していた。だが、彼女には自分が愛されていないのではないかという悩みがあって、ただ自尊心から、彼のコリーヌへの恋情を知っていることや、それゆえの自分の嫉妬を隠していた。この自制心に日頃の慎みが加わり、本来そうであるよりもさらに冷ややかで無口になっていた。彼女は、夫から、もっと話すことを大切にすれば魅力的になると助言された時、その助言にコリーヌの思い出を嗅ぎ取り、素直に聞けずに傷ついた。ルシールは温和な性格であったが、何事にも現実的な考えを母親から受け継いでいた。

それで、彼女は、ネルヴィル卿が想像力の楽しみ、美術の魅力を礼賛すると、その話にイタリアの思い出を感じ取り、ただコリーヌの思い出のために言っているのだと思って、ネルヴィル卿の高揚感《アントウジアスム》に素っ気なく水をかけるのであった。別の心境であったら、どうしたら気に入られるかと考え、夫の言葉を頭に叩きこんでいただろうに。

エッジャモンド夫人は、病のためにその短所が顕著になり、単調な日常生活の規律から外れるもの全てに、嫌悪感を示すようになって来た。何事にも難癖をつけ、その苦痛に想像力は苛立ち、身体的にも、精神的にも、雑音に悩まされていた。生活経費をできるだけ切り詰めたがった。多分、自分がこの世を今にも立ち去ることが口惜しくてならないせいで。だが、どんな人でも自分の意見の動機については白状しないもので、彼女も、行き過ぎてはいるが、道徳の一般原則に基づいた意見だと言った。ささやかな楽しみも間違いと見なし、前日と少しでも異なるような時間配分にも義務を振りかざし、生活を味気なくすることに余念がなかった。

ルシールは、母親に従順ではあったが、それでも、母親よりも才知も、性格的な柔軟性もあった。エッジャモンド夫人の厳格でますます酷《ひど》くなる要求を穏やかに抑えるために、夫と団結したことだろう。もし、母親が、自分はただネルヴィル卿のイタリアという地への愛着に反感を抱いているのだ、と娘に言い聞かせていなかったならば。彼女は言った。「あんなに酷い考えにまた染まらないように、義務の力を頼りに抑え込まなくては」

ネルヴィル卿も、確かに義務については大いに敬意を払っていたが、エッジャモンド夫人よりも広い視野でそれを考えていた。彼は、義務をその根源にまでさかのぼって考え、義務は我々の真の性向と完全に調和しており、それが犠牲を強いたり、絶えざる争いをもたらすわけがない、と考えていた。つまり、美徳というものは人生を悩ませるどころか、長く続く幸福のために役立つのだから、この世で人間に許された予感のようなものと見なせるのだ、と考えていた。

　時として、オズワルドは、自分の考えを聞かせる時に、コリーヌの言い回しを使う楽しみに浸った。彼女の言葉を借りる時、自分が喜んで口にする言葉を耳で楽しんだ。エッジャモンド夫人は、彼がこのようなやり方で考えたり話したりすると、露骨に不機嫌になった。新しい考え方は、年とった人々には気に入らぬものだ。彼らは、とかく自分らが年をとれば、世界は得をするどころか損をするばかりだと考える。

　ルシールは、ネルヴィル卿が話の中で強い興味を示すことに、直観的にコリーヌに対する愛情の余韻を認めていた。彼女は自分の魂《こころ》のうちに何が起こっているかを夫に悟られぬように眼を伏せた。夫は、妻が自分とコリーヌとの関係を知っているとも気づかずに、自分が熱を入れてしゃべっている間、じっと黙っているのは薄情な性格のせいだと思っていた。だから、自分に応えてくれる才知ある人を見つけようとするのだが、誰に話しかけたらいいのかも分からずに、ただ心の中に過去についての後悔が、かつてないほど強くよみがえるだけであった。そして、憂鬱な気分に落ち込んだ。

　彼は、コリーヌの消息を知りたくて、カステル＝フォルテ公に一筆書いた。その手紙は戦争のために届かなかった。彼の身体はイギリスの気候にひどく苦しみ、医者たちは胸が再び冒《おか》されないためにも、イタリアで冬を過ごすようにと繰り返していた。だが、それは考えられぬことであった。フランスとイギリスの間に講和が成立していなかったのだから。一度、彼は、妻と義母の前で、医者が勧めているがそれには支障があると話した。

　エッジャモンド夫人は言った。「和平が成っても、あなたがイタリアを再訪されるとは思いませんが」

「もし、卿の健康に必要ならば」とルシールがさえぎった。「行かれたらよろしいのに」

　この言葉はネルヴィル卿の耳に心地よかった。それで、すぐにルシールに感謝の気持ちを表わした。だが、この感謝そのものが彼女を傷つけた。そこに、夫が旅の準備をする意向を感じ取ったのだ。

　春に和平が成立した（二）。イタリア旅行ができるようになった。ネルヴィル卿が、不健康な体調について語るたびに、ルシールは、夫の病状に対する不安と、夫がイタリアで冬を過ごさなくてはと仄めかすのではないか、という危惧の間で戦っていた。夫の病気を大変なこととは思っているのだが、湧きおこる嫉妬のために、ともすればイギリスに留まると危険だと医者が言うのも顧《かえり》みず、大したことはないと思えるような理由を見つけようとするのであった。ネルヴィル卿は、ルシールのこの振る舞いを無関心と利己主義の表われだと思い、二人は互いに傷つけあっていた。二人とも、自分の思うことを率直に打ち明けることをしなかった。

ついに、エッジャモンド夫人が危篤状態に陥って、ルシールとネルヴィル卿にはもう夫人の病状しか話し合うことがなかった。哀れな女は、最後の一カ月は口をきくこともできなかった。もはや彼女の言いたいことは、涙や手の握り方でしか分からなくなっていた。ルシールは絶望していた。オズワルドは心から同情して、毎夜病人に付き添った。十一月になると、彼は、介護を惜しまなかったせいで加減が悪くなった。エッジャモンド夫人は、娘婿が愛情を示してくれるので、満足そうであった。彼女の性格的な欠点は、病状悪化とともに大目に見られるようになったし、薄らいでも行った。死が近づいて来ると、魂《こころ》の迷いはすべておさまってしまうのだ。たいていの欠点は、この迷いから来ているのだ。

この世を去る夜、彼女は、ルシールとネルヴィル卿の手を取って重ね、自分の心臓に押しつけた。その時、天に目を向け、視線と手の動きでしか表現ができないことが残念な様子でもなかった。その直後に息をひきとった。

ネルヴィル卿は、義母の看護を引き受けたために、危篤状態に陥った。不運なルシールは、酷い苦悩と同時に恐ろしい不安にも苦しまなくてはならなかった。ネルヴィル卿は、うわごとで何回もコリーヌの名とイタリアという語を口にした。夢の中でいつも、「太陽と、南国と、暑い大気」を求めていた。

彼は、熱による震えが起こると、言った。「この北国では寒くて、身体が暖まらない」

意識を取り戻すと、ルシールがイタリア旅行の万端を取り計らっていた。彼は驚いた。

医者の助言があったからだ、と彼女は言った。「もしお許し下さるなら」と彼女はさらに言った。「娘と私も、あなたと一緒にまいります。子供は父からも母からも離れてはいけませんもの」

「もちろん」と彼は言った。「私たちは別れてはいけない。でも、この旅行はあなたには辛いのでは？　言って下さい。断念しますよ」

「いいえ」とルシールが言った。「辛いのは私ではなくて……」

ネルヴィル卿は、彼女を見つめて手を取った。彼女はさらに説明しようとしたが、母親を思い出して、自分の感じている嫉妬心を打ち明けるのをにわかに思いとどまった。

こう言って、言葉を継いだ。「私の一番の関心は、卿、信じて下さいね。あなたの健康回復です」

「あなたは、イタリアに姉上がいますね」とネルヴィル卿は続けた。

「知っていますわ」とルシールは言った。「何か知らせがありまして？」

「いや」とネルヴィル卿は言った。「私がアメリカに発って以来、彼女がどうなったのか知りません」

「そうですね、イタリアで分かるでしょう」

「今も姉上に愛着がありますか？」

「ええ、卿」とルシールは答えた。「幼い頃に可愛がってくれたことは忘れられません」

「ああ、何事も忘れてはいけないのだ」とネルヴィル卿は、溜め息をつきながら言った。

　そして二人とも黙り込んで、話は終わった。

　オズワルドは、コリーヌとよりを戻すためにイタリアに行くつもりは毛頭なかった。このようなことを考えつくには、あまりにも思いやりがあり過ぎた。だが、もし危険な胸の病を回復させるために行くのでなかったら、イタリアで死んで、末期の別れにコリーヌの許しを得るのも悪くはないと思っていた。自分が抱いていたその姉への情熱をルシールが知ろうとは思ってもいなかった。ましてや、自分が、譫言《うわごと》で、未だに胸を揺さぶられている後悔を洩らしていたとは思いもよらなかった。彼は妻の才気を認めていなかった。それは、何も生み出さず、考えたことに人の興味を引きつけるというよりは、むしろ他の人が何を考えているかを理解するのに役立つ才気に過ぎなかった。オズワルドは、妻を美しくて、冷たい人間と見なし、彼女の方は、自分の務めを果たしながら、夫をできる限り愛していたのだった。

　しかし、彼はルシールの感受性を知らなかった。彼女は、それを気づかれまいと最大限の努力をしていた。この状況にあって、自分の悲しみを隠すのは、自尊心からであった。だが、たとえ完璧に幸福な状態にあっても、夫に対して強い愛情を抱いていることを知られたら、自責の念を覚えただろう。彼女には、情熱的な感情を表明すれば、恥じらいが損なわれるように思えた。こういう感情を持つようになっても、受けた教育に従って自分を抑えることを掟として、悲しげに口をつぐんでいた。自分の感じることをあらわにしてはいけないと、思い込まされていたが、他の話をしても楽しいわけではなかった。

5

　ネルヴィル卿は、フランスでの記憶がよみがえることを恐れていた。それで、そこはさっさと通り抜けた。ルシールが希望も意思も全く示さないので、万事を決めるのは彼であったから。彼らは徒歩で、ドーフィネとサヴォワの境となる山々に着き、いわゆる「梯子段」を登った。岩の中を行く道であり、その入口は、深い洞窟への入口のようであった。それは長く、夏の晴れた日でも暗かった。その時は十二月の初めであり、まだ降雪はなかった。

だが、凋落《ちょうらく》の季節である秋も終わりに近づいて、冬と交代するところだった。道はどこも枯葉で覆われていたが、それは風で運ばれて来たのだ。その石ころだらけの道には、木など立ってはいなかったのだから。枯れた自然の残骸の近くには、翌年の希望である若木も見えなかった。山々の眺めをネルヴィル卿は喜んだ。平野の国々にあっては、土地は、人間を育み、養うことが唯一の目的のように見える。だが、絵のような地方にあっては、創造主の全能の力が刻まれているかのようだ。とは言っても、人間は至るところで自然と親しみ、人間の切り開いた道は山々をよじ登り、地の淵を下るのである。人間には、もう自分自身という神秘の他に、近づくことのできないものはない。

モーリエンヌ地方で、歩を進めるごとに冬が厳しくなって来た。モン＝スニ峠〔モンチェニジオ。イタリアとフランスの国境にまたがるアルプスの山道〕に接近すると、まるで北に向かっているかのようであった。ルシールは一度も旅行をしたことがなく、馬の足もとを危うくする氷に怯えていた。オズワルドの前では不安を隠していたが、幼い娘を連れて来たことで、何度も自分を責めていた。彼女は、今回自分が決断をしたのは、ただ道徳心からなのだろうか、と省《かえり》みた。そして、自分は娘を愛しているし、いつも娘と一緒にいれば、自分がオズワルドに愛してもらえるという考えがあったために、こんな長旅の危険性に思い及ばなかったのでは、と考えるのであった。

ルシールは引っ込み思案な性質で、自分の行動についてのためらいや、ひそかな自問自答で、疲れてしまいがちであった。徳や思いやりがあればあるほど、良心は揺れ動くものだ。ルシールは自分の気質からの逃げ場を信仰心に求めるしかなく、心の中で長い間祈って、やっと落ち着くのであった。

彼らがモン＝スニ峠に向かって行くと、自然はさらに恐ろしい様相を帯びるようであった。地上の積雪の上にさらに大雪が降った。ダンテ描くところの、氷の地獄にでも入ったかのようであった。地上のあらゆるものは、断崖の底から山の天辺に至るまで、単色の光景を呈していた。単一の色が、多様な植物の姿を消していた。川はまだ山々の麓を流れていたが、樅の木は真っ白になって、亡霊のように川面に映っていた。

オズワルドとルシールは、黙ってこの景色を眺めていた。このように凍りついた自然の前では、言葉など無力に思えて、黙り込むのだ。その時、突然、広大な雪野原に喪服の男たちの列が見えた。彼らは教会に柩を運んでいた。寒くて、人けのない その野中に姿を現す唯一の生きものである、その司祭たちは、ゆっくりと歩を進めていた。もし、彼らの足の運びが死についての思いゆえに重くなっているのでなかったら、冬季の厳しさのせいでもっと速足になっていたことだろう。自然と人間の、植物と命の葬列。これら二つの色彩、この白と黒。それらだけが視線をひきつけ、互いにくっきりと浮かび上がって、心胆を寒からしめた。

　ルシールが小声で言った。「なんて悲しい前兆！」

「ルシール」とオズワルドがさえぎった。「断じて、あれはあなたには関係はない」

「ああ！」と彼はひそかに思った。「コリーヌとイタリア旅行をした時には、こんな前触れはなかった。あのひとは今どうなったのか？　私の周りのこれら不吉なものが、これからの私の苦しみを予告しているのでないか？」

　ルシールは、旅の心労で精神状態が不安定であった。オズワルドは、男には、とりわけ彼のような勇敢な性格の者には縁のない、この種の恐怖に気づかなかった。ルシールは、この場合に恐れを抱くなどありえないと思っているだけの夫を、冷淡だと思った。万事が、ルシールをますます不安にさせていた。庶民の男たちは、危険が増すと一種の満足を覚えるものだが、それは彼らの想像力の流儀なのだ。彼らは、上流の人々を脅かすような話を聞かせて、その効果を楽しむ。

　冬期にモン＝スニ峠を越えようとすれば、旅人も宿の主人も、彼らが言うところの「お山」越えについての刻々と変わる情報を与えてくれる。約束の地に通じる谷の番人である、身動きしない怪物について語るかのようだ。不安材料がないかどうか知るために、天候を観察し、いわゆる「突風」の恐れがあると、彼らはよそ者に、山で危険を冒さないようにと強い口調で助言する。大気を覆う布のように広がる白い雲がこの風の前触れである。何時間もたたないうちに、地平線がその雲で暗くなる。

　ルシールは、ネルヴィル卿の知らぬ間に、できる限りの情報を集めていた。彼は、こういう恐怖感に気づきもせず、イタリアの地を再び踏んだ感慨に浸りきっていたのだ。ルシールは、旅そのものよりもまだ旅の目的の方に心が揺れていて、何でも悪い方へと考え、口には出さないでいたが自分と娘の安全を充分に守ってくれない夫を咎めていた。

　モン＝スニ峠の山越えの朝、数人の農夫たちがルシールを取り囲んで、「突風」が出そうな天気だと言った。それでも、彼女と娘を担いでいく者たちは、心配することはないと請け合ってくれた。ルシールはネルヴィル卿を見た。天気が崩れそうだと言われているのに、夫がものともしないのを見て、ルシールは改めてその大胆さが気に障り、出発したいと急いで言った。

　オズワルドは、妻がどういう感情からこの決断を下したか気づかずに、馬で、母子が乗せられた担架の後に従った。登りは割合に容易であった。だが、上りから下りにかかる平原の半ばまで来た時、物凄い嵐が起こった。吹雪の礫《つぶて》に、案内人たちは目つぶしをくらわされ、ルシールは、何度もオズワルドの姿を見失った。嵐のために濃霧に包まれたような状態になったのだ。アルプス山頂で、旅人たちの救助にあたる、敬すべき修道士たちが、警報の鐘を鳴らし始めた。この合図は、それを鳴らす有徳の人たちの慈悲を告げているのだが、その音そのものに何か陰気なものがあり、打ち鳴らされる早鐘は、救いよりも戦慄を感じさせるのであった。

ルシールは、オズワルドが修道院で足を止めて、そこで夜を過ごそうと言ってくれるかと期待していた。だが、彼の方は、彼女が願いを口にしようとしなかったので、日暮れまでに急いで目的地に到着した方がいいと思った。ルシールの担ぎ手たちは、下り始めるのか？　と心配して尋ねた。

「ええ」とルシールは答えた。「卿がそれに反対されないのですから」

ルシールが自分の怖れを口に出さないのは、間違いだった。娘が一緒だったのだから。だが、人は、愛されていないと思う時、とかく傷つきやすく、人生の一瞬一瞬は苦悩と屈辱にまみれる。オズワルドは、最も危険な下り方なのだが、相変わらず馬に乗ったままでいた。だが、彼はこうすれば妻と娘の姿を見失うことがないと思っていたのだ。

ルシールが、山頂から下り道を見ると、その山道はとても急傾斜で、もし路肩から下が深淵となっている違いに気づかなければ、下りの道筋そのものがまるで断崖絶壁であった。彼女は気を高ぶらせて、娘を胸に抱き締めた。オズワルドはそれに気づいて馬を下り、自分自身も担架の担ぎ手に加わりに来た。オズワルドのすることにはとても気品があり、ルシールは、妻子への献身的な心遣いを見て、目に涙がにじむのを覚えた。

しかし、彼が立ち上がった瞬間、物凄い風が吹きつけて来て、担ぎ手たちは膝をついて、叫んだ。「ああ、神さま、私どもをお救い下さい！」

その時、ルシールは気力を取り戻し、担架の上に立ち上がって、娘をネルヴィル卿に差し出した。「あなた、娘を受け取って下さい」

オズワルドは娘を馬上に抱き上げて、ルシールに言った。「あなたもおいで。二人とも乗せていけるよ」

「いいえ」とルシールは答えた。「娘だけは助けてやって下さい」

「助けるって」と、ネルヴィル卿は鸚鵡《おうむ》返しに言った。「危険だというのか？」そして、担ぎ手たちの方に振り向いて、叫んだ。「何てことをしてくれた。言わないなんて……」

「あの人たちは私には知らせてくれたのですが……」とルシールはさえぎった。

「それでもあなたは黙っていた」とネルヴィル卿が言った。「黙っているなんて、私が何をしたというのです？」

こう言いながら、彼は娘を外套の中に包みこみ、不安に怯えながら、下方に目をやった。だが、天は雲間から一筋の光をさしこみ、荒天を鎮めて、ピエモンテの肥沃な平野を目のあたりにさせてくれ、ルシールを守ってくれたのだ。一時間後に、全員が無事にモン＝スニ経由の最初のイタリアの町であるノヴァレーザに到着した。

宿に入ると、ルシールは娘を両腕に抱き取った。部屋に上がってひざまずき、神に熱心に祈った。

オズワルドはルシールが祈っている間、考えこんだ様子で暖炉に寄りかかっていたが、ルシールが立ち上がると、片手を差しのべて言った。「ルシール、怖かったのだね？」

「ええ、あなた」と彼女は答えた。

「ではどうして出発したのかね？」

「あなたが、出発したくてたまらないようでしたから」

「分からないのかね」とネルヴィル卿は答えた。「危険でないか、苦しくないか、何よりもあなたのために心配していたのに」

「ジュリエットのために心配していただかなくては」とルシールは言った。

彼女は、娘を膝にのせて、雪と雨で額にぴったり張りついた黒髪を、両手でカールしてやっていた。この時の母と娘の姿は魅力的であった。オズワルドは二人を優しく眺めた。だが、また、会話が沈黙で中断してしまった。続いていたら、多分互いに理解し合えただろうが。

彼らはトリノに着いた。この年の冬は厳しかった。イタリアのだだっ広い住居は、陽光を浴びるようにできているのであって、寒中では、いかにも殺風景であった。人々は大きな丸天井の下でうんと小さかった。丸天井は夏の間は涼しく、ありがたいものだが、冬の最中には、館の広大な空間を感じさせるだけで、館の主人は、巨人の住居の中のピグミー族のようである。

アルフィエーリの死去が伝えられたところであった（三）。祖国を誇りとするイタリア人にとって、それは国を挙げての喪であった。ネルヴィル卿はいたる所に悲しみが刻印されていると思った。彼は、かつてイタリアに受けたのと同じ印象を今はもう受けなかった。あんなに愛したひとがいないために、彼の目には、自然も芸術も魔力を失っていた。

彼はトリノでコリーヌの消息を尋ねた。五年来、彼女は何も公にせず、人目に触れずに隠遁生活をしているとのことであった。だが、彼女がフィレンツェにいるのは確かだ、ということであった。彼はそこへ行こうと決意した。ルシールへの愛情を裏切るのではなく、せめて自分の口からコリーヌがスコットランドを訪ねて来たことを知らなかった、と説明するために。

ロンバルディーア平野を横断する時に、オズワルドは叫んだ。

「ああ！　楡《にれ》の木々が葉に覆われ、緑の葡萄の蔓がその間をはっていた時、ここはどんなに美しかったことか！」

ルシールは胸のうちでつぶやいた。「コリーヌが一緒だった時に、美しかったのだわ」

数多《あまた》の河川が横切っているこの平野ではよくあることなのだが、湿気を含んだ霧で野の眺めが曇っていた。夜には宿で、まるで洪水のような、例の南国の豪雨が屋根に落ちて来るのが聞こえた。家の中も雨浸しで、水が至る所、人の後を火が燃え上がるような勢いでついてくる。ルシールは、イタリアの魅力を感じ取ろうとしたがだめだった。オズワルドと同様に、彼女の視線も幕で覆われているようであった。

6

オズワルドは、イタリアに入って以来、イタリア語を一言も口にしていなかった。この国語には胸痛むようで、話すのも聞くのも避けたい様子であった。ネルヴィル卿夫妻がミラノに着いた日の夜、部屋の扉を叩く音が聞こえ、真っ黒で目立つ顔だが、わざとらしい顔つきのローマ人が入って来た。表現のために表情をそれらしく作っていたが、表現しようという魂《こころ》が欠けていた。顔の表面に、優雅な微笑と、詩人を気取っている眼差しが張り付けられていた。

彼は、部屋の扉から、母、子供、夫を讃える詩句を即興で述べ始めた。世界中のありとあらゆる母、子供、夫に向けられて、その大げさなことと言ったら、まるで言葉と真実の間には何の関係もないかのようで、主題を上滑りするだけの賛辞であった。それでもローマ人は、イタリア語の魅力である響きのよい音をうまく使っていた。力強く朗々と歌うので、やっていることの空虚さがなおのこと目立つのであった。

オズワルドにとっては、こんな具合に久方ぶりに大切な国語を耳にし、歪められた自分の思い出に再会し、悲しい印象を滑稽なものにされるのを感じることほど、やりきれないことはなかった。ルシールは、オズワルドが内心辛い思いをしているのに気づいた。彼女は即興詩人を止めようとした。だが、彼は聞く耳持たないとでもいうように、部屋の中を大股で歩き回るのだった。絶え間なく叫び、身振りをして、見物人がうんざりしているのを、全く意に介さなかった。その動きたるや、ぜんまいを巻かれた器械のごとく、定まった時にしか止まらない。やっとその時が来て、ネルヴィル卿夫人はなんとか引き取ってもらった。

彼が去った時、オズワルドは言った。「詩の言葉というのは、イタリアでは容易にパロディーにされる。詩の言葉を語るにふさわしくない者は遠慮してもらいたい」

「本当ですわ」と、ルシールがいささか素っ気なく言った。「感嘆すべきものを今のような形で思い出させられるのは本当に不愉快ですわ」

この言葉でネルヴィル卿は不快になった。

「それどころか」と彼は言った。「あんなひどいものだと、かえって天才の力というものを感じます。あんなにも無残に堕落したものと同じ国語なのに」彼はわざとらしく言った。「あなたの姉上のコリーヌがその思想を表現するのに使った時には、天上の詩ともなった国語が」

ルシールはこの言葉に呆然とした。コリーヌという名は、この旅の間中、まだ聞いたことがなかった。ましてや、非難に込められたような「あなたの姉上」という言葉は。今にも嗚咽《おえつ》がこみあげて来そうになった。もし彼女がこの場で取り乱していたならば、すぐにも人生で最も楽しい時になったかもしれない。でも、彼女は涙をこらえた。そして、この夫婦の間の気詰まりはさらに耐えがたいものになった。

それまで悪天候の日が続いたのに、次の日になると、太陽が現れ、祖国に帰った亡命者のごとく燦々《さんさん》と輝いていた。ルシールとネルヴィル卿は、晴天を利用して、ミラノの大聖堂を見に出かけた。それは聖ピエトロが現代建築の傑作であるように、イタリアにおけるゴシック建築の傑作であった。十字架の形状に建てられたこの教会は、豊かで陽気なミラノの都の上にそびえる、美しい苦悩の表象である。鐘楼の天辺まで登る途中に見られる、一つ一つの丹念な細工仕事には驚くばかりである。建築物全体は、その高い天辺まで飾られ、彫刻を施され、切りぬかれ、言ってみれば、鑑賞のための小さな工芸品のようだ。これほどの工事を完成させるために、どれほどの忍耐と時間とが必要であったことか！　同じ一つの目的に向かう根気が、世代から世代へと伝えられ、人類はおのれの思想に揺らぐことなく、その思想のようにどっしりとした大建造物を築き上げた。ゴシック教会は人に敬虔な気持ちを抱かせる。

ホラス・ウォルポール(四)は言った。「教皇たちは、ゴシック教会によって高められた信仰心がもたらした財産を、現代風の教会を建てるのに捧げた」

彩色されたステンド・グラスを通して入って来る光、建築の風変わりな形状、つまり、教会の外観全体が、人がそこから決して解き放されることがなく、それを理解することもなく、自分の内面に感じている、無限という神秘のもの言わぬ表象なのである。

ルシールとネルヴィル卿はミラノの地が雪で覆われた日に立ち去った。イタリアの雪ほど、もの悲しいものはない。一面の濃霧の帳に覆われる自然は、見慣れないものだ。イタリア人はみな、国家の災禍のごとく悪天候を嘆く。オズワルドは、ルシールと旅しながら、色目を使っても靡《なび》いてもらえないような感じをイタリアに抱いていた。イタリアの冬は、他のどこよりも嫌われる。想像力は冬のためにあるのではないから。ネルヴィル卿夫妻は、ピアチェンツァ、パルマ、モデナを通過した。そこの教会や館は、住民の数や資産の割合からすると広大にすぎる。これらの都市は、大貴族の到着に先立ってやって来た何人かの供の者が、彼らを迎えるために整えたもののようだ。

ネルヴィル卿夫妻がターロ河を渡ることにした日の朝、まるで二人にとって今回のイタリア旅行を陰気なものにするお膳立てができていたかのように、河が前夜のうちから氾濫していた。アルプス山脈とアペニン山脈から下ってくる河川の大水は恐ろしい。遠くから、まるで雷鳴のように轟くのが聞こえる。その流れには速度があり、氾濫とそれを告げる音がほとんど同時に届く。このような河川に、橋はまず架けられない。河川が絶えず河床を変えていて、平野の高度を上まわってしまうのだから。

オズワルドとルシールは、いきなりこの河の畔《ほとり》で足止めされた。船は流れにもっていかれ、急ぐことをしないイタリア人たちに、急流で新たにできた河岸に連れていってもらうのを待たなくてはならなかった。この間、ルシールは身体も冷えきって、もの思いに耽りながら散歩をしていた。霧が濃く、河と地平線とは渾然としていた。その眺めは、太陽の日差しに焼かれたイタリアの地に見られる、あの恵みの河川よりは、むしろステュクスの冥界の川岸の詩の描写を思い起こさせる。ルシールは、厳しい寒さのために、娘のことが心配になり、漁師の小屋に連れて行った。そこではロシアのように部屋の真ん中で火が燃えていた。

ルシールは、ネルヴィル卿に微笑みながら言った。「あなたの麗しのイタリアは、一体どこですの？」

「いつ見つかるか分からない」と彼は悲しげに答えた。

パルマやその街道沿いにある都市では、遠方からでも、テラスの形状をした屋根が、絵のように眺められる。それがイタリアの都市に、オリエント風な景観を与えている。教会と鐘楼が、これらの平たい屋根の真ん中で妙に目立っている。北方では、積雪防止用の尖った屋根に不快な印象を与えられるが。

パルマでは、まだコッレッジョの傑作が保存されている。ネルヴィル卿はルシールをある教会に連れて行った。そこには、コッレッジョの「階段の」聖母と呼ばれるフレスコ画がある。(五)それを覆っているカーテンが引かれた時、ルシールはジュリエットに絵をよく見せてやろうと、両腕に抱いた。

この瞬間の母子の姿勢が、偶然聖母子像とほとんど同じになった。ルシールの顔は、コッレッジョの描いた慎ましく優美な理想像にとてもよく似ていて、オズワルドの視線は絵からルシールへ、ルシールから絵へと行ったり来たりした。彼女がそれに気づいて伏し目になると、さらに驚くほど似てきた。おそらく、コッレッジョは、天に向けられた目と同じくらい、伏せられた目にも心にしみる表現を与えることができた、唯一の画家なのだから。画家がこの眼差しに投げかけた帳は、感情と思考を少しも損なうことなく、さらなる魅力、天上の神秘の魅力をも与えている。

　この聖母は、壁から剥《は》がれ落ちそうだ。ただの一吹きで落とすことのできそうな、震えているような絵具が見える。そのために、この絵は束の間のものに付きものの憂鬱な魅力を持ち、人は消え去ろうとしているこの絵の美しさに、辛い最後の別れを告げようと、また見に来るのだ。

　教会を出ると、オズワルドがルシールに言った。「この絵は間もなく無くなるだろう。でも、私の眼《まなこ》には、ずっとあの絵の雛型が残るでしょうよ」

　この感じのよい言葉が、ルシールを打ち解けさせた。彼女は、オズワルドの手を握った。その優しい言い方に信頼を寄せてもいいのか、尋ねようとしていた。オズワルドの言葉が冷ややかに思える時には、彼女は自尊心から、不平を洩らすことができなかったのだ。心ある表現がうれしい時には、その幸せの時をさらに長続きさせよう、かき乱さないようにしよう、と心を配った。いずれにせよ、こうして彼女の魂《こころ》と才知は、結局は何も言わないための理由を見つけるのだった。彼女は、時が経てば、諦めと幸せが自分の心配をことごとく消し去ってくれる日が来るだろう、と思い込んでいた。

7

ネルヴィル卿の健康は、イタリアの気候で回復していた。だが、彼は絶えず辛い気がかりに揺れていた。至る所でコリーヌの消息を求めた。だが、トリノでと同じく、彼女はフィレンツェにいるはずだが、誰にも会わなくなり、何も書かなくなってからは、消息がないという返事であった。ああ！　かつては、コリーヌの名はこんな風に取り沙汰されはしなかった。彼女の幸福と輝きを損ねてしまった者は、許されるのだろうか？

　ボローニャに近づくと、遠くから二つの高々とした塔に驚かされる。とりわけ、その一つは見るのが怖くなるほど傾いている。その塔はもともとそのように建てられて、そのままで幾世紀も過ぎたのだ、と知っても無駄である。その眺めは想像力を悩ませる。ボローニャは、あらゆる分野で数多くの教養人がいる都市である。だが、そこの民衆から受ける印象は不快である。ルシールは、聞いていたように、イタリアの響きのよい言葉を期待していたが、ボローニャの方言には驚かされた。ボローニャ方言ときたら、北方の国語でさえも、これほど耳障りではないだろう。

　オズワルドとルシールが、ボローニャに到着したのは謝肉祭の最中であった。昼も夜も、怒号に似た歓声が聞こえていた。

ナポリの賤民ラッザローネのような人々が、夜はボローニャの通り沿いのアーケードの下で寝る。冬の間は、土器に乏しい火を入れて持ち、通りで食べ、外国人の後をしつこく物乞いしてつきまとう。ルシールが、夜、イタリアの都市で聞こえてくる、あの妙なる声を期待しても無駄なことであった。

寒い時には、イタリアの都市では、そのような声は一斉に鳴りをひそめるが、ただボローニャにおいては、慣れないと怖くなるような叫び声にとって代わられる。民衆の隠語となると悪意を含んでいるように聞こえるほど耳障りな音である。下層民の生活習慣は、北方よりも南の国々の方がずっと粗野である。定住民の生活は、社会秩序を完成させる。だが、通りで生活することも可能にする太陽が、庶民の習慣に何か野生的なものをもたらす。[36]

オズワルドとネルヴィル卿夫人は、大勢の物乞いに襲われることなしには一歩も進めなかった。それはイタリアではありふれた災厄なのだ。ボローニャの監獄の前を通ると、その鉄格子は通りに面していて、拘留者たちが見るも不快な様子でふざけていた。彼らは通行人に鳴り響くような声で話しかけては下品な冗談を言って、げらげら笑いながら救いを求めていた。しまいには、この地では何もかもが、品性のない民衆を連想させる。

ルシールが言った。「イギリスでは、民衆がえらい人たちに自分たちも同じ市民であることを示すのに、こんなやり方はしないわ。オズワルド、こんな国があなたのお気に入りまして？」

オズワルドは答えた。「神が、私が決して祖国を見捨てないようにお守り下さっているのです。アペニン山脈を越えたら、トスカーナ語も聞こえてくるし、本物のイタリアが見られるでしょう。それらの地方の、気がきいて、元気の良い民衆を知るでしょう。そうすればあなたも、イタリアに対して厳しくなくなるでしょうよ」

イタリア国民を判断するのは、それぞれの状況による。人々が言いたてる不都合が、見聞に一致する時もある。また、それが全く不当であるように思える時もあるのだ。各地の政府の大半が確立されていない国、そして、最下層と同じく最上流にとっても世論の影響力など無きにひとしい国、宗教が道徳よりも礼拝の方に関心を寄せさせる国、そんな国にあっては、一般的な国民、などと持ち出しても言うべきこともない。そこで出合うのは、個人としての特質というものだ。だから、旅行者が皮肉を言うか、賛辞を述べるかは、偶然の個々人の関係による。個人的に知るイタリア人が、この国民についての判断を決定させる。イタリアの制度にも、風俗にも、国民精神にも、しっかりと根ざすことができない判断。

オズワルドとルシールは、連れ立ってボローニャにある立派な絵画コレクションを見に行った。[六]オズワルドは一わたり見ると、ドメニキーノの描いたシビラの前で長いこと立ち止まった。

ルシールは、彼がその絵に興味をそそられたのに気づいた。彼が長らく見とれて、自分たちを忘れているのを見て、とうとう彼女は思い切って傍に行き、ドメニキーノのシビラの方が、コッレッジョの聖母よりも心に訴えるものがあるのか、とおずおずと尋ねた。不意打ちを食らったオズワルドは、ルシールの言おうとしていることの意味に愕然とした。

彼は何も答えずに、彼女をしばらく見つめて、それから言った。「シビラはもう神託を下さない。彼女の天才、才能、全ては終わった。だが、コッレッジョの天使のような肖像はその魅力を失っていない。一人のひとに多くの苦しみを与えた不幸な男は、もう一人のひとを決して裏切ることはないでしょう」

こう言い終わると、彼は、当惑しているのを見せまいとして、外へ出た。

第二十部　結末

1

　オズワルドは、ボローニャの画廊での出来事で、自分が思っていた以上にルシールがコリーヌとの関係を分かっていたことを知った。それで、ようやく彼は、彼女が冷ややかで、寡黙であるのはひそかな心痛から来ているのではないか、と思うようになった。その時までルシールが恐れていた彼の弁明が、今度は彼の方が心配になった。一言、口火が切られれば、ネルヴィル卿の望みによっては、彼女は全てを明らかにしただろう。だが、それは彼にはあまりに辛いことであった。再会しようという時になって、コリーヌのことを話し、何かを約束する破目になるのは、つまりいつも気詰まりな感じで気心を把握しきれないでいるひとを相手に自分が動揺しかねない事柄に触れるのは、辛いことであった。

　アペニン山脈を越えると、そこからは美しいイタリアらしい気候の地であった。海からの風が、夏の間は息づまるようだが、その時期には温気《うんき》を広げていた。草地は緑であった。秋が終わりかけていて、もう春の気配がするようであった。市場ではあらゆる種類の果実、オレンジや石榴《ざくろ》が見られた。トスカーナの言葉が聞こえ始めた。ついに、麗しのイタリアの思い出が全てオズワルドの魂《こころ》に戻って来た。だが、そこには何の期待感も混じってはいなかった。彼の印象は過去のままであった。南の心地よい大気が、ルシールの気分にも影響を及ぼしていた。

　もし、ネルヴィル卿に勇気づけられていたら、彼女はもっと自信を持ち、もっと活き活きとしていたことだろう。だが、彼らは、二人とも同じような内気さにとらわれて、互いの意向が気がかりで、自分の心を占めていることを伝え合おうとしなかった。コリーヌなら、こういう場合、ルシールの秘めごとも、オズワルドの秘密もすぐに察していただろう。だが、この二人には同じような遠慮深さがあった。よく似ているだけに、ますます二人はぎこちない状態を脱するのが難しいのだった。

2

ネルヴィル卿が、フィレンツェに到着して、カステル＝フォルテ公に手紙を書くと、ほどなく公が訪ねて来た。

オズワルドは、彼を見て感極まり、長いこと声をかけることもできなかった。やっとのことで、コリーヌの消息を尋ねた。

「彼女については悲しいことしかなくて」とカステル＝フォルテ公は答えた。「容態《ようだい》が悪く、日ごとに弱っています。私とじか面会せず、何をするにも覚束《おぼつか》ないことがよくあります。でも、少し落ち着いたと思っていたその時に、あなたのイタリア到着を知ったのです。包み隠さずに申しますが、彼女はその知らせに感情が高ぶって、下がっていた熱がぶり返しました。あなたとのことをどうするつもりかは、何も言ってくれませんでした。私が注意深くあなたの名を口にするのを避けたもので」

「どうか、殿下」とオズワルドが言った。「五年近く前、私から受け取られた手紙をあのひとに見せてやって下さい。あの手紙の中に、ルシールの夫となる前に、あのひとがイギリスに旅して来たことを知ることができなかった一切の事情を事細かに書いてあります。あのひとがそれを読んだら、私を迎えるように言ってやって下さい。もし、できるものなら、私は自分がとった行為の申し開きをしたいのです。もはや彼女の関心を求めるべきではないのですが、どうしても彼女の敬意を得たいのです」

「お気持ちに沿うようにしましょう、卿」とカステル＝フォルテ公は言った。「何か彼女のためになるといいのですが」

この時、ネルヴィル卿夫人が入って来た。オズワルドは、カステル＝フォルテ公だと紹介した。彼女は冷ややかに挨拶をした。公は彼女にじっと注目した。その美貌に驚いたに違いなかった。現在のコリーヌを思って溜め息をついたのだから。そして外へ出た。ネルヴィル卿が後に続いた。

「素敵な奥さまですね」とカステル＝フォルテ公が言った。「何て若くて、初々しいことでしょう！　私の哀れな女友達にはもうあんな輝きはありません。でも、卿、あなたと初めて会った時、彼女も同じくらい輝いていたことをお忘れになってはいけませんよ」

「ええ、忘れはしませんよ」とネルヴィル卿は声を上げた。

「ええ、私は決して自分を許しはしないでしょう……」そして、言いたいことを尽くせないまま、口をつぐんだ。

その日は、もう何も言わずに暗い気持ちで過ごした。ルシールが、彼の気分を変えるようなことを言おうともしないことが、気に障った。心の中で思った。「コリーヌだったら、私が悲しそうにしていたら、慰めてくれたのに」

翌日の朝、彼は、案じるあまり、早くからカステル＝フォルテ公の邸に出かけた。

「それで」と彼は言った。「あのひとはどう答えました？」

「お会いしたくないそうです」とカステル＝フォルテ公は答えた。

「それで、その理由は？」

「昨日、彼女のところに行きましたが、興奮して苦しんでいるのですね。衰弱しているのに、部屋の中を大股で歩いていました。蒼ざめた顔が時々紅潮して、すぐにまた元に戻りました。私は、あなたが会いたがっていると言いました。彼女はしばらく黙っていましたが、とうとう、こういうことを言いました。それをそのままあなたに伝えましょう。それをお望みでしょうからね。

『私をあまりにも苦しめたひとです。仇敵が、私を牢獄にぶちこんだとしても、追放、排斥したとしても、これほどまでに、胸を引き裂かれはしなかったでしょう。私は、彼を赦す気になったり、腹を立てたり、延々と続いた責め苦地獄を、どんな人も耐えたことがないくらい耐え忍びました。オズワルドには、愛と同じくらい、高揚感《アントウジアスム》も抱いていました。彼はそれを思い出さなくてはなりません。一度、彼に言ったことがあります。彼を愛さなくなるよりも、感嘆しなくなる方が、私には辛いでしょうと。

彼は、私の崇拝の対象を汚したのです。進んでか、やむなくか、それはどうでもいいのですが、私を裏切ったのです。今はもう私が信じていたひとではありません。彼は私に何をしましたか？　一年近くの間、私に思いを寄せさせて楽しんだのです。そして、私を守り、自分の心を行動によって明らかにしなくてはならなかった時、あのひとはそうしましたか？　今、彼は犠牲を払ったとか、寛容な行動をとったとか、自慢できますか？　彼は、いま幸せで、社会において特権的な地位を得ています。私はといえば、死にかけているのです。もうそっとしておいてほしいのです』」

「厳しい言葉ですね」とオズワルドは言った。

「彼女は苦痛のため気難しくなっています」とカステル＝フォルテ公が言った。「もっと穏やかな気分の時もあったのですが。でも、彼女は私の前で何度もあなたを弁護していましたよ」

「それで、あなたは、私のことを罪深いとお思いでしょうね」とネルヴィル卿が言った。

「そうですね」とカステル＝フォルテ公は言った。「そう思いますよ。女でしくじっても、世の中の評判を落としたりしません。今日崇拝の的である、か弱い女性は、明日には打ち砕かれているかもしれません。誰にも守ってもらえずに。私がことさらに彼女たちを尊重するのは、そのためなのです。女性に対して道徳を守るかどうかは、我々の心次第なのです。女を苦しめて、私たち男に何の不都合も生じなくとも、この不幸せは痛ましいものです。短刀で一突きすれば、法によって罰せられますが、感じやすい心を切り裂いても冗談の種にしかならない。ですから、短刀の一突きの方がいいくらいなのです」

「本当のところ」とネルヴィル卿は答えた。「私もまた、不幸せだったのですよ。それが唯一の弁解です。ですが、コリーヌは以前だったら、それを聞いてくれたかもしれない。今は、もう彼女にできることは何もないのでしょう。それでも、私は彼女に手紙を書きたいのです。二人を隔てる壁を越えて、恋人の声を聞きとってくれるだろうとまだ思えるのです」

「お手紙を彼女に渡しましょう」とカステル＝フォルテ公は言った。「でもお願いですから、気をつけて下さいよ。ご自分が、いま彼女にとって何なのか分かっておられない。他に気を逸らしてくれるような考えがないのですから、この五年の年月で、感慨はますます深まっているのですよ。今、彼女がどういう状態にあるか、お知りになりたいですか？　私が頼んでも、断念してくれず、妙な気まぐれで描かせたものがあります。それを見れば、あなたにも見当がつくでしょう」

こう言うと、カステル＝フォルテ公は書斎の扉を開き、ネルヴィル卿は後に従った。コリーヌの肖像画が目に飛び込んで来た。ロミオとジュリエットの第一幕で登場した、彼が最も魅惑されたあの日のようなコリーヌが。自信と幸せで息づいている目鼻立ち。その祝祭めいた時がネルヴィル卿の記憶に全てよみがえって来た。オズワルドが懐かしく思い出に身を任せている時、カステル＝フォルテ公は彼に片手をかけ、黒いカーテンを引いて、もう一つの絵のコリーヌを見せた。イギリスから戻って以来、脱ぐことがなかった衣裳のまま、ちょうどその年に彼女の希望で描かせた、黒い服を着たコリーヌを。オズワルドは、この服装の女性の印象を突然、思い出した。彼は、その女性をハイドパークで見かけたのだった。

だが、とりわけ驚かされたのは、コリーヌの考えられない変貌ぶりであった。死人のように蒼ざめ、目を半ば閉じた彼女がそこにいた。長い睫毛でその眼差しは煙ったようになり、血の気の失せた頬に翳を落としていた。肖像画の下に、『忠実な牧童《パストール・フィド》』の詩が書かれていた。

やっとの思いで言える　彼女は薔薇の花であった

「何と！」とネルヴィル卿は言った。「彼女は今こんな様子なのですか？」

「ええ」とカステル＝フォルテ公は答えた。「それもこの二週間来、また悪くなっているのです」

この言葉に、ネルヴィル卿は気が狂《ふ》れたようになって外へ出た。心痛のあまり平常心を失ったのだ。

3

彼は帰宅して、一日中自分の部屋に閉じこもった。ルシールが夕食の時間に、そっと扉を叩きに来た。

彼は扉を開けて、言った。「ルシール、今日は一人にさせておいて下さい。悪く思わないで」

ルシールは、手を引いていたジュリエットの方を向くと、抱き上げて口づけし、一言も発せずに立ち去った。ネルヴィル卿は扉を閉め、コリーヌ宛ての手紙がのっているテーブルに近づいた。彼は涙を流しながら、思っていた。

「ルシールもまた苦しめることになるのだろうか？　何のために生きているのだろう？　愛するひとを不幸にしてしまって」

コリーヌに宛てたネルヴィル卿の手紙

もし、あなたが世界一寛大な人ではなかったら、私は何と言ったら良いのでしょう？　あなたは、私を非難責めにすることもできます。もっと恐ろしいことに、あなたの苦しみで、私をずたずたにすることもできるのです。私は人でなしでしょうか？　愛したひとをひどく苦しめたのですから。

ああ！　私も苦しんでいるので、自分のことを完全に人でなしとも思えません。あなたと知り合った時、私が墓まで引きずって行くほどの心の痛みに打ちひしがれていたことをご存じですね。私は幸福を期待してはいなかった。長いこと、あなたに惹かれる気持ちと闘ったのです。とうとうそれに打ち負かされた時も、相変わらず、私の魂《こころ》の中には悲しみの感情、不幸な運命の予感があったのです。

ある時は、父があなたを恵んでくれ、天で私の行く末を見守り、生前愛した息子がこの世でまた愛されることを望んでいるのだ、と思いました。またある時は、外国女性との結婚で、任務と立場にそぐわない方向へ逸れるのは、父の意思に背くことになると思っていました。この二つ目の気持ちが優位に立ったのです。イギリスに帰国して、父があらかじめ、息子があなたに思いを寄せてはいけないとしていたことを知った時だったのです。もし、父が生きていたなら、その点について父の権威と争いもしたでしょう。でも、死んでしまった人は私たちを理解することもできず、そして力を失った彼らの意思は、不可侵のものとなって、心に触れて来ます。

私は、再び故国の慣習と絆のただ中に戻りました。あなたの妹に出会いました。父が、私の妻にと定めていた、安らぎのある規律正しい生活をする計画にふさわしいひとでした。私には、性格的に、存在を揺るがすものを恐れる軟弱なところがあります。精神は新しい期待に引きつけられるのですが、多くの苦悩を経験して病んだ心には、あまりに強い感動や、思い出深い生まれついての愛情と矛盾するような決断を迫られるのが、怖いのです。

とは言っても、コリーヌ、もし、あなたがイギリスにいることを知っていたら、あなたから決して離れることはなかったでしょうに。その感嘆すべき愛情の証が、不確かな私の心を引きずっていたでしょう。ああ！　こうもしていただろうと言って何になるでしょうか！　私たちは幸せなのでしょうか？　今、私は幸せになれるでしょうか？　確信はありませんが、もう一つの運命に心を残さずに、一つの運命を、いかにそれが美しかろうと、選び取ることができたでしょうか？

あなたが私に自由を返してくれた時、私は腹が立ちました。世の多くの男たちが、あなたに会った時に考えるのと同じことを考えました。こんなに優れたひとは、すぐに自分を必要としなくなるだろうと思いました。コリーヌ、あなたの心を踏みにじったことは承知しています。でも、犠牲を払うのは自分だけだと思っていたのです。自分の方が悲嘆にくれ、いつまでも未練を残しても、あなたの方は忘れてしまうだろうと思っていたのです。結局手を引けなくなったルシールには、思いを寄せるだけの価値があり、またそれ以上のひとであることを否定はしません。

しかし、あなたのイギリス旅行のこと、あなたを不幸にしてしまったことを知って以来、私の人生はもう針の筵《むしろ》です。四年間、私は戦争のただ中で死を求めました。私が死んだと知ったら、きっとあなたは、やむをえなかったのだと思ってくれるだろうと考えたのです。確かに、あなたは、私に対して悔いと苦悩の生活、この情け知らずにはもったいないほどの深い誠実さを示すことができるのです。ですが、男の宿命というものが、ともすれば貞節を危うくするような多くの関係に操られていることをご考慮下さい。そうであっても、ただの一度でも、私に会われることを拒否なさるのでしょうか？

たとえ、本当に私が幸福を見つけることも、与えることもできなくても。たとえ、私があなたと別れてからは本当にひとりで生きていて、腹の底から語ったこともなく、子供の母親、私がいくつかの名目で愛さなければならないひとが、私の思考にも秘密にも無縁であっても。たとえ、本当に悲しみに浸っていたせいで、コリーヌ、かつてあなたが回復させてくれたこの病気に再びかかっているとしても。もし、イタリアには、あなたは私が生を愛しているとも思わないでしょうが、病気治療のためではなくて、あなたに最後の別れを告げるためにやって来たのだとしても、一度、ただ一度だけでも会って下さることを拒《こば》まれるのでしょうか。お会いしたいのです。それがあなたのためになるだろうと思うからです。自分が苦しくて決心するのではありません。惨めなのが何だろう！　たとえ、あなたに話すこともなく、あなたの赦しを得ることもなくここから立ち去り、永久に重荷を背負うとしても、それが何だろう！

　私は不幸であって当然ですし、確実にそうなるでしょう。ただあなたの気が軽くなるように思えるのです。もし、あなたが友を思うように私を思ってくだされば、もし、あなたが私にとってどんなに大事なひとであったかをお分かりいただけたら。もし、あなたがそのことを、心よりも運命が変わってしまった、オズワルドの、この罪人の眼差しで、話しぶりで感じたならば。

　私は自分の絆を大切にしています。あなたの妹を愛しています。でも、人の心はこんな風に奇妙で矛盾しているので、この情愛を、あなたに抱く情愛を、内に秘めておくこともできます。自分について書くことは何もありません。説明すべきことが、すなわち私への有罪判決なのです。しかしながら、もし、あなたが目の前でひざまずく私を見たら、私の過ちと現在負っている義務を通して、未だにあなたが私にとってどういうひとなのか、ということを見抜かれるでしょう。二人で語り合えばあなたは穏やかな気持ちになるでしょう。

　ああ！　二人とも身体が弱り、天は私たちにこの先、長い人生を約束しているとも思えません。我々のうち先に行く者は、この世に残す恋人から悼《いた》まれ、愛されていると感じられますように！　罪無き者だけが、この喜びを得るべきなのでしょう。でも、罪ある者にもそれが許されますように！

　コリーヌ、気高いひと、人の心を読み取るあなた。言葉にならないことを汲み取って下さい。かつてそうしてくれたように、私のことを理解してください。あなたに会わせて下さい。私の蒼ざめた唇を、あなたの衰えた手に口づけさせて下さい。ああ！　こういう苦しみを与えたのは、この私だけではない。私たち二人を焼き尽くしたのは同じ感情なのです。愛し合う二人を襲ったのは同じ宿命なのです。でも、それは二人のうちの一人を罪に捧げ、そして、コリーヌ、その罪人の方が嘆きが少ないというわけでもないでしょう！

コリーヌの返書

もし、あなたが赦してくれとおっしゃるならば、私は、一瞬たりとも拒絶などしないでしょう。どうしてあなたに恨みを抱いていないのか、自分でも分かりません。思うだにぞっとするくらい、あなたのせいで苦しみましたのに。憎悪に駆られないためには、まだあなたを愛さなければなりません。私をこのように憎しみから解き放ってくれたのは、宗教の力だけではないでしょう。気がおかしくなった時がありました。そして、それは一番穏やかな時でしたが、心臓が締めつけられるようで、その日のうちにも死んでしまうと思ったこともありました。またしまいには何でも、美徳でさえも疑った時がありました。私にとって、あなたはこの世の美徳の表象そのものであって、感嘆も愛も同時に失った時、私には、もう感じることにも思索することにも導き手はいませんでした。

天の助けがなければ、私はどうなっていたでしょうか？ この世に、あなたの思い出に染まっていないものは、何もないのですよ。ただ一つの安息の場が私の魂《こころ》の奥底に残っていて、そこで神が私を迎えてくれました。私の体力は衰えて行きます。けれど、私を支えてくれる高揚感《アントウジアスム》は違います。不滅にふさわしくなること、私は好んで、人生の唯一の目的であるそのことを信じています。幸せ、苦しみ、何ごともこの目的のための手段なのです。ですから、あなたは、この世における私の人生の根っこを引き抜くために選ばれたひとなのです。あまりにも強い絆によって、私はそれに執着していたのです。

あなたのイタリア到着を知った時、あなたの筆跡を再び見た時、あなたが河の向こう岸にいると知った時、私の魂《こころ》は恐ろしいほど乱れました。自分の感じることと闘うために、あなたが妹の夫であることを絶えず忘れぬようにしました。それを隠しもいたしません。あなたにまた会うということは、再び陶然となっている私の心が、何世紀もの平穏より選び取りたい幸せであり、言うに言われぬ感動なのです。でも、この危機にあって神は私をお見捨てにはならなかった。あなたは、どなたかの夫ではないですか？ それでは、あなたに何を言うことがありましょう？ あなたの腕の中で死ぬことが、私に許されているでしょうか？

もし、私が何も犠牲にしないまま最後の日、最後の時を望むのならば、良心に恥じないようにするために何が残されているでしょう？ 今、私は以前よりも自信を持って、神の裁きを受けるでしょう。あなたに会うことを断念できたのですもの。この一大決心が魂を静めてくれるでしょう。あなたが愛してくれた時に感じた幸福は、もともと私たちにはうまく調和しないのです。その幸福は、動揺させ、不安にさせ、すぐにも去って行くものなのです！

ですが、習慣的な祈り、自己を完成させること、何事も義務感によって決意することを目的とする宗教的な瞑想の生活は、平穏そのものです。あなたの声を一声聞いただけで、私が獲得したと思っているこの休息の生活に、どういう打撃がもたらされるか分かりません。ご健康が損なわれたと聞いただけで、ひどく辛かったのですもの。ああ！　看病するのは私ではないのです。でも、あなたと共に苦しむのは、まだ私なのです。

卿、神があなたの日々を祝福して下さいますように。お幸せに。神の哀れみによってお幸せでありますように。神とのひそかなる意思の疎通によって、私たちのうちに、神を信じる存在とそれに答えてくれる声が置かれるかのようです。その声が、ただ一つの魂を二人の友とするのです。

あなたは、まだ幸福と呼ばれるものをお求めになるのでしょうか？　ああ！　私の愛を越えるものを見つけるでしょうか？　もし、あなたが新世界の荒地について行くことを許していたら、私は自分の運命に感謝しただろう、ということをご存じですか？　私が、奴隷のようにあなたに仕えただろうということをご存じですか？　もし、あなたが私を誠実に愛していたら、あなたの前では、天からの使いの前でのように、ひれ伏しただろうということをご存じですか？　それで、あなたはこれほどの愛に何をされましたか？　この世でただ一つの愛情に何をされましたか？　その愛と同じようなただ一つの不幸。ですから、もう幸福を切望しないで下さい。それをまた得られると思って、私を不快にさせないで下さい。私のように祈って下さい。祈って。私たちの思いが天で出合いますように。

とは言え、私は自分の終焉が近いと感じたら、恐らく、あなたが通り過ぎるのを見ようと、どこかに立ちつくすでしょう。どうしてそうしない理由がありましょう？　きっと、私の目がかすむ時、もう外では何も見えなくなった時、あなたの面影が浮かんで来るでしょう。もし今になってもう一度あなたに再会していたら、その幻はぼやけたものになるでしょうね？　古代人の神々は、決して死には立ち合いません。私は、あなたを私の死から遠ざけます。でも、私は、今のあなたの顔かたちが衰えた魂《こころ》の中に思い浮かんだら、とも思います。オズワルド、オズワルド、私は何を言っているのかしら？　あなたへの追想に耽っていることがお分かりでしょう。

どうして、ルシールは、私に会おうとしなかったのでしょう？　あなたの妻ですが、私の妹でもあるのです。私は、優しい言葉を、心広い言葉をかけたいのです。そして、あなたの娘。どうして私のところに連れて来てくれないのですか？　あなたに会ってはいけない。でも、あなたを囲んでいるのは私の家族ですわ。その家族から、拒絶されるのですか？　可哀そうな幼いジュリエットが、私を見て悲しくなるといけないというのでしょうか？　確かに私は亡霊のようですが、あなたの子供に微笑むぐらいはできるでしょう。

さようなら、卿、さようなら。私が、あなたを弟と呼べることをお考え下さい。それは、あなたが私の妹の夫だからなのですよ。ああ！　ともかくも私が死んだら、あなたは喪に服されて、親族として葬式に参列されるでしょう。私の遺骸が最初に運ばれて行くのはローマです。かつて私の凱旋の二輪馬車が駆け回った路上に、柩を通過させて下さい。あなたが私に冠を返してくれたのと同じ場所に立ち寄って下さい。いいえ、オズワルド、いいえ、私は間違っています。あなたを悲しませたくないのです。私はただあなたに、一掬《いっきく》の涙と、あなたを待つ天を幾度か見上げて下さることを、願うだけです。

4

オズワルドは、コリーヌからの手紙に、胸が掻《か》きむしられるような感銘を受け、落ち着きを取り戻せないままに、数日を過ごした。彼は、ルシールと顔を合わせるのを避け、コリーヌの家の方に続く河のほとりで何時間も過ごしていた。何回も波間に身を投げようという気になった。死んでしまえば、生きている間は入れてもらえない家の方へともかくも波が運んで行ってくれるだろう。

コリーヌの手紙で、彼は彼女が妹に会いたがっていることを知った。この願いに驚いたものの、それをかなえてやりたかった。でも、どのようにして、ルシールにこの問題を切り出せよう？　彼は自分の悲しみが、彼女の気を損ねているのがよく分かっていた。彼女に尋ねてもらいたかったのかもしれない。でも、彼は口火を切る決心がつかなかった。そして、ルシールの常套手段はというと、弁明になりそうな話題は逸らそうと、会話をどうでもいい事柄にもって行き、散歩を提案することであった。彼女は時折、フィレンツェを去って、ローマとナポリに行きたいと言うことがあった。ネルヴィル卿はあえて反対しなかった。ただもう何日かしてから、と言うだけであった。するとルシールは、冷然とした面持ちでそれを承知するのだった。

オズワルドは、せめてコリーヌに娘を見せたいと思った。内緒で、小間使いに娘を彼女のところへ連れて行かせた。娘が帰ると出迎えて、面白かったかと尋ねた。ジュリエットはイタリア語で答えた。その発音がコリーヌに似ていて、オズワルドをぎょっとさせた。

「娘や、誰に教わったの？」と彼は言った。

「今会って来た方に」と彼女は答えた。

「それでどのように迎えて下さった？」

「私を見て、すごく泣きました」とジュリエットは言った。「何故だか分からないけど。私を抱いて泣いていました。それが身体に障って、とても具合が悪いようでした」

「それで、娘や、その方を気に入ったのかい？」

「とても」とジュリエットは言った。「毎日行きたいわ。ご自分の知ってることを教えてくれると約束なさったの。私がコリーヌに似ているって。コリーヌって誰、お父さま？　その方は言って下さらなかったけれど」

ネルヴィル卿はもう返事をしないで、涙ぐんでいるのを隠すために傍を離れた。彼は、毎日ジュリエットを散歩の時に、コリーヌのところへ連れて行くように命じた。おそらく、このようにルシールの同意を得ずに、娘を自分の意のままにしているのは間違いだったろう。だが、日ならずして、子供はあらゆる分野で考えられないほどの進歩をしたのだ。イタリア語の先生は、彼女の発音に感心した。音楽の先生は、彼女が弾き始めた途端に感嘆するほどだった。

コリーヌが娘の教育に与える影響ほど、ルシールにとっての心痛となるものはなかった。彼女は、ジュリエットから聞いて、気の毒なコリーヌが衰弱した病身を押して、生ける者に残して行きたい遺産として自分の全才能を教え伝えようと、極度の努力をしていることを知った。もし、それらの配慮に、自分からネルヴィル卿を引き離すもくろみがあると思わなかったら、ルシールは心を打たれていただろう。だが、彼女は、自分だけで娘を指導したいというもっともな欲求と、娘の能力を目覚ましく伸ばしてくれる稽古を取り上げてしまうことへの自責の念との狭間で、戦っていた。

ある日、ネルヴィル卿は、ジュリエットが音楽の稽古をしている時に、その部屋の前を通りかかった。彼女は、自身の背丈に見合ったリラの形状をしたハープをコリーヌと同じやり方で手にしていた。彼女の細い腕ときれいな眼差しがコリーヌによく似ていた。美しい一幅《いっぷく》の細密画《ミニチュア》のようで、おまけに何にでも無邪気な魅力を添える子どもの優雅さがあった。オズワルドはこの眺めにいたく感動して、言葉もなく震えながら坐り込んだ。ジュリエットは、その時、コリーヌがティヴォリの別荘《ヴィッラ》のオシアンの絵の前で、ネルヴィル卿に聞かせたスコットランドの曲を奏でていた。オズワルドが聞きながら、ろくに息もつけずにいると、知らぬ間にルシールが背後まで来ていた。

ジュリエットが弾き終えると、父親は娘を膝にのせて言った。

「アルノ河のほとりに住むご婦人が、こういう風に奏でるように教えたのだね？」

「はい」とジュリエットは答えた。「でも、あの方はそうするのがとても辛いのよ。私に教えて下さる時にも、よく具合が悪くなりました。私がやめて下さいと何度言っても、そうなさらないの。ただ、私にこの曲を毎年、定まった日、十一月十七日だと思いますが、その日にお父さまのために奏でるようにと、約束させました」

「ああ！　ああ！」とネルヴィル卿は声を上げた。

そして滂沱の涙を流して、娘に口づけした。

ルシールが、そのとき姿を現し、ジュリエットに手をかけて、夫に英語で言った。「あんまりですわ、卿。娘の愛情も私から奪おうとなさるなんて。不幸せの中で、娘だけが私の慰めでした」

こう言うと、彼女はジュリエットを連れて行った。ネルヴィル卿が追いかけても無駄であった。拒絶されたのだ。夕食の時間に、彼女が一人で、行く先も告げずに出ていって、もう何時間もたつと知らされた。彼は、身も世もなく彼女の不在を心配した。その時、彼女が、意外にも優しい、穏やかな表情で帰って来た。ようやく彼は安心して、彼女に話しかけ、誠意をもって赦しを得ようとした。

だが彼女は言った。「どうか、卿、二人に必要なその弁明をまだ先に延ばして下さい。間もなく、私がこう願う理由がお分かりになりますわ」

夕食の間、彼女は、平生よりもずっと会話に熱心であった。

こうして数日が過ぎ去った。その間、ルシールは、いつもよりずっとにこやかで元気がよかった。ネルヴィル卿はこの変わり様に何も思い当たるふしはなかった。その理由は、こういうことだったのだ。ルシールは、娘がコリーヌを訪ねたり、コリーヌが子供に授ける稽古の進歩にネルヴィル卿が興味を持ったりすることに、腹が立っていたのだ。長らく胸の中に包み込んでいたものが、この時、あふれ出たのだ。かっと逆上した人に起こることだが、彼女は素早く意を決してコリーヌに会って、これから先も夫に対する私の気持ちを乱すお積りですか？　と尋ねるつもりで出かけた。

ルシールは、頭の中でしっかりと自問自答していたが、それもコリーヌの家の門の前に着くまでであった。この時、彼女は怖じ気づいてしまって、中に入る決心がつかなかっただろう。もし、コリーヌが窓から彼女を見つけて、テレジーナにどうぞお入り下さい、と言わせに行かせなかったら。ルシールは、コリーヌの部屋まで上がって、いざ会ってみると、それまでの忿懣《ふんまん》はかき消えた。それどころか、痛ましい健康状態に深く同情して、泣きながら姉を抱擁したのであった。

そして、二人の姉妹は、お互いに率直な対話を始めた。コリーヌがまず腹を割って話し始めた。しかし、ルシールにとっては、その対話に従わないわけにはいかなかっただろう。コリーヌは、皆に与えていた影響を妹にも及ぼした。妹に対しては、隠し事も遠慮もできなかった。自分がもう余命いくばくもないという確信を、ルシールに隠しもしなかった。蒼白な顔、衰弱ぶりが、それを充分に裏付けていた。彼女は、あっさりとルシールに微妙な話題を切り出した。ルシールとオズワルドの幸せについてだった。カステル＝フォルテ公が語ってくれたことから、と言うよりは、自身の洞察によって、家庭内がよそよそしく冷ややかであることを知っていた。

それで、彼女は、自分の才知と、死が間近に迫っている現実にものを言わせて、寛容にも懸命になって、ルシールとネルヴィル卿をもっと幸せにしてやろうとした。ネルヴィル卿の性格を熟知している彼女は、彼は愛するひとにルシールとは異なるやり方を求めているのだ、と分からせてやった。自然な信頼を、何故なら、彼の生来の遠慮がそれを持たせにくくしているので。もっと関心を、何故なら、彼は気落ちしやすいので。そして陽気さを、彼自身が悲しみに沈んでいるので。コリーヌは、人生の華やかな日々を送っていた頃の自分自身を語った。見知らぬ他人を批評するように自分自身を批評した。そして、ルシールに、正しい行いと厳しい道徳とともに、魅力、こだわりの無さ、そして時として自分の欠点を承知しているということが、気に入られたいという願望を抱くひとをどれほど感じ良くするかを、熱心に語った。

コリーヌはルシールに言った。

「その過失にもかかわらず、と言うよりも、その過失ゆえに愛された女たちがいました。この不可解さを説明するとしたら、おそらく、その女たちが、それを許してもらおうとして、自分を感じよく見せようとしたということ、相手に寛容さを求めるので、堅苦しさを押しつけなかったということです。

だから、ルシール、ご自分の完璧さを誇ってはいけないわ。あなたの魅力は、それを自覚しないで、ひけらかさないことにあるのですよ。あなたはそのままあなたであり、また同時に私のようでなくてはなりません。あなたに美徳があっても、自分の魅力を理由に、いささかも手抜きがあってはならないし、美徳があるからと言ってそれを誇り、冷たい女性になってもいけない。もし、その誇りが根拠の無いものならば、まだしも人を傷つけないでしょう。当然な権利のように抱くのは、思い上がった自負心より人柄を冷たくします。感情はとかく間違った判断をさせるものです」

ルシールが、姉が示してくれた親切心に優しく礼を言うと、コリーヌは言った。「これは、もしこれから先、私がまだ生きるとしても到底できないことでしょうね。でも、もうすぐ死ぬのですから、今の私のただ一つの願いは、オズワルドが、あなたとあなたの娘に私の影響の名残を見ること、とにかく彼が喜びを感じる時には、いつもコリーヌが思い出されるということなのです」

ルシールは、毎日姉の家にやって来て、オズワルドの最愛だったひとに見習おうと努めた。にこやかに、慎ましく、また思い遣りの気持ちをもって。ルシールの新しい魅力に気づいて、ネルヴィル卿の好奇心は日毎につのっていた。彼は、すぐに彼女がコリーヌに会ったことを見抜いた。だが、このことについて何も打ち明けてはもらえなかった。コリーヌは、最初にルシールと話した時から、二人の関係を秘密にしてくれと言った。オズワルドとルシールがそろっている時に、一度会うつもりでいたが、それはどうやら、自分で、もはやこれまでと思う時であるらしかった。何でも言おうとすると同時に、何でも悟ろうとしていた。彼女がその計画を包み隠していたので、ルシールも、その計画がどのように実現されるのかを知らなかった。

5

コリーヌは、死病にとりつかれたと思い、イタリアと、とりわけネルヴィル卿に、自分の天才が輝いていた時期をよみがえらすような、最後の別れの言葉を残したいと願った。こうしたところが彼女の弱点なのだが、大目に見てやらねばなるまい。愛と栄光が、相変わらずその精神のうちで溶け合って一つになっていて、この世のあらゆる執着を投げうってもかまわないと思った時にさえも、彼女は望んだのだ。自分を捨ててたつれない男が死に追いやったのは、愛することも思考することも最高にできた若い女であったのだと、いま一度認めさせてやることを。コリーヌにはもう即興詩をつくる力がなかった。

だが、彼女は孤独の中でもまだ詩を作っていて、オズワルドのイタリア到着以来、この仕事に強い関心を取り戻したようであった。おそらく、彼女は死ぬ前に、自分の才能、成功、つまり不幸と愛とによって失ったものを彼に思い出させたかったのだ。それで、彼女は、自分が書いたものを聞きたい人たちに、フィレンツェの翰林院《アカデミー》の広間に集まってもらう日を決めた。

コリーヌはルシールにその計画を打ち明けて、夫を連れて来るようにと頼んだ。「そうお願いしてもいいわね」と彼女は言った。「こんな状態なのですもの」

コリーヌの決心を知って、オズワルドはひどい不安にとらわれた。彼女が、自分で詩を読むだって？ どういう主題を扱いたいのか？ 彼女に会うかもしれないというだけで、オズワルドは完全に気が動転してしまったのだ。

当日の朝は、イタリアには滅多にないほどの冬日で、北国の冬のような天気であった。恐ろしい風が、ひゅうひゅう吹いているのが、家々の中でも聞こえた。雨が激しく窓ガラスを叩き、そして奇妙なことに、とは言ってもイタリアではよくあることなのだが、一月半ばというのに雷鳴が轟き、悪天候のさびしさに加えて恐怖までも感じさせた。オズワルドは一言もしゃべらずに、外界から受ける感覚は彼の魂《こころ》をますます震え戦《おのの》かせた。

彼は、ルシールと一緒に広間に着いた。大勢の人が集まっていた。隅の目立たない場所に肘かけ椅子がおいてあり、ネルヴィル卿は、自分の周りで、あそこにコリーヌが坐るのだ、コリーヌは重病だから自分で詩を朗誦《ろうしょう》できないだろう、と言われているのを聞いた。彼女は、自身のひどく変わり果ててしまった姿を現すのを恐れ、自分の方は見られずに、オズワルドを見ることのできるやり方を選んだ。彼女は、彼がいるのを知ると、ヴェールを被って、その肘かけ椅子の方へと行った。前に進むためには支えが必要であった。足取りがぐらついていた。時々立ち止まって息をついた。その短い距離が辛い旅路のようであった。このように、人生最後の歩みというのは、緩慢で困難なものである。

彼女は、椅子に坐って、オズワルドを目で探し、見つけると、全く思いがけない衝動で立ち上がり、両腕を彼の方へのばしたが、すぐにまた腰を下ろした。人間の情熱がもう通じない世界で、アエネアスに出会った時のディドのように顔をそむけながら。オズワルドが我を忘れて進んで行こうとしたので、カステル＝フォルテ公が制止した。公衆の目前で、コリーヌに敬意をはらうべきだとして、彼を抑えたのだ。

花の冠をかぶり白衣を身にまとった少女が、用意された壇上に現れた。この少女がコリーヌの詩をうたうことになっていた。その柔和な優しい顔、人生の苦渋の跡が一つも刻まれていない顔と、彼女がこれから口にしようとしている言葉との間に、人の心に訴えかける対照《コントラスト》があった。だが、この対照そのものが、コリーヌの好むところであった。それは、彼女の打ちのめされた魂《こころ》のあまりに暗い想念に、何か清冽なものを放っていた。高貴で繊細な音楽が、これから聴衆が受けようとしている印象を予告しているようであった。不幸せなオズワルドは、視線をコリーヌから、うなされた夜の冷酷な幻のような、その見る影もない姿から離すことができなかった。彼は、嗚咽《おえつ》しながら、その瀕死の白鳥の歌を、自分が罪なことをした女性がなおも心の底から語りかけてくるのを、聞いたのだった。

コリーヌの最後の歌

「私の厳粛な挨拶をお受け下さい、ああ、我がイタリアの皆さん！　もう既に、私の視野には夜の闇が進んで来ています。でも、空は夜の方が美しいのではありませんか？　幾千もの星に飾られています。それは、昼には砂漠でしかありません。このように、永遠の暗闇が、輝かしい太陽が見えなくしていた、数え切れないほどの思いを明らかにしてくれるのです。しかし、それを教えてくれる声は、段々と弱まっていく。魂《こころ》は中に引き下がって、その最後の熱気を集めようとしています。

青春の始まりの日々より、今も人の心を震わせるローマの女性という、この名を讃えようと思っていました。あなた方が、私に栄誉を下さった。ああ！　自由の民、あなた方は女たちを神殿から追放することも、不滅の才能を一時の嫉妬の犠牲にすることもしなかった。そして天才の飛翔には、常に喝采をおくります。あなた方は、時代を豊かにするものを永遠から汲み出した、あの敗北することのない勝利者、あの戦利品なき征服者です。

自然と人生は何という信頼を、かつて私に抱かせてくれたことか！　私は思っていました。あらゆる不幸は、よく考えず、よく感じないことから来るのであり、高揚感《アントウジアスム》を持ち続け、愛を保ち続ければ、この世にあって、天上の至福を前もって味わうことができるのだと。

そうです、私はこの心広い賛美を悔いていません。そうです、私を待っている土埃は涙で濡れるでしょうが、私が涙を流すのは、その賛美ゆえではないのです。私は自分の宿命を全うし、天の恵みにふさわしかったでしょうに。もし、私が、世界が明示する神の善意をたたえるために、よく響く私の竪琴《リラ》を捧げることができたなら。

おお、神よ！　あなたが決して拒《こば》むことのない、才能という貢ぎ物を。詩という捧げものは信仰《しんこう》であり、思考の翼はあなたに近づくのに役立つ。

宗教には、狭量なものはない。隷属したもの、限られたものも何もない。それは、広大で、無限で、永遠です。そして、天才は私たちを宗教から逸らすことなどせず、想像力は、その最初の飛躍から人生の限界を乗り越え、そして、いずれの分野の崇高さも、神性を映し出しているのです。

ああ！　もし、私が宗教しか愛さなかったならば、もし、私が嵐のような愛情を避けて、天だけを考えていたならば、こんなに早く打ち砕かれはしなかったでしょうに。私の華やかな空想が、亡霊たちに取って代わられることはなかったでしょうに。不幸せな女よ！　もし、今なお私が天与の才能を持ち続けているならば、苦しむ力だけが才能を意識させる。私の才能がそれと認められるのは、私を苦しめる強敵としてなのです。

それでは、さようなら、祖国よ、さようなら、私が生を受けた国よ。幼き日々の思い出よ、さようなら。あなた方は死とどう向き合っていかれるのか？　私の書いたものに、魂《こころ》に響く思いを見つけられた、あなた方は。ああ！　私の友人たちよ、どこのおられるにしても、さようなら。コリーヌがこれほどまでに苦しんだのは、恥ずべき理由のためではありません。コリーヌは、せめてもの哀れみを受ける権利を失ってはいないのです。麗しのイタリアよ！　あなたが、私にその魅力の全てを約束してくれても、無駄なこと。見捨てられた心に対して何ができましょう？　心痛を増そうと、私の願いを掻きたてるのか？運命に反逆せよと、私に幸福を思い出させるのか？

私は、おとなしく運命に従います。おお、私の後にも生きるあなた方！　春がまた巡って来たら、どれほど、私がその美しさを愛でていたかを思い出して下さい。どれほど、その空気と香りを度重ねて褒め讃えたかを思い出して下さい！　時折、私の詩を思い出して下さい。そこに私の魂が刻みつけられていますす。でも、今ここでも愛と不幸の運命の女神たちが、私の最後の歌に霊感を吹き込んでくれました。

私は神のご意志に従います。内なる音楽が、私に死の天使の到着を覚悟させる。天使には、怯えさせるものは何もない。怖がらせるものもありません。天使は、白い翼をつけている。夜の闇に囲まれて進んでいるのです。でも、到着する前に、無数の前兆がそれを告げています。

風がささやけば、天使の声を聞いたと思います。日が落ちる時、野には、天使が引きずる衣の襞のような大きな影がある。真昼に、命もつ人々が、澄みきった空しか見えない時、晴天だとしか感じられない時に、死の天使が呼び求める者は、遠くに見つけます。やがて自然の全てをその目から覆い隠して行く、一片の雲の姿を。

期待、若さ、心の感動は、だからこれで終わりです。見せかけの心残りなど、私にはほど遠いもの。もし、私がまた何人かの人に涙を流してもらえたら、もし、また人に愛されていると思えたら、それは私が消えていくからです。でも、もし、私がもう一度、命を取り戻しても、命はやがて私にその短刀を一つ残らず向けて来るでしょう。

そしてあなた、ローマよ、私の遺骸が運ばれて行くでしょう。あれほど人が死ぬのを見てきたあなた。赦して下さい。私が、震える足で名高い亡霊たちに加わるのに、嘆くことを赦して下さい。おそらく気高く、豊かな感情と思考が、私と共に消滅します。そして、私が自然から授けられた全ての能力のうちで余すところなく使われたのは、苦しむという能力だけです。

もうどうでもいいこと、従いましょう。死の大いなる神秘は、それがどのようであれ、平安をもたらすはずです。どうか私にそれを請け合って下さるように、もの言わぬ墓よ。どうか私にそれを請け合って下さるように、恵み深い神よ！　私は、この世で選んでしまいました。私の心にはもう逃げ場はありません。私のために決め下さい。それで私の運命は、少しはましなものになるでしょう」

こうして、コリーヌの最後の歌は終わった。広間に、喝采の悲しく深いざわめきが響いた。ネルヴィル卿は、激しい感動を抑えることができずに意識を失った。コリーヌはその有様を見て、彼の方へ行こうとした。だが、立ち上がろうとしても、その力もなかった。家に運ばれた。その時から、彼女の助かる望みはなくなった。

彼女は、尊敬している司祭さまを呼びにやって、長らく話し合った。ルシールが彼女のもとを訪れた。オズワルドが苦しんでいるのに心を動かされ、姉の足元に身を投げ出して、会ってやってくれと懇願した。コリーヌはそれを断った。恨みがあってのことではなかったのだが。

彼女は言った。「私の心を踏みにじったことを赦しましょう。男は悪いことをしても、それが分からないのです。それに、社会のせいで、男たちは一人《ひと》の魂を幸せいっぱいにしておいて、その後で絶望のどん底に陥れることなど、遊びだと思い込んでいるのです。でも、いざ死ぬ時になって、神さまのおかげで心の平安を得ることができました。オズワルドを見ることができたので、私の魂には、死の不安にはそぐわない感情があふれているのを感じています。宗教だけが、この恐ろしい、死へ移行するための神秘を知っています。あれほど愛したひとを赦しましょう」

か細くなった声で彼女は続けた。「あのひとが、あなたとともに幸せに生きますように。でも、次に彼がこの世を去ろうという時が来たら、その時、哀れなコリーヌを思い出してくれますように。もし、神がお許しになるなら、コリーヌが見守りましょう。命取りになるほど強い恋であれば、愛することをやめないものなのだから」

オズワルドは扉のところにいて、コリーヌのはっきりした拒絶にもかかわらず、何度か入ろうとしては、苦しみに打ちのめされた。ルシールは、一方からもう一方へ、絶望と死の苦しみの間をとりもつ安らぎの天使として行ったり来たりしていた。

ある夜、コリーヌが小康を得た様子だったので、ルシールは夫に、娘と一緒に過ごさせてくれと願い、同意してもらった。三日も、娘と顔を合わせていなかったのだ。コリーヌの容態は、この間に急変し、宗教上の務めを全て済ませた。彼女が、厳かな告白を受けてくれたその老司祭に、次のように言ったことは、確かである。

「神父さま、今あなたは、私の惨めな宿命をご存じです。私をお裁き下さい。私は、自分が人から非道な仕打ちをされても、仕返しなどしませんでした。心底苦しんでも、無情にはなりませんでした。私の過ちは情熱の過ちであって、それ自体は罰せられるものではなかったはずです。もし、人間の高慢と弱さのせいで、誤りと行き過ぎというものがそこに加えられることがなかったならば。ああ、神父さま、あなたは、私よりも長く人生を経験されています。あなたは、神は私をお赦し下さると思われますか？」

「娘よ」と老司祭は言った。「そうだといいのだが。あなたの心は、今は神のものですね？」

「そう思います、神父さま」と彼女は答えた。「この肖像画（それはオズワルドの肖像画であった）を、向こうに持って行って下さい。そして、権力を得るためでも、天才を得るためでもなく、苦しみ死ぬために地上に降り立った、あの御方の絵を私の胸の上に置いて下さい。苦痛と死がその絵をぜひ必要とするのです」

その時、コリーヌは、カステル＝フォルテ公が寝台の傍らで泣いているのに気づいた。

彼に手を差し伸べながら、彼女は言った。「あなた、いまわの際にあなただけがついていて下さる。私は、愛するために生きて来たのです。あなたがいらっしゃらなければ、一人で死ぬところだった」こう言うと、涙が流れ落ちた。

それから、彼女はまた言った。「でも、今は助けなど必要ないのだわ。私たちの友人も、この世の出口までしかついて来られないのですもの。そこから先は、その不確かさも、その深さも明かされることのない、死後の思考が始まるのです」

彼女はもう一度空を見るために、窓際の肘かけ椅子に運んでもらった。ルシールがその時戻って来て、可哀そうなオズワルドは、こらえきれずに彼女の後について入った。そして、コリーヌの傍に寄ってひざまずいた。彼女は話しかけようとしたが、その力がなかった。彼女は、空に視線を向けて、昔ナポリへの途上の海岸で、ネルヴィル卿に見せたのと同じ雲に覆われた月を見た。その時、彼女は、今にもこと切れようとする手で、彼に月を指してやった。息絶えて、その手が落ちた。

その後、オズワルドはどうなったか？　彼は錯乱状態になって、最初は、正気か命かが失われるのでないか、と気づかわれた。ローマで、コリーヌの葬儀に参列した。長らくティヴォリに閉じこもっていたが、そこに妻子がついて来るのを望まなかった。

しかしそのうちに、愛着も、義務感も抱いている妻子のもとに戻った。家族でイギリスに帰国した。ネルヴィル卿は、それ以後、誰よりも品行方正で、清廉な家庭生活の手本を示した。だが、彼は、自分自身に過去の行いを赦したのか？　世間は彼の行いを良しとしたけれども、それで彼は慰められたのか？　大切なものを失ってしまった後で、平凡な境遇に甘んじたのか？　私はそれを知りませんし、その点について、彼を咎めたくも赦したくもないのです。

原註

＊　スタール夫人自身がつけた註釈。文中に「私」とあるのは、スタール夫人がみずからを指して言っている。その原註の文の後の〔　〕でくくられた註釈は、フォリオ版校訂者シモーヌ・バレイエの註を参照しながらの訳註である。

（1）　アンコーナは、この点に関して当時とほとんど同じである。

（2）　この省察は、有名な旅行家フンボルトの兄で、駐ローマ・プロシャ公使であるフンボルト氏の、ローマについての書簡から取った。話をしても、書いたものを読んでも、これほどの知識や思想をうかがわせる人に出会うことは難しい。〔アレクサンダー・フォン・フンボルト男爵（一七六九―一八五九）は、ドイツの自然科学者、地理学者。フォルスターの影響で、熱帯地方に興味を持つに至る。プロイセンの鉱山官吏になり、ヨーロッパ諸国、中南米、北米を旅した後、研究の成果をまとめる〕

（3）　このイタリア人の朗唱法についての非難から、まず、かの有名なモンティを除外しなくてはならない。モンティは詩を書くように朗読した。彼がウゴリーノのエピソード、リミニのフランチェスカのエピソード、クロリンダの死その他を暗唱するのを聞くと、素晴らしくドラマティックな喜びをおぼえる。

（4）　ネルヴィル卿はプロペルティウスのあの美しい二行連句に言及したようだ。

高い彫像の天辺に届かない時には
彫像の足元に王冠を置く

〔プロペルティウス、『エレゲイア』。プロペルティウスは前五四あるいは前四七年生まれのローマの詩人。ローマに出て、アウグストゥスの寵臣、マエケナスの愛顧を受ける。初期はみずみずしい恋の詩、後に神話や伝説を織り込んだ難解な詩を書いた〕

（5）　あるフランス人が聖天使城《サン＝タンジェロ》での最後の戦いを指揮した。ナポリ軍が降伏を迫った。答えていわく。「青銅の天使が剣を鞘におさめたら、降伏しよう」〔シモーヌ・バレイエによれば、これは一七九八年二月、ローマ入りしたナポリ軍と、フランス駐留部隊が対峙した際の逸話〕

（6）　ジュネーヴの人、シスモンディ氏著作、『中世イタリア諸共和国史』より。この歴史書は確かに権威書と見なされることだろう。なぜならば、これを読むと、著者は、その語り口、描き方によって良心的で力強い、深みある聡明さのある人であることが分かる。〔経済学者、ジャン＝シャルル＝レオナール・シモンド・ド・シスモンディ（一七七三―一八四二）〕

（7） Eine Welt zwar bist du, o Rom; doch ohne die Libe Ware die Welt nicht die Welt, ware denn Rom aucht nicht Rom.

この詩句は、ドイツの今を生きる詩人、哲学者、文学者であり、その独創性と想像力によって傑出するゲーテのものである。〔ゲーテ、『エレギー』〕

（8） この聖ピエトロ教会が宗教改革の主な原因の一つであると言われる。代々の教皇が、金のかかる教会建設のために免罪符を増やしたため。

（9） 「これらのライオンは玄武岩ではない、今日、玄武岩とされる火山岩がエジプトに存在しないのだから」と鉱物学者たちは断言する。だが、プリニウスがこれらのライオンの素材となっているエジプトの石材を玄武岩と呼び、美術史家ヴィンケルマンもこの名称を踏襲しているので、私もそのまま使いたい。

（10） 雄牛たちよ、今こそ七つの丘の草を食めよ、
それができる間に。これらの場所は大都の地となる。
ティブルス〔『エレゲイア』、Ⅱ、5〕

異邦人よ、こんなに大きなローマも
フリギアのアエネアスがやって来るまでは、丘と草だけだったのだ。
プロペルティウス、第四巻、1

（11） アウグストゥスは医者の処方により、ブリンディシウムに湯治におもむく途上、ノラで死んだ。だが、彼はローマを発つ時に瀕死の状態であったのだ。〔バレイエによれば、スタール夫人はここでタキトゥスの『年代記』Ⅰ、5を使用〕

（12） Viximus insignes inter utramque facem. PROPERCE.
〔プロペルティウス、『エレゲイア』〕

（13） プリニウス、『博物誌』、第三巻。テベレ河は……イタリア海から入ってくる大船舶も通す、それで交易に適した河であると見なされるのだ。この河の両岸だけで、他の河川沿いにあるのを全部足したか、あるいはそれ以上の数の田舎家が見うけられる。それから付け加えて下さい。高い堅固な河岸に守られて、世にこれほど安眠できる河もない。テベレが河岸を破るのは、河のせいではなくて、地下水が増水して河の流れに加わり、氾濫させるのだ。さらにテベレは有害とされずに、氾濫時にはいつも忠実に予告し、予言者的な力をそなえ、天を鎮めるために神の教えが命じる贖罪を与える、とされる。

（14） 私はレカミエ夫人のダンスを見て、この描写を思いついた。優美さと美しさで知られるこの女性は、逆境にあっても、感動的な忍従と、自己利益の全面放棄の手本を示し、その精神的な資質は容姿の魅力と同様に注目された。〔レカミエ夫人（一七七七―一八四九）は、リヨン生まれ。銀行家レカミエと結婚して、ナポレオンの執政政府時代にサロンを主宰。ナポレオンの迫害を受けていたスタール夫人の親友となり、自身もパリ四十里所払いの処分を受ける。美女の誉れ高く、ダヴィッド、ジェラールによる肖像画にその姿をとどめる。後半生はシャトーブリヤンへの愛を貫く〕

（15） 『メディチ家の歴史』の著者、ロスコー氏は、最近イギリスでレオ十世伝を出版した。この書はこの分野の傑作で、イタリアの諸公や民衆が、優れた文人に対して敬意と感嘆を惜しまない

ことが述べられている。ロスコー氏はまた公平な目で、多くの教皇たちがこの点で寛大な対応をしていると述べている。

(16)　チェザロッティ、ヴェッリ、ベッティネッリはイタリア語散文の中に思想を入れた、現存の三作家である。実を言うと、イタリアの散文はずっと以前から思想を盛るものではない。〔作家、聖職者のメルキオッレ・チェザロッティ（一七三〇―一八〇八）。思想家、詩人、小説家のアレッサンドロ・ヴェッリ伯爵（一七四一―一八一六）。批評家、イエズス会士であるベッティネッリ（一七二八―一八〇八）〕

(17)　ジョヴァンニ・ピンデモンテは最近イタリア史から主題をえた劇を上演した。これは興味深い、称賛すべき企てである。ピンデモンテといえば、魅力的な甘美さをそなえた、イタリア現代詩人の一人、イッポーリト・ピンデモンテの名がよく知られている。〔ジョヴァンニ・ピンデモンテ（一七五一―一八一二）は、ヴェローナ生まれの詩人で、スタール夫人が第十八部5でその詩を一行引いているイッポーリト（一七五三―一八二八）の兄〕

(18)　アルフィエーリの遺作が出版されたばかりである。遺作は辛辣な断片が多い。だがアペルの悲劇に対する彼の劇的な試みは奇妙であり、作者みずからも自分の戯曲があまりに厳しいもので、舞台では想像の楽しみにもっと合わせなくてはならないと感じていた、と結論できる。

(19)　私はここでネッケル氏による『宗教道徳講義』の中の「死について」の話の数節を引用させてもらった。彼の別の著書、『宗教上の意見の重要性』は、大成功をおさめたが、その意図がいくつかの政治的事件によって誤解された時期に出版された『宗教道徳講義』と混同されることがある。だが、私は『宗教道徳講義』が父の著書の中でも最も説得力があると断言したい。いかなる大臣も彼以前にキリスト教の説教のための書物を著した者はいない。この分野で、人間と多くかかわってきた男の特色は、人心を知っていることと、それゆえに寛大であることである。これらの二点を考えると、『宗教道徳講義』は独創的なようだ。宗教人はふつう俗世では暮らしていない。俗人は大半が宗教的ではない。それではいったい何処に、これほどまでの人生についての観察と、そこから発する高まりを見出せようか？　私は、自分の意見が私情によるとされることを懸念もせずに、敢えて宗教書の中でも父のこの書こそ、心ある人を慰め、魂と思考が絶えず提起してくる大問題を考察する人々のための、第一級の書物であると言おう。〔ジャック・ネッケル（一七三二―一八〇四）は、ジュネーヴ出身の銀行家。一七八九年フランス革命勃発時の財務総監。『宗教道徳講義』は一八〇〇年出版。『宗教上の意見の重要性』は一七八八年出版〕

(20)　雑誌「ヨーロッパ」に、絵画に適したテーマについて、深みのある聡明な意見を見ることができる。『コリーヌ　あるいはイタリア』に見られるいくつかの思索は、この雑誌にあるフリードリッヒ・シュレーゲル氏の文によって得たものである。この作家やドイツの思想家たちは尽きることない鉱脈である。〔バレイエによれば、シュレーゲル兄弟（とくにフリードリッヒ）の雑誌、「ヨーロッパ」は、一八〇三年から一八〇五年にパリで刊行〕

(21)　コリーヌの画廊にある歴史画は、ダヴィッドのブルートゥス、ドゥルエのマリウス、ジェラールのベリサリウスのコピー、あるいはオリジナルである。他に引用されている絵画の中で、ディドの絵画はドイツ人画家、レーベルク氏によって描かれた。クロリンダの絵画はフィレンツェの画廊にある。マクベスの絵画はシェークスピアものの絵画のイギリスのコレクションの中にあり、フェードルの絵画はゲランのものである。そしてキンキンナトゥスとオシアンの二つの風景画はローマにあり、イギリス人画家のウォリス氏がその作者である。〔バレイエによるコリーヌの画廊の説明は、次のようである。ダヴィッドの「ブルートゥス」（一七八九年サロン）は一七八八年パリで出品され、ドゥルエの「ミントゥルナエのマリウス」と共にルーヴル美術館にある。ジェラールの「ベリサリウス」は一七九五年のサロンに出品された。この油絵作品はなくなってしまい、今日では、デノワイエの版画で知られている。アルバーニの「十字架の幼子キリスト」はウフィツィ美術館にある。スタール夫人がナポリでターラントの大司教、カペチェラートロ猊下のところで見ることができた「十字架を背負うキリスト」は、コリーヌが言うようにティツィアーノ作ではなく、ムリリョ作である。大司教はムリリョのものを数点所有していた。大司教の画廊には、またサルヴァトール・ローザの絵画もあった。その絵にあっては人間の存在は事実上ほとんど無意味である。「地獄でディドに出会うアエネアス」はフリードリッヒ・レーベルクの作で、スタール夫人はフランクフルトで彼に会い、その時この絵のデッサンを見せられた。ウフィツィにある「クロリンダ」の絵は確認されていない。「マクベス」の絵は、シェークスピアものの絵画作品を集めているボイデル・ギャラリーにある。今日ではルーヴル美術館にあるゲランの「フェードル」は一八〇二年サロンに出品された。ジョージ・オーガスタス・ウォリス（一七七〇—一八四七）は、サリー州に生まれ、ヨーロッパ周遊の後フィレンツェに落ちついた。彼の作品は、ドイツの英雄を題材とした風景画の影響を示している。スタール夫人が描写している絵画は、彼女の友人のデヴォンシャー公爵の二番目の夫人の父であるブリストル伯爵のコレクションとして、ローマにあった。オシアンについてスタール夫人は一つ間違いをおかした。ケアバーではなくて、ダッチキャロンの息子、コンナルなのである。『コリーヌ　あるいはイタリア』でウォリスが言及され、この画家の名声を上げることになった〕

(22)　私はトスカーナの童女にたずねた。「あなたとお姉ちゃんとどちらがきれい？」彼女の答えて言うには、「ああ！　一番きれいな顔は私の顔よ」。

(23)　イタリア人のある御者が、自分の馬が死ぬのを見て、馬のために祈り、叫んだ。「おお、聖アントニウスよ。この馬の魂を哀れみ下さい！」

(24)　このローマの謝肉祭については、ゲーテの魅力的な描写文を読まなくてはならない。写実的で生き生きとした文である。

(25)　ブルン夫人（旧姓ムンター）の詩集の中にアルバーノ湖の素敵な描写がある。彼女はその国で最高の賛辞に価する才能と想像力を持った女性である。〔フリデリーケ・ブルンはドイツ出身のデンマークの詩人〕

(26)　「父祖に対する子の務めについて」の談話。『宗教道徳講義』。原註（19）を参照のこと。

(27)　『宗教道徳講義』における「寛容について」の談話。原註（19）を参照。

(28)　イギリスの大臣、エリオット氏は、ナポリでネルヴィル卿と同じやり方で一老人の命を救った。

(29)　コリーヌの名を、人口に膾炙《かいしゃ》するイタリアの即興詩人であるコリッラの名と混同してはいけない。コリーヌとは、叙情詩で有名なギリシャ女性である。ピンダロスは彼女の教えを受けた。〔コリンナ Korinna は、前六世紀後半のギリシャ本土ボイオティアの女性詩人。神話に題材を取った抒情詩の断篇が残っている〕

(30)　コリーヌが思い込んでいるように、ダイヤモンドが裏切りを知らせるという、根拠のない偏見が昔からの言い伝えとしてある。実に奇妙なスペインの詩の中にこの伝統が呼び覚まされる。カルデロンの悲劇に、ポルトガルのフェルナンド王子が、自分を虜にしたフェス王にこの詩を捧げる。王子は、兄弟のエドゥワルド王が自分を請け戻すために贈ろうとしている、キリスト教徒の町をこのムーア人の王に引き渡すくらいなら、獄死する方がましなのであった。ムーア人の王はこの拒否に苛だって、高貴な王子に不当な仕打ちをしたが、王子はフェス王を説得するために、慈悲と寛容こそ最高権力の真の特徴であることを悟らせた。王子は世界に王たるものとしてあるもの全てを挙げる。動物ではライオン、イルカ、ワシ。彼はまた植物と石の中にも、他のものに抜きん出ているような、もともとその植物や石にそなわっている特徴を見つけようとする。そしてその時、鉄にも負けないダイヤモンドが、その持ち主が裏切りにあおうとしていることを知らせるために、ひとりでに砕けて粉々になると、王子が言うのである。自然全体が人間の感情や運命と関係があるものと見なすこのやり方が真に正しいのかどうかは分からない。そのやり方は想像力に好ましく、一般に詩が、とりわけスペインの詩人によって、そこから偉大な美しさを引き出されるのである。

　私は、カルデロンはアウグスト・ヴィルヘルム・シュレーゲルによるドイツ語翻訳によって知るのみである。だが、ドイツでの第一流の詩人であるこの作家がスペイン、イギリス、イタリア、ポルトガルの詩の美しさを稀有なほど完璧に、自国語に移しかえる方法を見つけたことは、よく知られている。このように創造的な翻訳の中でその方法を読む時に、原詩が何であれ、その詩について生きた理解ができるのである。〔バレイエによれば、カルデロンの悲劇とは、カルデロンの『不屈の王子』のこと〕

(31)　フランス人で腕ききの医者デュブルイユ氏は、自分と同じくらい著名なベメジャ氏を親友としていた。デュブルイユ氏が伝染する死病にとりつかれた。病人に興味を持つ訪問客があふれると、デュブルイユ氏はベメジャ氏を呼んで、言った。「皆さんを追い出さなくては。君、私の病気は伝染するのだから、君しかここにいてはいけないのだよ」

　何という言葉！　これを言われた者の何という幸せ！　ベメジャ氏は、親友の死後二週間経って死んだ。

(32)　風俗を描く喜劇作者たちの中に、ローマの人、騎士ロッシを入れなくてはならない。彼は、その戯曲において観察眼のある風刺精神を示している。〔ジャンゲラルド・デ・ロッシ（一七五四―一八二七）のこと〕

(33)　タルマはロンドンで数年を過ごして、両国の演劇芸術の特色と美しさをそのすばらしい才能に取り込むことができた。〔スタール夫人の友人のフランスの俳優（一七六三―一八二六）〕

(34)　ダンテの死後、フィレンツェの人々は、生国から遠く離れて死なせてしまったことを恥じ、ラヴェンナ〔教皇領〕に埋葬された遺体をフィレンツェに戻してもらおうと、教皇に使節団をおくった。だが、教皇は追放されたダンテをかくまった国こそが祖国であると考え、また、彼の墓を所有する名誉を手放したくないのもあって、この願いを却下した。

(35)　アルフィエーリは、サンタ＝クローチェ教会の中を散歩していた時に初めて名誉への愛を感じたと言った。そして彼が埋葬されたのがここなのである。彼が一目おいていた恋人アルバーニ伯爵夫人と自分のために生前あらかじめ書いておいた墓碑銘は、彼らの長い完璧な親交についての心に触れる簡潔な表現である。

〔バレイエによれば、スタール夫人は、一八〇五年にフィレンツェでアルバーニ伯爵夫人から借りて、アルフィエーリの『自伝』の原稿を読んだ。これは一八一〇年に出版されることになる。墓碑銘はこれに出てくる〕

(36) ボローニャで、日蝕が午後二時に予告されていた。民衆はその見物に広場に集まった。だが、日蝕がなかなか始まらないのにじりじりして、まるで出を待たせる役者に向けるように、さかんに呼び立てた。やっと始まると、曇空のせいで日蝕効果がはかばかしく出ないので、民衆は、期待外れとばかりに大きな口笛で不平を鳴らした。

訳註

＊　フォリオ版校訂者の註を参考にし作成した。

献辞

（一）　ペトラルカ、『カンツォニエーレ』、ソネット一四六。

第一部

（一）　一七九四年末に、フランス軍はオランダを征服し、ライン河畔で戦っていた。

（二）　ユダヤ人街とは教皇領アンコーナのユダヤ人ゲットー。

（三）　アンヴァリッドはルイ十四世（在位一六四三―一七一五）がパリに建てた傷病兵の施療院。

（四）　コルソ通りという名の由来は謝肉祭の競走《コルソ》が行われたため。ヨーロッパからの旅人がフラミニア街道を経てローマ入りすると、ポーポロ門から延びる街路。

第二部

（一）　ペトラルカはイタリアの詩人（一三〇四―七四）。アレッツォに生まれ、アヴィニョンで聖職者となる。ラテン語の詩も書いたが、美女ラウラに出会い、イタリア語の恋愛抒情詩『カンツォニエーレ』を書く。ローマに赴き元老院より桂冠を授けられる。

（二）　タッソはイタリアの詩人（一五四四―九五）。ソレントに生まれ、パドヴァで学び、エステ家フェラーラ公に仕える。『解放されたエルサレム』が異端的と見られることを恐れ、精神に異常をきたしたため、公によって幽閉される。流浪の後、桂冠詩人としてローマに召された直後に病死。

（三）　アリオストはイタリアの詩人、軍人、外交官（一四七四―一五三三）。エステ家フェラーラ公に仕える。十六世紀イタリア文学の最高傑作、『狂乱のオルランド』はイタリアの騎士物語だが、武勲詩というよりは恋の冒険物語となっている。

（四）　ドメニキーノはボローニャに生まれ、ナポリに歿したイタリアの画家（一五八一―一六四一）。宗教画を多く描いたが、風景画、肖像画も多い。

（五）　シビラは、トロイアに近いマルベッソスに住んでいた女の名。アポロンによって予言能力を授けられる。彼女の得た名声のために、その名は神託を告げる巫女の総称として使われるようになり、エリュトライ、リビュア、クマエなどの場所で、その存在が主張された。『コリーヌ』の女主人公は、霊感を受けて即興で詩を朗唱する天才として、神託を下すシビラになぞらえられる。

（六）　サッフォは前六一二年頃生まれたギリシャの女性詩人。二編の詩と相当数の断片が残存し、大詩人の片鱗を伝えている。

（七）　アウソニアというのは、イタリアの一部の、そして広義では国全体の古い名前。古代イタリアの農耕の神サトゥルヌスは、ユピテル神（ゼウス）から逃れてラティウムに避難してきた外国人だと考えられた。ラティウムはイタリア中部ラツィオのラテン語名。古代ローマ発祥の地。

（八）　シモーヌ・バレイエによれば、一四五三年のコンスタンティノープル陥落と、写本を持ってイタリアに逃げたギリシャの学者たちを暗示。これらの写本がルネッサンス開花において重要な役割をはたした。

（九）　ホメロスはギリシャ最古、最大の叙事詩『イリアス』と『オデュッセイア』の作者に与えられた名。彼の年代に関しても前一一五九年ないし前六八六年の諸説がある。出生地についても数説がある。

（一〇）　ダンテはフィレンツェで生まれ、ボローニャで学び、フィレンツェの外交使節としてローマへ行った後、追放され、以後イタリア各地の宮廷を渡り歩く（一二六五―一三二一）。放浪中に『神曲』を執筆。

（一一）　ミケランジェロはイタリアの彫刻家、画家、建築家、詩人（一四七五―一五六四）。フィレンツェで修行を始め、メディチ家の愛顧を受ける。ローマでは、群像「ピエタ」で名声を博し、システィーナ礼拝堂の天井画、大祭壇画「最後の審判」を制作。聖ピエトロ大聖堂の建築長官をつとめる。フィレンツェでは、「ダヴィデ」の巨像、メディチ家に依頼された「ジュリアーノ」、「ロレンツォ」の肖像、「昼」、「夜」、「暁」、「夕」の装飾像が代表的な作品である。

（一二）　ラファエッロはイタリアの画家（一四八三―一五二〇）。ウルビーノに生まれ、ペルージャ、フィレンツェで活躍、多くの聖母子像を描く。ローマでヴァティカン宮殿の壁画を制作。

（一三）　ペルゴレーシはイタリアの作曲家（一七一〇―三六）。バレイエによれば、彼は殺されたのではない。結核のため療養していたポッツォーリの湯治場で死んだ。

（一四）　ガリレイはイタリアの物理学者、天文学者（一五六四―一六四二）。ピサに生まれ、発明した望遠鏡による天体観測から、コペルニクスの地動説を立証した。フィレンツェのメディチ家の庇護のもとで研究を続けるが、ローマで宗教裁判にかけられ、地動説の放棄を命じられる。

（一五）　ロムルスはローマ市の伝説的な建国者で、紀元前八世紀のローマ初代王とされている。双子の兄弟のレムスとテベレ河に捨てられたが、雌狼の乳をのみ、牧者に育てられる。ローマ初期の政治、軍事制度の確立をし、サビニ人の女性を掠奪して兵士たちの妻とした。後にサビニ人と講和を結ぶ。

（一六）　レオ十世（在位一五一三―二一）。教皇として、フランス軍をイタリアから駆逐するが、のちフランソワ一世に敗れた。ルターを破門。学芸、美術の保護者として知られる。

（一七）　ハドリアヌス（在位一一七―一三八）。伯父であるトラヤヌス帝の死後、皇帝になる。法学者を重用し、全領土を巡幸して民治をよくし、文芸美術を奨励した。

第三部

（一）　ニオベが自分の子を誇るあまり女神レトを侮辱したので、レトの子であるアポロンとアルテミスはニオベの子供たちを矢で射殺す。後悔したニオベは嘆き悲しんで死ぬ。

（二）　タッソの英雄叙事詩『解放されたエルサレム』に出て来る、キリスト教徒軍を悩ます魔女。

（三）　旧約聖書におけるイスラエル民族の族長。アブラハムからモーセまで。

（四）　バレイエによれば、エオリアン・ハープはイエズス会士アタナシウス・キルヒャー（一六〇一―一八〇）の発明。

第四部

（一）　アウグストゥス（オクタウィアヌス）はローマ初代皇帝（在位前二七―後一四）。ローマ世界が内乱に疲弊し、カエサル以前の共和政を知る元老院議員層が没落した時期に、属州および周辺をローマ帝国として統合。アウグストゥスは称号。

（二）　ベリサリウスは東ローマ帝国の将軍。五三六年に南イタリアに上陸してローマを占領し、五三八年までゴート族に抗戦した。

（三）　クレセンティウス・ノメンタヌスは教皇グレゴリウス五世に反逆して、聖天使城《サン＝タンジェロ》にたてこもって敗北し、九九八年に神聖ローマ皇帝オットー三世によって絞首刑を宣告された。

（四）　アルナルド・ダ・ブレシャは、福音にかなうローマ共和国再建のために、一一四五年にローマ人を教皇に対して蜂起させた。一一四八年に、教皇はフリードリッヒ一世赤髯王に破れ、焼き殺された。

（五）　ニッコロ・ディ・リエンツォはローマの民衆を貴族階級に反逆させて、一三四四年にはみずから護民官となり、様々な波乱のあげくに、斬首刑に処せられた。

（六）　カリグラはローマ皇帝ガイウス（在位三七―四一）のこと。暴政のあげく殺害される。

（七）　シクストゥス五世（在位一五八五―九〇）。教皇庁の改革、システィーナ礼拝堂や聖ピエトロ大聖堂の丸屋根の建設など多くの事業をなした。

（八）　ルイ＝マルスラン・ド・フォンターヌの詩句。詩人、批評家（一七五七―一八二一）。シャトーブリヤンを見出し、その『キリスト教精髄』を世に出した。

（九）　バレイエによれば、フランスの侵略者を攻撃する、アルフィエーリの『フランス嫌い』からの引用。

（一〇）　アルフィエーリはイタリアの劇作家（一七四九―一八〇三）。アルバーニ伯爵夫人と恋仲になり、パリに行くが革命に遭い、フィレンツェに戻り、ギリシャ、ラテンの古典の翻訳に励む。

（一一）　クリスティーナはスウェーデンの女王（一六二六―八九）。教義豊かでデカルトなどと親交があった。従兄弟に王位を譲り、カトリックに改宗し、ローマに住んだ。

（一二）　ステュワートは、スコットランド（一三七一―一七一四）、後にイングランド（一六〇三―一七一四）に君臨した王家の名称。逃亡した旧教徒ジェームズ二世の子、孫ともに王位僭称者としてローマに住んだ。

（一三）　バレイエによれば、タッソの『解放されたエルサレム』の大ざっぱな引用による、征服者フランス人の暗示。

（一四）　『オシアン』は、三世紀に実在したとされる、伝統的なケルトの吟遊詩人である。だが、「オシアンの詩」と言われるのは、スコットランドの詩人マクファーソンが一七六〇―六三年に、オシアンの散文詩と称して発表した一連の作品である。出版されると、イギリス、大陸諸国に大反響を呼んだ。フランスでは一七七七年にル・トゥルヌールが翻訳を出し、オシアン熱が高まる。スタール夫人は一八〇〇年出版の『文学論』の中で、オシアンを北方文学の祖として論じる。

（一五）　イタリアの彫刻家、建築家であるフィラレーテ（一四〇〇頃―六九頃）製作の扉。フィレンツェ生まれで、まずギベルティの弟子として、洗礼堂の聖堂扉を製作した。

（一六）　スキピオ・アエミリアヌスは前二世紀の将軍、執政官。ギリシャの学芸を愛した。

（一七）　タルペイアの岩は、サビニ戦争当時のローマ軍守備隊司令官タルペイウスの名にちなむ。その娘タルペイアがローマを売りつけた相手のサビニ人に殺されたとも、サビニ人に武装解除をさせようとしたとも言われる。タルペイアの岩から罪人を突き落として殺した。

（一八）　ダンテ、『神曲』、「煉獄篇」、第六歌。

（一九）　カストル、ポリュデウケスは、ユピテルの化身である白鳥とレダの間に生まれた「神の双子」。カストルは調馬者で、ポリュデウケスは拳法家であった。二人の航海中の逸話から、漁師や航海者の守護神となる。

（二〇）　マリウスは在任紀元前一〇〇年前後の執政官。ガリア、イタリアに侵攻してきた、ゲルマン民族であるキンブリ族をよく撃退した。プルタルコス「マリウス伝」がある。

（二一）　マルクス＝アウレリウスはローマ皇帝（在位一六一―一八〇）。ファウスティナと結婚。人格的には立派であったが、相次ぐ蛮族の侵入により治世は困難をきわめ、キリスト教徒迫害と不肖の息子を後継者にしたことで知られる。

（二二）　ディオスクロイはギリシャ神話の双生神。カストルとポリュデウケスのこと。

（二三）　セルウィウス・トゥリウスは紀元前六世紀頃のローマ王。

（二四）　ユグルタはヌミディア王（在位前一一八―前一〇五）。ローマと戦うが、マリウスの軍勢に捕らえられ、ローマで殺害された。

（二五）　カティリナはローマ貴族（前一〇八―前六二）。執致官になることができず武力蜂起するが、鎮圧される。

（二六）　ティブルスはローマの詩人（前五四―前一九）。ホラティウスの友人。田園詩、エレゲイア詩を多く書いた。

（二七）　セプティミウス・セウェルスはローマ皇帝（在位一九三―二一一）。ローマ国境拡張のために活躍。

（二八）　パラス（六二没）。解放奴隷であったが、クラウディスの財務担当秘書官として権勢をふるう。

（二九）　バレイエによれば、問題の円柱は、スタール夫人の旅行後に行われた発掘により、（アーチ門と同じく）別の神殿のものであることが判明した。よって、夫人が維持神ユピテル神殿のものとした円柱は、実はカストルとポリュデウケスの神殿の残骸である。彼女が守護神ユピテル神殿の残骸であるとする離れた円柱は、実際にはフォカスの円柱である。夫人がコンコルド広場やヴィクトワール広場に建てられたとする神殿の円柱は、実際にはローマ共和国にまでさかのぼり、ウェスパシアヌスの神殿の近くに土台だけが残っている、サトゥルヌス神殿の一部である。

（三〇）　クルティウスはフォールムにあるクルティウス池の名前のために創作された。

（三一）　ティトゥスはローマ皇帝（在位七九―八一）。ウェスパシアヌスの長男で、ブリタンニア、ゲルマニア遠征の指揮官として頭角を表した。

（三二） コンスタンティヌス一世はローマ皇帝（在位三〇六―三七）。ローマの北のミルウィウス橋で強敵マクセンティウスを破り、帝位につく。すでに三一二年に宗教寛容令を出し、キリスト教を公認している。統治および改革の上で後期ローマ帝国の功労者とされる。

（三三） トラヤヌスはローマ皇帝（在位九八―一一七）。遠征を繰り返し、ローマ帝国に最大の版図を与えた。元老院を尊重し、「最善の元首」という称号を獲得し、後世において有能で良心的な支配者の典型となった。

（三四） ウェスパシアヌスはローマ皇帝（在位六九―七九）。ネロからユダヤ反乱鎮定を命じられて成果を上げ、ネロ死後の混乱の中で軍隊により、皇帝に推挙された。ローマ帝国に再び秩序と繁栄をもたらした。

（三五） バレイエによれば、十八世紀にベネディクトゥス十四世によって、コロセウム内部にキリスト受難行の十四の小礼拝堂が建てられたが、その後壊された。

（三六） バレイエの指摘によれば、スタール夫人はパラティーノの丘の建造物全体を、ネロ（三七―六八）の「黄金宮」と呼んでいるが、これは実際にはフォールムの反対側に位置する。

（三七） ティベリウスはローマ皇帝（在位一四―三七）。パンノニア、ゲルマニア遠征軍の将軍。アウグストゥスが作り上げた体制の最初の後継者であった。

（三八） ネロはローマ皇帝（在位五四―六八）。若くして即位したときの指導者であった母、小アグリッピーナや家庭教師セネカを殺害し、暴政をおこなった。

（三九） ホルテンシウス（前一一四―前五〇）。ローマの演説家で執政官であり、やはり演説家にして、執政官キケロ（前一〇六―前四三）のライヴァルであった。

（四〇） グラックス兄弟はローマの護民官。兄弟ともに前一三三年に土地分配委員になり、改革を目指した。

（四一） 第四部（二三）の訳註を参照のこと。バレイエによれば、雄々しい運命の女神に奉納した神殿は共和国時代のものであるが、アルメニア人の教会、聖マリア・エジツィアカとなった。

（四二） コリオラヌスは古代ローマの半伝説的な貴族。前五世紀末にウォルスキ人を率いてラティウムを攻めたが、母ウェトゥリアの嘆願により思いとどまった。その物語はシェークスピア、ベートーヴェンに取り上げられた。

（四三） ポルセンナは紀元前六世紀末のエトルリア王。伝説的英雄、ホラティウス・コクレスによって、ローマへの前進を阻止される。

（四四） タルクィニウスは二人いるが、ともに紀元前六世紀の古代ローマ王。

（四五） バレイエによれば、まだ何回か聖マリア・イン・コスメディンが貴族の慎みの神殿と取り違えられる。

（四六） ウェスタは燃える炉の女神。ウェスタ神殿の中で燃え続ける聖火がウェスタの処女たちによって見守られた。

（四七） バレイエによれば、ホラティウスのオード。「我々は黄色いテベレが、その河波をはるかエトルリアの岸辺から荒々しく引き寄せ、王の記念碑とウェスタの神殿を倒壊させるのを見た」

（四八） バレイエによれば、聖ニコラ・イン・カルチェレ（カルチェレは牢獄の意）は、娘が父親の食べ物を運んだという負債者用の牢獄の上に、親孝行を記念するために建てられた古い神殿だと思われていた。これは新古典主義の絵画によく出てくる、古代ローマの慈愛のテーマ。

（四九）　カエサル（執政官在任前五九、前四八、前四六―前四四、独裁官在任前四九―前四四）。最も顕著な業績はガリアの征服とローマ共和政を葬り去ったことである。洗練された弁論家であり、『ガリア戦記』などを残した著述家でもあった。妃とした姪の小アグリッピーナに殺害される。

（五〇）　ポンペイウスは古代ローマの執政官（前一〇六―前四八）。共和政末期の三十年間を支配。メテルス・スキピオの娘、コルネリアと結婚。カエサルと対決して敗れ、逃れた先のエジプト王家に殺害される。

（五一）　ウェルギリウス、『アエネイス』、第八歌。ウェルギリウス（前七〇―前一九）はローマ第一の詩人。アウグストゥスの知遇を得て、宮廷詩人になる。晩年は国民的叙事詩、『アエネイス』に没頭する。

（五二）　マエケナス（前七〇頃―前八）。内政、外交面でアウグストゥスの助力者。多くの詩人を庇護し、今日その名は芸術後援者の代名詞「メセナ」となっている。

（五三）　ホラティウスは詩人（前六五―前八）。マエケナスの知遇を得て、アウグストゥスの愛顧を受ける。風刺詩、抒情詩、書簡体詩などを書いた宮廷詩人。

（五四）　バレイエによれば、ファルネーゼのヘラクレス、女神フローラ、ディルケの群れの彫像は、十六世紀、ファルネーゼ家出身の教皇パウルス三世の時代に、カラカラ浴場内に発見された。これらはローマのファルネーゼ邸に預けられ、ついでファルネーゼ家の遺産がブルボン王家のものになった時、ナポリに移された。スタール夫人はナポリでこれらを見たのだが、現在もまだこの地にある。

（五五）　オスティアはローマより二十三キロの町。

（五六）　ベルヴェデーレのアポロンは古代アテネの彫刻家アポロニウスによる大理石像「ベルヴェデーレのトルソー」。

（五七）　サルスティウス（前八六―前三四頃）。マエケナス同様、元老院議員となることなく、アウグストゥスに仕えた。後に歴史の著述に専念する。

（五八）　オクタウィアはアウグストゥスの姉で、アントニウスと政略再婚させられる。

（五九）　小アグリッピーナ（一五―五九）。ゲルマニクスと大アグリッピーナの娘。叔父のクラウディウスと結婚し、その後絶大な権力を握る。養子にしたネロに殺害される。

第五部

（一）　バレイエによれば、スタール夫人の思い違い。聖セバスティアーノ門は、アウレリアヌスの城壁に作られた旧アッピア門である。カペーナ門は、今日コロセウムの近くに、更に古い城壁の中にある。

（二）　ハンニバルはカルタゴの将軍（前二四七―前一八三）。前二一八年に兵と戦象を率い、アルプス越えをしてイタリアに侵攻した。バレイエによれば、スタール夫人によって聖堂とされているのは、実際にはヘロデス・アッティクス（元老院議員ついで一四三年に執政官になった、アテナイの弁論家、慈善家）の母に建立された二世紀の墓のことである。

（三）　ヌマはヌマ・ポンピリウス（在位前七〇〇頃）。ローマ王。エゲリアの妖精との関係など多くの逸話が伝わる。

（四）　キンキンナトゥスは前五世紀の初期共和制ローマの半伝説

的な政治家、将軍。

（五）　アウレリアヌスはローマ皇帝（在位二七〇―五）。帝国再建に寄与した三世紀後半の「軍人皇帝」の一人。

（六）　プリニウスはローマの著述家（前二三あるいは前二四―七九）。『博物誌』。アフリカ、スペイン等で要職を歴任後、ミセヌム（ミゼーノ）の提督として艦隊の指揮をとっていたが、ヴェスヴィオ山大噴火の際に死ぬ。その甥が歴史家タキトゥスに書いた手紙がこの大惨事の目撃証言となった。

（七）　ベルニーニはイタリアの彫刻家、建築家（一五九八―一六八〇）。作風は激しい動きの一瞬をとらえたものが多く、「バロックのミケランジェロ」と呼ばれる。

（八）　バレイエによれば、アグリッパの墓は、一七三〇年から一七四〇年までの教皇、クレメンス十二世コルシーニがパンテオンから、聖ジョヴァンニ・ディ・ラテラーノに建立の礼拝堂へと移させた、大きな斑岩の骨壺である。

（九）　クラウディウスはローマ皇帝（在位四一―五四）。四三年にブリタンニア併合。

（一〇）　カンビュセス二世（在位前五三〇―二二）。古代ペルシャの王。エジプトをペルシャ領とした。

（一一）　パウサニアスはギリシャ人旅行家、地誌学者（一五〇頃活動）。十巻からなるギリシャ旅行案内記を著した。

（一二）　ボルゲーゼの別荘《ヴィッラ》と邸宅についてのバレイエの指摘によれば、この時代にはほとんどの絵画は邸宅の方にあり、マルコ＝アントニオ・ボルゲーゼ考案の新しい装飾の別荘《ヴィッラ》は、彫刻のために取っておかれた。

（一三）　ニンフは「娘」、「花嫁」の意。神性または半神性の女神。しばしばゼウスの娘であり、ギリシャ人は特定の自然現象の中にニンフが宿ると信じていた。神話の中心的と言うよりは不随的な存在で、後世の民話に出て来る妖精と同じく親切にも意地悪にもなれた。

（一四）　オウィディウスはローマの詩人（前四三―後一七頃）。エレゲイア形式で『恋の歌』を発表。神話上の人物の変身を主題とした叙事詩『変身譚』を書く。後世に不明の罪科で黒海沿岸に追放され、客死。

第六部

（一）　ヘルクラネウムはナポリとポンペイとの間にあるカンパーニアの海岸の都。七九年にヴェスヴィオ山の爆発によって埋まった。

（二）　ド・ラ・ロシュフーコーはフランスのモラリスト（一六一三―八〇）。『格言集』の著者。

（三）　オトウェイはイギリスの劇作家（一六五二―八五）。

（四）　スタール夫人は、『文学論』の中で、ジェームズ・トムソンの『四季』の「春」を引用し、フランス語に翻訳している。

（五）　バレイエによれば、スタール夫人はボローニャで、大学のギリシャ語教授、クロティルダ・タンブローニに出会った。

（六）　ジョルジョーネはイタリアの画家（一四七八―一五一〇）。ティツィアーノとともにベッリーニの弟子で、ヴェネツィアの色彩画家。肖像画、風景画を多く残す。

（七）　ノーサンバランドはイングランド最北部の山がちな地方。川を境として北方にスコットランドが広がる。

第七部

（一）　グワリーニはイタリアの詩人。フェラーラ大学教授（一五三八—一六一二）。代表作『忠実な牧童（パストール・フィード）』は牧歌的悲喜劇。タッソと親交があった。

（二）　メタスタージョはイタリアの詩人、劇作家（一六九八—一七八二）。法学者グラヴィーナの養子となる。歌劇台本「捨てられたディド」で好評を博す。後にウィーン宮廷詩人となる。

（三）　キアブレーラはイタリアの詩人（一五五二—一六三八）。マドリガーレやカンツォーネなどの感情を率直に表わす短詩、風刺詩、悲劇を書いた。

（四）　フィリカイアはイタリアの詩人（一六四二—一七〇七）。形式にこだわらず、感情を率直に表現する抒情詩を書いた。

（五）　パッリーニはイタリアの詩人（一七二九—九九）。イタリアの詩人。聖職者から貴族の家庭教師に転じ、彼らの生活を風刺した詩集を著し、ロマン派詩人に影響を与えた。

（六）　サンナザーロはナポリ出身の詩人、人文学者（一四五八—一五三〇）。ヨーロッパに大影響を及ぼした、イタリア語の傑作、『アルカディア』の作者。

（七）　ポリツィアーノは詩人、人文学者（一四五四—九四）。大ロレンツォの保護を受け、フィレンツェで死ぬ。

（八）　バレイエによれば、スタール夫人はパドヴァでメルキオーレ・チェザロッティ（一七三〇—一八〇八）に会った。彼は『オシアン』の他に、『イリアス』とヴォルテールの悲劇の翻訳もしていた。翻訳は、夫人にとっては敬意をはらうべき活動のようであった。

（九）　マキャヴェッリはイタリアの政治学者、歴史家（一四六九—一五二七）。フィレンツェ共和国の神聖ローマ皇帝の宮廷へ外交使節として派遣される。『君主論』、『ローマ史論』を著す。

（一〇）　ボッカッチョはイタリアの文学者（一三一三—七五）フィレンツェの富裕な商人の私生児として生まれ、ナポリで学ぶ。フィレンツェでペトラルカと親交。『十日物語《デカメロン》』。

（一一）　グラヴィーナ（一六六四—一七一八）。法学者で、ローマの「アルカディア会」の創立者の一人であった。

（一二）　フィランジエリはイタリアの法学者（一七五二—八八）。ルソー、モンテスキューの影響を受けた。

（一三）　アレッサンドロ・ヴェッリ（一七四一—一八一六）。イタリアの詩人。死を想い、人間存在の意味を問う。バレイエの解説にあるようにスタール夫人に出会っている。

（一四）　ベッティネッリ（一七一八—一八〇八）。イタリアの詩人、批評家でイエズス会士。

（一五）　エドワード・ヤング（一六八三—一七六五）は、イギリスの牧師。六十二歳の時、詩集『夜』を公にして、全ヨーロッパ的な名声を得た。一七六九年にル・トゥルヌールが原作を二十四巻にも引き延ばし、フランス語訳として出版。ル・トゥルヌール（一七三六—八八）は、シェークスピア劇の翻訳、リチャードソンの『クラリッサ・ハーロー』の翻訳、『オシアン』の翻訳（一七七七）で知られた。

（一六）　カール五世は神聖ローマ皇帝（一五〇〇—五八）。

（一七）　バレイエによれば、スタール夫人はトリノでヴォルテールの『中国の孤児』から翻案された、チンギス・カーンのバレエを見たかもしれない。二つめのバレエ、「クルティウスの『献身』」は、一八〇五年にミラノで上演された。

（一八）　バレイエによれば、「ハッピーエンドの悲劇」や「悲喜劇」は、「ケレスティヌス修道会」にまでさかのぼる伝統によって、イタリアで認知された術語。

（一九）　『タルチュフ』、『人間嫌い《ミザントロープ》』は、フランスの喜劇作家、俳優兼座長であるモリエール（一六二二―七三）の代表的な性格喜劇。

（二〇）　マッフェーイはイタリアの文学者、歴史家（一六七五―一七五五）。悲劇『メロペ』によって、名声を博した。

（二一）　ゴルドーニはイタリアの喜劇作家（一七〇七―九三）。パドヴァで学び、ヴェネツィアで座付き劇作家としてモリエール風の戯曲を多く作る。当時の演劇に厳密な台本がなく、俳優の即興に任せる仮面劇《コメディア・デ・ラルテ》であったのを改革し、性格劇を確立するのに成功した。仮面劇作家のゴッツィと対立し、激しい論争が行われる。

（二二）　モンティはイタリアの詩人、作家（一七五四―一八二八）。ローマで教皇に仕え、悲劇、詩集を発表。古典派詩人から、次第にイギリス、ドイツ文学の影響を受けた。イタリア戦役のナポレオンにも、次なる北イタリア支配者のオーストリア大公にも讃美の詩を捧げる。

（二三）　ゴッツィはヴェネツィア生まれの劇作家（一七二〇―一八〇六）。ゴルドーニの演劇革新運動に反対し、伝統的な仮面劇「コメディア・デ・ラルテ」の存続を図った。

（二四）　バレイエによれば、社交仲間の演劇がローマでも広まっていた。スタール夫人は自分の劇団のために戯曲を書いた。アウグスト・ヴィルヘルム・シュレーゲルは、『ロミオとジュリエット』を初めとするシェークスピアの戯曲をいくつか、ドイツ語に翻訳した。アウグスト・ヴィルヘルム・フォン・シュレーゲル（一七六七―一八四五）は、ドイツの批評家、翻訳家、東洋語学者。ゲッティンゲンで学び、イェーナでシラー主宰の雑誌に寄稿。弟フリードリッヒと共に、「アテネウム」誌を創刊、ロマン主義理論のために文芸批評を発表。スタール夫人のドイツ旅行の折に、ゲーテの紹介で知り合い、以後親交が続く。一八〇四年のイタリア旅行にも同行している。

第八部

（一）　スタール夫人の母親であるネッケル夫人の雑録に記された、トマス・ウォルポールの言葉。

（二）　使徒は聖パウロ。「テモテへの第二の手紙」。

（三）　バレイエによれば、ジュスティニアーニ宮殿（ナヴォナ広場の近くにある）は、当時ヴァティカン、カピトリーノに次いで、豊かなローマ古美術のコレクションを有していた。

（四）　バレイエによれば、「瀕死のアレクサンドロス」は、今日では「瀕死の巨人」と呼ばれている。フィレンツェのウフィツィ美術館所蔵。

（五）　バレイエによれば、この動物像のコレクションは、ピウス六世のもとで、ヴァティカンの美術館の一つ、ピウス・クレメンス美術館で構成された。ティベリウスの像はもうこの部屋にない。

（六）　バレイエによれば、エジプト人のコレクションは、一八三九年になって初めてヴァティカン美術館に一まとめにされる。スタール夫人はこれをヴァティカンとカピトリーノで見ることができた。

（七）　バレイエによれば、ラオコーンの近くに置かれた「ベルヴェデーレのアポロン」のこと。ミューズたちは今では「キタラ（古代ギリシャの撥弦楽器）のアポロン」の周りに集められている。

（八）　バレイエによれば、ヘラクレスのトルソーは、むしろ「ベルヴェデーレのトルソー」として知られている。

（九）　カノーヴァはイタリア新古典主義の代表的彫刻家（一七五

七—一八二二)。

(一〇)　バレイエによれば、これは一七九六年、ボナパルトの遠征以来のフランス人による美術作品略奪についての仄めかし。つまりスタール夫人は、それらを既にパリで見ていたのだ。

(一一)　アンドレーア・マンテーニャはイタリア、パドヴァ派の代表的画家(一四三一—一五〇六)。エレミターニ礼拝堂の壁画、カメラ・デリ・スポージの壁画など。

(一二)　ペルジーノはイタリア・ルネサンス盛期のウンブリア派の代表的な画家(一四四六—一五二三)。ペルージャで生まれ、フィレンツェで学び、システィーナ礼拝堂の壁画など。ラファエッロの師であった。

(一三)　レオナルド・ダ・ヴィンチはイタリアの画家、彫刻家、建築家(一四五二—一五一九)。フィレンツェで修行、ボローニャで測地、治水に従事。フィレンツェで「モナ・リザ」を制作。フランス王フランソワ一世に招かれてアンボワーズに住む。彼は芸術家として優れていただけでなく、天文学、物理学、地理学、土木工学、機械学、植物学の研究者でもある、ルネサンスの理想である「万能の人」でもあった。

(一四)　ボルセーナはイタリア中部のラツィオ州(州都ローマ)にあるボルセーナ湖の畔の町。

(一五)　バレイエによれば、スタール夫人はボローニャでラファエッロの「聖チェチーリア」を見ている。

(一六)　ピロクテテスはトロイア戦争に加わる遠征隊を案内する間に、水蛇に足を咬まれた。オデュッセウスの提案で、レムノス島に置き去りにされるが、必ず的を射止めるヘラクレスの弓矢を持っていたおかげで生き長らえた。

(一七)　バレイエによれば、スタール夫人はパリでドメニキーノの「聖ヒエロニムスの聖体拝領」を見ている。この絵はその後ローマに戻り、現在はヴァティカンにある。

(一八)　ゼノビアはパルミラの女王。シリア、エジプト、小アジアも支配下に置いたが、二七二年にローマ皇帝アウレリアヌスによって、パルミラは破壊され、自身は虜となってローマに送られた。

(一九)　ブルートゥスは有能で人望ある貴族で、小カトーの娘ポルキアと結婚。前四四年にカエサル暗殺の首謀者となる。四二年アントニウスとオクタウィアヌスに敗れ、自殺。

(二〇)　カトゥルスはヴェローナ生まれの古代ローマの詩人(前六〇—前五五活動)。三部からなる詩集が現存している。

(二一)　エオリアン・ハープについては、第三部の訳註(四)を参照のこと。スタール夫人は、一八〇三年にドイツでこれを一台買い求めた。

(二二)　ルキウス・ブルートゥスは在任前五〇九年ごろの執政官。自分の息子たちを反逆罪のかどで処刑し、第一回カルタゴ条約を締結したとされる。

(二三)　アルバーニはボローニャ生まれのイタリアの画家(一五七八—一六六〇)。多くの祭壇画や、ギリシャ神話や田園詩を主題とした絵を描いた。

(二四)　ティツィアーノはイタリアの画家(一四九〇—一五七六)。ベッリーニのもとでジョルジョーネとともに学ぶ。諸公、教皇、ドイツ皇帝の愛顧を受け、華々しい生涯をおくる。神話、宗教、人物を主題とし、写実性と色彩で知られる。

(二五)　アエネアスは、ウェルギリウス『アエネイス』。ディドはカルタゴの伝説的な女王。流浪の途上のアエネアスを歓待し、熱愛するようになる。しかし、アエネアスが運命に従って、イタリアへ船出を決行した後に、ディドは剣で胸を刺して、火中に身を投じる。イタリアに着いたアエネアスが、クマエのシビラにおくられて冥界に下って来た時、今は亡霊となったディドはもう彼に話しかけようともしない。

（二六）　タッソ『解放されたエルサレム』。

（二七）　『フェードル』はフランス十七世紀を代表するラシーヌの悲劇。エウリピデスの『ヒッポリュトス』およびセネカの『ファエドラ』の題材を下敷きにしている。アテネ王テゼの妃フェードルが義理の息子イポリットに邪恋を抱く。

（二八）　メレアグロスはホメロスや他の作家が伝えているギリシャ神話の王子。猪狩りをしたことや、叔父を殺したことが記述されている。

（二九）　サルヴァトール・ローザはイタリアの画家、版画家、詩人、音楽家（一六一五―七三）。フィレンツェで学び、ローマで戦争画や聖堂の装飾画を描いた。

（三〇）　バレイエによれば、これはスコットランドの詩人アラン・ラムジ（一六八六―一七五八）の作、ロマンス「もう二度とラッハバには」。

第九部

（一）　コリーヌとオズワルドのヴェネツィア旅行は、一七九五年に設定されている。スタール夫人はこの小説を書くために、一八〇四年末にスイスからイタリアに向けて旅立った。バレイエによれば、実際には、謝肉祭はフランス革命の間一八〇〇年まで中止され、一七九五年には行われなかった。これはスタール夫人が融通をきかせた。夫人は謝肉祭の初日を見ただけであり、最終日のことは、ゲーテの『謝肉祭』などを読んで、述べている。原註（24）を参照のこと。

（二）　バッコスは後期ギリシャ世界の最大の神ディオニュソスのことで、豊饒を守る山野の精であるシレノスやサテュロスたちに従われていた。ディオニュソスを信仰する心酔者たちは通飲乱舞の儀式を行った。

（三）　サトゥルヌスは古代イタリアの農耕の神で、通常ギリシャのクロノスと同一視される。しかし彼は人々に農耕を教えたラティウムの初期の王と見なされる。彼の祝祭は、十二月に行われる楽しい行事であった。

第十部

（一）　ディオクレティアヌスは古代ローマ皇帝（在位二八四―三〇五）。「はるか昔、サトゥルヌスの御代」の再現を目指し、四帝分割統治体制を確立し、繁栄をもたらした。

（二）　バレイエによれば、フランスの詩人、ニコラ・ジルベール『最後の審判』（一七七三）。

（三）　バレイエによれば、聖ボナヴェントゥーラ修道院は、パラティーノの丘の未発掘の個所に建てられており、ネロの宮殿跡にではない。

（四）　ダンテの『神曲』、「煉獄篇」、第八歌。

（五）　ミゼレーレは七つの悔悛詩篇の中の一つ、詩篇五十一は、一六二一年にアレーグリによって曲をつけられた。今日でも、聖金曜日にシスティーナ礼拝堂で歌われる。

（六）　グレゴリオ聖歌の最後の審判を歌う発端の句。「怒りの日、かの日、世界は灰とならん、ダヴィデがシビラと証言するところによれば」

（七）　ミルトン（一六〇八―七四）はイギリスの詩人。清教徒《ピューリタン》精神にもとづいて、信仰の内面性を説き、言論の自由を論じた。旧約聖書に現れる楽園喪失の叙事詩『失楽園』は、雄大な構想、深い宗教的洞察、優れた芸術性によりイギリス文学の最高傑作の一つとなった。

（八）　あるドイツの哲学者とは、バレイエによれば、『実践理性批判』におけるカントのこと。

第十一部

（一）　ホラティウス三兄弟は前七世紀の古代ローマの戦士。アルバのクリアケス兄弟と戦い、二人は殺されるが、残った一人が仇討ちを果たしたと言う。

（二）　魔法使いのキルケ。彼女を怒らせた者は、動物に変えられた。

（三）　アウゾーニはテッラチーナの旧名。アウゾーニ山には東ゴート族の王、テオドリクス（四五六―五二六）のかつての宮殿だと言われていた建物の遺跡がある。

（四）　バレイエによれば、タッソ、『解放されたエルサレム』、第十四歌。

（五）　地下洞窟は、バレイエによれば、モンテ岬の地下にある聖ジェンナイオ（一月）のカタコンベ。

（六）　フェルディナンド・ガリアーニ神父（一七二八―八七）。外交官、文学者、経済学者であった。ナポリで教育を受け、外交官としてパリに派遣され、ディドロなどの百科全書の哲学者《フィロゾーフ》たちと交際した。

（七）　ルイージ・アントーニオ・カラッチョリ（一七二一―一八〇三）。バレイエによれば、スタール夫人の父ネッケルのサロンに足しげく通っていた。

（八）　ヌミディアは古代ローマ時代の北アフリカ王国。今のアルジェリア地中海沿岸部。

（九）　紀元七九年の突然のヴェスヴィオ山の大爆発により、ローマの古代都市ポンペイは火山灰の下に埋没した。十八世紀から発掘が続けられたが、現在は遺跡破壊が懸念されて、発掘中止。

（一〇）　バレイエによれば、当時ポルティチで、あるイギリス人の指揮のもとに小さいチームが作業をしていた。これらの試みはたいした成果をあげなかった。

（一一）　バレイエによれば、タッソの『解放されたエルサレム』がいくつか間違えて引用されている。

第十二部

（一）　一七八九年七月十四日、パリ民衆のバスティーユ監獄襲撃によって、事態は一挙に革命に突入する。ネルヴィル卿オズワルドは一七九一年に故郷を出て、フランスに渡るという設定になっている。

（二）　一七九二年八月十日。パリ民衆コミューンが、ルイ十六世のテュイルリ宮殿を襲撃、王権が停止された日。

（三）　一七九三年二月、フランス共和国はイギリスとオランダに宣戦布告する。

（四）　一七九三年一月、ルイ十六世がギロチンで処刑される。三月には革命裁判所が設置され、ジロンド派が国民公会から追放される。「共和国憲法（九三年憲法）」が公布される。ジロンド派の処刑の後、ロベスピエールなどによる恐怖政治が、九四年テルミドール（熱月）の失脚まで続く。

（五）　ウルガタ訳「詩編」の「主よ、われ深き淵より汝に呼びかけたり」。痛恨の詩篇と呼ばれ、死者のための祈りの中でとなえられる。

第十三部

（一）　バレイエによれば、スタール夫人はこのエピソードの舞台とするために、この地方を念入りに調査した。一六七メートルの高い丘が立つミゼーノ岬を選ぶ。ここからナポリ湾とガエータ湾の素晴らしい眺望が得られる。

（二）　ウェルギリウス、『アエネイス』。バレイエによると、当時はシビラの洞窟はクマエの山の下にあるということになっていた。一九三二年に本物の洞窟が山の上に発見された。

（三）　「向こう見ずなトロイア人」というのは、アエネアスの連れのミセノスのこと。神々に挑んだために、トリトンに沈められた。『アエネイス』。

（四）　一五三八年に出現した新火山、モンテ・ヌオーヴォ。

（五）　大アグリッピーナ、アグリッパの娘、ゲルマニクスの未亡人、カリグラの母。クマエの沖にあるパンダターリア島（今日のヴェントテーネ）へ流され、餓死。

（六）　魅力的な恋愛詩は、バレイエによれば、ゲーテが一七七八年に出版した物語詩『漁師』のこと。一八〇四年一月にスタール夫人はこれに二つの翻訳を与えている。韻文の翻訳はゲーテに送り、散文の翻訳はワイマール宮廷で朗読した。

第十四部

（一）　バレイエによれば、メタスタージョ、『テミストクレス』。

（二）　バレイエによれば、パリに亡命したモンティがマレンゴの勝利に敬意を表するために書いた、有名なオード（頌歌）の第一節。スタール夫人が、ボナパルトの勝利に捧げられたオードを引用しているのは奇妙である。

第十五部

（一）　バレイエによれば、サブラン伯爵（一七七四―一八四六）はコペの常連で、シャトーブリヤンの女友達であるデルフィーヌ・ド・キュスティーヌの兄弟。ウェルギリウス、『アエネイス』、第三歌。

（二）　訳注第七部（一）を参照のこと。

（三）　ムーアは十五世紀以降のヨーロッパで漠然とイスラム一般を指す。

（四）　バレイエによれば、これはゲーテの第八『風刺詩』から借りたイメージ。

（五）　ヴェネツィア共和国は、一七九七年のカンポ・フォルミォ条約、次いで一八〇一年のリュネヴィル条約によって、オーストリアに併合された。

（六）　カンブレ同盟は一五〇八年に、ヨーロッパはあまりに強大なヴェネツィアに対抗して同盟を結んだ。

（七）　バレイエによれば、ティントレットとその息子が七十三人の統領《ドージェ》を描いた。見あたらないのは、独裁を目指した罪科により、一三五五年に斬首されたマリーノ・ファリエーロである。

（八）　バレイエによれば、「最後の審判」ではなくて、世界最大級の作品、ティントレットの「天国」である。大評議会室の北壁にはアレキサンデル三世とバルバロッサ（フリードリッヒ一世）の闘いが示されており、フェデリーコ・ツッカリが一五八二年から一六〇三年にかけて「聖マルコの前庭で教皇の御足に接吻するバルバロッサ」を描いた。

（九）　イストリアはクロアティア北西部の地方。一七九七年にヴエネツィアによって獲得される。ダルマツィアはアドリア海東部の地方。ローマ帝国の属州となり、ハンガリー領となり、一七九七年にヴェネツィアに獲得される。

第十六部

（一）　第七部（二三）の訳註を参照のこと。バレイエによれば、スタール夫人はヴェネツィアで観たゴッツィの「空の娘、あるいは若き日のセミラミス女王」に陶酔した。セミラミスはバビロニアの伝説の女王。バビロンの都に築いた空中庭園で知られる。

（二）　ネルヴィル卿オズワルドの出征地は、「諸島」としか述べられていない。しかし、第十八部6に「アメリカ」、第十九部3に「熱帯」とあり、この時期のイギリスの海外における勢力拡張を考えると、「西インド諸島」が設定されていると推測される。イギリス海軍ネルソン提督の大活躍と、それに引き続いての一八〇五年のトラファルガー海戦での戦死は、スタール夫人の『コリーヌ』執筆中のことである。

（三）　バレイエによれば、ヴェネツィアのこういう暴風雨は現実にある。ジョルジュ・サンドは一八四二年に『コンシュエロ』の中で描写している。

第十七部

（一）　「最初の石」は「新約聖書」「ヨハネによる福音書」第八章でイエスが「あなたたちの中で罪を犯したことのない者が、まず、この（姦通の）女に石を投げなさい」と述べたことによっている。

（二）　バレイエによれば、スタール夫人は、一七九三年にイギリスでシドンズ夫人とケンブルの役者であるその弟に出会っている。そして一八一三年から一四年にかけてもしばしば彼らに会う。『イザベル、あるいは宿命の結婚』は、トーマス・サザンの悲劇『宿命の結婚、あるいは罪なき不貞』（一六九三）を脚色した、デヴィッド・ガリックの五幕の悲劇（一七五七）である。一七八二年から主役はシドンズ夫人が務め、劇は定期的に演じられた。

第十八部

（一）　中世フィレンツェにおいて、神聖ローマ皇帝を支持する党と教皇を支持する党との抗争が続いていた。ダンテは、一三〇一年にフィレンツェからローマ法王庁へ派遣された間に起こった政変により勝利した教皇派によって、終身国外追放の刑を宣告された。

（二）　フィレンツェ共和国でメディチ家と並ぶ有力な銀行家であったパッツィ家は、一四七八年にロレンツォ暗殺の陰謀を企てて、失敗する。

（三）　「その杯が私から遠ざかるように」は、新約聖書「マタイによる福音書」二六（三九）ゲツセマネの祈りの言葉。また、「ルカによる福音書」二二（四二）にも同じ言葉が見られる。

（四）　ギベルティ（一三七八—一四五五）。イタリアの彫刻家、金細工師。フィレンツェに生まれ、大聖堂付属の洗礼堂の第二、第三扉の浮き彫り彫刻を制作。

（五）　ロレンツォ・デ・メディチ（イル・マニフィコ）と弟の「美男」ジュリアーノが、一四七八年四月、大聖堂で襲撃された。ジュリアーノは殺され、ロレンツォは弟の復讐を果たした。バレイエによれば、スタール夫人はいくつか、思い違いをしている。ミケランジェロの墓は、他のメディチ家の者たち、一五一六年に死んだヌムール公ジュリアーノと一五一九年に死んだウルビーノ公ロレンツォのためのものである。また、スタール夫人はこれらの墓のある礼拝堂と、その隣の「大理石造りの、宝石類で飾られた」、十六、七世紀のトスカーナのメディチの大公たちの霊廟が中にある礼拝堂とを取り違えていた。ミケランジェロは、碑文によって祖国の災厄と恥辱を暗示している。

（六）　バレイエによれば、このアレティーノは、好色で、不実な風刺文学者ピエトロ（一四九二―一五五六）ではなくて、やはりアレッツォ生まれの人文学者、レオナルド・ブルーニ（一三七四―一四四四）である。また、ボッカッチョはサンタ＝クローチェには埋葬されなかった。ダンテに敬意を表した絵は、一八二九年に建てられた記念碑に取って代わられた。

（七）　ユディトは旧約聖書外典「ユディト記」に記されているようにイスラエル人を救った女性。アッシリア軍の総司令官ホロフエルネスを誘惑し、その首を持ち帰った。ミネルヴァは家政と技芸を司るローマの女神。早くからギリシャ神話のアテナと同一視された。

（八）　ダヴィデは前十世紀のイスラエル第二代の王で、エルサレムを首都に定めた。旧約聖書「詩編」の多くの作者とされる。イスラエル人に最も愛された偉大な国民的英雄。アポロンはギリシャ、ローマ両神話の主要な神の一人。音楽、詩歌、予言、弓術、医術、牧畜などを司り、太陽神ともされる。

（九）　カッサンドラはギリシャ神話によると、トロイア王プリアモスの娘。予言しても聞き入れられなかったトロイアの滅亡後、アガメムノンの妾にされ、その妻に殺された。

（一〇）　ペトラルカ、『カンツォニエーレ』、ソネット三二三。

（一一）　イッポーリト・ピンデモンテは原註（17）を参照のこと。

第十九部

（一）　ローマはナポレオン軍勢によって一七九八年頭に、フィレンツェは一七九九年に占領される。

（二）　一八〇二年三月、イギリスとフランスがアミアンの講和条約を結ぶ。

（三）　イタリアの劇作家、アルフィエーリは一八〇三年十月に死去。

（四）　ホラス・ウォルポールはイギリスの著述家（一七一七―九七）。フランス、イタリアを旅行し、政治生活に入る。書簡や回想録の中でイギリス貴族の目に映った十八世紀ヨーロッパ文化を論じている。

（五）　バレイエによれば、階段《スカーラ》礼拝室に保管されていたところから名がついた、コッレッジョの「階段の聖母」のこと。今日ではパルマ美術館にある。コッレッジョ（一四九四あるいは一四八九―一五三四）はイタリア、コッレッジョ生まれの画家。パルマ派の祖としてバロック絵画に影響を与える。

（六）　バレイエによれば、スタール夫人はドメニキーノの「シビラ」を二ヴァージョン見ている。一作はボローニャで、もう一作はボルゲーゼ邸で（この第二ヴァージョンは、現在はボルゲーゼ別荘《ヴィッラ》にある）。

訳者あとがき

本訳書、スタール夫人著『コリーヌ　あるいはイタリア』は、訳出にあたりシモーヌ・バレイエによる校訂版（Mme de Staël, *Corinne ou l'Italie*, Edition présentée, établie et annotée par Simone Balayé, Gallimard, collection folio, 1985）をはじめとして、以下に述べるとおり、今世紀に入って刊行された各種テクストを参照した。

シモーヌ・バレイエがテクストを確立した、このガリマール社フォリオ版は今に至るまで刷を重ねているが、これとは別にバレイエは二〇〇〇年にスタール夫人全集の第一回配本として、『コリーヌ　あるいはイタリア』をオノレ・シャンピオン社（Honoré Champion）からも刊行した。

また二〇一七年には、カトリオナ・セト（Catriona Seth）によって「スタール夫人全集」がやはりガリマール社のプレイヤード叢書の一冊として出版されている。その中には、『社会制度との関係において考察した文学について』いわゆる『文学論』（*De la littérature*）、書簡体小説『デルフィーヌ』（*Delphine*）、そして『コリーヌ　あるいはイタリア』が収められている。

バレイエ校訂フォリオ版同様にこれらの書にも、この小説をめぐる克明な生成過程（genèse）をはじめとして、解説、大量の註釈その他が含まれている。訳者は、近年のこれらの刊行に接したことで、三十年近く前に『コリンナ　美しきイタリアの物語』（国書刊行会）という表題で刊行した自身の訳書を見直し、改めて世に問うことを心に決めた。

スタール夫人について

スタール夫人（一七六六―一八一七）の名は、日本ではあまり知られていない。世界史の授業でフランス革命勃発時の財務総監ジャック・ネッケル（フランス語読みとしてはネッケール）について学んだことはあっても、その愛娘ジェルメーヌ・ネッケル（後のスタール夫人）について知る人は多くはないだろう。

一七六六年パリに生まれて、母親のシュザンヌ主催のサロンで、幼い時から十八世紀を代表し、歴史にその名をとどめるような人々に接しながら成長した。後に自身が主催するサロンには、ヨーロッパ中からやって来る文人、政客を集めた。

一七八六年、二十歳でパリ駐在スウェーデン大使のスタール男爵と結婚。一七八八年に二十二歳で『ジャン＝ジャック・ルソーの著作と性格についての書簡』を刊行している。その後も様々な論考を出版したが、後世によく知られているのは、一八〇〇年『文学論』、一八一三年『ドイツ論』（*De l'Allemagne*）である。

一七九五年に「フィクション試論」（*l'Essai sur les fictions*）を出しているが、実際に書かれた主たる長編小説が、一八〇二年に出された小説『デルフィーヌ』、一八〇七年『コリーヌ　あるいはイタリア』であった。

財務総監であった父とともに、まさにフランス革命の始まりに直面した。その後、政治状況の進展とともに、自由を求めるゆえに、台頭するナポレオン・ボナパルトとの対立に至り、一八〇三年にはついにパリ滞在禁止令、次いでフランス国外追放令を受ける身となった。父親の出身地であるスイス、レマン湖畔のコペの館に蟄居の身となる。

一八〇四年、夫人はこの地からドイツへ旅に出るのだが、その旅こそが、この小説『コリーヌ　あるいはイタリア』の構想を生み出すきっかけとなった。このドイツ旅行中に、父ネッケルの訃報によってコペに戻るが、その年の十二月、ジュネーヴからイタリアへ旅立つ。『コリーヌ　あるいはイタリア』の構想を実現するための旅であった。

一八一〇年には、出版を目前にして、『ドイツ論』が皇帝ナポレオンによって即時廃棄の命令を受け、夫人はコペとジュネーヴに居住指定を受ける身となった。一八一二年に、ついにコペを脱出する。ウィーン、モスクワ、ペテルブルクを経て、亡夫の故郷であるストックホルムからイギリスへ渡る。ナポレオン凋落の報を得て、一八一四年にパリへ戻った。

この時期に書かれた『追放十年』（*Dix années d'exil*）は未完であるが、ここで訳者が挙げたい著書である。また、一八一七年五十一歳で死去する前年に発表された「翻訳の精神について」（*De l'esprit des traductions*）も。シモーヌ・バレイエは、ガリマール社フォリオ版『コリーヌ　あるいはイタリア』（一九八五年版）の解説において、スタール夫人の生涯を次のように総括している。

スタール夫人は自由検証の精神によって、自分が継承した啓蒙主義の教育から逸脱したことによって、あらゆる党派の人々から攻撃された。ジャコバン党員、過激王党派、後には、古典派の古参親衛隊、時としてロマン派に。彼らは夫人の著書によって育まれたのに。ついには、一八七〇年以後、『ドイツ論』が、独仏戦争に敗れたフランス人の憎しみの的となったが、今日もなお夫人は、論争的、攻撃的言葉でもって語られている。過去の著作はたいてい平穏に取り扱われるものだが、彼女がその恩恵に浴していないのは、おかしなことだ。以前より公平な研究がなされて夫人を次第に正当な位置につかせたのは、ついこの三十年ほどのことである。

訳者としては、ここで次のように付け加えなければならない。ここに書かれた三十年というのは、まさにスタール夫人研究者としての、また「スタール夫人研究学会」の会長としての、シモーヌ・バレイエの奮闘の軌跡であることを。

『コリーヌ　あるいはイタリア』が生まれるまで

冒頭に示したように、『コリーヌ　あるいはイタリア』のテクスト確立者シモーヌ・バレイエや、カトリオナ・セトがともに力をこめて、その解説で書き述べているのが、この小説の生成過程である。

フランスにおける十八世紀は、啓蒙思想家が多く活躍した世紀であったが、文学においては貴族、文学者、芸術家の集ったサロンが確立し、古典主義が乗り越えられようとしていた。社会構造の変化にともない、サロンにも新興勢力であるブルジョワ、啓蒙思想家が集うようになっていた。一七八九年の革命が近づくにつれて、サロンは文芸サロンというよりは、政治、社会をめぐる議論の場、政治クラブのような空間に変容をとげていた。

スタール夫人は、何よりも『ドイツ論』によって、フランスにロマン主義理論をもたらした人として、後世にその名を残している。その『ドイツ論』執筆へと進む第一歩となるドイツへの旅は、一八〇三年十一月に子どもらを連れて、当時同志にして愛人であったバンジャマン・コンスタン（Benjamin Constant, 一七六七―一八三〇）とともに出発。ちなみにコンスタンは、小説『アドルフ』の作者であるが、後年フランスの政治家としても活躍した。

十二月にはワイマールに到着、シラー、ゲーテ、ヴィーラントに会う。翌年四月に、父ネッケルの訃報を受けて急遽コペに帰宅するのだが、この初めてのドイツ旅行においては、未だ『ドイツ論』執筆の明確な意思は持っていなかった。

それどころか、一八〇四年二月にワイマールの劇場で当時大成功をおさめていた歌劇「ラ・サアルのニンフ（妖精）」を観劇。その翌日には早速、父親に手紙を書き送っている。「昨日、素晴らしい想像力と夢幻の演劇を観て、新たな小説の構想を思いつきました」。そして「このドイツ人というのが独特な国民です。ごくさりげないのですが、ロマネスクな想像力を持っているのです」。

夫人に新しい小説執筆の構想をもたらした、この歌劇「ラ・サアルのニンフ」は、水の妖精が一人の騎士を愛するが、この騎士はニンフが不死であること、人間と異なっていることに気づいて、ただの死すべき存在にすぎない女のために、ニンフを捨ててしまう。夫人は、ここに優れた女性という主題を見て取る。また同時に、このテーマを活かす小説舞台として、イタリアが思い浮かんだ。

スタール夫人は、イタリアを舞台とした小説の執筆に向けて、一八〇四年十二月四日に三人の子どもらと、ドイツで知己を得て、子どもの教育役を依頼していたアウグスト・ヴィルヘルム・シュレーゲル（August Wilhelm Schlegel）とともにジュネーヴを出発している。シュレーゲルは、古典主義とロマン主義について論じた批評家であった。彼らはレマン湖畔ジュネーヴからフランスへ下り、モン・スニ峠を越えて（小説の結末近くで、オズワルドも妻子を連れてこの峠を越えている）イタリア入りした。コペに戻ったのは、翌年の六月二十四日であった。

これは作家の脳裏に浮かんだばかりの構想を、小説として結実させるための旅であった。旅行中のスタール夫人は、ローマでただ古代ローマに思いを馳せていただけではない。ナポリへの旅立ちの時から、登場人物たちがイタリアの地のどこでどのように行動するかを思い描いている。ナポリに着いた後は、ヴェスヴィオ山に登り、ポンペイ遺跡に足を踏み入れ、小説の中でコリーヌが即興詩を披歴することになるミゼーノ岬にも出かけている。

この翌年六月にコペに帰りつくまでの実際の旅程が、バレイエによる二〇〇〇年刊行の『コリーヌ　あるいはイタリア』の巻末に記されている。残されたスタール夫人の旅の手帳をもとに、バレイエが甦らせた足跡である。

訳者は、この旅程を参考にしながら、小説の主人公たちがめぐる土地の名を、イタリア全土の地図で確認した。一九九〇年に旧友の三須リツ子氏と訪れたローマ、ナポリ、フィレンツェ、ミラノで見た風景、景観の記憶をたどりながら。

この小説のテーマおよび構造

この小説のテーマおよび構造は単一ではない。登場人物に焦点をあてれば、優れた女性と平凡な女性の間にいる男性というテーマが見られる。この小説執筆が発想されたのが、ワイマールでの観劇に由来するということは、先に述べたとおりである。小説の筋立てとしては、コリーヌとオズワルドの恋物語であることは、間違いない。また、物語の全体を覆っているのは、亡くなった父親による息子オズワルドに対する支配力である。スタール夫人に対する父ネッケルのように。

しかし、全体を見直せば、この恋物語の中には、複数の重要なテーマが重なり合い、いくつもの層が形成されている。

ローマ随一の即興詩人であるコリーヌが、イギリス軍人オズワルドにローマを案内して回る。歴史的建造物は勿論のこと、彫像、絵画、音楽、文学、またイタリア人の暮らし、その気質、信仰生活について語られ、オズワルドとの議論ともなる。スタール夫人は、恋物語を軸として、古代ローマを懐に抱くイタリアそのものを描き出している。イタリア半島の古代から十九世紀初頭に至る歴史と文化、イタリア半島の自然、イタリア半島に住む人々……小説の題名が表わしているように、これはまさしく、『ドイツ論』に先駆けて執筆された「イタリア論」なのである。

ローマから始まるコリーヌとオズワルドの恋の日々は、フランス革命後期の一七九四年から九五年に設定されている。しかし、夫人がイタリアに入ったのは一八〇四年末であった。つまり、ローマの美術品がナポレオン軍によって略奪、移送される以前の時期が設定されているのである。コリーヌがオズワルドとともに訪れる美術品は、スタール夫人がルーヴル美術館で見たものであり、小説家の想像力によって、本来あった場所、イタリアの博物館、教会などへと戻されたのである。十九世紀に入ってのナポレオン支配下にあるイタリア半島を描くことは、作家の念頭にはなかったのである。

他に一目瞭然であるテーマは、様々な比較対照が表出されていることであろう。コリーヌの国イタリアとオズワルドのスコットランド。フランス人の典型のように描かれるデルフィユ伯爵。北と南。イタリアのカトリックとイギリスの宗教。

訳者の心に響く、諸芸術についての比較論もあった。コリーヌが絵画を前にして、そのモチーフを語りつつ、演劇と詩と絵画がそれぞれ表現できるもの、できないものについて述べるくだりである。

また、訳者は、ベアトリス・ディディエ著『スタール夫人の「コリーヌ　あるいはイタリア」』(Béatrice Didier, *Corinne ou l'Italie de Madame de Staël*, Gallimard, 1999) を読む機会を得たのだが、思いがけない感銘を受けた。ディディエは、この小説をあらゆる角度から分析しているが、この小説の構成について、三人称で語られる恋の物語が基調であるが、いくつかの文体が共存しているというのである。異なるジャンルの文体を併存させている、という分析がされている。

なるほど、即興詩人であるコリーヌは、カピトリーノの丘で、またナポリの田園で、そして最期を迎えるフィレンツェで、聴衆を前にして詩を詠い上げている。他方、ローマで遺跡、諸美術の解説をするコリーヌはオズワルドに語りかけながらも、これはそのまま美術論、芸術論となっており、文体としては論説である。

そして、コリーヌの夜会では、参加者たちの対話が繰り広げられる。生涯にわたって当代の名士たちと活発な対話を交わした作者スタール夫人のように。また、物語の進展につれて、コリーヌとオズワルドの間には、手紙のやりとりが数回ある。読者はこれらの手紙を読むことによって、一人称で綴られる文体に出合うことになるのである。

旅の物語

訳者はここで改めて、この小説が旅の物語でもあることに触れたい。スタール夫人自身が、その一生を通じて幾度の旅をしたことだろうか。十歳の時に父母に連れられてイギリスを訪れたのを皮切りに、生涯にわたって繰り返されたパリとスイス・レマン湖畔との往復。追放された身での、ドイツそしてイタリア旅行。そして一八一二年の亡命の旅では、コペから、キエフ（キーウ）、モスクワ、ペテルブルクに至るまで大陸を横断の後、ストックホルムを経て、イギリスにたどり着く。

このような作者の人生を映し出するかのように、『コリーヌあるいはイタリア』も、旅また旅の小説である。物語を展開させて行くのは、登場人物それぞれが繰り返す旅なのである。早々とこの小説の第一部で述べられているのは、旅についての、作者自身の感慨そのものであろう。

> 旅すること、それは何といっても人生における最も寂しい楽しみの一つである。あなたがどこか異国の町でなんとかやって行けたら、あなたはそこを自分の故国と思い始めているのだ。だが、見知らぬ国々を旅して行き、ほとんど理解できない外国語を耳にし、あなたの過去にも未来にも無縁の人々の顔を見るのは、孤独と孤立の中に身を置くことであり、そこでは安らぎを感じることも、自尊心を覚えることもできない。

一八一二年には、モスクワ、ペテルブルクへ向けて大陸を横断の後、ストックホルムを経て、イギリスにたどり着く。『追放十年』の執筆を開始するのはこの旅の途上においてである。

進攻中のナポレオン率いるフランス軍勢を避けて、ベルリン型の馬車でキエフ（キーウ）からモスクワまでひたすら北上する。

土砂の平野、いくつかの白樺林、村から村までがとても遠く、どこも同じ型に製材された木でできた家からなる村落、わたしの目に入って来るのはそれだけである。わたしは歩き続けているのに一向に進んでいないというような、夜に襲われることがある悪夢を見るようであった。この国は夢幻空間の様相をおびて、横断するために永劫の時間がかかるかのようであった。

（『追放十年』）

二〇二四年の現在、われわれが毎日のようにニュースで見るウクライナの、果てしない平野であった地を二百余年前にスタール夫人の馬車が駆け抜けた。

『コリーヌ　あるいはイタリア』の反響

この小説は、後に一八一〇年にナポレオン皇帝によって廃棄の憂き目を見た『ドイツ論』と同様、ニコル書房により一八〇七年五月に初版が出版された。百五十部印刷され、その後も印刷は繰り返された。また、この小説は十九世紀を通して度々刊行され、イタリア案内書として愛読されたとも伝えられている。

今回、この小説が刊行された当時、またその後にどのような批評がされたのかを改めて探ってみた。

プレイヤード叢書のカトリアナ・セトは、巻末の註釈に刊行から数十年における批評の数々を子細に書き込んでいる。先ずは当時のジャーナリズムによる、その時代の社会の偏見そのもののような批評記事。そして、コンスタンを筆頭とする夫人の友人たちによる、それに対する反論、擁護の論説。ヨーロッパ中の文人たちによるこの小説に対する感動を表わす評言。

先に述べたベアトリス・ディディエ著『スタール夫人の「コリーヌ　あるいはイタリア」』には、一八〇七年刊行直後の新聞の批評の紹介がまとめられている。そして、夫人亡き後のバンジャマン・コンスタンが一八一六年に刊行した小説『アドルフ』との類似性、また、『イタリア年代記』、『パルムの僧院』の著者でもあるスタンダール（一七八三―一八四二）との関連性、またジョルジュ・サンド（一八〇四―一八七六）の小説『コンシュエロ』との類縁性について論述されている。

訳者は、スタンダールがフランス東部グルノーブル出身であることを思い出して、フランス地図を広げてみた。見れば、グルノーブルはモン・スニ峠と直線距離で九〇キロしか離れていないではないか。もっとも、スタンダールが初めてイタリアの地を踏んだのは、ナポレオン軍の軍人としてであったのだが。いずれにせよ、スタンダールが、イタリアを舞台にしていることの小説に強い関心を抱かなかったはずはない。

ジャック・フェリクス＝フォール著『スタール夫人の読者としてのスタンダール』(Jacques Félix-Faure, *Stendhal lecteur de Mme deStaël*, Editions du Grand Chêne, 1974) において、このフランス文学屈指の小説家が一八一一年三月九日の日記に書き込んだ評言が引用されている。この小説におけるスタール夫人の文体が固く、読む人に絶え間なく感嘆を要求して来る、文体はもっと簡素であるべきだ、という批評である。

一九五八年に和訳が出版されたランソン、テュフロ著『フランス文学史』(有永弘人、新庄義章、鈴木力衛、村上菊一郎訳)(ランソンは『フランス文学史』を一八九四年に初版、一九一〇年に改訂版を刊行。その後長らくフランス文学史の基本的な名著とされた)には、「スタール夫人がロマン主義を定義し、シャトーブリヤンがそれを実現した」とある。文学者としての価値は認められながらも、その芸術性についてはとくに評価は受けていないということであろうか。

一九九九年にはロマン主義研究学会(Société des Etudes romantiques)による雑誌「ロマンティスム」(ROMANTISME)が、この小説をめぐって開催されたシンポジウムでの発表論文の特集号を刊行している。二十一人の研究者が様々な角度からこの小説を論じている。

二〇〇八年には第五十九号として、スタール夫人研究学会の研究誌 CAHIERS STAELIENS が「コリーヌ、二百年を経て」という特集を組み、ミシェル・ドロン(Michel Delon)「コリーヌ　あるいは女性作家」という論説を筆頭に、何人もの研究者たちによってこの小説が論じられている。

冒頭に述べたことであるが、二〇一七年には、スタール夫人の二編の長編小説と『文学論』が、プレイヤード叢書に収められもした。刊行二百年を経て、バレイエに続く多くの研究者たちの活躍によって、『コリーヌ　あるいはイタリア』は改めて本来占めるべき席についた、と言えるだろう。

翻訳にあたって

翻訳にあたっては、二百二十年前に書かれた文章表現、選択された語彙をできる限り尊重して、日本語に置き換えた。また、訳文はできる限り分かりやすい日本語でなければならない、と当然のことながら考えていた。

先に述べたように、スタール夫人は、他界する前年一八一六年にミラノで、「翻訳の精神について」を雑誌に発表している。自国と自国語の枠をとび出して、異文化を学び、民族として独創的な新しい文化をつくり上げるように、とイタリア人に呼びかける論説である。翻訳は、そのためにぜひとも必要な手段であるとしている。長らくヨーロッパ古典主義に君臨していたフランスが、それまで一切関心を寄せることのなかった隣国のドイツ、イタリアをヨーロッパ世界に知らしめたスタール夫人が述べる、翻訳というものについての論説である。

具体的な和訳において特に気になった二点について、述べておきたい。先ずは、スタール夫人による ame（一九八五年のフォリオ版では、初版以降に使われていた綴り字を尊重してか、このaにアクサン・シルコンフレックスを施していない）と cœur の使い分けがされている、ということである。ame はそのまま「魂」と訳しても違和感が無い場合も多々あった。違和感のある時には「魂」に「こころ」というふりがなを付けることとした。cœur については、ほとんど「心」という訳語をあてたが、第一義である「心臓」とした箇所もあった。

われわれの日常においても、「魂を込めて」とか、日本語表現は確実にある。しかし、この小説におけるような頻繁な魂と心との使い分けは、日本人たる訳者にとっていささかの困惑の種であったことを告白したい。キリスト教的人間観と言うべきものを感じた。

とは言え、わが本棚には、アルベール・ベガン著『ロマン主義の魂と夢想』（Albert Béguin, *L'âme romantique et le rêve*, José Corti, 1963）という著書があるのだ。この表題を見ると、このl'âme（霊魂、魂、心）は、l'esprit（精神、心、知性、才気）に置き換えられるものではなく、また le cœur（心臓、感性としての心）に書き換えられるものではない、と思わざるを得ないのであるが。

もう一点は、この小説には、passion（情熱）という語の他に、終始一貫して enthousiasme（アントゥジアスム、高揚感）という語が頻出することである。もともとはギリシャ語で預言者の「神憑《かみがか》り」状態を指し、後に詩人の「霊感」を意味するようになった。カピトリーノの丘に向かうコリーヌが、ドメニキーノ描くところの神託を告げる巫女シビラにたとえられている。スタール夫人はこの語をこの小説において、また『ドイツ論』において、自身のロマン主義詩学を表わすキーワードとして使っている。

第七部の3において、コリーヌは次のように述べる。「詩、愛、宗教、つまり enthousiasme（高揚感）によるものは何でも、自然と調和しているのです」

＊

この小説の翻訳については、一九八〇年代後半に多くの先生方、先輩方、同僚方、友人たちにご指導をいただいた。改めて感謝の言葉を捧げたい。鬼籍に入られて久しい串田孫一先生、辻昶先生、犬飼政一教授・神父にご指導いただいた日々は忘れ難い。また、鳥越輝昭教授にはイタリア語についてご教授をいただいた。

振り返れば、一九八五年、スタール夫人学会の三日間のシンポジウムが開催され、留学以来ひさしぶりにパリの地を踏んだのだった。シモーヌ・バレイエ氏の校訂による出版直後のこの小説を見つけたのは、当時の国立図書館の近くの書店であった。氏は数年にわたる度重なるわたしの手紙による質問にお答え下さった。返信が来なかったことはただの一度もなかった。

ちなみにバレイエ氏は一九九〇年に著書『一八〇〇年草創の国立図書館』(*La Bibliothèque national des origines à 1800*) により、アカデミー・フランセーズより賞を授けられている。急逝されたのは、二〇〇二年であった。

最後に挙げるべきは、パリ第八大学教授であられたベアトリス・ディディエ教授であろう。わたしの目の前に初めて『コリーヌ　あるいはイタリア』の世界への扉を開いて下さった。スタール夫人を研究したいというわたしに、一九六六年の「フランス文学史誌」(Revue d'Histoire littéraire de la France) に掲載されたご自身の論文「スタール夫人の風景」(*Le paysage chez Mme de Staël*) を教えて下さった。スタール夫人がこの小説の風景描写においていかに芸術性を確立したかを検証したこの論文は後に加筆されて、著書『女性のエクリチュール』(*L'écriture-femme*, PUF, 1981) に収録されている。

教授の最初のご指導から五十年以上が経過した。非力なわたしは、この間主としてこの作家の影を追いかけて来ただけだ。

出版から二百二十年のこの小説を読むと、あまり変わっていない人間社会が感じられる。科学・技術は大きな変革を遂げたが。恋人たちがナポリから戻ったローマには、流行病が蔓延している。顔が露わにされたままの死者たちは、作家が実際に目撃した光景だという。先年のコロナ禍に見舞われたわたしたちの世界と同じではないか。また何よりも、自身の天与の才能を活かすことを求めたコリーヌは、恋に身を捧げることとなる。この国で生きるわたしたち女性も、天才ならずとも、いかに仕事を続けて行くかということに苦慮して生きて来た。

最近、ベートーヴェンがこの作家の四歳余りしか年下でないことに気づいた。その音楽が今日を生きるわたしたちを惹きつけるように、この小説も現在と地続きの息吹を感じさせる。

今回の改訳にあたって、古いフロッピー・ディスクに入っていたワープロ原稿をパソコンで読解できるようにして下さった後藤宣之氏は、わたしの度重なる質問にも答えて下さった。また、この訳書の刊行は、大河内健次氏のご配慮によって実現に向かうことができた。お二方に感謝を申し上げる次第である。また、水声社の村山修亮氏、廣瀬覚氏、板垣賢太氏のご尽力に感謝いたします。

二〇二四年十二月

佐藤夏生

訳者について——

佐藤夏生（さとうなつお）　一九四〇年、東京に生まれる。一九六六年、東京大学大学院仏語仏文学修士課程修了。一九九三年、パリ第八大学D．E．A．取得。神奈川大学名誉教授。専攻、十八世紀フランス文学。主な著書に、『スタール夫人』（清水書院、二〇〇五年）などがある。

装幀——齋藤久美子

コリーヌ　あるいはイタリア

二〇二四年一二月二〇日第一版第一刷印刷　二〇二五年一月一〇日第一版第一刷発行

著者――スタール夫人

訳者――佐藤夏生

発行者――鈴木宏

発行所――株式会社水声社

東京都文京区小石川二―七―五　郵便番号一一二―〇〇〇二

電話〇三―三八一八―六〇四〇　FAX〇三―三八一八―二四三七

［**編集部**］横浜市港北区新吉田東一―七七―一七　郵便番号二二三―〇〇五八

電話〇四五―七一七―五三五六　FAX〇四五―七一七―五三五七

郵便振替〇〇一八〇―四―六五四一〇〇

URL : http://www.suiseisha.net

印刷・製本――精興社

ISBN978-4-8010-0845-8

乱丁・落丁本はお取り替えいたします。